La frontera lleva su nombre

ELENA MORENO SCHEREDRE

La frontera lleva su nombre

Grijalbo

Papel certificado por el Forest Stewardship Council®

Primera edición: mayo de 2022

© 2022, Elena Moreno Pérez Scheredre
© 2022, Penguin Random House Grupo Editorial, S. A. U.
Travessera de Gràcia, 47-49. 08021 Barcelona
© Ricardo Sánchez / RISCONEGRO, por el mapa

Muchas gracias a Joan Manuel Serrat por permitir
incluir en esta obra algunos textos de sus canciones:
«El drapaire» (p. 37), «Hoy puede ser un gran
día» (p. 196) y «Dondequiera que estés» (p. 464).

El poema «El camino», citado en la página 19,
pertenece al *Libro de Poemas*, Ferderico García Lorca, 1921.

Printed in Spain – Impreso en España

ISBN: 978-84-253-6092-3
Depósito legal: B-5.349-2022

Compuesto en La Nueva Edimac, S. L.

Impreso en Rotoprint by Domingo, S. L.
Castellar del Vallès (Barcelona)

GR 6 0 9 2 3

Mi abuela Mathilde me hablaba de las tres guerras: la *Grande Guerre*, la nuestra y la de todos. Ella nació en Lyon durante la primera y vivió con nosotros en Getxo durante las otras dos. Tres guerras son demasiadas para una sola vida.

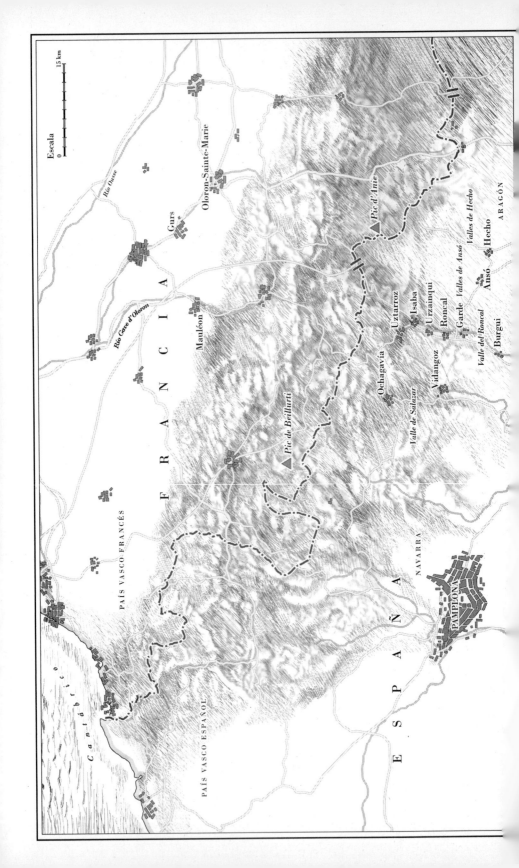

Para ellos.
Lejos, cerca, siempre mis amores eternos

PRIMERA PARTE

1

Esperanza Ayerra

Burgui, octubre de 2018

> Y el encanto de la novedad, cayendo poco
> a poco como un vestido, dejaba al desnu-
> do la eterna monotonía de la pasión.

GUSTAVE FLAUBERT

Siento sus pasos. Sube y baja las escaleras, abre los voladizos de madera y susurra órdenes a mi padre creyendo que no la oigo. Sé que los nervios no la han dejado descansar, y por el olor a café que se cuela bajo la puerta, intuyo que a estas alturas ya se habrá tomado dos o tres.

Hace un rato, he oído la voz de Gladys, que le repetía que no se preocupase, que todo va a salir bien. Anoche hablaban en susurros en el balcón, y desde mi habitación las oí repasar inquietas las listas que llevan confeccionando desde que se pusieron a preparar mi enlace. Gladys le decía que la luna en cuarto creciente era un buen augurio. No pude evitar sonreír imaginando la escena entre esas dos mujeres que misteriosamente se entienden tan bien.

Espe, mi madre, es muy suya. Necesita asegurarse del lugar que ocupa, como si tuviera el temor de que alguien la trasladara a un mundo imposible de controlar. Mi madre se enfada con el viento cuando el viento cambia de dirección y no le ha pedido permiso, o con la luz del día cuando es más intensa que su necesidad de ella. Todo lo siente hacia dentro, porque hacia dentro está su vida silenciada. En su corazón tiene departamentos estancos que jamás han visto la luz, y donde guarda censores especializados en matizar su alegría, pero sobre todo silencios. Lo único que la salva de sí misma es su amor incondicional por Joan Manuel Serrat.

Como hoy está emocionada, ha perdido el control que la mantiene fría. Durante los últimos días la noto frágil, tanto que hasta mira la luna con ojos de adivina. Le preocupa que el día de la boda de su única y tardía hija, el sol sea demasiado intenso, que la brisa que se levanta al atardecer provoque escalofríos o que los invitados se pierdan por uno de los siete pueblos de su amado valle del Roncal.

En el pueblo hay un alboroto inusual. Apenas hay bodas. Tampoco jóvenes. Aquí solo viven los mayores. Sus nietos e hijos están en Pamplona, Bilbao, Madrid, Donostia, y muchos al otro lado, en Francia. Pero empieza el otoño, la estación más preciosa de los bosques de mis antepasados, y nadie puede resistirse a la belleza de Irati o Belagua. Tarde o temprano, todos volvemos a este lugar, donde nadie ha movido de sitio la iglesia, aunque no haya cura, las casas, aunque estén vacías, o el torrente, aunque nadie lo oiga.

Ella se ha encargado de que todos los que tengan algo que ver con este pueblo, aunque hayan venido a por setas, a guardar leña para el invierno, o a poner wifi en la casa de la bisabuela, sepan que su hija, es decir yo, se casa esta tarde.

Miro las vigas. Aquí se llaman *arnais*, en esa lengua medio roncalesa, medio euskera suletino, medio castellano. Son de una madera noble y eterna. Las trajo mi tatarabuelo, el almadiero José Escaín, de las montañas por el río Esca. Son las mismas que quizá mi bisabuela miró una mañana como esta, cuando comenzaba el otoño y se preparaba nerviosa y empapada en miedo para salvar la distancia hasta el país vecino. Mi bisabuela, como la mayoría de las roncalesas de su generación, era una golondrina. Con las mujeres de otros valles cercanos, se iban a Francia a trabajar, donde fabricaban alpargatas por siete o diez céntimos de franco la hora... Las llamaban «golondrinas», *hirondelles* en francés, porque su emigración coincidía con la de estas aves. Se iban en octubre y volvían en mayo o junio, y nunca supieron si las raíces de sus vidas estaban a un lado o al otro de los Pirineos.

El sol se cuela entre las rendijas de las contraventanas. Hay un murmullo de trinos, el silencio roto por las pisadas de alguien que camina por las calles empedradas hacia el puente. Desde la cama, escucho ese silencio habitado tan característico de los pueblos del valle. Me habla el río con su eterno murmullo, bajando desde Isaba y alcanzando el remanso en Yesa; rompen el aire el saludo acostumbrado de un paisano, el ladrido de un perro, un estornudo...

La claridad ilumina mi vestido de novia. Ha sido confeccionado en Chez Olivier, una tienda de París que se dedica a los sueños y a la que mi futura suegra me llevó con miedo a que rechazara vestirme de blanco. Mi madre lo colgó anoche en una percha sobre la puerta de este precioso armario de madera de haya, fabricado hace cien años para albergar el ajuar que traería mi bisabuela de Francia.

Mi vestido ha estado viajando sin novia por media Europa. De París viajó a Roma, luego lo envié a Pamplona y después aquí. Raso de seda salvaje color hueso, y una falda superpuesta de tul natural. Dicen las costumbres que debo llevar algo nuevo: unas medias de seda blanca terminadas en encaje de Brujas que compré en una tienda de ropa interior en Roma. Algo antiguo: el collar de perlas de mi bisabuela Esperanza. Algo prestado: los pendientes de brillantes que mi padre le regaló a mi madre cuando se casaron.

Cierro los ojos porque siento que la presión de la inmensidad me rodeará en cuanto ponga el pie en el suelo. Mis padres me educaron en colegios religiosos, pero no tengo ni la fe ni la costumbre de rezar. Respiro como hago en la clase de yoga. Espanto los pensamientos. Pido ayuda al desorden de mis dioses, de mis hadas, de mis chamanes de YouTube. Los que hemos sido despojados de bastones tenemos que caminar apoyados en los quicios de las puertas, y aunque sé que no hay evidencias científicas de que los espíritus que han habitado esta casa hayan dejado en el aire las palabras que necesito hoy, las paredes me susurran.

Tumbada en esta cama grande, a punto de levantarme para dar el paso que me lleva hacia el resto de mi vida, siento a mis antepasadas, las Esperanzas Escaín de tres generaciones que, decididas, perdidas, sonriendo o mudas de dolor, habitaron esta casa y dejaron un legado silente que yo he recuperado. La historia está llena de héroes, conquistadores, descubridores y aventureros, pero a pie de calle hay muchas mujeres que se abrieron paso para formar hogares y espantar sus miedos y los de sus hombres.

La primera, mi bisabuela, nació el 5 junio de 1898, el mismo día que vino al mundo Federico García Lorca, y el mismo año en que vieron la luz Vicente Aleixandre y Bertolt Brecht. Ella no fue poetisa ni puso palabras a los olivos, pero nunca se separó de los libros, que le proporcionaron el refugio que necesitan las almas perdidas. Mi abuela me contó que una melancolía la envolvía como si una nube de polillas la acompañara a todas partes. Ella, su hija, mi abuela, también se llamó Esperanza, o Esperancita o Perla. Decía que su madre siempre había estado allí, y cuando decía «allí» ponía el índice en dirección a la tierra. De ella guardaba en su memoria su prudencia, la sagacidad de sus ojos oscuros y el atrevimiento de sus amores silenciosos.

Mi abuela Esperancita, a la que todos llamaron Perla, era un torrente meridional cuyos ojos de mar azul y pelo rubio se atribuían a un padre desconocido, según las malas lenguas, alemán. Nació en 1919, Europa trataba de ponerse en pie tras la Gran Guerra, y allí donde emigraban los europeos nacían Chavela Vargas o Evita Perón. Ella también fue una mujer de una doble y extraordinaria belleza. La llamaron Perla por su piel blanca, casi nacarada, su inusual fisonomía y por no repetir este nombre tan largo que también llevo yo. Obstinada en luchar por lo que consideraba injusto, se empeñó en salvar la vida de los condenados sin importarle quién los desterrara, y fue la que llenó de magia mi niñez.

Mi madre se quedó con medio nombre, Espe. Llegó a este mundo un día cualquiera de diciembre, y lo hizo con su misma mirada, pero con los ojos de ónix de un padre al que tampoco conoció. De él solo hemos tenido un silencio de búnker subterráneo que nadie ha osado jamás alterar.

Ni rastro de los hombres a los que amaron mis Esperanzas, ni mención de cómo les arrebataron la dicha de sus abrazos... Todas guardaron silencio, probablemente porque mientras uno preserva en su corazón los secretos, puede vivir con ellos. Yo, que vuelvo a poseer el nombre completo y los mismos ojos azules de mi abuela, he querido reconstruir su historia, o quizá debería decir que deseo poner palabras a esos silencios que ya no hay por qué guardar.

Soy la bisnieta de una golondrina que cruzó los Pirineos para trabajar en las fábricas de alpargatas de Francia en 1913 y a la que la mayor contienda mundial le robó su destino. Soy la nieta de su hija Esperanza, Perla, que no tuvo padre ni marido por el cruel destino de una España que eran dos. Soy la hija de una mujer que se tragó sus penas para enderezar el camino por el que vendría yo y a la que la historia la dejó sin aire. Mi Espe, la que hoy anda alborotada por mi boda, tiene la dudosa creencia de que aquello que no se pronuncia no existe. Pero un día encontró a mi padre, Andrés Ayerra, y descansó lo suficiente para traerme al mundo escoltada por su ternura.

Me llamo Esperanza Ayerra, tengo treinta y seis años, soy el fruto de esta frontera entre dos países que se acercan y se alejan cuando sus pobladores se enamoran.

Serrat, cantautor al que mi madre ama por encima de todas las cosas, tiene una canción que habla de un pueblo blanco por el que, por no pasar, no pasó ni la guerra. Por los pueblos de los Pirineos pasaron las golondrinas alpargateras, los contrabandos y el miedo disfrazado de pastor o leñador. Pasaron el oro, los soldados que escapaban de la Primera y de la Segunda Guerra Mundial, los hijos pobres que iban a Burdeos para embarcar rumbo a las Américas, y pasó lo que quedaba del ejército republicano derrotado. Por sus desfiladeros atravesaron la abundancia y la precariedad, los maquis y los judíos, la esperanza y el hastío, la traición y el abandono; y ese camino tortuoso, vigilado eternamente por las montañas, esa frontera entre dos países, guardó los secretos de libertad, amor y muerte de muchos antepasados de los que vendrán hoy a verme a la iglesia. Y guardó sus nombres.

Ellos darían lo que fuera por saber la verdadera historia de las Esperanzas Escaín y de su heredera, una chica guapa que se casa con un vecino francés. Habladurías, cuentos y leyendas se ven arrastrados de ventana a ventana por estas calles estrechas, que aprisionan los secretos desde hace tantos años que las memorias se han convertido en una manta llena de remiendos para abrigar la soledad del invierno. Tan pronto me preguntan si es verdad que mi bisabuela trajo el cine al pueblo por primera vez, como que si todavía soy propietaria del *château* que le dejó su amante. Quieren saber si a la abuela Perla le comió la mano derecha un oso con el que luchó cuando era partisana o si nació sin ella por el pecado que había cometido su madre.

Aquí estoy, a punto de levantarme. Pienso en ellas, en sus vientres fértiles como el mío, en el empeño que mostraron para que sus nombres no fueran solo la metáfora de lo que nos empuja a abrir los ojos cada mañana. Suspiro y me levanto, abro los postigos, huelo el aire... Me saludan las montañas, los Pirineos, esa colección de cumbres que nos separan y nos unen. Al fin y al cabo, no somos sino la suma de quienes nos soñaron.

El cuento que se inicia y preside este día empieza cuando se cierran los libros de historia, cuando ya no hay hechos comprobables, sino retazos de vidas que sobreviven en los juegos infantiles, en las canciones de cuna, en los cuentos para espantar el miedo, en los manuscritos y las cartas olvidadas en zaguanes y baúles venidos de ultramar. Conocer la vida de las generaciones que me precedieron me ha hecho fuerte, como si tuviera más derechos para pelear por la felicidad; los suyos y los míos.

Suspiro de nuevo y recito unos versos de García Lorca, ese poeta que no supo que era contemporáneo de mi bisabuela Esperanza Escaín ni que hoy lo citaría yo al comenzar esta historia:

> *No conseguirá nunca*
> *tu lanza*
> *herir el horizonte.*
> *La montaña*
> *es un escudo*
> *que lo guarda.*

2

Esperanza Escaín

Octubre de 1913

Cuando deje mi tierra
y mis ojos se esfumen
entre nubes lejanas,
mi nombre se oirá, cantado
por los susurros del valle.

Anónimo andalusí,
siglo XIV

Esperanza toma aire y escucha el murmullo de los pies inseguros caminando cumbre arriba. La saya, húmeda y pesada, se le ha quedado enganchada en una zarza y teme que se le rompa. A tientas, se detiene agachándose para desenredarla. Respira con dificultad mientras las chicas la adelantan tropezando con ella en la oscuridad. Le aprieta el corpiño nuevo que su madre le ha cerrado demasiado para que no pierda los papeles que debe entregar a los guardias de la frontera si le dan el alto; un pasaporte en el que pone que tiene derecho a ir a Francia. Pegada a su pecho también oculta la carta del patrón Pascal Cherbero, en la que le han dicho que le promete un trabajo en su fábrica, y otra del cura de Burgui con los datos de su bautismo y los nombres de sus cristianos padres.

«Un pie delante del otro, y pensar solo en el suelo que pisas», la había adiestrado su padre. Y ese consejo, tan escaso y preciso, la obsesiona. Mercedes, una de las vecinas del pueblo, que llevaba tres inviernos trabajando en Mauléon, había hablado con el patrón para que contratara a Esperanza. También le había tramitado el alojamiento en casa de Leonora Mayas, una mujer de Salvatierra que vive en la ciudad francesa y alquila habitaciones. Se ha aprendido el nombre y la dirección. No sabe leer, y si perdiera el papel, lo único que le queda es la memoria… «Leonora, Leonora», repite mientras sube un repecho.

Por mucho que le hayan contado cómo es la vida al otro lado, en casa de una patrona, no se la puede imaginar. Quiere pensar que será como una madre, una tía…, una mujer que sabrá cuanto ella ignore. Leonora le enseñará cómo hacer las cosas, piensa mirando el suelo que pisa.

La soledad no la asustaba. Era una segunda piel con la que se envolvía cuando no comprendía lo que pasaba fuera. La soledad vivía en los bosques, en los picos y los collados, en los enfermos sin nadie que les cuidase. Tampoco la amedrentaban el hambre y el frío, pero no saber lo que la aguardaba le ponía la carne de gallina. Si pensaba en eso, en no entender, se le desbarataba el ánimo, y parecía que en su interior hubiera una tierra que se abría en simas como las que en ese momento atravesaba. «Leonora Mayas, rue du Saison, número seis», repite machacona, aunque sepa que ya está grabado a fuego en su cerebro.

Las niñas de los pueblos del valle del Roncal partían a Francia a los doce, trece o catorce años. Desde pequeñas echaban una mano en el campo, cuidaban de sus hermanos, aprendían a ser las mujeres que serían cuando su cuerpo alcanzara la madurez suficiente para casarse y tener hijos. En Francia, ese país al otro lado de las montañas, no se les permitía trabajar a esa edad, pero encontraban la manera de hacerlo. Decían que habían crecido poco, que habían perdido los papeles, que se apañaban con cualquier rincón. Los patronos necesitaban manos pequeñas, ágiles y baratas para coser las alpargatas. Algunas iban en familia; primas, hermanas o incluso con el padre al frente.

Ella va sola. Tenía quince años y la extraña sensación de que, debajo del miedo al que no hay que tener miedo, algo está por descubrir. Su padre le ha dicho que no piense en las que se quedaron por el camino, ni en los pequeños a los que se lleva el tifus, la difteria o las fiebres. Le ha dicho que ella es la única hija viva de la familia Escaín y que ha sobrevivido para franquear los caminos que otras no pudieron. Carmen y Dori, sus hermanas mayores, murieron de paperas cuando eran niñas; quedan tres varones más pequeños en casa. Su madre hasta ese momento se había resistido a separarse de su solitaria hija, pero ha cedido a esa presión que ejercen el pueblo y la costumbre sobre la ignorancia. Tiene miedo de perderla. La ha protegido cuanto ha podido, pero no estaba en su mano hacerlo mejor, y le sigue asustando que la tristeza empuje a su hija a la locura, o al mal de los nervios que ataca a las jóvenes cuando se hacen mujeres y se encuentran lejos.

Finalmente, se rindió. Siguió los consejos de otras: «En Francia crecen de golpe, se arreglan solas y aprenden lo dura que es la vida. Luego se casan mejor y traen un buen ajuar». Quería para ella lo mismo que para las demás; que se abriera camino antes de casarse, que aprendiera a reír un poco más de lo que lo hacía, porque su hija, su Esperanza, era distinta.

Las chicas, que han hecho ya un par de viajes, la vigilan y la miran con curiosidad. Necesitan saber si será capaz de atravesar las montañas o habrá que ocuparse de ella, si el miedo o el dolor la paralizan. Si la pendiente es suave cantan. El ruido coral amortigua el cansancio. Todas en una piña, o en fila india cuando se achica el paso. Por eso, cuando se detiene, una mujer con una pizca de compasión en el tono le rogó que no lo hiciera advirtiéndole que no podían perder de vista el candil del francés que abría la comitiva. La niebla podía caer sin previo aviso y dejarlas a la deriva en medio del desfiladero. Están atravesando una de las foces y el silencio delata el temor colectivo. La joven siente la boca seca por el esfuerzo. Bebe un trago de la cantimplora y sigue adelante. Está a punto de amanecer y las sombras juegan a asustarla. Mira el camino, la luz todavía es una promesa incierta y no ayuda a saber dónde pone los pies. Algo que se parece mucho al miedo empaña la luna apenas visible. Angustiada, reza una plegaria y piensa que, si Dios lo quiere y no resbala por la montaña, cuando llegue junio cumplirá dieciséis años.

—No mires hacia abajo —le susurra una vecina—, y agárrame de la saya.

Conoce las montañas que la rodean desde que abrió los ojos, pero nunca ha atravesado la empalizada rocosa que separa los países. Ese es el camino de los pastores, de los que cuidan el ganado y trajinan con el contrabando. Tampoco hasta anoche había dormido al raso escuchando los animales salvajes, arrebujada y envuelta por la sombra de las cumbres bajo la única mirada de las estrellas. En el pueblo decían que ellas, las cumbres, aunque se vigilaran, no sabían de países, por eso la joven había caminado fijándose en las huellas que la naturaleza dejaba a su paso. Recordaba haber escuchado el torrente casi cuatro horas después de salir de Isaba y en ningún momento se había desorientado. Sabía que habían pasado por la cueva del Pico el segundo día y que la cima del Arrien estaba a su espalda. Para no reparar en el miedo a morir devorada por uno de los osos que decían las otras que salían al camino de la Roca del Infierno, o para olvidar el dolor que empezaba a ser intenso en sus piernas, se refugió en sus pensamientos ignorando los cánticos de sus compañeras.

El 7 de octubre, día anterior a la partida, las golondrinas y sus familias se habían juntado en la iglesia de Burgui para rezar el rosario. Había chicas llegadas de Salvatierra y de otros pueblos de los valles cercanos. Todas se parecían en su aspecto; pequeñas, morenas, inquietas. Se arrodillaron devotas, vestidas con trajes y sayas pesadas y oscuras, capaces de afrontar el camino que les esperaba. Al terminar la liturgia, la iglesia repleta entonó una salve en latín que desató los llantos y el miedo.

Los más viejos decían que aquello se repetía desde 1885.

Niñas y mujeres partían franqueando los Pirineos a primeros de octubre para trabajar en el País Vasco francés durante el invierno, hasta la primavera. Una bendición, decían algunos; una sangría para los pueblos del valle, murmuraban otros. Eran las alpargateras, o las golondrinas, como las llamaban. Una mano de obra especializada, mal pagada, revestida de honestidad e ignorada más allá del valle o la Ribera navarra.

Las alpargatas eran el producto más vendido en toda Europa. Los mineros del norte y del este de Francia no usaban otro calzado, y Mauléon, una ciudad situada en los Pirineos atlánticos, en la región de la Soule, País Vasco francés, crecía incesante debido, en gran medida, a la industria alpargatera.

No volverían hasta entrado el mes de abril, y las despedidas estaban cuajadas de consejos. «Trabaja, no seas respondona. A los franceses no les gustan lloronas. Guarda los duros. Serán para tu ajuar y para calzar a tus hermanos. Ya eres una mujer». La madre de Esperanza no sabía que los duros eran francos; tampoco ella, que lo averiguaría en el camino.

Como si se tratara de una letanía, le había repetido lo que debía hacer: trabajar mucho, no mirar a los hombres, ir a la iglesia los domingos y bañarse cuanto le fuera posible. A su lado, el padre le presionaba los hombros con sus anchas manos, para recordarle que él también la esperaba. Desde el interior de la iglesia había oído el resonar de los cascos de los caballos en la plaza. Estaban dispuestos allí con el fin de acercarlas hasta Isaba, el pueblo más cercano a la frontera. En el cruce de Vidangoz se sumaron al grupo las chicas procedentes de Salvatierra. Por el camino fueron recogiendo a otras mujeres que se incorporaban desde los valles cercanos hasta llegar a la venta de Juan Pito, ya en la montaña.

Esperanza, siempre disciplinada, ha conseguido no llorar; sin embargo, al guardarse las ganas, siente que la llantina se le ha quedado atascada en el pecho y le hace daño. No mira hacia atrás. Desde niña ha aprendido que al miedo hay que tratarlo con dureza para que no se apodere de una, pero su corazón abraza el recuerdo de su casa de piedra para que no desaparez-

24

ca, sin comprender del todo por qué la han arrancado de su sencilla vida.

El camino hasta la venta la deja sin respiración. Han parado en los refugios de los pastores que salían a su paso, ofreciéndoles leche tibia. Las lenguas empezaban a mezclarse antes de llegar a Belagua; euskera suletino, español, francés... A pesar del nudo en el estómago, toma cuanto le ofrecen, hace lo que le indican y contesta a la curiosidad de sus compañeras. Aprende minuto a minuto a ser otra, mientras se guarda la que es para ella sola. Es una chica resistente, de agilidad envidiable y nunca dice en voz alta lo que piensa. Aguanta el frío y el cansancio, aunque le cueste arrastrar la ropa nueva y pesada que su madre le ha cosido para protegerla del invierno francés. La falda se ha ido humedeciendo en los bordes, pesa y le ensucia los tobillos. Los borceguíes le mantienen los pies calientes, pero las cintas se le aflojan en los pasos difíciles. El barro se adhiere y teme que no aguanten y se deshagan antes de llegar a su destino. En una de las paradas, una chica le da unos cuantos recortes de periódico.

—Absorben la humedad. Si tienes los calcetines mojados cámbiatelos o te saldrán heridas. ¿Llevas alpargatas?

—Sí.

—Cuando lleguemos a Santa Engracia, póntelas.

No pide ayuda, a pesar de desearla más aún que el agua fresca, pero si se la dan la toma. Sonríe. Da las gracias con un hilillo de voz, sin atreverse a pedir un hueco entre los grupos que van en familia. Secretamente envidia a las compañeras que van acompañadas gimoteando, tirando del brazo de un padre o de una hermana mayor. Su madre había querido hacerlo, «un trecho, al menos» le había suplicado ella, pero Manuel, el pequeño, estaba siempre enfermo, y su padre, que pasaba gran parte del año en la montaña, esos días tenía que irse.

Era almadiero, un oficio común entre los nacidos en el valle. Después de talar los árboles, había que transportar la madera, y solo el río era capaz de llevarla en brazos de sus corrientes. Por Burgui pasaba el río Esca, que llegaba desde las cumbres recogiendo aguas de otros ríos. Siempre río abajo, los troncos se ataban con ramas de avellano y en ocasiones alcanzaban ambiciosas proporciones, y el almadiero manejaba el remo que timoneaba la balsa para conducirlos a su destino. En los rápidos, no eran pocos los accidentes, y llegar a los centros madereros era una tarea solo posible para los más diestros.

Ha heredado los modos de su padre, su carácter silencioso, su generosidad y su decidida voluntad de juntar unas perras para comprar una vaca. De su madre el cuerpo espigado, los ojos oscuros, el pelo negro y esa manera de trabajar sin quejarse. Esperanza se ha hecho mujer tarde, pero todo indica que se convertirá en una mujer hermosa. Es alta y tiene el cuerpo bien proporcionado. Las chicas siempre le dicen que levante la mirada, que no se encorve, que dé la cara, pero ella no sabe cómo deshacerse de sus posturas.

Vive en una casa de piedra que su padre levantó hace unos años. Hay una escalera de madera que recorre las tres alturas. Está casi al final del pueblo, muy cerca del molino y del puente medieval por el que dicen que pasaron las tropas carlistas. Pegada a ella está la casa Almazán, en cuyos bajos se asienta la tienda del pueblo, y donde su madre trabaja lavando y planchando la ropa de los dueños. Durante el verano, se encalan los contornos de las ventanas y las puertas para que se distingan en la oscuridad, y al partir ha mirado hacia las ventanas como si tuviera miedo de olvidar cuál de aquellas casas de piedra que trepan colina arriba era la suya.

Su padre le ha prometido hacerle un armario de haya durante el invierno, para que cuando vuelva pueda guardar su ajuar. Es la costumbre. El dinero francés no sirve ni puede cambiarse, así que compran un ajuar; sábanas, alguna porcelana, bordados, lo principal para aportar al matrimonio. Pero ella, lo que de verdad desea es volver a verle, y que no se ahogue en los rápidos del río, como les ha pasado a otros almadieros.

Tardan dos días en llegar a la ermita de Arrako, han tenido suerte con el tiempo. Allí, con gran algarabía, se reúnen con las que proceden de los valles de Ansó y de Hecho. Ellas entraban por la sierra de Berrueta, después de bordear el Calveira. Algunas ya se conocen, se abrazan formando corrillos. Esperanza las envidia. Supone que ellas no padecen temores imprecisos, como ese sentirse frágil, sin nada reconocible que temer, que la invadía a ella. Hablan dando voces, ríen a carcajadas y hacen bromas.

Esperanza piensa que en Burgui se comparte todo: la iglesia, los amigos, la escuela, el río y desde luego el aire que se respira, pero a ella es eso justo lo que la ahoga. Se adapta a las adversidades, aunque su férrea timidez la hace buscar constantemente el aislamiento, esos espacios donde nadie la busca, ni se siente observada. Eso es lo que hacen los animales heridos. Mientras mira embobada la espontaneidad de sus compañeras, se arrepiente de no haber intentado aprender a tolerar mejor a los demás, avergonzándose de no haber ido a la escuela y de no saber leer.

Las jóvenes se quitan la palabra unas a otras para nombrar a los novios, los hijos o los muertos. Lo hacen riendo a carcajadas y palmeándose como si el encuentro fuera una fiesta que pudiera borrar el miedo y el cansancio. Decide sentarse junto a ellas venciendo la timidez. Se siente invisible, pero permanece con una sonrisa forzada en el rostro. Una de las chicas le pasa un trozo de queso. Se lo agradece. Contempla las colinas, las rocosas montañas, los desfiladeros. Algo en su interior lucha por abrirse paso para decirle que no está tan perdida como cree, la invita a seguir adelante. No tardará en averiguar que la textura de la solidaridad con la que se protegían las mujeres es lo que hace posible abandonar el hogar, la tierra y la familia para ir a trabajar a otro país sin morirse de miedo y soledad. Un tapiz de pequeños gestos abriga el desamparo. La compañía, el bullicio, el contacto de sus manos entrelazadas cuando el camino se accidentaba, hacía posible que las mujeres llegaran a su destino.

La noche ha caído y unas velas iluminan apenas el interior de la ermita donde pasarán la noche. Al amanecer, separadas en tres grupos, retomarán el camino. Les han dicho que pueden descansar allí porque la venta está llena y la noche es fría. Esperanza entra en el recinto y oye los ruidos amplificados de las voces de las chicas, que buscan acomodo. Apenas ve. Ha prestado la vela a una familia, y casi a tientas palpa la piedra irregular del suelo, para encontrar un lugar llano en el que tumbarse. A su espalda oye una voz femenina, con acento aragonés, que le aconseja ponerse junto a ella y apretarse a su cuerpo o el frío no la dejará descansar. Vislumbra el bulto del que procede el consejo, se arrodilla a su lado y, haciendo un esfuerzo, le da las buenas noches. La desconocida la agarra por la cintura con decisión, atrayéndola hacia su cuerpo como hacía su madre las noches de invierno.

—Si no te pegas a mí, te morirás de frío. ¿Quién eres?

—Soy una golondrina —responde orgullosa.

—Todas lo somos. —Su risa se replica en el vacío—. Pero tendrás un nombre, digo... Yo me llamo Pilar y vengo del valle de Ansó, de una aldea cerca de Huesca. —Bajando la voz, pregunta—: ¿No estabas hace un rato con las chicas de Hecho?

—Pues... no lo sé.

—Sí. Creo que eras tú. ¿Eres del Roncal?

—Sí. Me llamo Esperanza Escaín y soy de Burgui.

—Tiemblas... ¿Es por el frío o estás asustada?

Esperanza dudó antes de responder. Su madre le había aconsejado que nunca confesara el miedo, y su padre, que no temiera confesarlo. Ella no sabía qué hacer.

—Un poco de todo. No sé bien.

—No te preocupes. A todas nos pasa la primera vez. La ignorancia nos hace temblar... —En la penumbra, Esperanza ve que la chica tiene un libro—. ¿Con quién vienes? ¿Te acompañan hermanas o has venido con tu madre?

—Sola.

—¿Vas a Mauléon o a Oloron-Sainte-Marie?

—A Mauléon, a la fábrica de Cherbero.

—Bueno, no será tan difícil como crees. La mitad de las chicas están tan asustadas como tú. Piensa en eso. En Mauléon hay muchas fábricas, la Cherbero es una de las grandes; donde yo trabajo, Béguerie, también es grande. Soy *piqueuse*.

—¿Qué es eso?

—Coso la tela a la suela haciendo un pespunte. Creo que Cherbero ha traído una máquina de coser de Alemania especial para las alpargatas… La que termina más pares durante la jornada cobra más.

—Yo sé hilar la lana y hacer calcetines.

Todo sirve, pero las alpargatas son otra cosa.

Pilar se lanza a hacer precisiones sobre la confección de la alpargata que ella desconoce. Le explica las mañas del esparto cuando está muy seco, y la largura del hilo, indispensable para coser la pieza entera, y también para qué sirve el pequeño banco que algunas mujeres llevan en la mano. Esperanza piensa que la joven es una experta. No se atreve a preguntarle los años que tiene, pero intuye que es mayor que ella. Al paso de una vela ve una cara ancha, curtida por el sol, y unos ojos oscuros.

—Tenemos que dormir.

La ve guardar el libro. No quiere dormirse sin preguntarle algo que la carcome.

—¿Tú sabes leer?

—Sí. Leer y escribir —confirma satisfecha Pilar.

—¿Me enseñarás?

—¿No has ido a la escuela?

—A veces, pero no lo suficiente… Sé todos los números, y hacer cuentas, pero leer…

—Te enseñaré. Pareces lista, y yo necesito amigas listas. Cuando estemos en la Haute Ville, tendremos oportunidad de vernos. Ahora cierra los ojos, no pienses en nada y duérmete. Nos queda un buen trecho.

Su cuerpo encontró acomodo y calidez. Se durmió en unos instantes con aquella promesa flotando en su cansancio; la de aprender a leer y tener una amiga. La conversación había deshecho su miedo. Albergó el deseo de que, además de trabajo,

Francia le diera la oportunidad de saltar del lado de la sabiduría que encerraban los libros.

Poco antes de salir el sol, los que las guiaban entran en la ermita haciendo ruido y apresurándolas. Esperanza se vuelve, impaciente por hablar y mirar a los ojos a su protectora. Casi con angustia, comprueba que ha desaparecido. Mira alrededor buscándola, pero el barullo y el negro de las sayas hace que todas las mujeres parezcan la misma. Esperanza obedece pensando que afortunadamente el destino es el mismo.

Han caído unos prematuros copos de nieve, y el camino, embarrado y resbaladizo, resulta arriesgado. Un silencio sin viento las acompaña durante la primera hora. El valle de Belagua, rodeado de cumbres talladas por el viento, tiene pendientes de hasta quinientos metros, y el trayecto le parece inacabable. Las jóvenes, no obstante, hacen chanzas y cantan; las mayores piden silencio aconsejando reservar las fuerzas y tener cuidado de no precipitarse al vacío. Ella sujeta el hatillo donde lleva un par de mudas, una toquilla y ropa de invierno. Piensa en el cuaderno y el lápiz que su madre le ha metido para que haga las cuentas. Un preciado tesoro. Se maneja bien con los números, y si Pilar cumple su promesa de enseñarle a leer, empezará una nueva vida.

Llegan a Otxorrigana cuando ya amanece. Una luz dulce y brillante dora las montañas, como si las vistiera de fiesta. Esperanza guarda en su cabeza los colores inimaginables con los que a veces se tiñe el cielo de su valle. En ocasiones ha acompañado a su padre remontando el valle, pero nunca ha llegado tan lejos. Atraviesan el pico Lakhoura, con los matorrales repletos de frambuesas y endrinas, y sobrepasan varios mojones fronterizos, aunque nadie les da el alto. Los guardias saben que cuando las golondrinas se dirigen a Francia los bolsillos van vacíos.

Una de las mujeres del grupo se pone a su lado. Es de Burgui y la conoce.

—Esperanza, ten cuidado con los capataces. Se las saben todas, y tú eres muy guapa.

—Ya me lo han dicho.

—Si te toca alguno, dale un manotazo furioso, no tiembles, y dile que avisarás al patrón como vuelva a hacerlo. Si no te resistes, acabarás volviendo con una barriga.

No quiere ni imaginar que eso pudiera suceder, aunque todas las mujeres la advierten de lo mismo: de que no se quede a solas con los hombres, de que no les permita confianzas y de que no ande nunca sola cuando cae la noche. Es verdad que Esperanza es guapa. Alta y espigada, tiene una cara bonita, de expresión dulce, con los labios carnosos y los pómulos marcados. Los ojos parecen más negros de lo que son, pues unas largas pestañas le proporcionan una sombra que los agranda, pero lo más hermoso es su mirada, casi siempre posada sobre un horizonte solo existente para ella.

Por fin, a lo lejos se ven los tejados del primer pueblo importante, Sainte-Engrâce. Busca con avidez las pruebas de cuanto ha oído hablar de aquel país elegante y distinto, lleno de adelantos, de riqueza y de cafés donde las mujeres se sientan y beben una infusión en tacitas de porcelana, pero no ve más que un pueblo menos encerrado pero muy parecido al suyo, con una ermita y un río donde esperan los carros que van a llevarlas hasta Mauléon.

A esas alturas del viaje, el cansancio ha hecho desaparecer el jolgorio. Los nervios se le han atascado en el pecho y le cuesta respirar; sin embargo, no dice nada. Busca con la mirada a Mercedes, su vecina, a quien no ha visto desde el paso fronterizo, pero Pilar, que ha reaparecido en otro grupo al pasar la frontera, la apremia para que suba a uno de los carros y se siente a su lado.

—Tienes que demostrar decisión, que no parezca que no has salido nunca del pueblo. ¿Comprendes?

—Creo que sí.

—¡Ay, Esperanza! No te va a quedar más remedio que aprender rápido. Mira, niña, imagina que a partir de hoy eres otra, que la que eras la has guardado en la alacena de tu casa de Burgui y la encontrarás en el mismo lugar a la vuelta. —Esperanza la mira casi divertida con aquella propuesta—. Olvida la timidez y el miedo. Aquí nadie te conoce... ¿Tienes novio?

—No. —Ella se ruboriza.

—Hay mucha lagarta suelta. No te fíes de las que lo saben todo. Tú mira y calla, y luego me preguntas. Venimos a trabajar, a comprar cosas que otras no tendrán en su casa cuando se casen. Luego volvemos y aquí paz y después gloria. ¿Dónde me dijiste que vas a vivir?

—En casa de Leonora Mayas —recita el nombre aprendido de memoria.

—La conozco. Y también a algunas de las que se alojan con ella. Estaremos muy cerca. Yo me quedo en casa de Angelita Arriaga, por si quieres buscarme. El barrio está prácticamente ocupado por golondrinas, ya verás, te sentirás como en casa. Ojo a lo que te digan de tu patrona —le advirtió—, no hagas caso de las habladurías, hay mucha chismosa suelta, pero Leonora es una buena mujer y te tratará bien.

Su avidez por descubrir mantiene su mirada en el horizonte. El campo se parece; los árboles son los mismos, y los animales que pastan, semejantes a los que hay en los prados de la ribera. El carro se mueve tanto que parece que en cualquier momento van a salirse las ruedas del eje, pero las chicas están tan cansadas y les duelen tanto los pies que acompasan sus cuerpos al trote como si no tuvieran huesos.

—Aquello es Mauléon o, como dicen por aquí, Mauléon-Licharre. —Pilar señala hacia un horizonte de tejados—. La «a» con la «u» se convierte en «o»... Moleón —le dice acercándose a su oreja.

—Moleón.

—Eso es. Pero no te preocupes por el francés, aquí tenemos nuestro propio idioma. Un poco de aquí, otro de allá, y te entiendes porque te tienes que entender. Muchos franceses saben algo de euskera o español y tienen las mismas narices grandes. Te enseñaré. —Le coge la mano y dibuja con su dedo índice la letra «M» en su palma—. Son dos montañas, la eme, se escribe así —y repite el gesto—. Mmmm de Moleón.

El carro sigue traqueteando por un camino rodado. El paisaje se ha suavizado. Abundan campos sembrados de cereal, pequeños bosquecillos de hayas y granjas diseminadas con paisanos que las ven pasar y levantan la mano en señal de saludo.

—¿Son simpáticos los franceses?

—Son buena gente, pero simpáticos... No sabría qué decirte.

Atraviesan una aldea, pasan por una iglesia, un bosque de castaños, un pozo. Nada le es ajeno hasta que se produce un cierto alboroto. Señalan el horizonte y parece que estén viendo algo que sus ojos no saben identificar. Es Mauléon. Escucha que en la ciudad hay más de cuatro mil almas y una estación de ferrocarril desde la que se puede ir a cualquier lugar. Que hay luz eléctrica en las calles, tiendas y cafés. También existe un tranvía que comunica la ciudad con Oloron y Pau.

—El trayecto desde la Haute Ville, donde vivimos los españoles, hasta las fábricas lo llaman la calle Mayor, y al barrio, la Jota Villa. Es por el francés, las letras suenan distinto y así resulta más fácil de pronunciar. Los franceses, o los que han nacido aquí, viven en la Basse Ville. Bordeando el río Saison, sobre la rue du Collège, están tu fábrica, la Cherbero, y la mía, la Béguerie. Te enseñaré el centro. Hay dos hoteles y varios cafés en la plaza. También tiendas que tienen de todo lo que nos falta allí y unos almacenes que se parecen a los de París. Se llaman Galerías Modernas y tienen dos pisos llenos de todo cuanto puedas desear. Iremos —prometió Pilar.

Embelesada por las promesas, mira la ciudad que en ese momento atraviesan preguntándose cómo sería la vida tras las ventanas emplomadas, en los edificios de formas caprichosas y elegantes que cercan la plaza. Sus compañeras señalan una casa fornida rodeada de jardines que llaman «palacio», y un café en el que por lo visto entran las mujeres a tomar chocolate caliente. A Esperanza apenas le da tiempo de verlo todo. Tiene la garganta seca y ganas de llorar. No porque se sienta mal, sino porque cada cosa le parece un camino a tomar y está feliz por ello. Le llaman la atención las farolas con luz eléctrica, los escaparates de los comercios y los peinados y los vestidos sin corsé de las mujeres. Todos llevan calzado y van aseados. Hasta el carro llegan los murmullos de un idioma desconocido salpicado de palabras que le resultan familiares. Algunos se quitan la boina, sonríen. Están en Francia.

Dos años atrás, había acompañado a su madre a Isaba para visitar a un médico del que se decía que podía curar los frágiles pulmones de su hermano Manuel. El pueblo le pareció grande, y vio un par de tabernas y algunas casas importantes que poseían muchas ovejas, pero no se parecían a lo que veía. Cuando bajaba a lavar al río oía las historias de los que se habían ido a trabajar a Bilbao, Biarritz o Pamplona. Allí había lavadoras en las casas de los ricos y balcones que daban al mar, por no hablar del palacio donde el mismísimo rey pasaba el verano huyendo del calor de Madrid. Los que volvían al valle con dinero se hacían retratos que luego colgaban en el comedor vestidos como gentes de fuste y en los que parecían otros. Quizá Pilar se refería a aquello cuando hablaba de ser otra.

En su cabeza tiene grabada la geografía de Burgui, con su río, su presa, su puente, su molino y sus montañas, como si se tratara de los rostros de sus padres o del camino hacia la iglesia. Conoce las costumbres de sus vecinos, a quién pertenecen las tierras o los nombres de las casas, pero la ciudad que ve nada tenía en común con su pueblo… Su padre le ha advertido de que el mundo se extiende más allá de las montañas y que los barcos saltan los mares. El mundo es grande y empieza por la letra «M».

Bajan del carro junto al río. Hasta allí acuden gentes de todos los valles navarros para dar la bienvenida a las chicas. Su compañera Pilar la agarra de la mano y la conduce por una calle empedrada, que comienza con casas señoriales y sube colina arriba en una hilera de construcciones humildes e iguales que terminan en una plaza y un frontón.

Todas las casitas tienen una pequeña explanada y frente a

las puertas algunas mujeres trabajan al sol; los hombres beben en pequeñas tabernas improvisadas. Los chiquillos juegan, y en los alféizares hay flores.

—Esta es la Haute Ville, o la Jota Villa, como la llamamos nosotros. Aquí estará ahora tu patria.

Esperanza siente alivio al comprobar que, aunque las montañas parten la tierra en dos países, lo que ve en aquel barrio se parece tanto a lo que ha dejado atrás que la añoranza no va a ser tan grande como imaginaba.

Y, además, está decidida a ser otra.

3

Una novia en alpargatas

Cuando por fin regresas a tu tierra, descubres que no era tu vieja casa lo que extrañabas, sino tu niñez.

SALUSTIO

Mi padre huele a lavanda y a ámbar. Tranquiliza a su Espe, que revolotea alrededor como una polilla. Le dice que está muy guapa, y seguramente lo piensa, pero que nadie le pregunte de qué color es el vestido que lleva su reina.

Ella saca de la nevera el ramo que Gladys trajo de la floristería de Pamplona ayer a última hora. Lo zarandea con prudencia para que esté fragante y me lo entrega. Quiero abrazarla, pero no debo hacerlo. Sé que para ella hay un límite en lo que a expresiones de cariño se refiere, y el día que tiene por delante va a estar lleno de ellas. Sujeto el ramo, y durante unos segundos le agarro la mano, impidiendo que me abandone; rosas blancas de pitiminí, fresias, gardenias, algo de brezo y eucalipto.

«Yo también te quiero».

Mi madre recoge algo, vuelve sobre sus pasos, estira una punta del tul de mi falda, nos adelanta... Avanzamos a cámara lenta respetando la coreografía que impone la situación.

Esta casa, que como todas las del pueblo lleva el nombre de la familia que la construyó, tiene muchos desniveles porque en

36

realidad son dos casas unidas. Hay que sabérselos de memoria para no tropezar y subir o bajar por las cuatro escaleras que no se sabe bien por qué se conservaron. La casa de los Escaín era estrecha, pequeña y estaba pegada a la casa Almazán, una de las mejores del pueblo. De espaldas a ella y asentada sobre el camino del río, estaba la casa Avizanda, cuya familia quedó a la deriva en los años de la guerra del 36. La mujer y los niños abandonaron el pueblo, después de vender a mi abuela la propiedad por unas monedas de plata. La casa no era gran cosa, pero se tiró algún tabique, se respetaron las escaleras para ganar espacio. Ese es el motivo de que sea un caos incomprensible. Yo bajo las escaleras desde la cocina, base de operaciones y encuentro de las dos edificaciones. En la planta baja se guardan las bicicletas, se recibe a los vecinos, se almacenan los botes de conserva que mi madre hace como si no hubiera un mañana y desde donde se accede a la calle Ahí nos detenemos.

Mi padre, sonriendo, me toma la mano, la enlaza a su brazo y me interroga con la mirada antes de abrir la puerta. Estamos a punto de salir cuando mi madre coge una bolsa con el rótulo de unos almacenes y nos arroja un «¡Esperad!».

La miro y pienso en una reina destronada, y en mi cabeza Serrat canta en catalán: «*Soc el drapaire, compro ampolles i papers, compro draps i roba bruta, paraigües i mobles vells...*».*
El traje de seda verde pavo real le da elegancia, pero la bolsa... Tiene el vicio de llevar siempre una bolsa en las manos y hoy no parece querer renunciar a él. Mi padre la coge sin que ella se lo pida, porque Espe nunca pide nada a su marido, ya acostumbrado a adivinarle el pensamiento.

—Luego volvemos a por ella, cariño. —Y la deja en la mesa.
Pero ella la coge de nuevo y me mira.
—Es para ti. Lo he pensado mucho y quiero que te lo lleves. Ahora que te has empeñado en conocer las historias de nuestra familia, bueno... de las Esperanzas, esto te vendrá bien.

* «Soy el trapero, compro botellas y papel, compro trapos y ropa sucia, paraguas y muebles viejos».

—Pero, *ama*, ¿qué es eso tan importante?

—Son cartas que llegaron aquí, al pueblo, para tu abuela, después de que muriera. Están sin abrir. La verdad es que podría haberlas tirado, pero las guardé. —Mi madre mueve la bolsa en el aire, evitando entrar en contacto con ella. Yo también hacía ese gesto cuando compraba pescado—. Lo dejo en tus manos. Yo... —se toquetea la flor de la solapa de la chaqueta—, ¿qué te voy a decir? Cuando estés en Roma las lees.

Se queda esperando.

Incrédula, la miro abriendo mucho los ojos.

—Pero, *ama*, ¡justo cuando salgo vestida de novia para ir a la iglesia! Es el día de mi boda. ¿Tienes que dármelas precisamente ahora?

—No he encontrado el momento.

Una pizca de desesperación empaña mi felicidad durante unos instantes. Yo hubiera matado por esas cartas hace unos meses, pero ahora es como recordarme que este día precioso puede terminar en tormenta. Respiro y recupero la cordura. Le digo que las deje ahí mismo y que luego las suba a mi habitación. Miro a mi madre y me enternece esa eterna vacilación que baila en su mirada.

—Dame un beso —le pido.

Me abraza con cuidado. Con miedo a que se arruguen los tules, se desmoronen los maquillajes o se marchiten las flores de este día que la sobrepasa.

—Vamos —exclama mi padre mirándonos y temiendo que alguna de las dos resbale y se ponga a llorar.

No ha sido fácil llegar hasta la puerta, pero aquí estamos. Cuando mi padre pone la mano en el pomo con una mirada interrogante, me suena el móvil.

Es Gaston, mi amor, diciéndome que ya están en el pórtico esperando. Le digo que estamos saliendo y que, según mi madre, la novia debe llegar tarde. Al otro lado, me parece escuchar el ruido que hacen sus neuronas para entender el realismo mágico de mi vida. Él es francés, ha sido educado bajo el pragmatismo, ha leído a Montaigne y a Voltaire, y no tiene ni idea de lo que es poner una vela a la Virgen de los Remedios o no perderte el «Pobre de mí» en la plaza del Castillo en San Fermín. A veces se despista en la selva de mi caos, pero me encanta que me acompañe alguien que no pueda evaluar del todo los pasos que doy.

—¿Me lo guardas, *aita*? —Le tiendo el móvil a mi padre.

Si le pidiera que me trajera el nido de cigüeñas del campanario de la iglesia, incluso con el chaqué que lleva hoy, subiría a por él.

Se mete mi teléfono en el bolsillo y me prendo a su brazo de hierro. Vuelve a intentar abrir la puerta y nos mira. Las dos le hacemos una seña… *The show must go on*.

Él es un hombre doblemente importante para mí; me ha dado la vida, y luego, con la generosidad que le caracteriza, me ha revelado mi historia: ese palacio lleno de estancias a las que vas y vuelves para comprender de dónde vienes y adónde vas. La historia es un patrimonio indestructible que hay que tener en cuenta cuando uno hace la declaración de la renta de su vida.

Salimos. El calor y la luz de la tarde nos reciben y nos hacen entrecerrar los ojos. Se impuso la ceremonia a las seis de la tarde. Había que coordinar muchas cosas. Nos movemos con lentitud. El tul de mi vestido aleja a los que me rodean, y Espe lo pone en orden cada diez segundos. Parece que voy a bailar el «Cascanueces», pero es una falsa realidad; cuando llegue el momento de agarrarme a Gaston para nuestro vals, soltaré un lacito escondido y mi tutú echará a volar para mostrar que, debajo, mi vestido de seda se pega a mi anatomía como el que llevaba Gilda cuando se quitó el guante. En la esquina, donde está la panadería, hay un corrillo de tres o cuatro parroquianos que se abre en abanico para mirarnos.

Mi madre abre la comitiva. Mueve las manos como un guardia urbano y temo que las costuras de su traje de seda se resientan antes de terminar el día. Espanta unas moscas, dirige, antes de enmudecer por la emoción cuando una vecina la abraza. Su marido la mira, supervisando que no se le caiga esa teja que los que no quieren parecer frágiles tienen sobre la cabeza. En el recodo, unas mujeres me esperan para verme.

«¡La Esperanza más guapa!», dice una mujer.

Sonrío y camino por la calle empedrada que sube hacia la iglesia; la calle del Medio. Giro y avanzo por las escaleras que el tiempo ha desgastado dirigiéndome hacia la calle de la Peña. Estoy nerviosa, y me falta el aire cuando llego a la calle del Castillo y escucho tañer las campanas. Me siento como si procesionara por la calle Sierpes de Sevilla.

«¡Qué novia más guapa! Al *aita* se le cae la baba».

Mi padre responde orgulloso a las mujeres que están frente a Juanazinza Etxea. Le miro con toda la verdad que guardan mis ojos y no puedo evitar pensar en el misterio eterno que nos une, en ese azar inamovible que encola la vida de quien amamos o nos ama.

He vivido en Pamplona, donde nací. Estudié en París, en Inglaterra, en Toulouse y en Barcelona, pero en Burgui, en mi caótica casa junto al río Esca, soy la niña que fui. Aquí nacieron y vivieron todas mis antepasadas, pasé mis veranos de infancia con mi abuela. No hay un rincón de este pueblo que no conozca de memoria, y ella, la memoria, ha fijado en cada recodo mi niñez.

«¡Una novia en alpargatas! Qué majica ella», oigo a mi espalda. Y doy un pasito más, orgullosa como una palmera.

Los pueblos son abrazos dulces. Cobijan, consuelan, te fortalecen; sin embargo, también te obligan a ceder una parte de tu intimidad. Las casas están apretadas, las calles son estrechas, se comparten muros, gritos y silencios, en la misma medida que charlas y risas. Si se oye un llanto de madrugada, a la mañana siguiente tus vecinos buscarán su rastro en tus ojos y se ofrecerán para aliviar. Los que se quedan en invierno saben que están solos, lejos, y que dependen los unos de los otros.

Mientras camino despacio por estas calles, los recuerdos se levantan de las piedras. Miro las caras, las reconozco. Margarita está en la ventana de la casa Esparza. Ella se casó hace diez años en la ermita de la Virgen de la Peña. Me saluda, me sonríe. La tía de Pedro se enjuga una lágrima. Tiene la cabeza perdida y me pregunto a quién le recuerdo. Raimundo se apoya en el bastón y achica sus ojillos velados por las cataratas; así sería mi abuelo si lo hubiera conocido.

De niña, cuando preguntaba a mi madre por el abuelo, ella me agarraba de la mano y me llevaba hasta el cementerio, donde, frente a unas sepulturas medio abandonadas, me pedía que rezara un avemaría por él. A mi espalda, la abuela farfullaba aquello de que la mentira tenía las patas cortas... Pero mi madre era persuasiva.

Nunca me convencieron aquellas tumbas olvidadas. Por eso, una y otra vez, volví a preguntar a quien se puso a tiro de mi curiosidad. Pero el gato siguió encerrado, porque nadie me dio una respuesta que saciara mis ganas de saber. Una especie de secreto pegajoso volaba sobre mis antepasados, así que me rendí acomodándolos a que los avatares de la historia habrían hecho desaparecer sus sepulturas verdaderas. «No hay que revolver el pasado cuando no es bueno. Todos están muertos, Esperanza», repetía mi madre. Hubiera necesitado al mismísimo Freud para sacarla de sus secretos, pero era una niña. Pregunté a Margarita, que tenía fama de saberlo todo. Me dijo que mi abuelo, según le había contado su madre, estaba enterrado en Pamplona y no allí, y que sobre las mujeres de mi familia pesaba un maleficio: se quedaban sin hombres. Ahora la veo en la ventana y recuerdo cómo le brillaron los ojos cuando pronunció «maleficio».

Miro a mi madre y camino sabiendo muchas cosas que ella no sabe. Sé de quién se enamoraron las Esperanzas y conozco la historia de algunos objetos que dejaron tras de sí. Tengo ganas de decirle a Margarita que ya no hay maleficio, que tan solo se trata de unas jodidas existencias que se toparon con conflictos bélicos y con fronteras.

Hace ahora casi dos años, mi madre se empeñó en que había que cambiar un trozo de madera del suelo de la habitación que llamamos *sabayau*. Es lo que fue el pajar, lo que yo llamo ático. Era la habitación de las Esperanzas cuando eran jóvenes, y la mía después de que abrieran una ventana que da al río. En realidad, lo que dijo mi madre fue que ya que la madera empezaba a pudrirse había que cambiar todo el suelo. Mi padre, que teme más unas chapuzas que la niebla, antes de traer de Pamplona a un experto, miró la tarima y fue como si tropezara con algo. Uno de los listones, justo bajo el armario de haya que hizo el tatarabuelo, estaba gris, opaco, una anomalía en el suelo artesano.

Pensó que se trataba de algún tipo de hongo, que quizá una lijadita y un poco de barniz lo repararían. Pero que lo mejor era dejarlo como estaba y taparlo con alguna cosa. La tarima tenía más de cien años, y el remedio parecía peor que la enfermedad. Espe frunció el ceño y así lo mantuvo todo el fin de semana sin añadir un reproche. Mi padre se rindió, y el siguiente fin de semana volvió a arrodillarse, con igual dificultad porque le molesta el menisco, y empujó el armario para observar mejor. Según me contó, tuvo que reconocer que el punto que su Espe le indicaba de manera tenaz —«Ahí... ahí»— parecía áspero, como si algo amenazara con descomponer la armonía de la bella tarima construida por el tatarabuelo Escaín. Ni los cambios en la estructura de la casa ni las Esperanzas que pasamos por la mejor habitación osamos perturbar su encerada tarima, salvo mi madre, que ve lo que nadie ve.

Después de que su mujer lo dejara solo, prometiéndole un guisado y unas migas, mi padre lijó la cera y limpió la roña acumulada. Al final de la mañana, el listón bailó, y comprobó que la holgura facilitaba la acción de levantarlo con una independencia sospechosa. Bajo la madera que incomodaba a Espe Escaín, descubrió una caja de hojalata oxidada y una especie de rollo de tela en el que habían envuelto cartas y fotografías milagrosamente conservadas.

Mi padre le entregó la ofrenda a mi madre, pero ella corrió escaleras abajo sin decir una palabra. Mi padre y yo sabemos hasta qué punto le espanta el pasado o cualquier cosa que pueda revelarle que fue distinto a como ella quiere recordarlo. No supimos por qué la bisabuela salvó de la curiosidad aquel tesoro. Yo he querido imaginar que fue su anhelo lo que dejó aquello olvidado para que yo supiera, muchísimos años después, que una contienda le partió el corazón y puso unos ojos azules en mi rostro, semejantes al mar que vio por primera vez en Biarritz.

El hallazgo de los secretos de la bisabuela fue como rellenar con Aguaplast los agujeros de un viejo apartamento para después pintarlo y olvidar definitivamente el dolor que habían soportado sus paredes.

Pertenezco a esta tierra, a este pueblo, y por eso camino hacia una iglesia que me cobija, aunque no venga a rezar. Espero que el Dios para el que se construyó sea generoso conmigo y comprenda que vengo vestida de novia para que por fin podamos poner el punto final a esta historia y olvidemos que el pecado del amor no conduce al infierno.

Levanto los ojos. La pequeña plaza está llena de gente. En el sencillo pórtico se agolpan los invitados, que se abren a nuestro paso para que pueda encontrarme con mi amor. Alguien ha puesto una bandera francesa a la izquierda de la entrada. Me detengo a esperar las indicaciones de mi amigo José Manuel, el sacerdote. Veo como le ordena a Gaston que entre. Nos hace una seña. Mi padre me dirige con suavidad. Cierro los ojos, olfateo el aire, que huele a bosque y a infancia, y luego poso la mirada en la belleza del promontorio de la Kukula, al que subía de niña para ver los Pirineos, el horizonte de mi imaginación. Mi corazón se llena de algo que sacia la soledad y que se parece mucho al amor.

A estas alturas, ya no sé si pertenezco a alguno de los países que hay a un lado y a otro de ese macizo de montañas. En esta familia de Esperanzas, nunca se supo a ciencia cierta si la frontera estaba en la tierra o en el corazón.

4

Esperanza Escaín

Octubre de 1913

La valentía es una clase de salvación.

Platón

Pilar se despidió de Esperanza prometiéndole que volvería a buscarla. Estaban delante del número siete de la rue du Saison, una edificación igual que las demás situada al final de la calle. Incrédula, Esperanza la vio alejarse y bajar la cuesta con agilidad, levantando el brazo aquí y allá. Algunas golondrinas entraban y salían de las calles, los niños jugaban, y ella de nuevo se sintió sola. Volvió a ser la chica de Burgui ignorante y atemorizada. Paralizada, miró la fachada de la que iba a ser su casa y llamó a la puerta.

—Está abierto. ¡Adelante!

Agarró el hatillo, olvidó el cansancio y dio un paso al frente.

Leonora Mayas, la mujer que alquilaba habitaciones, esperaba a sus pupilas aplicando el rigor de su cometido. Mitad madre, mitad patrona, vestía de negro y caminaba con los brazos en jarras bamboleando las caderas. Su pelo, enroscado con esmero alrededor de la cabeza, se hallaba salpicado de hebras plateadas. Unos zarcillos de oro en las orejas le daban un aire señorial que se perdía en sus carrillos lustrosos y en las manos regordetas que toqueteaban el aire como si fuera un árbol repleto de fruta.

La joven roncalesa trató de adivinar a qué se enfrentaba mirándola a los ojos. Buscó en ella la confianza y el cobijo que necesitaba. Estaba acostumbrada a adivinar si la persona era de fiar o no, si podría ayudarla o si por el contrario era aconsejable bajar la mirada y no retarla porque podría hacerle daño. En los pueblos los niños pasan tiempo con las mujeres. Durante los primeros años, van pegados a sus faldas, y la educación es casi una cosa común. Ella ha vivido observándolas, escuchando sus chanzas, teniendo en cuenta sus advertencias. Esas pistas le hacen suponer lo que se espera de ella sin tener que preguntar.

La patrona no se sabía si era joven o vieja. El trabajo incansable, la precariedad y los críos, siempre numerosos, envejecían a las mujeres del pueblo hasta borrarles los restos de la juventud. No logró sacar conclusión alguna. El corsé le apretaba de tal manera que le faltaba el aire, le sobraban algunos kilos y al hablar respiraba con dificultad, pero tenía todos los dientes y olía a jabón, y eso siempre era bueno.

—¿Cuántos años tienes? —Se dirigió a ella mirándola de arriba abajo.

—En junio tendré dieciséis.

—Me han dicho que vienes sola.

Esperanza dudó antes de responder. No sabía si preguntaba o si constataba lo que era evidente. Solo fueron unos instantes, los suficientes para que advirtiera al fondo de las pupilas de aquella mujer adusta una chispa de ternura, el embrión de algo que disipó, en parte, aquel devorador temor que sentía.

—Sí.

—Dormirás con las hermanas de Fago. Ellas te contarán lo que me gusta o detesto, lo que permito o no. En esta casa nunca ha habido escándalos y espero que tú no vayas a ser la primera. Estarás bien —concedió Leonora casi en un susurro—. Yo cuido de mis golondrinas.

En la voz de su patrona se adivinaba el rastro de algo mullido y bueno que la reconfortó. Esperanza asintió, aliviada, sin apenas fuerzas para hacer un gesto amable. La voz no le salía del cuerpo, rígido y cansado. Se adentró en la casa guiada por las demás e imitó sus movimientos, buscando siempre un rinconcito donde nadie la viera demasiado.

En la planta baja estaban la cocina, amplia, con una estufa de hierro y alacenas, y un comedor con chimenea. Todo limpio y ordenado. Había un lugar donde lavar los platos y una bomba para tener agua corriente. En las paredes colgaban sartenes y pucheros. Por una escalera estrecha de piedra, por la que desfilaron en procesión silenciosa, se accedía a la primera planta. Leonora le mostró la habitación donde iba a dormir los siete meses siguientes. Al verla sintió una punzada en el corazón: seis camastros, unos cajones de madera para meter las pertenencias y un viejo armario con una luna oxidada. La opresión de saber que iba a compartir el espacio con cinco desconocidas la hizo coger aire de forma audible, pero sus compañeras ya estaban eligiendo sitio decididas. Se tumbó en el camastro y apenas se detuvo a esperar a que las demás dejaran de moverse. Se durmió de inmediato.

Según le contarían más tarde las chicas, las dos puertas que había en el rellano no eran de su incumbencia. Una estaba ocupada por un huésped al que nadie había visto nunca y la otra era donde dormía la patrona. Las chicas tenían terminantemente prohibido rondar por allí y el decoro era imprescindible. No se admitían visitas salvo que se hubiera solicitado permiso para recibir a familiares. En ese caso podían encontrarse con ellos en el comedor, donde había una mesa grande de patas torneadas y seis sillas. Además del desayuno se servía la cena, que consistía en un plato de migas con un poco de tocino, lentejas o una sopa de ajo.

Le pareció extraordinario descubrir al día siguiente la existencia de un retrete, al lado de un lavadero con una ventana desde la que se veía un trozo de huerta medio abandonada. De la pared colgaba un barreño metálico de considerables proporciones para quien quisiera tomar su baño mensual.

—La fuente está muy cerca —le dijo la mujer mientras calentaba un poco de leche—, y el río no está lejos. Hay un establecimiento de baños en la rue Rambouillet.

Tuvo un día para descansar, para meter los pies en agua fría, lavar la ropa del camino, tenderla al sol y orientarse. Durante la noche, tumbadas en los camastros y con el sueño extraviado, compartió, con la oscuridad como cómplice, algunas palabras con las chicas de Fago y Ansó. Dos eran hermanas, Blanca y Estrella, y las otras tres venían de una aldea cercana a Huesca. Para ellas era su tercera temporada y estaban contentas. Nunca se habían puesto enfermas ni, como saltaba a la vista, se habían caído por los abisales desfiladeros. Estrella iba a casarse el verano siguiente. Su novio tenía un trozo de tierra para cultivar, y ella, sábanas y toallas para la familia que formarían y los hijos que vinieran, un ajuar primoroso. Al cabo de tres años de trabajo infatigable, él pondría la casa y ella levantaría el hogar. Tenía un juego de café de porcelana, los marcos de los cuadros en los que pondría sus fotos de boda y una peineta de filigranas de metal que había comprado en Oloron, más que suficiente para sentirse dichosa. Lo tenía todo previsto, hasta el olvido de aquellas estaciones de invierno cosiendo alpargatas.

Esperanza había oído hablar de los pueblos de los que procedían. Su padre iba con frecuencia a una maderera u otra y le contaba que en los valles los pueblos eran parecidos a Burgui, solo que, hacia abajo, hacia Aragón, había tierras donde sembrar cereal. Los pastores del valle buscaban pastos en las Bardenas, y los que se dedicaban a la madera miraban a las tierras del sur para venderla. A Pamplona se iba a otras cosas, a hacer papeles, a pedir permisos, a buscar boticas, pero cuando había que trabajar se miraba al sur.

Casi antes de que saliera el sol, sus compañeras la despertaron. La casa olía a fogata, y en la cocina había leche caliente. La joven roncalesa imitó los movimientos de las otras chicas. Caminó hacia la fábrica medio aturdida y con un nudo en el estómago. A medida que atravesaban el barrio, muchas jóvenes iban incorporándose a la comitiva. Apenas había caminado unos metros cuando vio a Pilar agitando los brazos.

Todas llevaban el delantal negro, y el moño bien sujeto. Algunas portaban un pequeño banco de madera que supo que era para realizar el trabajo individualmente, sin usar los bancos corridos donde se sentaban las trabajadoras. Parecían alegres, formando un único grupo que se movía como una bandada de aves inquietas y oscuras. Unas caminaban en silencio, apretando en torno a su cuerpo el chal de punto tejido con la lana de las ovejas roncalesas; otras cantaban coplas populares, jotas aragonesas, sin saber a ciencia cierta si lo hacían por alegría o para espantar la tristeza.

Pilar fue presentándole a algunas compañeras, les decía su nombre y el pueblo de donde venían. Esperanza las miraba tratando de conservar en su cabeza aquellos rostros que se parecían tanto. De pronto, Pilar le tiró del brazo para adelantarse.

—Ya sé quién te va a ayudar.

Se puso de puntillas hasta que pareció dar con quien buscaba. Se acercó a una mujer madura y recia y hablaron mientras su amiga señalaba a Esperanza.

—Haz lo que ella te diga. No tengas miedo. Entre mujeres estás a salvo.

La despidió a la entrada de la fábrica Béguerie y Esperanza siguió adelante junto a la mujer. Tenía un rostro afable y enseguida le dijo que procedía de Isaba. Después de cuatro preguntas orientativas, Dolores, que así se llamaba, se llevó la palma de la mano a la frente. Conocía a su padre y la proximidad endulzó su temor.

La presentó al encargado, un tal Eulogio, que tomó el papel que le tendía Esperanza mirándola con curiosidad.

—¿Sabes coser a máquina?

Iba a decir que no cuando Dolores se adelantó.

—Pues claro que sabe coser.

—¿Tienes dieciocho años? —El hombre volvió a examinarla deteniéndose en sus pechos.

—No nos hagas perder el tiempo… Luego dirás que no hemos terminado el trabajo. Mejor mira a las chicas del Moulin Rouge, que ya sabemos que esas te gustan —apuró la mujer, empujándola hacia el interior de la nave.

La joven asistió a la escena en silencio, tratando de que no la delataran los temblores.

—Mantente lejos de ese hombre —advirtió en voz baja su compañera—, y no te fíes de lo que te ofrezca o acabarás llena de babas y preñada. Nunca vayas a la parte de atrás sin una compañera. Te enseñaré a manejar las máquinas y averiguaremos qué se te da mejor.

En un banco alpargatero, las mujeres trabajaban de forma manual el cáñamo, el yute, la lona, la aguja y la lezna. Cosían las suelas y montaban los empeines y las taloneras de lona. Casi en el medio de la fábrica, había una mesa larga donde las trabajadoras, a ambos lados, cosían en máquinas que hacían un pespunte perfecto. Su compañera y otras que conocían el oficio la vigilaron y enseñaron durante los primeros días, hasta que Esperanza, centrada en aprender, pudo trabajar sola sin que Eulogio la importunara de manera constante.

Las españolas, todas llegadas de zonas aisladas y rurales, arrastraban la humildad necesaria para seguir siendo requeridas en sus trabajos. No se quejaban. Necesitaban ahorrar dinero para comprar el ajuar y tenían poco tiempo libre. Pero regresaban a casa, y eso las hacía sentirse distintas a otros trabajadores que emigraban para no volver. En los alrededores de sus viviendas, reproducían lo más parecido a sus pueblos en tabernas improvisadas; los hombres bebían, convirtiendo los céntimos a reales y los francos a pesetas, simulando no haber dejado el pueblo para soñar hacer fortuna y permanecer en él.

Supo Esperanza que los primeros roncaleses habían llegado en 1870, y que eran algunos de sus descendientes, los afincados en Mauléon, los que manejaban lo importante. Estaban José Armendáriz, el peluquero de la rue Bergeron; Luis Carrera, el sastre de la rue Saint-Étienne, y la bodega de madame Sánchez, adonde llevaban las garrafas para rellenarlas con el vino de mesa. Muchas mujeres, y algunas niñas al volver del colegio, seguían cosiendo las alpargatas en sus casas, aunque les pagaran menos que en las fábricas. Era el *piquage*, aquel arte manual de ensamblar la punta y el talón, y no había una niña en la Haute Ville que no supiera hacerlo. Las madres se encargaban del *soustache*, un bordado en el empeine que estaba mejor pagado.

Los domingos, día bendecido, no se trabajaba. Con la mejor ropa, acudían a la iglesia y daban algún paseo hasta el castillo, situado en lo alto de la colina, donde en el mejor de los casos algunas jóvenes experimentaban la emoción de los besos furtivos. Allí las promesas parecían más consistentes. Pero lo urgente no era pensar en el amor, algunas preferían perderse en los bosquecillos de los alrededores para volver con el delantal repleto de leña para las estufas.

Las fiestas y los bailes eran las estrellas de aquel firmamento. Las primeras eran en la Haute Ville en el mes de mayo y duraban dos días, después venían las de la Basse Ville, las de Licharre, las de Allées, las de Sablière, las del Quartier General... Muchos franceses envidiaban la alegría infatigable de aquellas chicas responsables y trabajadoras. No comprendían que, a pesar de sus condiciones de vida, tuvieran siempre la predisposición alegre del olvido. A su vez, ellas observaban con admiración la decidida voluntad de sus vecinos por luchar por una vida de bienestar y progreso a la que no entorpecía nada. Por eso, de vez en cuando, algunas valientes se enredaban en amores olvidando la frontera. Sin embargo, en la cabeza de ellas repiqueteaba sin cesar la copla de la «Falsa monea», que de mano en mano iba y ninguno se la quedaba. La naturaleza había impuesto una geografía que los países aprovechaban para intercambiarse la honra en un ir y venir; la historia había hecho el resto.

Esperanza se acostumbró a la rutina. Apreciaba lo que tenía: una ventana abierta a un mundo nuevo. Le gustaba concentrarse en el murmullo de las mujeres mientras encadenaba los pares de alpargatas. Las jornadas de once horas comenzaban a la salida del sol. Al principio el cansancio y el dolor de espalda estuvieron a punto de hacerla enfermar; luego, siguiendo los consejos de las demás, utilizaba algunos trucos: permanecer erguida, sujetarse la toquilla cruzada al revés, caminar cuanto pudiera y no pensar en el hambre o el frío. Una campana anunciaba el final de la jornada. Al salir, muchos días ya estaba oscuro, y Pilar solía esperarla para hacer el camino juntas.

—¿Has cumplido?

—Sí. Lo he hecho.

—Y ese cerdo de Eulogio... ¿te ha metido la mano bajo la falda?

—¡No!

—Lo intentará, así que ojo avizor.

—¿Qué es el Moulin Rouge?

—¡Ay, Dios!... Pero ¿dónde has estado metida, chiquilla? Tenemos que darnos prisa y enseñarte a leer para que sepas lo grande que es este mundo. El Moulin Rouge, el Folies Bergère o el casino de París son sitios de teatro, cabarets donde las mujeres cantan, fuman y están medio desnudas.

—Putas...

—No. Solo atrevidas. El año pasado estuve en Burdeos y fui al cine... Vi a la Mistinguett. —Pilar advirtió la cara de asombro de Esperanza y se palmeó los muslos exagerando sus gestos—. Pero, alma de cántaro, ¡tú no sabes *na* de *na*! ¿Tampoco has escuchado a Maurice Chevalier?

Esperanza negaba con la cabeza.

Ese mismo día Pilar habló como un sacamuelas de todo cuanto le parecía indispensable que supiera su amiga. Una confianza desconocida hizo que la joven preguntara, para más tarde imaginar y descubrir una puerta oculta que iba a permitirle escapar de su soledad. En eso debía de consistir tener una amiga, y al imaginarlo un calor tibio se le extendió por el pecho.

—Las letras... Enséñame las letras.

Le mostró las letras. Primero las vocales, luego las consonantes. Esperanza guardaba sed de averiguar todo cuanto Pilar pudiera ofrecerle. Durante el camino diario, como un juego, recitaba palabras para que deletreara. La empujaba a que las encontrara en los rótulos que había en el recorrido y en trozos de periódicos, o simplemente dibujaba en el polvo las primeras palabras, las que decían los niños... Cuando llegaban a sus destinos y se separaban, Esperanza proseguía, con la cabeza llena de letras que ordenar. Cosía las alpargatas murmurando e iba sellando certezas y almacenando dudas. Las palabras conseguían hacerle olvidar el frío, el dolor de las manos. Hasta que un día, como si un rayo iluminara la oscuridad del bosque, entendió lo que había escrito en un papel y su emoción le arrancó unas lágrimas de felicidad. Había encontrado el camino para escapar del miedo, de la ignorancia.

Como en todas las emigraciones, un pequeño sector se mantenía más permeable y sensible a las costumbres del país que los acogía, mientras otros trabajaban con los ojos cerrados hasta que llegaba el momento de volver. Pilar formaba parte de quienes no cerraban las puertas a lo que el país vecino pudiera ofrecerle. Su amiga no paró de hablarle de cuanto sabía de París o Madrid, de los mapas, la geografía y de aquellos que iban en busca de vidas mejores al otro lado del mundo. Esperanza acumulaba curiosidad, especialmente por el mar que separaba Europa de América, adonde Pilar quería ir algún día. Las palabras evocaban imágenes; las rutas y las vías las acercaban. Dios le había enviado a Pilar para olvidar unas cosas y perseguir otras.

La timidez de la joven roncalesa, además de zozobra, le había proporcionado algunas armas. Poseía un instinto natural para evitar los problemas y una voluntad férrea que incluía el respeto a lo desconocido. Pilar, además de leal y generosa, trasmitía arrojo y la firme decisión de no perderse nada. No le importaba demasiado el sonido de las campanas, de las que le hablaba Esperanza; si tocaban a muerto o anunciaban nacimiento, le traía sin cuidado, «solo hay que conocer la del fuego, saber de campanas no me va a sacar de pobre». Lo que se decía en la iglesia la aburría y, aunque temerosa del castigo de Dios, atendía más a su curiosidad. Juntas anulaban el miedo al pecado y abrían la mente a aquel país que juzgaba menos y comía más.

Es verdad que los domingos iban a la iglesia, aunque más para reconocerse y encontrarse con los demás que porque necesitaran a Dios. A la salida, se separaban de los grupos. Ellas habían descubierto el salón de madame Antoinette, una mujer de Mauléon que había vivido en París pero que al enviudar se vio obligada a regresar llevando consigo las costumbres capitalinas. Situado detrás del castillo Bidegain, las jóvenes, amparadas por un roble, se sentaban a observar semiescondidas a las mujeres que entraban en la lujosa casa con jardín vestidas como en los almanaques; sin corsé, con sombrero y faldas rectas, los talles altos, las blusas de encaje. A través de los ventanales las veían moverse, tomar copas de vino y bailar a los ritmos que imponía la moda de la capital. Cuando el tiempo era caluroso, las escuchaban en el jardín hablar de libros, de los derechos de las mujeres, de moda, amores, viajes y países.

Volvían al barrio bajo el embrujo del salón, y Pilar pronunciaba en voz alta la colección de deseos interminables que acumulaba para «algún día...»: ir a la playa, tener una bañera, montarse en un automóvil, tener un novio guapo que la respetara y bailar en un cabaret donde actuase la Mistinguett... También había decidido abrir un salón de moda, aunque aún no sabía si lo haría en Zaragoza o en alguna capital de América, adonde iría «algún día», cuando por fin pudiera dejar su pueblo y emigrar a un lugar en el que nadie supiera que su padre las había abandonado a su madre y a ella por una cupletista de Barcelona.

—Y tú vendrás conmigo, Esperanza.

—Pero antes tengo que saber leer.

Desde un principio Leonora sintió predilección por aquella pupila silenciosa y, en la medida en que podía, trataba de ayudarla. Por eso, y porque conocía a la alegre Pilar, les permitió quedarse en el comedor los domingos de invierno con el fin de que tuvieran un lugar para estudiar. Algunas tardes las acompañaba Blanca, la chica de Ansó que, aunque leía a trompicones, no sabía escribir. La patrona se sentaba cerca bordando algún mantel interminable e intervenía contando anécdotas de su vida. La proximidad con las chicas le agradaba, siempre que no se tomaran excesivas confianzas. Leonora las supervisaba, interrumpiéndolas para advertirles de que desear ser distintas de las demás mujeres o participar en las luchas obreras no iba a traer nada bueno.

—Reconozco que saber leer y escribir es indispensable para que no nos engañen. Pero de ahí a llevar pantalones...

Pilar se tapaba los oídos, y Blanca reía ante las palabras de la patrona.

—Mire, doña Leonora, hay lugares donde las mujeres luchan para poder votar y elegir lo mismito que hacen los hombres. ¿Cree que su madre, que en paz descanse, hubiera tenido una pensión como tiene usted con su marido en Burdeos? Habrían pensado que usted no era una mujer decente. Las cosas cambian, gracias a Dios, y ya lo verá... llegarán las sufragistas y nuestra vida cambiará.

Leonora se echaba las manos a la cabeza.

—¡Un día te van a callar la boca! No te señales, Pilar, o perderás lo que tienes. Si el patrón se entera de cómo piensas, te echará a la calle.

—Eso, a vivir siempre con miedo... —rezongaba Pilar.

Con tesón, la joven roncalesa aprendió, casi de memoria, unas cuantas palabras en francés. Le gustaba aquella manera de susurrar que tenían los franceses. Hacía listas con los sonidos que hacían al pronunciarlas repitiéndolas en soledad. Para cuando llegó el mes de enero, ya se atrevía a leer el rótulo del café du

Commerce pronunciando la «u» como una «i». En cuanto tenía ocasión, se pegaba a quien hablara en francés, preguntaba en la panadería por una calle o se prestaba para llevar un recado a la tienda. Había advertido que el idioma levantaba barreras, aislaba a las golondrinas obligándolas a un silencio servil e inútil, y las relegaba a los barrios donde se sentían seguras con sus compatriotas. Si saludaba con un *bonjour* o se despedía con un *bonsoir*, las cosas eran más fáciles.

—¡Mira la niña! Si parece que silba como las francesas y hasta habla bajito...

—Ir y volver por esas montañas me tiene que servir para algo más que comprar una vajilla.

Escribir le costaba más, pero su lengua era ágil y hacía enormes esfuerzos por leer y comprender todas las palabras de uno de los almanaques que guardaba la patrona. A pesar de las jornadas agotadoras, encontraba un momento para descifrar el significado de las letras y anotar en su cuaderno los francos y los céntimos que llevaba ganados desde el mes de febrero, cuando aprendió a escribir el nombre de aquel mes de nieves y nostalgias. A las chicas que no habían cumplido dieciocho años les pagaban quince céntimos por hora, mientras que las mayores cobraban casi el doble.

Seis meses después, y sin que hubiera advertido el paso del tiempo, la primavera se abrió paso y llegaron las últimas semanas de trabajo. Cosía los pespuntes permitiéndose la licencia de pensar en su casa, en el ruido de los pasos de su padre en las escaleras, en el olor del aire. Añoraba a su familia con prudencia. No caía en el vicio de anhelarles hasta sufrir por su ausencia. Veía a muchas chicas llorando y queriendo regresar al refugio de sus humildes hogares. Ella, gracias a Pilar, se había centrado en Mauléon, y la lejanía había desdibujado a los suyos, como si aquella pequeña ciudad le hubiera prestado una identidad distinta.

Aconsejada por Leonora, había abierto una cartilla de ahorros que su patrona supervisaba. Tres días atrás, el ambiente había cambiado en la Haute Ville. Los patronos habían comenzado a pagar el finiquito a las mujeres que regresaban a sus pueblos. Ellas, que habían trabajado incansablemente desde el otoño, bajaban a la ciudad a saldar sus cuentas y comprar telas, sábanas, utensilios de cocina, jabón con olor a violetas y hasta unas tazas de porcelana de Limoges. Para muchas de ellas un buen ajuar era lo necesario para casarse mejor. Para otras suponía una ayuda para la familia.

En los puestos fronterizos las esperaban las autoridades, sabedoras de que las mujeres no podían regresar con dinero. Si les daban el alto, las consideraban contrabandistas y más de una vez les habían quitado el fruto de su sacrificio, así que se organizaban para que eso no sucediera. Familiares o amigos se encargaban de pasar las mercancías días antes del viaje. Lo hacían por zonas más difíciles y poco vigiladas, como la Peña de los Buitres o la falda de Lakartxela, en caravanas de mulas. El dinero de las hijas y las hermanas era sagrado.

Esperanza tenía acordado encontrarse con un hombre que esa misma noche partiría para llevarse sus compras hasta un punto donde le esperaría su padre. Ellas, las golondrinas, volaban ligeras.

El martes trabajó hasta las doce. Entre el bramido de las máquinas alemanas que cosían, cortaban y tejían, las chicas pronunciaban nerviosas los nombres de los pastores, leñadores o almadieros que las esperaban. Los padres concertaban los matrimonios de sus hijas; los hombres proporcionaban el techo, y las mujeres aportaban el ajuar. Otras calculaban las temporadas que iban a necesitar en Francia para reunir el dinero que costaba un pasaje en un barco que partiera rumbo a América. Blanca le regaló un lazo para el pelo, y María, la aragonesa, le tejió unos calcetines. A pesar del cansancio, de las manos llenas de heridas y callos, del hambre, del sueño y de la nostalgia, todas se sentían afortunadas.

Un poco antes de la hora, Esperanza vio a Pilar haciéndole señas desde la puerta. El capataz le había dado permiso para salir antes para hacer las compras. Se despidió de las compañeras que se quedaban o que harían el trayecto en otra fecha y fue a reunirse con su amiga. Nerviosa, iba palpándose el pecho, donde llevaba escondido el dinero que pensaba gastar en los almacenes del centro. Los francos no podían utilizarse en España, pero los productos podían venderse o intercambiarse. Con los años, recordaría siempre aquel día; la ansiedad que le produjo la idea de disponer de algo que no era del todo suyo, la responsabilidad de hacerlo bien, la necesidad de que la cantidad acumulada le alcanzara para lo esencial y sobrara para lo soñado.

Habían pasado tantas veces por los escaparates que se conocían el producto mejor que las propias dependientas. Casi todos los domingos, entre el salón de madame Antoinette y la iglesia, Esperanza había contemplado los tarros repletos de caramelos brillantes, las chocolatinas y los preciosos frascos de cristal tallado que contenían perfumes de Oriente. Se había fijado en los precios de las telas de algodón, las sedas y los tafetanes, y también en los bálsamos del doctor Bernaud, que prometían aliviar la tos y curar pulmones débiles como los de su hermano Manuel. Pilar había reservado metros de algodón, bordados, hilos y pasamanerías pensando que aquel verano quizá un muchacho llamado Francisco, que la miraba bien, la mirara mejor y le pidiera noviazgo. Y había llegado el momento.

Una chica elegante que olía a violetas les dio las buenas tardes en francés. Esperanza sacó de entre sus palabras memorizadas un *bonjour*, y la joven, en un español ondulado por las erres, las condujo a la sección de tejidos.

Adquirió un rompecabezas de cartón, un mono de hojalata al que se le daba cuerda y tocaba los platillos, tres cuadernos y una caja de lápices de colores. Un tarro de caramelos de violetas, un par de cuellos de encaje y unos metros de telas variadas para confeccionar cortinas y delantales.

Era bastante más de lo que había imaginado que podría comprar, y en la libreta dejó unos francos como le aconsejó la patrona, porque «nunca se sabe». Abandonaban ya los almacenes cuando Esperanza se detuvo en uno de los rincones en cuyas estanterías reposaban cientos de libros.

—Mira —le advirtió su amiga—, tienes muchos libros para leer.

Y entonces se sacó del bolsillo las monedas que le quedaban y procedió a contarlas. Luego se acercó a un empleado vestido con guardapolvo blanco y, frunciendo los labios, murmuró:

—*Madame Bovary.*

—*Voilà le roman qu'a écrit... Gustave Flaubert, n'est pas?**

Pilar le hizo un gesto inequívoco subiendo los hombros y encogiendo el cuello. El hombre le dio la espalda y buscó en uno de los estantes. Poco después salió con el libro en las manos.

—Un señor amigo de la familia Béguerie me ha dicho que todas las mujeres deberíamos leer esta novela. Para mí tiene demasiada letra, la paciencia no es algo que me sobre, pero tú seguro que consigues terminarla y cuando volvamos me la cuentas.

—¡Mi primer libro! Gracias, Pilar.

Pilar se había marchado cuatro días antes que ella, en uno de los primeros grupos.

El último domingo de mayo, cuando la luz de la primavera entró por el ventanuco de la habitación, Esperanza dio un respingo al abrir los ojos. Se sintió especialmente agradecida por aquel primer rayo que le daba en la cara. Dio gracias a Dios por haber sobrevivido al invierno y por que el mundo desconocido que se iba revelando ante sus ojos no la hubiera cegado del todo dejándola sin razón. El agujero del miedo no la había devorado.

A las seis de la mañana, debía estar en la plaza con su hatillo. Se quitó el sueño bostezando y juntó fuerzas para levantarse. Ahuecó y enrolló el precario colchón, que colocó contra la

* «Aquí está la novela que ha escrito Gustave Flaubert, ¿no es así?».

pared, junto a la caja de madera donde había guardado sus escasas posesiones.

Como de costumbre, fue la primera en utilizar el retrete y lavarse en la palangana. Se miró en el espejo. Hizo unas muecas y sonrió, ensayando la mejor de sus expresiones. Lo había conseguido: vivir seis meses en otro país, lejos de su familia, trabajando en algo que no era la tierra, ni las labores del hogar. Su rostro ya no era el mismo que cuando había llegado. Tras vestirse para el viaje, se colocó la faldriquera, donde guardó la foto que Pilar y ella se habían hecho en el salón de monsieur Resnais, e introdujo sus papeles y su pasaporte. Luego bajó a la cocina; la señora Leonora tenía la leche caliente y un poco de pan seco para mojar.

—Come, Esperanza, aunque no tengas ganas. El viaje es largo.

Su patrona le había besado las mejillas o acariciado el pelo muchas más veces que su madre, y ella había comprendido lo bien que sentaba el cariño y le había respondido con el suyo.

Leonora no tenía hijos. El marido trabajaba como estibador en Burdeos y estaba siempre a punto de regresar. El arco perfecto de sus cejas y el óvalo de su cara indicaban que había sido una mujer hermosa, pero los vestidos oscuros, el acolchamiento de las caderas, y una mueca de tristeza en la boca la habían transfigurado en una mujer hosca y silenciosa. Desde que la había visto por primera vez, y pese a los esfuerzos que hacía por mantener aquella actitud hosca, percibió en ella algo que las unía, un cobijo.

El sonido de una tos masculina llegó a la cocina para sorpresa de Esperanza. Corrían innumerables chismes en torno a la vida de Leonora. Las chicas decían que en la habitación cerrada con llave nunca hubo un huésped y que, en realidad, la mujer escondía tesoros del tiempo en que había llegado a Mauléon con su madre, de la que se rumoreaba que había sido prestamista. Alguna mujer mayor contaba que su marido era muy apuesto, que trabajaba organizando a los polizones que se metían en los barcos que iban a América, pero que no la quería a ella, sino a una francesa que se pintaba mucho la cara y vivía en las casas cercanas al río Garona.

—¿Es el huésped o su marido? —preguntó Esperanza mirando a su patrona.

Los ojos oscuros de la mujer chispearon. Se acercó a ella después de buscar en la alacena y le dio un bollo de leche coronado con azúcar quemada.

—Guárdalo con lo que te he preparado. Que no lo vean las otras. Lo ha traído mi marido, te irá bien para el viaje —dijo mientras lo envolvía en un pañuelo de algodón.

—En verano, cuando esté en Burgui, le escribiré —dijo Esperanza poniendo su mano sobre la de la mujer.

—Me gustará saber de ti.

—Volveré en octubre.

Se abrazaron con ganas. Leonora volvió la cara para que Esperanza no le viera los ojos, pero ya era tarde; la joven tenía las mejillas húmedas tras separarse de su patrona. En la plaza, despuntaba el día y un par de carros esperaba a las golondrinas. Se montó en uno de ellos sin mirar atrás. Sabía que volvería.

Desanduvieron el camino, les sobrevinieron el cansancio y la prudencia al caminar por los desfiladeros conteniendo el aliento, y cuando llegaron a la ermita, junto a la venta de Juan Pito, Esperanza se tumbó para descansar y buscó en el hatillo el libro que le había regalado Pilar. A la luz de la vela, distinguió la letra de su maestra y amiga, y leyó la dedicatoria.

Somos golondrinas, y este vuelo nos unirá para siempre. Te espero en otoño.

PILAR

Esos fueron los primeros tesoros con los que la golondrina Esperanza Escaín volvió a Burgui en mayo de 1914, apenas unos meses antes de que estallara la Primera Guerra Mundial.

5

Elissabide significa «camino de la iglesia»

Algunos nacen grandes, otros hacen grandes cosas, y otros se ven aplastados por ellas.

WILLIAM SHAKESPEARE

Camino por el pasillo central de la iglesia abducida por la liturgia que me han preparado. Por los altavoces suena «Salut d'amour», de Edward Elgar, cortesía de mis amigas, que han gestionado el permiso de incluir tecnología en la ceremonia. El corazón me late a toda velocidad. Bajo la vista a mis pies. No sé de dónde ha sacado Gladys una especie de moqueta roja que hace las veces de alfombra, pero, en este instante, me la imagino pidiendo a algún compatriota los restos de una feria o una inauguración. Tiene una red solidaria de peruanos originarios de su Cajamarca anhelada, que combaten la añoranza con redes sociales y la reutilización de todo cuanto desechan los reyes de la sociedad del bienestar.

Gladys vive en la casa de Pamplona, con mis padres, desde hace más de diez años. Apareció en nuestra vida en forma de ángel indígena, pulcro y digno. Llegó para cuidar a una vecina centenaria que vivía en el tercero izquierda, y no sé qué hubiera sido de mi madre sin ella.

Arrastraba una maleta grande como un féretro que apenas tuvo tiempo de abrir, pues nuestra vecina murió cinco días después de que se hubiera instalado. La pobre Gladys se vio sin domicilio ni trabajo, y mi madre, que andaba ya mermada de voluntad para quitar el polvo a las porcelanas de Limoges de sus antepasadas, se apiadó y le ofreció trabajo un día a la semana. Como Gladys no tenía dónde dejar su equipaje y Espe cuando calla otorga, le encontró un lugar, un armario donde colgar sus cosas y una cama, y así, sin saber cómo ni por qué, acabó viviendo en casa. Luego vino todo rodado. Ahora ella viene y va, entra y sale tarareando canciones del cantautor de mi madre y organizando el aburrimiento de mis progenitores.

—Te brillan los ojos, golondrina —me susurra Gaston mientras las toses resuenan cuando se silencia la música—. ¿Has dormido bien, *mon amour*?

Mi padre suele decir que el brillo en los ojos de una mujer aparece un segundo antes que en los de los hombres. Añade, con esa sabia economía de lenguaje con la que se maneja, que esa apreciación debería haber sido una señal ineludible para que las cosas no fueran tan difíciles para el género femenino. Cuando termina el razonamiento, mira a mi madre. Ella desvía su atención hacia cualquier cosa, como si no supiera que es el centro de su vida. Gaston es un abrillantador de la mejor calidad. Cuando me dice *mon amour*, el mundo, durante esos instantes, se ajusta a la medida de su abrazo.

—Sí, pero te he echado de menos. Ya estoy con ganas de que esto termine —digo sin dejar de sonreír, porque hay diez personas sacándonos fotos.

Están sus hermanos, Elena y el marido de Marina, además de Enrique Moreno, un fotógrafo extraordinario de Bilbao al que mi madre ha contratado para que recoja el aliento de nuestra felicidad.

Aun echando en falta una familia más extensa, unos tíos, unos primos que vinieran a desordenarme mi vida de hija única y sobreprotegida, fui feliz. Mi admiración por las familias grandes, a las que he envidiado hasta creer que me crecían los dientes, me llevaba a pensar que quien vivía entre tantos parientes siempre tenía a alguien que podía acompañarle, consolarle, o que hiciera ruido cuando estuviera nervioso para no quedarse a solas. Casi todas mis amigas tenían hermanos, primos, tíos... Se quejaban de que no podían poseer cosas, de que heredaban la ropa, los libros, y ponían el termómetro junto a la bombilla para quedarse en casa recibiendo mimos únicos e individuales, pero yo hubiera matado por tener un hermano mayor.

Nunca llueve a gusto de todos.

El matrimonio de mis padres fue la segunda oportunidad para ambos y, por lo tanto, el tiempo de crianza se había evaporado. Él, aunque oriundo de un pueblo cerca de Pamplona, había vivido parte de su vida en Burdeos con una pareja con la que compartió más de diez años; no tuvieron hijos y ella no quiso seguirle cuando sacó la plaza de profesor titular de Historia en la Universidad de Navarra. Mi madre, por su parte, se había casado con un amor casi de infancia, cuando tenía veinticuatro años. Compañero de instituto, un chico del pueblo, nieto de golondrina... El mismo recorrido vital para dos seres que parecían destinados a estar juntos.

Lo poco que sé es que, cuando mi madre terminó Enfermería, él ya era maestro y decidieron casarse. Se establecieron en Pamplona, en un pequeño piso del centro cuya hipoteca tenía previsto alcanzar a los cuatro hijos con los que soñaban. Como eran jóvenes, decidieron esperar un par de años. Durante ese tiempo de miel y sueños, mi abuela me contó que mi madre, aunque muy suya, no tenía miedo de nada. Que trabajaba en urgencias y que los médicos se la rifaban cuando estaban de guardia porque era valiente, decidida y sobre todo compasiva; todos la querían en el hospital de San Juan de Dios. Un día, mientras descansaba en casa, la avisaron de que su marido estaba en urgencias. Corrió hasta allí sin pensamientos funestos pero, cuando llegó, supo por una compañera que el hombre del que nunca habla había sido atropellado por una furgoneta. Tenía tantos huesos rotos que hubo que llamar al cura. Con él, mi madre enterró sus sueños de formar una familia grande y, de paso, como con el hierro con el que se marca la ganadería, quedó traumatizada por la inesperada adversidad.

Mi padre, al que he hecho repetir cientos de veces la manera en que se conocieron, me dijo que, cuando llegó a su vida, acceder a ella había sido como el asedio a una fortaleza inexpugnable. Pero él, de una manera o de otra, siempre encuentra la fisura necesaria para abrazarte, quererte, y en su caso engendrarme y desorientar el miedo que tenía mi madre a que los hombres de su vida desaparecieran. Yo fui el último tren a Berlín, y detrás no vinieron los anhelados hermanos.

La sombra de la soledad me perseguía, casi como el maleficio que pesaba sobre mis Esperanzas, antes de conocer a Gaston. Había estado casada con Álex, mi ex, diez años, y no habíamos tenido hijos porque no habían venido. Antes de confesar a mi francés que era el hombre de mi vida, le pregunté si tenía familia. Me miró desde lo alto de su sonrisa, tratando de averiguar dónde estaba la trampa en mi ambigua pregunta.

—Me refiero a quién se sienta a tu mesa la noche de Navidad.

Me contó que tenía padre, madre, dos hermanos, una hermana, además de una parentela incalculable repartida desde Bretaña hasta el País Vasco. Entonces le dije que era el hombre de mi vida y le pregunté si quería tener hijos.

—Depende de la madre.

Elissabide es su apellido, y le viene de una larga saga familiar. Se escribe con dos eses, pero la ortografía que viaja por los Pirineos es una contrabandista. Están los Eliçabide, apellido escrito con esa «c» con rabito, tan francesa ella; luego está Elizabide, con zeta, un apellido que hay en el Roncal y que inmortalizó Pío Baroja en una de sus obras. Son numerosos en el País Vasco, a un lado y al otro de mis montañas, y quiere decir «camino de la iglesia». Mi Elissabide es de una de las ramas rotas del tronco y, por lo tanto, no me une a él más que el frágil y secreto nudo de un apellido caprichoso.

Unir las puntas del pañuelo de la vida no es tan fácil como se supone. Pero yo tenía una reserva para hacerlo el día que fui por primera vez a Mauléon y lo encontré. Después del primer beso, fue relativamente fácil entender que la felicidad no viaja en maletas ni se aloja en hoteles de cuatro estrellas, sino en el corazón. Llevaba apenas un año divorciada, con ese estado de esterilidad dañina que conllevan los fracasos, pero supe, como se saben algunas cosas, que él, el que me espera en el altar, era mi hogar.

Gaston coge mi mano. Su madre me mira desde su tocado con velo, como miran las madres a quien posee el corazón de sus hijos. No entiende bien los pasos que hemos dado desde que nos conocimos; ir de aquí para allá, casarnos en este pueblo que para ella está en el culo del mundo, en esta iglesia, y haciendo este paripé tan carente de sentido para una mujer práctica y decidida como ella. Pero creo que siente calma al saber que abrazo bien a su hijo, que va a ser abuela y que el tiempo en el que vive le permite coger un avión y plantarse en el lugar donde está lo que más quiere.

Cuando la visitamos en agosto en Biarritz, lo primero que le dije es que amaba a Gaston. Quería tranquilizarla, porque las novias que surgen de la nada son como las amenazas de tormenta: nunca se sabe lo que traerán. Me senté con ella en el Grand Hotel y merendamos atendidas por un amable *garçon* con mandil hasta los pies, que nos llevó un carrito con pasteles como a la reina Victoria Eugenia. Los españoles tenemos una idea de los franceses hecha a base de tópicos, como ellos la tienen de nosotros. Francia no es solo París, los castillos del Loira, Niza o Biarritz. Ni España es Sevilla, Madrid o las Baleares. Por eso tuve que contarle mi vida y la de mis Esperanzas, que me habían llevado hasta su hijo. Le hablé de la frontera, de las golondrinas y de esos pálpitos que no pueden ignorarse.

Se emocionó con la historia. Me tomó la mano, que me palmeó con los ojos llorosos, y me abrazó. Creo que teme que mi contribución sea algo más que un tributo, y quizá esté en lo cierto, pero supongo que intenta que yo no sea un obstáculo en el camino del amor por su hijo.

Una gran cantidad de personas en este mundo se apoyan y se orientan con hechos, decisiones, razonamientos y comprobantes. Esa es ella. Trabaja en un departamento de contabilidad. No anda viendo señales ni tirando de la punta de la madeja como yo. No espera que un milagro la descabalgue como al apóstol Santiago, y de pronto llegue la consciencia de que el camino por el que transita es el equivocado. Esos movimientos telúricos que te ponen boca abajo son para mí. El balance de sus días son números que cuadran.

Le expliqué que, si la vida no se hubiera enredado como lo hizo, yo debería haber tenido el apellido Elissabide. Mi bisabuela, con su pena de amor, su silencio y la lealtad que demostró a su soldado, me condujo hasta su hijo para amarle. No me resultó difícil convencerla de que, aunque no crea en la reencarnación, las señales que fui encontrando parecían hechas a la medida de mis sueños. Le hablé de la casa de Leonora Mayas, de las fábricas de alpargatas, los herederos de Cherbero y, desde luego, de los Pirineos.

—*Alors, le mariage sera à Burgui…**

Gladys me arregla el velo como si fuera la doncella de la Bella Durmiente y noto unos tironcitos en la coronilla. Miro a mi padrino. Si Gaston es mi Cyrano, mi padre, el señor Ayerra, es mi rey. Me muero por esa solidez que posee. Él, mi catedrático de Historia Medieval, el que apuntala mis recuerdos, me ha enseñado a administrar el silencio, a escucharlo, a no despreciarlo, a sacarle el jugo de la reflexión. Está a mi lado, escucha la música frente al altar del pueblo adonde le llevó el amor. Va a entregar a su única hija a un gabacho al que nunca preguntará qué le une a mi bisabuelo porque ya lo sabe. Me mira sin mover un músculo, y sus ojos son dos torrentes de ternura que me abrazan.

Mi exmarido odiaba venir a Burgui. Decía que aquí conta-

---

* «Entonces la boda será en Burgui…».

ba los minutos que faltaban para volver a su vida. Álex, tan brillante en sus estrategias financieras, tenía una extraña habilidad para evitar el contacto humano. A mí me pasaba justamente lo contrario. Todavía no sé cómo no me di cuenta antes de que no era el hombre de mi vida. A él nunca le interesó mi curiosidad por la ausencia de abuelos o bisabuelos ni por el enigmático color de nuestros ojos, que saltaba de generación en generación. No le llamaban la atención los padres desconocidos y ausentes, ni los libros que llenaban la habitación de las abuelas, tan extraña biblioteca en una casa tan humilde. Él era un hombre de presente y despreciaba el camino recorrido por los que le habían precedido. No se quedaba fascinado como yo escuchando a quienes en verano nos saludaban preguntando sin pudor sobre nuestra vida o el sitio donde vivíamos. Le traían al pairo las historias de las alpargateras, cada una de ellas con anécdotas y acontecimientos alucinantes. Vivía en el presente, pero estaba obsesionado con el futuro cercano y con las oscilaciones de los mercados. El pasado apenas existía para él, y sus días eran una carrera que superar, con unos padres que vivían en Gerona y a los que solo visitaba en Navidad y cuando yo me ponía pesada.

Me casé con Álex Monforte después de sentir esos cortocircuitos que produce el amor, o quizá debiéramos decir el sexo. Durante nuestro matrimonio, me paseé de su brazo por esos lugares de este mundo a los que todos llamamos «paraísos». Mi marido, a base de especulaciones financieras y una competitividad digna de un dios del Olimpo, ponía a mi disposición un presupuesto para viajes y lujos que me hacía olvidar el vacío que llevaba conmigo. No siempre había sido así. Al principio también creí que nuestro amor cruzaría las fronteras de la convivencia. Ignoré algunas pequeñas señales y tiré adelante con esa fe ciega que dejan los restos de la bioquímica amorosa.

Si pienso en aquellos años, oigo el eco de una campanita que llama mi atención constantemente. Estaba harta de contemplarme, de hacerme selfis delante de ensaladas con pinta de obras de arte, de poner morritos, de hacer el amor con la desesperación de saber que no iba a encontrar en el abrazo de Álex lo que necesitaba. Nuestros amigos eran gente que te aconsejaba con prudencia; vivían en la superficie, en la cresta de la ola, pero no entendían ni querían saber nada de lo que sucedía un poco más abajo. Me sentí íntima y secretamente sola, hasta que llegaron Marina y Elena. Luego, poco a poco, como si me hubiera olvidado el helado fuera de la nevera, mi vida se volvió inconsistente, casi líquida, hasta que una angustia sorda se instaló en mi pecho y, como una termita, fue devorando primero la alegría, después la voluntad y finalmente mi capacidad de soñar.

Pero entonces... apareció la caja de hojalata: mi padre, mi madre y la historia. Fue como un anzuelo que mordí para que me devolviera a la superficie sabiendo lo que había debajo.

Mis amigas Elena y Marina, que hoy están dándolo todo en la iglesia, no pertenecían al círculo de Álex. Habían llegado a mi vida por azar y en aquella época me buscaban terapeutas y tisanas porque sostenían que arrastraba una depresión. Probablemente era verdad, vivía perdida, en un sitio oscuro del que no sabía por dónde salir ni dónde encontrar el interruptor de la luz. Añoraba el placer de las pequeñas cosas de una manera tan desesperada que no tenía fuerzas ni para plantearme una separación. Fui a una psicóloga. Y lloré como si no hubiera un mañana. Creo que se me desatascó alguna cañería que no controlaba y que mi abuela, a la que pedía con fe que me ayudara a cruzar mi frontera, me puso en el camino.

He de reconocer que, al iniciar la búsqueda de los Elissabide, yo solamente esperaba hallar una tumba que sustituyera a aquellas que me habían mostrado cuando era niña; una tumba con nombre y apellido, el de mi bisabuelo Théodore. Si en aquella época no hubiera estado tan conmocionada por mi propia vida y por los cambios que había decidido hacer en ella, me habría dado cuenta de que el aire rebosaba de pistas, y de que yo estaba sobre arenas movedizas, y muy preparada para encontrar un destino al abrigo de la historia.

Pero aquí estoy, embarazada de unas cuantas semanas, escoltada por los hombres a los que amo y vestida como una princesa de cuento. No es que sea una telenovela, y yo una tonta de tres al cuarto que necesita que la escolten vestida de bailarina; es que la vida asfalta los caminos inesperados.

6

Esperanza Escaín

1914-1916

Cuando se está en medio de las adversidades,
ya es tarde para ser cauto.

Séneca

Apenas faltaban unos días para que las golondrinas emprendieran de nuevo el vuelo hacia las montañas. En los hornos de Portalatín o de Manuelico, en el pueblo de Burgui, se cocían el pan y las tortas dulces. Las mujeres esperaban turno sentadas en el poyo de piedra que había en la puerta. Francisca no sabía si su hija iría ese año a Francia. Algunas dudaban de si la campaña de la alpargata sería igual con el conflicto sobrevolando el aire; otras decían que la guerra se libraba en las fronteras del norte y que las del valle quedaban bien lejos.

Aquel octubre de 1914, los ánimos estaban revueltos. Ramón, el comerciante que iba de Pamplona una vez cada quince días para abastecer a los lugareños, llevaba periódicos que le encargaba el médico o el boticario. Las mujeres rodeaban el carro demandando pedidos o contando torpemente los reales en la palma de la mano. Esperanza se acercó a preguntarle si tenía, aunque fuera atrasado, un ejemplar del *Diario Universal*. Ramón, que miraba con deseo a aquella joven silenciosa, le regaló un par de ejemplares.

Desde hacía semanas, el alguacil y cartero llevaba noticias

70

que silbaban por las montañas atravesando el valle. La palabra «guerra» se propagaba como la sombra de una tempestad de proporciones incalculables, cuyo trayecto se vigilaba con la misma certeza que mostraban los pastores en sus pronósticos al anunciar que iba a nevar o que el invierno sería largo. Campesinos y leñadores sentados en la orilla del río, o en la taberna, no se sentían ajenos a las sombrías noticias.

Los pastores y los paisanos que residían al otro lado contaban que ya había muchos jóvenes que habían muerto en apenas dos meses de enfrentamientos. España era un país atrasado y moralmente destrozado. Aislados y sin confianza, no poseían más armas para defenderse del miedo a las decisiones que tomara el Gobierno de Eduardo Dato que aquellas conversaciones de gestos y onomatopeyas. Francia había hecho sonar las campanas de todas las iglesias para movilizar a sus hombres el 2 de agosto, y el eco se había propagado por el valle, que, en el sentir de sus moradores, no tenía fronteras. Pero allí en Burgui se oían el río, el balido de las ovejas, el arrastrar de las alpargatas o el ladrido de los perros, y poco más. La vida era un ir y venir del bosque a la casa para poner comida en la mesa.

El padre de Esperanza la mandó llamar. Quería que leyera a un corrillo de mozos lo que decía el periódico. La chica lo hizo con la vacilación de quien desconoce los términos bélicos, pero poniendo tanto interés que la boca se le quedó seca como el yute de las alpargatas. Se certificaba que el 14 de agosto Francia, Rusia y Gran Bretaña se enfrentaban a la triple alianza de Austria-Hungría, Alemania y el Imperio otomano. España se había declarado definitivamente neutral. En el diario figuraba un artículo de Álvaro de Figueroa titulado «Neutralidad que mata».

—¿Qué es «neutral»?

—Que te arrimas a la sombra que más que te cobija —murmuró un leñador.

—Que las guerras empobrecen a los países y que la de Marruecos nos ha dejado más pobres que las ratas, y que no vamos a luchar en esta, que dejamos en la estacada a los vecinos... Eso lo pagaremos caro, tarde o temprano —acabó vaticinando el maestro.

—Que no iremos a luchar —le respondió su padre.

—Pero si está aquí al lado... ¿No deberíamos ir para defender lo nuestro?

—Lo nuestro no es lo suyo, ni lo suyo lo nuestro, aunque lo parezca —sentenció uno de los hombres—. Los de la montaña nos arreglamos; más allá es cosa de ellos.

«Guerra» era un término envuelto en negrura que las mujeres pronunciaban con una excitación desconocida. Los pocos habitantes de Burgui esperaban a los pastores para saber si los suletinos del otro lado se hallaban a favor o en contra. Ninguno estaba capacitado para vislumbrar lo que significarían para España aquella y otras neutralidades que vendrían después. El trasiego acostumbrado de mercancías y abrazos a través de los desfiladeros se volvió peligroso. No por las jornadas extenuantes por la montaña ni por los vientos racheados, sino porque la guardia francesa vigilaba más que de costumbre. Los de Isaba, más cercanos a la muga, decían que ya no la atravesaban los hombres de siempre. Había rumores de que la contienda iba a ser larga, y gentes procedentes de muchos lugares cruzaban por los puestos navarros evitando otros más transitados, para embarcarse hacia América en Bayona o en Burdeos, en busca de una vida nueva y mejor. Eran desertores. Jóvenes que no seguían las soflamas patrióticas.

Esperanza había tenido cuidado en mandar recado a doña Leonora para que le guardara el mismo alojamiento. ¿Por qué una guerra iba a torcer los planes de las mujeres, si nunca se contaba con ellas? La idea de reencontrarse con Pilar le parecía bastante mejor que seguir ordeñando vacas y mirando de reojo a algún pastor para que un día la eligiera para casarse. La vida no era fácil en Burgui, y tampoco divertida, pero ella había nacido allí, allí tenía enterrados los sueños, los mismos que habían despertado en Mauléon cuando pudo descifrar lo que decían los libros.

La luz de las velas o de la mísera bombilla de su habitación no era tan buena para leer como la de la mañana. Buscando un rincón donde nadie la molestara, había descubierto en un recodo del río una pequeña ensenada con sombra que hizo suya. Mientras se zambullía una y otra vez en las páginas de su *Madame Bovary*, Santiago, el hijo de Juan el hojalatero, llegó hasta allí para pedirle que le enseñara algunas palabras en francés. Por causas distintas, ambos habían sido niños solitarios, y además él era objeto de chismorreos. A Santiago le llamaban «Caramelo». Corría por el pueblo el rumor de que aquel chico guapo al que le gustaba cocinar buscaba la compañía de otros hombres.

—Tú no eres como las otras. Quiero que me cuentes de Francia. Dicen que sabes cómo se llaman las cosas en francés. Yo quiero irme a París. Mira.

Debajo de la camisa llevaba un ejemplar de *L'Illustration*. Esperanza había visto el almanaque en la fábrica y le extrañó que Santiago poseyera aquel tesoro. El chico se sentó a su lado y le habló de un muchacho de Isaba con el que se veía y que le llevaba cosas del otro lado.

—No entiendo lo que dice. Yo sé leer, pero no en francés.

—Yo te enseño lo que sé. No es mucho. Tendrías que ir allí. Es la música que hacen cuando hablan lo que te orienta.

—¿Tienes novio?

—No.

—Pero yo sé que hay chicos que te pretenden.

—No me gusta ninguno.

—¿Por qué vas a Francia?

La pregunta la obligó a quedarse callada. La mayoría de las chicas se casaban muy jóvenes, trabajaban de sol a sol, se ocupaban de la casa y cuidaban de los hijos, a los que muchas veces enterraban cuando no habían cumplido ni cinco años porque el médico no tenía remedio para todo, y lo hacían solas. Los hombres estaban en la montaña con las ovejas o buscando trabajo en los pastos de la ribera. Ellas acudían a la iglesia, rezaban el rosario y cuchicheaban alentando los rumores sobre las que se habían ido. Esperanza había detectado en las charlas en la fuente una secreta y envidiada admiración por las golondrinas. Las chicas se hartaban de esperar uno de los milagros que el cura anunciaba cuando al pueblo se le desorientaba la fe de puro agotamiento.

Quizá ella deseaba volver a Francia porque prefería que se le deshicieran las manos con el esparto a cambio de un salario. Le había cogido el gusto a sentarse a mirar la puerta del salón de madame Antoinette y escuchar los deseos que sin duda su amiga habría añadido a su lista interminable, aunque se tratara de un pecado. O quizá, en el fondo de su corazón, no tenía intención de casarse y quería dedicarse a enseñar a leer a los niños.

—Allí no me conocen, y no tengo miedo de decir que no.

—¿No te gustan los hombres?

—Me imponen un poco.

Desde aquella tarde hasta el día de su partida, Santiago y ella rodearon con un lápiz las palabras que conocía en su ejemplar de *L'Illustration*. También hablaron de muchas cosas que las chicas como ella no hablaban con un hombre, y menos a solas. Aunque Santiago era distinto. No tenía intención de mancillar el honor de ninguna joven. Y la hacía reír, y a ella reír le gustaba.

Cuando llegó el día, preparó sus escogidas pertenencias calibrando el peso que podía transportar. Ese verano había leído de corrido y le costaba decidir qué hacer con su *Madame Bovary*. Finalmente lo introdujo en el hatillo. El maestro le había prestado un par de libros que no comprendió del todo, pero eso no fue un obstáculo para advertir cuánto le gustaba volar sobre las páginas y descubrir palabras que no conocía. En muchas ocasiones, se veía obligada a volver sobre lo leído para imaginarse el sentido de una frase, y cuando lo descubría tenía la sensación de estar subiendo una escalera que la llevaría a algún lugar alto, muy alto, desde el que se veía el mundo. Si Dios quería, regresaría a Mauléon con el fin de reunir el dinero suficiente para pagar medicinas que curaran a su hermano Manuel —que se ahogaba de noche y de día, como si un centinela prohibiera la entrada del aire en sus pulmones—. El día de la partida, volvieron a rezar el rosario en la iglesia, y los carros, con los caballos nerviosos y bufando, esperaron en la plaza a que el cura bendijera el destino de las mozas. Muchos hombres las acompañaban, pues el país vecino se quedaba sin mano de obra en el campo y en las fábricas.

Esperanza abrazó a Santiago y le prometió que le escribiría. Luego fue despidiéndose de los demás hasta que llegó al pequeño Manuel. Un frío extraño le recorrió el cuerpo cuando le cogió por los hombros. Por primera vez pensó que podía llegar a su destino un poco antes de que se cumpliera si era el corazón el que la guiaba. Le prometió que volvería con dulces y un camión de hojalata igual que el que la había llevado a Isaba. Después lloró cumbre arriba sin importarle que aquel día soplara un viento asesino que helaba los huesos.

La nieve había llegado antes de lo previsto, y esos días el cielo estaba blanquecino y presagiante. Durante la primera noche se desató una tormenta. Caminaban casi a tientas y aprovechaban los rayos para ver dónde pisaban. Nadie hablaba, y los truenos resonaban como si las montañas fueran a venirse abajo. Aguantaron bajo la lluvia todo cuanto pudieron sin hallar reposo. Algunas ya estaban enfermas antes de llegar a Sainte-Engrâce, con la ropa mojada, los huesos doloridos y los pies destrozados. A la mayoría les dolía el cuerpo entero. Esperanza se repitió para sus adentros que aquella era la última vez que atravesaría los Pirineos, y también se dijo que de un lado u otro habrían de caer su cuerpo y su futuro; aquello era una penitencia inmerecida. Sin embargo, en cuanto salió el sol y se secó la ropa, lo olvidó. Estaba impaciente por reencontrarse con su amiga Pilar y agradecida por no haber muerto en la travesía.

Juntas se tranquilizaron, recuperaron la confianza y, sin parar de hablar en susurros, recorrieron la distancia que quedaba hasta Mauléon.

—¿Leíste la novela?

—De cabo a rabo, tres veces.

—¿Es bonita?

—Sí. Es la historia de Emma Bovary, una mujer que se casa pensando que el matrimonio va a arreglarle la vida, pero después se da cuenta de que no es feliz y enferma de los nervios, porque en realidad quiere ser algo que no es. Para que descanse, el matrimonio se traslada a otra ciudad. Tienen una niña, y la verdad es que ella no es buena madre, porque al final se echa un amante.

—El pan nuestro de cada día.

—Las letras guardan secretos, respiran... El maestro me prestó un libro de Rubén Darío y otro de Pérez Galdós.

—Bueno, cuéntame despacio.

—Lo mejor de este verano ha sido conocer a Santiago.

—¿Te has enamorado?

—No. Es un amigo. Le gustan los hombres.

Aquel mes de noviembre, los caminos que discurrían por la frontera estaban llenos de soldados y refugiados belgas que buscaban alojamiento en las granjas de la Soule. El asombro no las abandonó ni siquiera cuando atravesaron el centro de la ciudad, envuelto en silencio. Los carteles que anunciaban la movilización, algo desvaídos por el sol del verano, se desencolaban de los muros, y las banderas tricolor y las escarapelas colgaban de las ventanas para demostrar la fe en la victoria. El conductor, un patriota como otros, les contó que había numerosos soldados de la región, souletinos y bearneses, en el frente de Verdún y que el ejército alemán los tenía sitiados y medio sepultados.

Leonora recibió a sus pupilas. Dio órdenes investida de la autoridad propia de su oficio y advirtió sobre el buen nombre de su casa, asignando camastros y disciplinas de la misma manera que lo había hecho el año anterior. Pero a la joven roncalesa, a la que abrazó con alegría indisimulada, la dejó para el final. Se reunió con ella para mostrarle la novedad: su marido le había instalado una bañera, y el barreño había pasado a ocupar parte del pequeño jardín trasero.

—Te podrás bañar con agua caliente...

—Me compraré un jabón de violetas...

—Quizá puedas ayudarme. —Se llevó la mano al pecho, visiblemente entristecida—. Nadie recoge las cosechas, y la huerta se ha vuelto imprescindible... En Burdeos las mujeres francesas están trabajando en las fábricas de harina, no hay manos para tanta desgracia...

—Encantada de ayudarla. Manejo bien el azadón.

—Te recompensaré.

—Ya lo hace... ¿Su marido sigue en Burdeos?

—Sí, los barcos van llenos de gente que huye a América, pero él... Vino en agosto. ¡Ay, los hombres! Mucho me temo que acabe enrolándose en el ejército. —La mujer la llevó a un lado y bajó la voz—. No somos franceses, pero tampoco españoles, y si el país que te da de comer entra en guerra... —Hizo un gesto indescifrable y prosiguió—. Este es el departamento francés que está más lejos del frente, y donde se come de la tierra... He cogido a cinco chicas más, porque las hermanas Barredo no vienen este año. Si quieres, puedes dormir en mi habitación. Sé que no te gusta el gentío.

—Se lo agradezco de veras, Leonora, pero... ¿Y si vuelve el señor Masover? —exclamó con apuro.

—No te preocupes por eso. Si viene mi marido, te vas con ellas. Pero él solo me visita cuando le echan de allí, por eso me ha puesto la bañera... La culpa le da oficio.

—¿Cuando lo echan? —preguntó la joven sin comprender.

—Yo me entiendo... Anda, ven.

Con una de las llaves que le colgaban de una cinta anudada al cuello, Leonora abrió la puerta mientras parloteaba sobre lo mucho que le gustaban las estancias limpias y elegantes. La impresión fue de sorpresa. La habitación era amplia y estaba presidida por una cama enorme con sábanas y mantas de la mejor calidad. Un armario con dos lunas, cortinones de seda y una alfombra oriental contrastaban con la decoración espartana del resto de la casa. Pegada al balcón y vestida con sábanas de lino, había una cama pequeña, lista para su pupila.

—Todo esto era de mi madre, pobrecica mía, que en gloria esté. Vicente la quería mucho y por eso nos la trajimos con nosotros, pero murió de fiebres al poco de llegar... Habría estado mejor quedándose en nuestra casa de Salvatierra, ella nunca se hizo a esto —dijo ahuecando una almohada—. Yo ya no volveré. No me queda nadie. Vendimos la propiedad, incluyendo las tierras...

—Gracias, Leonora. —Esperanza se echó a su cuello y la abrazó conmovida.

La joven enseguida se sintió feliz en la rue du Saison. Quizá fuera el hecho de compartir aquella habitación, el calor o los suaves silbidos que su patrona emitía mientras dormía. Quizá el peso de lo que sucedía más allá de los muros del hogar actuara en ella como un bálsamo por saberse a salvo, o se tratara del dulce murmullo de las avemarías que rezaban juntas antes de dormir... Fuera lo que fuese, se sintió cobijada, y así se lo contaba a Santiago en las cartas que le enviaba. El bullicio de los españoles contrastaba con la preocupación de los franceses. Aunque anhelara su tierra y a los suyos, la felicidad no tenía demasiada relación con el país donde había nacido o con lo que sucedía.

Los acontecimientos habían cambiado sus hábitos; la casa funcionaba con menos cautela. Los Bajos Pirineos acogían a muchos heridos en el convento de los Frères des Écoles, en Agerria, y en el hospital civil de Mauléon. Las monjas de Nevers y unas cuantas señoras de la burguesía ayudaban a recibir, limpiar y confortar a los lisiados, que empezaban a llegar por decenas. Leonora, cuya madre había sido partera, se apuntó al servicio, se manejaba bien entre heridos y era una de las infatigables voluntarias.

—¿Ya sabes leer de corrido? —preguntó la patrona una mañana mientras tomaban la leche.

—Sí.

—En el hospital hacen falta lectoras. Los hombres tienen pesadillas y conviene distraerles, algunos son unos críos.

—Nunca he estado en un hospital.

—Los chicos agradecen las visitas.

Las noticias de lo que ocurría en las trincheras apagaron la exaltación patriótica inicial; la ciudad se vio sumida en un duelo permanente del que nadie se atrevía a hablar. Defender la patria estaba por encima de cualquier cosa, pero algunos heridos contaban que vivían bajo tierra, comidos por los piojos y la suciedad, y que los abastecimientos no llegaban. El cable que trasmitía las directrices de los que comandaban la infantería se rompía, y el orgullo y el prestigio de la armada francesa se resentían.

Las cartas de los desplazados se leían en los cafés, y los souletinos, orgullosos en ocasiones y cabizbajos en otras, hablaban en voz baja de aquella guerra casi inmóvil, en la que se luchaba a brazo partido por el control de un bosquecillo o una iglesia. Además, estaban el gas de los alemanes, los dirigibles y los numerosos mutilados que llegaban al hospital procedentes de las trincheras.

La fábrica Cherbero había contratado ese año a setecientas empleadas. Se instalaban en familia, en casas de españoles afincados en la ciudad, casi todas cercanas al río y a la rue Victor Hugo donde estaban las fábricas. Cada día, en todos los talleres se iniciaba la jornada rezando por los salvadores de la patria, y los capataces arengaban a las jóvenes sobre la importancia de su trabajo, indispensable para que Francia fuera un país fuerte y venciera la contienda. A veces cantaban «La marsellesa» y Esperanza aprendió tres palabras imprescindibles: *liberté*, *égalité* y *fraternité*.

La joven fue nombrada encargada del sector del taller en el

que se trenzaba el esparto. Era metódica, ordenada y no perdía el tiempo. Además del trenzado de las suelas, recibía las bovinas y anotaba que las mercancías entregadas coincidieran con las almacenadas. El jefe del taller la tenía en cuenta; sabía leer, y tenía unos números limpios y legibles, y el señor Cherbero la llamaba por su nombre.

El invierno fue uno de los más crudos que se recordaban. Pilar y ella apenas tuvieron tiempo para perderlo en sus aventuras fuera de la Haute Ville. Ateridas, sin abrigo suficiente, tras la jornada corrían del brazo hacia sus alojamientos y se contaban sus cosas jadeando y dando saltitos hasta llegar. Sin embargo, en aquella calle que ascendía y daba la vuelta dejando el mercado en el centro, los españoles tenían su propia ciudad, sus horarios, sus charlas, sus tabernas algo ajenas a Mauléon, que se multiplicaban con la gente llegada de los valles pirenaicos. Todos esperaban la primavera para que desaparecieran los sabañones de las manos y para acudir a las romerías, al olor del aceite friendo rosquillas y churros en las fiestas de sus vírgenes, a sus encuentros al borde del Esca. El sol sofocaba la tristeza cenicienta en la que estaba envuelta la ciudad. Los españoles, roncaleses, aragoneses y vascos, mientras tanto se cuidaban entre ellos, en una solidaridad extrema y necesaria.

Durante el verano, su amiga Pilar, según le contó, había hecho de Francisco el hombre de su vida. A diario describía a Esperanza los detalles, las palabras, las menudencias de unos días que a su amiga le parecieron extraordinarios. En la narración, lo más importante y necesario era la descripción pormenorizada del acercamiento... Todo empezaba con un roce, su mano en un codo, la protección, y luego un beso furtivo en la frente, una caricia en la mejilla, la mano tocando el pelo. Esperanza escuchaba con los ojos brillantes, apurando la curiosidad, mientras Pilar describía un baile apretado, una noche con estrellas después de la trilla y el beso definitivo.

—¿Le has besado?

—¡Anda que no!

—¿En la boca?

—¡Anda que sí!

—¿Y qué se siente?

—Mucho gusto y como que los pies se despegan del suelo.

Francisco escribía cartas encendidas, con frases sin duda copiadas de algún libro, que ella le leía a Esperanza, como si al compartirlas, la pasión se repartiera entre ambas. Le decía que la esperaba, describiéndole el pago de sus trabajos como operario agrícola, los ahorros, las noches en las que la echaba a faltar, hasta que remataba la carta con un «tuyo para siempre» que arrancaba un suspiro a las lectoras.

Había días que olvidaban el amor para mirar revistas de moda, en las que Pilar rodeaba con un lápiz los detalles de los sombreros, los cortes de los vestidos y los adornos del pelo de las modelos para reproducir algún día la moda de París en Argentina o en México. Esperanza los memorizaba para contárselo a su amigo Santiago en una carta. En cuanto podían, se vestían con sus mejores galas y bajaban en busca de los escaparates de los comercios del centro, donde la joven bebía con ansiedad los importantes cambios de la moda femenina.

—Yo quiero ser como Coco Chanel, las mujeres más modernas se ponen sombreros diseñados por ella. Tenemos que ir a su tienda de Biarritz...

—Tú sueñas.

—Es que hay que soñar, Esperanza, ¿o te crees que la vida que llevamos es la mejor? Biarritz no está tan lejos, allí van los ricos de París, a tomar las aguas y a fortalecer los pulmones. Hay automóviles por todas partes, y dicen que Coco Chanel ha diseñado para las mujeres ropa para jugar al tenis igualita que la de los hombres. Se acabaron los volantes, los corsés y las faldas largas. ¡Tenemos piernas!

Pilar se levantaba las faldas jugando, enseñando las medias de algodón.

—Esperanza, si cierro los ojos veo el escaparate de mi tienda... —Cerró los ojos—. Imagino que pasas y golpeas con los nudillos el cristal, llevas un sombrero que te tapa un poco los ojos, pero te has pintado los labios de un rojo geranio y sonríes. Yo corro unas cortinillas desde dentro y te hago señas.

—¡Estás loca, Pilar!

—¿Acaso no imaginas cómo se mueven los personajes de tus novelas? Si no pensara estas cosas no podría llevar la vida que llevo. Somos más pobres que las ratas y, si algo no lo remedia, acabaremos encerradas en el pueblo, viejas y con siete críos. A ti que te gustan los libros… ¿No te parece que quien los escribe se escapa de su historia para crear otra?

—Deberías conocer a Santiago… Sería un socio perfecto para tu negocio. Coplero como él solo.

Pilar no era como ella. Tenía unas alas escondidas que le estaban creciendo y que en algún momento la echarían a volar. Cuando su amiga hablaba de sus vidas, a Esperanza se le encogía el estómago, no sabía qué era lo que la envolvía, pero se parecía a una niebla que borraba el camino. No imaginaba cómo salir de su vida, no conocía el camino. La miró y pensó que el corazón de Pilar siempre había estado en guerra y que por eso podría irse. Ella se sentía más unida a la tierra, a Burgui, a sus padres, a la nieve y al sol del verano.

—Tienes que buscar un nombre para tu tienda, Pilar.

—Piensa tú, Esperanza, a ti te gustan más que a mí las letras.

—Hummm.

—¿Y si pongo mi nombre? Casa Pilar.

—Eso suena a tienda de ultramarinos… Cuando una se pone un vestido enseñando las piernas imagina que es otra, y además tiene que ser en francés…

—Chez Pilar.

—¿Qué te parece Madame Mauléon?

—Me gusta. —Su amiga le cogió la mano y le dibujó una «M» en el dorso—. Esta es la eme, dos montañas. ¿Recuerdas?

—¡Cómo olvidarlo!

Cuando por fin llegó el buen tiempo, el conflicto bélico ya había extendido sobre la comarca un aire denso de inquietud. El salón de madame Antoinette estaba cerrado. El marido de una de las mujeres que acudía había muerto en el frente. En Mauléon la guerra no era tan palpable como en otras ciudades francesas cercanas al frente, pero su sombra la sobrevolaba como si nadie pudiera disfrutar o reír con lo cotidiano. Ya no se admiraba tanto la virilidad de los uniformes, y todo lo que se había de celebrar se silenció. Las amigas prefirieron quedarse con los españoles, ir al baile de los domingos, estar con los suyos.

A finales de abril, Esperanza recibió una carta de su madre. El cura del pueblo había escrito con letra picuda que su hermano Manuel había muerto y añadía unas palabras de consuelo que no la ayudaron en absoluto. Según el sacerdote, el niño había encontrado el alivio en brazos del Señor. Sus otros dos hermanos, Agustín y Alfonso, habían partido a la montaña para trabajar como pastores y no volverían hasta septiembre. Su madre se iba a Isaba, donde una familia necesitaba a alguien que se ocupara de la casa. No habría nadie para recibirla, porque su padre pasaba semanas transportando la madera por el río. La carta terminaba con la retahíla de consejos que acostumbraba a darle sobre los hombres, el honor y el pudor, pero la animaba a que se mostrara receptiva si un muchacho le proponía matrimonio.

Después de un llanto impotente, la joven no encontró una razón para volver. Sintió que no tenía sentido regresar a una casa vacía. Había aprendido a rellenar la ausencia con olvido y buscaría la manera de ocupar el verano. Sin poder ocultar la decepción y el desánimo, anduvo un par de días silenciosa, con el corazón encogido. Ante la pena que mostraba su rostro, la patrona le propuso que se quedara en Mauléon; si lo hacía, podría tener una habitación para ella sola y sin duda sus ahorros aumentarían considerablemente. Pascal Cherbero, el propietario de la fábrica, había muerto en el mes de marzo, y su heredero, André, había propuesto subir el sueldo a quien se quedara trabajando durante el verano.

—Vente conmigo. —Le ofreció Pilar—. Mi madre estará contenta de conocerte. Iremos a Huesca, conocerás a Francisco y te haré un vestido con la tela de raso azul que vimos en la tienda el otro día. —Su amiga trataba de convencerla—. Es mucho tiempo, y aquí están de luto, han suprimido las fiestas. No conoces Zaragoza... Podríamos ir y buscar un amigo de Francisco para pasear juntas.

—No sé. Leonora dice que es una oportunidad. El joven patrón me ha prometido que trabajaremos menos y pagará más. Se quedan muchas mujeres, es por los pedidos de América; nos necesitan. Leonora me ha dicho que hay una habitación para mí sola.

—Leonora te ha tomado por su hija —respondió molesta—. Tienes suerte, pero no olvides que un día te tocará volver. Los franceses nos necesitan cuando nos necesitan, y si no, *pa* casa.

Escribió a Santiago, que la esperaba con ansiedad. Le dijo que había aprendido muchas palabras, pero que iba a aprovechar aquel verano para otras cosas. Regresaría al año siguiente. Además, sabía lo que había al otro lado: sus amados padres, casarse con alguien del pueblo y la costumbre... Todo eso podía esperar, ella no era una chica rebelde, pero tenía instinto, y las montañas sofocaban su pueblo por mucho que lo amara. De eso se había dado cuenta. De eso y de algunas cosas más. Dos días antes, había acompañado a Carmela, una chica de Isaba, a por un reloj de pie que encargó el año anterior en las Galerías Modernas. Costaba el salario que percibía una golondrina durante un año, y para transportarlo hasta el hogar de piedra de su pueblo había que desmontarlo, ponerlo en un burro y atravesar la frontera para que el día de su boda todos admiraran su ajuar. La alegría de aquella trabajadora le resultó desmesurada y extraña.

Esperanza Escaín trabajó incansablemente. Salvo los domingos, cuando su patrona la arrastraba a misa y a dar un paseo hasta el río, no tuvo vida y casi tampoco pensamientos, pero ganó un buen dinero y compró sábanas y un par de libros que le vendió un trapero. También se vistió como una señorita, y el resto fue a acrecentar el saldo de su libreta de ahorros. Saber que podría comprar un reloj de pie para instalarlo en una casa, con un marido y unos hijos, no aplacaba lo que empezaba a sentir en el pecho.

Al menos una vez a la semana, y por alguna razón inevitable, Leonora y ella visitaban al joven bodeguero, o al carpintero para que le reforzaran la pata de una silla o a ver si había noticias entre los hombres que jugaban a pelota… En cada uno de los recados, Leonora obligaba a Esperanza a ponerse unos zapatos de tafilete, una cinta de seda o el vestido nuevo. Al principio pensó que aquellos gestos tenían la única finalidad de que disfrutara, pero pronto comprendió que el objetivo era distinto: quería casarla, y que lo hiciera con alguien que residiera en Mauléon. No quería perderla.

—¿Has visto cómo te mira Luis?

—¿A mí?

—Niña, eres muy guapa y vas a cumplir diecisiete años. Otras a tu edad ya tienen niños.

—No empiece también usted con esa retahíla… Yo no sé si quiero eso, a lo mejor prefiero ser maestra…

—¿Maestra y casarte? Eso es muy difícil y tienes que darte prisa; los hombres se mueren en la guerra.

—Antes, tendré que enamorarme.

—Tonterías. Un hombre sano y trabajador. Eso y acertar.

—¿Se casó usted por amor, patrona?

—Sí… —Con los brazos en jarras, entornó los ojos—. Y ya ves… Aquí estoy, sin hijos y sin él.

—Y entonces… ¿por qué me recomienda que busque marido?

—Porque somos mujeres.

—Pero el mundo está cambiando…

—Tú aún no lo sabes, chiquilla, pero hay cosas que nunca cambiarán.

En agosto el calor sofocaba la tarde y parecía envolver el horizonte en una bruma de polvo. La gente vivía buscando la sombra, con las puertas abiertas y los postigos cerrados. Al anochecer, cuando refrescaba, se formaban corrillos y se compartía un vaso de vino en la Haute Ville. Juan Berrospe, un joven de Burgui, se empeñaba en buscar la cercanía de Esperanza, se pegaba a ella, le llevaba pequeños obsequios, la acompañaba. Su patrona no tardó en inventariar las cualidades del muchacho de una manera tan exhaustiva que la joven se vio obligada a pasear con él un par de domingos por la orilla del río Saison.

Recordaba lo que le había dicho Pilar: que el amor levantaba los pies del suelo. A ella, sin embargo, no le sucedió nada de eso. Más bien advirtió que el cortejo era una alfombra, un camino hacia el matrimonio, para terminar de una vez con la pesadilla de no llegar a la meta.

Juan la incomodaba, con su aliento siempre demasiado cerca de su oreja y sus manos nerviosas intentando con disimulo tocar su cuerpo, lo que la sobresaltaba y la ponía en alerta. Sus abrazos, asfixiantes, más parecían una lucha cuerpo a cuerpo que una seducción. Al recordarlo, no sabía si eran los mosquitos del río los que la mantuvieron en tensión o aquellos silencios insoportables a los que el leñador parecía estar acostumbrado.

—No vuelvo a salir con él. No me gusta. Se me revuelven las tripas —protestó a la vuelta de su segunda cita.

—Pero ¿qué te ha hecho?

—Nada, aunque lo intenta. Me da asco.

—Te vas a quedar para vestir santos —murmuró Leonora mientras revolvía el dulce de melocotón.

86

No era fácil que aquel pegajoso joven se diera por vencido, pero, afortunadamente, alguna chica más cariñosa que ella decidió hacerle compañía y Esperanza volvió a dormir a pierna suelta.

Una noche le pareció oír voces en la habitación de su patrona. Se levantó y pegó la oreja a su puerta. Una voz masculina mascullaba palabras que no logró entender. Volvió a la cama pensando que iba a conocer al señor Masover. Cuando se levantó para ir a la fábrica, en la casa reinaba el silencio, Leonora no estaba en la cocina y había un pesado baúl en la entrada. Supuso que el marido de su patrona había vuelto. Se alegró de que por fin estuviera acompañada por aquel hombre que parecía un fantasma y procuró no hacer ruido. Por el camino pensó que aquello podía cambiar su vida. Quizá el hombre no quisiera tener a las golondrinas revoloteando por su casa.

A su regreso, el baúl seguía en el mismo lugar y Leonora se hallaba en un estado lamentable.

—Se ha ido a la guerra —murmuró entre sollozos—, me ha dicho que no volverá. En Burdeos tiene otra mujer y tres hijos. Yo lo sabía, pero creí que más tarde o más temprano volvería.

—Lo siento mucho. ¿Le quiere usted?

—No, hija, pero es mi marido.

—Me perdonará por lo que voy a decirle, pero lo que usted tiene no es un marido. Él nunca está en casa, la deja sola. —La chica la abrazó con prudencia y cariño—. ¿Es uno de esos maridos lo que quiere buscarme a mí?

—No, hija, pero entre los hombres hay de todo, como en botica.

—Deje de llorar. No me gusta verla así. ¿Y eso? —Esperanza señaló el enorme baúl.

—Dice que es para mí.

—¿Y qué hay dentro?

—No lo sé. Quizá le hayan echado de donde vivía en Burdeos. A saber.

Esperanza miró la fotografía enmarcada de aquel hombretón con bigote que posaba con una mano sobre el hombro de su esposa el día de su boda y al que nunca había visto en persona. No entendía la naturaleza de aquella alianza y lo que hizo fue dedicar días a consolarla, cuidarla y mimarla. No se habló más de Vicente Masover, el esposo ausente, salvo cuando Leonora evocaba algún gesto que añoraba de su efímero matrimonio, al que siempre seguía un ligero reproche que desembocaba en llanto. Pero entre ellas se formó un vínculo que nadie podía romper.

Más de una noche la vio escribiendo despacio, sopesando el contenido de las palabras que depositaba en el papel. Cartas inútiles que, aunque no lo supiera, no llegarían a su destinatario, pues aquel hombre voló por los aires sin dejar rastro en el Somme apenas unas semanas después de llegar al frente. Ellas siguieron viviendo en la costumbre, adoptando cambios en su comportamiento derivados de la ausencia de los varones, hasta que llegó un telegrama del Gobierno francés diciéndole que su marido la había convertido en viuda.

Las golondrinas regresaron puntuales en octubre. Pilar volvió a iluminar la vida de su amiga. Esperanza la encontró cambiada y decidida a que sus sueños se hicieran realidad. Aquella sería la última temporada que trabajaría como alpargatera.

—Nos casaremos. Francisco es un hombre maravilloso y quiere lo mismo que yo: acabar con este ir y venir que no nos lleva a ninguna parte. Si dicen que allí es fácil progresar, ¿por qué seguir con esta vida de pobre? Los curas nos atormentan, Esperanza. Nos engañan.

Cuando Pilar mentaba la Iglesia, casi de inmediato hablaba del amor de una manera tan apasionada que Esperanza tenía ganas de correr al encuentro de un hombre. Se sintió triste. Ella deseaba a alguien que se pareciera a Francisco, que la escuchara, que quisiera ir con ella en busca de una vida mejor.

—Hemos reunido lo suficiente para pagar los billetes del barco. En mayo embarcaremos hacia Argentina. Francisco tiene un hermano allí, y le cuenta que el trabajo no falta y que hay tantos españoles que es imposible sentir nostalgia. Compraré todo cuanto pueda necesitar para abrir mi negocio y me iré... ¿No quieres venir?

Esperanza sintió un pellizco en el corazón. No se veía ni tan fuerte ni tan decidida, pero se alegró por ella. Pilar sabía empujar los sueños y ella no podía ser una carga para la pareja. Además, ¿qué hubieran dicho sus padres? Era la única hija...

—Tú me enseñaste a leer, Pilar. No creo que haya una aventura más grande. Me gustaría enseñarles a todas las chicas que no saben juntar las letras... Ser maestra. Aquí podré, y luego ya veremos.

—¿Qué pasa con ese chico de tu pueblo?

—No pasa nada. A mí tienen que contestarme. No es mal hombre, pero no sabe ni qué decirme y tiene tendencia a ser un poco bruto, algo patoso. No sé lo que quiero, pero no quiero a alguien como él.

—Tú quieres un caballero como los de los libros.

—Eso. Como en los libros.

El año 1916 discurrió entre susurros y voces, avances insignificantes y retrocesos innobles de las tropas. En los diarios se levantaba acta de la importancia del ataque, la ofensa y la conquista. La frontera de Francia por el norte era un agujero donde los soldados morían sepultados sin haber gritado la verdad. Los alemanes tomaron el fuerte de Douaumont en febrero, y el general Pétain asumió el mando arengando a las tropas con su «*Courage! On les aura*».*

Al hospital llegaban heridos leves o amputados que no volverían al frente, y Leonora olvidaba sus penas sintiéndose útil. Conocía el comportamiento de los heridos, pues en su juventud había acompañado a su madre a asistir a las parturientas y a coser las heridas de la gente del pueblo. Le había crecido en el centro del pecho una ternura sin límites, y se sentaba al pie

* «¡Ánimo! Podremos con ellos».

del lecho de los soldados heridos para lavarles con paños limpios, cortarles las uñas, afeitar a los lisiados y contarles historias de los vientos y las tierras que había visto en España.

—Hay que hacerlo como si no hubieras hecho otra cosa en toda tu vida. Mientras, les hablas de la primavera, del amor, de tu pueblo o de cualquier cosa que no conozcan y quieran; el olvido les va apaciguando y se curan.

Era una mujer rejuvenecida y feliz, con recursos más propios de una madre o un psiquiatra que de una patrona de pueblo.

—Hacen falta chicas guapas y jóvenes en el hospital... —prosiguió—. Mirar un rostro hermoso les hace creer en el futuro, les ayuda a no pensar en lo que han vivido. Hoy un chico francés muy apuesto me ha preguntado si podía leerle. Tiene un brazo malherido y la cara llena de metralla, pero no se morirá de eso. Es educado, engatusador... Si te viera...

—No tengo tiempo. Y, además, todavía no puedo leer en francés.

—Por eso no te preocupes. El chico es de Oloron y habla español. Me dijo que se había criado con una mujer aragonesa. Iremos un día de estos.

En España se sucedían revueltas de obreros en las fábricas y el ambiente se enrarecía. Francisco, el novio de Pilar, apareció al finalizar la primavera en Mauléon para buscarla. Era un chico guapo que la miraba embelesado cuando ella hablaba del imperio que iban a levantar juntos, con las manos unidas y unos besos que se daban sin importarles que los miraran. Esperanza sintió envidia. Pensó que debía de ser un tesoro poder compartir aquel secreto. Luego pensó en otras parejas, más desconfiadas, huidizas, que mostraban un amor torpe cuyo puente solo podían establecer los hijos. Ella quería un amor que la volviera indestructible y valiente como a Pilar, un amor que la llevara del brazo de alguien con quien compartir una aventura.

La joven roncalesa, con el corazón encogido, la acompañó en sus recados. Las amigas llevaban tiempo comprando bordados, sedas y revistas de moda que la aragonesa puso en el fondo de un enorme baúl antes de partir a Bayona, de donde zarpaba un barco llamado Gallia que la llevaría a Buenos Aires.

El último día que pasaron juntas se acercaron a casa de monsieur Vion, el fotógrafo de Mauléon, para hacerse una foto en el estudio.

—Te escribiré.

—Va a ser difícil sin ti —dijo Esperanza.

—No te asustes, golondrina. Mírate. Ya no eres la que me encontré en la ermita. Tú ya has aprendido a volar.

Cuando, días después, recogió la foto en el estudio fotográfico, Pilar ya se había ido. Encargó un marco y la puso junto a su cama. No quería olvidar ni uno de los días que había pasado con ella.

La guerra imprimió a la región de la Soule una dinámica sombría. Las costumbres seguían siendo las mismas, pero en cada esquina parecía dormir un sueño perdido. La población comprendía que la herida de aquella larga contienda iba a modificar las vidas de sus habitantes. ¿Quién era tan estúpido como para creer que aquel dolor no se quedaría en la memoria de todos? La madera, los barcos, la emigración, la recogida de castañas, las fábricas de alpargatas y el 36 regimiento de infantería de Pau, formado casi exclusivamente por gentes de los Pirineos, eran los temas que sobrevolaban el trenzado del esparto y la vida de las golondrinas. España caminaba paralela a la contienda, pues, aunque no fuera suya, tenían una frontera compartida. Al otro lado de los Pirineos, los negocios florecían y se beneficiaban, convirtiéndose en proveedores de los países en conflicto. Sin embargo, la división social y política entre partidarios de los aliados y germanófilos empezó a crear el embrión de las derechas y las izquierdas que tanto pesaría en el futuro.

La casa donde trabajaba su madre pertenecía a un importante empresario que movía lana y quesos de un lado a otro de la frontera. Instalaron un teléfono para los negocios. Después de un par de telegramas, pudo hablar con ella desde la oficina del patrón. Era la primera vez que utilizaba aquel invento y a Esperanza le pareció un milagro escucharla. «¡Madre, madre!», «¡Hija!». Su voz sonaba próxima y lejana. Se hablaron con extrañeza, sin encontrar las palabras con las que habían soñado comunicarse. Unos días después, la joven seguía dándole vueltas a la cabeza. La inquietaba que aquel maravilloso invento no la hubiera conmovido y que en su corazón no sucediera lo que a la mayor parte de las golondrinas. «Su casa» había dejado de ser su refugio, y el hilo indestructible que hasta ese momento les había unido parecía haberse debilitado con la separación.

El primer domingo caluroso del verano, la patrona insistió en que la acompañara al hospital.

—Hazlo por mí. Luego iremos a tomar una limonada.

Las religiosas que lo regentaban saludaron con cariño a la aragonesa. Esperanza llevaba su manoseado ejemplar de *Madame Bovary*, y Leonora, una marmita con sopa de cebolla y queso. El olor de las salas y el dolor de aquellos chicos que tenían su misma edad le cortaron el aliento y a punto estuvo de salir corriendo. En su pueblo, la muerte y la vida eran algo irremediable, casi natural. Animales y hombres compartían el destino de la fatalidad que sobrevenía tras la crecida del río, un mal parto, una tormenta de nieve o el hecho de que un mulo te hiciera caer sobre una piedra afilada. La muerte y el dolor estaban, en gran medida, asociados a la naturaleza, pero no a lo que se tenían que enfrentar los jóvenes: una guerra que desmembraba, que hacía perder la cordura o que cambiaba los destinos por una frontera.

Leonora caminó por el recinto investida de su condición de mujer que transporta su patrimonio: ternura, cuidado o sonrisa. La joven la vio crecer, hacerse fuerte, manotear una cama y luego otra saludando. La guerra era un arma de doble filo para las mujeres: ganaban sin poder alegrarse de la ganancia, porque a su alrededor todos perdían.

Se detuvo ante una cama en mitad de la sala, donde un hombre del que solo veía el pelo enredado y rubio dormitaba aquejado de fiebre. Bajo su hombro resaltaban los vendajes que le cubrían el brazo derecho. Leonora dejó la marmita en la mesilla y arrimó una silla en la que casi obligó a sentarse a la joven.

—Quédate aquí. Cuando despierte le dices quién eres. Le he hablado de ti. No te preocupes. —Desapareció antes de que Esperanza pudiera huir.

La sala le imponía su silencio. No se atrevía a mirar a su alrededor y se centró en el joven que estaba en la cama. Se sorprendió de la indefensión que desprendía. Tenía la frente perlada de sudor, los ojos cerrados y una gran cantidad de pequeñas heridas en los brazos. Permaneció unos minutos rígida en la silla, preguntándose qué era lo que se esperaba de ella en aquellas circunstancias. Si Santiago hubiera estado allí, podría haberla aconsejado. El cuerpo le pedía acercarse, pasarle una compresa empapada en agua fría como había hecho tantas veces con su hermano, pero resultaba impensable semejante atrevimiento con un desconocido. Ella no era enfermera, solo estaba allí por la tenacidad de su patrona y porque de algún modo quería salir de la Haute Ville.

La atmósfera murmuraba lamentos, toses, palabras quedas. Sentía los ojos de los muchachos de las camas de alrededor clavados en ella. Nerviosa, y sin saber qué hacer, abrió su talismán y comenzó a leer en voz alta.

—«Estábamos en la sala de estudio cuando entró el director, seguido de un "novato" con atuendo pueblerino y de un celador cargado con un gran pupitre. Los que dormitaban se despertaron, y todos se fueron poniendo en pie como si los hubieran sorprendido en su trabajo...».

Con el rabillo del ojo, advirtió que las miradas curiosas y cansadas se avivaban. Su supuesto paciente, a escasos centímetros de ella, abrió los ojos y la ojeó aturdido. Esperanza se sintió obligada a balbucear su identidad en un español trufado de palabras prestadas. Levantó el libro para que lo viera. Murmuró el nombre de Leonora. Se ruborizó. El joven sonrió levemente mostrando unos dientes perfectos. Tenía los ojos más grandes y azules que había visto nunca. Azorada y nerviosa, siguió leyendo aquellos primeros párrafos de *Madame Bovary*, que a fuerza de repetirlos conocía de memoria. Antes de pasar la página, agradeció percibir un revoloteo de faldas seguido del olor de la sopa de Leonora.

—Veo que ya os conocéis...

La patrona se comportaba con un desparpajo feliz e inusual. Actuaba como si perteneciera al cuadro médico. Incorporó al muchacho, le colocó las almohadas manejándolo lo mismo que a un muñeco, le puso una sólida palma en la frente y manifestó que la cebolla era un remedio infalible para la fiebre. Luego se sentó a su lado, invadiendo una cama demasiado pequeña para aquel muchacho que parecía tener los huesos excesivamente largos. Comenzó a darle pacientes cucharadas teniendo buen cuidado de no verterlas por el camino. Su pupila permaneció en la silla, incapaz de quitar la vista de los ojos azules del enfermo, que, a pesar de las aureolas oscuras que los rodeaban, la observaban sin pestañear. No hubo palabras, tan solo el corazón galopando, y un sudor inexplicable en las manos.

—Esperanza es del valle del Roncal. —Leonora hablaba en un francés que parecía aragonés—. Quiere ser maestra, pero de momento trabaja en el taller de monsieur Cherbero.

—No hemos sido presentados, señora Leonora —dijo el muchacho en un castellano silbante—. No al menos como se debe. He encontrado a esta señorita al abrir los ojos y me ha parecido que por fin merecía la pena estar aquí. —La patrona, divertida, le miraba cuchara en mano—. Mi nombre es Théodore Elissabide. —El joven hizo amago de inclinar la cabeza—. Me gusta su voz, señorita, y su lengua. Me ha devuelto usted a tiempos felices.

Hablaba como el señor Cherbero. Con la música que solo poseían las personas que no vigilaban su educación. Un rubor intenso y desconocido subió al rostro de Esperanza, que no encontró un lugar donde poner los ojos. Bajó la vista a sus manos y se avergonzó de la callosidad de su piel, teñida por las rojeces permanentes que provocaba el esparto. Aunque aquel muchacho estuviera cuajado de heridas de metralla, tenía los ademanes de los señores. Trató de esconderlas en la falda, pero la luz que entraba por los ventanales se empeñaba en revelarlas. Se sintió desnuda, turbada.

—Yo se lo digo... Que tiene una voz dulce y que es una delicia escucharla —intervino Leonora mientras continuaba dándole sopa—. Si sigue así, podríamos mandarla a la *Comédie*.

El joven, al cabo de unos minutos, hizo un gesto de rechazo a la sopa.

—Me gusta mucho escucharla. Mi madre tiene mala salud, así que fue una mujer de Fago la que me crio. Conozco sus canciones, su alegría. Estos días la estaba echando de menos.

—¿Y qué fue de ella?

—Regresó a su pueblo cuando me mandaron a un internado.

Después de unas cuantas frases, se reclinó en la almohada y pidió disculpas.

—¿Volverá usted?

Algo ruborizada, asintió. El joven pareció aliviado, aunque respiraba con dificultad. Sus párpados cayeron y pronunció una débil despedida. Por un momento, pensó en su hermano Manuel; el jadeo abría y cerraba las cicatrices todavía tiernas de su rostro delicado.

—Parece muy enfermo —murmuró al oído de Leonora.

—Le ha subido la fiebre. Dejémosle descansar.

En el camino de regreso, la joven sintió que algo extraño había anidado en su corazón. En la iglesia, el cura solía hablar del poder de la compasión, y aquella sala de hospital con tantos jóvenes malheridos le había llenado el alma de compasión.

A partir de aquella visita, contó las horas que le faltaban para poder volver junto a su soldado herido. Deseaba saber de él, rezaba para que una infección no se lo llevara o que no le sucediera como a otros que perdían la cabeza por los dolores y el miedo. Ignoraba si aquella sensación placentera de imaginar sus ojos era algo parecido al amor que sentían las heroínas de sus libros, pero cuando llegó el domingo estaba preparada con su mejor vestido antes que su patrona.

—¡Qué prisa tenemos hoy!

—Mi hermano tenía los pulmones mal, y ese chico no podía respirar. Quiero saber cómo está.

—Así que es cuestión de salud lo que te ha hecho vestirte así... Tiene los pulmones bien. Tranquila. Llegó lleno de metralla y lucha con la infección. Se pondrá bien, aunque su aspecto, a pesar de ser tan guapo, no será el de antes.

—¿Por qué?

—Por las cicatrices, y porque a estos muchachos, cuando vuelven del frente, se les queda una niebla en los ojos.

Los hombres postrados en la cama le encogían el corazón, pero ella siguió acudiendo, y el lugar empezó a parecerle bendecido y amable. Aplicaba al herido infusión de manzanilla y caléndula, y echaba de menos las hierbas que recogía en el collado del Ory para hacer cataplasmas. Cuando rozaba su piel, le costaba respirar, pero lo disimulaba. Volvía a la casa, no siempre en compañía de su patrona, embelesada y con los ojos brillantes.

Después de cuatro o cinco visitas, dejó de comer y empezó a caminar por encima del suelo mientras pensaba en él. Mantenían largas conversaciones, motivadas por el interés de ella en conocer la vida más allá de sus límites y por el cuidado que él ponía en sus palabras para que tuvieran la medida exacta de la comprensión de ella. Como ya estaba más fuerte, paseaban por el jardín del hospital ocultando con poco acierto su amor. La audacia que necesitaban para robarse un beso o regalarse una caricia furtiva les hacía alejarse de la rosaleda hacia el bosque, que quedaba más alejado del edificio. Sintiéndose culpable, se dejaba llevar, sin ignorar el peligro que entrañaba su poca voluntad.

El país estaba en guerra, eran de nacionalidades y clases sociales distintas, y ella no dejaba de pensar en que aquel amor la alejaría de Dios. Vivía en pecado y en ocasiones casi podía sentir el anunciado fuego eterno listo para recibirla. En su cabeza resonaba el estribillo de una coplilla que las chicas cantaban en su pueblo: «Por un besito ni dos, no da penitencia el cura, pero en llegando a tres, penitencia segura».

Con el transcurso de los días, comprendió a las mujeres mayores que trabajaban en la fábrica, los consejos que le daban sobre el honor y el peligro de las concesiones que hacía Eulogio a las chicas que se dejaban sobar. Blanca decía que mantenerse intacta era la única manera de protegerse de un destino sin respeto, pero ella olvidaba todo mientras estaba al lado de Théodore.

Al regresar a la Haute Ville, reconocía que sus compatriotas tenían razón. Ella era una golondrina, una española humilde de un valle al otro lado de los Pirineos que no podría conquistar el corazón de un soldado tan guapo y educado como él. Lo prudente era seguir los consejos de Leonora, que consistían en que fuera al baile y se arrimara a uno de los muchachos leñadores que bajaban de la montaña los domingos y la miraban bien, pero no tenía ganas de hacerlo; el amor le había robado la prudencia.

Théodore Elissabide tenía veinticinco años. Era contable en una empresa maderera de Oloron-Sainte-Marie, una localidad a treinta kilómetros de Mauléon, donde había nacido. Su afición a la fotografía le hacía soñar con dedicarse a inmortalizar la vida mediante aquel descubrimiento revolucionario. Pertenecía a una familia acomodada, cuya madre estaba constantemente aquejada de jaquecas y cuyo padre vivía la mayor parte del tiempo en Toulouse. Era atento, curioso y decidido. Al terminar la guerra, tenía pensado trasladarse a París para buscar un estudio de fotografía donde convertirse en un buen profesional.

Ella le habló de Burgui, del valle, de su querencia a la soledad. Le hizo confidencias que ni siquiera sabía que albergaba y le confesó su deseo de ver el mar.

—Te llevaré a Biarritz y verás el mar.

Él le habló de las mareas, de la espuma de las olas cuando rompían en la orilla, del olor a salitre, de la sal, de la fuerza del viento y de la luna reposando sobre la bahía de Biarritz, donde había pasado algunos veranos.

—Pronto me darán el alta y tendré que reincorporarme a mi regimiento. ¿Vendrás conmigo a ver el mar?

—Pero… yo no debo. ¿Qué pensarías de mí?

—Pensaría que quieres ver el mar, que te gustaría hacerlo en mi compañía, que me amas como yo a ti, y que tengo que incorporarme al frente y no podemos planificar el futuro, aunque lo deseemos. Cuando esto termine, vendré a buscarte y nos casaremos.

Las palabras eliminaban parte de aquel miedo que flotaba en su interior. Viajar con un hombre sin estar casada con él suponía perder el honor y condenarse a una vida en los infiernos, algo que en realidad no le importaba demasiado. Sin embargo, la necesidad de un dinero que ella debía aceptar para cumplir sus deseos ensuciaba el horizonte. Carecía de voluntad para negarse a pasar en compañía de su amor tres días con sus tres noches. Se le salía el corazón por la boca cuando él la rozaba, se sentía misteriosamente unida a él. Estaba dispuesta a seguirle, el miedo se deshacía cuando estaba a su lado, aunque pagara sus caprichos y la consintiera como a una amante. Él sería su esposo cuando terminara la guerra. Se acordó de Pilar, de su Francisco y de aquel día que pensó que también ella podía dejarse acompañar por un hombre para vivir una aventura.

A primeros de septiembre, Théodore recibió el alta casi al mismo tiempo que la orden de reincorporación al ejército. Tenía cuatro días para tomar el ferrocarril al norte, donde los aviones y el gas amenazaban al ejército francés. Quiso emplearlos en cumplir su promesa de llevarla a ver el mar. Luego se despediría de la familia en Oloron. Esperanza, sin escuchar a Leonora, y saltándose todas las reglas que imponían la prudencia y el decoro, se preparó para el viaje.

—Niña, no lo hagas —insistió su patrona—. Al menos déjame que te dé algunos consejos.

Y se los dio. Unos consejos que a primera vista le parecieron pertinentes pero que, como más tarde comprobaría, resultarían inútiles. La única referencia que ella tenía del sexo era lo que había visto en los animales. Pilar le había informado de lo que suponía ser virgen y del dolor que decían que se sentía la primera vez; también había oído que si los besos eran profundos, el riesgo de quedarse preñada era el mismo.

Cualquier chica pobre, sin educación y procedente de un medio rural sabía, aun sin saber nada, que solo poseía su honor para proseguir el camino al matrimonio. Las historias que desde niña había oído de las mujeres que se entregaban a un hombre revoloteaban sobre su cabeza como aves rapaces. Los hospicios estaban llenos de niños sin padre, y las calles de las ciudades llenas de putas.

Pero sus manos, tibias, rozándole el cuerpo la enajenaban. La conmovía la dicha inimaginable en la que la sumía aquella intimidad que la tornaba imprudente y osada, haciéndole olvidar cuanto había oído. Buscaba su abrazo de una manera decidida, como si la vida dependiera de ello. A su espalda resonaba el eco de las homilías de todos los domingos de su vida preparándola para temer y rechazar lo que en ese momento le producía tanta felicidad. Solo cuando llegaba a su casa esquivando las advertencias de Leonora, la realidad la precipitaba a un lugar sombrío y lúgubre.

En la fábrica, un par de mujeres habían sido seducidas por franceses y tenían un crío sin padre alborotando entre las faldas, además de la vergüenza que acarrearían toda la vida. Él la había tranquilizado; sabía lo que había que hacer, y si sucedía él respondería.

El mar la sobrecogió. No imaginaba que pudiera existir un horizonte de plata que se meciera y se enfureciera al mismo tiempo. Tocó la espuma de la orilla maravillada por aquella misteriosa nieve que deshacía el viento. El aire olía a algas, a aventura, pero todo era muy diferente al bosque o a los helechos que bordeaban el río. El agua era salada, y la arena poseía una ligereza amable. La sensación de sus pies al recibir las olas no se parecía a nada, y la inmensidad de aquel horizonte partiendo dos clases de azules la emocionó tanto que rompió a llorar.

Por primera vez, probó el pescado, el marisco, admiró la perfección de las conchas y supo de dónde procedían las perlas. Vio el sol acostándose en el horizonte marino y se dejó besar una y otra vez cada rincón del cuerpo. Descubrir aquella insospechada felicidad le ensanchaba el pecho, abría sus pensamientos, y le daba fuerzas para imaginar un futuro. Él la amaba, la contemplaba embelesado ante su sed de saber y respondía pacientemente a su torrente de preguntas.

—¿Cómo has podido guardar ese interés por todo?

—No lo sé. Quizá tuviera miedo a preguntar. Soy una mujer... Me siento como si estuviera volviendo a nacer.

Se dedicaron a pasear por las calles de Biarritz. Los escaparates exhibían una colección de objetos innumerables cuya utilidad era un misterio para ella. Las vitrinas formaban una constelación inalcanzable. Frente a la tienda de Coco Chanel, Esperanza no pudo sino recordar a Pilar, pensando en lo feliz que le hubiera hecho ver los diseños de la audaz modista. Théodore la animaba a entrar, a tocar y probarse la ropa, a elegir un perfume, un bolso, un vestido... Al principio no aceptaba. Su dinero quemaba algo en su dignidad. Si lo hacía, podía parecerse a una ramera que vende su cuerpo a cambio de cosas bonitas, y ella quería sentir que era algo limpio, un amor inusual, lo que la había llevado a sus brazos. Pero su hombre era insistente, la empujaba a entrar, y, aun sintiéndose incómoda después de aceptar, era feliz entregándose a un disfrute que jamás había experimentado.

—Pero ¿eres rico? —Esperanza no encontraba otra explicación a aquel dispendio.

—No guardaré ni un franco en el bolsillo. No sé qué sucederá mañana, solo tenemos este momento. Mis padres me envían un buen dinero, y soy un hombre frugal. Tenía ahorros que guardaba para viajar. Ahora mi mundo eres tú y nada me hace tan feliz como verte disfrutar.

Por un momento, Esperanza pensó que aquel hombre nunca podría llegar a imaginar la precariedad en la que vivía su familia ni cómo Burgui respiraba aislado, esperando que llegara un carro por el camino. Biarritz era un paseo de gente que a ella le pareció feliz, preparada, abierta al mundo. Y aquel desfile plantó una semilla de rebeldía en su corazón.

Se dedicaron a amarse, a sacarse fotografías, a culminar los días con promesas para cuando el horror terminara. La joven disfrutó de una cama con sábanas bordadas, se bañó durante aquellos tres días con agua caliente y sales de lavanda, y desayunó, comió y cenó con vajilla de porcelana y cubiertos que no sabía que existieran. Experimentó sabores y olores de los que ni había oído hablar, y su cuerpo se adaptó al de él, como si aquella danza amorosa la hubiera estado esperando.

Antes de volver a Mauléon, donde Théodore debía coger un automóvil para desplazarse hasta Oloron, entraron en una platería de camino al ferrocarril.

Quiero que tengas algo inolvidable.

—¡Pero si tengo una maleta llena de regalos!

De nuevo sintió aquel pellizco. Quería resistirse, pero él ya estaba poniendo alrededor de su cuello un collar de perlas. Se miró en un espejo. No encontró ni rastro de aquella chica tímida que tres años atrás cruzara los Pirineos por primera vez.

—Te escribiré, *ma douce hirondelle*.

—Prométeme que te protegerás, que no te harás el valiente, que volverás a por mí.

—Tú me importas más que este país. Volveré a buscarte, y

todo cuanto hemos hablado se cumplirá. No tengas miedo. Tengo que enseñarte muchas cosas.

Se lo dijo en la estación, con el ferrocarril inundando de vapor el andén, y cuando ella lo abrazó, sintió que el amor la había convertido en su prisionera; él había encontrado el camino que llevaba hasta su corazón.

7

Yo te tomo a ti por esposo...

Rotos los diques los profundos mares se albo-
rotan para de nuevo calmarse.

VIRGILIO

En voz alta, con su acento melódico y mirándome como cuando quiere trascender la realidad, Gaston dice que me amará,
con «g» de galo, es decir, «me *amagá* toda la vida», y yo sé que
es verdad. En este momento, la vida me parece una especie de
gincana imprevisible que te conduce a donde no habías imaginado jamás. Me siento feliz de no haber sido oportuna, cuerda,
cauta y serena. Estoy bajo el influjo de las hormonas, y con un
poco de empeño creo que podría salir volando.

Maria Callas canta el «Ave María» de Franz Schubert y nos
hace añicos con su prodigiosa garganta. Saboreo las palabras
que me dice este hombre como si fuera un caramelo de menta
de los que te abren el ventanal de los pulmones. Cierro los ojos
y pido a los duendes del bosque que tatúen en mi corazón lo
que siento en este momento. Después los abro y poso como
una instagramer haciéndome la loca, ignorando que su promesa de eternidad me araña el alma.

Extiendo los largos dedos como una reina. Mis manos guardan la agilidad de todas las Esperanzas que trenzaban el esparto y cosían el pespunte de la tela de las alpargatas por unos

céntimos de sueño la hora. Están suaves, sin manchas, porque mi generación no sabe lo que son los sabañones, y mucho menos tener que hacer pis en ellos para que la urea los cure. Ahora tenemos una crema hidratante de efecto balsámico que extiendo por mis extremidades mientras veo una serie en Netflix. Yo nunca he lavado mis sábanas en el río helado ni metido las manos en la tierra buscando patatas para cenar, aunque tenga cuatro geranios en el balcón de mi piso de la calle Enrique Granados de Barcelona.

«Yo te tomo a ti por esposo...». Tiene los ojos azules, iguales que los de mi abuela, un poco más grises que los míos, como si la genética se hubiera dado un paseo cortito para confundirnos apenas. Él mantiene sus ojos pegados a mí como si tuviera que sujetarme. «No soy una golondrina, aunque lo fueran mis antepasadas; viajo en líneas aéreas *low cost*, mi amor». Y sonríe, siempre sonríe cuando le hablo en español. Dice que, de tanto desear volar, a las mujeres españolas nos han salido alas. Le contesto que las llevamos para hacer comprender a los hombres que desear y amar es una rareza extraordinaria que se da un par de veces en la vida, y que tienen que aprovecharla cuando aparece.

A él le gusta el amor *courtois*. Es mi mosquetero de cabecera. Me recita cosas bonitas, las enreda con una ironía dulce que nunca hiere pero que advierte y me recuerda que los días sin mí están perdidos de antemano. Ahora sé que es sincero, pero, si algún día deja de serlo, al menos me mentirá deliciosamente. «Yo, Esperanza, te respetaré...».

Un par de veces en la vida... Este es mi último amor, estoy segura. Cuando se busca, una acostumbra a tropezarse, a no acertar o a creer que ha encontrado su lugar en el mundo antes de lo previsto, pero el amor necesita cierto entrenamiento, un recorrido previo para calentar motores, para identificar a los que no soportarán el peso de tus manías ni serán capaces de acompañarte cuando el terreno se vuelva resbaladizo. Y lo mejor del aprendizaje es la certeza de saber, como yo lo sé, que este hombre es el último amor de mi vida.

De alguna manera, aunque todo haya parecido elegido con cabeza en mi vida, el azar ha presidido mis momentos decisivos. Cuando le encontré, yo llevaba en el regazo una golondrina con el ala rota. Buscaba desesperadamente una superficie donde depositar mis ojos cansados. No es fácil desmontar la vida que has tenido junto a alguien, cambiar de casa, de rutinas, de confianzas.

Pero aparecieron ellas, mis Esperanzas, y, como un juego, comencé a rastrear sus huellas, leves pero definitivas. Leer los cuadernos de la bisabuela y pensar en aquella vida humilde, rural y tan precaria que costaba imaginarla me ocupó la cabeza. Si la veía caminar, me fijaba en sus zapatos, imaginaba su vestido y luego pensaba que las mujeres de aquella época no se depilaban las piernas y que en Burgui no había dentistas ni un centro de belleza. Recrear su vida, a pesar de estar acostumbrada a hacerlo, me daba mucho trabajo, pero felizmente, a medida que lo hacía, fui olvidando mis obsesiones, mis vacíos. Fascinada, decidí recomponer el rompecabezas del pasado.

Como ellas, y siguiendo las huellas de mi curiosidad, también yo atravesé los Pirineos, pero en mi coche, escuchando la música de un *pendrive* que me grabé para volar a lomos de mis blues arrebatadores. Las montañas, los collados y las foces cobraron una importancia estremecedora. Por primera vez, contemplé aquel paisaje con los ojos de las golondrinas, caminando con sus vestidos negros y pesados, calibrando los peligros, atravesando el terreno desigual calzadas con alpargatas o borceguíes, guiándose asustadas por insondables desfiladeros. Imaginé los grupos de chicas, casi niñas, cantando coplillas y jotas para ahuyentar el miedo, envueltas en niebla en medio de una geografía megalítica y haciendo un esfuerzo sobrehumano para volver seis meses después con una vajilla de porcelana de Limoges, y casi me pongo a llorar.

—¿Es que no había vajillas en España? —le pregunté a mi madre.

—Pues claro que había. Lo que no había era un lugar donde ofrecieran un trabajo estacional a las mujeres, y tan cerca. El valle estaba aislado, muy mal comunicado con Pamplona o con Aragón, y a fin de cuentas los Pirineos eran nuestras montañas, quiero decir de los franceses y nuestras. Ellas no emigraban, simplemente iban al otro lado.

Le pongo el anillo a mi hombre. A continuación pronuncio esas palabras que una mujer con la cabeza encima de los hombros no debería decir a la ligera. Pero las digo, porque sé que amaré a este hombre toda la vida, aunque ella nos separe, Dios no lo quiera. Aun sabiendo que la eternidad es un concepto redentor para los hombres, yo he podido descubrir de qué está hecha: con trocitos de la felicidad que se siente cuando encontramos a nuestro compañero de vida.

El sacerdote, al que conozco desde que era niña, no ha dicho aquello de «hasta que la muerte os separe». Tampoco ha hablado de la fidelidad, la salud y la enfermedad. Se ha quedado en lo del respeto y el amor. Él me dio su consentimiento para venir a casarme aquí. «Estás bautizada, y una bendición más no va a haceros mal». Yo jamás pensé en venir a casarme aquí, pero la historia había comenzado. Ya había levantado la liebre, ya sabía de ellas, de sus ausencias, de sus presencias, conocía Mauléon, las calles y los lugares por donde paseó mi abuela. Ya estaba abducida y, como dicen los escritores, las historias son las que vienen a buscarte.

Hay un breve receso tras la comunión. En ese momento suena la canción preferida de mi madre, «Palabras de amor». Me vuelvo hacia ella. Sonríe.

Ella me quiso tanto...
Yo aún sigo enamorado.
Juntos atravesamos
nostalgias del pasado.
Ella, cómo os diría...

era mi luz y mi razón,
cuando en la lumbre ardían
solo palabras de amor...

Mi padre cuenta que, cuando encontró a mi madre medio perdida y consiguió enamorarla, llegó a un pacto con su Espe para que tuviera todo el aire que necesitaba. Le concedió su casa de solterón acomodado, ciento sesenta metros, menos una habitación que se reservó para él, donde mi madre no entra ni a limpiar. Allí guarda él sus libros, revisa las tesis doctorales de sus alumnos y tiene una mesa de cristal donde pone los manuscritos y busca huellas del pasado en silencio. Es un lugar mágico al que siempre estuve autorizada a entrar para hacer los deberes. En su capilla Sixtina, mi padre se puso los guantes de algodón y posó sobre el atril los cuadernos de la bisabuela, enfrascándose en la lectura como un espía del MI5. Un par de días después me llamó para decirme que venía a Barcelona porque quería verme.

Además de unas cuartillas sueltas, escritas con una letra picuda y vacilante, trajo una hoja de Excel llena de fechas y datos de lugares para contarme la aventura secreta de la primera Esperanza. Había titulado su investigación «Les Hirondelles», es decir, las golondrinas. Al parecer, la emigración de aquellas humildes mujeres había durado un siglo, y sin embargo apenas había constancia ni estudios al respecto, solo el empeño de algunos descendientes y asociaciones por recordarlas.

—Los estudios sobre comunidades concretas no interesan. Son gotas en el mar. Pero yo estoy casado con una Esperanza y tengo una hija que se llama igual. Vuestros nombres son una metáfora oportuna.

Decidió saltarse la promesa que le había hecho a su esposa —no ponerme al corriente de las peculiares vidas de mis antepasadas— y me habló de mi abuela.

Al parecer mi madre, en su temor y su flaqueza, había arrancado promesas a todos cuantos pudieran informarme de las vidas de mis Esperanzas. A su madre la amenazó con no llevarme a Burgui; a mi padre, con irse a vivir a Madrid si empezaban a destejer el calendario de sus recuerdos («La niña no tiene por qué saber de dónde viene, le basta con saber adónde va»). Ella había querido salvarme de su propia historia con el silencio, pero el vacío de mis tripas reclamaba el alimento de saber qué ocurrió, porque lo que no les había contado a mis padres era que la tristeza estaba llegándome a los tuétanos.

Por aquel entonces, Álex y yo vivíamos en un ático en la calle Balmes. Desde la terraza, al atardecer, veía Barcelona como un magma incandescente de colores mediterráneos a punto de engullirme. Estaba enamorada de la ciudad que me había conquistado, pero desde hacía algún tiempo la añoranza de Burgui, de Pamplona, de mis padres, de los huevos con pimientos, de los besos sonoros en mi nido, me impedían disfrutarla. De vez en cuando mi cuerpo se revolvía, y una barra de hierro se instalaba en mi pecho y me impedía respirar. Marina me había dicho que lo que sentía era ansiedad y me había dado una serie de pautas. Tener horarios, comer limpio, hacer ejercicio y agacharme hacia delante, poner las manos sobre los muslos y tratar de que el aire llegara a los pulmones cuando me sucediera.

Los hijos no venían a pesar de que, según los estudios a los que nos sometimos, estaba todo en orden. Día a día, se rasgaba el delicado tejido del vínculo que me unía a Álex. Como si alguien hubiera plantado una semilla desconocida, me hice preguntas incómodas, de esas que mueven los cimientos de tus rutinas. Una sospecha, un veneno indeterminado e impreciso se coló en mi cabeza. Empecé a pensar que Álex no era la persona que necesitaba, que había dejado de amarle, y esos pensamientos me quitaban el aire. Mi fortaleza había ido desapareciendo sin que me diera cuenta, y la angustia fue boicoteando mis días. Yo, que aunque no crea en lo sobrenatural tiendo a ello, esperaba la señal, el rayo que me iluminara, o en su defecto que la muerte lenta de mis ganas de vivir me pusiera de patitas en la calle y acabara por fin con mis horribles ataques de ansiedad porque no podía con ellos.

Las nostalgias, cuando se vuelven obsesión, te ponen sobre aviso, y las tripas te susurran que algo no va bien. El hombre que años atrás me había parecido un gigante porque se comportaba como el amo del mundo no sabía de nostalgias ni comprendía por qué mi tristeza no se evaporaba en las Maldivas, y también él esperaba que volviera de aquel estado «tan raro» que yo explicaba como túneles que me succionaban y me conducían al infierno.

Así que, cuando mi padre me puso delante los documentos, vi la señal que esperaba. Decidí poner punto final a mi matrimonio para irme tras los destellos de mis ganas de hogar. Estaba exhausta de buscar por qué rendija se me iba la vida. Prefería seguir la pista de los que se habían ido, dejando señales y mensajes.

He crecido viendo el amor que se profesan mis padres. Cuando fui adulta, me convencí de que era imposible dar con la fórmula con la que habían dado ellos: se admiran, se respetan, se apoyan y desde luego mantienen sus litigios, tirando y aflojando. Siempre supe que Álex no se parecía a mi padre, pero me deslumbró que viviera de un modo distinto, que me arrastrara con él. La tentación de vivir fascinada sin ver más allá de tus narices es devoradora. Pero la consciencia tarde o temprano llega, en forma de hartazgo o desmoronándote por dentro. El caso es que un día entendí que su modo de vivir no era el mío, que el vínculo que nos unía era tan débil como una tirita incapaz de proteger una herida profunda, y decidí enfrentarme a mí misma.

Álex no lloró ni me instó a que lo pensara, ni tan siquiera me abrazó; lo único que me dijo es que podía quedarme en el ático hasta que encontrara una casa, porque él se quedaría en la casa de sus padres. Creo que tenía ganas de perderme de vista sin tener que pasar por la zozobra de un enfrentamiento. Le di las gracias perpleja, entendiendo en ese momento por qué había triunfado en el mundo financiero.

Mi madre vino a Barcelona en cuanto le trasmití mi decisión. Me dijo que le venía bien, porque se había enterado de que Serrat tomaba café en un local del Valle de Hebrón y que iba a ver si podía dar con su amor. Yo sabía que no era cierto, pero le hice una línea con rotulador en el mapa de Barcelona donde estaba el famoso café. No preguntó y esperó hasta que yo quise hablarle de lo que me estaba pasando. «Uno no puede quedarse donde se siente infeliz». Se puso en modo centurión y me acompañó por las inmobiliarias hasta que se topó con un piso en el Ensanche de los que tienen galería que da a un patio de vecinos lleno de vida y de ruido de platos al fregar. A ella le gustaron los suelos geométricos de los años treinta y el precio, y a mí los geranios del balcón que daba a la plaza Letamendi.

Ella, Espe, tan invertebrada cuando se trata de expresar emociones, saca una determinación desconocida cuando siente que no soy capaz de protegerme a mí misma. No me dijo, hasta que no tuvo otro remedio, que había cenado con su exyerno y que Álex me iba a ingresar un dinero. Nos habíamos casado en régimen de separación de bienes, y yo apenas había participado en la compra del ático, pero el financiero no sabía lo que era negociar con una roncalesa.

—Y no te pongas digna. Coge el dinero, le sobra, y además le has enseñado a comer, a hablar, a callar y hasta a saludar, por no hablar de que le has dado los mejores años de tu vida. Con este piquito, la hipoteca será muy asequible.

Fue y vino de Pamplona a Barcelona muchas veces. Mis padres son esenciales en los traslados. Cuando estuvimos instaladas, hizo unas migas, abrió una botella de Enate y puso en mis manos las llaves de la casa de Mauléon, mientras mi padre, a su lado, servía las copas.

—No eres de las que abandona, así que...

Yo no tenía ni idea de lo que me iba a decir.

—Si vas a averiguar la vida de nuestros antepasados, ármate de paciencia —me soltó—. Hay tantos secretos que vas a necesitar un lugar donde acampar. Aquí tienes las llaves de una casa en Mauléon, donde comenzó todo. Fue la casa de la patrona de tu bisabuela, como ya sabes. A ella llegó con quince años en 1913, un poco antes de que estallara la Primera Guerra Mundial. La mujer que la alojaba se llamaba Leonora Mayas y acostumbraba a tener pupilas a las que daba casa y comida. Todas eran jovencitas que iban a trabajar en la alpargata.

—¿Las golondrinas?

—Efectivamente, las famosas golondrinas. Ella, la patrona, prácticamente la adoptó, la cobijó cuando se quedó embarazada. Tu bisabuelo murió en la Gran Guerra; ahora sabemos su nombre gracias a lo que descubrimos en el escondrijo de Burgui.

—Théodore Elissabide.

—Sabes que no me gusta hablar del pasado, y quizá sea mejor que tú misma vayas averiguándolo. Tu abuela... mi madre —dijo haciéndome una concesión—, tuvo una vida agitada antes de que yo naciera y también después. Yo era una niña a merced de sus caprichos, y eso me hizo sufrir. Bueno... —Hizo un gesto con la mano como si espantara una mosca—. Leonora le dejó la casa a tu abuela. Lo hizo en vida para que no hubiera problemas de papeleo. Ella me la dejó a mí.

—¿Por qué nunca me has contado lo que sabías? Ya tengo una edad.

Mi madre tardó en responder. Se mordió los labios como si quisiera evitar lo que ya era inevitable.

—Sabes que no soy como tú. Prefiero olvidar. No revolver. Es demasiado tarde para ir a un psiquiatra y desembarazarme de mis fantasmas. Si te contaba lo que sabía de tu abuela habrías querido tirar del hilo mucho antes. Tu vida ahora... bueno, tienes tu trabajo y, aunque tu matrimonio no haya salido bien, todavía eres joven.

—¿La casa de Mauléon es la que menciona en los cuadernos? —la interrumpí.

—La misma.

—Iré.

—Me he adelantado y he llamado a Nanou, una amiga que tengo allí, para que vaya a adecentarla. —Espe prosiguió—. Sé que irás, tarde o temprano, así que le he pedido que la pinten, que cambie los colchones... Nunca he sabido qué hacer con esa casa. Soy incapaz de venderla. A veces me la pide gente de Burgui que va a visitar a parientes. La última vez que estuve allí fue después de que muriera tu abuela. Ella iba de vez en cuando. Siempre quiso mantenerla e incluso la reformó, puso calefacción, cambió la electricidad y encerró en una habitación todo lo que quería que no tocara nadie. Su infancia está allí y allí sigue.

—¿Y la mano derecha de la abuela?

Mi abuela no tenía la mano derecha, solo la izquierda. En el pueblo decían que un oso la había atacado en el bosque y se la había comido de un bocado. Yo tenía pesadillas con la visión de un animal oscuro y con garras enormes avanzando a grandes zancadas hacia mí. De mayor vi una película que se llamaba *Una vida por delante*. A Morgan Freeman le había atacado un oso, y Robert Redford le curaba la espalda destrozada por las garras de un animal al que no se veía hasta el final. Pero ahora sé que no hubo osos. Ella, para mitigar mis temores, me consoló contándome que en los pueblos los accidentes tenían algo extraordinario, que la gente se confundía. Al final no sabía si había sido la trampa de un cazador la que se la destrozó o si tuvieron que amputársela tras un accidente.

—No fue una trampa —me dijo mi madre sin mirarme.

—Me lo temía.

—Se la cortaron porque la tenía destrozada de un disparo. Pero no es el momento de levantar a los muertos de su sueño, Esperanza.

La abracé. Fuerte. Sin palabras, como a ella le gusta. Sin mirarnos, como si en lugar de estar agradeciéndole que saliera de sus mazmorras estuviera saludándola en un andén. Ella dejó su mano en la mía durante unos minutos, con ese gesto que adoro de su dedo gordo yendo y viniendo por mi piel como un rodillo. Sabía que estaba haciendo un gran esfuerzo, que no ignoraba que el melón del que jamás me había hablado iba a abrirse. Tenía miedo y lo sabía.

8

Esperanza Escaín

1917

Señor, las tristezas no se hicieron para las
bestias, sino para los hombres; pero si los
hombres las sienten demasiado, se vuelven
bestias.

MIGUEL DE CERVANTES

Tras la partida del soldado, Esperanza retomó su vida, aturdida por lo vivido. Le costaba encontrar protección en la rutina
que, en otros tiempos, tanto la había ayudado. Se sentía extraña, una mujer distinta. Caminaba sin pisar el suelo o se entregaba a un llanto imposible de ocultar que le subía a la garganta con la urgencia de una tormenta. Pero lo peor, lo más difícil,
era tener que ocultar el incendio que albergaba en el corazón.
Para conseguirlo se refugió en la dureza de las prolongadas
jornadas de trabajo, en la lectura, en el aprendizaje del francés
y en las largas cartas que escribía a Santiago, donde le decía sin
decirlo que se había enamorado. Un maestro de la escuela en la
Haute Ville se ofreció a ayudarla, y solo allí, colocando la lengua adecuadamente para pronunciar una palabra sin que ras-
cara, olvidaba a su soldado.
  Regresó el silencio que la había acompañado de niña. Desapareció la curiosidad, creció la fantasía y se esfumó el interés
por hablar con sus compañeras, bromear o saber lo que ellas

sabían. Volvió a hacerse invisible para residir en el vacío que le había dejado aquel hombre dulce que supo ver su corazón.

Leonora la vigilaba con el rabillo del ojo. La mujer, acostumbrada a sus pupilas, adolescentes y perdidas casi siempre, había desarrollado una inteligente intuición. No la corregía ni disturbaba su ánimo, pero la mandaba con cualquier recado a casa de uno u otro, y fingía dolor en las rodillas para apoyarse en su brazo hasta el centro del pueblo y de paso hablarle de lo que una mujer debía hacer para no caer en la tentación y malograr su futuro.

Pero ella había descubierto algo a lo que ni podía ni quería renunciar. Empezó a frecuentar el café du Commerce. Allí, delante de un café, observaba el comportamiento de los parroquianos, memorizaba los gestos de los que le parecían más elegantes, como si el café fuera un espejo en el que mirarse para aprender aquella vida, que podía ser la suya algún día.

De vuelta en casa, se concentraba para atrapar uno de los recuerdos vividos junto a él, pero se le escapaba como arena entre los dedos. Otras veces recorría la distancia que había hasta los jardines del hospital, donde parecía que hubiera quedado entre los castaños de Indias el eco de sus íntimas conversaciones. Miraba las fotografías de su estancia en Biarritz, que él le había hecho llegar, y dejaba de respirar sorprendiéndose de que aquel ahogo no la levantara del suelo. No conseguía reconocerse en aquella mujer alegre y hermosa que posaba dócilmente mostrando lo que siempre ocultó. Durante la jornada, buscaba entre las compañeras enamoradas sus mismos síntomas —las miradas perdidas, la sonrisa permanente, el brillo en los ojos—, pero no era fácil encontrarlos.

A los catorce años, había tenido el primer periodo. Asustada, se dirigió a su madre para que le explicara lo que significaba aquel perturbador cambio físico. «Sangrarás toda tu vida fértil. Ya eres una mujer». Fue toda la explicación que recibió, aunque añadió una pauta de higiene con un cierto secretismo sin arrojar más luz a aquel acontecimiento que la desterraba de la infancia, arrojándola al mundo del matrimonio y la maternidad. Nunca comprendió del todo aquellas palabras huecas que guardó con frustración. Tampoco le sirvieron de mucho los cuchicheos de las mujeres en la plaza o en el río, ni las chanzas de sus compañeras, con las que se reía sin entenderlas. Tan solo Pilar le había hablado del mundo secreto que despertaba el amor y del inevitable embarazo al que la naturaleza la llevaría si no ponía freno al deseo.

Pero Pilar no estaba, se había ido tras su sueño, así que no pudo contarle a nadie lo que sintió en el hotel de Biarritz: el roce de la piel de un hombre, su voz queda y ronca en la oscuridad de la alcoba, guiando sus manos, las caricias y el río de aquella pasión que, como el Esca, podía llegar a ahogarla en un remolino. Aunque pensó que el amor, el matrimonio, no cambiaba de ese modo a las mujeres que conocía, no las volvía ausentes o silenciosas como a ella.

Cuando volvió a tener el periodo, se tranquilizó y la vida comenzó a hacerse visible poco a poco. Estaba salvada del infierno, aunque la culpa anidara en su alma. Con una necesidad insaciable de contarle a su amado cuanto le sucedía, escribía cartas con esmero a solas en la cocina, cuando la casa dormía. Leonora, conocedora de sus secretos, jamás se refería a ellos. Levantaba las cejas, le ponía la mano en el hombro y le pedía que se acostara cuando la veía perder el sueño sobre el papel.

—Vete a la cama, mañana no podrás trabajar. El amor cansa mucho.

Las cartas desde el frente fueron llegando sin orden, a veces un mes después de la fecha que figuraba en el encabezamiento o dos juntas. Todas hablaban de amor, pero también destilaban un hedor a sufrimiento que ni tan siquiera las palabras escogidas como diamantes lograban ocultar. Después de leerlas, un puño le apretaba el corazón en la misma medida que la llenaban de alegría.

El servicio de correos era el lugar más importante de la pequeña ciudad. Las familias enviaban paquetes a sus soldados con fotografías para que les recordaran que tenían un lugar al que volver, ropa limpia, jabón, papel para escribir. Expresaban su agradecimiento por salvarles del enemigo, pero también la duda, la culpa, la inseguridad por aceptar aquel deber impuesto. Allí encontraba a otras mujeres y se preguntaba si alguna estaba en su misma situación. No era esposa ni novia. Seguía torturándola la certeza de que se encontraba en una tierra de nadie. Las miraba como si las uniera un hilo invisible, una solidaridad, un secreto silenciado. Théodore enviaba fotografías en aquel modo *carte postale* tan de moda. En una de ellas aparecía entre soldados ataviados con uniformes relucientes delante de unas ruinas; en otra posaba con el uniforme de faena junto a otro compañero, llenos de barro, con la suciedad de las trincheras, investidos de la realidad que sufrían, portando las pesadas mochilas y máscaras antigás. La guerra imprimía en ella una sensación de perplejidad y miedo de no volver a verle que la aterrorizaba. Solo sus cartas, escritas en francés, disipaban momentáneamente sus temores.

Diciembre de 1916

Amada Esperanza:

Hace una semana que los alemanes nos atacan durante la noche. El miedo nos mantiene despiertos, pero el frío resulta casi insoportable y solo pensar en ti hace que las horas parezcan menos eternas. Louis, el chico de París del que te hablé, y yo dormimos por turnos, pegados para no congelarnos. Nos contamos la vida, o mejor dicho hablamos de lo que anhelamos hacer cuando dejemos este infierno. Él es un aventurero, le gusta el cine. Ha trabajado en el Louxor y conoce todas las salas de París. Encajamos bien y soñamos con viajar a la capital. Él conoce a muchos fotógrafos y me ha prometido presentarme a buenos profesionales. Pero también le hablo de ti, de tu alegría y de mis deseos de una vida a tu lado. ¡Cómo no hacerlo!

Te sueño. Lo hago como si soplara sobre las velas de un barco para alejarme de este infierno. ¡Te añoro tanto, amada mía! No sé qué hago aquí. En realidad, el patriotismo que me trajo aquí ha desaparecido. Me siento engañado y frustrado, caí en la trampa del honor y la lealtad a una patria, quizá porque no estabas en mi vida. Ahora solo quiero estar a tu lado. Quiero que llegue el verano y acompañarte en tu viaje de vuelta a tu país. Ver ese valle que tanto amas, el que atravesáis las golondrinas para venir a trabajar a nuestro país, conocer a tus padres y desde luego casarnos para que no tengas tribulaciones en tu cabecita. Louis dice que quiere conocerte; él te gustará.

Ayer recibí carta de mi madre. Curiosamente descubro a una mujer a la que no conozco en esta correspondencia. Tienes razón cuando dices que lo que no entregamos no se puede guardar… Tengo ganas de hablarle de ti. Me ha mandado un paquete con algunas cosas que preciso y una máquina Kodak que me ha hecho feliz.

Sueño con la primavera, con volver a llevarte al mar y enseñarte a nadar. Los sueños me ayudan a soportar el miedo, el frío y el aburrimiento de estar muchas horas esperando a que los alemanes nos ataquen. Las cosas no son como cuentan los periódicos.

Sigue escribiéndome. ¿Cómo va tu francés? No tengas miedo, golondrina. Mantendré mi palabra e iré a buscarte.

THÉODORE ELISSABIDE

A primeros de enero, la nieve cubrió la ciudad, confundiendo las calles, borrando la huella de los carros y tapando el rastro de la actividad de sus habitantes. El horizonte perdió la línea que separaba el cielo de la tierra, y Esperanza olvidó el significado de su nombre. Ni el empuje de Leonora, preocupada por su falta de alegría, logró despertar su interés. La joven languidecía, estaba ausente, perdía peso y apenas hablaba. Más allá de las noticias del frente, de la llegada del cartero o de las llamadas de teléfono, desde el que en un par de ocasiones habló con su madre, su anhelo de volver a ver a su enamorado se volvió insoportable.

Las noticias de España llegaban puntuales a través de las montañas. Algunas compañeras le hicieron saber que la vida en Burgui seguía su ritmo inamovible; la familia gozaba de un poco de prosperidad debido a que sus miembros percibían salarios. El Concejo les había adjudicado un pajar cruzando el puente. Había tenido un accidente el almadiero Elpidio cuando bajaba el río por el valle de Salazar, y la pequeña de la casa Urzainqui había muerto de tosferina. Su madre quería que llevara hilos de colores para bordar y una cafetera como la que había comprado una chica de Isaba.

Esperanza trabajaba sin resuello, más para disolver el tiempo que porque deseara hacerlo. El patrón Cherbero le concedía pequeñas responsabilidades que incluían revisar el producto final, tarea mucho más relajada, y que habitualmente se asignaba a las personas de más edad. «*Madeimoselle Esperanza, vous travaillez très bien*».* Matilde Palacios, una mujer aragonesa, mantenía a raya a los capataces y se encargaba de que se respetara el trabajo de las españolas en los talleres. Se preocupaba de que las mujeres conocieran sus derechos e intervenía cuando necesitaban algo. Esperanza se acercó a ella cuanto pudo y supo que estaba casada con un francés. También ella, cuando Théodore volviera, se quedaría en Francia y se casaría.

Junto a Leonora, bordaba iniciales en las sábanas que se suponía cobijarían su lecho nupcial. Dos «E» en relieve. En la casa pensaron que correspondían a su nombre: Esperanza Escaín, ya que aún no había inicial de un marido. Sin embargo, ella esculpía aquellas vocales pensando en su apellido y en el de Théodore, Elissabide. La única que advirtió el detalle fue la patrona, que se sentía culpable de la zozobra de su pupila.

—Si no te hubiera llevado aquel día a visitar a los enfermos —cabeceaba compungida—, te habrías prometido a cualquier chico de los que van al baile. El mismo Juan Berrospe, que por cierto anda enamoriscado de Dolores Garate. ¿Cómo iba a ima-

* «Señorita Esperanza, trabaja usted muy bien».

118

ginar que te ibas a enamorar tan de repente si no habías mirado a hombre alguno? Y te fuiste con él... —farfullaba, insistiendo en su interminable monólogo—. No te lo reprocho, pero no está bien. El amor nos vuelve locas. Hacemos lo que no debemos y no pensamos con claridad. Yo creo que es porque tenemos pocas alegrías. Pero debes tener cuidado. Si te deja, las habladurías son como gacelas...

—Los otros no son como él.

—Yo sé que es un chico que se viste por los pies, pero... En realidad, no sabemos cómo es. Tú ya no eres la campesina que llegó aquí sin saber nada de la vida. Eres guapa, curiosa, cauta, has aprendido a leer y a escribir, chapurreas el francés, pero estás lejos de pertenecer a su mundo. Somos españolas, tú sabes cómo nos ven algunos. Dicen que somos sucias, pero lo que somos es pobres y tenemos cabeza y modos de pobres.

—Todos los franceses no son iguales.

—No. Sé muy bien lo que me ha dado este país, pero tú piensa en lo que puedes perder.

Dividida en su sentir, juntaba ganas de volver a Burgui, pasar el verano en su casa, a orillas del río, bañarse y comprobar si allí podía encontrar la felicidad. Temía que su madre la empujara a pensar en el matrimonio con algún chico del pueblo que ya hubiera escogido. Las mujeres no tenían otra salida que la de formar su propia familia.

Por sus andanzas con Pilar y las conversaciones con Matilde, sabía de mujeres que luchaban para poder vivir solas, sin necesitar el permiso de su padre o su marido, y administrar su dinero. Había médicas, filósofas y escritoras que ocupaban cargos importantes como cualquier hombre. La aragonesa le proporcionaba boletines y escritos de Clotilde Cerdá, así como los discursos que pronunciaba en la Academia de Ciencias, Artes y Oficios de la Mujer. Su madre no iba a entender las decisiones que pensaba tomar.

A la patrona se le rompía el corazón cuando veía languidecer a Esperanza. Una de aquellas tardes de costura, tras observar su tristeza, decidió darle un capricho.

—¿Qué quieres que hagamos hoy? Podemos ir a merendar a la *pâtisserie* o, si quieres, nos llegamos hasta las galerías y eliges un perfume. Quiero verte feliz, y después de hacer las cuentas he llegado a la conclusión de que puedo permitirme algún extra con mi pequeña Esperanza.

—Estoy bien, Leonora.

—Ya no puedes engañarme.

—Me gustaría abrir ese baúl —soltó con una espontaneidad inesperada.

—¡Maldito baúl! No puedo desprenderme de ese trasto, y cada vez que lo veo me pongo enferma. Pero como te he hecho una promesa, y las promesas se cumplen, lo abriremos, aunque no respondo de lo que podamos encontrar.

Una madre nunca niega un deseo a una hija entristecida, y a esas alturas Leonora era lo más parecido a una madre para su pupila: deslizaba un beso en su mejilla al despedirla y se preocupaba cuando se retrasaba. La quería, porque la quiso desde que la vio en el umbral de su puerta. La patrona no tenía a nadie. Su marido criaba malvas en la tumba que le había asignado el ejército. Quizá por esa razón, como si no quisiera desprenderse de un consuelo imprevisto, se aferró a la chica de Burgui, que además reclamaba cobijo en su abrazo. Leonora poseía una economía saneada debido a los ingresos que le proporcionaban las pupilas, a los que había que añadir la paga como viuda de guerra que le llegaba regularmente del Gobierno francés. Hasta ese momento, apenas había gastado su dinero, salvo en algunos dulces de la Pâtisserie Centrale a los que le resultaba imposible renunciar y en los caprichos que le concedía a Esperanza: un vestido, unos zapatos, medias...

El dichoso baúl había ido desplazándose por la primera planta de la casa como si se tratara de un adorno incómodo del que no pudiera prescindir. De la entrada, había pasado a la cocina a fuerza de empujones, y de allí al comedor, donde yacía disimulado por un tapiz oriental sobre el que Leonora había puesto un jarrón con gardenias. Pesaba demasiado para subirlo por las escaleras y llevarlo a la habitación «del huésped». La patrona le confesó que nunca había habido huésped, había sido una treta para guardar de la curiosidad de las jóvenes los objetos heredados de la casa de Salvatierra. Leonora se santiguó y rebuscó entre las llaves de su cordón, moviendo la cabeza arriba y abajo, como hacía cuando pensaba en cosas que no se atrevía a pronunciar.

—Mi marido lo trajo desde Zaragoza cuando murió su padre. —Hizo una pausa teatral—. Estaba allí, en su casa, y creo que se lo llevó por despecho. Su hermano se quedó con la propiedad... No sé. Era una familia a la que le gustaban los secretos. —Se detuvo como si necesitara entender algo—. Vicente nunca me llevaba con él. Dos días después de traerlo, decidió irse a Burdeos, imagino que con su ramera, y por eso este baúl me trae malos recuerdos y no he querido abrirlo. Por aquel entonces, yo ya sabía que se traía algo entre manos, pero yo no era la que soy. No me acostumbraba a vivir sin él, no porque le quisiera de verdad, sino porque una mujer sola, sin hijos y abandonada... —Se miró las manos como buscando una huella—. Cuando te hacen daño, el corazón construye un muro para protegerse. Le pedí que se lo llevara; a fin de cuentas, él tenía un hogar en algún sitio.

—¿Nunca quiso saber con quién estaba?

—¿Para qué?

Las mujeres miraron con cautela el interior del misterioso baúl. Unas buenas herramientas de trabajo fue lo primero que vieron. A Vicente Masover le gustaba hacer mejoras en la casa o arreglar lo que se descomponía. Las llevaron al sótano a duras penas; pesaban demasiado. Leonora apartó un álbum con fotografías de personas a las que no logró identificar, un viejo abrigo de alguien muy delgado y un par de candelabros abollados, y cuando Esperanza temía haber hecho una petición desafortunada, aparecieron un montón de libros encuadernados y con cantos dorados que la dejaron boquiabierta.

—¡Cuántos libros! Me alegro de haberle pedido que abriéramos el baúl.

—Entonces ha merecido la pena el esfuerzo.

—¿Le gustaba leer a su marido?

—Jamás le vi con un libro en las manos. No tengo ni idea de por qué los guardó. No creo que le pertenecieran. Muy probablemente pensara que podía obtener un beneficio. De otro modo, no entiendo por qué arrastrar este peso por la vida. Pero aquí están —dijo, y cogió un ejemplar y se lo entregó a Esperanza.

—Charles Dickens, algo he oído de este autor...

—A él lo que le gustaba eran los negocios —prosiguió Leonora—. Mi padre me proporcionó una buena dote, tenía tierras, y una tejería... Tuve una buena niñez. Yo no era una mujer guapa, no tenía el cuerpo que tú tienes, y no te digo yo que mi situación no le empujara a pedirme en matrimonio. A Vicente se le hacían los dedos huéspedes con la buena vida. Me quiso a su modo, siempre hay un modo, pero en Burdeos debió de encontrar a la mujer que le volvió loco. Perdió la prudencia, así que tuvo que irse de Mauléon para estar con ella. No le fue mal. En las navieras y con las cosas de ultramar... Estoy segura de que la de Burdeos se quedó con un buen dinero.

En el fondo del baúl, envueltos en telas sucias, había unos cuadros con aspecto de haber sido pintados muchos años atrás. Entre los bastidores habían escondido una bolsa con monedas de plata.

—Anda, ¡qué generoso! Esto sí que no lo esperaba.

—¿Su marido no era prestamista?

—Eso decían, pero yo no lo creo. Él iba y venía, guardaba silencio o daba información... Sabía juntarse con las personas que se la proporcionaban y, por lo que yo sé, conocía los lugares donde podía esconderse un canalla.

—Pero... ¿cómo acabó usted viviendo aquí?

—Esa es otra historia. Mi padre murió, y él era el hombre de la casa, así que le dejamos hacer... Lo vendió todo. Un hombre de su pueblo le ofreció trabajo de capataz en una de las fábricas de alpargatas, y aquí vinimos. Fue mi madre quien se empeñó en comprar esta casa y ponerla a mi nombre. Si no hubiera sido por ella, no tendría donde caerme muerta. No le gustó el trabajo. Él no quería que metiéramos pupilas, pero gracias a Dios no le escuché. Me he defendido con lo mío. —Leonora tenía el regazo lleno—. Los libros son para ti, cada día veo peor, y así podrás leérmelos.

Esperanza recogió su regalo emocionada. Sopesó, tocando los volúmenes, la cantidad de días que podría volar por las historias que encerraban aquellos libros. Con el gusto de encontrar a cada objeto un lugar, vaciaron el baúl y lo llevaron a la habitación de Esperanza, que para entonces había conseguido dormir sola en la estancia más modesta. Poseer pequeñas cosas le causaba satisfacción. Tenía algunas piezas de ropa, un par de buenos zapatos, un abrigo y varios delantales. Entre papeles de seda, guardaba su mejor ropa interior, las medias de seda que él le había comprado en Biarritz. También había un bolso, un perfume que olía a jazmines y su collar de perlas. Era una mujer privilegiada y sin embargo infeliz, pues le faltaba él. Revisó sus posesiones mirándolas como si no fueran suyas y las hubiera robado. En Burgui nunca podría vestirse a la moda o llevar zapatos de tacón; de nada servía todo aquello a una mujer de pueblo como ella.

Colocó sobre la cómoda aquel legado inesperado: Émile Zola, Leopoldo Alas Clarín, Emilia Pardo Bazán, Tolstói, Charles Dickens... Eran libros encuadernados en piel, con nervios y letras doradas. Pasó las manos por ellos y los contempló durante un buen rato, sin atreverse a abrirlos. Luego encendió la lámpara y decidió contar a la única persona que podría entenderla el placer que le proporcionaba la herencia recibida.

Escribirle la hacía feliz. Lo imaginaba en las trincheras, embarrado, con miedo y abriendo su carta contenida, o tímida, como si al no tener la mirada las palabras se escondieran. Las cartas eran una conversación interrumpida por la estupidez de una guerra.

Mi querido Théodore:

¡Cómo me gustaría que estuvieras aquí! Hoy doña Leonora me ha visto triste y ha querido concederme un deseo: hemos abierto el baúl que pertenecía al señor Masover y con el que tropezábamos sin querer. Dentro había un montón de libros que me ha regalado. Leo, y cuando lo hago tú duermes en mi corazón mientras yo vuelo por las vidas que me cuentan. Hoy comprendo la desgracia de quienes no pueden leer. En Burgui hay unas setecientas cincuenta personas y la mayoría nunca ha tenido un libro en sus manos. Un día, cuando vivamos juntos, tendremos una librería llena de buenos libros. Yo seré maestra, y tú te encargarás de fotografiar la vida.

En febrero, la nieve recogió aún más a los habitantes de la región. Esperanza tenía los ojos fatigados de tanto leer. Había descubierto a Zola, y la historia de su Nana la tenía fascinada. El maestro estaba contento con sus progresos, y muchas veces la clase consistía en una conversación en francés. Estaba suscrito a un par de periódicos, y de ahí sacaban algún asunto sobre el que hablar. Los diarios hablaban de la detención en París de una espía llamada Mata Hari, que con sus encantos y medio desnuda había conseguido información relevante. También de la osadía que mostraban los submarinos alemanes atacando a cualquier buque que encontraran por los mares. El mundo se convulsionaba, y en Rusia las protestas revolucionarias amenazaban el zarismo.

En abril, la joven leyó que habían ejecutado a Mata Hari y que una revolución en Rusia comenzaba su marcha hacia el poder; el siglo XX sacudía los cimientos de Europa. Se publicó que Estados Unidos había declarado la guerra a Alemania, y los analistas se lanzaron a aventurar que su intervención daría fin a la sangrienta contienda. Esperanza soñaba con que aquel movimiento de tropas le devolviera a su soldado. En las fábricas comenzaban a incubarse las primeras reivindicaciones obreras, y muchos jóvenes, de un lado y otro de la frontera, hacían cola en Burdeos frente a las oficinas de la compañía de navegación Messageries Maritimes para embarcarse hacia Argentina o México.

Aunque ambas esperaban noticias de Pilar, no llegaban.

—¿Estará bien?

—Seguro. Pilar es fuerte y sabe lo que quiere. Mi marido me decía que las cartas tardaban meses...

Y por fin un día los deseos se cumplieron y el cartero les entregó tres cartas al mismo tiempo, que leyeron emocionadas, ordenando los acontecimientos que Pilar explicaba con entusiasmo.

Esta ciudad es grande, muy grande, y ahora, porque vivimos al revés, hay un verano caluroso y húmedo. He encontrado un local en una calle populosa que se llama Corrientes y lo estamos arreglando. Mi tienda de moda, Madame Mauleón, se hará realidad. Mi marido y su hermano han comprado un terreno para construir un hotel. Buenos Aires crece de una manera imparable. Hay mucha gente por el mundo que necesita empezar una vida y olvidar la que deja atrás. Algunas mañanas bajamos al puerto para esperar mercancías, y casi sin querer te busco.

Siempre pienso en ti y me pregunto si monsieur Cherbero sigue tratándote bien. Entre los franceses que desembarcan, hay muchos desertores que no soportan la crudeza de lo que están viviendo. Llegan lisiados o medio locos y cuentan que las noticias de los periódicos, que llaman al patriotismo y a la fuerza de la victoria, no son más que patrañas impuestas por los políticos. Por aquí se rumorea que van a perder la guerra, aunque sé que en España las cosas van bien. Escríbeme a esta dirección y, si puedes enviarme algún ejemplar de *El Salón de la Moda*, sería de gran ayuda.

Las compañías marítimas de Burdeos tienen servicio de paquetería, y quizá el marido de Leonora pueda echarnos una mano. Mi corazón está hecho de trocitos de tierras y países. Aprenderé a querer esta tierra de oportunidades.

Cuídate, golondrina, y no te olvides de volar.
Con cariño, tu amiga

La joven respondió al día siguiente, esmerándose en escribir con su mejor letra. Había comprado una tinta azul especial para la ocasión y la empleó para hablarle a Pilar de su soldado.

Al final ha sido el amor el que me ha elegido a mí. Si yo hubiera podido hacerlo, no querría a un soldado con el que solo puedo soñar y rezar para que vuelva sano y salvo.

Con mucho cuidado para que su amiga viera cuánto había aprendido desde que ella le dibujara la «M» en la palma de la mano, le habló de sus temores, salpicando la carta con noticias de las españolas a las que conocía. Cuando las cuartillas empezaron a amontonarse, se detuvo. Escribir no era lo mismo que hablar.

A mediados de mayo, Esperanza comenzó los preparativos para realizar sus compras y enviarlas a Burgui. Quería una gramática francesa como complemento al diccionario que le había regalado el maestro. «No quiero que olvides lo que has aprendido. Descansa y practica lo que puedas. La lengua es el patrimonio de los países».

—Lo que no vayas a utilizar en el pueblo déjalo aquí, nadie lo tocará —le aconsejó Leonora—. ¿Qué sentido tiene llevarlo y traerlo?

—Tiene usted razón. No quiero que mis vecinos piensen que me he vuelto francesa.

—Toma. Las monedas de plata pueden cambiarse por dinero en cualquier país.

—No puedo aceptarlas.

—Si no hubiera sido por tu interés en el baúl, ni las habría descubierto. Son solo unas pocas, las demás las guardaré. Nunca se sabe lo que puede suceder, y el dinero ayuda. Con lo que gastas en correos con tus cartas...

Sería difícil enviar cartas desde su pueblo. No quería que nadie supiera de su relación, tampoco de los regalos de Théodore, o las habladurías aumentarían. Algunas chicas de Burgui la habían visto salir de casa vestida como una princesa, y no le extrañaba que los dimes y diretes ya hubieran llegado. Aunque las circunstancias hacían extraños compañeros de viaje, no era habitual que una golondrina se casara con un francés de buena familia. A veces surgían parejas entre obreros, leñadores, incluso comerciantes, pero no entre golondrinas y señores. Por mucho que se considerara buenas trabajadoras a las españolas, el éxito de la convivencia residía precisamente en que no había demasiado roce entre ambas nacionalidades. Ellas estaban en la Haute Ville, y los franceses, en la Basse Ville o el centro.

Leonora quiso que dejara el collar de perlas, pero ella se negó.

—Me recuerda a él.

—¿Y si te preguntan? Todo se sabe o todo se averigua en los pueblos.

—Diré que ha sido mi patrona la que me lo ha regalado.

Leonora cabeceó un par de veces. Sentía la obligación de desmontarle el castillo que la joven construía en su cabeza e insistía en sus advertencias: «Los soldados se sienten solos, tienen miedo, y seguramente él te cuenta la verdad cuando te dice que te quiere, pero luego, cuando la vida vuelva a ser la de antes, ya no le parecerás tan perfecta». Le daba consejos: «No hables de él, no cuentes, ni se te ocurra confesar que le has conocido íntimamente».

A ella le dolía más que a nadie tener que ocultar su amor. Entendía lo que la patrona quería dejar patente; se había acostado con él, en medio de una guerra y sin que hubiera un compromiso, un noviazgo formal, una promesa. Accedió a no hablar de él. De esa manera, si la abandonaba, la pena y la vergüenza serían solo suyas. Únicamente Leonora y Pilar sabían de su locura. A Santiago le había dicho que estaba enamorada, pero no le confesó hasta dónde había llegado.

Se despidió con abrazos de su patrona. Estaba inquieta y le temblaban las piernas pensando en lo que la aguardaba. Los Pirineos seguían en el mismo lugar, aunque el buen tiempo suavizara el camino.

—Por favor, doña Leonora, en cuanto lleguen las cartas, me las envía.

—Descuida. Así lo haré. Estoy acostumbrada. Vete en paz, y haz el favor de fijarte en los chicos de tu pueblo, disfruta de las fiestas y come.

Durante los cuatro días que empleó en el trayecto de vuelta a través de las montañas, comprobó que sus nuevos ojos miraban por primera vez aquella cadena de cumbres casi siempre tocadas por la corona blanca: las nubes que se apresuraban al atardecer cuando entraban los vientos del norte, la forma en que se mecían las hayas y los pinos, los verdes intensos, el desnudo de las rocas mostrando sus aristas... Nunca las había visto como una frontera, pero en esa ocasión franquearlas le pareció más que pasar de un país a otro: atravesaba una tierra de nadie que permanecería en manos de la naturaleza por los siglos de los siglos.

Casi todas se conocían. El camino de vuelta poseía la agilidad y la presteza que proporcionaba la alegría de regresar. Al llegar a Isaba, los mozos salieron a recibirlas. Ellas llevaban en su modo de vestir y moverse los cambios que, más tarde y debido a su influencia, se adueñarían del resto de las mujeres del valle, pero Esperanza no se fijó en ellos ni oyó los cumplidos, tan solo advirtió el empedrado de las calles, los tejados, las chimeneas; lo que guardaba su retina para poder contárselo a él. Tras un descanso, el grupo siguió camino. Uztarroz, Isaba, Urzainqui, Roncal, Garde, Vidangoz y por fin Burgui.

Encontró a sus hermanos hechos hombres, a su madre envejecida y a su padre dueño de aquel cobijo seguro, pero con dolor de huesos. La casa le pareció mucho más pequeña, más sencilla. Su baúl había llegado dos días atrás, y toda la familia esperaba que lo abriera para ver los tesoros de Francia.

Su hermano Alfonso ya acompañaba a la hija menor de los Garate, Margarita. A su madre se le escapaban las ganas de averiguar si ella iba a seguir rechazando a muchachos o le habían entrado las ganas de una vida como Dios mandaba.

La chica retraída de años atrás había desaparecido. Pasaba tiempo con Santiago, sin importarle lo que dijeran de él. Se mostraba resuelta y se arreglaba el pelo cuando iba a buscarla algún muchacho. La llegada del verano llenó de jóvenes y energía el valle; en el río se oían los gritos de los niños que jugaban cerca de la presa, y los jóvenes llegaban hasta los manantiales para encontrar un frescor más íntimo. Había fiestas, romerías, bailes. El verde de la vegetación pintaba el paisaje del invierno desparramando semillas por el aire. Las vírgenes encerradas en las iglesias salían en procesión, y los roncaleses añadían bordados y pasamanerías llevados por sus hijas a los trajes tradicionales para acompañarlas y demandar milagros a la pródiga estación.

Las vecinas desfilaron para evaluar los tejidos y admirar las porcelanas. Las golondrinas sostenían sus pequeños lujos orgullosas, y el buen tiempo las posicionaba hacia el matrimonio. Esperanza no decepcionó a los que sabían de su discreción, simplemente se mantuvo presente mientras su cabeza habitaba el futuro que estaba por llegar. Ayudaba con los animales, bajaba a lavar al río, donde las mujeres la ponían al corriente de lo que sucedía en la comarca, sonreía, callaba y reflexionaba. Hacía esfuerzos por reír cuando las demás lo hacían, o mostraba sorpresa sin sentirla realmente. Una parte de ella se había quedado prisionera de una nostalgia prohibida, la del abrazo de aquel hombre que decía que la amaba y se casaría con ella cuando terminara aquella maldita guerra.

Las mujeres aceptaban lo que la vida les deparaba. Vivían en armonía con lo que se suponía era su destino: sobrevivir con los recursos de la tierra, casarse y tener hijos que consiguieran amoldarse a la precariedad. Pero ella no se sentía igual. La presencia de Théodore, al otro lado de sus pensamientos, no era tan determinante como el río. Ella no era capaz de renunciar al anhelo de una vida distinta.

No habían entrado en agosto cuando una chica de apenas quince años llamó a su puerta.

—Buenos días. Soy Rosa Lazpilea. Me ha dicho Santiago que tú has aprendido francés y que vas a la alpargata.

Por un momento, se reconoció en la timidez, en el discurso aprendido.

—Así es.

—Me gustaría que me enseñaras.

Santiago era incapaz de guardar secretos. Enseñar... Pilar le había enseñado a leer, y el maestro de la escuela de Haute Ville la había ayudado a reconocer el valor de las palabras. Le dijo que sí.

Entre los tesoros encontrados en el baúl del señor Masover, había un volumen de cuentos de los Hermanos Grimm. Empezó por leer en voz alta con su pequeña alumna y su amigo tumbado mirando las revistas que Esperanza le había llevado. Después fue traduciendo algunas frases, para enseñarles la manera de poner la lengua, imitar los silbidos de las letras francesas y perder la vergüenza por aquellos sonidos cuya misión no era otra que permitirles entenderse.

—Esperanza, ¿cómo son los pasteles allí? —preguntó Rosa.

—Se llaman *gâteaux*, tienes que decirlo como si hablaras de un gato, pero con acento en la «o».

—Si tuviera un novio francés... Dicen que saben besar a las mujeres y que allí los pecados por amor no son pecados mortales.

—Quizá no debiéramos dejar el amor en manos de Dios.

—¡Calla, no te vayan a oír!

En Burgui había jóvenes que no eran capaces de leer, ni siquiera de comprender unas pocas líneas. Muchos evitaban ir a la escuela, en ocasiones con la aprobación de los padres. Los niños trabajaban, ayudaban con las tareas agrícolas y los animales, trenzaban el esparto, acarreaban la leña y el agua. La naturaleza se ocuparía de proveerles de trabajo. Sin embargo, antes de que terminara el verano, ya tenía a cuatro jóvenes escuchándola y a Santiago ordenando el corrillo. Ella les contó que las palabras eran como ventanas que se abrían en las casas oscuras y que los libros daban alas; como con el ferrocarril, uno podía ir a donde quisiera si tenía el preciado billete de la lectura. Les dijo que necesitaba los libros, porque allí se escondían las voces de quienes podían ayudarla.

En París, cuando se convirtiera en la señora Elissabide, la vida no iba a ser como en Mauléon, donde se hablaba chavaría, una mezcla de francés y español. Ella llevaría las dos almas.

Si no hubiera sido por la ausencia de noticias del frente, habría recordado aquel verano como uno de los más felices de su vida, pero el temor, cada vez más presente, de no volver a ver a su amado empañaba sus días. Deseaba cruzar de nuevo los Pirineos solo para templar su ansiedad, acudir a la *poste*, donde quizá estuvieran retenidas sus cartas, pisar por donde sus pies habían pisado. Los enamorados necesitaban contárselo todo, y la guerra imponía una correspondencia de buen juicio y pocas verdades. Durante el tiempo que habían estado juntos, mientras él se reponía de sus heridas, e incluso los días que pasaron en Biarritz, había sentido tantas emociones y tan intensas que la espera la confundía. En su cuaderno escribió palabras nuevas, expresiones capaces de escandalizar a cuantos respetaban las normas, pero las encadenaba de tal manera que la ayudaban a orientarse, descubriendo que era más fácil escribir la verdad que decirla.

9

Los invitados

No hay viento favorable para el que no sabe a
dónde va.

SÉNECA

Por fin, detrás de este teatro y de mis pensamientos, retrasmi-
tiendo lo que sucede, llega la frase del conjuro y oigo: «Yo os
declaro marido y mujer».

Gaston apoya las manos en mi espalda con esa rotundidad
que me vuelve majara, me atrae con determinación y ternura
hacia su boca, y le beso, un poco para que los que nos acompañan aplaudan; no cierro los ojos. Quiero mirarle, y deseo
encontrar siempre en su océano este hogar que estamos construyendo para el hijo que esperamos. Sí. Hace tres semanas
supe que estaba embarazada, que mi vientre se había vuelto
fértil y que todo estaba en orden.

Durante toda la ceremonia, mi cabeza ha ido saltando por
mi recién estrenada historia, como si necesitara ordenar todas
las piezas para que mi hijo, o hija, encuentre los muebles en su
sitio y no se dé de bruces por la oscuridad del camino. Eso he
pedido a mis Esperanzas mientras me casaba: que viertan su
energía sobre nuestro amor para alimentarlo con el fin de que
este ser venga al mundo libre secretos.

Mi flamante marido despega sus labios de los míos, me toma
por la cintura y sonríe a los amigos que han venido desde mu-

chos lugares a este pueblo poco conocido. Los del otro lado, tan republicanos y patriotas, ondean la bandera francesa pegando gritos. En la puerta del ayuntamiento hay un rótulo que dice que allí están la exposición de las almadías, el consultorio médico y el propio ayuntamiento. Un hogar no está a un lado o a otro de una frontera; el hogar, aunque a veces nos despistemos, siempre reside en un abrazo.

Gritan «Vivan los novios» en cuanto aparecemos en el atrio. El fotógrafo dispara su cámara y nos anima: «Es vuestro día». Nos tiran arroz, el símbolo de la abundancia. Mi madre va y viene trastabillando con sus tacones. Presenta, abraza, abre mucho los ojos, se lleva la mano al corazón, sujeta su bolso inútil.

Escucho entre el murmullo de conversaciones. Reconozco la voz de Edelmiro, el sacristán, hablando del valor de los roncaleses. Me temo que quiera sacar a relucir la eterna relación de amor y odio entre los residentes pirenaicos. Cada 13 de julio, los bearneses de los valles de Baretous se reúnen en el collado de Ernaz para entregar tres vacas a los vecinos del Roncal. Todos aquí se ponen guapos con sus ropas tradicionales, el sombrero, el capote negro, la valona y el calzón corto. Los otros no se quedan atrás: llevan el traje de los domingos y la banda tricolor francesa cruzada en el pecho. Todos se reúnen en torno al mojón 262 de la frontera pirenaica y esas tres dichosas vacas.

Mi abuela me llevaba de niña a aquella colorida y extraña celebración. Constantemente me decía dónde pisar y me sujetaba la mano con fuerza. Comprendí que cuando subíamos loma arriba ella cambiaba, me cuidaba especialmente y se volvía temerosa. No paraba de gimotear, de dar profundos suspiros, de detenerse sin que hubiera nada que lo indicara. Las montañas evocaban sus recuerdos republicanos, mezclaba los duendes con los habitantes del paso del infierno, y yo me amoldaba a sus desvaríos, acostumbrada a los raptos que le provocaba la frontera.

A veces se paraba en un montículo, acariciaba una roca o se abrazaba a un árbol y cerraba los ojos. Entonces bajaba la voz y me hablaba de su guerra, aunque lo tuviera prohibido. Decía que los males de nuestra España se debían a que, a fuerza de cambiar las banderas, no teníamos una que seguir. Cuando terminaba, se alisaba el pantalón con la mano de madera, suspiraba y, como si estuviera arrepentida, me miraba a los ojos para decirme:

—De esto, ni una palabra a tu madre.

Las cosas pequeñas, los detalles de los moradores de estos pueblos, se trasmitían en las familias de generación en generación cuando el valle, cerrado por la nieve, inaccesible, sin carreteras ni transporte, era un nido confortable al tiempo que una trampa y había que pensar en otros para no temer por ellos mismos. En verano mis padres me mandaban al pueblo. La abuela me recibía con tortas dulces, libertad y cariño: tres cosas que mi madre decía que me hacían una salvaje. Yo creía que allí, en Burgui, empezaban las revoluciones, los misterios, y que por alguna puerta cerrada o tras un voladizo iban a aparecer un duende, las hadas de los bosques y las setas gigantes donde se escondían las mariposas para contarme los secretos que nadie acababa de contar. Frases sin terminar, palabras a medio decir, objetos que no hay que tocar, puertas que está prohibido abrir. Los viejos rememoran la historia como si fueran iluminando el camino con una linterna, pero nunca hablan de los finales. No quieren acercarse a ese abismo, y yo recuerdo a la abuela enseñándome a leer las huellas de los caminos, a escuchar los murmullos de las tormentas y a temer los desfiladeros creyendo que aquello era un saber imprescindible para llegar a ser mayor.

A medida que fui creciendo, me hablaba de disparos en la oscuridad de una noche sin luna, de ojos asustados y de ovejas que corrían por Belagua y escondían a jinetes bajo su pelo. Cuando me asustaba, me apretaba contra ella. «Los abrazos curan el espanto y la verbena el catarro», me decía.

No lo comprendí hasta que mi madre, agotada por mis preguntas, me lo contó. Ya era adolescente, y primero tuve que escuchar la canción de Serrat del pueblo blanco por el que no pasó la guerra, un clásico en su didáctica; la abuela había sido una partisana, una maqui, un miembro de la resistencia, y había estado a punto de perder la vida en no pocas ocasiones. Eso último ya lo sabía, o lo intuía; había ido atando cabos mucho antes de que mi madre me entregara la llave maestra de la habitación cerrada de Mauléon. Pero una partisana... Eso eran palabras mayores.

Recuerdo, antes de que mi abuela perdiera su identidad tras un ataque cerebral, que el tiempo era un hilo de azúcar en su compañía. Unos años antes de que se extraviara, ya me había hablado de las montañas y de cómo se ocupaba de que los republicanos perseguidos pasaran al otro lado para salvar la vida. «No le cuentes a tu madre, no le gusta recordar».

Yo no sé cómo se impregna a un niño de solidaridad cuando vive cobijado, querido y sin que le falte de nada, pero sé la manera en que ella me regaló la posibilidad de tomar a pequeños sorbos el veneno de la sangre derramada en la frontera, cuando los republicanos huían y los judíos hacían el camino inverso buscando refugio en un país donde nadie supiera quiénes eran. A veces, cuando veo el desfile de gentes desesperadas por las fronteras europeas, compruebo si mi abuela sale al paso para indicarles el camino. Las rutas que ahora recorren los aficionados a la montaña fueron un día la esperanza de los vencidos o la supervivencia de los elegidos, y las carreteras por las que discurren sus 4 × 4 las construyeron los españoles a los que llamaron vencidos. Ella, mi abuela Esperancita, Perla para los que la querían, guiaba entre los riscos y las nieves la pena de aquellos que abandonaban su patria.

Mi padre, al que he recurrido en innumerables ocasiones para saciar mi sed de saber, siempre dice que la historia de mi familia no pudo ver la luz antes porque mi madre tiene los cimientos frágiles y su madre los tenía demasiado fuertes, y añade que la vida le dio a mi madre más caña de la que podía soportar, que se crio sin padre, que no la cobijaron lo suficiente y que por eso ha tejido en torno a ella una especie de escudo protector.

Cuando supo que me disponía a buscar el origen del bisabuelo, me dijo que estaba de secretos hasta la coronilla y que ya me había dado cuanto necesitaba cuando estuvo en Barcelona, pero se le humedecieron los ojos. Luego mi mundo dejó de ser el que era para pensar únicamente en el que podría haber sido.

Vienen mujeres que me dan besos húmedos, sonoros, cómplices.

—¡Qué majica la niña! —repiten.

Mi madre acude a socorrerme y las espanta para hablarme al oído.

—Hija, te está buscando un hombre. No sé de dónde ha salido. Se lo he explicado, que hoy es el día de tu boda y que no estás para consultas, pero habla en inglés y no le entiendo.

—Pero...

—Es que está empeñado en verte. Repite tu nombre. Dice que es escritor. Tiene algo extraño... No sé, no me fío.

Por un momento bajo de la nube y trato de entender lo que me está diciendo. Estoy trabajando en un manuscrito de un joven autor cuyo lenguaje va a conseguir que me dé un infarto. Va a cumplir treinta años y escribe como si fuera un mensaje eterno, urgente y vacío de WhatsApp. Es el único escritor que me viene a la cabeza, pero luego pienso que él sabe que iba a casarme, que es asocial, y que no vendría a este pueblo ni aunque le prometieran la colección completa de zapatillas Converse.

—¿Qué edad tiene?

—Podría ser mi padre o mi marido.

—Pero no tu hijo...

—No.

—Eso me lo deja claro... —De pronto oigo la risa de Elena—. Llévalo al restaurante y que se siente al lado de Elena.

—Tú no estás bien, Esperanza... ¿Cómo va a ir al restaurante? Si no sabemos quién es...

—Al lado de Elena. Yo hablo con ella.

Mi madre pone los ojos en blanco y sale corriendo no sin antes quitarme algo de la cara y estirarme el tul de la falda.

Mantengo un dulce romance con los imprevistos, las señales, los azares y, desde luego, con los escritores y sus libros. No sé si mi decisión es acertada, pero mi madre necesitaba una respuesta y en este momento no puedo pensar con claridad. Desde niña he sabido que mi vida estaba atada a este transitar por la memoria. No sabía cuál iba a ser la naturaleza de mi relación con los libros, pero estaba segura de que la habría, y aquí estoy.

Soy traductora, hago el viaje de ida y vuelta como una golondrina atravesando la frontera de los idiomas: francés-español, español-francés, inglés-francés, francés-inglés. Primero me dediqué a otras cosas. Luego vino la colaboración con las editoriales, y me apasionó. En mi camino profesional, compruebo el peso exacto de las palabras que los escritores depositan en las líneas. A veces un adjetivo explota como una granada abriendo un boquete en el corazón del lector. Me encanta mi trabajo; es como si reescribiera las novelas que otros escribieron.

No sé quién es el hombre que me busca, pero por la descripción que ha hecho mi madre intuyo que no es mi Bertrand Saint-Denis, el escritor friki al que estoy traduciendo. Rápidamente mi cabeza piensa en que la novia de Elena ha fallado a última hora y su sitio no puede quedarse libre.

Veo a mi padre salvar a los franceses de las garras de Edelmiro. Les aparta del sol, indicándoles el camino al aparcamiento donde les espera el autobús que los conducirá al restaurante. Los miro, me fijo en los ojos azules de los Elissabide, Elizabide, Eliçabide. Luego busco a Célestine, la bibliotecaria de Mauléon que me ayudó tanto a conocer la historia de las golondrinas; veo a Nanou, a Gladys, a Cristina, la editora, a mis amigas del alma… No sé cómo he sido capaz de llegar hasta aquí, pero sin ellas hubiera sido mucho más difícil.

Gaston está en un corro con sus amigos de París y un par de italianos compañeros de trabajo. Me hace un gesto que comprendo de inmediato: quiere escapar. Manejamos el lenguaje gestual como si hubiéramos nacido de la misma madre. Veo que va salvando la distancia hacia el coche.

Le hago una seña a Elena. Viene sonriendo con un vestido

color fresa que resalta sus curvas vertiginosas y un escote que siempre equivoca a los ojos de los hombres. Le digo que un escritor va a sentarse junto a ella.

—¿Quién es?

—No tengo ni idea, pero, por favor, que no se sienta solo. Venía buscándome y se ha encontrado con la boda. Averigua qué hace aquí y qué quiere de mí. Me reuniré contigo en los postres.

—Vale.

Elena tiene el don de la generosidad. Es chef, y se dedica a la asesoría y al montaje de menús y restaurantes, lo cual la obliga a viajar probando delicias y cambiando de talla. Las cosas del amor no le funcionan. Sus amores siempre quieren cambiarla, hacer de ella la diosa que parece. Tuvo un empresario desalmado que la trató peor que mal y del que se sintió salvada por una abogada de corte minimalista y congelación interna. Pero Elena es una mujer sencilla, dotada para la vida real, que deja los experimentos para la cocina. No ha encontrado a quien tenga ojos para ver lo hermosa que es. Martina, una antigua vecina, y ella son mis manos y mis ojos; hoy se ocupan de todo lo que yo no puedo ocuparme. Son dos embajadoras. Martina es la que pone freno a nuestros delirios. Ella es una terráquea. Está casada con Íñigo, un hombre estupendo, y tienen un niño, Lucas, de cuatro años; una casa donde no falta un detalle, la nevera abastecida, su ropa conjuntada, y parece que acaba de salir de la ducha cuando termina su jornada de trabajo como ingeniera de proyectos en una multinacional. Es un prodigio al que no hay que tratar de comprender.

El restaurante está a pocos kilómetros, en un claro que ha creado la naturaleza entre las montañas, de camino a Vidangoz. Hace muchos años, allí había una venta que ahora es un hotel rural con un jardín precioso donde nos esperan los invitados. Como la organización de una boda despierta lo peor que hay en mí, han sido mi madre, con la inestimable colaboración de Gladys, y mis amigas quienes se han ocupado de las pamplinas que se supone que no hay que olvidar en una boda «como Dios manda».

Elena ha elegido el menú y se ha ocupado de la cena, las copas, etcétera. Marina ha reservado todos los hoteles y pensiones del valle, y ha contratado minibuses para llevar a franceses, italianos, navarros y catalanes como si fueran de excursión por las cataratas de Iguazú. Y Espe, junto a Gladys, ha puesto alfombras y adornos en la iglesia como si yo fuera la princesa Diana, además de velar por sus invitados, más numerosos que los nuestros.

Por fin se va despejando la plaza. Gaston ha conseguido llegar al coche, que está adornado como si fuera una caja de bombones. La madre de mi flamante marido ha sido la encargada de poner en las puertas lazos y flores; en materia de cursilerías los franceses se llevan la palma.

Mi padre aparece de repente y me entrega una bolsa.

—Dice tu madre que aquí están los zapatos por si quieres cambiarte y la bolsa de las pinturas que le pediste. He puesto tu móvil dentro y un par de sobres que me han entregado para ti. ¿Estás bien, cariño?

Le doy un beso de mariposa, como cuando era niña. Él entiende y sonríe. Caminamos hacia el coche despacito, haciendo hueco a mi tutú.

—Era una sorpresa, pero tengo que romper mi promesa. Tu madre ha seleccionado «Tu nombre me sabe a yerba» para cuando entres en el restaurante. Ya sabes, estaba loca por colar a su príncipe en tu boda.

—Gracias, papá.

No dice una palabra, pero su mano aferra la mía de tal manera que en ese momento no solo sé que el mundo está en su lugar, sino que no se moverá. Me deja al lado de Gaston, como si cediera el testigo de su tutela. Mi ya marido me mira y sonríe abriéndome la puerta.

—Ya está —le digo.

—*Pas encore, mon amour** —me susurra.

---

* «Todavía no, amor mío».

10

Esperanza Escaín

Octubre de 1917-agosto de 1918

> Solamente aquel que construye el futuro tiene
> derecho a juzgar el pasado.
>
> FRIEDRICH NIETZSCHE

Al inicio del otoño de 1917, Esperanza Escaín recorrió de nuevo los Pirineos en dirección a Mauléon. Lo hizo con paso ágil,
como si la empujara un viento a favor. Le habían llegado tan
solo un par de cartas de Théodore en los últimos meses y confiaba en que Leonora tuviera noticias. Las misivas, algo lángui-
das, implorantes y sin la pasión que esperaba recibir, la dejaron
desorientada. Se repitió a sí misma que sus promesas seguían
en pie, que era la guerra lo que hacía desaparecer al hombre
decidido del que se había enamorado, que no debía prestar
atención a las dudas.

Había logrado ocultar con destreza su inquietud durante
todo el verano, mostrando la imagen que los demás querían
ver. No le hizo falta emplearse a fondo en el disimulo; su secreto estaba tan profundamente escondido que ni tan siquiera el
sermón del sacerdote sobre el pudor y la moralidad de las jóvenes roncalesas lo alcanzaba. Las pequeñas alegrías de los relatos de posibles amoríos a orillas del río, las historias hilvana-
das con rumores comiendo moras por el camino a la Kukula y
la presencia de Santiago preparándose para el eterno viaje a

París ocuparon su vida, aunque por dentro su corazón palpitara por Théodore. Los preparativos de la vuelta fueron casi gozosos.

Cuando se despedían, su madre la sorprendió al permitirse un gesto de ternura: le pasó la mano áspera por el rostro y se la dejó en la mejilla mirándola con los ojos llorosos.

—Sé que tu corazón no está aquí. Aunque no sepa lo que guardas. Sé que es algo que te hace sufrir y que está al otro lado. Muchas veces hay que olvidar lo que una se empeña en recordar. Presta atención al camino, abrígate y vuelve. Sabes que aquí te esperamos.

Miró a su madre con una atención que no le había prestado durante aquel verano, sintió el peso de su presencia y fue consciente de que su cabeza había estado con Théodore, con sus clases, con la luz del olvido. La abrazó sintiendo una punzada en el corazón y casi estuvo a punto de pedirle perdón, pero en las familias como la suya no se hablaba nunca de lo que sucedía en el corazón.

Ese año las jóvenes eran más numerosas. Esperanza se volcó en las compañeras que recorrían los desfiladeros por primera vez. Les advertía de los peligros, de los malos pasos, y de que no miraran hacia abajo. Ellas bromeaban, sonreían, temerosas ante lo desconocido o víctimas de la tensión de descubrir un pensamiento; la vida ya no volvería a ser la misma. Esperanza sabía que era difícil dar la espalda a los orígenes, ignorar los hallazgos que conllevaba la convivencia, el trabajo fuera del cobijo del pueblo. Algunas regresarían habiendo vivido en una burbuja de anhelo y con un juego de café de porcelana que nunca usarían, y otras no volverían; ese era el riesgo del que los mayores no hablaban, de que podían perder a sus hijas.

—No olvidéis pedir cualquier cosa por favor. Dar los buenos días y las gracias constantemente. Los franceses no entienden que seamos tan bruscos y directos. Ellos rodean las intenciones, piden permiso.

Y les hacía repetir el *bonjour*, el *s'il vous plaît* y el *merci*, tumbando las erres, quitándoles el arrojo de su lengua, siseando las jotas. El francés comenzaba a ser para ella el idioma de su vida prestada, de su vida robada a la realidad. Le gustaba hablarlo, le daba la oportunidad de ser otra, como si aquella lengua le concediera el permiso de elegir la manera de vivir. Cuando se dirigía a alguien en francés, se veía obligada a pensar, a pronunciar las palabras cuidadosamente con un atisbo de duda y cautela. En el fondo, le fascinaba descubrir lo que se escondía en aquella forma de nombrar la vida sin tocarla. Para una española deslizar las eses con un sonido de viento entre montañas era un tormento. Su lengua era áspera, evidente desde el principio hasta el final, y como decía a las jóvenes, era preciso aprender a *agastrar* en lugar de «arrastrar». Los idiomas eran lo más parecido a instrumentos musicales, y había que recibirlos como un regalo y no como un obstáculo.

Los jóvenes huían a los países de ultramar, y la población masculina seguía mermando. Los diarios estaban llenos de soflamas patrióticas, y una arrogante rectitud acompañaba la lista de caídos por la patria. Los ciudadanos comenzaban a sospechar que los franceses no masacraban a los alemanes como se publicaba; el número de bajas lo desvelaba. La Europa imperial agonizaba, y la historia acabaría confesando las cifras escalofriantes de aquella carnicería. Unos nueve millones de soldados y siete millones de civiles, y otros tantos que murieron de hambre y enfermedades, revelarían, para la posteridad, que aquello no era un alarde de orgullo patrio, sino la cara más mezquina del poder.

En Rusia, la ya incontenible Revolución bolchevique olvidaba a los zares y extendía por la población obrera una nueva consciencia. La industria cambiaba la morfología de las clases sociales, y las noticias que llegaban tardíamente a las provincias sumía a sus habitantes en una incertidumbre insoportable.

Pero las golondrinas tenían la mirada en el pespunte de la lona, en el bordado que cosían en las alpargatas o en las migas que la patrona les había prometido a su regreso; habían aceptado que no eran ellas las que iban a cambiar nada a su alrededor y proseguían con sus costumbres. Europa era una masa de países lejanos que se dibujaba en los mapas que había colgados en la escuela, y su patria iba desde el valle hasta el banco donde se sentaban a coser, cortar y trenzar el esparto.

Apenas un par de semanas después de que Esperanza se incorporara a su trabajo, su compañera Matilde la puso al corriente de lo que sucedía en Petrogrado, aunque ella nada supiera de aquella ciudad rusa. El último sol del otoño caía sobre sus cabezas mientras descansaban, y ella le hablaba de que el poder repartiría los beneficios con los trabajadores y al decirlo le brillaban los ojos. Según su versión, los países tendrían que admitir el voto de las mujeres y permitir su acceso a la educación y al trabajo sin depender de los hombres, pero Esperanza pensó que aquel temporal no llegaría tan pronto como Matilde vaticinaba, no al menos para ellas.

—Volvamos, Matilde, hay que completar un pedido de Burdeos.

—Nuestras hijas no se partirán el lomo como nosotras.

—Yo me conformaría con que nuestros hijos no tuvieran que morir en una trinchera.

A mediados de diciembre, el aire frío de las montañas entraba por el norte, enrojeciendo la piel blanca de Esperanza. Los recortes de caucho que sobraban en las fábricas alimentaban la estufa de Leonora, y las jóvenes pupilas tomaban la sopa de ajo caliente antes de caer rendidas en sus camastros. Sin noticias de su amado, y con el espejismo de lo que había vivido, Esperanza luchaba por mantener la fe acariciando el collar de perlas como si de un rosario se tratara. Soñar era preferible a pensar que no volvería a verlo.

En la Haute Ville preparaban la Navidad. Adornaban las

casas y cocinaban un cordero que comerían reunidos para vencer la nostalgia. Y entonces llegó una carta.

Querida mía:

Hace tiempo que no sé de ti, aunque pienso que no será tuya la culpa de esta incomunicación. En el último mes, ha habido una enorme censura en lo que a correspondencia se refiere y ni siquiera sé si esta misiva llegará a tus manos contándote lo que te cuento. Louis y yo tratamos de sobreponernos al barro, al frío y a la pérdida de compañeros. A pesar de que me cuenta constantemente anécdotas de su profesión, ya no me entretienen. Estamos desmoralizados, cansados y en unas condiciones insoportables. Creo que vamos a perder la guerra y que Francia quedará herida en su honor, pero lo más insoportable es estar aquí sin saber a ciencia cierta lo que sucede. Quizá nuestro regimiento, o lo que queda de él, sea desplazado a un sector más tranquilo. En eso confío. ¿Cómo está mi querida Leonora? Pienso en ti, y a veces vienes a mí durante el sueño...

Corrían rumores. En las calles y en los mercados se arrugaba la frente, se cuchicheaba con rostro circunspecto; había que mantener el orgullo patriótico, pero las cartas de los soldados, al menos las que conseguían pasar la censura, destilaban abatimiento y cansancio. Entre las palabras escogidas y las promesas de amor, encontró un destello inesperado. Théodore había trabado amistad con un capitán interesado en su afición a la fotografía. A través de él, había obtenido la autorización para tomar algunas instantáneas de la vida entre la tropa y enviarlas a un periódico de París. A tal efecto, había solicitado un permiso con el fin de para hacerse con el material necesario. No sabía cuándo se haría realidad, pero estaba seguro de que en cualquier momento podría reunirse con ella.

La joven se empeñó en soñar que su amado soldado aparecería pronto y, para estar preparada, aumentó la frecuencia de sus baños, planchó repetidamente su mejor ropa y se cuidó el cabello, mirando sin cesar por la ventana.

—¡Vas a volverme loca! Vendrá cuando se lo permitan.

—¿Me mandará un telegrama?

Leonora levantó los ojos al techo y suspiró como si necesitara paciencia para explicarle a su pupila las normas del amor.

—Un hombre como él no se presenta en casa de una dama sin avisar.

—¿Aunque venga de las trincheras?

—No lo sé. Nunca tuve un enamorado en la guerra. El señor Masover, mi marido, tenía otra clase de conflictos.

—Quizá vaya primero a ver a sus padres.

—Podría ser...

—¿Usted conoce Oloron?

—Sí. Fui hace ya años.

—¿Cómo es?

—Es una ciudad grande y bonita. Tiene una estación de ferrocarril importante que llega hasta Canfranc, un pueblo de Huesca a los pies del valle de Somport, y grandes avenidas, una catedral donde da gusto rezar y un par de iglesias. También hay fábricas de alpargatas y casas de mucho renombre.

—Me gustaría conocerla. Me gusta conocer cosas nuevas.

—Bueno, imagino que Théodore, si le dan algún permiso, te llevará a conocer a sus padres. Es lo que debería hacer, al menos.

—¿Usted cree?

—Eso es lo correcto si pensáis casaros. Debería ir a Burgui y pedir tu mano a tus padres. Pero comprendo que con esta pesadilla que no parece tener final es difícil hacer las cosas como Dios manda. ¿Le has preguntado qué tiene pensado para vuestro futuro?

—No.

—Pues deberías hacerlo, muchacha. Los hombres tienen la memoria frágil para ciertas cosas.

—Él no es de esos.

—Vamos a tomar un chocolate caliente.

A su manera, la patrona mantenía a su confiada pupila cerca de las dudas, aunque también la confortaba: «Has tenido suerte. Si te hubieras quedado preñada...».

Aunque fuera algo inocente, Esperanza temía por las consecuencias de su amor ilícito y era sensible a la retahíla de advertencias de Leonora, que siempre terminaba con la consabida enumeración de las chicas que habían corrido una suerte incierta por dejarse embaucar por un hombre. «Nadie te quiere con un crío colgando del pecho». La joven guardaba silencio, bajaba los ojos sin añadir una palabra. Las madres solteras eran habituales en la fábrica. El silencio ocultaba las relaciones forzadas. Ella tenía suerte. Había descubierto el amor, pero también el infierno que la aguardaba cuando pensaba en lo que podía sucederle. En su fuero interno, se sentía incapaz de renunciar a Théodore; tan solo con pronunciar su nombre, le faltaba el aire y era capaz de cualquier cosa por reunirse con él.

Secretamente volvió a vigilar el recodo de la calle, mientras los días caían como gruesas gotas sobre un tejado de pizarra. En los periódicos, las noticias pregonaban con su tinta negra el fracaso de las negociaciones, y ella retenía en su pecho un hartazgo que se parecía demasiado a la tristeza. Transportaba su barra de hierro en el pecho, su aliento escaso, y, rezando al Dios que la condenaba, esperaba que no la castigara con la muerte de su amado.

Una tarde oscura y lluviosa de finales de mayo, al regresar de la fábrica, agotada y melancólica, se encontró a Théodore sentado a la mesa de la cocina de Leonora. Todo cuanto había previsto hacer se desintegró al verlo. No se echó a su cuello ni le comió a besos como había pensado hacer. El amor volvía a presentarse ante ella como una termita que devoraba su fuerza.

Le saludó tímida. Lo miró sedienta. Se fijó en las ojeras pronunciadas, en el color gris de su piel, en el rastro de tristeza que reflejaban sus ojos azules y, reprimiendo las ganas de abrazarlo, se sentó a su lado temblando de amor. Deseaba mirarle, besarlo, tomar su mano, entrar en contacto con su piel. Había pasado demasiado tiempo soñándolo y le urgía deshacer la fantasía construida con los recuerdos, pero no sabía cómo actuar. Como la primera vez que la había mirado, pensó que debía de estar viéndola fea, cansada y pareciendo lo que era: una obrera del otro lado de las montañas. Se miró las manos y las escondió bajo la mesa.

La impecable educación del joven sobrevoló la habitación llenándola de prudencia. Las frases lentas terminaban en ella, como la respiración o los suspiros; todo acababa en una intensa mirada a sus ojos. Esperanza atisbó un pequeño fulgor más allá de su tristeza. «¿Qué te han hecho, amor?», musitó para sus adentros.

Leonora había sacado las copitas de cristal tallado del aparador, una muestra de que en una casa humilde se podía vivir el espejismo de la abundancia. La conversación giraba, para horror de Esperanza, en torno a la guerra. La patrona quería saber de la situación en las trincheras, de los avituallamientos fallidos, del sonido de las bombas. En las trincheras, la vida había adoptado pequeñas costumbres, y el soldado puso sobre el tapete de aquel sencillo hogar las condiciones deplorables de la vida de los soldados. La luz de la estancia fue apagándose a medida que la realidad tomaba cuerpo, y Esperanza tuvo la certeza de que algo se había roto en el corazón de su enamorado.

Théodore contó que las tropas habían recuperado parte de la fe al saber que los americanos estaban de su lado. Llegaban frescos, con armamento nuevo y ganas de vencer al infatigable ejército alemán, pero las negociaciones entre los mandatarios fracasaban reiteradamente, y los movimientos en el frente oriental causaban estragos. Su regimiento iba a ser trasladado a la zona de Reims. Los soldados franceses, los *poilou*, como les llamaban por su falta de higiene, estaban en pésimo estado. Los relevos no llegaban; la humedad hacía que se les llagaran los pies. Estaban agotados, y el enemigo se infiltraba con tácticas impecables. Nadie esperaba que aquel horror se prolongara tanto tiempo, y las deserciones y los castigos eran frecuentes.

—No puedo desertar, pero lo haría de buena gana —confesó bajando la cabeza—. Si esto se prolonga, volveremos demediados.

Escucharon conmovidas. Esperanza deseó con todas sus fuerzas quedarse a solas con él, aunque solo fuera para confortar su alma atormentada con un casto abrazo. Las miradas intensas, tiernas, furtivas parecieron poner por fin sobre aviso a Leonora, que se disculpó fingiendo cansancio.

En cuanto la pareja oyó el caminar lento de la patrona subiendo las escaleras, la mano del soldado buscó la de la joven roncalesa y, tras asirla con ansiedad, la besó largamente y el contacto los sacudió con la descarga del deseo. Théodore se apresuró a contarle que había reservado una habitación en el hotel Pyrénées. Disponía de veinticuatro horas.

Antes de que la invitara a acompañarlo, y de poner prudencia sobre el deseo, Esperanza corrió a cambiarse y se despidió de Leonora, a quien rogó que mandara recado al señor Cherbero con una de las pupilas.

—¿Escribo una nota?

—Sí. Dígale que estoy enferma, que pasado mañana estaré bien.

—Sé prudente.

—¿Prudente? —preguntó Esperanza con los ojos llorosos—. ¿Lo ha visto? Está destrozado.

—La guerra cambia a los hombres.

—No, Leonora, lo que hace es destruirlos.

Théodore caminaba a su lado, vestido con su uniforme, y, a pesar de la oscuridad, se sintió turbada cuando la agarró del brazo. El peso del castigo de Dios era una nube gruesa y oscura que no se alejaba, pero lo ignoró, aun sabiendo que al día siguiente, cuando él partiera, la tormenta de esa culpa descargaría sobre su conciencia.

—No puedo creer que esté caminando por una ciudad donde no resuenan las bombas, contigo a mi lado, Esperanza. Creí que no sucedería.

—Yo temía que no volvieras.

—No te abandonaré, golondrina. Te lo prometí y aquí estoy.

Cuando Théodore la apretó contra su cuerpo, sus palabras tenían el peso de la certeza, pero en el pequeño hotel no supo cómo esconder su vergüenza, a pesar de la discreción con la que el portero de noche les abrió la puerta. En la habitación, volvió a sentir el mismo rubor que la primera vez que se había desnudado frente a él. Temblaba de deseo y no sabía cómo responder a la manera suave y casi incrédula con que la tomó en sus brazos. Théodore había cambiado. Esperanza le pidió que apagara la luz, y él sonrió, convenciéndola de que pronto se convertirían en marido y mujer.

—Si lo deseas, mañana vamos al ayuntamiento. Hay una licencia especial para los soldados que quieren contraer matrimonio.

—No. Esperaremos. Nos casaremos en la iglesia de Burgui. Eso curará mis miedos, no dejo de pensar en que me espera el infierno por quererte como te quiero.

—Te aseguro que el infierno está en otra parte. Esto es. Es el cielo, Esperanza.

Desnudos, mirándose a los ojos, hablaron quedamente y se exploraron, recorriendo sus cuerpos en una caricia infinita. La idea de que aquel encuentro podía ser el último flotó en el aire como un perfume amargo, y ninguno de los dos cedió al cansancio cuando se les entrecerraban los ojos. Conscientes de que el tiempo no les pertenecía, apuraron los instantes, los devoraron mirándose, besándose.

—Háblame de tu vida. ¿Cómo fue el verano? He añorado tu voz, esa manera de pronunciar, de inventarte las palabras para describir lo que sientes. Háblame, mi amor, necesito llevarme tu voz.

Esperanza le llevó con sus palabras al murmullo de su río Esca, a las risas de las lavanderas, al tañido nostálgico de las campanas de su pueblo. Compuso para él una realidad, evocando los paseos en busca de endrinas y bayas, hablándole del olor de la tierra, del musgo, del canto de los ruiseñores. Le confió sus miedos y también su fe en un futuro distinto. Hablaron de los hijos que tendrían, de dónde vivirían; compartieron las fantasías que les alejaban del presente. A él le aguardaba la guerra, y a ella, la espera de no saber si iba a volver.

—En unas semanas volveré a Burgui. Leonora me regaló un baúl que pertenecía a su marido, estaba lleno de libros; creo que te lo conté en una de mis cartas. Compraré muchas cosas para mi familia en las Galerías Modernas, porque allí no hay tiendas. Hay que ir a Pamplona, que está a noventa kilómetros.

—¿Qué llevas?

—Vajilla, juegos de café, tejidos... Las mujeres se ocupan de adornar sus vestidos tradicionales para los días de fiesta, así que compro pasamanerías, bordados. Burgui es el pueblo más pobre del valle; en Isaba la vida es mejor, menos dura.

—¿Y no hay allí lo que compráis aquí?

—Sí, pero no hay dinero. Venir aquí, trabajar y comprar es casi una costumbre. Estamos cerca... es como si fuera el mismo país, aunque sé que no lo es. ¿Comprendes? Este verano me di cuenta de que ya no sé si sigo perteneciendo a mi tierra. Ya no puedo mirar las cosas como lo hacía, y esperar y desear cosas que quizá no tenga jamás no me hace feliz. Mi vida ha cambiado, y estás tú...

No supo si Théodore la escuchaba. Lo sentía lejos, como si no pudiera estar del todo con ella. Su mirada se perdía en el vacío y se le llenaban los ojos de lágrimas.

—¿Me quieres? —preguntó atemorizada, pues ni siquiera la dicha del momento diluía el miedo.

—Sí. Tú eres mi Esperanza. —Con el índice, seguía el relieve de sus labios, de sus cejas, le recorría la nariz y exploraba la entrada de su pelo—. Esta pesadilla me impide estar contigo, me roba la vida. Sé que no tengo derecho a encadenarte a una promesa. Puedo morir. A mi alrededor la gente muere, pero si vuelvo quiero que seas mi esposa.

La vulnerabilidad de su amante le contrajo las tripas. Un hombre representaba la fuerza, el equilibrio, lo inquebrantable. Eran ellos los que proporcionaban el lugar seguro en el que partirse por la mitad para parir un hijo, y la fragilidad que mostraba la asustaba. Ella no conocía las atrocidades que había presenciado, ni en qué condiciones vivían en la trinchera. Se lo había contado en sus cartas, pero en ese momento su tristeza estaba allí y le encogía el corazón. Esperanza hizo lo imposible por invocar al olvido. Le cantó una copla que las mujeres entonaban en el taller, jugó con sus dedos, con su pelo, dibujó con ternura en su piel, dudando de si sus recursos serían suficientes para borrar las sombras de sus ojos. Le rozó las pequeñas cicatrices de metralla de las mejillas con las yemas de los dedos, le hizo sonreír con la pronunciación imposible de alguna palabra. Una sabiduría primitiva la advirtió de que no debía dormirse, aunque él lo hiciera, que el milagro de aquel momento desaparecería con el sueño y ella necesitaba almacenar imágenes, como en el invierno se almacenaba el trigo. Y siguió acariciándolo, cautivada por el poder que tenía el amor para ver más allá de los ojos de su amado, para acudir con él al paisaje arrasado que guardaba en su alma; el amor tenía muchas y curiosas maneras de escalar la montaña.

Théodore partió al anochecer hacia Oloron. Antes de subir al carruaje, se sacó un pequeño saquito del bolsillo y se lo entregó.

—Son monedas de oro. Quiero que las guardes, porque quizá te pida que vengas a París si me conceden otro permiso. El dinero francés no te servirá si estás en España, y el oro es lo único que abre todas las puertas. ¿Vendrás?

—Iré, pero no necesito el dinero. Tengo ahorros.

Volvió la sensación de indignidad que había experimentado en Biarritz. El contenido de la bolsa, aunque entregado con generosidad sin propósitos, le pesó como un plomo que la hundía en aguas pantanosas, pero lo guardó. Llegado el caso, si ella no tenía los recursos suficientes para reunirse con él sería terrible.

Regresó a la Haute Ville como si le hubiera arrancado medio corazón para llevárselo con él. Se sintió vencida, al mismo tiempo que triunfante, notando todavía el olor del amor en su cuerpo y la pena en el alma. No tenía fuerza sino para esperar a que aquella maldita guerra les permitiera tener el futuro que se habían prometido. El recuerdo de la devastación de su amado la sobrecogía a cada paso que daba; la brevedad de su encuentro había dejado en el aire un magma de dolor, un presentimiento espeso que intentó ignorar. Ella le pertenecía inexorablemente.

Siguió cosiendo alpargatas doce horas al día, durante más de dos semanas, escuchando las teorías de Matilde sobre la inminente llegada del voto de la mujer y la liberación de su culpa, pero el mundo parecía haberse desvanecido a su alrededor.

A mediados de junio, se despidió de sus compañeras y mandó a Burgui el baúl repleto que su padre recogería en un camino clandestino.

Dos días después, se despidió de Leonora suplicándole que le enviara las cartas que llegaran para ella.

—No te preocupes, pequeña. Hablaré con Hipólito, el hombre que va y viene todas las semanas para España, para que te las haga llegar; sus mulas ya conocen el camino. Cuídate mucho y escríbeme. Te esperaré.

Se abrazaron con emoción. Esperanza sintió un escalofrío similar al que había sentido años atrás al despedirse de su hermano Manuel, y por un momento temió que le pasara algo a aquella mujer tan valiosa y necesaria para ella.

—Cuídese. ¿No vendrá a verme?

—¡Ay, niña! Ni por todo el oro del mundo haría yo esa travesía.

Los festejos y las voces resonaban por las calles estrechas: «¡Ya vienen las de Francia, las alpargateras ya están aquí!».

Sus padres y sus hermanos la rodeaban con cierta veneración. Del baúl salieron los libros, los chocolates, las telas, los bordados, los jabones de olor, la famosa cafetera y la caja de hojalata donde guardaba las fotos y las cartas, que se apresuró a ocultar. La joven roncalesa había vuelto a casa; la barrera montañosa había dejado al otro lado a una mujer enamorada y un tanto perdida. A pesar del bombardeo de preguntas al que la sometieron los suyos, evitó hablar de su existencia. Hasta los oídos de su madre había llegado el rumor de que había rechazado a Juan Berrospe.

—Santiago vino a despedirse ayer. Va a trabajar en Pamplona. Te ha dejado una carta.

Le extrañó que su amigo no le hubiera advertido y esperó a la noche para leer la carta. Mientras rasgaba el sobre, pensó que ese verano no sería lo mismo sin él. Su padre había arreglado el *sabayau* y le había hecho una cama grande que hacía juego con el armario de haya. No había puerta, pero tenía una cierta intimidad y hasta se colaba algún pájaro de vez en cuando. Santiago le había escrito una carta sincera, en la que no recurrió a las numerosas chanzas e ironías con las que solía hacer reír. El chico de Isaba con el que de vez en cuando se encontraba había recibido una paliza que casi le mata y ahora iban a por él. Su padre le obligaba a refugiarse en casa de su tía en Pamplona hasta que todo se olvidara. «Yo sé que en los pueblos las cosas no se olvidan. No quiero seguir siendo el bujarrón. Necesito ser respetado. No volveré. Iré a París en cuanto me sea posible». Esperanza se echó a llorar. Pensó que Santiago nunca iría a París. Las humillaciones le habían mermado las fuerzas.

La tierra le dio su abrazo acostumbrado. El sentimiento era benefactor; sin embargo, en su interior rechazaba el abrazo. Buscaba la soledad con más frecuencia de la que deseaban los suyos. Echaba de menos la alegría de su amigo, del que no tenía noticias. Se adentraba en la montaña para sentarse a leer y secrétamente murmuraba el grito de su corazón, pues le parecía que solo las montañas podían trasmitir sus pensamientos. Necesitaba a Théodore y aquel amor que la había hecho distinta. Si una fuerza espectacular los había unido hasta apenas necesitar las palabras, quizá él podría sentir los temores de ella, el dolor de sus pechos, las náuseas en la mañana, la falta del periodo. ¿Y si Théodore moría?

En el mes de agosto, el ejército alemán estaba a ciento veinte kilómetros de París. En un intento de rodear Reims, se inició la batalla del Marne, que daría lugar a la de los cien días. El incendio de la catedral conmovió a los franceses.

En los periódicos españoles comenzaron a hablar de una extraña enfermedad extremadamente contagiosa. Decían que era una epidemia de gripe que causaba bajas en todo el mundo y contra la cual la medicina era incapaz de poner remedio. En las fotografías, los mandatarios y los principales visitaban a los enfermos provistos de una mascarilla para no contagiarse; la gripe española, llamada así porque solo los españoles publicaban noticias sobre ella, se había originado en los Estados Unidos de América, pero el reconocimiento de su extensión fue tardío para no desmoralizar a las tropas.

En los pequeños pueblos del valle se sentían menos amenazados que en las ciudades, donde la pandemia se llevaba a familias enteras sin que nada pudiera hacerse por ellos. El aire de la montaña parecía poco propicio al contagio. En Madrid y en otras capitales se habían improvisado hospitales. Pero ese verano, tras la vendimia y las fiestas patronales, la gente enfermaba sin cesar y en el pueblo se contaban las bajas por apellidos. Más de una vez, Esperanza se encontró deseando que la virulenta enfermedad anidara en su pecho y se la llevara antes de que fuera evidente que esperaba una criatura.

—¿No vas a la iglesia con las mozas? —preguntó su madre cuando se oyeron las campanas.

—No me encuentro bien.

No lo estaba. Hacía tres meses que no sangraba, se mareaba por las mañanas y le dolían los pechos. Las mujeres sabían interpretar aquellos síntomas.

Las cartas de Théodore no llegaban, y aunque ella no dejara de escribir, a veces sus tripas le decían que era inútil que lo hiciera. En el silencio de la noche, pedía a Dios un poco de paz para saber qué decisiones tomar, apelaba a su compasión; había pecado y por lo tanto no tenía lugar entre los moradores del cielo, pero estaba el amor infinito del Creador que perdonaba. Esperanza había visto la vida de otras chicas que aparecían preñadas. Sabía que quizá tendría que irse lejos para preservar la honra, que la repudiarían y hablarían de ella, que le quitarían a la criatura si él no volvía a salvarla. Esas noches pensaba en sus posibilidades y casi siempre acababa acudiendo a la única persona que no la decepcionaría: Leonora, ella sabría qué hacer.

En la cooperativa, siempre había algún periódico o alguien que portaba noticias que se trasmitían de boca en boca. Europa se convertía en un osario que albergaba cientos de miles de muertos devorados por la gripe, pero a ella solo le interesaba saber si el ejército alemán, que empezaba a mostrar signos de flaqueza, acabaría siendo vencido.

La joven recibió un telegrama de Leonora pocos días después de que sus certezas se hubieran asentado. Hipólito había salido hacia España y le llevaba una carta de un tal Louis Bernier. Sabía muy bien quién era. Todo cuanto Théodore le había contado estaba grabado en su cerebro. Un estremecimiento la hizo intuir lo que aquello significaba. Aunque la misiva no llegaría a sus manos hasta un par de días después, Esperanza Escaín supo que había perdido al hombre al que amaba; el hijo que se gestaba en su vientre ya nunca conocería a su padre.

Hipólito, el hombre que traía el correo de Francia, llamó a su puerta al cabo de cuatro días. Los golpes de la aldaba y las voces con las que se anunció volvieron denso el aire, igual que cuando la niebla se tragaba la montaña. Las primeras líneas borraron de un plumazo el contorno de cuanto la rodeaba. Le temblaban las manos; las lágrimas le impedían ver los trazos con claridad, y el peso de aquel aire le aplastó el pecho como si las palabras estuvieran cargadas de plomo.

Buscó con urgencia un lugar donde sentarse. Fuera se oía el rumor del río. Había llovido mucho ese verano, y el cauce no había disminuido. Desde la calle, llegaba la voz amortiguada de su madre hablando con alguien. Los sonidos que tantas veces la habían hecho sentirse segura le parecieron campanadas de muerte.

Louis le comunicaba la muerte de Théodore el 3 de agosto en Rosnay, una población cercana a Reims. El compañero no decía de qué forma había encontrado la muerte, pero aclaraba que ambos habían acordado escribir a sus respectivas familias si caían heridos o muertos en la batalla. Su caligrafía estaba salpicada de tachones, sin duda propiciados por la responsabilidad de las palabras que le había tocado escoger. Esperanza descifraba su significado y en alguna línea tenía que volver atrás para comprender el sentido de la frase. Pero Théodore había muerto, era todo cuanto tenía que saber. Esperanza cerró los ojos y se llevó el papel al corazón.

El compañero de regimiento se despedía diciéndole que él también estaba herido y que se encontraba en el hospital du Val de Grâce. En cuanto le fuera posible, iría a conocerla.

Tras unos minutos respirando hondo para no desmayarse, advirtió que Leonora había añadido una cuartilla al correo. Además de confortarla con su caligrafía gótica, le ofrecía su apoyo; su casa estaría siempre abierta para ella y podía disponer de la habitación cuando quisiera. «Eres una hija para mí. La muerte de tu amado me entristece y me une aún más a ti. Eres joven y tu corazón se repondrá, aunque ahora no puedas pensar en ello». Su patrona había hecho averiguaciones a través de las voluntarias del hospital. La familia Elissabide celebraría un funeral en la catedral de Sainte-Marie de

Oloron. La avisaría mediante un telegrama en cuanto supiera la fecha.

Había contemplado aquella posibilidad. La guerra devoraba a los soldados, los mutilaba por dentro y por fuera arrojándolos a una muerte casi inevitable. Lo había advertido durante el permiso de Théodore: la decepción y la desesperanza lo volvían frágil, y temía por él. Aquellos sentimientos lo habían hecho desprotegerse, minusvalorar el riesgo, y en ese momento Esperanza se preguntó si había logrado hacerle saber cuánto lo necesitaba, lo importante que era para ella.

Manoseó las cartas, las plegó cuidadosamente mientras un abismo se abría en su interior. La noticia, certera como un cuchillo, le alcanzaba las tripas y desbarataba su cuerpo. Sintió las piernas flojas, como si fueran de goma, y pensó que no iba a poder sostenerse. Aprovechando un último aliento, se tumbó en el suelo buscando el frescor de las losetas de la cocina, y en ese momento la criatura escondida en su vientre se movió. Fue como un aire contenido que reclamaba su existencia, una presencia ínfima que la avisaba de que la necesitaba y que permanecería alojada en sus entrañas.

En la escalera, la voz de su madre repetía su nombre, la reclamaba.

—¡Esperanza! He visto a Hipólito. ¿Bajas?

Entre las brumas de su estado, la sentía trajinar. Quiso contestar, pero le daba vueltas la cabeza y el mundo había desaparecido, arrastrándola hacia algún lugar donde no debía mantenerse en pie, responder, ser...

—¡Niña, despierta! ¿Qué te ocurre?

Notó que la zarandeaban. Respiró y ordenó los pensamientos. Necesitaba residir unos segundos más en aquella nada donde le hubiera gustado quedarse de no haber sido por el hijo que llevaba en el vientre. Su madre le humedecía la cara. ¿Cómo volver a un mundo donde ya no estaría él? Abrió los ojos.

—Estás preñada... Lo sé, hija mía.

Años después de aquel día, Esperanza Escaín escribiría en uno de sus cuadernos que, en aquel momento, la ternura se había abierto paso y había conseguido llegar hasta ella, algo que había creído perder; su madre salió a su encuentro y no volvió a dejarla. Bajo los escudos con los que se vestían las roncalesas para aceptar el porcentaje de fatalidad de sus vidas, sobrevivían mujeres valientes y tiernas, que no se permitían amar del todo a sus hijos, pues temían perderlos o no equiparlos con lo necesario para convivir con la dureza de los valles pirenaicos. Esperanza pudo hablar con ella, pronunciar su nombre, llorar por la muerte del hombre que la había hecho conocer lo mejor de la vida.

Las puertas se cerraron. Su familia la protegió en silencio dejándola vagar en su tristeza hasta los límites que imponía la cordura. Cuando la pena la acercaba demasiado al abismo, la cogían de la mano para devolverla a su cama, a su habitación bajo el tejado, a su armario de haya, a su baúl y a sus libros. Volvieron a ella el bálsamo del cuidado, las canciones de la infancia, las infusiones de hierbas cogidas monte arriba, y la joven se afincó donde pudo, con su secreto latiendo con determinación.

Hipólito llamó de nuevo a su puerta una semana después. Leonora había desplegado su lista de conocidos para averiguar lo que sucedía con un soldado que había muerto lejos de casa. Así supo que habían enterrado a Théodore en el cementerio comunal de Saint-Pierre d'Oloron hacía dos semanas y que había un funeral previsto en la catedral en memoria de los soldados caídos que se celebraría en pocos días.

Casi antes de terminar la carta, la joven fue hasta la casa Almazán, la tienda contigua a su casa, y pidió hablar en privado con el padre de Aniceto, el patriarca de la familia. Entre lágrimas le contó que debía partir a Francia y necesitaba que alguien le cambiara una moneda de oro para sufragar los gastos del viaje. El hombre, sin decir palabra, le entregó el dinero necesario y rechazó la moneda.

—Esperanza, algún día tú harás algo por mí.

Cuando llegó el día de su partida sus padres trataron de disuadirla.

—No puedes ir. No puedes atravesar la frontera tú sola. El camino está lleno de desertores y van a comenzar las tormentas —insistió impotente su madre.

—Voy a ir.

Su padre, ante la determinación ciega que mostraba su hija, decidió ir con ella hasta la frontera y dejarla allí en manos de alguien que la acompañara hasta Sainte-Engrâce. Pidió una caballería y partieron montaña a través envueltos en silencio. Cuando llegaron a la frontera, la esperaba un hombre de confianza.

—Hija, no regreses sola. Perderás a la criatura. Vendré a buscarte.

—No la perderé, padre. Quédese tranquilo.

—Te estaré esperando el jueves.

Fue el único de los innumerables viajes que Esperanza no registraría en su memoria. Los riscos y los desfiladeros se disolvieron; las dificultades desaparecieron bajo el abrumador peso de su tristeza. No existieron los pastores con los que se cruzaron, ni los torrentes o las simas donde estuvo a punto de perder pie, ni el rumor de la noche, ni las estrellas de aquella bóveda celestial en la que buscaba los ojos de Théodore. Todo se desdibujó ante sus ojos hasta que llegó a Mauléon y Leonora la tomó entre sus brazos como si protegiera a una niña.

En la pequeña sala, con las copitas de cristal sobre la mesa, la patrona le ofreció los terrones de azúcar empapados en coñac a los que era tan aficionada. La confesión de su secreto se abrió paso, y las lágrimas relajaron su tensión. Como había hecho su madre, Leonora cuidó de ella. La condujo a la cama blanda y limpia de su habitación y se quedó a su lado hasta que le sobrevino el sueño. «Piensa que con un hijo suyo nunca le olvidarás. Es un regalo, niña, lo mejor que puede darte un hombre».

Descansó un par de noches, pero, en cuanto se sintió fuerte, ambas partieron a Oloron. Ella necesitaba recoger las migajas de la existencia de su amor, el rastro velado del final de la persona con quien había imaginado su futuro.

La ciudad era grande y estaba bañada por el sol. Leonora reservó una habitación en un hotel frente a la estación de ferrocarril. Sus pesquisas habían dado con la dirección de la vivienda de los Elissabide, situada en la place des Cordeliers, y hasta allí fueron para ver el lugar donde había crecido Théodore. Esperanza estaba bajo el influjo de una ansiedad que la hacía caminar como poseída por las calles de la ciudad, y la patrona apenas podía seguirla, avanzando sin resuello bajo un calor de justicia. Esperanza necesitaba ver la escuela a la que había acudido de niño su soldado, la plaza donde jugaba, las tiendas donde la familia se abastecía, la cara de sus amigos… Soportó aquella pena hasta que llegó la noche y, solo entonces, rompió a llorar.

—Llora cuanto necesites, niña, pero tienes que aceptar que ha muerto. Enfermarás si sigues en este estado —concluyó Leonora.

La catedral mostraba su pétrea hermosura el día de la liturgia. Las gentes llegaban y se arrodillaban con respeto, sobrecogidas por el olor a incienso y la música del órgano. Leonora y ella entraron cogidas del brazo y buscaron lugar en un lateral junto al púlpito, un sitio discreto desde el que se veían los primeros bancos y reclinatorios. Desde allí, Esperanza admiró la riqueza del templo, las columnas coloreadas y las maderas labradas siglos atrás. Empeñada en recoger cuanto de su amado hallara, recordó que la madre de Théodore era una fervorosa creyente. Casi pudo oír su voz hablándole del padre al que había descrito como un hombre muy alto. Lo buscó entre los fieles y lo encontró. Se llevó la mano al cuello para tocar las perlas y luego la deslizó hasta su vientre, que ya empezaba a abultarse. En la primera fila, erguidos y enlutados, los progenitores seguían la ceremonia. La madre llevaba un velo sobre el cabello, rubio, y estrujaba una bandera francesa entre los dedos. El padre asentía con la cabeza sin parar, como si debiera convencerse de que aquello estaba sucediendo.

El olor del incienso mareó a Esperanza, que cerró los ojos. La mano de Leonora agarró la suya y tiró apenas, invitándola a salir, pero ella necesitaba permanecer cerca de aquel mundo que había pertenecido a su amado, bebiéndose los detalles, los gestos de quienes habían tenido la fortuna de conocerle y amarle más tiempo que ella. Tomó aire una vez, dos... En su interior, una voz le susurraba que se mantuviera firme; su vida nunca se desmoronaba frente a otros, únicamente podía derrumbarse por dentro, sin que nadie supiera su secreto.

Los feligreses cantaban apesadumbrados mientras la luz se derramaba por las vidrieras como un milagro multicolor y el sacerdote leía una lista de jóvenes muertos por Francia. La familia vestía de un negro riguroso. Una chica alta y rubia, que se parecía a él, se enjugaba las lágrimas. ¿Sería su hermana? Nunca le había hablado de que tuviera hermanos. Esperanza volvió los ojos hacia la madre. Durante un segundo, se le pasó por la cabeza esperarla y confesarle la relación que había tenido con su hijo. Quizá él les hubiera mencionado su existencia. De ser así, podría sentirse menos herida por las dudas que, como sombras, la hacían temblar cuando pensaba en la lealtad de su enamorado. ¿Se habría casado con ella como prometió si no hubiera encontrado la muerte? En ese momento, sin embargo, percibió otro movimiento en su vientre. Fue algo apenas apreciable, pero bastó para devolverla a la realidad. Tomó aire y miró hacia los vitrales. Si confesaba a la familia que esperaba un hijo, podrían ampararla, darle una buena educación... aunque también podrían intentar convencerla de que la criatura les pertenecía o, en el peor de los casos, humillarla y tratarla de mentirosa.

Esperanza cobró consciencia de su verdadera situación. No

sabía cómo iba a salir adelante, pero cientos de mujeres habían estado en su lugar antes que ella. Por primera vez desde que supo que estaba encinta, sintió una alerta ancestral; tenía que proteger al hijo que esperaba. Una náusea subió desde su estómago revuelto y temió no poder evitar el vómito. Se levantó, ayudada por Leonora, y caminó tambaleándose hacia la puerta.

«Nunca seré quien fui en tus brazos. Y nadie sabrá a quién y cómo amé. ¿De qué serviría? Quizá no pudiste evitar tu muerte, pero tampoco me dejaste sin vida; nuestro hijo o hija crece en mi vientre».

11

Buscando las huellas

Sé amable, porque toda persona que conoces
está librando una gran batalla.

PLATÓN

Me he emocionado al ver la tarta nupcial. No sé a quién se le
ha ocurrido hacer un enorme par de alpargatas de bizcocho y
nata sobre un lecho de frutas del bosque, pero es conmo-
vedor.

—¿De quién ha sido la idea? —pregunto emocionada con
apenas un hilo de voz.

Miro a Elena y Marina, pero ellas también parecen sor-
prendidas. Clavo los ojos en mi madre, que niega con la cabeza, igual que mi padre. De pronto veo la mano de Gaston, que
busca la mía. Sonríe. Enarca las cejas, presiona mi mano y per-
cibo su calor, el de su vida junto a mí.

—No ha sido fácil, *mon amour*.

Estoy a punto de comérmelo, no el pastel sino a él. Pero
entonces suena «Volver», el tango que hemos ensayado. Me
quito los tules con un aire teatral y me pego a él. Hasta que le
conocí, no sabía que el mundo podía desaparecer de la manera
en que se esfuma cuando me abrazo a él y bailamos.

Como todos los que tenemos cierta relación con Francia, yo conocía el apellido Elissabide antes de leer el diario de mi bisabuela y las cartas que le había dirigido Théodore durante la guerra. En Mauléon hay una calle dedicada a René Elissabide, un empresario local que en 1929 revolucionó la industria alpargatera creando un remix de alpargata y bota con suela de caucho que se llamó Regum («R» de René, «E» de Elissabide, y Gum por la goma, supongo). La historia del que creí que era mi antepasado, un hombre acostumbrado a la montaña, me pareció fascinante. Fue el inventor de la primera bota para montañeros, la Pataugas, que el mismísimo Jean Paul Gaultier incluye en sus colecciones, según comprobé en las páginas de internet. Me llamó la atención que de su concepción de caminante hubieran salido las deportivas que ahora llevan las señoras que salen a andar por la carretera de Burgui al atardecer, las mismas que lucen las instagramers y las *influencers*, el par de zapatillas imprescindibles para acabar la jornada sin morir de dolor de pies.

Hay algo impúdico y misterioso en la lectura de las cartas de alguien a quien la historia ha relegado al olvido. Las de Théodore eran cartas de un amor romántico y desesperado con tintes de crónica. Desconocía las tremendas dimensiones que había tenido la Primera Guerra Mundial y cómo sus largos tentáculos habían impregnado a todos los europeos, incluyendo a los «neutrales». A las generaciones posteriores de españoles, desde mi abuela hasta mí misma, en la escuela apenas nos han enseñado esa decisiva e importante parte de la historia, más allá de unas fechas en los libros de texto y unos mapas con países en diferentes colores para distinguir quiénes se enfrentaban. Cuando pasabas de página, en el capítulo siguiente tenías las consecuencias geopolíticas de la contienda en otros colores, con las puñeteras fronteras deslizándose, como si no fuera decisivo lo que pasaba más allá de los Pirineos. Nada del cómo ni del porqué.

Me pregunté si mi abuela sabía de la existencia de lo que yo tenía en mis manos. Intuí que quizá no supo nunca quién había sido su padre, pues me parecía recordar que ella había nombrado al marido de su madre como alguien importante y que se llamaba Louis. No podía fiarme de mi memoria, así que repartí mi jornada entre la investigación y la traducción. Estaba decidida a sumergirme en el pasado.

Aristóteles dijo que la esperanza era el sueño del hombre despierto, así que, con mi matrimonio roto, mis heridas aún sin contorno y mi ansiedad deseando sorprenderme a la vuelta de la esquina, me fui a la biblioteca y revisé las crónicas del tiempo de mi bisabuela buscando los rastros de la historia de las golondrinas. Resultó decepcionante. Los estudios sociológicos de ambos países habían ignorado aquella emigración de mujeres, y solo entre los descendientes que habían quedado en Toulouse, Burdeos o Pau había tesis o estudios universitarios que hablaban de españoles que no eran refugiados del 36. Le pregunté a mi padre. Él tenía esa preciosa tendencia a entender el comportamiento de la historia. «Quizá ellas, hijas de la necesidad, no quisieran pasar a la historia. No hicieron ruido». Era verdad. Las golondrinas tenían la inconsistencia suficiente para perderse entre los estudios sociológicos de un tiempo convulso. Su emigración era estacional, no se perpetuaba, y sobre todo eran mujeres que vivían en reductos con costumbres propias.

Recuerdo que, mientras evitaba el contacto con las personas, fue mi cumpleaños. Accedí a que me hicieran una pequeña fiesta y, al soplar las velas, alguien me recordó que debía pedir un deseo. Cerré los ojos con fuerza, tratando de elegir entre esas necesidades que parecen urgentes. Dinero no necesitaba, no era el momento adecuado para el amor, y mis opciones de maternidad se alejaban sin remedio. Solo me venía a la cabeza la salud, que se fueran de una vez aquellos abismos que de tiempo en tiempo se abrían en mi pecho y me engullían. Salud, paz... y de pronto pensé en ellas, en mis Esperanzas.

Unas semanas después, cargué el coche y me fui de Barcelona a Burgui, y de allí a Mauléon. No me había dado tiempo a desear nada, porque mis amigas empezaron a apurarme para que apagara las dichosas velas, pero el único y verdadero propósito que tenía era subirme a lomos de mis Esperanzas para olvidar. Un impulso obsesivo se apoderó de mis decisiones: seguirles el rastro, preguntar a los mayores de Burgui, hablar con los que llevaban la asociación La Kukula y visitar Mauléon, pues el lugar donde se establecieron las primeras golondrinas era un destino al que no podía renunciar.

En mi bolso, como si en cualquier momento debiera introducirlas en la cerradura, llevaba las llaves de la casa de Leonora Mayas que mi madre me había entregado. Quería verla, ir hasta el hospital donde se habían conocido mis bisabuelos y visitar la tumba de aquel soldado alto y guapo que debía de parecerse tanto a la abuela Perla.

Me fijé el objetivo de buscar a la familia Elissabide. Me urgía la decencia de sacar a la luz aquel secreto que necesitaba contar. Las Esperanzas éramos sobrevivientes cuyos vientres apenas alcanzaron para parir a una niña que heredara el nombre. Mi bisabuela, la abuela, mi madre y yo misma, como si la naturaleza nos concediera el milagro de la maternidad una sola vez; si allí había antepasados, iba a reconquistarlos.

Conduje desde Barcelona pensando en reivindicar mis orígenes, vender la historia de la bisabuela a los periódicos y las revistas, o a Netflix, para que hicieran una serie. Los kilómetros discurrían por el terciopelo de la fantasía. Una traductora de ficción no es sino una escritora amedrentada por la creación que realza el trabajo en otro idioma. Yo sabía que en mi vida había una historia que contar. Mi decisión de ir a «revolver el pasado», como decía mi madre, estaba protegida por ese instinto tan poco científico que tenemos algunas personas y que nos empuja a obedecer órdenes sobrenaturales.

Le conté a Marina lo que pretendía. Ella, que mira para otro lado cuando hago estas cosas, me dijo que arrojarme a la pulsión de seguir mi instinto solo era aceptable si estaba dispuesta a asumir las consecuencias. Creo que no entendí lo que trataba de advertirme.

—Lo que me estás contando es que pretendes llegar a Mauléon, o dondequiera que vivan los Elissabide, y preguntar: ¿Quién tiene relación directa con Théodore Elissabide, un soldado que murió en Reims poco antes del armisticio? ¿Os suena? ¿Alguien guarda fotos de los primos lejanos? Cuando alguien te conteste o te remita a algún heredero, tú vas y le dices que eres su bisnieta y que vienes a enderezar la historia que olvidaron barrer bajo la alfombra, porque has encontrado unos cuadernos donde tu bisabuela, una golondrina del Roncal, cuenta su vida...

—Dicho así, suena fatal.

—Pues sí. Es una locura. Planifica las cosas, Esperanza. Sé que necesitas emociones nuevas y probablemente te venga bien para no pensar en el divorcio, pero sé prudente. Si te presentas sin haber previsto las consecuencias, avisarán a los abogados y te tirarán por un barranco para que no reivindiques tus derechos.

Marina tenía razón. Siempre la tiene en cuanto a previsiones se refiere. Posee una especie de radar para evitar errores. Por eso, antes de salir corriendo, pasé unos días concentrada vagando por internet. Descubrí que el inquieto industrial había nacido en una finca en Charaute, a dos o tres kilómetros de Oloron. En los cuadernos, mi bisabuela no parecía saber si su soldado tenía hermanos, pero en la parte en la que relataba que acudió a la iglesia y vio a los padres de su amado decía que una mujer consolaba a la madre.

Mi eficiente amiga me recomendó que me cerciorase de la genealogía de su apellido. Podían no ser parientes directos de los de las zapatillas. El apellido Elissabide se extendía por todos los Pirineos Atlánticos. Los había en Pau, en París, en Marsella y hasta en Argentina.

Tras la tarta con forma de alpargatas, el jardín se ilumina para que bailemos. Gaston, que ha estado ajeno a los preparativos, abre mucho la bocas, como un niño sorprendido. Le dije que no iba a ser una gran boda, que no se preocupara, pero no le advertí del poder de mi madre y mis amigas. Al final, todo el recorrido desde que he salido de casa es un decorado de cuento de hadas.

Mi padre y un amigo de Gladys se han encargado de la iluminación del jardín. El resultado es precioso, aunque algunas filas de lucecitas parpadean desacompasadas, lo que me recuerda levemente a un puticlub. Lo atravieso saludando, posando para los móviles de mis amigos y los amigos de mis padres. Abrazo y agradezco el cariño y el esfuerzo que han hecho para llegar hasta aquí. Tienen mucho mérito nuestros invitados, porque sigue siendo condenadamente complicado llegar al valle.

Y después llega el relajo, la música. Casi me duele la mandíbula de tanto sonreír. Gaston, más proclive a que la vida siga su curso sin su intervención, ha permanecido junto a nuestros padres y de vez en cuando me buscaba con la mirada. En el amor hay cosas sutiles y determinantes cuya textura se escapa a la consciencia, pero cuyo registro es decisivo.

Le conocí por casualidad. Era un miembro lejano de aquella familia a la que acudí con el pretexto de estar haciendo un estudio sobre la mano de obra española en el sector del calzado. El señuelo me lo proporcionó Marina.

Uno de los jóvenes herederos me había redirigido desde la empresa hasta la casa familiar. Marie Christine Elissabide vivía en una preciosa y antigua edificación cubierta de yedra a las afueras de Mauléon. Era una mujer entrada en años y no parecía dispuesta a proporcionarme los datos que necesitaba. La conversación no me aclaró nada de lo que quería saber, había que arrancarle la información. Agotada, decidí abandonar.

Yo había dejado mi coche aparcado en el camino de entrada. La mujer me acompañó y, quizá al ver la matrícula, se interesó por mi procedencia.

—¿Es usted española?

—Sí.

—¿Va a quedarse unos días en la zona? Creo que en algún

lugar guardo un ejemplar de un libro sobre la vida de René. Podría hacérselo llegar.

Le di la dirección de la casita de Haute Ville y seguí mi camino algo frustrada. Me fui a la biblioteca y allí encontré a Célestine, un ángel que sabía muchas cosas de la familia Elissabide y que hoy está sentada entre los invitados a la boda.

Aquel mismo día, al atardecer, cuando llegué a la rue du Saison estaba sentado en el poyete de la entrada. Alto, desmadejado y vestido como un ejecutivo parisino, se levantó en cuanto salí del coche; le habían encargado entregarme la biografía de René Elissabide.

—¿Qué busca exactamente? —Me lo preguntó sin titubeos, como acostumbra a hacer.

Y entonces decidí utilizarle.

—¿Es usted miembro de la familia Elissabide?

—Sí.

Le conté allí mismo, sin invitarle a entrar, con una distancia que no nos atrevíamos a acortar, el verdadero motivo de mi viaje. No era lo que me había aconsejado Marina. De hecho, destrocé el guion por completo en el momento en que reconocí que no estaba haciendo ningún estudio y que en realidad había ido allí para distraer la zozobra de mi vida y refugiarme en la certeza que siempre tiene la historia. Se mostró muy interesado, pero miró su reloj.

—Perdone, no recuerdo su nombre.

—Esperanza Ayerra. —Me acerqué a él para que pudiera alcanzar la mano que le tendía y comprobé que sus ojos eran un horizonte especialmente hermoso.

—Verá... —miró al suelo y comenzó a dibujar con la punta del zapato en la gravilla—, mi apellido es Elissabide, pero me temo que no tengo mucha relación con el hombre al que busca. Mi padre nació en París, como su padre y como yo. Es primo lejano de Marie Christine, concretamente de una rama que escapó de Mauléon en 1867. —Le escuchaba, pero mis ojos seguían su larga pierna, que se movía como un pincel—. Yo también tuve un día curiosidad por mis ancestros y descubrí que mis orígenes están en el pariente huido; un obispo que tuvo una relación de la que nació mi tatarabuelo. Lo digo para que me descarte de su búsqueda. Estoy aquí por casualidad. Un encargo de mi padre. Unos papeles.

—¿Es la bola del mundo? —pregunté indicando el dibujo.

—Algo parecido. Dibujo con el pie, como cuando hacemos jeroglíficos mientras hablamos por teléfono. Me llamo Gaston —dijo tendiéndome la mano—. Soy abogado, vivo en Roma. ¿Es usted francesa?

Soy bilingüe, estudié en París cinco años y mi abuela me contaba los secretos en francés, pero en el fondo de mi cerebro quedan los restos del idioma con los que me quiebro o me entusiasmo. Pocas personas lo perciben. Con su pregunta me había pillado.

—Más o menos, soy española, también un poco francesa. Me dedico a la traducción; aunque soy como los Pirineos, que, dependiendo del lado desde el que se miren, van o vienen.

Sonrió y me invitó a cenar. Y le dije que sí.

Le miro. Me apasiona verle concentrado como está en este momento, escuchando a mi padre con interés. Parece dueño de su vida, ajeno a mí y, sin embargo, comparte conmigo un trocito de su corazón y los genes del hijo que esperamos.

Era a él a quien buscaba. Lo supe en aquel cementerio de Oloron al que fuimos al día siguiente en busca de la tumba de mi bisabuelo; su presencia escoltaba mi pasado. Somos dos, pero también uno. En aquel viaje averigüé que la rama de mi bisabuelo estaba, como había supuesto, en el tejado de Marie Christine y en aquel hombre que revolucionó las alpargatas.

La misma noche que nos conocimos, cenamos en un restaurante situado cerca del viejo hospital. Me emocionó estar en el mismo jardín donde probablemente mi bisabuela y su soldado habían paseado mientras se enamoraban. La desgana que sentía cuando un hombre se me acercaba había desaparecido como por arte de magia. Esa misma noche empezaron a salir de mi pecho todas las plumas, los brillos, las banderitas y los mohínes de quien se siente atraída por alguien y, si hubiera seguido mi instinto, me habría ido con él para el resto de mi vida.

Aunque mi amiga Marina me tema por mi vicio de precipitarme, yo siempre mantengo los pies en la tierra mientras permito que mi corazón se eche a volar. Así que nos despedimos en la puerta. Por la mañana, Gaston vino a buscarme y me propuso ir a un taller de alpargatas que mantenía la forma artesana de hacerlas y donde había un archivo de fotos de los tiempos de la bisabuela. Es un hombre atento, con detalles y muy educado. También lo era Álex, mi ex, pero de otro modo.

Mi exmarido olvidaba que yo estaba a su lado, era como si diera por hecho que hiciera lo que hiciese yo iba a estar ahí; entrando, saliendo, yendo o viniendo. Siempre fue así. Mi abuela solía decir que si entras por una puerta como una esclava, se te tratará así toda la vida. En nuestra vida, y desde el inicio de la relación, sobreviví a la creencia de que su trabajo era más importante porque nos daba acceso a privilegios. De alguna manera, había aceptado aquella premisa con una naturalidad malsana. Respetaba sus horarios, sus gustos, sus decisiones. Me amoldaba a sus caprichos, hasta que me sentí invisible a sus ojos. A Gaston le parece un regalo despertarse a mi lado.

Pocos días antes, mi padre me había advertido de que una fe de bautismo daba muchas pistas para los nacidos antes de 1900. Me interesaba saber si había descendientes. Mientras esperábamos al cura y contemplaba los colores desvaídos de los antiguos frescos, Gaston descubrió en una placa conmemorativa el nombre de Théodore Elissabide y su fecha de nacimiento y muerte.

Oloron es una pequeña ciudad que ostenta el dudoso honor de tener tres cementerios, la estación de ferrocarril que conectaba con Canfranc, una fábrica de chocolates Lindt a la que no pude resistirme y, a pocos kilómetros, un campo de internamiento, el de Gurs, que me interesaba visitar. Salvo por los chocolates, todo me causó una sensación irreal, polvorienta, frustrante y triste.

Comimos en un sitio espantoso, que elegimos tarde y precipitadamente, después de no haber tenido éxito en el ayuntamiento. Me dolía el estómago y entramos en aquel establecimiento como si fuera el único existente en la localidad. Estaba decorado con colores chillones y mucho plástico. Era el tipo de sitio en el que tengo esos pensamientos horribles de que el mundo es una mierda.

—Conozco la forma de acceder a la información y tengo dos becarios que trabajan conmigo —me animaba—. Creo que el paso siguiente es saber a quién dejaron su patrimonio sus padres. Tratándose de mi propio apellido, no habrá problema para averiguarlo.

—Comprendo. Así podemos dar con esa rama familiar.

—Exacto.

Quizá por la vulgaridad de aquel restaurante o por la frustración por no encontrar a mis antepasados, dejé de creer en mis percepciones.

—¿Por qué me ayudas en este asunto tan irrelevante para ti?

—Bueno, según la información, las cartas y las fotos que posees, somos parientes, aunque no sepamos exactamente la condición de nuestro vínculo. —Gaston sonrió—. Además de eso, me gustan las golondrinas, y no tengo intención de perderte de vista —dijo, ya con el rostro serio.

Él volvió a Roma dos días después. Yo me quedé una semana en Mauléon y hablaba con él una hora cada noche por FaceTime, Skype y Hangouts, como si también yo necesitara no perderle de vista. Como los franceses, a las siete de la tarde no tenía nada que hacer. La vida se detenía, y en las calles de Mauléon parecía que habían fumigado a sus habitantes. Yo me reservaba un tiempo para acariciar el recuerdo de su cuerpo entre las paredes de aquella casa que parecía querer hablarme.

SEGUNDA PARTE

1

Esperanza Escaín

1919-1926

Para siempre está compuesto de ahoras.

Emily Dickinson

Esperanza Escaín dio a luz una niña sana y preciosa el 6 de enero de 1919 en Burgui. Vino al mundo con prisa, antes de tiempo, pesando lo justo y con unos ojos azules que brillaban como las perlas del collar que su madre acariciaba mientras pronunciaba el nombre de Théodore. Manuela, la partera, estuvo a punto de no poder asistirla; el pueblo se hallaba sepultado bajo la nieve, y el médico, el doctor Vallejo, estaba en Pamplona. Fue bautizada cuatro días más tarde, casi clandestinamente, una mañana temprana y fría, después de que el cura aceptara unas docenas de huevos y dos quesos de gran tamaño para que considerara a la niña hija de la Iglesia. La madre apenas se tenía en pie. Su madre la sostuvo, y sus hermanos Alfonso y Agustín actuaron como padrinos.

Había tenido un embarazo triste, con vómitos permanentes y un cansancio rayano en el agotamiento. Delgada, ojerosa, había paseado por el pueblo su vergüenza sin sentirla y había dejado que las habladurías rodaran por el empedrado sin detenerlas. Lo que llevaba en su vientre la sostenía. Pero tarde o temprano la compasión tendía a abrirse paso en el valle, y era inútil mantenerse firme en los escalones de la moral cuando todos se sabían tan solos, tan ignorados, y sobre todo cuando de niños se trataba.

Burgui decidió acoger el pecado y perdonar a medias a Esperanza, pues al fin y al cabo la chica nunca había molestado a nadie y había enseñado a leer a alguna niña. Las gentes sencillas solían dejar al tiempo la validez de sus sentencias. Ella, sin embargo, tenía el alma detenida en el tiempo. Los meses de espera se habían deslizado envenenados. La prolongada guerra en Europa, las huelgas y la gripe española, que devoraba a los ciudadanos de todo el mundo, sumieron a los habitantes en una perplejidad empapada en aceptación. El armisticio, como más tarde se sabría, se firmó el 11 de noviembre de 1918 en un vagón de tren parado en un bosque cercano a París. Los millones de muertos y mutilados, entre los que se encontraba Théodore, pasarían al olvido, y las huellas de sus ausencias no dejarían rastro en los libros de historia, sino en las almas de los que los echaban de menos.

Se firmó el tratado de Versalles, una especie de venganza para justificar las decisiones políticas erróneas que humillaba cuanto se pudo al vencido. No solo se despojó a Alemania de todo el honor, sino que las provincias de Alsacia y Lorena fueron entregadas a Francia, así como muchas colonias africanas. La orgullosa nación también fue privada de ejército y armas modernas, con lo que su defensa se limitaba a la seguridad interior. Las reparaciones económicas que impusieron los franceses fueron tan grandes que Alemania no pudo pagarlas, y el odio contra la nación gala por aquella afrenta fue tan brutal que sobrevivía año tras año en el pueblo alemán, alojando bajo la piel una aversión perenne hacia el pueblo francés.

Pero la niña estaba allí. Hermosa, abriéndose a la vida, creciendo sana, sin cólicos ni llantos, como si supiera que sobrevivir era tarea suya porque su madre tenía el alma herida. El doctor Vallejo advirtió que, si llegaba la leche materna hasta el año de la niña, no habría enfermedad que se la llevara. Unas semanas más tarde, la costumbre ya se había apoderado de la casa. Al día le seguía la noche; al frío, la tibieza; a las palabras, el silencio; y pocas veces se rompía la rutina o se alborotaba la curiosidad.

A mediados de marzo, con la nieve apenas derretida, recibió la inesperada visita de Blanca, una de las chicas de Ansó con quien había compartido habitación y sueños en la casa de Leonora Mayas. Las noticias le habían llegado hasta Salvatierra, donde vivía y se había casado con un guardia civil. Le llevó un hatillo de ropa para la niña y unos jabones de olor.

—Mi marido tiene tierras en la Ribera, así que no nos falta de nada. Puedo enviarte la ropa de mi hija con el camión de Manolo. ¿Sigues con tus libros?

—Con ellos viajo, voy y vengo, y por el camino me entretengo.

Pasó unas horas con ella. Las golondrinas nunca se despedían del todo.

—Todo irá bien, Esperanza. Si quieres algo, mándame recado.

Aniceto, en la trastienda de Almazán, le había cambiado ya una de las monedas de Théodore por dinero de curso legal. Ella esperaba que le alcanzaran hasta que pudiera encontrar una fuente de ingresos. Esperanza trabajaba cuanto podía: ayudaba con las cuentas a quien lo necesitara, cosía y escribía las cartas para quien se lo pedía. Todos le dejaban un cesto con huevos, un par de chorizos o leche, y aquello le parecía suficiente. A veces, cuando su madre estaba en casa y se encargaba de la niña, bajaba al río y caminaba hasta un recodo en el que resultaba difícil que la vieran. El cielo blanquecino del invierno le prestaba una luz pálida para sumergirse en la lectura de sus tesoros, los libros. Nana, la protagonista de Émile Zola, le prestaba su desorden, sus correrías por los teatros de París, mientras vigilaba que la niebla no cubriera las faldas de las montañas. Pero cada tarde al apagarse el sol, como si un reloj la avisara de que la hora de la cita se acercaba, cerraba los ojos y se reunía con la nostalgia de una vida que le parecía lejanísima.

Amamantó a la pequeña durante más de un año. La niña era despierta, sana, y todo el pueblo admiraba secretamente su belleza, de piel blanca casi nacarada, pelo rubio y ojos azules. Esperanza se concentró en ser madre, tarea extenuante; la niña dormía poco, era inquieta y, aunque no lloraba, se movía como si tuviera prisa por llegar a algún lugar desconocido, tanto que gateó y anduvo antes del año sin que pudieran quitarle los ojos de encima.

Las murmuraciones sobre el origen de la niña corrían como el caudal del río en invierno, abundantes e inesperadas. Para algunos había sido forzada por un francés que trabajaba en la fábrica, donde las violaciones eran frecuentes, pero la sospecha recaía siempre sobre la mujer, así que el rumor se extendió y matizó hasta llegar a un leñador del valle de Salazar con el que había tonteado. No faltó quien quiso dar algo más de teatralidad al origen de la pequeña Esperanza contando que era fruto del asalto de un soldado alemán que se escapó de un campo de prisioneros.

De una manera u otra, los relatos llegaban a sus oídos. Siempre había un alma caritativa para ponerla al corriente de las habladurías. A ella no le importaban en absoluto. En el centro de su pecho crecía un agujero profundo en el que cabía todo. Se sentía fuerte. Ella guardaba el triunfo de haber conocido el verdadero amor. Había gozado de un hombre sin el asco ni la violencia que relataban muchas mujeres y conservaba intacto y grandioso el recuerdo de Théodore entregándose en cuerpo y alma a ella.

Su madre, como todas las madres, la encerró en un abrazo protector. Con pocas palabras la sostuvo, dejando que construyera su mundo en el viejo pajar, el *sabayau*, la parte más alta de la casa, desde donde se veían las montañas. Leonora Mayas envió ropa fina, pañales y una cuchara de plata para la recién nacida. También libros y jabones de olor para la madre, a quien llamaba «su niña» en las cartas que llegaban en las mulas de Hipólito, el chamarilero transfronterizo. La lejanía había vuelto locuaz a su patrona, que acabó siendo una cronista indispensable, que salpicaba el papel con pequeñas anécdotas de la fábrica, las romerías y sus compañeras, y con lo que había en los escaparates de las tiendas de Mauléon una vez acabada la guerra.

Esperanza cuidaba a su hija, la abrazaba, la olía y mientras tanto, con voz muy queda, le hablaba a Théodore, en una súplica en la que se mezclaban la culpa, el amor, la ignorancia. Un monólogo al que se aferraba en la oscuridad de la noche, y por el día dedicaba el tiempo a hacer desaparecer a la mujer que había empezado a ser al otro lado de las montañas. ¿De qué servía ser otra? «Los sueños son para compartirlos...».

Para sobrevivir como una roncalesa con un hijo sin padre necesitaba enterrar a la joven que había soñado ser otra. Nada de hablar francés, de pensar que un día podría acceder al mundo que había visto tras los visillos del salón de mujeres de Mauléon. Ni hablar de que la mujer decidiera su vida, amara al que eligiera o se buscara un oficio retribuido... Volvió a ser la hija del almadiero, a vestirse de oscuro, a recogerse el pelo, a ser la joven silenciosa que leía libros y tenía una hija de cuyo padre nada se sabría.

La niña tendría un año cuando el cartero le entregó una carta cuyo remite eran unas letras sin dirección. Intrigada e impaciente, Esperanza rasgó el sobre y su mirada cayó sobre unas líneas que arrancaron lágrimas de sus ojos. Santiago, su viejo amigo, le contaba que vivía en Madrid y trabajaba de cocinero en un restaurante elegante de la Castellana. Como si se viera obligado a decirlo, le comunicaba que seguía ahorrando dinero para viajar a París y que, como su padre le había contado que tenía una niña, cualquier día iría a buscarla. En el interior, había una foto en la que aparecía él con un mandil que le llegaba a los tobillos, serio y repeinado.

Leonora le mandó también dos cartas de Pilar. Aunque las noticias perdieran la actualidad, Esperanza las abrió dichosa, deseando recuperar aquel vínculo que las unía a pesar de saberse lejos. El correo era un hilo que enlazaba los sueños, la confirmación de que fuera de Burgui la vida, como el río, seguía su curso.

Mi querida Esperanza:

Perdóname por no haberte escrito antes. Hace casi dos meses que llegó una carta de Leonora en la que me hablaba de tu desdicha. Lloré mucho cuando recibí las terribles noticias. Siento tanto la muerte de tu soldado. ¡Me hubiera gustado poder estar contigo! Es difícil que alcance a consolarte desde aquí, tú llevarás la pena en tu corazón y nadie sabrá lo que padeces.

Te escribo apoyada en el mostrador de mi tienda. Espero a una clienta importante, una mujer que te gustaría. Vino de París hace tres años, después de quedarse viuda, y quiere vivir. Ella me ha presentado a otras mujeres y es como si estuviera dentro de los salones que vigilábamos en Mauléon. Tengo un gramófono, y Maurice Chevalier me recuerda a Francia. Solo faltas tú.

Probablemente, cuando recibas esta carta ya habrá nacido el niño o la niña que esperas y tu pena sea menos pena y más preocupación. He hablado con Francisco, y nada nos haría tan felices como tenerte con nosotros. Aquí te esperamos con alegría y un hogar donde podríais vivir los dos. No necesitas nada. Trabajarías conmigo, y el niño… Sería más feliz.

Cuéntame si tiene tus ojos, si come, si duerme; el nombre que le has puesto, si es niño o niña. Quiero saberlo todo. Desgraciadamente, en mi caso los hijos no llegan. Bien los quisiera, pero quizá Dios me tenga reservado algo más que ser madre. Eso me consuela, pero no me hace feliz. He localizado a un obstetra que parece infalible en sus diagnósticos y le visitaré pronto.

Buenos Aires es una ciudad que crece sin parar. Los barcos vienen llenos de italianos, polacos, franceses y españoles con ganas de abrir negocios. Se construyen edificios y teatros a los que acuden artistas de renombre. Pensar en compartir contigo todo esto es un sueño, juntas podríamos hacer muchas cosas, Esperanza.

En esta tierra nadie pregunta de dónde vienes o adónde vas, menos aún quién es tu padre. Somos calcetines desparejados que anhelamos una vida mejor. Aquí podrás enamorarte, ser maestra o hacer lo que quieras. Ven con tu hijo, por favor. Ya no guardo céntimos para comprar un jabón cuando llegue la primavera. Francisco y sus hermanos han conseguido abrir un pequeño hotel y nos va muy bien. Madame Mauléon, nuestra tienda de modas, es un éxito. He conseguido que me envíen algunos productos desde París y Madrid, y ya tengo algunas clientas importantes. He tenido que contratar a varias modistas y estoy pensando en abrir otro establecimiento. Imaginarte conmigo recibiendo a las clientas o empaquetando los sombreros me hace feliz... ¿Será eso posible?

Quisiera ser la madrina de tu hijo. Si Dios no quiere concederme mis propios hijos, al menos tendré el tuyo.

Releía las cartas de Théodore, de Santiago y de su amiga en repetidas ocasiones, cuando el mundo se hacía tan pequeño que le oprimía el corazón.

Si algo había aprendido de todas las horas invertidas en la lectura, era que una sola frase justificaba las horas de sueño o el cansancio del día siguiente. En el amor pasaba lo mismo, siete noches y algunos días más en compañía de Théodore le daban la fuerza suficiente para seguir viviendo sin necesidad de ir al otro lado del mundo. Contestó a Pilar con una carta interminable, donde le contaba cómo habían ido encadenándose los acontecimientos. La nombraba su madrina, aunque fuera con el corazón y no con los papeles del párroco, y le prometía que, en cuanto Esperancita tuviera uso de razón, le hablaría de la primera persona importante que había entrado en la vida de su madre y que se llamaba Pilar. Pero su vida estaba en Burgui, y cuando la niña creciera ella volvería a Mauléon para poner unos lirios sobre la tumba de su soldado. Luego escribió a Santiago, pidiéndole que no la esperara y que corriera en busca de aquel billete a París.

... he descubierto que la vida no espera a que nuestros deseos se cumplan. Vete a París, aunque te dé miedo, aunque no tengas dinero. No te hagas viejo y débil esperando. Y cuando llegues, escríbeme y dime que lo has hecho. Eso me hará feliz. Mi hija es una niña preciosa. Amarla me sostiene.

Las nieves se derritieron a primeros de abril y despejaron los caminos. La crianza de la pequeña Esperanza impuso un horario apretado en la casa, que giraba en torno a la niña, a sus llantos y a sus sonrisas. No fue sencillo al inicio aceptar a aquella niña inquieta que lloraba sin cesar. Pero cuando la leche se tornó abundante y logró dormir saciada, empezó a sonreír, a jugar sola en la cuna, a mirar el mundo. Y en un par de meses el mundo se puso en su sitio. El tibio calor de la criatura, siempre pegada a su cuerpo, sanó sus heridas. Comenzó a quererla con una intensidad que jamás habría sospechado que existiera en su corazón. No pocas veces había pensado que la condena de su sufrimiento permanecería en ella hasta su muerte, pero al mirar a la niña tendida en la cuna, un bálsamo corría por su torrente sanguíneo. La contemplaba, incrédula ante su perfección, y cuando se despertaba, sus manitas revoloteaban en el aire y sus ojos despiertos y azules la miraban balbuceando.

Esperanza era feliz.

Al llegar el otoño, con su hija en brazos, acudió a la iglesia para cantar la salve y despedir a las golondrinas. Pero aquella vez sintió un pellizco en el corazón. Leonora, que no dejaba de escribir largas cartas, se ofrecía para cuidar a la niña si ella, en algún momento, deseaba volver. Sus ofrecimientos se incrementaban con el tiempo, y le prometía una habitación para ellas solas, hospedaje gratis… Pero Esperanza pensaba que la niña era aún muy pequeña, que arrebatársela a su madre hubiera sido imperdonable, y que sus fuerzas no eran tales como para salir del cobijo de Burgui. En el pueblo, la vida era sencilla, repetitiva, atenta a la climatología, a la luz del sol y a la lluvia. No había lujos, pero de vez en cuando el molinero iba a Pamplona y le cambiaba un par de monedas de aquellas que Théodore le había dado y seguían viviendo.

De la iglesia descendieron los carros, y ella sacó el pañuelo añorando aquel viaje que, aunque penoso, conducía a una vida donde se podía elegir. Las montañas aquel año ya estaban coronadas por las primeras nieves, y el pueblo quedó extrañamente vacío. Eligió el camino real para regresar a casa y espantar los pensamientos. Cuando pasaba por el molino harinero de Herminio, se paró en la fuente del Batán para beber. Al inclinarse vio su reflejo: llevaba el corpiño, la blusa blanca, el pañuelo en la cabeza y la falda larga. Volvía a ser una roncalesa. Nada quedaba de la chica que miró el escaparate de Coco Chanel de Biarritz, de eso hacía ya cuatro años.

Casi sin que se diera cuenta llegó el verano, y regresaron las jóvenes. Esperanza se ofreció a enseñarles algunas palabras en francés y, en un claro cerca del río, tuvo lo más parecido a una escuela. Luego llegó el otoño y volvieron a marcharse, y de nuevo lloró al despedirlas.

El recuerdo de su amado se había asentado en ella con mansedumbre, ya no la poseía la urgencia desesperada de revivirle, de aferrarse a él para no olvidarlo. A medida que la pequeña Esperanza crecía, caminaba y balbuceaba las primeras palabras, se parecía más a su padre. Esperanza añoraba al hombre que le había enseñado a temblar de pasión, pero su nostalgia se deshacía como si soñara con algo perdido. Al terminar el día, cerraba los ojos y se encontraba imaginándolo ya desdibujado, hasta que el rastro se desvanecía; no le quedaron más que las desvaídas fotografías y aquella niña cuyos ojos tenían el mismo color que los de Théodore.

La naturaleza de los Pirineos y la lucha feroz por la supervivencia presidían la vida de los roncaleses. Las foces seguían allí, talladas por el agua y el viento. Las montañas y los senderos eran transitados por los pastores que se dirigían a las Bardenas reales buscando pasto para sus rebaños, y los rigores del clima imponían el aislamiento en los refugios. Pese a la fuerza del entorno, a su imperativa costumbre, Esperanza Escaín no se desconectó de lo que sucedía más allá de sus murallas. Leía cuanto periódico caía en sus manos y no pocas veces se acercaba a los corrillos o preguntaba en el río la opinión de los hombres que iban a Pamplona o a Bilbao. La guerra de Marruecos desgastaba voluntades, dividiendo al ejército. El rey Alfonso XIII, inmerso en su vida social y en la corrupción, no dirimía las disputas parlamentarias, y los atentados eran tan frecuentes que se aceptaban con resignación. En septiembre de 1923, el general Primo de Rivera se sublevó en Cataluña, lo que trajo el estado de guerra. El rey no apoyó al Gobierno constitucional, y como consecuencia se instauró la dictadura. Mediante un mandato autoritario, se pretendía restaurar una paz social quebrada por las reivindicaciones nacionalistas y el malestar del ejército. Una de las primeras medidas que tomó el dictador fue emitir un decreto por el que prohibía el uso de otra lengua que no fuera el castellano.

No era un buen augurio, y a la joven, que había convivido con varias lenguas, le pareció que los años de progreso no iban a favorecer a las mujeres si se empezaba por prohibir la lengua en la que uno crecía. En Italia el panorama no era muy diferente, el fascismo triunfó aupando a Mussolini al poder; y Alemania, tras la guerra, vivía un periodo de profunda insatisfacción y resquemor por el pago y el deshonor de sus deudas de vencido. El Partido Nazi ganaba adeptos, pero todos estaban empeñados en olvidar. Los moradores del valle, más pensativos que habladores, siguieron enredados en su vida rural, sabiendo que tarde o temprano los acontecimientos llegarían a su territorio indefectiblemente, pues en su pueblo comenzaba la ruta hacia la frontera.

Esperanza trabajaba en el huerto, atendía a la niña, y se ocupaba de la leña y de enseñar a quien quisiera prestando los libros, cada día más numerosos, que Leonora le enviaba. Su padre y sus hermanos, uno de ellos ya casado, pasaban largas temporadas en la montaña o en el río, y solamente a principios del mes de mayo, cuando el cauce del Esca bajaba escaso y los troncos se atascaban, regresaban a casa. Su madre lavaba la ropa de un par de familias adineradas, cuidaba de los animales y se encargaba de que el cuartito de los tocinos estuviera bien provisto.

El hijo del molinero, un hombre fuerte y generoso que acababa de heredar el negocio tras la muerte de su padre, empezó a frecuentar la casa. Una vez al mes, bajaba a Pamplona para tratar los asuntos de la cooperativa agrícola, y al atardecer, cuando Esperanza se hallaba en la puerta, se detenía con cualquier pretexto. En el pueblo se rumoreaba que había elegido a la joven de la casa Escaín para casarse y que no le importaba que la moza tuviera una niña.

—Herminio no tardará en proponerte matrimonio —dijo su madre una tarde de verano cuando lo vio acercarse—. Es un hombre prudente y adelantado. Va a reformar el molino para traer electricidad y siempre nos regala harina. ¿Has visto cómo juega con la niña? La llama «mi perla».

—Todo el pueblo la llama Perla. Sí, es un hombre amable.

Perla era un nombre bonito, era fácil y ya eran muchas tres Esperanzas bajo un mismo techo.

—Buenas tardes, señoras —saludó el molinero descubriéndose, y a continuación se dirigió a Esperanza—. Venía a decirte que mañana subiré a Isaba y que si necesitas algo no tienes más que decírmelo.

—Si me traes periódicos, me haces feliz.

—Pues no me digas más.

—Siéntate —intervino la madre, indicándole el poyete junto a la puerta—. ¿Quieres un vaso de vino?

—Me sentaré un rato, pero un vaso de agua fresca será mejor.

No era la primera vez que se repetía la liturgia: la madre desaparecía en el interior de la casa y ellos se quedaban allí hablando del progreso fuera del valle, del alcalde, del sorteo de tierras, del precio del cereal... La niña, Perla, que ya iba para cinco años, trepaba a sus rodillas. Su diminuto dedo índice recorría las cejas enharinadas del molinero mientras él, a su vez, pasaba su mano callosa por los rizos suaves de la pequeña.

A Esperanza le hubiera gustado que aquel hombre bueno le acelerara el corazón, que le robara el aire, que le quitara el apetito y la volviera fuego, como recordaba que le había sucedido con Théodore, pero a pesar de que lo miraba y lo remiraba, de que escuchaba los elogios que profería su madre hacia él, de que le enternecía que abrazara a su hija, Herminio solo le despertaba un cariño casi fraternal y agradecido.

Y ahí estaba la clave: en el agradecimiento, en ese penar de por vida por el amor inmerecido. Lo reconocía en las novelas, en los murmullos de las mujeres, pero algo en su corazón se resistía a llamar amor a la lealtad, al agradecimiento, a la costumbre.

—Miguel de Unamuno está publicando en periódicos extranjeros artículos sobre el rey y el dictador. Te traeré el diario de Pau y me cuentas lo que dice.

Miguel de Unamuno se metía con Primo de Rivera, con el rey y con todo lo que amenazaba su libertad. El molinero profesaba una devoción extrema por el vasco, a quien había conocido en Salamanca, un verano que pasó allí con unos parientes, y participaba cada vez más en las reuniones de los cooperativistas. En febrero de 1924, el escritor fue cesado de sus cargos en la Universidad de Salamanca durante cuatro meses sin empleo y sin sueldo, y desterrado a la isla de Fuerteventura. Para Herminio aquella afrenta significaba que España se hundía, y se volvió un hombre hosco y casi feroz.

Al llegar la primavera, el joven le robó un beso, pero ella apenas se azoró. Envalentonado por no haber recibido el rechazo pertinente, le pidió matrimonio. Ella no tuvo otro remedio que rechazarlo, aun sabiendo que con aquella negativa perdía a un valioso aliado.

—Piénsalo mejor. Te quiere y no te guardará rencor. Es el mejor hombre que podrías encontrar.

Y su madre tenía razón en que no había mejor hombre en muchos kilómetros a la redonda, pero se equivocaba en lo referente al rencor. El molinero no volvió a detenerse en su puerta para hablar, comentar las noticias sobre la suerte de Unamuno o sus temores de que Primo de Rivera desmantelara las cooperativas agrarias. Pasaba sin mirarlas, sin dar las buenas tardes, mientras a Perla se le ensombrecía el rostro.

—¿Qué le has hecho? —preguntó un día la niña.

Y aunque la enredara con explicaciones vagas, la niña siguió preguntando por el enfado de Herminio. Perla crecía sana, conquistaba a todos con su simpatía, pero el mundo se le quedaba pequeño cuando salía a relucir su tenacidad. Esperancita, como si alguien la hubiera estimulado, formuló la primera de las innumerables preguntas acerca de su padre.

—¿Dónde está mi papá?

—En el cielo, cariño, se murió antes de que nacieras, pero me encargó que te dijera que te iba a cuidar desde allí. ¿No lo recuerdas?

—Ana dice que no tengo papá.

—Ella no sabe nada. Te lo dice porque no le ve. Murió en una gran guerra.

Hasta ese momento Esperanza había pensado que el pueblo protegería a su hija, que le habían perdonado el secreto de su origen, pero comprendió que los refugios no eran siempre lugares seguros. Solo Leonora y Pilar sabían quién era el padre de su hija. Su amiga estaba lejos y quizá nunca volviera, y Leonora jamás la traicionaría. Ese día, mientras aguardaba a que se cociera el pan en el horno, la madre de una de las niñas de la escuela la saludó y ella se acercó.

—El padre de mi hija murió en la guerra, en Francia.

La mujer la miró con sorpresa, pero Esperanza supo que al cabo de un par de días todo el pueblo lo sabría.

Poco antes del otoño de 1926, el saquito de monedas estaba vacío. El dinero había servido para ir unos días al año a Pamplona y comprar calzado y ropa a la niña, que crecía como si alguien la estirase durante la noche. Esperanza tenía veintiocho años, era una mujer atractiva que sabía leer y escribir en dos lenguas, muy distinta de las que esperaban que alguien dispusiera de ellas. Como le decían otras mujeres, no le costaría mucho encontrar marido. A veces volvían los hombres que habían emigrado a Bilbao o a Madrid para buscar una mujer con la que fundar una familia. En el río, hacían memoria y recitaban los nombres de aquellos que sin lugar a duda estarían dispuestos a casarse. «Además, está Perlita, ya se sabe que puedes traer hijos al mundo».

Verse abocada a un destino como el que la vida le asignaba la hacía sentir rabia. Si hubiera congeniado con el molinero o si el maestro no fuera ya viejo, no habría tenido que plantearse nada. Nunca quiso entregar a su Perla al convento ni a esa señora de la que su madre dijo que Dios no le daba hijos y estaba dispuesta a acoger a la niña. Perla era suya, su tesoro, pero el aire que la rodeaba la envenenaba.

La vida tranquila de Burgui se tornó cárcel cuando la nostalgia de algunos recuerdos la alejaba de sus vecinos. Soñaba con los comercios, los pases de cine algunos domingos en la plaza, el olor del café que se servía en el bistró y el día de paga en la fábrica. Añoraba las charlas con las otras mujeres en el barrio de Haute Ville. Ella no estaba condenada a permanecer allí, y por nada del mundo quería que cayera sobre su hija una vida semejante. El pueblo se vaciaba y sus vecinos no esperaban nada mejor. En ocasiones se sentaba en la plaza a tejer y observaba el ir y venir de sus vecinos. Le gustaban muchas cosas de allí, no eran ellos los que la envenenaban, sino la ignorancia, la resignación, la manía de dejar la vida en manos divinas... La decisión fue imponiéndose: era preferible irse con ganas de volver, de lo contrario igual no querría regresar nunca.

La niña iba a cumplir ocho años. Necesitaba una educación mejor que la que le brindaba la escuela del pueblo y menos costumbres y rezos. Esa misma noche escribió una larga carta a Leonora, a la que adjuntó una nota para Matilde, la mujer que hablaba del voto femenino y de los derechos de los trabajadores, y otra para el patrón Cherbero, en la que le explicaba sus circunstancias. Sabía que su patrona la recibiría con los brazos abiertos; su hija le proporcionaría mucha felicidad. También mandó una misiva a Pilar.

Querida Pilar:

Hoy he tomado la decisión de volver a Mauléon y retomar el trabajo en la fábrica, así que tu próxima carta dirígela a la casa de Leonora. Mi hija va a cumplir ocho años, y empiezo a comprender que la timidez y el miedo que me han perseguido tienen mucho que ver con haber nacido en un pueblo precioso y aislado como Burgui. Creo que, a estas alturas, Esperancita ya lleva en su sangre el veneno de la belleza de este valle y ahora tiene que mirar otros horizontes.

Si la vieras… Es la viva imagen de su padre, muy distinta a mí y con un carácter algo endiablado, pero lista y cariñosa, y desde que nació, ya nunca me siento sola.

Recibí la carta en la que me contabas que estás pensando en adoptar a esos tres niños que han quedado huérfanos. Espero que ya lo hayas hecho, que los tengas contigo. Verás que la vida cambia cuando hay una criatura que depende de ti. Mi hija me da fuerza, me obliga a vivir, y eso te sucederá a ti, y por fin dejarás esa tristeza que tienes desde que supiste que no podías ser madre. Eres una mujer afortunada por tener a Francisco y por esos negocios que me dices van tan bien. Volver a la fábrica, no para una estación sino para siempre, me atrae, y en cuanto pueda iré hasta el estudio del fotógrafo con Perla para hacerte llegar una foto de las dos.

Aunque su madre tuviera la resignación más grande del mundo, los preparativos fueron difíciles. Lloraba por las esquinas y trataba de arrancarle promesas.

—No estamos lejos, podrás venir a vernos.

—Sabes que en cuanto llegue el invierno no será posible. Perla crecerá y se olvidará del pueblo y de nosotros.

—Nadie os olvidará, y además volveremos. Te lo prometo. En cuanto haya más teléfonos podremos hablar. No será igual. El progreso no para. Ya hay muchos automóviles. Y están mis hermanos. Ellos te darán nietos y vendrán a menudo.

Su padre, silencioso, miraba a su hija mientras terminaba de tallar un par de pequeños bastones con cabeza de lobo para su nieta. Esperanza se acercó a él. Lo había pensado mucho. Le daba miedo que pasara algo y que Perla nunca supiera que sus padres se habían amado.

—Quiero que me construyas en el *sabayau* un agujero bajo el armario donde pueda guardar dinero y las cosas importantes —le pidió Esperanza—. También necesito que solo tú y yo sepamos de su existencia. Voy a depositar cosas que algún día, si algo me sucede, serán de mi hija, y nadie tiene por qué conocerlas. —El padre asentía—. Volveremos.

El almadiero, que sentía una debilidad especial por su hija, se puso a ello y con prodigiosa habilidad le construyó un escondite. Era tan perfecto como el silencio que mantuvo hasta su muerte. Esperanza depositó sus diarios, las fotos y las cartas de aquel pasado que dejaba atrás pero que también pertenecía a su hija.

Y ese otoño volvió a recorrer las montañas con las golondrinas y con su hija de la mano.

2

El baile a la sombra de las cumbres

Es una extraña pretensión del hombre querer
que el amor conduzca a alguna parte.

VICTOR HUGO

Después de nuestro baile, de saludar a todo el mundo, veo a mi
padre acercarse y, casi al mismo tiempo, escucho un vals que
conozco bien. Lleva un frac negro muy elegante, y alguien le ha
puesto una gardenia en el ojal. Va vestido como uno de los
miembros de la orquesta del concierto de Año Nuevo que veía-
mos por la televisión. Las alas de mi infancia vuelan a cuando
me metía en la cama de mis padres esa primera mañana del
año, entre los dos, y a ritmo de polkas y cariño rescataba el
sueño y volvía a quedarme dormida.

Me quito los zapatos y me subo sobre sus empeines. Él me
rodea con sus brazos protectores, sujetándome como cuando
era niña. Me aferro a su cuerpo y cierro los ojos escuchando la
música que me transporta en su regazo. Mi padre, Andrés Ayerra, baila el último vals de mi infancia, y mientras lo hace yo
pienso en mis Esperanzas, tan huérfanas, tan secas de abrazos
y consuelo. Imagino cuánto habrían echado de menos a aquellos padres volatilizados por la historia y el pecado, aunque
quizá ellas, forjadas por las montañas, nunca contaran con la
fuerza protectora de un padre como el mío.

No puedo decirlo en voz alta, pero creo que mientras bailaba he oído la voz de mi abuela, a la que quise como se quiere a la Navidad o a los Reyes Magos, irremediablemente fascinada por su magia. En mi cabeza me hallaba con ella, en los bosques, buscando endrinas para hacer patxarán. Su voz me decía: «Esperanza, hay una leyenda que dice que, cuando ayudas a alguien que se ha perdido, ganas un camino para encontrar lo que tú pierdes, así que nunca dejes a nadie abandonado en el camino y, si te tienes que desviar, hazlo».

—Vas a ser muy feliz, princesa mía.

—Sí, *aita*. Voy a poner todo mi empeño, como me has enseñado.

Mi madre viene a abrazarnos, pero cuando llega a nosotros hace una seña al que se ocupa de la música y las primeras notas de «Penélope» anuncian que llega su momento. Mi padre me guiña el ojo y la abraza con suavidad.

Me pongo los zapatos y busco a mis amigas. A medida que me acerco a la mesa de Elena, reconozco sin conocerlo al escritor al que he invitado a mi boda sin saber quién es. Lleva vaqueros y una camisa de lino azul. No se ha vestido de boda y se nota. Le han tuneado con una pajarita negra, quizá de algún camarero. Tiene el pelo cano, unos cincuenta y tantos, y es muy atractivo. Al llegar a su altura, se levanta con rapidez y me besa la mano como un caballero a su princesa. Me da tiempo a pensar que se parece a George Moustaki, el cantante que le gustaba a mi madre, solo que con nariz de rabino. Se disculpa en un inglés británico exquisito. Está azorado por hallarse en una boda a la que no ha sido invitado y me advierte bromeando que tendrá que enviarme un regalo.

Caminamos hacia un lado del jardín en el que la música no suena tan alta.

—Felicidades. Me llamo David Wordthing. Gracias por esta magnífica velada en la que soy un intruso, no tenía...

—Mi madre me ha dicho que era escritor, que me buscaba... Pero me lo dijo justo en la puerta de la iglesia, así que no he tenido muchas opciones... Había un cubierto libre. Espero que haya disfrutado.

—Oh, sí, mucho. Su amiga Elena es encantadora.

—Me alegro. Cuénteme, para qué me buscaba.

—Bueno, en realidad creo que su madre y yo no hemos llegado a entendernos del todo. Soy periodista. Ella ha debido de interpretar mi gesto como el de un escritor. —Y repite el movimiento que le ha hecho a Espe con la mano escribiendo en el aire—. Escribo sobre los campos de internamiento franceses. He estado en Saint-Cyprien y Le Barcarès, y ahora me documento sobre el campo de Gurs, el que está situado entre Oloron y Mauléon. —Me tiende una tarjeta. Echo una ojeada y veo que hay una dirección londinense y varios teléfonos—. Reviso algunos aspectos de la Shoah, del Holocausto. Y en la medida de lo posible busco supervivientes, sobre todo a los que pudieron escapar de la deportación a los campos alemanes.

—Comprendo —contesto sin saber exactamente qué demonios está buscando—. Francamente, no sé muy bien qué tiene mi familia de interés. Es verdad que mi abuela vivió en Mauléon, pero...

Es el día de mi boda, y toda mi energía está centrada en compartir mi dicha. Le he sentado a mi mesa, junto a una de las almas más preciosas que conozco, y no quiero que este hombre contamine mi día. Comienza a inquietarme su presencia.

—El nombre de Esperanza Escaín apareció reiteradas veces en documentos y testimonios. Fue enfermera en el campo de refugiados de Gurs. Mi investigación me llevó a Mauléon, a una dirección que se suponía era su domicilio. Luego, por sus vecinos, supe que vivía en Burgui. —Me sonríe afablemente—. Créame que lo siento. Estoy pasando una noche inesperadamente gozosa; sin embargo, está claro que ha habido un malentendido. Buscaba a su abuela, o en su defecto a su madre, pero ya veo que el asunto es complejo. ¡Demasiadas Esperanzas!

Le miro con curiosidad. Desconocía que mi abuela hubiera sido enfermera en Gurs.

—En realidad, como le he dicho, necesito a alguien que estuviera por allí en los años cuarenta, durante la invasión alemana.

—Mi abuela murió hace casi veinte años.

Busco con la mirada la figura inquieta de mi madre, que ya ha abandonado a mi padre. La veo al fin. Habla con alguien. Está de espaldas, envuelta en su traje de seda verde pavo real, y como si tuviera ojos en la nuca se gira y me mira. A pesar de la distancia existente, nuestras miradas son elocuentes.

—Pero su madre vive.

—Sí, claro.

De pronto me vienen a la memoria de niña su expresión reservada cuando la pillaba en una mentira, mis preguntas sin respuesta. Siempre hubo algo en ella que me hacía buscar incansablemente la solución del dilema que guardaba en sus ojos. No la entendía, y aún a veces no la entiendo. He dado muchas vueltas a la cabeza para justificar su comportamiento huidizo con todo lo que tiene que ver con el pasado.

Los ojos de mi madre me piden socorro, también perdón, y podría decirse que incluso se disculpa. El invitado sorpresa sigue hablando, pero no le presto atención. Siento no haber tenido la paz ni el tiempo necesario para hablar con mi madre de Mauléon ni de la habitación cerrada. Creo que ella ha entendido perfectamente al señor Wordthing, y sobre todo comprende el motivo de su presencia, pero es probable que la haya desbordado el hecho de que alguien la busque precisamente hoy. Ha debido de sentirse incapaz de escucharlo y me ha pasado la patata caliente a mí.

Siento lástima. La seda no esconde su fragilidad. Le sonrío. He necesitado mucho a mi madre y me ha costado encontrarla, pero ahora es ella la que me necesita y no quiero verla zozobrar en sus temores.

—Me temo que mi madre no tiene intención alguna de hablar de mi abuela, y menos hoy. Sé que en la historia de mi familia hay pasajes que poseen sombras, pero…, usted debe saberlo —hice un gesto con la tarjeta que me había dado—, el silencio y la negación son frecuentes. —El periodista asiente—. Sé que mi abuela se vio envuelta en algún tipo de colaboración con los campos de internamiento, pero no creo que pueda ayudarle en este momento. Mi madre no lo hará. Para ella es un capítulo doloroso por razones que no vienen al caso. Me gustaría que no la molestara. Yo puedo servirle, pero tendrá que esperar un tiempo.

—¡Por favor! —añade él, visiblemente azorado—. Mis investigaciones se remontan a los años cuarenta, así que podrán esperar un poco más. Pero de cualquier manera... ¿puedo preguntarle algo?

—Hoy estoy generosa. Dígame.

—¿Ha oído alguna vez hablar de la familia Vugman?

—¿Vugman?

—Sí. André, Odile, Sarah.

Por supuesto que había oído aquel apellido. Mi abuela hablaba con frecuencia de su amiga Sarah y de cómo tocaba el violín, pero antes de que mi cabeza se vaya a mi infancia me detengo.

—Mi abuela tuvo una amiga con ese nombre, una intérprete de violín, pero... Es el día de mi boda.

—Perdóneme. Esta información es suficiente. Se trata de la misma. Le ruego que no se olvide de mí —me lo dice acercándose a mi oído, como si la frase necesitara algo más de intimidad que la que ofrece un festejo—. Le enviaré un regalo de bodas en cuanto llegue a Londres.

—No hace falta. De momento disfrute de la velada. Elena le dará mi dirección electrónica. Me pondré en contacto con usted.

Me late el corazón un poco más deprisa cuando le susurro a mi amiga que no le dé mi teléfono al señor Wordthing, pero que le proporcione mi dirección electrónica. Ese radar que llevamos dentro y que normalmente se anestesia con la felicidad funciona, y aunque sigo saludando a mis invitados, no puedo evitar recordar aquel primer vistazo que Gaston y yo echamos a los documentos de las cajas que esperaban un destino en la casa de Mauléon.

Busco instintivamente a Marina. Está sentada junto a un compañero de mi padre y hablan de forma animada, alza la vista y se topa con mis ojos. Algo debe de notar, porque me interroga con la mirada. Levanto el pulgar para indicarle que está todo perfecto. Me siento dichosa, nada dispuesta a que se empañe mi felicidad, pero en mi cabeza, como un mantra, repito una frase de Orwell: «Quien controla el pasado controla el futuro».

Voy en busca de Gaston, le abrazo y le meto la tarjeta del periodista en el bolsillo.

—Guárdame esto.

—¿Todo bien, mi amor?

—Todo perfecto.

En este momento, gentileza de mis amigas hacia la madre de la novia, suena una canción de Serrat...

Hoy puede ser un gran día, todo está por descubrir.
Si lo empleas como el último que te toca vivir.
Saca de paseo a tus instintos y ventílalos al sol,
y no dosifiques los placeres, si puedes derróchalos...

La gente baila, se mueve entre las mesas, y Gaston, en un gesto de complicidad, me agarra del meñique mientras hablamos con los invitados. Nos damos la espalda pero estamos unidos.

Desde que nos conocimos, hemos ido tomando decisiones de la misma manera en que alguien construye un camino a base de piedrecitas. El amor nos ha cogido por sorpresa, pero quizá ya estuviéramos preparados para lo que nos aguardaba. Ya no nos es posible vivir separados. Su casa en el barrio romano del Trastevere es preciosa; mi piso de Barcelona, también. Ambos tienen esa luz mediterránea y hermosa que dulcifica la vida, pero mi trabajo puede realizarse desde cualquier lugar gracias a la tecnología. Como vamos a necesitar un nido para nuestro hijo, nos vamos a Roma. Marina se ha ofrecido a alquilar mi piso a los clientes de su empresa y a albergarme en el suyo cuando vaya.

Las últimas semanas han sido un ir y venir que ha estado a punto de acabar conmigo. Si ahora tuviera que soplar unas velas y pedir un deseo, no tendría duda alguna: necesito paz, porque ya tengo amor, estoy embarazada y tengo proyectos y salud. Mis cosas están repartidas entre Roma, Barcelona y Pamplona. Siempre pensé que podría vivir en cualquier lugar, pero he cambiado. Mi hijo me empuja a echar raíces y, si no anido pronto, algo en mi interior puede romperse en pedazos. Gaston tiene un apartamento en París, aunque vive en Roma. Ambos pertenecemos a una generación que ha hecho un despacho del planeta, que ha unificado sus lenguas, su alimentación, y en el que cabe todo lo que resultaba sospechoso y diferente para otras generaciones. No hemos vivido guerras más allá de las pantallas de la televisión o del móvil. Somos conscientes de que el mundo es el mismo para todos, pero cuando se espera un hijo, se necesita un rincón para habitar, un lugar preciso, un horizonte y un horario. Roma y Gaston son mi lugar.

Le miro, mi Elissabide está charlando en la mesa de sus compañeros de trabajo. Me hace una seña para que me acerque. No los conozco todavía. Pronto le harán socio y tendremos más oportunidades de vida social. Actualmente se ocupa de gestionar los asuntos de clientes internacionales en Europa. Pasa gran parte del tiempo en aeropuertos, en hoteles y colgado de la pantalla del ordenador o del móvil. No es vida. Ahora está negociando estabilidad, quedarnos juntos en Roma hasta que nazca nuestro hijo y viajar lo imprescindible.

Sonrío a todos los de la mesa, les pongo en antecedentes de lo que significa el Roncal, los Pirineos, para mí. Les hablo de las golondrinas. Uno de los socios me presenta a su esposa, Eugenia Rivadavia.

—Tenía ganas de conocerte. ¡Una boda lindísima! Por un momento me ha recordado a mi casa en Tucumán. Gracias por invitarnos. Nos veremos en Roma —me dice con un marcado acento argentino y una sonrisa preciosa—. Nada de esa magnífica ciudad escapa a mi control...

Vuelvo a sonreír. No me cuesta, porque soy feliz. Todos los

invitados me parecen ángeles, y yo, que odiaba las bodas, me muevo como pez en el agua. Gaston me toma por la cintura y me mira a los ojos. Busca la información que necesita para saber cómo me encuentro. Ya poseemos un código único y secreto para comunicarnos. Me lleva a la pista de baile y me abraza. Cierro los ojos. Nos mecemos. Las bodas son el anuncio social de que a partir de este momento somos un pack. Nos hemos encontrado y vamos a hacer el camino juntos.

Cuando abro los ojos, veo al fondo del jardín el traje de seda de mi madre junto a la chaqueta raída de David Wordthing. Los miro con cierta aprehensión. Deben de tener la misma edad. Vuelvo a pensar en las cajas de documentos que dejamos preparadas y precintadas en el comedor de la rue du Saison. Tienen la dirección de Roma y, en cuanto le dé la orden a Nanou, me las enviará. Como en una película, mis ojos se adentran en el contenido y se detienen en una de las fotos de mi abuela. Tiene diecinueve o veinte años y posa con su amiga Sarah en un banco de algún parque de París. Sonríen y muestran a la cámara un rostro ingenuo, feliz. La cara de unas chicas que saborean un helado y desconocen lo que las aguarda. Mi abuela parece una actriz de cine; Sarah es más pequeña, morena, de ojos inteligentes. Me invade una curiosidad acuciante.

Vuelvo a buscar a mi madre. Durante unos instantes, tengo la sensación de que está llorando.

3

Esperanza Escaín

1926-1928

El sol es débil cuando se eleva primero, y cobra fuerza y coraje a medida que avanza.

Charles Dickens

Mientras en Estados Unidos los felices años veinte llenaban las calles de gentes que caminaban hacia los grandes almacenes para consumir cuanto se les ofreciera, en Europa las consecuencias de la guerra imprimían a las costumbres de los mayores una alerta constante. Los jóvenes, sin embargo, aprovechaban la reconstrucción, la vida que se les había prohibido y los lugares de ocio nocturno donde el foxtrot y el tango acortaban las faldas de las mujeres.

Los políticos españoles mantenían la dictadura de Primo de Rivera con medidas de protección para el país. Las sagradas costumbres y la familia eran diques de contención que, sin embargo, no resultaban suficientes en las fábricas y en la población, cada vez más asalariada y reivindicativa. En Francia la presión económica por las deudas contraídas con los aliados americanos forzaba a Alemania a que pagara las suyas, pero esta organizaba su malherido orgullo en las filas de un líder nacionalsocialista, Hitler, que vociferaba a sus seguidores como un mesías dispuesto a regenerar la dignidad perdida. Italia sucumbía al fascismo, y Mussolini aprovechaba el descontento para crecer y establecerse con leyes que negaban la participación a partidos y sindicatos. La corrupción política se extendía, y los ciudadanos, impotentes, se organizaban al abrigo de las nuevas corrientes comunistas, sin ignorar que el clima político de Europa palpitaba de nuevo hacia el enfrentamiento.

La única certeza era el progreso, que se abría paso imponiéndose en cada uno de los rincones de la vida cotidiana. El sonido llegaba a las pantallas de cine; los carruajes de caballos dejaban paso a los automóviles; los gramófonos reproducían los sonidos del jazz y el ragtime, y la moda se atrevía a dibujar los contornos más deseados. Los jóvenes soñaban con romper los muros para ganar la libertad que había al otro lado de la costumbre, y las mujeres se incorporaban poco a poco a una sociedad que las necesitaba.

Habían caído tantos hombres en la guerra que Francia reclamaba con urgencia jornaleros para recuperar las cosechas abandonadas durante la contienda. Faltaban panaderos, molineros, mineros y obreros en todas las fábricas. Urgía recuperar el país, que, con la mitad de los hombres lisiados o muertos, abría los brazos a las nuevas clases trabajadoras. Las mujeres, solas, viudas y con necesidad, ocuparon los huecos que habían dejado ellos y se infiltraron en el tejido laboral.

A Esperanza, Mauléon le pareció más activo de como lo recordaba. Había tenido la suerte de no sufrir bombardeos, de modo que todo seguía en pie. Los automóviles circulaban por la ciudad, se construía una sala de cine, se ensanchaban las avenidas y levantaban monumentos a los caídos por Francia. Las luces del viejo café Central, el edificio del castillo Bidegain, la plaza y sus macizos de flores seguían allí. El doctor Auguste Casamajor de Planta, un médico que había hecho mucho por la comarca de la Soule, había muerto. En la rue Pasteur, inauguraban dos nuevos cafés y un colegio religioso abría sus puertas a los niños de la comarca. Habían construido un dique en el río para que no se desbordara con los deshielos, y las parcelas rurales estaban ocupadas por viviendas. Algunas fábricas pequeñas habían cerrado, pero las que quedaban tenían mejor maquinaria. Las oficinas de Crédit Agricole y Crédit Lyonnais ocupaban las esquinas más transitadas de la ciudad. Los jardines situados en el barrio de Trois Villes estaban llenos de magnolios florecidos. Todo parecía esperarla.

Lo primero fue apuntar a su hija en el colegio, comprarle una bata, cuadernos y lápices. Leonora la acogió desde el principio como si se tratara de su nieta. Olvidó sus protocolos envolviéndolas en abrazos y carantoñas. Estaba más torpe y le dolían las rodillas al subir las escaleras, pero, a las pocas semanas, la alegría que le proporcionaba la pequeña la había dotado de una energía inmensa. Ya no hospedaba a ninguna pupila, le explicó esa misma tarde mientras disfrutaban de un chocolate caliente, no necesitaba el dinero y se sentía a gusto disponiendo de su tiempo. Además, le susurró con un guiño, había tenido un golpe de fortuna.

—¿Recuerdas los cuadros que encontramos en el baúl que dejó mi marido antes de irse a la guerra?

—Los recuerdo, y los libros que me regaló, que me han salvado estos años. Otra vez gracias.

—No te preocupes, me alegro de que te sirvieran. Verás, esos cuadros, que no tengo la menor idea de cómo llegaron a sus manos, eran valiosos. Hace unos meses monsieur Gravin, el secretario del marqués, vino a casa. Lo conozco desde hace muchos años y es un hombre de fiar. No dejó de mirar el que estaba colgado en el comedor. Me dijo que le parecía un La Tour. Yo ni siquiera sabía quién era el tal La Tour. Me lo pidió para llevarlo a un experto... Me dieron una fortuna...

La casa había sido preparada para ellas. Leonora, por la alegría de tener algo parecido a una familia, había abandonado la frugalidad de la que siempre había estado orgullosa. Las cortinas eran nuevas, había pintado las paredes, instalado un teléfono, comprado una radio. Cuando mostró la habitación reservada para ellas, a Esperanza se le escapó una exclamación. El carpintero había fabricado un par de camitas de madera torneada con un armario a juego.

—Está preciosa.

—He oído en la radio —no le gustaban los halagos, así que desvió la conversación— que en las minas del norte inundan las galerías para evitar las explosiones de grisú. Con la humedad, a los mineros se les deshacen las alpargatas. Ahora necesitan suelas impermeables, y la gente, después de tantas penurias, quiere zapatos con los que no se les mojen los pies. Es un derroche, pero... En los talleres trabajan más mujeres francesas, y además del cáñamo y el yute hay otros materiales. Me lo ha contado Matilde. Nos hemos encontrado un par de veces. —Leonora torció el gesto—. Es una mujer combativa y pertenece al Partido Comunista. El señor Cherbero te contratará. Me lo ha dicho, que te recuerda con afecto, que eras una buena trabajadora y que te pases por allí.

—Ya me han contado que las cosas han mejorado.

—Sí. Los franceses no trabajan en las condiciones en que lo hacíais vosotras. Eso es de agradecer, pero también se cierran fábricas. Espero que no hayas olvidado el francés. ¿Sigues queriendo ser maestra?

No lo había olvidado. De hecho, todo cuanto le parecía inalcanzable lo imaginaba en aquella lengua, y muchas noches, antes de dormir, se contaba a sí misma lo que había hecho y lo que quería hacer y, por alguna razón desconocida, lo hacía en francés.

—Ahora lo importante es conseguir ese trabajo para poder mantener a mi hija. No quiero que pase penalidades y haré lo que sea preciso para que eso no ocurra.

—Perla hace honor a su nombre. Los ojos de la niña son dos perlas. Y qué alta. ¡Es el vivo retrato de su padre!

Esperanza sintió que un escalofrío le recorría la espalda. Por un momento vio a los padres de Théodore en el banco de la iglesia e imaginó que si llegaba a sus oídos que su hijo había dejado una niña irían a robársela.

—Nadie sabrá nunca quién fue su padre. —Esperanza empleó un tono autoritario al decirlo—. Prométamelo, Leonora.

—¡Ay, niña! Si así lo quieres, te lo juro por la Virgen del Pilar. Pero te será difícil guardar semejante secreto.

—Lo guardaré. Así la protejo. La niña sabe que su padre está en el cielo —dulcificó la voz—, que fue un soldado que murió porque quería salvar a Francia, y que eso sucedió antes de que ella naciera. Sabe lo que yo le he contado: que la quería; con eso, de momento ya tiene bastante. Compréndalo, Leonora. Ahora nosotras debemos protegerla. Solo usted conoció a su padre. Solo usted.

—Descuida. Será como tú digas.

—Va a ir a la escuela. La señorita Pardo la ha aceptado en su clase. Me he ofrecido para impartir clases de francés a las alpargateras recién llegadas como hacía el viejo maestro. Le ha parecido bien.

—Todo lo que está fuera de lugar acaba encontrando su sitio —sentenció con los brazos en jarras.

—¿Qué es lo que está fuera de lugar?

—Nada. Tonterías mías. ¡Qué alegría teneros aquí! —Leonora la abrazó—. Sois un regalo del cielo.

Desde el primer momento, la niña se sintió como en casa. El bullicio de la Haute Ville, la escuela y la ciudad al fondo de sus correrías le hicieron olvidar las calles del pueblo. Mauléon le pareció un paraíso habitado por unos seres desconocidos que sabían cosas que ella iba a aprender para que no se notara de dónde venía.

—Tú no tienes que esconder nada —rezongó Leonora.

—Lo que yo quiero es confundirles. Ellos no tienen dos casas, dos ríos o dos países, ¿a que no?

—Desde luego que no.

Perla era más alta que el resto de las niñas de su edad. Llamaba la atención por sus rasgos físicos: pelo rubio, ojos azules, la piel muy blanca y unas piernas interminables. Hablaba francés con acento español y español con acento roncalés. Era inquieta, determinada hasta rozar la terquedad, y mostraba interés por todo.

Su amiga Sarah vivía en el centro, en una casa preciosa con

jardín. Era hija de monsieur André Vugman, uno de los abogados más importantes de Mauléon, y de Odile, una mujer discreta que sonreía siempre y tocaba el violín. Las niñas nunca contaron cómo se habían conocido. Sus vidas, a pesar de estar en la misma ciudad, eran muy distintas. Sarah acudía a un colegio de señoritas situado a las afueras de Mauléon, pero en el camino de regreso solía pasar cerca del puente que conducía a la Haute Ville. Leonora las había visto un día jugando a las canicas en aquel lugar.

—¿Mi papá vivía aquí? Quiero decir, ¿era francés?

—Sí, en Burdeos —contestó Leonora mientras le lavaba las manos y la cara—. Era tan guapo como tú.

—¿Vino aquí a buscar a mi mamá?

—Eso creo, pero ya sabes que los enamorados siempre tienen secretos. Tu madre te contará la historia mejor que yo.

—Ya me la ha contado, pero a veces se equivoca.

—Es que fue hace tiempo, y tu madre trabaja mucho, tiene la cabeza llena de cosas.

—Y él, mi papá, ¿no tenía hermanos?

—Eso sí lo sé. —Leonora adoptó una actitud pensativa—. Era huérfano.

La mujer desorientaba la curiosidad de Perla colmándola de besos, escondiéndose siempre un dulce en el bolsillo del delantal que la niña buscaba jugando. Le repetía que no se peleara con los compañeros mientras le hacía las trenzas pacientemente antes de acompañarla a la escuela. Luego, de la mano, cruzaban la calle cantando una jota que decía: «Todos los días del año te he de echar un cantarcito, y al fin del año serán trescientos sesenta y cinco».

La casa de Leonora estaba situada en lo alto de la calle que llevaba al castillo. Al tratarse de una de las últimas tenía, además de la pequeña arcada a modo de porche, un trozo de tierra en la parte trasera. Era su pequeño tesoro, y ahí había siempre plantados pimientos, patatas y alguna zanahoria. La mujer mandó al carpintero que le hiciera un pequeño banco, donde la niña podía subirse para ver las montañas. Si el tiempo era cálido, se sentaba con sus cuadernos; si hacía frío, se acercaban a la chimenea de la cocina.

—Allí detrás está Burgui —señalaba Perla.

—Come el pan y no derrames el aceite.

—Leonora, ¿puedo traer a Sarah a merendar para que vea mis montañas?

—Claro que puedes. Esta es tu casa, pero en cuanto a los Pirineos no puedes decir lo mismo. Miran a Francia y a España. Son de los dos países.

—Como yo.

Esperanza volvió a la fábrica Cherbero y ocupó un puesto como *piqueuse*. Su labor consistía en unir la lona al esparto con una máquina que pespunteaba uniformemente el tejido sin que se les destrozaran los dedos a las trabajadoras. Las condiciones y el salario habían mejorado, y ella era rápida y eficaz. En el taller había franceses: dos chicas que se ocupaban de los diseños, tres o cuatro trabajadoras y algunos hombres que se encargaban del transporte. Eulogio, el capataz, aquel al que se le iban las manos, había desaparecido, y el respeto se había restablecido. A Matilde se le había otorgado permiso para contar a las mujeres los derechos por los que tenían que luchar. Lo hacía a la hora del almuerzo, con los hijos de las trabajadoras correteando, y la aceptación y la resignación revoloteando entre los delantales.

Dos veces por semana, Esperanza acudía a la escuela, donde la esperaban algunas alumnas. Todas eran jóvenes que procedían de zonas rurales de Navarra o Aragón; todas hijas de pastores, leñadores o agricultores, y todas querían un trozo de aquel pastel de libertad que se vislumbraba en el horizonte. Encontraba el modo de acceder a ellas y enseñarles algunas palabras que iban a necesitar: *vite, rue, maison, faim, monnaie, lit, trousseau,* e incluía algunos verbos también: *pleurer, aimer, travailler, courir, manquer.** Cuando lo hacía, recordaba a su amigo Santiago y se preguntaba qué habría sido de él y si habría llegado a París. Las cartas que le había escrito desde que dejara Burgui habían sido repetidamente devueltas con la frase «Desconocido en destino» escrita en el sobre.

Se sentía bien enseñando, a pesar de saber que robaba aquel tiempo a su hija, que la recibía como un torrente imparable, buscando su abrazo y atropellándose para relatar lo que había descubierto ese día. A menudo, mientras se preguntaba si de niño Théodore habría sido igual de risueño, alegre e infatigable que su Perla, le pasaba por la cabeza la idea de volver a Oloron y sentarse en la plaza frente a la casa donde había vivido. Sabía muy poco de él, aunque le pareciera suficiente para seguir agradeciendo a la vida haberlo conocido. Con aquella sensación en el pecho, se adormecía viéndolo un poco menos nítido y más anhelado.

A pesar del infatigable trabajo, la vida había cambiado mucho. Se lo contaba a Pilar en sus cartas: que los domingos iban a la sesión de cine que organizaban en los billares y que en la escuela iban a pagarle unos francos por las clases que impartía a las chicas, que había unos cuantos automóviles y que detrás del ayuntamiento iban a abrir una biblioteca. Esperaba la respuesta, que ya llegaba con una cierta regularidad, y especulaba con la suerte que había corrido en Buenos Aires. A su amiga le iba muy bien con los negocios. Había adoptado a tres niños a los que llamaba sus hijos. A veces le pedía a Esperanza algunas publicaciones y enviaba dinero, insistiendo en que usara lo que sobraba para comprar lo que necesitara su ahijada.

El teléfono acercó Burgui a Mauléon como si un hilo mágico pudiera salvar la geografía y la nostalgia. No podían utilizarlo cuanto deseaban, pero de vez en cuando hablaban con sus padres, que acudían al comedor de la casa Almazán cuando la operadora les avisaba. Era un proceso largo en el que había

---

* «Rápido, calle, casa, hambre, moneda, cama, ajuar» y «llorar, amar, trabajar, correr, añorar».

que medir los tiempos y la distancia y, sobre todo, controlar las palabras que se oían y entrecruzaban. En el pueblo daban voces, como si el tono alto tuviera preferencia. Las frases eran rotundas, equívocas, censuradas por el apremio. Agustín, su hermano, se había casado esa primavera con Blanca Garamendi y vivían todos juntos. También sirvió para que Esperanza les dijera que ese verano le resultaba imposible ir, aunque lo harían el siguiente; mandaría regalos para los novios con una compañera. La niña les habló de su amiga Sarah y de un tal Chopin, que escribía música para piano.

Faltaban unos días para la Navidad de 1928 cuando, al volver del trabajo, Esperanza se encontró a Leonora y a su hija sentadas a la mesa del comedor con un hombre con el que Perla mantenía una animada conversación. Una sombra de preocupación atravesaba el rostro de Leonora y, en cuanto la vio, salió a su encuentro y cerró la puerta tras de sí.

—¿Qué sucede? ¿Quién es?

—Louis Bernier, un soldado que dice que en la guerra estuvo en el regimiento de Théodore. El que te escribió para...

—¡Dios mío!

—Esperanza —dijo Leonora sofocada—, se lo he dicho, y creo que me ha entendido, pero será mejor que hables tú con él mientras me llevo a la niña.

Esperanza no podía pensar. Su nombre le había traído a la mente el día que recibió la carta en la que le notificaba la muerte de su amado, y el horror de aquel recuerdo la empapó como una lluvia imprevista. Habían pasado diez años, pero el olvido no había conseguido alcanzarla. El hecho de que estuviera hablando con Esperancita le heló la sangre. Costaba ocultarle cualquier cosa a la niña, y no era extraño que colara en cualquier conversación a aquel padre al que no había conocido. Decidida a proteger a su hija, entró en la estancia sin esperar a que Leonora terminara la frase que pronunciaba en ese momento.

No había visto el rostro del hombre y, cuando se volvió hacia ella levantándose para saludarla, tuvo que reprimir la exclamación que estuvo a punto de salir de su boca.

—Es un soldado, y conoció a mi papá —exclamó Perla con inusitada alegría—. Él también fue a salvar a Francia, pero volvió con la cara rota. Mira. —Y señaló al invitado medio zarandeándolo con proximidad—. Mamá, una señora en París le ha hecho una cara nueva que guarda en la maleta, *montrez-le!*

El invitado permaneció cabizbajo, mirando hacia el suelo. Leonora cogió a la niña y se la llevó pretextando que debía hacer los deberes.

—¡Esperanza!

Perla dejó de resistirse y obedeció; sabía que cuando su madre la llamaba por su nombre no tenía más remedio que obedecer. Abandonó el comedor, no sin antes plantarle al hombre dos besos espontáneos en la desfigurada cara. A Esperanza se le paró el corazón al verlo, pero no pasó por alto cómo se le humedecieron los ojos zurcidos y sin pestañas al soldado por el gesto de la niña.

Louis Bernier era uno de aquellos jóvenes desfigurados por la crueldad de las bombas. No se les consideraba inválidos, aunque fueran repudiados y nadie les ofreciera un trabajo. Los hombres con el rostro deformado por la metralla recibían el nombre de *gueules cassées*. Decían que había unos quince mil tan solo en Francia, y algunos de ellos veían amenazada su supervivencia. Sin nariz, sin mandíbula, a veces sin boca o sin párpados, con dificultades para hablar, comer o ser admitidos en sociedad, la mayoría de estos jóvenes acababan con su propia vida cuando veían que no podían convivir sin evitar la repugnancia de los suyos. Los que tenían recursos y familia que les protegiera vivían medio escondidos, condenados a la soledad o la humillación.

Esperanza había leído en el periódico que una pintora americana llamada Anna Coleman ofrecía el consuelo del arte, pues confeccionaba con esmero máscaras parecidas a la fisonomía perdida. El invitado levantó la mirada. Tenía unas cicatrices terribles, rosadas y carnosas, como si la piel se hubiera cerrado con un oleaje que recordara el espanto vivido. Podía comer, hablar, pero su expresión era de aturdimiento y asombro permanentes; la boca fruncida, medio descolgada y vacía, babeaba; y el pómulo izquierdo había desaparecido. Sujetaba en la mano un pañuelo que se llevaba al rostro de manera intermitente para enjugar unas lágrimas. Esperanza trató de evitar que sus facciones reflejaran el espanto que sentía. Apenas pasaron unos segundos cuando el hombre, nervioso, buscó con celeridad en su maleta y se colocó una máscara. Al erguirse un rostro nuevo suavizaba la tragedia, congelando la expresión en una media sonrisa decadente y casi trágica. Esperanza no supo cuál de las dos visiones le perturbaba más.

—Perdone. La niña prácticamente me la ha quitado... —Se disculpó—. Quería entender la razón por la que mi cara no tenía expresión y... No suelo hacerlo. Sé que mi rostro repugna, pero los niños...

La voz de aquel hombre, profunda, melosa y melancólica, la hizo olvidar dónde se encontraba. Probablemente había tenido que reeducar su voz, pensó Esperanza, que trató de que su rostro no evidenciara la conmoción que le ocasionaba escucharle. Él siguió hablando, ajeno a sus pensamientos. Por instinto, ella le dio la espalda para colocar en la alacena lo que llevaba en la cesta. Paladeó el sonido de caverna con que el hombre dejaba caer las palabras, hacía pausas teatrales y aspiraba el aire como si estuviera confesando un secreto. Se sintió fascinada por algo desconocido que emanaba de aquella voz, y un latigazo le recorrió el cuerpo cuando se encontró pensando en la intimidad, en los escasos momentos que en la oscuridad del lecho se oye hablar al hombre al que acabas de abrazar, justo antes de abandonarte al sueño en su compañía. Hizo un esfuerzo para recomponerse. Él invocaba a sus fantasmas. Sorprendida por sus emociones, intentó volver a la realidad.

—Es usted bienvenido con su rostro o con su máscara. Nadie mejor que yo comprende la crueldad de la guerra —añadió sentándose a su lado—. Perdone mi descaro, pero lo que necesito saber es qué le ha dicho a mi hija acerca de Théodore.

—En cuanto he visto a la niña, y a pesar de los años transcurridos —evitaba mirarla, pero su voz, varonil, aterciopelada, llenaba el comedor como el aroma de una fruta dulce—, he sabido que era hija de mi compañero. Tiene sus mismos ojos, su pelo y, por qué no decirlo, su desparpajo, pero no se preocupe. —Cabeceó. Resultaba difícil concentrarse en aquella expresión invariable—. He entendido las indirectas de su madre. No he dicho nada más que lo que una niña quiere escuchar: que su padre fue muy valiente, que luchó conmigo en la guerra. Es una niña muy curiosa. No sabía de su existencia… —Se hizo un silencio. Esperanza percibió que los músculos que movían el contorno de sus ojos estaban paralizados y pensó que tenía un aspecto estremecedor, pero cuando hablaba, los matices de su voz la conducían como el mismísimo flautista del cuento de Hamelín—. Por sus preguntas, me ha quedado claro que no debía decir nada.

Esperanza suspiró con alivio.

—Leonora no es mi madre, pero como si lo fuera. Era mi patrona, y ahora… Bueno, digamos que formamos una familia. Su carta llegó en el mismo momento en que supe que estaba embarazada, y lo cierto es que he tratado de borrar de mi mente aquel día. —Se llevó la mano a la cabeza y se masajeó la frente—. Cuando la niña empezó a tener edad de preguntar, opté por contarle parte de la verdad. No sabrá ni el nombre ni el verdadero apellido de su padre si puedo evitarlo. Como usted debe saber, él era de esta zona. Mi hija es lo único que tengo, no quisiera que algún día buscara a la familia de su padre. Me da miedo. Sé que no es del todo honesto, pero… —no pensó en el motivo, pero le inspiraba confianza— le ruego encarecidamente que no se lo desvele. Conociéndola… —Lo miró fijamente, sin poder evitar un punto de fiereza—. Para ella, su padre vivía en Burdeos, se llamaba Georges Charlier y murió defendiendo a Francia.

—Comprendo. No se preocupe por mí. Así será.

—No nos tratemos con tanta formalidad. Llámame Esperanza. Gracias por tu visita.

—Te lo prometí en mi carta, ¿recuerdas?

Ella asintió, y él volvió a agachar la cabeza para desprenderse de la máscara y enjugarse las lágrimas. Sus manos eran delicadas, aunque estuvieran manchadas de algo que parecía tinta. Sostenía un abultado sobre.

—Esto te pertenece. Théodore me lo dio antes de morir. Son fotografías. Las he guardado todos estos años pensando en la promesa que le hice. —Louis toqueteaba el sobre—. Además de las heridas visibles, ha habido otras que me han impedido venir antes. Vivía en París, adonde regresé después de tres años de operaciones en distintos hospitales de Francia. Me habían dado por desaparecido, así que no me esperaban, y mi familia, mi madre y mi hermana, no podían mirarme a la cara. Hasta la movilización, había trabajado como operador de cine y en alguna imprenta. Se me dan bien las máquinas. No pude recuperar mi trabajo, y en fin... di muchas vueltas antes de llegar aquí. —Finalmente se lo entregó.

Esperanza había estado escuchándole con interés. La voz de Louis deslizándose por el relato de su vida hizo que ella olvidara el motivo de su presencia, pero, cuando tomó el sobre abultado, algo espeso le subió por la garganta enmudeciéndola. Abrió el sobre y comenzó a deslizar las fotografías, pues, aunque deseaba hacerlo a solas, el silencio del hombre parecía esperar una respuesta. Las imágenes que creía perdidas regresaron a su cabeza, que, sin poder evitarlo, comenzó a evocar los recuerdos. Théodore reía, la besaba, le agarraba la barbilla, la hacía repetir una palabra francesa mostrándole cómo había que colocar los labios y la lengua. Los tiempos de aquella felicidad quedaban tan lejos que era imposible traerlos voluntariamente, como lo intentaba siempre. Cerró los ojos. Allí estaban, espontáneos y con la fidelidad deseada. Quería seguir en aquel milagro, con él, que no se volatilizara su recuperado recuerdo. El sonido de su voz procedía de un lugar oscuro y profundo. Cerca, pero sin embargo lejos, le oía describir una mañana azul empañada por el humo de las bombas, con el regimiento, o lo que quedaba de él, avanzando por una colina desollada, el estruendo de una entre cientos de bombas que caían sobre ellos y el grito de su amigo.

Esperanza se recompuso para preguntar:

—¿Sufrió?

—Todo fue muy rápido. —Bajó la mirada—. No sabría decirte. Pero sus pensamientos estaban contigo.

Le pareció percibir un instante de vacilación, como si buscara la respuesta oportuna. Ella se enjugó unas lágrimas y guardó la fotografía que miraba en ese momento. Reprimió el deseo de preguntar lo que siempre había amenazado su vida: si Théodore la amaba, si le hablaba de ella, si le había confesado su promesa de casarse cuando terminara la guerra o si acaso su relación había sido un simulacro de felicidad. No lo hizo. No quería saberlo. Era mejor la duda, y aún mejor su certeza de haberse sabido amada.

—Tengo que decirte… Hace unos días fui a Oloron a visitar a los padres de Théo. Estuve con su padre, un hombre amable. La madre murió hace unos meses y estaba profundamente abatido. Le conté de los últimos momentos, de lo cerca que estuvimos de volver más o menos intactos… Y le hablé de lo enamorado que estaba de ti.

—¿Le hablaste de mí? —Esperanza se puso algo rígida, y el gesto no pasó desapercibido.

—Le dije que Théo te amaba… No parecía estar al corriente, así que no me pareció oportuno dar detalles. Había pasado el tiempo. No sabía si iba a encontrarte… Pero permíteme que te diga que no creo que el señor Elissabide fuese a haceros daño a tu hija o a ti.

Leonora entró en el comedor en ese momento y dijo que la niña ya estaba en la cama. Louis dejó de hablar.

—¿Tiene usted familia? ¿Dónde vive ahora? Es tarde… —Leonora miró el reloj de pared y después posó sus ojos en Esperanza, buscando aprobación—. Podemos ofrecerle unas migas y un vaso de vino.

—No se preocupe.

—Perdóneme... Leonora tiene razón. Es tarde. ¿Dónde se aloja? —Había dejado de tutearle.

—De momento estoy en un hotel. Ha sido mi promesa pero también el azar lo que me ha traído a Mauléon. El señor Winker, el dueño de la imprenta, va a jubilarse. Me manejo bien con el oficio y él necesitaba un encargado. Llevo una semana aquí. ¿Le conocen?

—He oído hablar de él y creo haberlo visto en alguna ocasión. —Esperanza recordó al hombre que visitaba al señor Cherbero con los dedos manchados de tinta—. Me alegro, así podremos verle con frecuencia.

—Será un placer.

—No podrá estar siempre en el hotel... Si busca alojamiento —Leonora estaba poniendo la mesa—, yo puedo ayudarle. Hay muchas mujeres que alquilan habitaciones.

—Le estaría muy agradecido si me encontrara un alojamiento para mí exclusivamente. No necesito lujos. Una habitación con cocina y baño. Mi rostro necesita higiene, cuidados y una cierta intimidad.

—Pues no se hable más.

Compartió la cena con las mujeres sin poder tutear a Esperanza. Una dulce devoción emanaba de su rostro aturdido, y a ella le gustó; le bastaba que cualquier persona hubiera compartido un instante con Théodore para hacerle lugar en su vida. Cuando la velada terminó, le acompañó hasta la puerta y él la retuvo un instante.

—Antes no he podido decirle que... Pienso visitar al padre de Théo próximamente. Me comprometí a hacerlo.

—Está en su derecho, pero le ruego que no le hable de mí ni de mi hija.

En la penumbra y con aquel rostro, Esperanza no pudo advertir si accedería a su súplica. Observó sus movimientos nerviosos. Parecía contrariado.

—Venga cuando quiera. —Le despidió en la puerta de la casa—. Hablaremos más detenidamente. ¿Le parece bien el domingo a las doce? Sin duda, Leonora ya se habrá ocupado de buscarle un sitio donde vivir. Ella conoce a mucha gente.

—Gracias. Vendré.

Esperanza se quedó mirando la silueta de Louis Bernier recortada en la noche. Tenía andares de hombre de ciudad, sombrero de ala y un traje bien planchado. Alto, aunque con los hombros atemorizados podía ser un hombre cualquiera, pero no lo era. Tuvo tiempo, hasta que desapareció hacia la rue Victor Hugo, de sentir una punzada en el pecho que estuvo a punto de hacerla caer. También ella había experimentado cierta repulsión al verlo, pero su afabilidad y aquella voz la hicieron desear que volviera.

Ya en su habitación, se deshizo el moño, se puso el camisón y se metió en la cama apresuradamente para sofocar bajo la almohada los incontenibles sollozos que le sobrevenían por la avalancha de dolor que soportaba. Su hija desparramaba por la estancia el murmullo de su respiración y el dulce olor de un sueño feliz.

Por la mañana se levantaría temprano y miraría despacio las fotografías, y después las escondería en algún lugar donde su hija no pudiera encontrarlas.

Suspiró, percibiendo el anhelo de su corazón.

Casi había olvidado que era una mujer sola, que él no la abrazaría nunca más, y que su recuerdo, tan real que la empujaba a vivir, bastaba para que no sintiera el veneno de la tristeza. Pero la aparición de aquel soldado había removido su corazón. Se daba cuenta de que él también conocía su secreto.

Faltaban unos días para que su hija cumpliera diez años.

4

Roma

En el mundo, desconocida duerme una voz no pronunciada; solo el sonido de tus pasos será capaz de despertarla.

PERCY BYSSHE SHELLEY

De todas las ciudades que conozco, Roma, y especialmente el barrio del Trastevere, es la que tiene la dosis necesaria de alma, de caos, de cobijo, de belleza.

Gaston acaba de irse. Me he asomado a la terraza para verle marchar. Va vestido como un amo del mundo, con ese traje que parece que le queda pequeño tan de moda entre los que trabajan para bufetes internacionales. Le veo la coronilla, sus piernas largas conquistando la calle. El amor me mantiene en la terraza, de puntillas hasta que le pierdo de vista. Hace dos años que trabaja aquí y espera que le mantengan otros dos; el tiempo suficiente para que nazca nuestro hijo y aprenda a decir *Ciao*.

Roma se parece a Barcelona en la luz y también en la vida, que convive con la historia como si fueran hermanas siamesas. No echaré de menos el Barrio Gótico ni a los miles de turistas que arrastran las chanclas por las Ramblas. Lo pienso mientras me tomo un café envuelta en mi kimono de crisantemos grises en la terraza de la via della Pelliccia, mirando el río Tíber y el bullicio a lo lejos del Ponte Garibaldi.

Sin embargo... cada vez que me he instalado en una ciudad, he sentido en el alma un vacío, un vértigo. Cambian el paisaje, el idioma y las costumbres, y algo en mi interior me enfrenta más que nunca a mí misma. Mis pasos han sido conscientes, consentidos, deseados. Gaston es mi horizonte, y espero un hijo, pero a medida que me muevo, que crezco, que me acompaño de seres a los que amo, me siento también algo más sola. Es ese vacío cuya naturaleza aún no conozco, y tendré que averiguar de qué se trata.

Nuestra boda terminó de madrugada. Los invitados, a esas horas descarriados por el alcohol y la felicidad, hablaban en un idioma propio. Desde donde estábamos, se veían los Pirineos. La noche era estrellada y una media luna se deslizaba sobre las cimas. Era ese momento de la fiesta en que solo quedan los que disfrutan. Me subí a una silla y pedí atención. Quería contarles que la vida, a pesar de que la raseemos, no es igual para todos. Las huellas de la historia dejan cicatrices en la memoria. Me puse un poco patriótica y les conté que, durante muchos años, Europa empezaba al otro lado y que nosotros, los españoles, éramos un grupo residual de campesinos, como sucedía ahora con Trump y el muro a lo largo del Río Grande, y les pedí que no olvidaran nunca que lo que separa los países no es la tierra. Me dio por hablar de las golondrinas, de las mujeres de los valles que, calzadas con alpargatas o borceguíes, atravesaban esa cadena de montañas por su lado más fiero. Me puse nostálgica, porque sabía que mi generación se alejaba de allí sin mirar atrás, y que lo peor de todo era que se marchaban sin el imprescindible equipaje de saber lo que había sucedido con sus antepasados.

Pasamos cuatro días en Pamplona. Había hecho de la casa familiar mi cuartel general y sabía que mi madre quería poner orden. De todas las mudanzas que voy haciendo, siempre quedan un par de cajas con objetos de los que me resulta imposible desprenderme y que van al trastero de mis padres. Ellos, guardianes de mi vida y mis errores, acumulan mis recuerdos y también los suyos. Ordenamos lo que debía ir a Roma y les dejé el marrón de la mudanza a ellos. Después tuvimos que pasar por París. Gaston no guarda nada. Es más inteligente que yo y viaja con poco equipaje. No sabe todavía que eso cambiará con su esposa.

Llegamos a Roma agotados. Y a los tres días, como estaba previsto, mis cajas molestaban en el pasillo. Me gusta mucho este apartamento, pero aún no es un hogar. Mi marido, que lleva más de un año viviendo aquí, no se ha ocupado ni de abrir todos los armarios de la casa. A veces no entiendo cómo los hombres no se mueren de asco cuando viven solos. Afortunadamente el apartamento es una joya. Es grande, con tres amplias habitaciones vacías y una pequeña, donde están arrumbadas mis cosas. Él solo usaba el salón y el dormitorio que da a la terraza, que es el principal. La parte de atrás de la casa da a un patio que parece un atrio benedictino. Está lleno de macetas, y hay dos palmeras. Por lo visto, esta casa perteneció a un noble hace cientos de años y luego un constructor remodeló esta maravilla conservando el patio. He instalado mi mesa con el ordenador junto a la ventana, desde la que se oye la vida vecinal.

Cuando volví a Barcelona, después de conocernos en Mauléon, Gaston y yo, enamorados hasta las trancas, seguimos con la liturgia de las llamadas. Era ese momento en que nos hacíamos los tontos, como si lo que sentíamos no fuera a precipitarnos fuera de nuestras vidas. Buscábamos excusas, varias veces al día, para tener la oportunidad de hablarnos, de acariciarnos con la voz. Nos mandábamos fotos de lo que estábamos comiendo, de con quién hablábamos y hasta de las fachadas por las que pasábamos. Una locura. Poco a poco, crecieron los tímidos wasaps, reprimiendo las ganas de hablar de amor, hasta que estuvieron a punto de atropellarme varias veces.

Él, que necesita revestir las cosas de cierta formalidad, se dio prisa en averiguar que Julien Elissabide, el padre de Théodore, había muerto en 1929, y la madre, Laurie Elissabide, de soltera Nigel, un año antes. El patrimonio que dejaron era importante y había ido a parar a una sobrina de Laurie Nigel que vivía en Tours.

—Es poco probable que seamos parientes, golondrina.

—¿Te hubiera gustado?

—Creo que no. Prefiero compartir contigo otro tipo de relación. ¿Quieres que encuentre a la sobrina?

—No sé, quizá.

Me moría por sus huesos, y a él le pasaba lo mismo, pero mi Pepito Grillo me decía que una no puede salir maltrecha de una relación para caer en otra que se limita a FaceTime. Por alguna razón que desconocía, me daba la sensación de que debía permanecer libre más tiempo. En realidad, todavía no era consciente de que mi relación con Álex había fenecido hacía años. En mi primer acercamiento, puse las cartas boca arriba y le conté que aún no sabía si iba o venía en materia de amor. Le previne. Pero, aun así, y a pesar de mi jorobada necesidad de sinceridad, mantuvimos el juego de transportar la llama olímpica de Barcelona a Roma y viceversa.

Inició la búsqueda de la sobrina de los padres de mi antepasado, advirtiéndome de que, por las fechas, no era probable que viviera. Me importaba poco. Yo me centré en la traducción de la novela que tenía entre manos, en perseguir las huellas de mis golondrinas y en empezar a contemplar la idea de escribir esa novela sobre ellas. En mi mesa se amontonaban los papeles que había ido recopilando: fotocopias de la defunción de mi supuesto bisabuelo, el testamento de sus padres que Gaston me había enviado por mail. Tenía, además, fotos de una vieja casa de piedra por la que una enredadera de lilas trepaba embelleciéndola, y las que hice con mi móvil de la tumba en la cual deposité un ramo de violetas. En Mauléon seguí la huella de Esperanza Escaín, caminé hasta donde estaba la vieja fábrica Cherbero, y allí me contaron que un incendio la había destruido en 1974. En ese momento había un parque que se llamaba Cherbero. Fui al castillo Bidegain y comí en el viejo café du Commerce, que ahora se llamaba café Europa, y allí supe que a las afueras quedaba un taller de alpargatas llamado Petits-Fils Cherbero.

Estaba habitada por la historia, hasta el punto de sentir que las mujeres de mi familia, las que me habían precedido, me acompañaban. Hablaba con ellas, les preguntaba cosas, me sentía como los escritores que levantan los cimientos de una historia en su cabeza para poder escribirla, y constantemente pensaba en la fugacidad de nuestro paso por la vida.

Mis amigas, con las que no había sido sincera, creyeron que había caído de nuevo en la melancolía. No es raro, sucede después de haber compartido la vida creyendo que el futuro se conjugaba en plural, el duelo del que hablaba mi terapeuta.

A las diez de la noche corría a casa con cualquier pretexto. Era la hora a la que me llamaba Gaston, y necesitaba escuchar su voz en un espacio seguro e íntimo. No estaba preparada ni quería compartir, ni con ellas ni con nadie, la intensidad de mis sentimientos. De algún modo, me movía entre la maravilla de sentirlos y la duda de su irrealidad.

Ellas me buscaban citas, me hacían bajarme aplicaciones para ligar, me aconsejaban comprarme vestidos de sirena... «Es muy difícil volver al mercado, Esperanza, lo que hay tiene bicho», me advertían para protegerme de lo desentrenada que estaba en la seducción. Ellas desconocían que yo albergaba un incendio en el corazón, que no podía hacer hueco ni a una hormiga, y que me importaba un pimiento que los hombres que poblaban el planeta tuvieran bicho o no. Él no tenía bicho. Era un explorador que se abría paso en mi vida como si conociera el camino a mi corazón.

Pasadas unas semanas, he de reconocer que mi secreto se hizo insostenible. Estaban paranoicas, me vigilaban y no me creían cuando decía que quería estar sola, que tenía trabajo, que quería pintar un armario. Se presentaban en casa sin avisar, me llevaban a tomar un café en un lugar donde me esperaba uno de sus compañeros, perfumado y mirándome como si fuera una mujer dispuesta a curar mi, o su, melancolía. Así que las convoqué a una comida anunciándoles que debía contarles algo. Sin anestesia, les hablé de Gaston con los ojos encendidos y una ansiedad indisimulada. Les dije que era el amor de mi vida. Me compraron un billete a Roma, el primero de los muchos que adquirimos durante los meses siguientes, y me dieron su bendición o, lo que era lo mismo, me dejaron más o menos en paz.

Empapada en adrenalina, iba y venía volando doblemente, aunque caminara. En realidad llevaba esa capa mágica que llevan los enamorados, dotada con un potente GPS que incorporaba un ángel de la guarda, pues de otro modo me habrían atropellado, se me habría olvidado comer y hasta respirar.

Los encuentros eran una borrachera de dicha, deseo y locura. El aire que respiraba se me quedaba atrapado entre el pecho y la garganta, y solo salía de allí cuando gemía en sus brazos. Durante meses vivimos agotados, adelgazando, brillando, enajenados y con prisa por saber todo cuanto habíamos vivido antes de encontrarnos. Iba por la vida feliz, etérea y confortada sabiendo que, por inmenso que fuera el universo, en algún punto del planeta Tierra, Gaston soñaba con mi abrazo; eso me convertía en una superheroína rebosante de poderes.

Pronto adquirimos la costumbre de buscar casas rurales donde encontrarnos, viejas mansiones regentadas por parejas imposibles que nos contaban su historia con un té de jengibre y un bizcocho casero. Fuimos dos días a Berlín, otros dos a Cádiz, nos alojamos en las faldas del Cervino suizo, cerca de la arena de Formentera y en una casa de vinateros de la Toscana. Borrachos de dicha, enajenados, acumulando certezas, ebrios de sexo y ternura, tratábamos de convencernos de que aquel frenesí era una vida en común. Pero no lo era.

Poco a poco, día a día, noche a noche, cuando empezó a llegar la dulce calma, a crecer la confianza, cuando pude descansar en su abrazo, comenzamos a necesitar un armario común donde guardar nuestras cosas, una cama con almohadas a medida de nuestro sueño, unos rincones elegidos para dejar el bolso o los zapatos, y caímos en la cuenta de que no los teníamos. No teníamos el puñetero hogar que se desea cuando se ama. Yo tenía treinta y seis años; él, treinta y nueve.

También entonces sentí una vieja sensación de presagio. Mis golondrinas me esperaban en el alero de mi vida, y, por qué no decirlo, en el horizonte de mis pensamientos comenzaba a germinar el embrión de algo que jamás me había permitido: escribir una novela. Sabía que cuando él y yo tuviéramos un lugar nuestro y el amor se tornara cotidiano, las necesitaría.

Al llegar el mes de junio, mis amigos proyectaban sus vacaciones preguntándome si iba a sumarme a ellos. Elena quería alquilar una casa en Corfú. Se había enamorado de Gerald Durrell mientras leía *Mi familia y otros animales* y me propuso que la acompañara. El plan era seductor, pero si me iba con ella no vería a Gaston. Me resultaba intranquilizador tener aquella dependencia de su piel, de su aliento, de su presencia. El amor se presentaba como un rapto, una enajenación que me anulaba, y cuando hablé con él me percaté de que sentía lo mismo. Elena encontró a alguien para compartir su aventura y liberarme.

Repasamos el mapa de playas de arena fina, las montañas a las que no les alcanzaba el bochorno y las ciudades vacías... Nada me resultaba atractivo. Mi tentación era él. Solo pensaba en cuatro paredes para hacerlas nuestras. Tenía, como una chincheta clavada en el zapato, la necesidad de volver a Mauléon, el lugar donde nos habíamos encontrado por primera vez. Muchos españoles afincados allí iban en agosto, concretamente para las fiestas de la alpargata. Era un lugar conocido para ambos, eran las raíces de nuestros antepasados, y Nanou me había prometido reuniones con supervivientes si iba en aquellas fechas. Decidimos pasar las vacaciones en Mauléon, donde había una casa vacía.

Hacia las seis de la tarde, después de haber buscado acomodo a mis cosas, vuelvo a la terraza y me asomo por si veo a Gaston doblar la esquina de la via Piccola. El aire de Roma me embriaga, y este espacio donde empiezan a amontonarse las macetas de orégano, salvia y manzanilla me encanta. Miro las cabezas de la gente, sus pies adelantándose, el bullicio. Lo busco. Es un gesto que ya se ha hecho costumbre: esperarle. Habito la espera, la de él, la de mi hijo, la de la resolución de todas mis dudas. A él lo presiento. Cuando miro el reloj, lo imagino bajando del taxi en la plaza o ya caminando hacia casa.

Cuando lo esperaba en Barcelona, dejaba el balcón que daba a la calle Enrique Granados abierto y me sentaba con un libro. Distinguía entre los ruidos del tráfico los coches que se detenían frente al portal y me asomaba para ver si era él. Calculaba lo que tardaba desde el aeropuerto hasta la estación de Sants, y de allí a casa. Era un tiempo que no servía para nada más que para esperarle, para que mi corazón bombeara ganas de abrazarlo, de olerlo, de permanecer junto a él. La espera del amado es un caramelo de toffee interminable. Ahora suelo preguntarme si la sensación tan extremadamente dichosa e inquietante durará mucho tiempo. En realidad, me conformaría con amarle sin más, pero a medida que pasan los días me doy cuenta de que no se puede dejar el amor en manos del destino.

Miro atrás, pienso en mi exmarido y me parece mentira ser nueva en el amor después de haber creído amar tanto. Él se ha convertido en un recuerdo inaprensible. Marina, con la que hablo muchas veces, me dice que el anhelo que siento se desplazará en cuanto nazca nuestro hijo. Yo le digo que es poco probable. El amor es un sentimiento fluctuante en sus manifestaciones, es como los vientos y las nieblas, intensos y livianos, pero no hay que rendirse cuando se sabe que existe. Admiro a Gaston. Me gusta no comprenderle del todo, que sea imprevisible en sus certezas, comedido en sus secretos y apasionado conmigo.

Cuando llega se queda extasiado ante el trabajo que he hecho en la habitación destinada a ser mi despacho. Va adquiriendo forma. He montado mi estantería Billy, y he colocado la mesa que estaba en la entrada y que debió de pertenecer a una familia romana y burguesa. He comprado en una tienda cercana una lámpara ultramoderna que da una luz certera e imprescindible. Se lo he dicho varias veces, pero me reitero: para los que trabajamos en casa y no tenemos un lugar al que ir, ni un horario, es indispensable poseer un espacio del que salir y entrar, físicamente, para trabajar.

Gaston asiente. Mira todo y descubre la pizarra donde escribo las dudas que me surgen mientras trabajo. Al lado, en un corcho, tengo pinchada una serie de papelitos con referencias que solo yo comprendo. Se acerca y ve la tarjeta del periodista que buscaba a mi madre el día de nuestra boda.

—¿Vas a llamar al periodista?

—En unos días terminaré la puñetera traducción y volveré con mis golondrinas. Las echo de menos. Entonces lo llamaré.

—¿Sigues con tus anotaciones?

—No puedo evitarlo. Creo que es algo hereditario. Los cuadernos de la bisabuela, la documentación que encontramos en Mauléon y finalmente las cartas de esas personas.

—Acabarás escribiendo esa historia.

—Es posible, quizá escribiendo se me pase este pellizco que siento en el corazón.

Bajamos a un restaurante que hay cerca de nuestra casa. Estamos en diciembre, la temperatura todavía es agradable y no hay demasiados turistas.

Espero un hijo de Gaston Elissabide, me llamo Esperanza, y a pesar de mi nombre mi hijo tendrá un padre que lo amará.

—¿Quieres un helado? —dice mirando al camarero que pasa con dos cuencos para la mesa de al lado.

Cierro los ojos, suspiro, me llevo las manos al vientre y vuelvo a suspirar. Le miro. Me mira. Sonríe.

—Tengo la sensación de que, por primera vez en mi vida, todo está en su sitio.

—¿Todo?

—Bueno... casi todo. En cuanto tache tres o cuatro cosas de esa lista interminable me sentiré mejor.

—Vamos a celebrarlo.

Estoy a punto de preguntarle por qué le brillan los ojos de esa manera, pero no me da tiempo a hacerlo.

—La semana que viene me hacen socio. Solo viajes imprescindibles. Nos quedamos en Roma, al menos tres años más.

—Es una noticia maravillosa.

Lo es, pero tendremos que hablar de la Navidad.

5

Esperanza Escaín

1929-1932

Si hay tantas opiniones como cabezas, debe
haber también tantas clases de amor como corazones.

LEV TOLSTÓI

La caída de la Bolsa de Nueva York en octubre de 1929 paró la
locomotora que conducía al mundo hacia un espejismo de prosperidad. Francia era un país pacífico y pacifista, profundamente
traumatizado por las consecuencias humanas de la guerra. Se
habían construido cientos de monumentos al millón y medio de
muertos, y cada 11 de noviembre, como en todas las plazas del
país, el alcalde, el cura y el maestro de la escuela de Mauléon
acudían al homenaje para recordar aquella atrocidad que no podía repetirse. Las viudas vestidas de negro y los mutilados de
guerra constituían una realidad dolorosa que retrasaba el olvido.

También Esperanza asistía a los actos y contemplaba la bandera tricolor que las viudas y los huérfanos sostenían. Cogida
de su mano, su hija miraba reclamando un lugar. Esperanza se
había acostumbrado a aquellas dos vidas: la visible y la que no
salía de su cuerpo. Se levantaba al alba para ir a la fábrica y
durante horas reproducía los mismos movimientos envuelta en
el guardapolvo, presente en las conversaciones de las mujeres
agotadas o cuando compartía el almuerzo con las compañeras,

225

hasta que volvía a casa y se dedicaba a su hija queriéndola con sus dos vidas. Sabía lo que le habían enseñado los libros, aquella manera de tocar lo que se desconocía, y por eso la escuela era lo más importante.

Los domingos, lejos de faltar a su cita, Louis llegaba a la casa de las mujeres cargado de dulces y viandas, entre los que nunca faltaba una botella de jerez para Leonora. Esta le lavaba y le planchaba las camisas mientras él se ocupaba de la huerta, que bajo su cuidado ofrecía pimientos, tomates y calabazas. Todos habían ido acomodándose hasta convertirse en una familia que, a ojos de un desconocido, podía pasar por convencional. Él era un padre que no lo era; Leonora, una abuela que tampoco; y Esperanza, la madre de una niña que no compartía ni un rasgo con los demás.

Cuando entraba en la casa, Louis dejaba junto a la chaqueta y el sombrero su cara inmóvil. Esperanza había leído en una revista de ciencia que las máscaras humedecían la piel y la enternecían de manera que no dejaban que las heridas cicatrizaran del todo. Pilar le había mandado desde Argentina un ungüento a base de plantas que los cirujanos utilizaban para las cicatrices difíciles y que iba obteniendo pequeñas conquistas.

—Tienes la frente prácticamente curada. —Con la cabeza hacia atrás, Louis veía los tres pares de ojos de las mujeres observándole mientras sentía la mano de Perla en la suya—. Este ungüento hace efecto, mírate en el espejo.

Él obedecía esperanzado, pero no encontraba alivio.

—Yo te quiero más así. —Perla se le tiró al cuello—. El otro ya no me gusta.

Sin querer, el corazón de Esperanza se adelantaba a unas emociones que no tenían cabida en él. Todo cuanto sentía con un hombre lo ponía en la balanza de lo que había experimentado con Théodore y jamás hallaba el equilibrio. Louis apaciguaba su corazón, la hacía feliz con su presencia, con la devoción que sentía por Perla, y en algunos momentos, cuando se quedaban a solas y él la arrullaba con aquella voz, habría sido capaz de besar sus labios rotos y siempre húmedos, pero no lo hacía. Una barrera lo impedía. Ambos sabían de su existencia. Durante esos años, un par de hombres en la fábrica se habían acercado a ella para cortejarla, pero tan solo se dejaba acompañar por el impresor desfigurado.

La vida fue cambiando. Fleming y su penicilina redujeron la mortalidad. La sífilis, la enfermedad vergonzante que padecía tanta gente, por fin tenía cura. Se habían inventado un montón de objetos que hacían que lo cotidiano fuera menos duro, más sencillo, y que ayudaban a olvidar lo vivido en los años de guerra; sin embargo, en las fábricas las mujeres seguían sentadas en la larga mesa cosiendo alpargatas y dejando que el caucho y otros materiales impusieran su utilidad.

La llegada de las golondrinas ya no era el acontecimiento de los años anteriores. Las fábricas de Mauléon no necesitaban tantas manos, los derechos laborales aumentaban, y muchas de las mujeres que habían trabajado allí se habían asentado en la comarca, si bien conservaban las costumbres: los geranios, las uvas en Nochevieja y la vuelta al pueblo en verano. Los niños cambiaban de idioma mientras hablaban como quien pasa se la pelota de una mano a otra, y el maestro se ofreció para ayudar a Esperanza a preparar los exámenes que le permitirían ser maestra. El viejo sueño se acercaba a la realidad.

Perla crecía hermosa y alegre, siempre en la calle. Con su inseparable Sarah, recorría el pueblo sin que su madre y Leonora pudieran meterla en cintura. Era sumamente independiente, nada parecía asustarla. Hablaba francés con soltura y sin apenas acento, razón por la cual Leonora la enviaba a hacer los recados más complicados.

Una vez al año, madre e hija cruzaban las montañas para volver a Burgui, donde Perla recuperaba a la Escaín que llevaba dentro y se adueñaba de la voluntad de los vecinos. Mimada por todos y requerida por los demás niños, llegaba los primeros días con moras, nueces, huevos o panes recién horneados. Su madre se encargaba de recordarle que sus deseos no tenían por qué ser cumplidos solo porque fuera distinta. La costumbre de ofrecer a los que volvían cuanto tenían, era una generosidad que había que rechazar con tiento.

—Yo no se lo he pedido.

—Pero es así. En los pueblos se ofrece lo que se tiene... Tienen poco, y nosotros suficiente. Hay que tener cuidado de no tomar demasiado.

—Mamá, es muy difícil lo que cuentas.

—Pero tú eres muy lista.

Esperanza sacaba a su padre a que estirara las piernas al atardecer. Por la mañana, se acercaba a la tienda de Tomasa o a lavar al río para tender la ropa al sol. Las mujeres buscaban lugar bajo los ojos del puente medieval para aprovechar el fresco. Hablaba con una o la otra, porque los hombres no lo hacían. Saludaban a golpe de mentón de camino siempre a algún sitio. Los corrillos de mujeres se formaban cerca del molino, cuando bajaba el sol, a la hora del tute y la brisca en la taberna. En los pueblos del valle escuchaban a los que vivían fuera. Los sucesos se entendían como confidencias de los que habían puesto los ojos más allá del límite inquebrantable de las montañas. Ellas esperaban palabras de mujer.

Les contó que Miguel Primo de Rivera, enfermo y sin apoyos, había abandonado el Gobierno en enero de 1930, y que el país, católico y tambaleante, estaba sumido en revueltas y huelgas. Algunas ya lo sabían por sus hombres, o por los almadieros, pastores y leñadores que bajaban a la Ribera a trabajar. Les informó de que en las elecciones de aquel mes de abril, por las que se había proclamado la Segunda República, dos mujeres habían sido elegidas diputadas, aunque todavía no existiera el sufragio femenino.

—Tenéis que leer y escribir para que no os engañen. Llevad a la escuela a vuestras hijas.

—Si hacemos eso se irán —opinó una.

—¿No te irías tú? —respondió otra.

—Lo que sucederá es que les saldrán alas y podrán volar. ¿Es que queréis para ellas lo mismo que habéis tenido vosotros? La Esperanza lleva razón... —intervino una tercera.

—Esas mujeres de las que hablas han sido elegidas porque son de buena cuna, unas señoritas. De nosotras no se preocupa nadie.

—No digo que no lo sean, pero están preparadas para conseguir lo que todas deseamos, y para eso hay que estudiar y sobre todo leer.

—¿Tienes más libros?

—Esas son unas golfas.

—¡Ya estamos con lo mismo de siempre!

Las mujeres, con las manos agrietadas, pendientes de poner un plato en la mesa y acostumbradas a distraer la ignorancia, estaban divididas. Algunas, cansadas y sin armas, se habían rendido antes de nacer; otras no. No sabían sostener un libro, pero sentían curiosidad por la manera de vestir liviana de las ciudades, querían saber cómo mantener a sus hijos sanos y si había forma de averiguar dónde estaba la gracia de Dios. No aceptaban que acostarse con un hombre elegante y sabio fuese pecado, sin que por ello fueran unas golfas.

—Tú sabes mucho, Esperanza. Cuéntanos.

—De eso sé lo justo.

Sin embargo, aquel verano de 1931, Clara Campoamor y Victoria Kent fueron escuchadas por los hombres cuerdos, y las tasas de alfabetización entre las mujeres españolas crecieron. Esperanza había encontrado en los libros el germen de sus pensamientos. No era una activista, solo una mujer con sentido común y muchas sombras, que disipaba cuando leía mirando en el espejo de las historias que encerraban los libros.

Unas fiebres reumáticas habían dejado varado en la orilla del río al almadiero, que envejecía de aburrimiento y dolor a causa de sus articulaciones. Los días se le hacían largos esperando que sus piernas le respondieran, y solo las lecturas de su hija apaciguaban los pertinaces dolores. Su madre seguía planchando y lavando la ropa de otras familias. Siempre silenciosa, entraba y salía de la casa, se ocupaba de la huerta, echaba de comer a las gallinas y encendía el fuego con la leña que recogía cuando le sobraba tiempo. Solo la presencia de la nieta alborotaba el aire y cambiaba las rutinas.

Sus hermanos, ya casados, se habían marchado. Agustín, el mayor, trabajaba en los altos hornos de Sestao, en Vizcaya, y Alfonso lo hacía en un almacén a las afueras de Pamplona. Apenas aparecían por Burgui. En el pueblo no había trabajo salvo para aquellos que vivían de la madera y el ganado o poseían tierras de labranza, que eran escasas. Abandonarlo estaba en el pensamiento de todos los que nacían allí.

Esperanza pasó ese verano restañando heridas y dejando que Perla se desollara las rodillas como una salvaje. La niña había aprendido a hacer jabón, a recoger moras y fresas, a amasar el pan, a buscar hierbas, pimientos salvajes, cuevas y torrentes en los que remansaban los arroyos donde vivían cangrejos y truchas. Alimentaba a las gallinas y limpiaba las bostas de los caballos sin miramientos. Se fue ganando a pulso y sin remilgos un respeto entre el resto de chicos y chicas, mientras crecía como si por la noche la estiraran, alcanzando a las niñas que le llevaban tres o cuatro años.

Esperanza había cumplido treinta y tres años y su rostro no tenía la costumbre pintada en la mirada como los ojos de otras mujeres. La suya estaba poblada de sombras de sabiduría y silencios que sus paisanos reconocían. En la taberna, los hombres hacían apuestas. Conquistarla era un reto que atemorizaba a los precavidos y motivaba a los atrevidos. Pero ella sabía guardar muy bien las distancias. Había enterrado en sus entrañas los secretos que los demás se empeñaban en averiguar cuando la encontraban en el horno, subiendo a la Kukula. Caminando por las calles empedradas y estrechas por las que se colaba la sombra era casi feliz y refractaria a los halagos.

«¿Vas a quedarte?». «Hay que ver tu niña lo alta que es, ¿a quién se parece?». «Y dice tu madre que eres maestra». «¡Ya tendrás a hombres guapos que te ronden!». Sonreía y distraía la curiosidad sin poder evitar que la semilla de su leyenda empezara a crecer a sus espaldas. «Es alpargatera para disimular. Me han dicho que el padre de la niña tiene un château en Burdeos y que por eso le cunden tanto el dinero y las maneras». Echaba de menos a Louis, y sobre todo le faltaba su voz. Hablaban desde la tienda Almazán o desde la casa del maestro, que, feliz de poder compartir un rato de charla, le ofreció su teléfono. A Louis le faltaban ellas, pero lo habían hablado; Esperanza no quería levantar más habladurías de las que ya corrían por las calles del pueblo, por eso rechazó su ofrecimiento de ir a visitarlas, aunque aceptó que se llegara hasta Isaba para recogerlas a la vuelta.

Perla ya había contado en el pueblo que un amigo de su madre las había llevado al cine. También contó que su cara se quitaba y se ponía, pero que a ella no le importaba porque era un amigo de su padre.

Las golondrinas sabían de sus vidas al otro lado, y casi todas fingían desconocer lo que hacían las demás.

—Antes de que os deis cuenta, podréis ver una película con los actores hablando como vosotras y yo ahora.

—¿Aquí? Eso es cosa de brujas. Dicen que el Teatro Apolo de Madrid ha cerrado porque nadie quiere zarzuelas.

—Lo que yo hubiera dado por ver «La verbena de la Paloma», y se van al cine...

—¿Es para tanto?

—Pues sí.

Su amiga Pilar seguía escribiendo. Llegaba una carta cada dos meses y algún paquete en el que enviaba un sombrero confeccionado en su propio taller, retales, fotografías entre las que deslizaba unos dólares destinados a su hija. Esperanza los guardaba. Todo cuanto procedía de Argentina olía a bodega de los muchos barcos que surcaban los mares hacia América. En las fotos aparecía elegante y sonriente con Francisco y sus hijos. Les iba bien, y en cada carta prometía la sorpresa de embarcarse con su familia para que los chicos se conocieran.

En septiembre de 1931, temiendo ya que la niña se retrasara demasiado en la escuela, puso rumbo a Mauléon. Había dejado la casa limpia y ordenada y parte de sus ahorros para que nada les faltara a sus padres. Su vida estaba al otro lado.

Un autobús cuya velocidad era casi la misma que la de sus piernas las llevó hasta Isaba, donde las esperaba Louis. Esta vez no cruzaron las montañas, sino que viajaron hasta la costa para que Perla viera el mar. Cuando cansadas, después de una semana de viaje, llegaron a la rue du Saison y entró en la casa, sintió que Mauléon era también su hogar. Tenía dos familias, dos pueblos, dos casas, pero no era dueña de ninguna. Leonora las recibió desarmada por su larga ausencia. La niña se le colgó del cuello, y la mujer aguantó las embestidas de cariño.

Se encontró con Louis Bernier en la puerta de la Pâtisserie du Château para recoger la tarta que él había encargado para la fiesta de cumpleaños de Esperancita. La niña cumplía trece años aquel mes de enero de 1932, y el hombre no tenía más destino que el de las tres mujeres que su amigo Théodore le había legado. Por ellas bebía los vientos y olvidaba sus cicatrices, y se levantaba cada mañana soñando poder ser la sombra de sus Esperanzas.

Con el delicado dulce ya empaquetado, ofreció su brazo a la madre, que lo entrelazó con el suyo con naturalidad. Hacía un frío endemoniado. La humedad había helado las calles por la mañana, dejando un agua sucia y resbaladiza. Era preciso caminar con cuidado para no resbalar. Esperanza buscó sus pupilas; había aprendido a leer su expresión, y una mirada la hizo saber que su ángel de la guarda se sentía feliz. Ella también lo estaba. En España se había ratificado la Constitución, y con ella el sufragio universal femenino para todas las españolas mayores de veintitrés años. Aquello le permitiría ahorrar dinero en un banco, viajar y acceder a un futuro mejor para su hija.

El impresor se había convertido en un padre para su Perla y casi en un esposo para ella. Liberados del compromiso de amarse carnalmente, se acompañaban encajando a la perfección cada uno de los engranajes que la vida les había desajustado. La muerte de Théodore había alejado a Esperanza paulatina pero tenazmente de todo cuanto era un pilar en su vida antes de él: religión, familia, sueños. Leonora le aconsejaba que siguiera yendo a la iglesia, y lo hacía, pero ya no consideraba que Dios cambiaba la dirección de los que morían enviándolos a aquellos lugares jamás vistos: el cielo, el infierno o el purgatorio. Théodore se había alojado en su corazón, lo había sellado, y el tiempo no tenía tanto poder como para desahuciarlo. Ella no olvidaba, pero debía construirse una vida y Louis lo había comprendido; el terreno que él pisaba seguiría siendo tierra sagrada para ella.

El Cinéma Royal estaba a punto de abrir sus puertas a un par de calles de la pastelería. Louis le propuso acercarse hasta la rue des Montagnards para ver el estado de las obras de la sala. Debido a su amor por el cine y al tiempo que trabajó antes de la contienda en el famoso salón de cine Louxor de París, lo habían contratado como operador. Dos días hacía que había regresado de su ciudad, donde había pasado un tiempo recuperando el contacto con la familia, y uno de sus amigos, que seguía en el viejo Cinéma du Panthéon, en la rue Victor Cousin del Barrio Latino, le había invitado a ver las nuevas máquinas de proyección; el cine era el futuro.

—Estuve en el Louxor —prosiguió poniéndola al corriente de su viaje—. Volví a ver los jeroglíficos y los faraones. La nostalgia del pasado era muy fuerte, pero no cedí a esa autocompasión que tú mantienes a raya. Están iniciando las obras porque la preciosa sala ha sido vendida a Pathé Frères. Ya no se necesita el foso de la orquesta ni el lugar para el pianista. El cine va a convertirse en lo mejor de este siglo. —Esperanza tuvo la tentación de cerrar los ojos y dejar que su voz le arañara esa parte del corazón que permanecía intacta—. Me ofrecieron recuperar mi puesto en París. Al fin y al cabo, comprenden que en la oscuridad nadie va a fijarse en mi rostro. Pero no quiero vivir en una gran ciudad. La política y la especulación ocupan los cafés, y yo soy un testigo incómodo de lo que vivió Francia. En realidad he llegado a creer que soy afortunado, podría haber perdido las piernas o los brazos, y entonces no habría podido venir a encontrarme con mi verdadera familia.

Esperanza ignoró el giro de su cabeza y siguió con la mirada en el horizonte.

—Te hemos echado de menos. —Su cuerpo se pegó al de él.

—¿Quieres que vuelva a pedírtelo?

—No, no lo hagas. —Le sonrió.

Más de diez veces le había pedido que se casara con él, y aunque quisiera pronunciar otra palabra solo le salía un no. No había lugar más que para un amor en su vida, y él, aunque se le pareciera, no lo era. Le tocó la mano, enfundada en el guante. Era un hombre elegante. Ya no llevaba la máscara. Sus cicatrices habían mejorado, aunque el rictus seguía allí. Llevaba unas gafas redondas de cristal oscuro que le daban un aire interesante y cuidaba mucho su aspecto.

—Perla va a cumplir trece años y sigue creciendo… —Esperanza desvió la atención al otro amor de Louis—. Mademoiselle Monique me dice que es muy inteligente, pero que lo disimula. Ha descubierto que hace todos los deberes de sus amigas… Le preocupa su generosidad.

—Por eso quiere ser médico.

—Me aconseja que le busque algo en lo que se sienta responsable. He hablado con Lucienne.

—¿Lucienne?

—Es la nueva encargada de la fábrica. Quiero que vea lo que es hacer alpargatas.

—¿Por qué ese sacrificio? Se comporta así por lo que oyen y ven nuestros jóvenes. La piedad y la culpa no son buenas emociones. Si me lo permites, hablaré con ella.

—Hazlo. Leonora y yo le hemos dicho tantas veces que sea buena... Pero voy a buscarle algo parecido a un empleo. Las mujeres deben trabajar para ser independientes.

—La gran depresión —prosiguió, ignorando la pesadumbre de Esperanza— ha sacudido con fuerza a nuestra maltrecha economía y también a los ciudadanos. No sé si vas a poder encontrarle un empleo o a esclavizarla. Volvemos a estar sumergidos en la incertidumbre.

—¿Qué te preocupa?

—Bueno, para mí es distinto. No puedo olvidar lo que he vivido. Mi vida está marcada, pero los ciudadanos tienen prisa en echar tierra sobre la Gran Guerra. —Se llevó el pañuelo a la barbilla—. En Alemania, el Partido Nazi empieza a infiltrarse entre la alta burguesía y los terratenientes. Quieren acabar con las penalidades que se impusieron a su nación, exaltan los valores patrióticos y denigran a los de fuera. En el círculo de excombatientes, opinan que esa corriente se extiende por Europa y que la vida va a ponerse difícil. Y a mí —volvió su rostro hacia Esperanza— me urge ser feliz, y tú lo sabes.

Ella se alegró de que hubieran llegado a su destino. La fachada del cine estaba casi terminada. El edificio era uno de los mejores de la ciudad. Al entrar había un ambiente espacioso en cuyo centro se alzaban unas escaleras curvadas muy a la moda que imperaba en París.

—La primera en exhibirse será *Bajo los techos de París*. Es la historia de dos hombres que se enamoran de la misma mujer y la ha dirigido René Clair.

—Me muero de ganas.

—Os reservaré las mejores butacas.

A Perla le centellearon los ojos cuando Louis puso los tres paquetes primorosamente envueltos sobre la mesa. Habían comido el plato especial de Leonora: pollo con ciruelas y cebollas del huerto. Era un guiso hecho a fuego lento y vigilado como un prisionero que debe alcanzar una densidad sublime.

Perla buscó la mirada de aprobación de su madre antes de lanzarse sobre el paquete que llevaba su nombre. A un leve gesto de Esperanza, la niña rasgó con impaciencia el papel que envolvía una preciosa cartera de cuero para ir a la escuela y en cuyo interior estaba la caja de lápices de colores más surtida que existía en el mercado.

—¡Es más bonita que la de Sarah!

Se disponía a seguir abriendo los regalos cuando Louis la detuvo con dulzura.

—Estos no son para ti. Como no estuve en Navidad, no pude dárselos a tu madre y a Leonora.

La patrona se secó unas lágrimas repentinas y tomó el que le ofrecía, que contenía unos elegantes guantes de piel. Luego entregó a Esperanza el suyo, el más pequeño. El papel ocultaba un estuche forrado de terciopelo con el emblema de una joyería de París. Un broche cuajado de diminutas piedras preciosas en forma de lazo despedía unos destellos que dejaron mudas a las tres mujeres.

—Pero… es demasiado.

—Dime que te gusta.

Se lo dijo. Y se lo repitió mientras Perla probaba sus lápices y Leonora acariciaba la suave piel de sus guantes. Se lo dijo comprobando que el espejismo de aquel hogar hecho de azares y desventuras en verdad se parecía mucho a la felicidad.

El Cinéma Royal de Mauléon abrió sus puertas en abril de 1932. Esperanza vio la película desde la sala de proyección, al amparo de una luz roja y de la voz sugerente de Louis hablándole de amor. La oscuridad abrió una grieta en su corazón, con lo que comprobó que el deseo tenía recorridos misteriosos para llegar a su destino. Se entrelazaron las manos, no como hasta ese momento lo habían hecho, sino con el deseo de que la piel confesara lo que no eran capaces de decir. Se besaron mientras en la sala Leonora y Perla veían en las buhardillas de París a los bohemios, artistas de la época entre los que se encontraba Albert, el protagonista de la película, un cantante callejero, que se deshacía de amor por Pola, una inmigrante polaca a la que perseguía un gángster.

Como si se escondieran de sí mismos, la pareja se amaría tan solo en la negrura. Sus cuerpos se revelarían al tacto, al timbre de sus voces y susurros sin poder mirarse o iluminar aquel amor que nacía con el pánico de que la realidad apagara la hoguera. Ninguno de los dos quiso dinamitar la discreta manera de vivir que tenían. Ambos hicieron hueco a una clandestinidad que les unía en secreto y por distintas razones. Él sabía que debía respetar a la mujer a la que amaba y no se sentía con derecho a imponerle la visión de un hombre roto. Ella prefería atarse al secreto antes que retomar una vida con un hombre que no fuera Théodore. Su pecado necesitaba una expiación eterna.

Esperanza Escaín demoró ese verano cuanto pudo su visita a Burgui a pesar de la insistencia de su hija. Sabía que el ambiente en el pueblo estaba enrarecido. En el valle, los partidarios de la República y la izquierda siempre habían sido más numerosos que en otras zonas de Navarra, clericales y conservadoras. Pastores y almadieros pasaban gran parte de su vida en tierras más abiertas que las montañesas y soñaban con un reparto equitativo de la riqueza. Se lo había contado muchas veces su padre, lo escuchaba en los hombres que miraban desde el puente cómo bajaba el río mientras soñaban con dar de comer a sus hijos con aquellos jornales exiguos. Durante los últimos veranos había visto a sus vecinos dividirse, vigilarse y hasta agraviarse; un mal presagio se cernía sobre el valle, contaminado por las disputas.

Viajaron hacia mediados de agosto con el equipaje lleno de remedios procedentes de París para el almadiero. Atravesaron las montañas, casi bondadosas en aquella época, con apenas escarcha al amanecer y un cielo limpio y brillante; los abetos, las hayas, las tardes ablandándose después del calor o la lluvia inesperada oscureciendo la silueta de las cumbres restó dureza al viaje.

Volvieron a recorrer las calles, a saludar a los vecinos, a escuchar los chismes, a recibir las pequeñas ofrendas rurales. Y Esperanza se ocupó de repartir libros, cartas y saludos para quedarse después al lado de su padre, que empeoraba sin que ningún remedio le aliviara. Ni las friegas de alcohol de romero ni las tisanas de brezo ni las pastillas francesas le hacían efecto.

Una sombra se cernía en torno a ella, pero para su hija aquel verano fue el del descubrimiento de la libertad. Sus deseos desvelaban los rincones que hasta entonces le habían pasado desapercibidos. El médico del pueblo tenía dos hijos que estudiaban en un internado de Pamplona y que en verano regresaban como muchos otros a Burgui. Tomás, el más pequeño, que hasta ese momento había sido un chico bruto y con mal humor, apareció un día en la plaza espigado y tostado por el sol, y se sentó, como siempre, a comer pipas en las escaleras de la iglesia. Perla, sin embargo, vio a un joven distinto, mayor que ella, más alto de lo que recordaba, de mandíbula ancha y una mirada cautelosa que la conquistó.

Su madre andaba demasiado ocupada y relajó las costumbres, los horarios, y otorgó su permiso a todos los planes que le planteaba su hija. «Vamos a ir de excursión a Ustarroz. Comeremos un bocadillo». «Hoy nos bañamos en la cascada, volveré tarde». «Los chicos van a dormir en las bordas, ¿puedo quedarme?».

Tomás también escogió a aquella chica rubia y alegre. La joven miró la luna en sus brazos, de su mano caminó subiendo la pendiente hasta el pico de la Virgen de la Peña, se bañaron en el río y, adormecidos por el calor, se contaron secretos y sueños, mientras se palpaban el cuerpo atormentados. Ese verano Perla no salió de estampida hacia los montes para recoger berro picante ni moras o frambuesas. Ese verano era casi mujer, y su mundo de aventuras finalizaba para dar paso al amor.

El 10 de septiembre, las mujeres entraron en casa susurrando lamentos. Llenaron la estancia de campanillas y corteza de pino, se sentaron en torno al féretro del almadiero vestidas de negro y deslizaron los dedos por las cuentas de los rosarios hechos con pétalos de rosa. Las campanas tocaron a muerto, extendiendo el aviso fúnebre por el valle. Primero un sonido fuerte, luego un tañido pequeño y, al final de la serie, dos toques para avisar de que el muerto era un hombre. Esperanza se acordó de su amiga Pilar: «¿De qué me sirve saber lo que dicen las campanas?».

Perla asistía al luto y los llantos con la misma curiosidad que cuando la acompañaba a los pases del Cinéma Royal. Pegada a su madre, absorbía las liturgias de las que había sido apartada desde que vivían en Mauléon. Pero ya tenía edad suficiente para unirse al duelo.

Louis Bernier llegó un día antes del sepelio y se alojó en una de las habitaciones que alquilaba Filomena Mainz en su casa, a las afueras del pueblo. Los hijos del almadiero, los hermanos de Esperanza, regresaron de los lugares que les daban de comer, abrazaron a su madre y guardaron silencio junto al cadáver hasta que fue transportado a hombros a la iglesia de San Pedro.

Esperanza contemplaba a sus vecinos, que navegaban entre la pena compartida y la curiosidad por el hombre sin cara que acompañaba a la golondrina más esquiva y dulce del pueblo. Protegía la mermada voluntad de su madre. La recogía en su regazo de hija que conoce la dimensión de su soledad. La amparaba como podía pensando en la manera de paliarla. Su hija Perla sobresalía en altura y resplandor en el banco de la iglesia junto a ellas. Su pelo rubio y sus huesos largos atraían las miradas curiosas y ávidas de arrancar la verdad de aquella fisonomía casi vikinga. Ella, con edad suficiente para haber encontrado acomodo a los secretos familiares, llenaba de besos a su madre y a su abuela, queriendo beberse las lágrimas de sus dolores. «Al final, aunque la República no tenga Dios, nos encontramos en la iglesia», dijo alguien en voz baja.

Apretados en otro de los bancos estaban los hermanos con sus mujeres e hijos, reunidos por primera vez desde hacía años.

Agustín se había casado con Encarnación, una chica de Madrid, y vivían en un pueblo llamado Erandio, cercano a Bilbao. Tenían un hijo al que las Esperanzas vieron por primera vez, aunque ya sabían que se llamaba Martín. Agustín trabajaba de fundidor en los altos hornos y su mujer era panadera. Su hermano no podía evitar en la mirada una ira contenida mientras el cura hablaba de la vida eterna. Él se hallaba inmerso en las actividades de la CNT. La Iglesia, tan fecunda en Navarra, estaba en el punto de mira de un sindicalista como él. Silencioso como Esperanza, medía las palabras que intercambiaba con Alfonso, el menor, más proclive a las voces pero más conformista. Este se había casado con Margarita Garate, a la que Esperanza había enseñado a leer, tenía dos niñas revoltosas y una vida aparentemente sin sobresaltos en Pamplona.

La familia, unida hasta entonces por las noticias siempre cautelosas que el almadiero repartía entre ellos, retomó unos lazos inconsistentes que la emigración y la precariedad no habían podido fortalecer. Esperanza comprobó que, además de sus idas y venidas a través de las montañas, el pueblo, su lugar en el mundo, se deshacía ante los cambios sociales. Durante esos días se mintieron, se hicieron confidencias, se enfrentaron y se reconciliaron, proponiéndose escribirse, no olvidarse y, sobre todo, no dejar que se perdieran las raíces que los habían sostenido. La madre los miraba como a extraños mientras apretaba un pañuelo en el que no cabían más lágrimas.

Aquella semana sería la última en la que estarían todos juntos. Las sombras de unas nubes oscuras y plomizas empezaban a formarse en el horizonte de aquella República en la que unos pisarían fuerte y otros se defenderían para que no les robaran lo que les proporcionaba estabilidad. La misma república que Tomás, el amor de Perla, tenía a todas horas en la punta de la lengua.

Faltaban unos años para que la cuerda se rompiera. Y esos años pasaron muy deprisa.

6

Un nombre para mi niño

Y el encanto de la novedad, cayendo poco a
poco como un vestido, dejaba al desnudo la
eterna monotonía de la pasión.

GUSTAVE FLAUBERT

En mi casa, la Navidad es una cita ineludible. No importa que
el mundo se venga abajo o que nos invadan los extraterrestres,
si no voy a casa en esas fechas caerá sobre mí el silencio de mi
madre, una condena de la que es mejor librarse. Como somos
un matrimonio sin apenas historia, tuve que explicárselo a Gaston. No podía faltar a la liturgia navideña, estoy atada a esas
obligaciones y responsabilidades que adquiere el hijo único.

El matrimonio trae consigo negociaciones: las vacaciones,
el nombre de los hijos, la elección del colegio, el tiempo que se
le dedica a la familia y, desde luego, la Navidad. Mientras sa-
boreábamos el helado, le expliqué que la carencia de una familia nutrida había echado sobre la espalda de las Esperanzas esa
necesidad de vigilar la soledad de su antecesora.

Ellas iban Pirineo arriba, Pirineo abajo, dos, tres, cuatro
veces al año, eran unas trashumantes. No eran emigrantes, porque su trabajo era estacional; además, iban a invertir en tacitas
de porcelana para el ajuar. Los tiempos habían cambiado. También en mí quedaban restos de la costumbre de volver al hogar

materno en esas fechas. A Gaston, que es jacobino, le cuesta entender algunas de nuestras cosas. Las acepta como acepto yo el realismo mágico de García Márquez. Como me ama, me acompaña y hace una exhibición de educación y tolerancia. Ya ve que hay extrañas tradiciones tan enraizadas en mí que no le queda otro remedio que aceptarlas, pero imagino que, cuando dejemos de comernos las babas a todas horas, tendrá la tentación de poner límites al caos que transporto.

Le cuento que mi madre me llevaba al cementerio de Burgui, nevado en esa época, a poner una rama de acebo sobre la tumba de la abuela, y que inmediatamente después íbamos a tomar un bizcocho y una copa de anís. No le digo que mi abuela también me llevaba al mismo cementerio y se paraba frente a una pared de piedra para rezar por los que no tenían tumba.

—No hace falta que vengas —le tranquilizo—, pero yo tengo que ir.

—Iré, pero no al cementerio.

Para que todo estuviera ensamblado y no pudiera escapar, mi madre, esa misma mañana, me llamó para decirme que tenía cita con la ginecóloga el 17 de diciembre. Supe que con aquel movimiento se había asegurado al menos diez días en mi compañía. Yo me iría el 16, y Gaston cogería un vuelo el mismo 24 a Bilbao, donde alquilaría un coche para llegar a Pamplona. Con un poco de suerte, podríamos liberarnos e ir a París, pasando por Mauléon, para Fin de Año.

Ya he terminado la traducción de la infame novela de Bertrand Saint-Denis y se la he enviado a Cristina, la editora. Traducir de la lengua de Molière versión remix jerga tribu urbana parisina a la de un Cervantes tuneado para una cabecera en el híper me ha dejado exhausta. Probablemente el muchacho se posicione en el mercado literario y hagan una serie de la que se hablará en las redes sociales, pero no me ha gustado el trabajo. Yo querría traducir a Antonio Muñoz Molina, pero he llegado tarde al reparto de autores.

La editora ha prometido compensarme. He rogado a mis

duendes del bosque que me permitan encargarme de la traducción de una novela de amor, desamor, emociones y terciopelo. A veces me cae una perla cuyo oriente me necesita en cuerpo y alma. Hay autores que me hacen suspirar sumergida en el olvido de mí misma, y se produce el milagro. Provocan que mi plexo solar suba y baje, envolviéndome en la magia que forman las palabras que escogen. En ese momento, me veo obligada a deslizarme bajo la piel del autor para saber exactamente por qué ha elegido una palabra de las que yo llamo «mentoladas», que estallan como si fueran pastillas de eucalipto cuando las lees. Mi trabajo es fascinante. Reescribo, tutelo y vigilo que la esencia del perfume de un autor no se escape ni cambie demasiado. Si me pagaran mejor, ya sería excelso.

Me miro la barriga. Va descomponiendo mi silueta y calculo que en enero estaré de casi seis meses y sin rastro de cintura. Quiero dar a luz en Pamplona, no por nada, sino porque necesito a mis padres cerca. «¿A ti te importa que nuestro hijo sea español?», le pregunté a Gaston mientras programaba una agenda imposible. Me dijo que mientras estuviera sano y fuera europeo le daba igual. Sonreí. Él está orgulloso de ser europeo. Así que será navarro, o navarra, que a veces no sé si es ser del todo europeo o del desaguisado que este país se trae entre manos.

Cuando planificamos casarnos, no sabía que esperaba un hijo. Gaston, más clásico que yo, tenía encumbrada la idea del matrimonio, y creo que en el fondo estaba preparado para unirse a alguien y fundar una familia. Durante nuestras primeras vacaciones juntos, una noche me pidió que me casara con él porque estaba seguro de que era la mujer de su vida. Le dije que el matrimonio no era algo que me interesara, pero que aceptaba compartir mi vida con él. Empezó a nombrar los beneficios que tenía el matrimonio, que para él son muchos, y lo fácil que resultaba divorciarse. Al final de su disertación, resaltó la cobertura de la mujer cuando hay hijos y los efectos contractuales y económicos, hasta que bromeando añadió: «Te ha costado mucho buscar a tu abuelo Elissabide. ¿No te gusta llevar su apellido?».

En parte fue eso lo que me hizo aceptar una boda. Eso y que me quedé embarazada en esos días. Estaba prácticamente segura de que había algo que no funcionaba bien en mi sistema reproductor. Con Álex había intentado tener hijos, pero no llegaron, así que mis precauciones habían ido bajando. En mi cabeza persistía la idea de visitar a un especialista en fertilidad. Quería hacerlo antes de conocer a Gaston, pero no lo hice. Hablamos de ello la misma noche de su petición. «No sé si podré tener hijos». Me dijo que no era algo que le preocupara y que se veía proyectado en el futuro únicamente conmigo. «Siempre podemos plantearnos la adopción». No hizo falta, el azar se había puesto de acuerdo con mis antepasadas, y por lo visto esa pequeña ciudad francesa tenía una dosis extra de bio-fertilidad en el aire.

Tengo un ginecólogo romano que se llama Giulio y una ginecóloga en Pamplona cuyo nombre no conozco. Aquí me dijeron que el bebé nacerá para el 10 de abril, y allí, que entre el 20 y el 23. A los dos les he dicho que no quiero saber el sexo, pero creo que Gaston me hará trampa.

Tumbados en la cama, perdemos el tiempo oyendo el rumor de las gentes paseando que trepa hasta nuestro apartamento, mientras escogemos para nuestro hijo nombres de reinas, reyes, personajes literarios, personas que hayan hecho algo valioso en la vida y cuyo nombre se asocie con la sabiduría.

Yo busco nombres sonoros. Los pronuncio en voz alta. Él me mira sonriendo mientras imposto la voz. Julia, Álvaro, Alejandro, Patricia, Rocío, Claudio... Abro la boca para que las vocales expulsen su fuerza, en plan español. Él pone la mano en mi vientre, lo acaricia. «Juan», digo yo; «Jean», «Giovanni», dice él... «*Espegansa*», susurra con esa manera de deslizar las consonantes como un colibrí francés. Suelto una carcajada. Le beso. Le miro, ahogándome de felicidad en ese tiempo de juego que los amantes derriten sin prisa. «*Espoir*», prosigue, poniendo los ojos en blanco y buscando mi entrepierna. Los franceses confunden el significado de mi nombre. Creen que

Esperanza significa «esperar»... En realidad, lo que te hace esperar es la esperanza, le explico.

¿Cómo espera Gaston a nuestro hijo? Yo creo que lo hace de una manera diferente a mí. Yo lo llevo en el vientre. Ya es mío. Él le espera, todavía no es suyo, y eso es algo que ni siquiera puedo contarle. La íntima unión de madre e hijo... Me pregunta si voy a quererle igual cuando tenga a mi hijo en mis brazos. Los hombres creen que desplazamos el amor hacia nuestro hijo, pero no es verdad. Son amores distintos: al hijo le das la vida, al amante se la robas.

El nombre le marca a uno. A mí, por ejemplo, llamarme Esperanza me ha supuesto una carga en ocasiones, y me ha dado alas en otras. Llevar este nombre ha sido como ir por la vida arrastrando un vestido precioso con una espesa cola que a veces se torna inmanejable. Mi madre, mi abuela, mi bisabuela, el significado que encierra y los silencios... Mi nombre empezó a adquirir solera cuando fui consciente de que nadie me decía la verdad. Los relatos que surgen en las familias están atenazados por el temor a que la historia se malinterprete. Son las circunstancias... esa especie de comodín de la llamada para ganar el concurso que nunca se gana. Las circunstancias es la caridad de los menesterosos, pero lo cierto es que la verdad es muy suya.

A primeros de agosto de este año en el que han pasado tantas cosas, me fui a Pamplona para estar con mis padres y entretener mi impaciencia. Gaston llevaba dos meses en Estados Unidos. Nos extrañábamos tanto que la ausencia dolía. Soñábamos con estar juntos un tiempo largo, vivir las horas de un mismo calendario. En el fondo, deseábamos tener una representación de vida en común con una casa en la que habría que limpiar, cocinar, hacer la compra. Yo quería oír la llave en la cerradura sabiendo que era él quien volvía; quería un despertar y un acostarme a su lado incluso cuando tuviera un catarro, quizá leyendo unas páginas o revisando un trabajo, como cualquier pareja. Soñaba con preguntarle si había recogido el traje de la tintorería o si colgábamos un cuadro en la entrada. Yo quería un nido, el amor continuo, la rutina, la costumbre de su sombra, la generosidad de su presencia, el peso de sus manías, de su amor. Ya no me bastaba la pasión.

Los encuentros de los amantes nada tienen que ver con la vida real. Uno puede mantenerse espectacular y encantador durante veinticuatro horas, quizá cuarenta y ocho, sin mostrar obsesiones. Cuando me veía con Gaston, aplazaba mis dudas y las fricciones que me ocasionaban. Sabía que lo tenía para un par de días, tres a lo sumo. La certeza de que, pasado ese tiempo, iba a perderle me mantenía en una armonía dichosa. Pero en las últimas ocasiones, en las horas finales, aparecían conatos de enfado, un rastro de violencia inesperada, un reproche estúpido, una frustración que como un iceberg aparecía en nuestro océano de amor.

Me arrepentía, lloraba, le pedía perdón por aquel tiovivo hormonal que me hacía montar un pollo por cualquier cosa. Él también lo hacía a su modo. Se quedaba abstraído en un mutismo desesperante o planteaba una reivindicación innecesaria. Su silencio, que como una daga se me clavaba en el corazón minutos antes de que saliera mi vuelo, o el suyo, o le acompañara hasta el taxi, o me dejara en la estación, nos aniquilaba. Regresábamos a nuestra vida demediados, temerosos de estar equivocándonos, inseguros. Sabíamos que era la impotencia de la situación, la necesidad de estar juntos, el lío que sobrevolaba nuestra cabeza, que optaba entre la desesperante individualidad o el temor a compartir para siempre jamás.

Pero siempre nos quedaba un regusto venenoso que tardaba en desaparecer. Habíamos desaprovechado el tiempo despedazándonos, buscando una tierra de nadie que no existía. Por eso convinimos en pasar quince días en Mauléon, en aquella casita humilde que encerraba tantos secretos.

Mi madre no entendió del todo mi deseo de ir en el mes de agosto a un pueblo al que le tenía más tirria que cariño.

—*Ama*, sabes que estoy reconstruyendo la vida de las golondrinas... Quizá escriba al respecto.

—Pero si todo lo hacéis con el ordenador. Ir allí en agosto... a quién se le ocurre.

Me decía que el calor iba a robarme la voluntad, que allí no había mucho que hacer. Ella quería ir a Burgui, sentarse en el río con la silla de plástico de rayas azules que habíamos comprado en Eroski y desmenuzar con su única hija, su Esperanza, el paso del tiempo a la fresca, con el chapoteo de los niños tirándose desde la rampa del molino, oyendo a los que venían de Bilbao, Pamplona, Zaragoza, Biarritz o Teruel, a los nietos y bisnietos de aquellas golondrinas que tenían una casa de piedra remodelada y con todas las comodidades.

Empezó a mirarme con recelo cuando, paseando por Pamplona, me empeñé en comprar sábanas, velas con aromas, cremas perfumadas, sándalo...

—A ti te pasa algo... ¿perfumes y sábanas?

—La casa de Mauléon huele a encierro. Y quiero sábanas nuevas porque no sé quién ha dormido allí.

—Nanou lo tiene todo limpio como una patena. La casa está recién pintada y los colchones son nuevos. No ha ido nadie desde que estuviste tú, pero, en fin, si quieres... ¿Cuánto tiempo vas a quedarte?

—No sé, ya te he dicho, por lo menos una semana.

—Pues a lo mejor me animo...

—Preferiría estar sola. No porque no quiera que vengas, *ama*, pero sabes que tengo que revolver el pasado y, al final, voy a estar pendiente de ti... También me llevo el ordenador para trabajar.

El rostro de mi madre habla como un sacamuelas. Se le escapan los gestos de las palabras que querría decir y no dice. Traduce lo que piensa como un mimo. Ese día arrugó el morro, enarcó las cejas, se miró las manos y sonrió sin querer hacerlo. Lo definitivo fue que se arregló el pelo mirando al tendido, como si el horizonte hubiera puesto un espejo en el que contemplarse. Ya agotada, suspiró y me dijo...

—Tu padre quiere que vayamos a Málaga.

—¡Qué buena idea!

—No sé...

—*Ama*, no te enfades. Estarás mejor en Benalmádena que en Mauléon.

—La verdad es que sí.

—Y... he invitado a un amigo. —Sabía que la única manera de poner las cosas en orden con mi madre era ser sincera.

El cuerpo de mi madre se enderezó como una palmera. Me agarró y presionó levemente mi antebrazo con la mano. Ahora me basta, pero he pasado unas ganas infinitas de que me abrace estrujándome hasta que me falte el aire. La presión en mi brazo no era moco de pavo... significaba que se alegraba de que alguien me acompañara; es más, estaba feliz.

—Conviene que te lleves una caja de vino y algunas conservas, serán muchos días y a saber qué venden allí. Por cierto, ¿tu amigo es catalán?

—No. Es francés.

Antes de que cambiara de opinión, colmé de besos a mi madre y salí como un cohete pensando que solo faltaban tres días para ir a Pau a recoger a Gaston.

Crucé las montañas, las únicas que siento mías, con las ventanillas del coche bajadas, conduciendo despacio, y con Maria Callas y su dulce «O mio babbino caro» homenajeando la majestuosidad del paisaje. Volaba mi corazón soñando los quince días que iba a pasar con el amor de mi vida. La caja de vino tintineaba cuando frené para que unas vacas tuvieran tiempo de apartarse del camino. Las sábanas, las conservas, el jamón y el chorizo envasado que mi madre había puesto en una bolsa refrigerada iban junto a mi maleta. Las velas y las botellas de aceite ocupaban el resto del maletero, pero mi felicidad no cabía en el coche.

Tenía que esperarle setenta y dos horas. Como si fuera un ave que preparara el nido, di la vuelta a la casa. A punto estuve de que el nervio ciático me dejara como la estatua de Lot, pero el amor y sobre todo el deseo me proporcionaban una fuerza titánica. Moví los sofás, pinté de blanco los muebles de la cocina, me deshice de los cuadros con paisaje de montañas y sustituí las cortinas de tul ilusión de Leroy Merlin por unas de lino grueso que amortiguaban el calor irredento que entraba por la ventana. Coloqué mis velas perfumadas, mis aromas de ámbar y lavanda, compré flores frescas en el mercado y vigilé la calle anhelando ese milagro que nunca dejo de esperar: «¿Y si me hubiera engañado para sorprenderme apareciendo de repente?». Pero Gaston tiene el cerebro de un ingeniero o de un consultor, aunque sea abogado. No me intuye, aunque tampoco se resiste.

Esos días los mauleoneses preparaban la feria de la alpargata y montaban tenderetes en la plaza, donde pensaban reproducir al aire libre los inicios del oficio que tanto lustre había dado a la ciudad. Me lo explicó un hombre que vendía churros en una furgoneta.

—¿Churros? —pregunté incrédula.

—Un legado de mis abuelos españoles.

—Estamos por todas partes. Mi bisabuela era una golondrina de Burgui.

—*Alors! Comme la mienne,** pero de Jaca.

El churrero me señaló un monumento y me contó que su abuelo era un héroe de guerra. Me acerqué y leí los nombres de los caídos en la Primera Guerra Mundial y, al otro lado del monolito, estaban los que murieron en la Segunda Guerra Mundial. Los apellidos españoles eran tan numerosos como los franceses. Caminé pensativa hacia el café Europa y pedí una cerveza bien fría sin quitar ojo a la plaza. La lectura de los cuadernos de la bisabuela me poseía. Casi podía ver a las mujeres de negro con delantal buscando en el mercado, y a esa dócil muchedumbre aburguesada de los años veinte paseando entre ellas.

Mientras hacía mía la casa, pasé muchas veces por la habitación cerrada. Tenía las llaves, pero por alguna razón quería que Gaston estuviera conmigo cuando decidiera entrar. Intuía

* «¡Anda! Como la mía».

que al otro lado iba a encontrar algo que no me gustaría. Una pareja ha de cargar con el peso de sus antepasados, saber por qué rincones de su genética se ha colado la herencia dejando un caprichoso lunar en la oreja o la manía de estar en corrientes. El otro debe caminar pegado a la sombra que proporciona la historia de tu vida y tirarte del brazo cuando viene la ola que se llevó lo que más querías cuando tenías pocos años. También yo le había prometido que iríamos tres días a Biarritz, donde sus padres tenían un apartamento. Gaston quería presentármelos. Más decidido que yo, les dijo que me había conocido, que se había enamorado y que mi tortilla de patatas era la mejor del mundo.

Por fin llegó el día. Dejé el hogar preparado, con las barritas de sándalo desparramando su olor ambarino, las flores sobre la mesa de madera, limpia y encerada, la habitación ventilada y perfecta para la fiesta... Me vestí y me desvestí seis o siete veces, con esa bobería que me entra de lucir mi fantasía sin pasarme, y conduje hasta el pequeño aeropuerto de Pau como si mi vida hubiera permanecido detenida desde nuestro último encuentro.

Una vez al año, deberíamos repetir esos momentos. Me importa un pimiento el aniversario de mi nacimiento, lo que quiero revivir es lo que sentía mientras el servicio de megafonía anunciaba la llegada del avión procedente de París. Quizá sea irrepetible y, aunque reproduzcamos cada uno de los detalles, la vida se reserva su magia, como lo hacen las hadas; cuando le da la gana.

En el interior de las instalaciones había aire acondicionado, y eso me mantuvo más o menos en condiciones. Como un perro fiel, no dejé de mirar el panel de llegadas, en el que apenas había vuelos. Era una estatua, inmóvil, mientras por dentro me incendiaba. Cuando aterrizó el vuelo procedente de París, me fui a la puerta de llegada y estiré el cuello como una jirafa.

Hasta que no vi su pelo rizado, su sonrisa y las zancadas que dio para llegar a mí, dejé de respirar. Creo que la escena emocionó a los que nos vieron. El encuentro de dos seres que se aman y se desean es imposible de ignorar. A los que lo han experimentado les revuelve la nostalgia, y a los que nunca lo han sentido les conmociona seguir vivos sin haberlo vivido. Así es la hipoteca del amor. Por mucho que contextualicemos, reflexionemos, admitamos y consintamos, enamorarse es una locura transitoria que una desea que dure toda la vida, pero, gracias a la sabia naturaleza, el ciclón tiende a convertirse en brisa.

Recuerdo aquel mes de agosto como uno de los mejores de mi vida. Fue entonces cuando engendramos a este hijo que llevo en mi vientre, cuando decidimos que no podíamos seguir jugando a los amantes aun ignorando que un Elissabide venía de camino. Casi puedo oír el murmullo de nuestras voces susurrándonos promesas, desnudos, sobre las sábanas de Zara, con aquel calor de secano que nos derretía... «Gaston, ¿querrías casarte conmigo?». «Espera, eso te lo tenía que haber pedido yo». Queríamos envejecer juntos, no coger aviones ni reservar hoteles para vernos, queríamos compartir plato, resfriados y aventuras.

Estuvimos tres días sin salir ni para comprar el periódico. Desayunamos, comimos y cenamos a deshora. De noche, cuando refrescaba, salíamos a lo que había sido la huerta y mirábamos las estrellas o hablábamos de Leonora, de las guerras, de las hijas que no conocieron a sus padres. Él me hablaba de la casa que tenía su hermano en Bretaña, de la manera en que su padre les había enseñado a comprender las leyes, de las mareas y de las conchas de Santiago. Nos contábamos la infancia, la adolescencia, los errores que cometimos en la madurez y los aciertos entre los amigos que habíamos elegido, incluyendo las anécdotas que habían conformado nuestras vidas; una narración que solo se entrega a quien sabes que te ama y que jamás te traicionará.

Cuando nos sentimos saciados, abrimos la puerta y salimos a hablar con los lugareños. Ese verano supe mucho de mis Esperanzas, especialmente cuando entramos en la habitación cerrada con llave. Gaston tenía a la familia Elissabide, y aunque acordamos excluirla de nuestra agenda, no fue posible. Los pueblos tienen pregón, así que acudimos a comer con unos primos segundos y a cenar con la famosa tía Christine Elissabide. Descubrimos que, aunque supiéramos muchas cosas de las golondrinas, íbamos a necesitar media vida para averiguar todos sus secretos.

—Esperanza, ¿nunca pensaste en escribir tu propia novela?

—Naturalmente, pero dedicarme a escribir me da cierto vértigo.

—Tienes que contar esta historia. Creo que ha llegado el momento de que traduzcas lo que siente tu corazón.

Eso me dijo Gaston una noche cuando volvíamos de cenar. Estábamos borrachos de amor y de Esperanzas, pero algo de aquellas palabras me caló muy adentro.

A veces, cuando me concentro en la lectura de una novela, siento cómo se alzan los personajes para caminar por las páginas. Es como si un decorador te enseñara en tres dimensiones cómo va a quedar la obra de tu cocina. Entramos el último día en la habitación cerrada con llave. Abrimos los postigos y descubrimos un mundo dormido sobre esas capas con las que se construye el olvido aun sabiendo que es imposible. La luz pintó el aire de estrellitas procedentes del polvo acumulado. Allí estaban los Pirineos, Francia, España, los duelos y quebrantos del amor y la pertenencia, el aire de sus inviernos y sus veranos. Había una cama antigua de roble, un armario con dos lunas, cortinones de seda y una alfombra oriental. En uno de los extremos de la estancia había un baúl precioso y unas cajas de cartón que parecían restos de una mudanza.

Nos miramos. Era como si alguien hubiera cerrado la habitación en 1920. Salvo por las cajas, todo era bastante antiguo.

Mi abuela tenía una letra picuda característica. Sobre las

cuatro cajas de cartón, había rotulado unas fechas que iban desde 1933 hasta 1950. Gaston y yo nos lanzamos sobre la primera y la bajamos a la cocina para ver su contenido. Nos llevamos a la cama cartas atadas con lazos de raso, cuadernos, fotos, mapas, libros y documentos de vital importancia para entender sus secretos. Había pasaportes, cartas de identidad, facturas, recortes de periódico de la liberación de París y fotos de los primeros tanques españoles con soldados sonrientes, y hasta un manojo de llaves. A veces teníamos que abrazarnos para evitar la congoja. Se nos aceleraba el pulso y se nos extraviaba la mirada.

—*C'est trop, mon amour, il faut arrêter.**

Devolvimos cada cosa a su sitio. Al día siguiente íbamos a encontrarnos con su familia en Biarritz. No era cuestión de llegar más enajenada de lo que ya estaba. Gaston tenía razón. Era demasiado. Tenía que parar.

* «Es demasiado, amor mío; hay que parar».

7

Esperanza Escaín

Agosto de 1936

La vida es corta y enojosa, transcurre deseando siempre.

JEAN DE LA BRUYÈRE

Un ambiente enrarecido y violento se extendía por las ciudades españolas, levantando rumores de crudos e ineludibles enfrentamientos. La tierra se estremecía, y en Mauléon apenas quedaban golondrinas a finales de julio de 1936.

Aquel verano ardiente, al atardecer los hombres se sentaban en la plaza a apurar un vaso de vino y las mujeres a tejer, trenzar el esparto o simplemente descansar. Unas decían que la frontera estaba cerca, que el conflicto quizá no durara, y otras que el ejército reclamaría a los jóvenes. Casi todas cabeceaban repitiendo aquella palabra maldita que ya corría por su torrente sanguíneo: «guerra, guerra».

Al amanecer las golondrinas iban a las fábricas, inquietas por no estar donde su corazón les urgía o por no querer volver. Ya no resultaba práctico jugarse la vida por una vajilla de Limoges o un ajuar que admiraran las vecinas. Lo que interesaba entonces era comprar aceite, café, azúcar, esas cosas que faltaban cuando sobraba el desorden, y también acudir a monsieur Lemaître para cambiar los francos por piezas de oro o plata que pudieran esconderse en el corpiño.

Las noticias se extendían por teléfono, por carta o a través de las ondas de radio, y los Pirineos se atravesaban en carro, coche o camión. Un pequeño autobús que tardaba un siglo unía Pamplona con el último pueblo del valle, y muchos jóvenes deseaban embarcarse para México o Argentina, donde todo el que quería podía trabajar, pero ese verano el suelo temblaba bajo sus pies, el mundo parecía querer cambiar de postura, y muchas mujeres que llevaban trabajando en la alpargata unas cuantas temporadas habían obtenido algo más que un oficio en Francia. Ya no tenían la cabeza tan manoseada por los curas. Se cuidaban solas sin rendir cuentas a padres o hermanos. Unas pensaban volver para casarse con un hombre de su pueblo; otras sentían que la República las había liberado de las ataduras que correspondían a su condición. Se sabían con derecho a elegir. Aunque dejaran medio corazón entre el cobijo de las paredes del pueblo, estaban preparadas para trabajar en las fábricas de la Ribera, Bilbao, Barcelona o en el servicio doméstico. España había dejado de temer los sermones, y las campesinas podían irse sin mirar atrás.

Esperanza las despedía, sin saber a ciencia cierta qué sería de aquellas que partían con entusiasmo a luchar por la libertad. Alguno decía que en Madrid las tropas rebeldes habían llegado a la Casa de Campo y desde allí preveían atacar por el Manzanares. Los periódicos franceses se hacían eco del enfrentamiento entre españoles, y de lo que ocurría en los Bajos Pirineos. En la Soule y Béarn se hablaba en voz baja y constreñida. Todo lo que sucedía al otro lado de las montañas acababa pasando la frontera.

Esperanza se debatía entre acudir con los suyos o quedarse. Ese mismo año había conseguido el certificado de maestra. Con él en sus manos, ya no sentía la misma fragilidad, tampoco el miedo de no ser capaz de sobrevivir junto a su hija. Enseñaba, acompañaba a sus alumnos y les empujaba a leer como siempre lo había hecho, animando a los jóvenes a aprender de las historias. Por las mañanas trabajaba en el colegio religioso del centro, y acudía a la fábrica Cherbero para gestionar asuntos en el departamento de administración por las tardes; al anochecer, con sus vecinas, seguía cosiendo alpargatas. Bajo su piel, las heridas imborrables eran cicatrices que escondía celosamente. Su hija, empeñada en beberse la vida, había dejado de preguntar por aquel padre desconocido y aceptaba la tutela de Louis, al que adoraba.

Esperanza se lo contaba a Pilar en la correspondencia regular que mantenía con ella. Le hablaba de su vida digna, de los caprichos que se permitía, de las dudas eternas de las que era tan difícil desprenderse, de Louis, de su apoyo infatigable, y también de su incapacidad para aceptar sus propuestas de matrimonio. La ponía al día de los cambios en las costumbres, del deterioro en la salud de Leonora y de los aires bélicos que llegaban desde España. «Soy libre, Pilar, pero a ti te confieso que sigo estando prisionera. En mi corazón, porque debo ser leal a mi pasado, y en mi libertad, porque nunca vivo del todo aquí».

A pesar de conservar un celo férreo por su intimidad, a veces sus compañeras se permitían aconsejarla. «Cásate con él. Te adora». Para una mujer sola, no había mayor redención que un hombre como él. Pero Esperanza poseía una rebeldía terca e invisible y, además, no sabía a ciencia cierta si le amaba como debía. Estaba segura de desearlo, de no poder prescindir de su presencia. Lo admiraba, y todo lo que sentía por él tenía poco que ver con su rostro roto. No vivían juntos, compartían el cuerpo y la vida, no se habían prometido fidelidad, pero ambos sabían que no habría otros brazos en los que refugiarse. Se ayudaban, se acompañaban y se buscaban en la oscuridad, pero a la luz del día nadie podía decir haber visto una caricia, un beso, una mirada de entrega que explicara la lealtad de su relación. Ella no lo necesitaba, aunque quizá Louis sí.

Cada cierto tiempo, y a pesar del contrato tácito que les unía, se apartaba de él, rehuía su presencia, le pedía que no fuera a su casa, cambiaba de hábitos para no encontrárselo, mentía a Leonora y a su hija diciendo que él estaba de viaje. Le parecía un pecado dejarle ocupar un espacio que se había jurado a sí misma que nadie ocuparía, hasta que, extenuada, corría a buscarlo y se entregaba a él, sin comprender lo que la había impulsado a alejarse.

A su manera, él aceptaba aquellas treguas de su amada. Dejaba de ir a cenar, guardaba los obsequios y esperaba para facilitar la existencia a las mujeres más importantes de su vida. Desaparecía, viajaba a París, se zambullía en su trabajo de distribución de películas, pero no se le ocurría dudar de su amor. Era un hombre templado y respetuoso que había conseguido recuperar una forma de vivir que creyó perdida. Era fuerte, tenía un hogar, vivía en un sitio en el que no se ponía en entredicho su dignidad, y no iba a emprender más aventuras que las que le proporcionaba la vida con Esperanza y Perla. Pacientemente, Louis esperaba que un día ella lo aceptara; sabía que las almas rotas necesitaban su tiempo.

El verano fue repartiendo pereza por la ciudad. El río se llenó del bullicio de los niños, y los atardeceres rosados y azules prolongaron la presencia de la gente frente a sus puertas. En el barrio de los españoles, el final del día reunía a sus moradores para compartir la ansiedad que producían las noticias del otro lado de los Pirineos. La guerra rompía familias, pueblos y sueños.

Cuando el timbre de la bicicleta de Perla se oyó en la calle, su madre miró hacia el exterior para verla subir la cuesta resoplando. Leonora, a su vez, se frotó las manos como si necesitara entrar en calor. La mujer esperaba cuanto le era posible a que llegara la niña para que encendiera la chimenea. A ella le gustaba hacerlo. Nadie se había detenido a entender por qué el fuego le fascinaba de tal manera que el baile de las llamas conseguía mantenerla quieta y en silencio.

La joven había terminado el último curso con unas notas brillantes y esperaba el momento de su examen para obtener una plaza en la universidad; quería estudiar Medicina para ser cirujana. Mientras tanto Esperanza había encontrado un hueco para su hija en el despacho de André Vugman, el padre de Sarah. Atendía el teléfono, ordenaba archivos y adquiría la responsabilidad que se esperaba de ella. Era algo provisional.

—¡Ya estoy aquí! —gritó antes de entrar.

—Enciende el fuego, Perla. —Leonora dejó traslucir su impaciencia.

Aunque estaban en agosto, un viento frío había apagado el calor de las últimas semanas. A Leonora le dolían los huesos, y daba igual que fuera verano o invierno, ella necesitaba acercarse a la chimenea. Había cumplido sesenta y cinco años, pero su cadera, rota cuatro meses atrás, no acababa de estar bien, y el sobrepeso dificultaba cualquier intento de paseo más allá de la plaza; se había convertido en alguien dependiente y aquejada de dolores constantes. Perla le plantó un par de besos y luego, sin mediar palabra, fue a arrodillarse junto a la leña.

Un pitido seguido de unos ruidos interrumpió el sonido de la radio. Pegarse a ella se había convertido en una obsesión para las mujeres de la casa. El 18 de julio, una sublevación iniciada en Melilla se había extendido a la península. El general Yagüe había ocupado Badajoz, y el general Varela, Toledo. El general Mola, a quien llamaban el Director, dirigía la estrategia bélica.

Matilde la había puesto al corriente; había una emisora de radio por la que emitían desde sitios desconocidos y lo que se oía allí era de fiar. Perla miró a su madre, tenía prohibido tocar el aparato, pero aquello sonaba igual que si estuvieran perforando un túnel. Esperanza se acercó y movió concentrada el botón como si abriera una caja fuerte. En ese momento, la voz de Concha Piquer volvió a cantar el estribillo de «Ojos verdes». Las mujeres suspiraron aliviadas. Hacía un rato, el locutor había dado el parte de guerra, dejándolas contritas. España estaba dividida en dos zonas: los leales a la República y los sublevados, a los que llamaban «nacionales». El noticiario repartía escalofríos cada día, cada hora, y las mujeres permanecían paralizadas y en silencio escuchando, llevándose la mano a la boca y sin poder contener el miedo que las devoraba.

Leonora seguía el ritmo de la copla bisbiseando mientras buscaba piedras en las lentejas, desparramadas por el hule de la mesa. Esperanza apartó sus oscuros pensamientos y se concentró en repetir en voz baja la canción de Miguel de Molina:

Subiste al caballo, te fuiste de mí
y nunca otra noche más bella de mayo
he vuelto a vivir.
Ojos verdes, verdes como la albahaca,
verdes como el trigo verde,
y el verde, verde limón.

El Frente Popular había ganado las elecciones en febrero, Manuel Azaña presidía el primer Gobierno de la Segunda República. Los logros sociales quedaron empañados por la violencia de radicales y conservadores que, armados, establecieron un clima enrarecido que el Gobierno fue incapaz de contener. A juicio de muchos, se quiso imponer un orden que alejaba a la Iglesia, al ejército, a la aristocracia y a los terratenientes, muy instalados en la sociedad española. En las ciudades más industrializadas, las luchas obreras eran encarnizadas, y tanto en Cataluña como en las provincias vascas se gestaba el deseo de independencia. La violencia se extendía como una mancha de aceite, las consignas eran permanentes, se habían quemado unos cuantos conventos y los curas se quitaban la sotana porque tenían miedo. La derecha reivindicaba su orden tradicional, y los partidos conspiraban en pactos para sostener a un gobierno cada vez más amenazado.

En el mes de marzo, encarcelaron a José Antonio Primo de Rivera, y los movimientos entre unas fuerzas y otras se hicieron patentes. Su hermano le había escrito contándole que en Navarra los requetés se estaban organizando con el general Mola para imponer sus tradiciones. Navarra siempre había olido a cera e incienso, y no quería cambiar. Luego los hechos fueron cayendo; las bombas, también. Lo que podía haber quedado en una sublevación se volvió guerra cuando alemanes e italianos acudieron en ayuda de los nacionales, que avanzaban hacia Madrid con determinación.

—¿Iremos a Burgui? —interrumpió Perla levantando los ojos de un fuego ya poderoso.

—No lo creo. Me gustaría, pero... —contestó su madre, alarmada por las noticias—. No eches más leña, por favor.

—Yo iré —dijo con decisión la joven.

—Tú harás lo que diga tu madre —replicó Leonora enjugándose una lágrima que le había arrancado la cebolla recién cortada.

Esperanza se mantuvo aparentemente concentrada en sus labores, como si las palabras de su hija no le hubieran erizado la piel. Si algo sabía era manejar los silencios. Desde que Esperancita había cumplido los diecisiete años, su dulzura habitual había dejado paso a una protesta irritante. La retaba, enfrentándose a ella por cualquier tontería, obligándola a castigarla y vigilarla como nunca había necesitado hacer. Desconocía la razón de aquel cambio repentino. Leonora, que justificaba todos sus actos, lo atribuía a la edad, pero ella había comprobado que el desencadenante de aquel difícil carácter había sido la marcha de su amiga Sarah a Inglaterra para completar sus estudios de inglés y violín. Perla se había quedado desarbolada sin ella, la echaba de menos y deseaba que su mundo no cambiara como lo estaba haciendo. El contacto con las leyes estimulaba su sentido de la justicia. Su hija también acusaba otra pérdida: deseaba encontrarse con el hijo del médico, Tomás Vallejo, del que no se había separado en los dos últimos veranos. Ese invierno había recibido algunas cartas y a nadie le había pasado desapercibido el brillo de sus ojos. El joven era ardiente, combativo, y quería escribir. Estudiaba Filosofía en la Universidad de Pamplona. De pronto a Esperanza se le encogió el corazón. Por su cabeza pasó la idea de que podrían haberlo movilizado.

—¿Hay correo? —preguntó Perla.

—No, cariño —contestó apresuradamente.

—¿Qué te dice el hijo del médico? —dejó caer Leonora, como si le estuviera leyendo el pensamiento.

—Hace tiempo que no me escribe...

—El correo no funciona bien. Al menos sabemos que en Pamplona la cosa está más o menos tranquila.

—Eso es mentira. Por eso quiero ir a Burgui.

Esperanza se acercó a ella y la besó en las mejillas. La guerra se había iniciado en verano, cuando muchos españoles huían del calor y se refugiaban en los pueblos costeros o de la montaña. Se lo había contado uno de sus hermanos la última vez que pudo hablar con él. También ellos habían ido a pasar unos días a Burgui y habían tenido que quedarse esperando que la contienda no se enquistara. En Pamplona había toque de queda y se prohibía la formación de grupos de más de tres personas en la calle. Incluso en el pueblo, a pesar de estar en tiempo de trilla, cuando los jóvenes se quedaban durante la noche en las bordas bajo las estrellas, estaban obligados a pernoctar en su casa. Esperanza pensó en ese preciado momento en el que todos volvían al pueblo, en el aire de la montaña, el bosque, las noches estrelladas y el murmullo del río.

La guerra le atenazaba el pecho, despertaba viejos fantasmas, la asolaba. En su cabeza aparecían imágenes como fogonazos que le devolvían a Théodore vestido de uniforme, a su padre bajando el río en la almadía... Un escalofrío le recorrió la espalda, pero se mantuvo aparentemente fría. La comunicación telefónica con Burgui resultaba imposible, y Leonora estaba más torpe e impedida. ¿Qué debía hacer? Se acercó para recoger los platos de lentejas limpias de piedras.

—Louis está a punto de llegar.

Al oír a Esperanza, Leonora intentó levantarse de la silla. La joven advirtió sus dificultades y se acercó para izarla. Tenía las mejillas encendidas por el calor del fuego y el sudor le perlaba la frente. Su madre había imaginado que seguiría su mismo camino, que sería maestra, pero Esperancita deseaba ser cirujana para, según ella, poder reparar las imperfecciones que ocasionaban las guerras y los accidentes. Ella sospechaba que lo que deseaba su hija era estudiar Medicina en París para vivir una vida distinta a la que llevaban en la pequeña Mauléon, y también para reparar los daños que ocasionaban los desastres. Pero París estaba demasiado lejos para una madre y le daba miedo dejarla marchar.

Su amiga Sarah iba a estudiar Leyes en París. La madre de esta le había asegurado que ambas podían vivir en la casa que su hermana tenía allí. Además, Louis viajaba con cierta frecuencia a la capital para tratar con las productoras de cine. «A cualquier joven hay que dejarle volar para que un día vuelva. Te equivocas, Esperanza. Confía y déjala partir. París le enseñará lo que la vida de pueblo no enseña», le aconsejaba. Ella creía que era mejor que fuera a Toulouse. Desde allí salía un tren a Oloron y, al menos, podría verla más a menudo. Perla había hecho la solicitud en ambas universidades y mantenía su pulso esperando que su madre cediera.

Esperanza miró a su hija. Era una chica muy guapa, tanto que su belleza resultaba turbadora. Se parecía a su padre: los mismos ojos, sus huesos largos y la atractiva mezcla de dulzura y fuerza que le otorgaba el rostro cuadrado. Recordó las leyendas sobre su origen que habían inventado en Burgui. Verdaderamente su Perla parecía alemana. Quizá a causa de ello, las malas lenguas lo tuvieron muy fácil para decir que su padre era un soldado alemán. Qué sabrían allí de estados o razas, pensó apartando el puchero del fuego.

—Lavaos las manos antes de comer —murmuró la joven, medio enfadada—. La higiene es importante para la salud. Nos habríamos ahorrado muchos disgustos si nos hubiéramos lavado más, especialmente las españolas.

Esperanza entrecerró los ojos mientras probaba el guiso. Sin duda su hija iba a convertirse en una buena cirujana y controlaría las infecciones que tanto preocupaban.

—Niña, no digas esas cosas. Como si fuéramos unas cochinas. Ya tenemos bastante con la fama que se nos colgó aquí. Nos criamos sin agua corriente, y si me apuras sin jabón. Da gracias a Dios por no haber nacido hace un siglo, cuando no había ni penicilina.

Louis entró en ese momento en la cocina y dejó un pan crujiente sobre la mesa. Luego besó una a una a las tres mujeres, ya enredadas en la coreografía de servir la cena y sentarse a la mesa. Su aparición fue la señal esperada. Cada día a la hora de cenar, el hombre de la casa se sentaba a la cabecera y ofrecía la mejor de sus sonrisas a aquellas mujeres, que interpretaban sus muecas con la sabiduría del cariño.

—Podríamos apagar la radio. —La joven, en jarras, seguía enfadada—. España estará muy mal, pero en el despacho del señor Vugman se habla de lo que está pasando en Alemania y no es ninguna tontería.

—La guerra no es ninguna broma, niña, pero tienes razón. —Louis era el eterno aliado de la joven—. Hitler y el nacional-socialismo son muy peligrosos. Ningún judío tiene ya los mismos derechos y ni siquiera les dejan considerarse alemanes. Ya no pertenecen a su país ni pueden trabajar, casarse o alquilar una vivienda. Es una locura.

—¿Sabéis que los judíos no pueden tocar en una orquesta o tener una mascota? —añadió Perla con indignación.

—¡Que Dios nos libre de semejante barbaridad! —Leonora se santiguó.

—Y, sin embargo, todo el mundo aplaude los juegos olímpicos de Berlín e ignora lo que está pasando allí.

—No se ignora.

—Hablemos de otra cosa, por favor —rogó Esperanza.

Louis acudió presto en su ayuda anunciando que por fin iban a llevar al Cinéma Royal *Madame Bovary* y que Renoir, el director, había hecho un trabajo excelente. A Esperanza se le iluminó el rostro. No se atrevía a imaginar en una pantalla la novela que tanto había supuesto para ella.

—Fue el primer libro que leí.

Recordó el momento en que Pilar le había regalado el ejemplar; el dinero no les alcanzaba ni para el hilo de coser.

—Apenas sabía el significado de las palabras que descifraba con tanta dificultad. Pero los libros te salvan.

Al decirlo casi pudo escuchar su voz en la sala del hospital donde había conocido a Théodore.

—Quizá tenga la oportunidad de hacerme con una copia. Cuando todo esto pase. —Louis hizo girar la cuchara en el aire—. Iremos a Burgui y la proyectaremos en la plaza.

Miró con complicidad a Esperanza.

—¿Lo dices en serio? —Perla ya estaba besándolo.

—¡Claro!

—¿Iremos a Burgui? ¿Cuándo?

—No te precipites, cariño. —Su madre cortó su entusiasmo—. Las noticias son preocupantes. Los que han huido cuentan cosas. Han destituido al alcalde. Al Ayuntamiento no dejan de llegar órdenes de los jefes de zona nacionales. Hay que alistarse en la alcaldía para sustituir en la recolección a los que se han ido voluntarios, y todos los que son de izquierdas tienen que entregar sus armas, aunque sean de caza. Cuentan que las carreteras están cortadas, que hay brigadas buscando por los pueblos a los del bando contrario. Los italianos están bombardeando... No podemos arriesgarnos.

Sus propias palabras la asustaron. Hasta ese momento, no había verbalizado sus temores y la palabra «guerra» le produjo un escalofrío que no pasó desapercibido a los adultos.

—Yo quiero ver a la abuela. En Burgui no hay ejército, por no haber no hay ni policía. ¿Qué puede pasar allí? Nadie va a ir a buscar a nadie al pueblo...

—Puede pasar de todo. Perla, te lo he explicado unas cuantas veces. Nos has visto pegadas a la radio, escuchando hablar de los muertos que hay cada día. El general Mola tiene su fortín en Navarra... Pero ¿en qué piensas? Los pueblos, aunque parezcan remansos de paz, están llenos de rencores. Todos nos conocemos, sabemos lo que pensamos, quiénes son nuestros amigos... Hay denuncias.

—Ya lo sé. —Perla levantó la voz—. ¿Crees que no me doy cuenta de lo que pasa? Pero iremos, desde aquí es fácil, y, además, nadie va a ocuparse de los pastores y los leñadores.

—Eso no lo sabemos. ¿Tú no quieres ir a París?

—También quiero ver a mis amigos, a la abuela... Saber si me necesitan.

—Tengamos paz —terció Leonora—. Eres una niña, pero nosotros sabemos que cuando empieza una guerra, no se sabe cuándo termina... Los verás a todos. Yo estoy muy orgullosa de ti. Ven aquí...

Perla se pegó a ella y metió su nariz en el cuello de Leonora, que cerró los ojos y dio un sonoro suspiro. Louis se sacó un cigarrillo de la pitillera y lo encendió dando una profunda calada. La joven lo miró sonriendo.

—No se te ocurra darle un cigarrillo. Sé que a mi espalda se los das. —Esperanza le miraba con una débil furia—. Hasta que no cumpla dieciocho años, no se lo permitiré.

Tras la cena, Louis volvió a su casa en el centro. Un par de vecinas se acercaron con la silla hasta la puerta. Era sábado, y la noche desparramaba estrellas haciendo incomprensible que bajo la misma bóveda celestial los españoles estuvieran matándose al otro lado. Los malos augurios las mantuvieron sentadas a la fresca. Leonora bisbiseaba avemarías, y las paisanas salpicaban el relato de noticias frescas. Perla escuchaba con el ceño fruncido.

—He oído a madame Bonnin decir que el presidente Azaña sabía que esto se estaba preparando.

—¿Y por qué no hizo nada? —La patrona interrumpió sus rezos.

—No sé si será verdad. ¡Qué sabe ella! Parece que el asesinato de Calvo Sotelo ha hecho que los que tenían dudas entre los carlistas y el ejército se convencieran de lanzarse a derrocar al Gobierno. Si cae Madrid...

—¿Franco es como Hitler? —preguntó Perla.

—Es un militar. Impone su voluntad sobre lo que el pueblo español eligió libremente en las urnas. Lo hace por la fuerza —intervino una vecina—. Si consigue su objetivo impondrá sus ideas; de momento, mata a sus adversarios a los que llama enemigos y dicta demasiadas órdenes.

—En la Ribera se han llevado a varios maestros. Ahora parece que la enseñanza volverá a ser católica y las escuelas no podrán ser mixtas.

—Mañana llegan de Urzainqui mi hermano y mis sobrinos —confesó apesadumbrada una de las mujeres—. Él andaba con los de la UGT y le han advertido de que corre peligro, ya nos contará.

A lo largo de la semana, Esperanza intentó contactar por teléfono con el médico de Burgui. Era el hombre que mejor conocía a su familia, el que poseía uno de los dos teléfonos y podía informarle sobre su hijo. La operadora siempre respondía que nadie cogía la llamada. Los días se sucedían casi sin vivirlos. En los barrios de la Haute Ville, del Plachot y de la Ville en Bois no se hablaba de otra cosa que no fuera la guerra. Por las noches, los españoles se reunían en la plaza para recolectar noticias. Una docena de hombres procedentes del valle habían escapado por miedo a las represalias y se alojaban en las casas de los españoles. Todos les preguntaban por sus familias, por los vecinos, por los pueblos y por el avance de las tropas nacionales, que contaban con el apoyo de la aviación italiana. El veneno guardado en la alacena de la historia se extendía igual que la pólvora. La guerra era despiadada, pero la desconfianza resultaba aún más dañina.

Sarah regresó de Londres, y la solicitud que Perla había enviado para entrar en la Universidad de París fue aceptada. Esperanza cedió a los deseos de su hija, en parte para desplazarla del foco de tensión que representaba la guerra española. Sarah Vugman y ella iban a vivir en la casa de la hermana de Odile, en la rue de Sèvres, cerca de la capilla de Saint-Vincent-de-Paul, y por primera vez la golondrina Esperanza Escaín iba a conocer la capital del país que la había acogido. Louis Bernier acababa de adquirir un Renault Celtaquatre y se ofreció a acompañarlas.

—¿Aún no te has dado cuenta de que estaré a tu lado decidas lo que decidas hacer? Vayamos juntos a París. Lleváis mucho equipaje, no conocéis la ciudad... Podríamos tomarnos unos días. No comenzarás las clases hasta octubre, y estoy seguro de que después de instalar a Perla te sentirás con ánimo de visitar la ciudad.

—París...

El viaje puso nerviosas a las mujeres por distintas razones. Louis estaba feliz en su compañía y conducía sin prisa hablando de todo cuanto Perla iba a encontrar en la Ciudad de la Luz. Recitaba imparable los lugares a los que se podía ir al salir del trabajo o los domingos: los cafés, los barrios bohemios, las tiendas de todo tipo. La chica guardaba silencio, saboreando aquella lista interminable de descubrimientos a los que se acercaba. El aire todavía caluroso de septiembre entraba por las ventanillas, despeinándolas. Cantaron canciones, evocaron recuerdos. Desde el asiento de atrás, Perla preguntaba con el arrojo que la libertad de aquel viaje le regalaba. Pararon a comer en una posada en Rouillon y siguieron camino hasta Chartres, donde se alojaron en un hotel desde cuyas ventanas se veía la magnífica iglesia gótica. Era la primera vez que viajaban juntos. Esperanza compartió habitación con su hija, a la que abrazó con un cariño atemorizado. Le costaba desprenderse de la sensación de que se alejaba y la perdía un poco. Se preguntaba si la había educado bien, si podría sobrevivir sin ella y, sobre todo, si su hija sabía lo importante que era para ella.

—Hija, no te olvides de cuanto te he enseñado.

—No, mamá.

—Tampoco olvides que te quiero y siempre te querré, hagas lo que hagas.

—¿Qué voy a hacer? Estaré bien, mamá, no te preocupes.

El esplendor de París enmudeció a las mujeres. La Exposición Internacional estaba prevista para mayo de 1937, y los trabajos tenían las calles levantadas. Se demolía para reconstruir una auténtica ciudad en torno a la torre Eiffel, pero el pulso y la actividad de la capital no cesaban. Las calles parecían más grandes y bulliciosas de lo que habían imaginado. Las terrazas de los cafés estaban abarrotadas de personas elegantes, extrañas o modernas. Ante sus ojos provincianos, se abría un crisol de rarezas, tan diferentes a la costumbre que reinaba en Mauléon o incluso en Pau. En la capital todo parecía estar en su sitio, tener un destino, un orden estudiado para que los ciudadanos no tropezaran con la adversidad o la pobreza: edificios, farolas, tranvías y comercios componían un espejismo muy alejado de la realidad que se vivía en los pueblos y las ciudades pequeñas.

Esperanza admiraba boquiabierta la altura de los edificios, los puestos de flores, las avenidas transitadas por automóviles y autobuses que recorrían con prisa las calles. Las tiendas lucían rótulos atractivos, y el aire olía a actividad. Sin querer, volvió a aquellos pensamientos inútiles que de manera recurrente acudían a su cabeza... Théodore le había hablado largamente de las entrañas de aquella ciudad. Si él hubiera sobrevivido a la guerra, quizá en ese momento Perla y ella vivirían allí, con toda probabilidad tendría más hijos y no le llamarían la atención los libreros «bouquinistas» con sus chiringuitos en las orillas del Sena, quizá... Él, con su atrayente voz, iba indicándoles los monumentos: «Mirad... El Arco de Triunfo, Notre Dame...» y, sin dejar de prestar atención a las avenidas, se giraba hacia ella con su perdida expresión. Perla, excitada, no dejaba de dar saltos mirando a derecha e izquierda. El entusiasmo se había apoderado de ella, y Esperanza la observó desde la niebla que empañaba su alegría. Fue entonces cuando pensó que quizá había llegado el momento de olvidar un pasado que la llenaba de impotencia y frustración. Era preciso empezar de verdad una nueva vida; habían transcurrido dieciocho años. Buscó la mano de Louis y, al contacto con su piel, siempre atenta, respiró hondo. En la mirada extraviada de aquel hombre advirtió el inmenso amor que guardaba pacientemente para ella.

Sarah les aguardaba en casa de su tía, Josephine Artois, una mujer amable e independiente que trabajaba como encargada en las galerías Lafayette y que nada tenía en común con su hermana, salvo su amabilidad. Prometió cuidar de Perla como si se tratara de otra sobrina, pero Esperanza intuyó que aquella mujer tendría una tutela más que discreta sobre las jóvenes. Louis se ocupó de los gastos con Josephine, ejerciendo de padre, mientras Esperanza no dejaba de dar consejos a las chicas, que esperaban con anhelo su partida. Louis tuvo que arrancarla literalmente de los brazos de su hija cuando se despedían.

—Estará bien. Es una casa grande y espaciosa. Josephine es una mujer moderna. Podrás llamar a Perla por teléfono y en apenas tres meses volverás a verla. ¿Acaso no recuerdas tus viajes de Burgui a Mauléon?

Sí los recordaba, y la humildad de su primer alojamiento con las chicas de Fago y Ansó. Y recordaba los collados y las foces pirenaicas, y el miedo... Lo recordaba todo, y en el fondo estaba harta de hacerlo. Sabía que su hija corría hacia su propia vida y quizá ni la echara de menos; era ella quien notaría su ausencia.

Louis respetó su silencio hasta que llegaron al hotel D'Angleterre, en el barrio de Saint-Germain, donde él solía alojarse. Tenían cuatro días por delante para visitar la ciudad y cuatro noches para amarse y regalarse ternura. Esperanza había accedido a conocer a la hermana de Louis, y esa misma noche fueron a su casa.

—Mi hermana es una mujer muy tradicional. Le diremos que vamos a casarnos.

Estaba acostumbrada a que le recordara la conveniencia de presentarse socialmente como si fueran a casarse. Él había dejado de pedirle matrimonio ya hacía un tiempo, y en ese momento deseó que volviera a pedírselo. Pasaron una velada agradable, y aunque trató de mostrarse educada y comunicativa no lo consiguió del todo. Se dejó llevar y trató de olvidar la costumbre de Mauléon, donde ya nadie miraba su torturado rostro y les saludaban por su nombre.

La belleza incomparable de París se cobraba su precio. Esperanza se sintió pequeña en la gran ciudad, algo desarraigada, como si sus sueños hubieran sofocado la curiosidad que antaño sintiera. No disfrutaba demasiado con las relaciones o las visitas a los despampanantes teatros o monumentos. La chica tímida, amiga de la soledad y los libros, convivía con la mujer en la que se había convertido, pero si alguien le diera a elegir...

Mientras visitaban el museo del Louvre, no pudo evitar ver en muchos cuadros la similitud con los cielos dorados de las mañanas en Burgui, las sombras azules y el alboroto del río durante el deshielo; París, al contrario de lo que había esperado, la devolvía sus raíces, y misteriosamente le revelaba que aquel no era su lugar por mucho que lo hubiera soñado.

Louis trazó un itinerario por las salas de cine más importantes de la ciudad, que eran muchas: el Louxor, el Panthéon, el Gaumont, el Grand Rex, el Alhambra y el Paris, en los Campos Elíseos. En el Moulin Rouge, las mujeres bailaban medio desnudas mientras los clientes tomaban champán y fumaban. En las calles, los jóvenes se besaban sin esconderse, recordando que la vida se merecía siempre una oportunidad. Su ánimo frágil se ablandó hasta el punto de que olvidó su prevención, relajó su dignidad y aceptó silenciosamente el vínculo que le unía a su hombre. París tenía a sus espaldas siglos de historia y se mantenía hermosa y erguida. Durante aquellos días, dejó que su amante la llamara esposa, y lo deseó en la claridad de la mañana; ambos aceptaron demoler la barrera que habían construido en nombre de Théodore.

8

Sila no tiene el dulce acento de Eugenia

Las cartas de amor se escriben empezando sin
saber lo que se va a decir, y se terminan sin saber lo que se ha dicho.

Jean-Jacques Rousseau

Eugenia Rivadavia, la esposa de uno de los socios del bufete,
me llama con frecuencia. Al principio me mostré cauta, accedí
en un par de ocasiones a tomar un café con ella, más por educación que por otra cosa. Me aterrorizaba que alguien como
ella me amadrinara zarandeándome por Roma.

Las personas que te preguntan por tu trabajo de traductora, escritora, se imaginan que al no tener un horario no tra-
bajas. Es algo muy común. Lo he hablado con mis escritores.
Se pasan el día disculpándose porque escribir puede ocupar-
les catorce horas al día. Con las traducciones pasa algo parecido. Tienes un plazo de entrega y hay días que no te levantas
de la mesa. Eugenia no tiene un trabajo definido, de ahí que
sus llamadas me inquietasen. Yo tenía mi tiempo, mis temores, mi caminar de puntillas por mi nueva vida. Pero ella conoce los rincones escondidos y los *palazzos* más exquisitos de
esta maravillosa ciudad de la que me confieso absolutamente
enamorada. Posee esa superficialidad profunda de las mujeres argentinas intemporales y de clase alta. Se ríe de sí misma,

de su tribu, de su frivolidad, y consigue arrancarme la tendencia al drama que, según ella, Felipe II imprimió a los españoles.

Se empeñó en que contratara a Sila, una mujer ucraniana de origen turco capaz de poner orden en la vida de cualquiera. Lo hice a pesar de que hay que emplear un poco de voluntad en el trato con ella; ahora tengo más tiempo y me cuida con esa determinación que poseen las mujeres que ya no confiesan su edad. Una Gladys en Roma.

Las cajas que encontramos en la casa de Leonora llegaron hace dos semanas. No las abrí de inmediato. Primero tenía que ocuparme de mis cosas, terminar el trabajo pendiente y encontrar el espacio necesario para levantar las faldas a mi historia. Pero a Sila le ponían muy nerviosa. Estaban en la entrada, y aunque no molestaban, un día vi que le daba una patadita a una de ellas y decía algo en turco.

—Sila, no se preocupe. Esta semana las abro.

—Cajas aquí no —dijo con voz de ultratumba.

Gaston está en Nueva York, donde se quedará quince días. Dice que es su último viaje largo antes de que nazca el bebé, pero no le creo, por eso le he amenazado con que si no está a mi lado cuando llegue nuestro hijo le abandonaré. Me llama a todas horas, interrumpiendo esta enajenación que me produce vivir en el pasado. Le hablo de mis descubrimientos y le doy la vara con este u otro dato. Sé que es incapaz de seguir la ruta de mis comentarios, pero finge hacerlo. Ambos jugamos a no recordarnos la tregua de este tiempo que vivimos.

Mi amor por él me permite no pensar demasiado en la ciudad en la que vivo sin él, en el tiempo que está de viaje, en mi propia espera y en las cosas que he ido reorganizando para estar aquí. No añoro nada. Si acaso las veladas de vino y rosas con serie incluida que pasaba con Marina y Elena. El poder hacer una llamada y sentarnos en el puerto frente a una cerveza. Barcelona. El ruido de las pisadas de los turistas profanando la placita de San Felipe Neri. El mercado de Santa Catalina o un concierto en el Palau.

Con ellas hablo a diario y exijo que me mantengan al corriente de si una de las piezas de su vida se da la vuelta en mi ausencia. Pero estoy en Roma, embarazada de casi cinco meses, y me gusta esta ciudad en la que no he tenido materialmente tiempo de relacionarme o hacer amistades. Eugenia me ha llevado al mercado de Campo di Fiori, a Porta Portese desde luego, aquí cerca, y al Borghetto Flaminio, donde le encanta perseguir un viejo bolso de Chanel.

Hoy me han dejado tranquila, ella y Sila. Estoy a solas con mi pereza romana. Reviso mis notas, miro los documentos que aún no he revisado y de vez en cuando abro las alas y me pongo a volar en busca de los días de mi infancia en compañía de mi abuela Perla. Salgo de la cama y voy hasta su habitación...

—Abuela, tengo miedo de las estatuas de la iglesia. ¿Puedo dormir contigo?

Mis padres habían ido a Burdeos, era Semana Santa y la sacristana había puesto un trapo morado sobre los rostros de las figuras. La tarde anterior, de camino a la Kukula, esa montañita desde la que se ven los Pirineos y se adivina la geografía de los alrededores del pueblo, habíamos entrado en la iglesia. Mi abuela quería mostrarme las palmas trenzadas que había llevado alguien el Domingo de Ramos, pero lo que vi fueron las imágenes tapadas como fantasmas.

Me recogió en su regazo y me habló del miedo. Me contó el cuento del niño que temía a su propia sombra y otras cosas que me quitaron un gran peso de encima.

—Debajo de lo que nos asusta está lo que nos conforta. Si cuando hay ventisca o cae la niebla en la montaña te asustas, estás perdido. El miedo te abre un agujero por el que se escapa lo que has aprendido. Hay que esperar, refugiarse, dejar que la naturaleza siga su curso y ocuparte de ti. Y muy importante: para que no entre nada por el agujero hay que taparlo con

amor; con besos, con recuerdos bonitos, con todas las cosas preciosas que hemos descubierto y guardamos aquí y aquí.
—Se señalaba la cabeza y el corazón.

Y entonces jugábamos a nombrar cosas bonitas como en el concurso *Un, dos, tres* de la televisión: bailar, dibujar, oír los pájaros, comer rosquillas, coger lavanda, robar chocolate, mirar a los niños... hasta que me quedaba dulcemente dormida.

Si mi madre tapa sus agujeros con silencios, ella los tapaba con fantasías. Pero es que mi abuela era la dueña de las fábulas. Las tenía de todo tipo y color, como si las hubiera coleccionado para espantar a cualquier fantasma que la amenazara. No relataba su vida de forma ordenada y cronológica, sino como si tuviera que usar solo las palabras precisas en el momento adecuado. Contestaba a mis preguntas o se desviaba de ellas cuando lo consideraba conveniente. Me daba pequeños detalles indeterminados, que hoy me parecen cuentas del collar que voy montando.

Cuento a los míos cosas de ella en voz alta. Cuando lo hago, se materializa lo real, separándose de lo imaginado como el agua y el aceite, y corro a anotarlo para que no se me olvide: «Era alta, y su pelo rizado tenía un elegante desorden que contrastaba con el de las mujeres de Burgui. A veces, en medio de una frase, se detenía unos segundos con la mirada perdida y al volver de su rapto suspiraba como si la hubieran asustado. Caminaba mirando siempre al frente, sujetándose a veces la mano de madera, recogiéndola en su delantal como si llevara un animal herido».

Al abrir las cajas, me di cuenta de que contenían toda su vida. Era lo que probablemente deseó guardar, los restos físicos de su silencio, e intuyo que sabía que un día algún alma curiosa lo revisaría.

Eugenia, que es una mujer excesiva e imaginativa, dice que los infieles guardan siempre pequeños objetos, e incluso cartas, porque tienen miedo de olvidar que un día vivieron un amor prohibido. Quizá mi abuela, le advierto, confiaba en volver a Mauléon y recoger las cajas para zambullirse en la vida que pudo tener y no tuvo. Ella niega sonriendo.

—No tenés idea de lo que pesan los secretos. Una no sabe si moverlos o dejarlos a la vista. Más bien me inclino a pensar que quería ser descubierta. Mirá… Todo está anotado, hay fechas y nombres en los reversos de las fotografías, en los recortes… Andá poco a poco, te garantizo que finalmente lo encontrarás todo. ¿Por qué iba a guardar todas esas naderías? Pues porque no pudo contar su vida, pero quería hacerlo… La guerra, la frontera, el padre desconocido y la mano derecha cercenada… Vos sabés que tenés una historia de novela.

—Empiezo a darme cuenta.

—Sos una suertuda.

A Gaston todavía le quedaban días para volver, y Sila me había pedido permiso para atender a su marido. Al principio me sentí liberada, casi feliz de saber que tenía unos días por delante en los que ni siquiera debía hacerme la comida. La nevera estaba llena, y mis papeles me necesitaban. Pero de pronto empecé a sentir una especie de ataque de nostalgia que se pareció un poco a la vieja ansiedad de los tiempos del divorcio. Me dio por acordarme de gente a la que hacía tiempo que no veía, chusmeé por Facebook e Instagram, y me pareció que Roma estaba lejos de todo cuanto quería. Una estupidez. Quizá hasta una jugarreta de las hormonas, pero llamé a Eugenia y ella enseguida sintió que algo no iba bien.

—Cuando te miro revisando todo eso me dan escalofríos. Yo no tengo hijos, así que nadie vendrá a abrir mis cajones, pero en el fondo te envidio… Lo tenés todo, pibita, hasta una abuela partisana para que no tengas miedo.

Estuvimos hablando durante casi dos horas, y me confesó lo que ya intuía. Había deseado adoptar un hijo, pero su marido no estuvo de acuerdo. Mi embarazo se había vuelto importante para ella, una especie de responsabilidad adquirida voluntariamente.

—Así que no se te ocurra pensar que no estás en la mejor

situación del mundo. Disfrutá, y si querés mañana comemos juntas en la *trattoria* de la piazza di Fiore.

—Gracias, Eugenia.

Al cabo de un par de días, me sumergí en el contenido de las cajas; noté que el sentimiento de soledad había dejado una especie de escozor impreciso. Volví a acordarme del agujero aquel del miedo, el que nos devoraba y que mi abuela tapaba. Tenía miedo de que a Gaston le sucediera algo y que mi hijo no tuviera padre, como le había sucedido a mi bisabuela, a mi abuela y a mi madre.

—¡Vos no podés pensar eso, Esperanza! Sos una mujer educada, valiente y con una vida de princesa. No se te ocurra abrirles la reja a esos miedos.

Y le hice caso. En las cajas encontré agendas, fotografías, entradas de espectáculos, billetes de tren, apuntes, cartas y pequeños objetos que por alguna razón considero importantes. Me fascinaba tener en la mano aquellos objetos, los diseños de los años cuarenta y cincuenta… Reconocí su inconfundible escritura. A pesar de que había perdido la mano derecha a los veinticinco años, jamás noté vacilación alguna en su modo de moverse; no obstante, cuando escribía, el trazo adolecía de una cierta tozudez, como si apretara excesivamente la pluma para reiniciar eternamente su cerebro. Quise imaginarla guardando los papeles, las fotografías de la entrada de los tanques españoles en París, todas aquellas cosas que habían constituido su vida, y lo conseguí, albergando la intuición de que lo había hecho para que yo lo encontrara.

Ordené en montoncitos el contenido de aquel tesoro, teniendo buen cuidado de meter los papeles en fundas plásticas, con un pósit de la fecha en cada documento, como había visto hacer a mi padre. En el montón correspondiente a 1935, tenía un diario con un pequeño candado que debió de ser dorado en su tiempo, fotos y cartas de un chico enamorado que le hablaba de luchas y libertades además de amor, entradas del desaparecido y tan mencionado Cinéma Royal, billetes de tren a Oloron y Toulouse, y un libro sobre plantas medicinales con montones de hierbas y flores secas entre las páginas. La lectura del diario me devolvió la imagen perfecta de la cotidianeidad de aquella niña de dieciséis años que quería ser cirujana, que pasaba su tiempo con la hija de los Vugman en Mauléon y soñaba con los veranos de Burgui, con dormir en las bordas en la época de trilla con Tomás, el hijo del médico, que tenía tres años más que ella y por el que bebía los vientos. Vi con nitidez a Louis Bernier y su rostro torturado, a Leonora ganando peso y a la bisabuela Esperanza sentada al atardecer cosiendo alpargatas para la fábrica Cherbero. Por primera vez, uní las puntas de la historia y se apoderó de mí el deseo inaplazable de contarla.

Como traductora, por mis manos pasan historias incubadas en rincones cuya sonoridad debo reproducir. De alguna manera, reescribo las novelas de los autores a los que traduzco. Eso ha hecho que valore doblemente el esfuerzo que hace un escritor cuando, partiendo de una idea, se sumerge en la ficción hasta que le falta el aire. Él crea su mundo de la nada, lo sostiene como un equilibrista que atraviesa el vacío de un rascacielos a otro, y después llego yo a intentar sentir ese vacío para encontrar sus palabras en otro idioma. Aunque mi labor sea más importante de lo que parece, me mantengo a la sombra de los personajes, no los comando. Creo que en el fondo de mí reside el deseo silencioso de escribir, pero hasta ahora no me lo he planteado. Mis Esperanzas me habitan, y esa certeza me ha convencido de que para seguir adelante tengo que escribir sobre ellas.

Emito un suspiro al salir y entrar de las imágenes que evoca la letra picuda de las cartas de la abuela. Voy a aquellos años, oigo las bicicletas, los sonidos roncos de las bocinas de los automóviles, veo cómo meten los leños en la cocina económica de hierro, y escucho la radio que reposa sobre el tapete de ganchillo tejido por la bisabuela. Estoy con ellas, me confundo entre ellas y siento que la historia de las mujeres tiene multitud de pasajes silenciosos. Hoy compongo el mapa del territorio por el que nuestras predecesoras caminaron a ciegas. Visito los rincones donde habitaron. Me veo con ocho o nueve años subiendo al Seat de mi padre para ir al pueblo. Sentada en el asiento trasero, miro por los cristales las calles por las que abandonábamos Pamplona para ir al valle.

Mi padre tocaba la bocina al llegar. La abuela Perla me esperaba asomada a la ventana. Eran los años en que todos los habitantes de Burgui se habían ido y quedaban cuatro viejos para sostener las casas vacías. Ella bajaba corriendo a abrazarme con su olor a ceniza y a roble, el rodete del pelo lila en la coronilla, la mano ausente, el delantal con bolsillos y la sorpresa bailándole en los ojos de agua. Jamás se me ocurrió pensar que no fuera feliz, y ni siquiera consigo verla anciana y derrotada; sin embargo ahora... De hecho, llegué a creer que era la única que se había salvado del peso de los secretos que se cernía sobre nuestra familia. Lo creía, claro está, de esa manera en que los niños se apoderan de las certezas; sin entrar a roer la corteza de los hechos ni pensar en que lo que no puede ser, es casi siempre imposible. Mi abuela era la mujer más especial que había en Burgui, la más rara, concedían algunos arrugando el morro y llenando de sombras la mirada, pero la más guapa, advertían otros sin poder evitar una sonrisa al evocarla, y la que siempre estaba dispuesta a ayudar.

Cuando llevo mucho tiempo en el despacho, Sila da unos golpecitos en la puerta. Si estoy muy concentrada, murmuro algo y sigo. Ella no se rinde. Vuelve a llamar, esta vez con más fuerza, y abre la puerta sin esperar mi permiso. Me mira reprendiéndome. Mueve la cabeza asintiendo y negando. Habla un medio italiano, medio francés, y se desorienta cuando quiere expresar algo importante. Suple su impotencia con gestos que me hacen sonreír.

—¡Esas cajas no hacen bien! Su cara cambia revolviendo en los papeles. Sila, mi nombre —se aporrea el pecho como si fuera Tarzán—, es «nostalgia», y yo reconozco. —Señala la habitación.

—Son recuerdos, Sila. Los necesito. Voy a escribir una novela.

Y se da la vuelta gesticulando. Resulta que vivo con Nostalgia. Y Sila, o Nostalgia, no es cualquiera. Antes de venir a Italia, trabajó en una fábrica armamentística y sobrevivió a saber en medio de qué materiales. Gaston dice que es ideal para mí porque antes hacía bombas. Se lo digo a mi bebé, que se mueve ya en mi vientre. Es una sensación mágica. Soy un navío que se dirige perezoso al puerto, y mi biología segrega las hormonas necesarias para que me parezca que manejo una varita mágica que me permite ir y venir por el pasado. Nostalgia no debe preocuparse, aunque la entiendo, ella anda escasa de hormonas y tiene que manejarse con cuidado por lo único que tiene, la realidad.

Cuando no salgo a pasear con Eugenia, dedico tres horas cada mañana a clasificar y leer por encima la documentación que poseo, y cada cierto tiempo me levanto, anoto una palabra y la rodeo con un círculo para recordar que tengo que ahondar en eso. Al atardecer, ordeno todo y salgo a la calle. Escojo un camino entre parques, sorteando los lugares de Roma donde hay millones de personas. A veces me acerco hasta el despacho de Gaston y volvemos paseando, contándonos las menudencias que no hemos podido vivir juntos. Tengo una vida bastante placentera, no solo por mis rutinas, sino porque entre ellas se van cumpliendo los sueños que nunca me atreví a tener.

Enredo, tomo notas y espero. Miro las fotos, algunas con poca definición, las clasifico por años, intento deducir los lugares por el aspecto que luce mi abuela. En algunas era joven, tenía los dos brazos y una belleza espectacular. Mi preferida es una en la que posa con una bata blanca en una escalinata de la Escuela de Medicina de París. En otra la abuela está sentada en un banco acompañada de un hombre guapo. Es verano, lleva un vestido de florecillas y la melena ensortijada. Está radiante y mira divertida al joven que está a su lado. En el dorso pone: «Gustave de Fratelle, Jardins de Louxembourg, 1937». Hay otra que me interesa porque guarda la forma de haber sido plegada. Las líneas han desgastado el papel, y los ojos de un joven que la agarra por el hombro se han borrado. Sin embargo, ella está radiante. En el dorso, con una letra que no es de ella, alguien ha escrito: «Pabellón de España, 1937. Tú y yo», y luego una firma que parece decir «Tomás Vallejo». Me detengo a calcular la edad que tendría en ese momento. Dieciocho años. La veo en su bicicleta parada junto a la terraza del café que hay en la plaza del Ayuntamiento de Mauléon: sonríe mostrando los dientes, perfectos, igual que una estrella del Hollywood de los años cuarenta, con el pelo al viento, las piernas largas y zapatos topolino...

Los recuerdos son como meteoritos, quizá mejor diría como estrellas fugaces que buscamos tumbados a la orilla del río en agosto. Atraviesan mi realidad levantando olores, sabores y afectos, abandonados en la orilla del tiempo. Los libros, las buenas novelas, los amueblan, los decoran para nosotros. En los pueblos de montaña, los lugareños se quedaban durante generaciones guardando la costumbre. Vivían la vida de los que se habían ido y esperaban atravesando el tiempo entre susurros, rumores, anécdotas y silencios. Me digo que tengo que contar todo eso de manera que ellas, mis Esperanzas, caminen por el tiempo con su propia dignidad.

Mientras contemplo el laberinto, me pregunto por qué la abuela volvió a Burgui. Todo parecía indicar que su vida estaba en París. Averiguarlo se ha convertido en una obsesión, y a medida que avanzo me doy cuenta de que la Guerra Civil española y la Segunda Guerra Mundial partieron en dos su destino. Hago un esfuerzo por recordar todos los nombres que han ido saliendo y que están envueltos en una niebla que tendré que despejar.

En aquellos veranos, Evarista, una vecina muy querida, a la que mi abuela había ayudado a traer al mundo durante la guerra, venía al atardecer y se sentaba junto a nosotras a tejer con agujas y una madeja de lana gruesa, mientras la abuela cogía el ganchillo y el hilo fino con el que hacía puntillas. Rara vez mantenían una conversación. Pronunciaban palabras, sin verbos, levantaban las cejas y salpicaban el aire con onomatopeyas. Se oía únicamente el entrechocar de las agujas metálicas, el roce del hilo al deslizarse entre los dedos. Me parecía que tenían un código secreto para comunicarse, lo cual me obligaba a permanecer en su compañía intrigada y atenta, a la espera de descifrarlo. Evarista compartía parentesco con nuestra familia. Los últimos años era ella quien se ocupaba de acompañarla al médico o de ayudarla en casa. Al recordarla me pregunté qué habría sido de ella.

Fui a una librería y, como si iniciara el curso escolar, compré cuadernos y papeles adhesivos de colores. La liturgia es importante. Relleno los cuadernos por fechas, los numero. El primero corresponde a 1913, cuando mi bisabuela atravesó los Pirineos por primera vez. Su rastro está claro. He tenido tiempo para encontrar a su Elissabide y al mío. He leído acerca de las golondrinas, de las alpargatas y del paso inimaginable de aquellas niñas por los Pirineos.

El segundo comienza con el nacimiento de mi abuela Perla en 1919, a la que por cierto nadie llamó Esperanza. En él aún hay demasiados agujeros. He reservado un tercero con la fecha del nacimiento de mi madre, en 1946. En la pizarra anoto fechas y nombres, y construyo una especie de árbol genealógico con lagunas que espero rellenar cuando termine de revisarlo todo.

Amor a la montaña, la peña Blanca, la cueva del Beso, el camino de la Libertad, la cuesta de la Virgen... Me pongo a hacer cálculos. Mi abuela no terminó la carrera de Medicina. Estuvo trabajando de enfermera en el hospital de Pau, por eso cobraba una pensión que mi padre había reclamado para ella. Pero algo no me cuadra. Mi abuela había rebautizado la orografía de los Pirineos para no olvidar sus recuerdos y había escrito un cuento metafórico de una niña que recorre sus picos, desde Hendaya hasta Andorra. Figuraba en el libro de la asociación La Kukula. Yo tengo un cuaderno de recetas, mapas marcados, apuntes de medicina, unas partituras pertenecientes a Sarah Vugman, varias cartas que le escribió Tomás Vallejo, y dos devueltas al remitente, es decir a ella.

Rasgué el sobre de una de las cartas devueltas. Un sentimiento de profanación acompañaba mis movimientos. Lo que leí me bastó para saber que había amado a aquel hombre de la misma manera que amaba yo a Gaston, pero que él no era libre. La pena me perforó el corazón, y no quise abrir la segunda.

En una de las llamadas diarias de mi madre le pregunté:

—¿Qué me dices de Tomás Vallejo?

—Ay, Esperanza, ¡qué fuerte te ha dado con la vida del pueblo! Era el hijo del médico de Burgui y el primer novio de la abuela, eso sí lo sé. Mi abuela salvó a su padre de ser fusilado, y su nombre siempre se oyó en casa.

—Cuándo demonios vas a contármelo todo...

—Por cierto, se me olvidó decirte que hay aquí un paquete para ti. Tuve que falsificar tu firma para retirarlo en correos. Es del periodista inglés, aquel al que invitaste a la boda.

—David Wordthing.

—Ese... ¡Ah! Y no te olvides de traerle a Gladys cuando vengas en Navidad un rosario bendecido por el Papa. Pero por este Papa, ¿eh?, al ser argentino ella siente que es como de su pueblo. Bueno, si quieres también puedes traer algo bendecido para tu padre.

—Pero si *aita* es ateo.

Cuando Gaston vuelve, el mundo parece distinto. No le cuento de mis temores, solo le digo que he avanzado mucho, que he trabajado y que empiezo a ser dueña de mi historia. Después de cenar, de escucharle y de mirarle como si se fuera a esfumar, le llevo a mi despacho y le enseño el nuevo orden. Se asombra.

—Parece la sala de una brigada de investigación. ¿Te hace feliz esto?

—Estoy algo enajenada por el pasado, pero fascinada por la historia que desconocía. Creo que no podría haber acometido un proyecto semejante si no estuviera en Roma, lejos de casa y esperando un hijo. Me hubiera muerto haciéndome cargo de todos los dramas que hay aquí. No quiero ponerme esotérica, pero me protegen la barriga y todas las hormonas que la bioquímica ha metido en mi cerebro.

Luego le cuento que tengo una añoranza pegajosa cuando el contenido de las cajas despierta mis recuerdos, que detesto no haber visto más allá de mis narices.

—Ellas no tenían intención de que pensaras que había otra vida bajo la apariencia de una cotidianeidad.

—Lo sé, pero...

Gaston es el rey de la argumentación. Forma parte de su trabajo, y a mí me viene bien. Cuando le planteo algún escollo, siempre acabo escuchando sus razonamientos, como por ejemplo que los turistas, montañeros, esquiadores o amantes de la naturaleza que van al valle del Roncal creen que allí no pasa nada.

—Están pendientes de la meteorología, de la geología de las sendas que recorren y de lo pintoresco de las casas de piedra; de dónde comer o dormir. Recogen arándanos y setas, y vuelven satisfechos y cansados a sus ciudades.

Sin embargo, mientras oigo ese aislante que mi marido esparce sobre mis penas, pienso que unas lianas misteriosas unen las vidas de los habitantes del valle, y que, abrazados, casi sepultados por la cadena de montañas más relevante de este país, los Pirineos, se vuelven depositarios de una verdad que nunca pudieron contar.

9

Esperanza Escaín

1936

Cada lágrima enseña a los mortales una
verdad.

Platón

La guerra ocupaba las primeras páginas de los periódicos de
media Europa. La República española había pedido ayuda a los
países europeos, pero la respuesta tardó en llegar a causa del
acalorado debate que se desató. Gran Bretaña y Francia todavía
tenían en cuenta las desastrosas consecuencias de la Primera
Guerra Mundial; Hitler inflamaba Alemania, y querían evitar a
toda costa que el conflicto español se extendiera por Europa.
Un comité de veinticuatro países acordó la no intervención, per-
judicando con su embargo de armas a la Segunda República.

Sin esperar demasiado, comenzaron a llegar los rumores de
las deudas que se cobraban los dos bandos; habían detenido al
alcalde de Ustarroz, fusilado a unos jóvenes del valle, y varios
desertores estaban encarcelados. Los vecinos de la Haute Ville
simpatizantes de la República acordaron reunirse dos veces
por semana para intercambiar información. La mayor parte
eran españoles encabezados por uno de los maestros, pertene-
ciente al Partido Comunista. Se estableció una red solidaria
para que las noticias llegaran de primera mano a través de los
pastores de la zona y de unos cuantos conocidos que se dedica-

ban al contrabando. Se ofrecía cobijo a los primeros huidos y se colaboraba para comprar material médico. Los Pirineos eran un paso natural, además de frontera. Los que vivían en los alrededores conocían la orografía y los cientos de pasos no vigilados por los gendarmes o la Guardia Civil.

A la vuelta de París, Esperanza consiguió hablar con Burgui. Como suponía, el hijo del médico, el amigo de Perla, Tomás Vallejo, se había enrolado para luchar por la República, para consternación y orgullo de su padre. Las palabras del hombre le parecieron extrañamente frías, y Esperanza sintió que el médico no hablaba confiado. Probablemente la telefonista podría estar escuchando.

—Quizá vaya, si el tiempo lo permite. No dude en escribirme si necesita alguna cosa.

—Así lo haré, Esperanza. Su madre ya está aquí, se la paso.

—¡Esperanza, hija! —La mujer no se acostumbraba al teléfono y gritaba como si su voz tuviera que atravesar las montañas—. ¡Hija!

—Madre, quería tener noticias. ¿Cómo estás?

—Tu hermano Alfonso está aquí. También Margarita y los niños. Estamos bien.

—Iré si el tiempo aguanta. ¿Qué necesitáis?

—Que esto pase... No vengas. Ahí estás bien, hija. ¿Y mi Perla?

—En París. En la universidad. Se ha salido con la suya.

—¡Ay, hija! París. Tan lejos... Rezaré por vosotras. Estamos bien, hija. Hay muchos soldados y mucha pena, pero estamos bien. No vengas, hija.

El mes de septiembre estaba siendo especialmente caluroso. Esperanza iba y venía con el ceño fruncido y el humor envenenado. La conversación con su madre le había producido un dolor que no se atenuaba ni con la ternura de Louis. Andaba descabezada, como si algo por dentro se le hubiera roto.

—Pero, Esperanza, ¿qué tienes, mi amor?

—No sé. No puedo dejar de pensar en España, y tampoco en Perla ni en Leonora ni en ti... Los brazos no me alcanzan para saber dónde están los que quiero en medio de esta oscuridad. La guerra... Tengo un mal presentimiento.

No le dijo que en su interior la guerra estaba reproduciendo la única pérdida que no podía olvidar. La de Théodore. En sus entrañas se aferraba la idea de la muerte y no podía entrar en razón. Los suyos estaban bien, Burgui era un pueblo del valle que todo el mundo ignoraba y la guerra no iba a ser menos. París estaba lejos y refulgía de bienestar y progreso.

Pero, si el tiempo cambiaba, ya no se podrían atravesar las montañas. Y cuando se sentaban a la mesa, ella decía que el otoño en los Pirineos era impredecible, que los rumores no auguraban nada bueno, y miraba al horizonte y ni comía ni estaba. Harto de verla consumida e infeliz, Louis se presentó un día en la puerta de la rue du Saison conduciendo una flamante camioneta.

—Te llevaré a Burgui.

—¿De dónde la has sacado?

—Del padre de Pierre. Se ha roto una pierna y no puede trabajar. Es nuestra durante siete u ocho días. Es resistente y capaz de atravesar las montañas.

Durante el último año, él y su ayudante, un chico llamado Pierre, habían llevado un reproductor de cine por los pueblos importantes de la región de la Soule. Los alcaldes los conocían, también los gendarmes y los hombres importantes de las localidades. El cine era apreciado por todos y era recibido con los brazos abiertos. Nadie importunaría a quien llevara semejante alegría.

—Vamos a la escuela y se lo contamos a los vecinos.

—¿Podemos cargar la camioneta?

—Naturalmente. He prometido una copia de *39 escalones* a los de Sainte-Engrâce, les gusta Hitchcock. —Louis hizo un gesto de advertencia—. Voy a pedirte una cosa. Por seguridad deberíamos viajar como marido y mujer. Si sucede algo, serías casi francesa.

—De acuerdo.

—¿De acuerdo?

Se acercó a ella y la envolvió entre sus brazos.

—Cuando vine por primera vez a Mauléon, deseaba presentarte mis respetos, pero también tenía la vaga esperanza de que me hicieras sitio en tu vida. Había prometido en mi carta que vendría a conocerte, lo sé, pero mientras me sometía a las dolorosas operaciones pensaba en ti.

Su voz sonaba como la primera vez. Recuperaba aquel misterioso eco que la reclamaba a compartir de nuevo aquella preciada intimidad...

—Quizá estábamos destinados a ser marido y mujer —añadió él.

Esperanza sonrió, le acarició la nuca, lo besó y le susurró, para que nadie más lo supiera, cuánto lo amaba. Siempre le había parecido fascinante la manera en la que él se agarraba a pequeñas o grandes certezas para sobrevivir a su dolor. Despertaba en ella una admiración inagotable. Si él sentía que estaban predestinados a casarse, no había dudas. Lo besó con ternura.

—Antes de que se enteren por alguien, hay que hablar con Perla y también con Leonora —dijo Esperanza rompiendo la magia.

La joven fue informada del enlace y naturalmente se alegró mucho. Gimoteó al enterarse de las noticias de Burgui, pero estaba feliz en París, y los descubrimientos eran tantos que su deseo de acompañarlos quedó desvaído.

—No te preocupes. Lo celebraremos más adelante. Louis no quería que fuésemos a Burgui sin casarnos. Por la guerra. Si pasara algo, yo sería casi francesa...

—Por favor, dale mi dirección al padre de Tomás, pídele que me escriba. Que te cuenten de él. —Esperanza advirtió que la voz de su hija se quebraba—. Yo temía que hiciera lo que ha hecho... ¿Y si le matan?

La confortó como pudo. Pero ella conocía muy bien lo que sentía su hija. También en su pecho crecía una bola que se expandía hasta dejarla sin respiración. Sabía mejor que nadie que en las guerras los jóvenes morían, dejando heridas eternas en el corazón de las mujeres que los amaban.

Se casaron en el ayuntamiento, obviando los trámites necesarios y en una ceremonia casi administrativa. No hubo flores ni música ni abrazos. Ella se había comprado un traje de chaqueta negro, él se había puesto una gardenia en la solapa. Los funcionarios lo trataron con reverencia; era el hombre del cine, el del rostro marcado por la guerra, el que se había enamorado de una golondrina.

—Ya eres una ciudadana francesa.

—No. Solo me he casado con un francés.

Pero había hecho algo más, y ambos lo sabían.

En el pueblo, las noticias corrían veloces, se agrandaban o empequeñecían dependiendo de quién las protagonizara, y Louis no era cualquiera. No pudieron impedir que muchos supieran del viaje de la maestra y el operador de cine. Dos días después, los encargos eran numerosos y tan variados que Esperanza tuvo que anotar cada uno de ellos para no confundir las entregas, los temores y los secretos que iban en cada envoltorio. En la casa entraban y salían mujeres con el rostro tenso y la lágrima fácil. Entregaban algún pequeño obsequio de boda y luego pedían el favor de llevar esto o aquello, o simplemente que les contaran algo: «Dígale que estamos bien, que nos quedamos, que vengan si quieren y que no se señalen». Toda la calle hablaba de la guerra.

El 17 de septiembre, casi al salir el sol, la camioneta arrancó dejando una estela de humo azulada que deshizo el cuadro de quienes habían ido a despedirles. En el interior, Esperanza suspiró, mirando cómo se abría la mañana. Durante los últimos días se sentía extraña, envuelta en una incredulidad a la que ni siquiera podía prestar atención. Se había casado a toda prisa, más pensando en los demás que en ella. Miró a su ya marido y se sintió recompensada. Puso la mano sobre su muslo, como acostumbraba a hacer cuando estaban solos.

—Louis, tengo miedo.

Su voz, presagiante y hermosa, repartió por el cubículo sus pensamientos.

—Es pronto para que temas. Las guerras son como un elefante que avanza despacio por los sembrados, destruyéndolo todo. Esperemos que no se alargue. Es una locura que se luche entre vecinos. Se cierne sobre Europa una sombra muy oscura. Tu hija tiene razón. Nada parece detener al nacionalsocialismo.

La carretera se abría por el valle, como si la naturaleza hubiera hecho una pequeña concesión y se dejara tatuar la herida de un camino hacia la frontera. Louis miró a aquella mujer que le había devuelto la dignidad y el amor a la vida, perdido en la guerra, y temió que la nueva contienda reavivara su dolor.

—Me siento afortunado a pesar de lo que está sucediendo. Tenerte cerca, vivir contigo... No temo nada, Esperanza. Sueño con envejecer pegado a ti y que puedas mirarme sin miedo.

—Hace mucho que te miro sin miedo.

El conductor sonrió bajo aquella piel torturada.

Como preveían, el viaje no tuvo mayores problemas. En los caminos encontraron más gente de la habitual. Huían de España por miedo, pero casi todos pensaban volver. Baptiste Lerroux, un cabo de la Prefectura, les comentó que había movimiento de tropas en la frontera con Irún y que los que dejaban España lo hacían por la zona pirenaica, menos vigilada y poco accesible. La camioneta atravesó los collados renqueando. Las montañas mostraban la quietud del principio del otoño, y el aire, aunque fresco, resultaba una caricia. Se detuvieron en Belagua para echar agua al radiador y de paso dejar unas cartas de las muchas que llevaban. Una pareja se acercó en busca de lumbre para un cigarrillo.

—¿Vais a Pamplona?

—A Burgui —aclaró Esperanza—. ¿De dónde venís?

—De Zaragoza. Las tropas de Mola están por todas partes. Queremos llegar a Toulouse.

—¿Hay combates cerca? —preguntó Louis.

—Por aquí no, pero no tardarán.

Recorrieron la carretera, que, paralela al río Esca, pasaba por los siete pueblos del valle del Roncal. Se detuvieron en todos para entregar lo que llevaban: café, medicinas, botellas de anís, utensilios de cocina y muchas cartas. Emplearon un día entero con su noche en dicho cometido, interpretando su papel: eran una pareja de recién casados, una golondrina que se había unido a un héroe francés, que además manejaba el cinematógrafo en la Soule.

Louis desplegó su sabiduría, habló con los alcaldes recién nombrados, les prometió que volvería con respetuosas y moralizantes películas, y bebió el vino que le ofrecían mientras Esperanza escuchaba lo que contaban las mujeres y recogía los mensajes para llevar de vuelta a sus familiares.

Cuando la camioneta se abrió paso por las calles de Burgui, se dieron cuenta de que la noticia de su presencia en el valle les precedía. Esperanza buscó huellas del desastre, pero no las encontró más allá de las miradas de quienes se acercaban a saludarlos y preguntaban en voz baja: «¿Qué dicen en Francia?», «¿Van a ayudarnos?», «¿Vienes para quedarte?».

Su madre y la familia de su hermano se acercaron.

—Dicen que te has casado. —La mujer miraba sin disimulo a Louis tratando de averiguar si sonreía o estaba afligido—. ¿Qué le ha pasado?

—Fue la Gran Guerra. Louis, acércate, es mi madre.

Louis hizo una pequeña reverencia, le besó la mano y se apresuró a entregarle una caja de chocolates que él mismo había comprado.

—Señora, solo por ser la madre de Esperanza, le estaré agradecido toda la vida.

La mujer, conmocionada por la singularidad de aquel maltrecho rostro, se deshizo en muecas nerviosas hasta que, agotada de no encontrar las palabras que buscaba, bajó la vista, recogió unos bultos y siguió su camino.

Ya en casa, su cuñada y sus sobrinos acabaron de descargar

y repartieron algunos envíos por el pueblo. No hubo tiempo para más, la noche caía y el toque de queda encerraba a los vecinos en sus casas. El aire empezó a oler a leña, y el ruido de los postigos al cerrarse dejó paso a un silencio desconocido para Esperanza. Los dulces y los regalos aligeraron la curiosidad de los chicos. Louis, cerca de la chimenea, hablaba de cine con ellos, empeñados en conocer más acerca de sus cicatrices que sobre *David Copperfield* o *Rebelión a bordo*, éxitos que el francés llevaba en unas enormes latas redondas.

—¡Ay, hija…! ¿Eres feliz? —Su madre lanzó la pregunta sin mirarla, concentrada en tocar todo lo que les habían llevado. Besaba los paquetes de café y azúcar abrazándolos como si fueran bebés.

—Sí —respondió con voz alta y resuelta—. Sí. Tengo una hija preciosa, soy maestra, y tengo un marido al que quiero. Soy muy feliz —concluyó, como confesándoselo a sí misma.

En ese momento, recorrió con la mirada la que había sido su casa. Era un espacio pequeño en el que no comprendía cómo había podido vivir con sus padres y sus hermanos.

—La tienda Almazán está desabastecida. —Su cuñada quiso ponerla al día—. Todo el valle vino a por víveres cuando se declaró la guerra. Aniceto ha cerrado la tienda de Pamplona y está ahí, detrás del mostrador, tratando de no venirse abajo. Todo el mundo sabe que es republicano y que sus tres hijos tienen las mismas ideas. Los Herranz se van y venden la casa.

—¿Cuánto piden?

—No lo sé, pero están deseando marcharse.

La casa Herranz estaba pegada por detrás a la de los Escaín y daba al río. Esperanza no lo pensó demasiado. Allí no había sitio para todos. Hablaría con Herminia, la vecina, y arreglarían un precio.

—¿Os quedáis en Burgui?

—Sí. La guerra nos pilló aquí. —Su cuñada era una mujer pequeña y decidida. En ese momento buscaba lugar en la alacena para lo que había en la mesa—. Yo no quería dejar a mis padres solos. Paco, el que llevaba las vacas a los pastos, murió en agosto, no se sabe bien de qué. Le ofrecieron a tu hermano Alfonso ocuparse de la vaquería municipal y aceptó. En el taller las cosas no iban bien. Tú sabes cómo es Pamplona... Ahora va y viene por el pueblo con la cornetilla, recoge el ganado y lo trae, a veces se queda a dormir en el collado; no nos falta leche, ni caza. Está en la montaña, mañana vuelve. Nos gusta el pueblo. Cuando todo pase, veremos...

—¿Qué se sabe de Agustín? —Esperanza no tenía noticias de su hermano desde la muerte de su padre. Nunca había sido un chico comunicativo y no le gustaba escribir. En realidad, apenas habían compartido tiempo más allá de la niñez.

—Nada. Eso nos tiene preocupados. Pero las noticias van y vienen, Bilbao no ha caído.

—¿Y el señor Peláez?

—Al maestro lo detuvieron, no preguntes por él. Ahora en la escuela los niños van a estar separados de las niñas, y hay que rezar. Ese es el panorama. No digas lo que piensas ni en confesión, y además di que te has casado en una iglesia francesa o te harán la cruz.

Esperanza escuchó los consejos de su cuñada y agradeció por una vez que sus vecinos supieran poco de ella. Esa misma noche, la pareja consiguió intimidad en una habitación improvisada con paredes de mantas y sábanas. Hablaron en susurros y en francés para mantenerse a salvo de la curiosidad de los chicos, y Esperanza le informó de lo que podían encontrar.

—Necesitamos que crean que somos gente religiosa y con moralidad. No quiero poner en peligro a mi familia o que nos suceda algo a nosotros. No estoy segura de cómo actuar.

—No te preocupes. El cine hará que no piensen demasiado. Estoy acostumbrado a tratar con alcaldes y petimetres, y no olvides que soy un héroe de guerra que merece respeto.

—Los vecinos se denuncian, Louis... Han requisado el dinero y lo han sustituido por unos vales.

—Pero vosotros nunca os habéis mostrado partidarios de nada. Esto es un pueblo. La guerra no hará los mismos estragos que en las ciudades.

Un suspiro escapó de la garganta de Esperanza. Desde la llegada al valle, una barra le atravesaba el pecho impidiéndole respirar con normalidad. En sus recuerdos, sobrevivía la manera en que Mauléon se había apagado durante la guerra mundial; sin embargo, los franceses se habían solidarizado y unido en el dolor. La situación española nada tenía que ver, era más lacerante; el pueblo había perdido su poder de refugio, de hogar indestructible. Se apretó al cuerpo de Louis, que la rodeó con los brazos hasta que el cansancio extinguió sus pensamientos.

Vestidos de manera impecable, a primera hora de la mañana se dirigieron al ayuntamiento. Ella temblaba ligeramente, apoyándose en su marido, que caminaba erguido con el único rostro del todo impenetrable que los vecinos de Burgui habían visto nunca. El antiguo alcalde, al que Esperanza conocía bien, había sido destituido por presentarse en los bajos de la casa Moreno, donde se reunían los afiliados de la UGT, para alertarles del peligro que corrían. El nuevo edil, llegado de Isaba, no tardó en rendirse a la propuesta del empresario cinematográfico y a las poderosas razones que esgrimió desde su incómodo rostro: se sentía orgulloso de estar en el pueblo de su mujer y esperaba que el orden se restableciera lo antes posible, pero se ofrecía a reproducir una de las películas para entretener el triunfo de las fuerzas nacionales y deleitar a los vecinos sin coste alguno.

La noticia corrió paralela a la guerra. Nadie se oponía a la distracción de los enfrentamientos. Durante un par de días, el pueblo olvidó cuanto pudo la situación participando en los preparativos. Los viejos altavoces que habían servido para las orquestas en las fiestas, dedicados entonces a difundir las soflamas políticas de los últimos tiempos, se situaron estratégicamente para que el acontecimiento de aquel otoño envenenado pudiera ser recordado. Electricistas, hojalateros y leñadores tiraron los cables por la torre de la iglesia, y en el balcón de la casa Zuazo instaló Louis su lugar privilegiado.

Con prisa imprimieron en una linotipia de Isaba el programa, donde se apuntaba el argumento de la última película de suspense: *39 escalones*, dirigida por Alfred Hitchcock. Naturalmente, en francés.

Esperanza quedó libre para sus gestiones, que no eran fáciles, porque los curiosos se empeñaban en seguir los movimientos de los ilustres visitantes. Lo primero que hizo fue visitar a su vecina Herminia Herranz, que tenía casi la misma edad que ella. Supo que su marido había resultado herido en uno de los combates de la Ribera y había perdido una pierna...

—Todo es difícil aquí. Estoy sola con mis tres hijos y me voy a Zaragoza con mi familia. Dicen que la guerra va a durar... La casa es tuya si la quieres.

Herminia le pidió un precio ridículo por aquella casa desde la que se oía el río. Tenía dinero, pero no sabía si iba a poder utilizarlo. Louis, siempre precavido, había conseguido intercambiar francos por monedas de plata, con el fin de afrontar algún imprevisto. El dinero de curso legal se estaba utilizando como elemento desestabilizador. Las cuentas de los bancos depreciaban su valor dependiendo del lado de la contienda. Los billetes republicanos debían llevar un sello de la zona nacional para distinguir si se habían emitido antes o después de que estallara la guerra, y para las gentes humildes aquel trasiego era incontrolable. A Herminia le interesaban las monedas de plata. Con ellas se podía viajar. Esperanza aceptó el trato.

Se encaminó hacia la casa del médico. Necesitaba saber de aquel chico, porque a su hija se le estaba amargando el carácter por la falta de noticias. Encontró al doctor Vallejo en su consulta, situada en los bajos de la casa Arredondo. En cuanto la vio, la recibió con la cordialidad que siempre mostraba. Esperanza advirtió que un par de arrugas profundas le atravesaban la frente y temió que las noticias fueran definitivas. Preocupado, le contó los acontecimientos sucedidos desde la sublevación y cómo estaban cambiando el valle.

—Mucho me temo que los falangistas y los requetés han venido para quedarse. Mola es el ideario político, un conservador que solo cree en la disciplina y el castigo, así que estos años de aires libertarios le ponen enfermo. No tenemos ayuda internacional y no ganaremos esta guerra. Lo peor es que un conflicto civil hipoteca el futuro llevándose a los jóvenes. Mis hijos son buenos chicos... Cuando enviudé hace unos años, acepté el puesto aquí. Soy un hombre tranquilo y me gustan la montaña y la gente sencilla. Pero una guerra civil lo cambia todo. Ahora la desconfianza se pasea por las calles e incuba venganzas cuyo alcance no se mide. En cuanto a mis hijos... Quizá les faltó su madre y les sobró libertad. Eso nunca lo sabré...

Los jóvenes Vallejo, estudiantes prometedores —el mayor, Julio, hacía Medicina y Tomás, Filosofía y Letras—, habían abandonado temporalmente sus estudios para incorporarse al Ejército republicano.

—A mi hijo Tomás siempre le quedó pequeña la ciudad de Pamplona. Así que, en cuanto pudo, se fue a Madrid con su hermano.

El joven Tomás ejercía el periodismo. Era de los pocos que hablaba francés y se encargaba de redactar los comunicados para distintos periódicos internacionales.

—Dígale a Perla que puede enviarle el correo a esta dirección. No le cuente que corre un inmenso peligro, eso nos lo guardamos usted y yo... —El doctor anotó algo en un papel y se lo tendió—. Su hija siempre fue una niña especial. Tomás estaba prendado de ella. —El médico miró una foto de sus hijos y la recolocó—. Son jóvenes... su deber es enamorarse, y también luchar por un mundo mejor. ¿Cómo está Perla?

—Quiere ser médico.

—¡Caramba!

—Hay que dejarles volar. —Esperanza no pudo evitar contraer el gesto—. Es mi única hija...

—Créame, Esperanza, todo lo que atamos acaba huyendo. Usted es una persona inteligente y ha luchado mucho. La libertad es difícil cuando se quiere proteger a los hijos, pero le aseguro que hay que dejarlos ir para que vuelvan. Esa niña... siempre ha sabido lo que hacía. Su Perla es especial. Dígale que puede localizar a Tomás en el café Delicias, donde tienen su cuartel general. Yo llamo y dejo recado de la hora en que volveré a hacerlo. Tomás me preocupa. De momento están bien dentro de lo que cabe, pero el cerco a Madrid... Es la capital y la tomarán.

—¿Y usted?

El doctor miró alrededor como si temiera que hubiera alguien escondido tras el biombo. Luego suspiró y encendió un cigarrillo. Esperanza sintió que trataba de evaluar lo que debía decirle.

—No me han detenido porque me necesitan, pero lo harán. Aunque no quiero dejar a mis pacientes, quizá no me encuentre si vuelve por aquí. —Se encogió de hombros—. Mis hijos quieren que me reúna con ellos. Moverse es cada vez más difícil. Mis pacientes me conocen y se confiesan conmigo. Luego se arrepienten. Todo son recelos y desconfianzas. Los que tienen la lengua larga están preparando el equipaje o ya se han ido. Yo soy un hombre discreto.

—Si decide marcharse, tendrá un lugar en nuestra casa de Mauléon. Es el médico, se mueve por todo el valle. Desde Isaba puede cruzar al otro lado, pero será imposible hacerlo en invierno. Mi marido y yo hemos encontrado en el camino a gente que se iba.

—He oído que es maestra y que se ha casado con un héroe de guerra que se dedica al cine. ¿Es eso cierto?

—Sí. Soy maestra. Tengo un marido maravilloso, doctor. Ha sido un padre para Perla y una bendición para mi soledad. Se llama Louis Bernier. Recuerde su nombre. Todos los alcaldes de los pueblos del Pirineo lo conocen por el hombre del cine, quizá nombrarlo le facilite las cosas.

—Me alegro mucho por usted. Siempre supe que era alguien capaz de llegar a donde quisiera. Lo de su marido lo recordaré. Gracias.

—Ya sabe. En la rue du Saison, el barrio de las golondrinas. Allí le esperamos.

El doctor asintió silencioso con los ojos húmedos y la acompañó a la puerta. Estaba empezando una frase sobre su hijo cuando se detuvo. Unas mujeres esperaban.

—Conviene que tome hierro. Usted sabe, lentejas, muchas lentejas...

Esperanza comprendió su intención de dejar claro que el motivo de su visita había sido profesional. Tuvo ganas de abrazarlo, pero no lo hizo. Salió a las calles con el corazón encogido.

Alfonso, su hermano, volvió contando que los voluntarios navarros habían superado con creces las previsiones de los militares. Miles de falangistas y requetés formaban columnas con destino a Madrid. Pamplona no sufría combates, los militares supervisaban la vida y los sacerdotes habían vuelto a las iglesias.

—Nos quedamos aquí, será mejor para los hijos —concluyó Alfonso.

Durante la noche, Esperanza habló con Louis. En voz baja, materializaba los pensamientos que había tenido durante el día mientras él se pegaba a ella y la abrazaba prometiéndole que el siguiente viaje sería al mar, a Biarritz, a ese lugar que tanto le gustaba.

Todo lo que había supuesto un temor, una tensión, una inquietud era verbalizado durante la noche, cuando la pareja encontraba su rincón intacto de intimidad. La voz varonil de Louis aconsejaba prudencia, quitaba dramatismo al aire opresivo que se cernía sobre el pueblo, la tranquilizaba hasta que se quedaba adormecida en los brazos de aquel hombre indispensable en su vida.

Esperanza desconocía cómo había llegado a aquel amor. Théodore no había desaparecido de su cabeza, incluso en alguna ocasión veía su rostro observándola, pero el amor de su marido tenía una profundidad a la que ya no podía renunciar. Se entrelazaban sus cuerpos, sus vidas y sus destinos.

Toda la familia celebró la compra de la casa vecina. Herminia la dejaría en una semana, y Alfonso, su mujer y sus hijos podrían ocuparla. Alfonso iba a unirlas por donde mejor pudiera.

—Reserva para nosotros la planta de arriba. Me gusta el *sabayau*, y si lo unimos al otro, podré oír el río. Habrá que unir los tejados, pero eso tendrá que esperar. Te dejaré dinero para los materiales.

La sesión de cine fue un éxito, a pesar de que la mayoría entendió poca cosa. Esperanza disfrutó viendo a sus vecinos boquiabiertos contemplando un mundo que algunos morirían sin conocer. Las calles de Burgui eran muy distintas a las que se veían en aquella pantalla improvisada. Los burros transitaban como si fueran tranvías, y los hombres no llevaban sombrero, sino una boina calada y sucia que cubría el desaliño. Al terminar la función, la gente se le acercaba para darle las gracias.

Al día siguiente el tiempo había cambiado. Un viento frío se colaba entre las calles. Los habitantes de Burgui transportaban leña a sus casas, pues sabían lo que significaba aquello. Uno de los pastores les advirtió de que las nieves estaban a punto de aparecer; si no salían de inmediato hacia Francia, el mal tiempo haría que se arrepintieran.

Esperanza recogió los encargos, interpretó las miradas de socorro, los silencios y la prepotencia de algunos. Abrazó a los suyos conteniendo las lágrimas, escuchando los consejos y mirando a los ojos de su madre. Tenía la impresión de que iba a tardar tiempo en volver. A la despedida de la pareja acudió medio pueblo. La camioneta de Louis era un objeto codiciado que todos tocaban. Cuando arrancaron, los chiquillos corrieron tras ellos unos metros.

Esperanza lloró en silencio a lo largo de la carretera que discurría paralela al río hasta Isaba.

TERCERA PARTE

1

Navidad en casa

La vida es como una leyenda: no importa que
sea larga, sino que esté bien narrada.

SÉNECA

Una de las cosas que me aporta esta bendita gestación es que
duermo como una marmota. No importa el lugar o el momento; si cierro los ojos y me acomodo, desaparezco plácidamente.
Luego, como si el sueño hubiera cumplido su secreta función,
me reincorporo a la vida en el mismo momento en que la dejé.

La ciudad donde nací está en el mapa del mundo porque
allí se celebran los encierros de San Fermín, pero, a pesar de su
popularidad, en diciembre no está bien comunicada. Llegué a
Pamplona como siempre, un poco harta de que sea tan difícil
viajar hasta ella, tan cerca de mi corazón y tan recogidita en su
geografía. Mi madre, junto a Gladys, me esperaban como en
las películas en las que el servicio se sitúa en formación a la
entrada del castillo cuando llega la nueva condesa. Iban y venían a mi alrededor como si estuviera obligada a decir lo pulcro
y ordenado que estaba todo: la cocina, las alfombras, los cristales de las ventanas... La nevera rebosaba de comida y de tá-
peres que contenían todos mis caprichos. Mi habitación había
sido reformada, pintada de blanco, y habían sustituido la vieja
cama nido por una confortable cama doble, que acogería al

hombre al que había elegido. Me amoldé a mis beneficios con la docilidad a la que obliga el cariño.

—No hemos puesto el árbol. Te esperábamos.

Un quintal de responsabilidad cayó sobre mí cuando me lo dijeron, señalando las cajas con los adornos arrumbadas en una esquina del salón. Era una tarea que no podía esperar, así que en cuanto tomé posesión de mi nueva habitación me senté con ellas a indicar dónde debía colocarse el angelito, la estrella o la bola de cristal tan delicada que mi padre había traído de un congreso en Múnich hacía más de veinte años. En el reproductor de música, «Jingle Bells» convocaba la Navidad, y mi madre me acercaba una bandeja de polvorones La Estepa.

—Son los que te gustan, los de canela.

Mientras mi padre colocaba una guirnalda de acebo, mi madre se acercó a la librería.

—Tengo el paquete que mandó el escritor.

—¿Qué escritor?

—Te lo dije… El inglés que estuvo en tu boda y que investigaba sobre los campos de concentración.

Lo abrí con cuidado de no estropear la parte donde estaba escrito el remitente.

Era una llave grande, de bronce, con unos engarces de los que colgaban otras llaves de distintos tamaños. Me pareció curioso. Había una tarjeta.

Gracias por haberme invitado a su boda. Fue una deliciosa velada. Espero que volvamos a encontrarnos.

DAVID WORDTHING

—¡Anda! Hacía tiempo que no veía una de estas. Es para colgar las llaves de la casa.

Había algo distinto en los ojos de mi madre cuando me miraba. Era una luz tintineante que la hacía sonreír constantemente, una extraña alegría que nunca había visto en ella. Ni rastro del control exhaustivo que la agarrotaba y la envejecía.

—*Ama*, ¿por qué estás tan contenta?

—¡Qué ganas tenía de verte!

Tocaba mi vientre algo abultado, me acariciaba la cara, me atusaba el pelo. Consciente de que algo estaba sucediendo en ella, me dejé arrastrar por aquella ternura nueva, esperando que, en cualquier momento, algún gesto me hiciera comprenderla.

Espe había sido muy protectora conmigo, pero de una forma especial, como si me vigilara de lejos, dejándome también libre de su cariño. Me asfixiaba con su letanía de observaciones desprovistas de ternura, y yo soñaba con su abrazo. Mi padre acudía en mi ayuda distrayéndola y acogiéndome en su seno. A los dieciocho años me fui de casa para estudiar en París; luego vino Londres, y reconozco que durante un tiempo me costó volver. Mi requeté-psicoanalizada Eugenia dice que hay familias centrípetas y otras centrífugas, familias que expulsan a los suyos hacia fuera y otras que los recogen de tal manera que los dejan sin aire. Espe ya había empezado a acogerme hacía unos años, sobre todo al separarme de Álex, pero ahora se mostraba protectora y dulce, con esa medida justa que debe tener el cariño, y yo no acertaba a relajarme con su abrazo.

Interrogué a mi padre, y para él tenía explicación: «Es el bebé. No puedes hacerte idea de lo contenta que está».

De un modo instintivo, desde que esperaba a mi hijo, evaluaba el comportamiento de los padres que había a mi alrededor. Tenía amigas con niños cuya demanda era siempre urgente, me ponían enferma con las atenciones excesivas a sus bebés; otras parecían reservas espirituales de disciplina y buenas maneras, administraban sus recompensas como con los animales que obedecen a su dueño, y escatimaban comprensión y ternura. Espe se parecía algo a estas últimas. Había hecho de mí una mujer perfectamente educada y, hasta hacía unos años, una rebelde que se ahogaba, infeliz, sepultada por lo que se debe y no se debe hacer. Pero yo peleo por la armonía y el equilibrio como una leona, y como los juncos me doblo con el viento para no quebrarme.

Fuimos al hospital, de compras, a tomar un café al hotel La Perla, a pasear por la calle Estafeta hasta la tienda eterna de los Beramendi, donde vendían chaquetitas primorosas hechas a mano. De vuelta en casa, miraba la ecografía que nos habían entregado en una carpeta y pasaba el índice sin tocarla: «Es una niña, estoy segura de que es una niña», y de pronto, mi madre, como si hubiera olvidado que yo estaba a su lado, dijo:

—Los hijos te salvan.

—¿Por qué te salvan?

—Porque dejas de pensar en ti.

La frase resultó ser una revelación. Entendí lo que sentía. Ella había estado en el mundo de la única manera que había podido, sobreviviendo en un pueblo con una madre extraña, sola, sin el consuelo de un padre que le prestara raíces, padeciendo estrecheces y habladurías, y sin poder amar del todo a aquella mujer que lo era todo en su vida, su madre, mi abuela, pero que nunca se lo dijo.

Las novelas me han concedido el poder de imaginar cualquier territorio hasta los confines del universo y más allá. Son espejos de vidas que, aunque no tengan relación con la nuestra, resultan sumamente didácticas. Leer es viajar a la intimidad de los personajes, a sus pensamientos y a sus fobias y filias. Del mismo modo que ahora construía en mis cuadernos el escenario de la vida de mi bisabuela y mi abuela, algunos libros me habían proporcionado una visión del lugar donde mi madre había sido niña, adolescente, adulta.

Mi madre había nacido en los años cuarenta. Lo peor de aquellos años, por lo que he ido viendo, con poca luz y demasiado cirio y culpa, fue el aislamiento. Los jóvenes españoles se convirtieron, gracias al franquismo, en una especie de paletos a los que no les llegaban la información, la evolución ni los viajes. Eso garantizó a su generación la humildad ante el desconocimiento y le agostó los sueños. Ella no poseía recuerdos épicos de su infancia, como mi bisabuela o mi abuela; ella solo había disfrutado de una soledad precaria y gris de internado, llena de normas amenazantes y de temores, sin pasiones ni besos. Y quizá de todo aquello la había salvado yo, y ahora ella esperaba que mi bebé me salvara a mí. ¡Pobrecitas mis Esperanzas! ¡Cuánto abandono! ¡Qué poca luz!

—*Ama*, soy muy feliz.

—Claro.

—Voy a escribir la historia de las Esperanzas.

—¿Cuáles?

—Todas, incluyéndome a mí.

—Mi vida no tiene ningún interés.

—Antes de que digas nada, tengo que darte las gracias por la vida. Te quiero.

Sonreía a medias, mantuvo la expresión como si estuviera jugando a quedarse paralizada. Luego levantó los hombros hasta las orejas como cuando te recorre un escalofrío que quieres disimular. Agachó la cabeza y balbuceó algo ininteligible.

—¿Qué has dicho?

—Que yo te quiero más.

Era la primera declaración de amor de mi madre. La cogí. La guardé con ese delicado cuidado con el que se envuelven los escasos tesoros que uno encuentra en la vida. Un «te quiero» de mi Espe era demasiado para aquel día de diciembre, pero la felicidad se expandió por mi pecho y creo que inicié un perdón que llegaría al final de nuestros días.

Un día antes de dejar la casa de Roma, había ordenado el escritorio. Guardé en mi bolso un cuaderno para repasarlo durante los dos vuelos que tenía por delante e incluí en él un listado de preguntas que quería hacer a mi madre. Ahora, mientras dejaba que me colocara un cojín en los riñones y luego ponía sobre la mesa el guiso de carne con laurel que tanto me gusta, supe que no podía preguntar nada; su silencio la había salvado.

La compadecí, pero también la admiré. Había luchado por vivir, con su Serrat cosido a los sueños; se había caído y se había levantado, algo enfadada, es verdad, pero con el aire, con el viento, con las direcciones prohibidas y los mapas. Poca cosa para el magma que llevaba en sus entrañas, había sobrevivido de aquí para allá, y yo era su premio gordo, su luz y su esperanza. Mi vida no era la suya.

Estos días, desde que construyo en mi cabeza la historia de mis golondrinas, pienso en novelas como *El gatopardo*, de Giuseppe de Lampedusa, que pasó la infancia en un palacio leyendo a Salgari y después fue a la guerra. Su novela fue rechazada por todas las editoriales a las que la envió, así que nunca la vio publicada. Hay autores que han hablado de toda su familia y han conseguido enemistarse con ella. Otros han reproducido con una fidelidad escalofriante lo que sucedía al otro lado del mundo sin que ellos lo supieran... Yo solo espero que mi madre pueda leer mis páginas y encuentre el camino por el que deslizar esos recuerdos que no acaba de poder pronunciar.

Siguiendo la costumbre, el 22 de diciembre fuimos a Burgui. Conozco de memoria la carretera y casi siempre paso el trayecto en una especie de ensueño. Mientras atravesábamos el valle de Salazar, un poco antes de llegar a Sigüés, imaginé a las tropas republicanas huyendo hacia la frontera. Estaba habitada por los últimos documentos que había leído, las cartas entre mi abuela y Tomás Vallejo. Mi madre, al otro lado de mis percepciones, hablaba de arándanos y de quesos. En ese momento volvía la cabeza hacia atrás y me preguntaba cuántos quesos quería llevar a París.

—Me los trajo de Isaba Antonia, ¿sabes?, la prima de Nieves, la hija del tejero.

Bastaba con que la mirara para que me pusiera al tanto de la línea de sucesión de todas las mujeres a las que nombraba y a las que yo había perdido de vista hacía años. Eso pasa en los pueblos, construidos con hilos de sagas invisibles de apellidos y motes que, al nombrarlos, parece que las gentes se amontonan en las calles despobladas. Hace falta tener una memoria prodigiosa para ubicarse con los protagonistas de las conversaciones.

—*Ama*, ¿oíste a la abuela hablar de Tomás Vallejo?

—Creo que ya me preguntaste por él...

—Posiblemente. ¿Y?

—Te dije que era el médico del pueblo cuando estalló la guerra y que su hijo pequeño, que también se llamaba Tomás, había sido un novio de juventud de tu abuela.

—Ya, pero me dijiste que hablaba de él.

—Era más bien mi abuela la que lo hacía. Ella lo nombraba, pero lo perdió de vista después de la guerra. ¿Quieres que paremos a saludar a Fermín?

—En las cajas que había en Mauléon encontré una foto de ellos en la Exposición Internacional de París del 37. También cartas que él le había escrito. Creo que fue su gran amor.

—He embotado frambuesas como a ti te gustan, con agua y canela.

Vi los ojos de mi padre por el espejo retrovisor. También su mano cubriendo la de mi madre, que sostenía la rama de acebo para la tumba de mi abuela. Volví la mirada hacia las montañas, que empezaban a apretar la carretera, y me dejé arrastrar por mis fantasías y por aquella frase: «lo perdió de vista después de la guerra». Quizá tendría que empezar buscando a los muertos.

Me paseé por Burgui. Contemplé sus calles con los ojos de la escritora debutante que era. El pueblo se hallaba envuelto en un manto de nieve, y había zonas donde estaba intacta, sin pisadas. Iba escoltada por mis padres, que temían que resbalara. Visitamos el cementerio. Delante de la tumba de la abuela, le conté lo que estaba haciendo mientras mi madre sacaba un trapo, limpiaba el granito donde ponía su nombre e iba a la de la bisabuela, que tenía el mismo nombre, y dejaba acebo y bisbiseaba avemarías de esa manera en la que no se sabe si reza, murmura o llama a las gallinas. Me hubiera gustado quedarme sentada allí unos minutos a solas, buscar las tumbas de los nombres que iban saliendo en mis indagaciones. Imaginé que Tomás Vallejo dormía el sueño de los justos en algún rincón del camposanto. Me apetecía reunirme con los sutiles espíritus de los que habitaron Burgui, pero Espe nunca se queda quieta, y menos en un cementerio. Me despedí prometiéndole a mi abuela que iba a averiguar lo que no sabía de ella; entonces levanté la vista hacia la Kukula y me pareció verla sonriendo.

Gaston llegó a Pamplona el 24, sorprendido por el frío. Se dejó llevar por las calles de mi mano mientras comprábamos los regalos. A la hora de cenar, nos sentamos a la mesa con el secreto amor de la costumbre. Mi madre, mi padre, Gladys y nosotros. Mi padre habló del Gobierno, mi madre le mandó callar, y Gladys se dirigió a mi marido advirtiéndole de que los hombres tienen que tratar bien a las mujeres. Ellos atendieron a nuestros relatos, y nosotros disfrutamos de su amorosa compañía.

Después de darnos los regalos, nos atrevemos a hablar del futuro. Saben ya que nos vamos a París y que de allí volveremos a Roma. Preguntan por el nombre del bebé. No lo hemos decidido. Mi madre se atreve a hablar de bautizo, pero eso no es negociable. Quieren saber cuánto tiempo me quedaré después del parto. Gaston sonríe y bosteza un par de veces hasta que mi padre nos invita a que nos vayamos a dormir.

Acojo el cuerpo de Gaston como una balsa que me desliza sin miedo por un mar imprevisible. Me abandono en él. Me emociona que poseamos esta complicidad. Le cuento en voz baja, pegada a su cuerpo, lo que ha pasado estos días y no soy ajena al delicado milagro de este instante. Quizá dentro de un tiempo no queramos dormir juntos ni contarnos las pequeñas cosas vividas. Quizá nuestras vidas hayan tomado caminos distintos y nos estemos mirando recelosos de lo que decimos o hacemos, pero el futuro no me importa en absoluto. Encontrarle a él me ha devuelto el presente. Le cuento que ya le he dicho a mi madre que voy a escribir la historia de mis Esperanzas. Salpico mi francés con español para que no se olvide de las esquinas de mi mundo. «Mi madre» siempre va en castellano.

—*Qu'est-ce que* tu madre *a dit?** —pregunta, perfectamente sincronizado.

* «¿Qué ha dicho tu madre?».

Describo la manera en que Espe ha articulado sus frases cortas, su interrupción constante, su miedo. Él me aconseja que no la deje leer lo que escribo, aunque me lo pida. Me recuerda que una novela es un proyecto hasta que se pone el punto final; que tengo que morderme la lengua y no acribillarla a preguntas, aunque ella sea la única fuente viva; que no le lleve la contraria, que su amor está en el exceso de atención... Valoro sus consejos. Su perorata me conecta con la ternura.

—Desde la primera golondrina que cruzó los Pirineos, tienes muchos acontecimientos para construir una buena trama.

—Pero, Gaston, ¿a ti te parece normal que jamás haya oído una palabra acerca de mi abuelo...? —le digo indignada.

—Todas las familias tienen secretos.

—Lo sé, pero es extraño que una hija no quiera saber quién fue su padre.

—¿Y si ella no lo sabe y eso le supone un dolor que no puede afrontar? ¿No crees que lo habrá preguntado muchas veces?

Me quedo pensativa. Miro al techo. Advierto que la lámpara ha sobrevivido a la reforma.

—He vivido con la certeza de que la vida de mi abuela era peculiar, desde luego, pero al final no distaba demasiado de la de cualquier mujer de pueblo, y en los pueblos todo se sabe. Mi madre se ha encargado de neutralizar a cualquiera que yo pudiera escuchar diciéndome que lo que me contaban eran leyendas y habladurías, tonterías que se inventaban contra el aburrimiento. Yo la creía.

—Quizá te protegía.

Miro de nuevo la lámpara. Recuerdo lo que dijo, que los hijos salvaban. Guardo silencio hasta que su curiosidad me reclama.

—¿Qué edad tenías cuando murió tu abuela?

—Trece o catorce años.

—¿Cómo eras?

—Era una tonta adolescente preocupada por el volumen que alcanzarían mis tetas. —Me rio de mí misma—. Recuerdo ese día. Era verano, ella estaba en el pueblo y nosotros de vacaciones en Fuengirola. Al volver de la playa, el recepcionista del hotel le dio un papel a mi padre. Vi que su rostro se descomponía. Mi madre, con su potente detector de desgracias, supo lo que había pasado incluso antes de que mi padre se lo dijera. Se desmayó.

Me hace preguntas. Conforma el mapa del territorio en el que habita su mujer. Y lo mejor de su cuestionario es que me sirve para orientarme. Le interesa la historia, no se siente ajeno, me acompaña. Me apiado de su solidaridad cuando veo que no me contesta. Se ha dormido. Apago la luz y me acurruco, feliz de que podamos dormir juntos.

Por la mañana, la mesa del comedor nos aguarda con un desayuno pantagruélico. Mi madre parece empeñada en regalarle a Gaston una degustación gastronómica de la región. Sonrío y, cuando ella se aleja, le digo que no hay que llevarle la contraria. Se lo come todo educadamente y le da las gracias varias veces. Las madres que callan alimentan sin parar y nos dicen que no se habla con la boca llena, así tienen garantizado el silencio. En la mesa de la cocina hay una colección de quesos, conservas, varios sobres de embutido envasado al vacío y un par de regalos para el bebé. Nos quedamos hasta la mañana del 26.

Planificamos el viaje hace algunas semanas. Teniendo en cuenta que el parto está previsto para el mes de abril, calculé que no tenía demasiado tiempo para recorrer los lugares que necesitaba ver para mi proyecto de novela. La llegada de un bebé lo interrumpe todo. Me lo decían todas las madres, y sabía que era verdad. Yo quería atravesar los Pirineos en invierno, fijándome en lo que nunca me había fijado, en que era una frontera y en los años cuarenta las carreteras no eran lo que son hoy. Quería hacerlo con Gaston. Los dos éramos exponentes del pasado de mi familia. Yo había nacido en España, él en Francia, dos países que se miran olisqueándose y buscando al líder de la manada.

A él siempre le ha interesado la política. No se pierde los informativos y tiene esa especie de responsabilidad patriótica republicana y laica que no tengo yo. De joven estuvo tentado de militar en el Partido Socialista, pero le abrumaron las escaladas internas y las luchas de poder. De esa consciencia le ha quedado una manera de analizar las cosas desapasionadamente. A veces hablamos de lo que significa haber nacido a un lado o al otro. Le digo que los españoles tenemos que luchar tres veces más que ellos; llegamos, pero sin aire.

En la historia de las Esperanzas, yo incluida, la frontera era como la puerta de la cocina que se abre al comedor y de ahí a toda la casa. Yo no podía contar sus vidas si desconocía lo que las unía o las separaba a un lado y otro de los Pirineos. Él se ríe, a mí no me hace gracia.

—Vosotros entráis por la puerta principal y nosotros, por la de servicio.

—Pero es que sois muy valientes.

—O quizá seamos la cola de Europa.

Cuando fuimos a buscar la tumba de Théodore Elissabide a Oloron, mi proyecto aún no estaba consolidado ni sabía lo que ahora sé. No estábamos para visitar el viejo campo de refugiados de Gurs al que ahora queremos ir. Yo, lo confieso avergonzada, ni siquiera sabía que existía semejante testimonio de la tragedia que había vivido mi país. Él, educado en los valores de la *Republique*, tampoco conocía como debía las páginas de la vergüenza del Gobierno de Vichy, los judíos deportados, la miseria de las decisiones políticas… Igual que la Guerra Civil arrastraba por nuestra vida casi ochenta años después los agravios y las humillaciones de uno y otro lado de la contienda, ellos llenaban las pantallas de cine y las bibliotecas de libros que hablaban de la Resistencia y de la Shoah.

Pero en el mes de diciembre había nevado mucho, las carreteras comarcales no estaban en buen estado y el clima no era el más propicio para andar por los Pirineos. Ante el panorama, cambiamos los planes y decidimos ir directamente a París por la autopista. Me quedé sin ver esas rocas montañosas que se alzan con majestuosidad dividiendo a dos países y por las que, si cierro los ojos, puedo imaginar a mis golondrinas caminando en fila india, oscuras, pequeñas, frágiles y determinadas, de camino a su destino.

También puedo imaginar las filas de hombres, mujeres y niños desarrapados, con cara de miedo, que hicieron el mismo camino hacia el exilio en el año 39.

2

Perla Escaín

Junio de 1937

> Duda que sean fuego las estrellas, duda que el
> sol se mueva, duda que la verdad sea mentira,
> pero no dudes jamás de que te amo.
>
> WILLIAM SHAKESPEARE

París era un hervidero de gentes de todas las naciones que iban y venían por la ciudad. Acababa de inaugurarse la Exposición Internacional de las Artes y de las Técnicas Aplicadas a la Vida Moderna. Los cafés estaban atestados de artistas y funcionarios consulares que aprovechaban el tiempo cálido para acudir a comprobar si la Ciudad de la Luz era tan libre como se vendía.

Aquella tarde de primeros de junio, las jóvenes se preparaban con sus mejores galas. Una semana antes habían sido invitadas a una de las pruebas de iluminación nocturna de la torre Eiffel. Unos amigos las llevarían hasta Campo de Marte, desde donde la vista era inmejorable. Sin embargo, los planes habían cambiado para Perla.

—Es el tercer vestido que te pruebas. Ezequiel estará abajo. Ese te queda precioso, estás guapísima. —Sarah hizo un mohín de admiración—. Perdón. ¡Eres guapísima!

—¿Me reconocerá?

—Se quedará de piedra cuando te vea.

Sarah tiró de ella cuando vio que volvía a mirarse en el espejo.

—Te dejaremos cerca. Por favor, Perla, recuerda, nos encontraremos a las once en la puerta del Bon Marché. ¿Me has oído?

—Perfectamente. A las once en la puerta del Bon Marché. Me sudan las manos.

—Todo irá bien.

Josephine confiaba en ellas. Les dejaba toda la libertad que necesitaban pues eran buenas chicas, y lo único en lo que no transigía era en las horas acordadas para volver a casa. Una semana antes, les había llevado un par de vestidos floreados de muselina para la ocasión. Estaban radiantes, y al salir les recordó que no era buena idea recogerse muy tarde. «No vais a encontrar nada bueno después de medianoche, así que os espero a las once y media».

—¿Le pregunto qué significan las palabras de sus cartas?

—Déjale que hable él. Tú no callas y meterás la pata.

Perla se preguntaba qué haría ella sin el sentido común de Sarah. Eran tan distintas y estaban tan unidas que temía el momento de su partida. En unos días, sus padres irían a París. Su padre estaba ocupándose de algunos industriales alemanes de origen judío que habían sido expoliados por el Gobierno alemán y buscaban refugio en Francia. Inquietos por las noticias que les llegaban de allí, querían mantener a su hija a buen recaudo. Pero Perla no podía regresar a Mauléon. Se había comprometido en el hospital Hôtel-Dieu para trabajar hasta el 20 de julio. Entonces dispondría de unos días para volver a casa.

Mientras bajaba las escaleras, se llevó la mano al corazón. Palpitaba acelerado. Dio un par de suspiros profundos y buscó en su ansiedad la porción de alegría de la que sin duda disfrutaría esa noche. No era la renombrada Exposición lo que le aceleraba el pulso. Había pasado casi dos años sin verle; había llegado el momento de encontrarse con Tomás Vallejo.

Tras la visita de su madre a Burgui el año anterior, al poco de que estallara la guerra en España, habían pasado tantas cosas en la vida de Esperanza que apenas podía pararse a pensar en su patria pese a las noticias que había llevado su madre del pueblo. Por ella había sabido el paradero y la dirección de Tomás. Una vez por semana, hablaban por teléfono y se ponían al día. Las noticias de España eran cada vez más inquietantes, pero Perla rehuía cuanto podía oír hablar de los fusilamientos, las cartillas de racionamiento, el hambre y el odio. Era demasiado grande para su corazón soñador.

Aunque la facultad se llevaba casi todo su tiempo, los estudiantes hablaban de la guerra de España, y muchos franceses habían acudido en ayuda de la República. También en las reuniones con el grupo de la Unión Francesa de Sufragistas, varias españolas, que habían dejado el país, colaboraban con los que habían elegido el exilio.

París la había cambiado. Tenía que abrirse paso a codazos, era verdad, pues la mayoría de los estudiantes pertenecían a la burguesía. Ella no podía olvidar que era la hija de una golondrina, una alpargatera, de padre desconocido, y nacida al otro lado de los Pirineos. Entre los ciento setenta y cinco estudiantes franceses vestidos con bata blanca, cuatro mujeres luchaban por hacerse valer: Sandrine, Geneviève, Lucie y ella, *Espegansa*, «la española».

Geneviève, hija de un pediatra del hospital Hôtel-Dieu, le había conseguido un puesto como enfermera. La retribución no era buena, pero le permitía vivir con cierto desahogo sin tener que pedir dinero a su madre. Estaba volcada en los estudios y el trabajo. Ya había aprendido a pinchar a los niños distrayéndolos, a jugar con ellos para espantar el miedo, y cada día comprobaba que sus pacientes, además de un diagnóstico y una buena medicina, necesitaban tranquilizarse. Leía cuanto de interés caía en sus manos, pero también encontraba un hueco para acudir a las fiestas de estudiantes, a los teatros y a los cafés, donde la vida parecía no tener fin.

A París acudían artistas e intelectuales, gentes extravagantes, viciosos, burguesas aventureras... Triunfar allí suponía hacerlo también en el lugar del que habían huido. Si no alcanzaban sus sueños, se irían al menos con un equipaje de recuerdos estimulantes. Todas las corrientes de ideas pasaban por el barrio de Montparnasse. Locales como La Closerie des Lilas, La Rotonde o La Coupole recogían a toda la bohemia, que encontraba allí refugio de la humedad y las ratas de sus humildes estudios. Montmartre se había visto sustituido, y los artistas preferían la amplitud de las avenidas y los cafés. París era un mercado de arte. Todos buscaban marchantes, coleccionistas europeos o americanos. París refulgía.

Paseaban la noche de Pigalle o Saint-Germain, donde las mujeres mostraban su cuerpo sin alborotos en medio de un babel de conversaciones donde se criticaba el nazismo que se asentaba en Alemania, se abrigaba a los que escapaban y se vitoreaba el triunfo de la lucha de clases en Rusia. Hitler, Mussolini y Franco levantaban a los atrincherados en la libertad de la República Francesa, como si ellos mismos presintieran que debían contener la amenaza. Escritores y pintores escupían al mundo el reflejo de la realidad en su ficción y sus lienzos; en París se sentían al abrigo de la ferocidad de las ideas.

Había sido durante el mes enero cuando la joven recibió la primera carta de Tomás, dos folios de letra apretada, desordenada y llena de tachones, donde reaparecía disculpándose. Las líneas estaban encendidas de libertad y soflamas. Ella sostuvo temblorosa el papel, buscando palabras para su corazón. Pero Tomás le contaba lo que ya sabía: había interrumpido sus estudios y abandonado Pamplona para incorporarse a las milicias republicanas. Estaba en Madrid con su hermano, luchaba por la República, esperaba a su padre y la recordaba con cariño. Perla buscó incrédula entre líneas algo de ternura, un halago, un recuerdo que atesorar, pero no lo encontró.

En febrero recibió otra carta. Esta vez el tema central eran sus compañeros, la solidaridad, la libertad y el valor de las mujeres republicanas. Le explicaba que su trabajo consistía en informar a las cancillerías y los periódicos internacionales de las decisiones que se tomaban en Madrid con Largo Caballero, líder de la UGT al frente de lo que quedaba de la República. No formulaba ninguna pregunta ni mostraba interés por ella, nada de curiosidad por su vida en París, su situación, sus deseos...

Incluía un poema de García Lorca y otro de Rafael Alberti, y se despedía diciendo que soñaba con ella. No era mucho, pero a Perla le bastó para convencerse de que Tomás no había olvidado el último verano en el que se habían dedicado varios «te quiero».

Ella volvió a escribirle y le incluyó el número de teléfono y los horarios en los que podía encontrarla. Un domingo sonó el teléfono y reconoció su voz, aunque sus maneras no eran las mismas. En sus palabras encontró prisa, un deseo incontenible de hablar de sus experiencias, de la guerra, eludiendo temas personales. Perla justificó su ansiedad. Él estaba en medio de un horror, y ella en la Ciudad de la Luz... Las cartas siguieron llegando, y con ellas creció un vínculo intenso con aquel chico que encarnaba a España, a Burgui, sus montañas y su infancia. Todo en él le recordaba el manto suave que la había protegido y del que se iba despidiendo a su pesar. Había aprendido a no enzarzarse en batallas perdidas, no discutía ni se encendía como cuando era una adolescente. Sabía muy bien dónde terminaban sus privilegios. Había comprendido lo empinada que podía ser la carrera hacia un objetivo siendo mujer, pero estaba decidida a comportarse de una manera moderna y libre. No obstante, deseaba seguir contando con el refugio de sus orígenes, permanecer en el recuerdo de los veranos con él, de su valle roncalés, de sus besos, del roce de sus manos por debajo de la camisa y de la ternura de su torpeza en un claro del bosque. La nostalgia ponía palos en las ruedas; manejarla no era fácil cuando una creía estar enamorada.

A Perla no le faltaban pretendientes. Su cuerpo se había ido modelando hermoso, sin que ella prestara demasiado interés a los cambios. Al llegar no se atrevía a disfrutar de lo que la ciudad le ofrecía, pero poco a poco fue conquistando a sus compañeros. Josephine, además, tenía descuentos en los almacenes donde trabajaba y conseguía precios especiales en algunas prendas codiciadas por las chicas de provincias, menos acostumbradas a la moda y las tendencias de la capital.

Había un joven doctor, Gustave de Fratelle. Un hombre

guapo, educado y con olor a vetiver, que buscaba su compañía. Se abandonó a su cortejo permitiéndole que la llevara a cenar a un restaurante o la invitara al cine. Le gustaba estar con él. Gustave había comenzado a trabajar en el departamento de neurología de otro hospital, aunque se preparaba para ser psicoanalista. Le explicaba los comportamientos humanos de un modo fascinante. Su cortesía natural la deslumbraba cuando la invitaba a comer a la casa familiar situada en la avenue Foch. Él vivía en un mundo mullido y elegante con cubiertos de plata y cristal de Bohemia que Perla desconocía. Ella le escuchaba con atención hablar de las nuevas corrientes de investigación de la salud mental. El joven le producía una admiración casi sexual que la invitaba a dejarse llevar por sus manos sabias. Entre ellos discurría algo parecido a la pasión, que cesó cuando llegaron las cartas de Tomás. Entonces el juego amoroso, la seducción y los paseos le parecieron tediosos e inútiles.

La ciudad bullía, abriéndole los ojos en cada esquina. La hacía grande y pequeña, removía la tierra sobre la que se asentaban sus jóvenes sueños y exigía de ella unas responsabilidades que no había conocido. Aunque Josephine, Sarah y el teléfono para hablar con Mauléon o Burgui estuvieran presentes, Esperanza entendió muy pronto lo que suponía estar sola.

El trabajo la ponía en contacto con una realidad que no admitía vacilaciones. El dolor, la miseria y los límites de la medicina la obligaban a mirar la vida tal y como era. Burgui quedaba lejos; la presencia de las protectoras montañas estaba lejos.

Aprendió de memoria todos los huesos y los músculos del cuerpo humano, y cuando tomaba la temperatura a los enfermos se fijaba en ellos, detectaba las atrofias y revisaba las inflamaciones; el cuerpo humano iba dejando de ser, poco a poco, un enigma. Podía coser una herida, poner una inyección o entablillar un hueso roto. Mientras trabajaba, el mundo permanecía fuera del edificio, y ni se le ocurría pensar en Tomás.

Cuando se subió al coche de Ezequiel, en lo único en lo que pudo pensar fue en Tomás. Suspiró preguntándose si aquella noche averiguaría si la amaba, si el joven vivía para sus militancias, sus artículos y sus mujeres libres y luchadoras. Debía averiguar si había olvidado los besos del último verano que se vieron. Después podría escoger su camino.

Dos días antes, Tomás había llamado a casa de Josephine para comunicarle que se encontraba en París desde hacía unas semanas. Estaba trabajando en la inauguración del pabellón español en la Exposición Internacional. Perla escuchó cada una de sus palabras tratando de sujetar los caballos que en algún lugar de su interior querían desbocarse y colgarle el teléfono. El hombre con el que soñaba, y al que imaginaba desolado y expuesto al peligro, llevaba semanas en la misma ciudad que ella, quizá en el mismo barrio, a unos metros, y no había sido capaz de llamarla. No sabía manejar las riendas del amor ni distinguía el espacio que había que cruzar para que llegara el misterioso deseo. Sus compañeras de facultad parecían saber algo más, pero el sexo no era algo de lo que hablaran a diario. Se preguntaba por qué la admiración y el respeto que sentía por Tomás la acobardaban tanto. Se tragó la amargura de no poder escuchar algo más de anhelo en su voz.

Tomás le explicó, quizá obligado por el silencio de Perla, que la inauguración del pabellón español se había retrasado. Citó a escritores y artistas a los que ella no conocía y a los que debía atender durante su estancia en París, puesto que estaban apoyando a la República. Le habló del sitio de Madrid, de la escasez de alimentos y de la fuerza de sus convicciones, confiándole que sentía la necesidad de ver la cara de una vieja amiga.

La desilusión le enmudeció la garganta. Tenía ganas de llorar, así que le propuso que se vieran de inmediato; los tragos amargos no convenía postergarlos. El joven, envuelto en misteriosos compromisos, repasó el calendario como si se tratara de un hombre del Gobierno, hasta que le propuso que se encontraran en el café Les Deux Magots, situado en el barrio de Saint-Germain-des-Prés, aquella misma noche. Ella aceptó aun sabiendo que iba a perderse el espectáculo al que estaba invitada.

París, esa tarde, desfiló ante sus ojos medio velado. Apenas siguió la conversación de sus amigos. Empeñada en recordar la mirada de Tomás sin conseguirlo, la imaginación le ofrecía la silueta de su cuerpo el día que se dieron el último baño en el recodo del Esca con el Belagua, y sus manos, tan largas y delicadas. Nada más.

Antes de salir del coche, Sarah, que siempre mantenía la cabeza fría y los sueños alejados, le susurró al oído: «No te dejes llevar por la emoción. Trata de pensar antes de hacer. Te conozco y sé que se te nubla la vista con facilidad».

Perla la escuchó, y lo hubiera hecho durante más tiempo de no ser por la impaciencia de un coche que daba bocinazos para que se movieran. Su amiga tenía más temple que ella, reflexionaba y no se dejaba arrastrar por la impulsividad. Le sonrió para tranquilizarla, pero en su interior confiaba poco en sí misma.

Los jóvenes la dejaron en las cercanías de su cita y siguieron camino. Lo último que oyó fue la voz de Sarah, que, sacando la cabeza por la ventanilla, le recordó que la esperaría a las once en la entrada principal de los almacenes Bon Marché.

Conocía la zona, era el barrio por el que se movía. Sabía que estaba muy cerca. Se sintió tan impaciente que se detuvo varias veces en algún escaparate para tomar aliento. Al acercarse al café, vio que las terrazas estaban llenas. El corazón le palpitaba con tanto ímpetu que la tela ligera del vestido se le movía a la altura del pecho. Miró a un lado y a otro sin moverse, confiando en que Tomás advirtiera su presencia y alzara un brazo entre los parroquianos para saludarla. Pero nada de eso ocurrió. Nerviosa, decidió entrar. Recorrió el interior buscando una mesa en la que él la esperara, pero no estaba allí. Volvió a salir, y entonces se fijó en un grupo de cuatro hombres que la miraban fijamente; uno de ellos se parecía a Tomás y acababa de ponerse en pie.

Perla no supo ocultar la decepción inicial mientras se acercaba a la mesa, ni la ira que crecía como un fuego en su interior. Había imaginado un encuentro íntimo, un lugar escogido, un ambiente de confidencia… no una reunión de amigotes en un ruidoso y conocido café donde ella fuera una convidada de piedra. En ese momento recordó a Sarah y sus advertencias: «Aunque te sorprenda desfavorablemente, disimula y no se lo hagas saber». Al llegar a su altura, el joven la miró de arriba abajo con hambre, como si no la reconociera en aquel cuerpo. Solo entonces la atrajo hacia sí y la abrazó.

—Te he visto pasar, pero dudaba de que fueras tú. Estás muy cambiada. Perla, eres una mujer preciosa. Ven, siéntate, voy a presentarte a unos amigos...

Perla bajó la mirada para ocultar el sonrojo mientras el grupo se movía para que ocupara una de las sillas. Más allá de su sorpresa, y sin pronunciar una palabra, obedeció con docilidad.

—Te presento a Max Aub, agregado cultural en nuestra embajada y artífice de todo lo bueno que nos está pasando en esta ciudad. —La mano de Tomás seguía el orden de derecha a izquierda—. Al maestro Picasso imagino que lo conoces, y este hombre tan elegante es el arquitecto que está a punto de perder la cabeza a causa de nuestro pabellón en la exposición, Josep Lluís Sert.

Necesitó un par de segundos para procesar lo que escuchaba. Tomás se movía con oficio de anfitrión. Parecía sentirse cómodo en su papel.

—Señores, esta belleza es Esperanza Escaín, una amiga de Burgui y futura cirujana —prosiguió con gesto y voz teatral.

Se le encendieron de nuevo las mejillas. Muda, Perla balbuceó un saludo e hizo un par de gestos estúpidos que parecieron reverencias. Luego, sin dejar de mirar al pintor, ni sus uñas llenas de restos de pintura, respondió a la curiosidad de Max Aub, que se interesaba por su trabajo.

Toda su impaciencia y su rabia quedaron momentáneamente olvidadas. En unos segundos, sus conexiones neuronales trabajaron deprisa para comprender y aceptar que Tomás estaba inmerso en la realidad de la España republicana, de la Exposición Internacional, que venía retrasándose, y del general Mola, que había muerto en un accidente aéreo dos días atrás. Por fin logró abrir la boca, sonreír y tomar aire para interesarse por la conversación.

Había perdido la costumbre de oír hablar español con desparpajo y espontaneidad, y disfrutó con los comentarios. Reconoció palabras casi olvidadas, matices en la lengua que daban intensidad a la alegría o la nostalgia. Paladeó las bromas, la ironía, y saboreó la complicidad que compartían cuando le informaban de la situación en España.

En marzo de 1937, Bilbao, Santander y Gijón resistían mientras el resto del norte había sido conquistado. El Mediterráneo se mantenía leal a las fuerzas de la República y alimentaba a Madrid, que soportaba el asedio por el norte. Pero un año antes Largo Caballero había visto en la Exposición Internacional una oportunidad de hablar al mundo sobre la República amenazada. Sin embargo, la guerra llenó de obstáculos el camino, y la primera piedra se puso el 27 de febrero de aquel mismo año.

—Ha sido una carrera contrarreloj, pero, aunque no lleguemos a tiempo, el retraso estará justificado.

—No seremos competencia ante el despliegue solemne del pabellón alemán o el ruso, pero al menos tendremos a grandes artistas que representarán al pueblo español y a su Gobierno constitucional.

Picasso fumaba, asentía y parecía agotado.

—Estamos de celebración... Pablo ha terminado su cuadro. Mide más de siete metros y medio por tres y medio. Un grito por el bombardeo de Guernica. —Sert puso la mano sobre el hombro del pintor—. ¡Emocionante! Gracias.

—¡Creí que no iba a salir del taller de la rue des Grands Augustins! —El pintor se rascó la cabeza—. Tenía unos apuntes en los que estaba trabajando y que pude ajustar al proyecto. El primer boceto lo hice el 1 de mayo y, si no me lo hubiesen quitado de las manos, creo que no lo habría acabado nunca.

—Ese jodido de Hitler ha puesto el águila y la esvástica a nueve metros de altura. Enfrente están los trabajadores rusos, un hombre y una mujer con la hoz y el martillo, a veinticuatro metros... Esa es la Europa de hoy... A ver quién la tiene más grande.

—Sé de buena tinta que Hitler no quería participar. París le empequeñece. Pero Speers, su arquitecto, le convenció. ¡Si se siente humillado, no quiero ni pensar lo que se le puede ocurrir! De cualquier manera, las cancillerías están haciendo horas extras con las gestiones diplomáticas.

—Pero a la prensa le importan más los amores de Wallis Simpson y Eduardo VIII —masculló con rabia Tomás.

—El amor no debe minusvalorarse, compañero. Se lo digo yo... —Picasso le sonrió.

—¿Y qué sabéis de la diáspora judía? —preguntó Perla.

Tanto en la universidad como en el hospital, la guerra española y la Alemania nazi ocupaban todas las conversaciones. Los rumores empeoraban por momentos y el silencio internacional se volvía un escándalo. Max, de origen judío, le hizo una síntesis de la vida en Alemania. La impotencia que destilaba le ponía visiblemente nervioso.

—París se está llenando de judíos alemanes cuya situación se ha vuelto insoportable. Les han cercado con unas leyes que nadie en su sano juicio debería aceptar.

—Sí. Todo el mundo lo sabe, pero ahí está... Hitler ha sido elegido. El pueblo alemán tiene la última palabra, aunque me temo que lo pagaremos caro.

Y los cuatro se enzarzaron en una vehemente discusión. Eran protagonistas y manejaban información que no había llegado a ella.

—La muerte «del director» traerá consecuencias. —La preocupación de Tomás resultaba evidente.

—¿Quién es el director? —se interesó Perla.

—Así le llamaban a Mola. Había controlado todo el levantamiento y la estrategia militar. Ahora será Franco quien esté al mando.

—Bueno —Max hizo ademán de levantarse—, hemos sido algo desconsiderados con esta señorita. Vamos a dejar a Tomás con su amiga, a la que espero extiendas una invitación para la inauguración de nuestro pabellón, cuando quiera que pueda hacerse. Creo que la estamos aburriendo con nuestras cosas.

Los demás le siguieron. Perla les estrechó la mano y los vio partir, consciente del privilegio de haber gozado de su compañía. Ezequiel, el amigo de Sarah, era pintor, y más de una vez había hablado de la admiración que profesaba al artista malagueño. Anhelaba ver su cara cuando le contara el encuentro.

Por fin estaban a solas. Tomás le tomó la mano y se la besó de la manera en que Leonora besaba el pan cuando se ponía en la mesa. Había aprendido esos modales de buena cuna que mostraban los burgueses.

—¡Por fin!

Estaba más delgado y llevaba el pelo, oscuro, peinado hacia atrás. Reconoció su mirada, la misma que había buscado desesperadamente, y deseó ser la que era, tirarse a su cuello, abrazarle. Quería mostrarse alegre, locuaz, pero el entorno en el que se desenvolvía Tomás la acobardaba y no podía evitar moverse con cautela; un muro invisible los separaba.

Sintió una pizca de culpabilidad indecisa. Los héroes no hablaban de amor ni se embarcaban en noviazgos largos y a distancia. Tomás no estaba allí para cortejarla, menos aún para retomar la ternura infantil que habían experimentado. Ella quería ser cirujana y vivir en París, no había corrido a defender a su país como él.

—Ni siquiera ha venido el camarero. ¿Quieres que vayamos a otro lugar?

—Sí. Estaría bien. ¿Qué conoces de París? —preguntó Perla levantándose.

—Casi nada más allá del trayecto de mi estudio a la torre Eiffel o mis visitas a la redacción del periódico L'Humanité. Vamos a donde tú digas.

Al levantarse, los ojos del joven resbalaron por su cuerpo. Josephine había dicho una vez que una se sabía hermosa no cuando se miraba en el espejo, sino cuando un hombre lo hacía con deseo. Él lo había hecho. Abandonaron el velador por entre las mesas y Perla advirtió que no pasaba inadvertida. Sarah le había arreglado el pelo y, siguiendo su consejo, se había pintado los labios con un carmín rojo. El vestido se ajustaba a su cuerpo y también ella se había sorprendido de la figura de la mujer hermosa que vio al otro lado del espejo.

Echaron a andar sin rumbo fijo. Llevaba año y medio en París, pero en aquel momento no recordaba ni un solo café adecuado para seguir contemplando los ojos de Tomás. Se había quedado en blanco, pero caminó con decisión.

—¿Te apetece pasear?

—Sí. Mi estudio tiene menos de treinta metros... Y quiero saber de ti. Cuéntame cómo es tu vida aquí... Una parte de mí necesita creer en una vida normal.

Como si fuera un relato, Perla comenzó en el mismo punto en el que había dejado de verle. Le habló de la joven que quería ser cirujana, de la materia de la que estaban hechos los hombres, de su trabajo en el hospital Hôtel-Dieu, de las técnicas para operar y de la compasión que experimentaba, obligándola a trabajar más horas de las convenientes.

—Todo es doblemente difícil para una mujer. ¡Muy difícil! No se nos respeta ni se nos deja tomar decisiones, pero tú sabes que yo peleo. ¡Soy hija de una golondrina!

Hablaba con las ganas de compartir sus experiencias con alguien que conocía la tierra en la que había crecido. Tomás le pasó el brazo por los hombros, y ella deslizó el suyo por su cintura, acompasando el caminar. No pudo hacer más. No se sentía capaz de traspasar los límites ni se atrevía a reflexionar sobre si aquel gesto era simple camaradería o algo más. Se conformó con aquel palpitante contacto. Si detenía su relato, aquel ritmo íntimo podía desbaratarse y el milagro se evaporaría; dejaría de sentir el calor de su cuerpo.

Le vino por fin a la memoria un pequeño café en la rue des Écoles donde a veces iban los médicos y las enfermeras. Siempre estaba abierto y daban de cenar hasta muy tarde.

—¡Qué bonita es esta ciudad! —Tomás suspiró—. ¿Cuándo vuelves a Mauléon?

—No lo sé. ¿Cómo están las cosas en España?

—Juraré no haberlo dicho, pero creo que vamos a perder la guerra. —Tomás cogió aire—. Si cae Madrid...

—Si eso sucede, ¿qué harás tú?

—Europa está en una situación impredecible. Yo no quiero abandonar España, pero no creo que tenga alternativa. Por cierto, quiero que le digas a tu madre que nunca le agradeceré bastante lo que ha hecho por mi padre.

—¿Por tu padre? —Perla lo miró con extrañeza.

—Veo que no estás al corriente.

—No sé de lo que hablas.

Atravesaban en ese momento la place de L'Odéon, y Tomás se detuvo y alzó la vista al monumento.

—Todo ha cambiado, Perla. Ya no soy el chico que se bañaba en el Esca y no pensaba más que en besarte. Tú tampoco eres la niña distinta a las demás, mi amiga de Burgui. El puente que me unía a lo que he vivido ha sido dinamitado. La guerra en Madrid está siendo muy dura...

Perla le apoyó la mano en la espalda y la movió en círculos, como hacía con los enfermos cuando intentaba consolarles. No eran los mismos, no lo eran, a la vista estaba.

—Te has convertido en una mujer preciosa, pero sigues teniendo la misma inocencia. Yo la he perdido. —Se volvió hacia ella. Tenía los ojos húmedos. Suspiró y pasó el dorso de la mano por la cara de Perla en un gesto que más parecía una despedida que otra cosa—. Hace un mes, mi padre me llamó aterrado. Le habían avisado de que en veinticuatro horas iban a ir a por él. Me volví loco. Sabía que le darían el paseo, lo llevarían a la fuente de los Berros, donde han matado a otros, y luego... No sé si sabrás que a las afueras de Burgui hay un destacamento militar que controla las salidas y entradas al valle. La Ribera navarra ha sido un frente muy activo y no querían que se expandiera. Le pedí que esa misma noche partiera hacia Isaba y desde allí atravesara la frontera. Los viejos contrabandistas y los pastores se ocupan cuando pueden de echar una mano. No supe nada de él durante tres días. Mi hermano y yo temimos lo peor. Al cuarto día, por fin, tuvimos noticias; estaba en Mauléon, en casa de Esperanza Escaín, tu madre.

Perla suspiró aliviada.

—Me alegro. No me ha dicho nada, pero no me extraña, mi madre es así... «Que tu mano derecha no sepa lo que hace la izquierda», suele decirme.

—Supimos que mi padre la llamó desde Isaba. Su marido y ella fueron a buscarlo y lo pasaron a Sainte-Engrâce escondido en el coche. Ahora está en Pau, donde los españoles empiezan a ser numerosos y un médico les va bien. Yo... no tengo vuelta atrás. No puedo dejar mi puesto. Me he convertido en uno de los periodistas más buscados. He escrito mucho sobre el general Mola y Franco, desvelando su manera de proceder. Me quedaré en París hasta que se inaugure el pabellón y después volveré a Madrid. Mi vida está allí...

El joven posó la mirada sobre el paisaje parisino. Estaba incómodo, y ella lo advirtió. Para entonces habían llegado al café, donde encontraron una mesa en la terraza.

A pesar de sus esfuerzos, Perla no se sentía capaz de evitar el efecto que le causaban sus emociones. De un lado, estaba feliz de verle, de escucharle, de que su cercanía le acelerara el corazón, pero no podía evitar sentir que no tenía armas para retenerle y todo dependía de él. Disimuló su zozobra hasta que, en un momento dado, él le habló de la infancia que les unía, de las chiquilladas vividas, como si desterrara la posibilidad de ver en ella algo más. Perla cruzó las piernas y se pasó la lengua por los labios varias veces, como le había mostrado Geneviève que debía hacer para despertar al hombre que deseaba que la besara. Desplegó aquel montón de argumentos que tantas veces habían ensayado ante el espejo, miró al infinito, alargó sus silencios, parpadeó como una muñeca y por un momento creyó que aquel teatro había logrado el propósito. Él la miró en silencio, con intensidad.

Unos instantes después Tomás pareció recuperar su aplomo, dio un trago a la cerveza y siguió vagando por su discurso de hombre entregado a la causa de la libertad. Tan solo al acabar una frase dejaba la mirada perdida y rozaba la mano de Perla como si intentara decirle algo; luego proseguía, colocándole un rizo, quitándole una mota de polvo inexistente de la rodilla. Ella se mantuvo expectante. Se suponía que el beso llegaría tarde o temprano. Pero el beso no llegó.

La conversación saltaba de una cosa a otra sin rozar el silenciado motivo de aquella cita. Cuando llegó la hora, agotada y decepcionada, se despidió de él indicándole el camino de vuelta para que no se perdiera y fingió la felicidad que se suponía que debía sentir por haber reencontrado a un amigo de la infancia. Perla tomó la iniciativa, y se besaron en las mejillas. Una voz suplicaba en su interior: «No te vayas, por favor, no te vayas».

—Hueles a bosque —susurró al separarse de ella.

Podía haberle dicho una de las muchas frases hechas que se decían cuando la cita había sido un fracaso y quería enderezarse en el último momento... Que se verían pronto, que le había gustado volver a verla, o simplemente apelar al azar y repetir que algún día, en algún lugar, volverían a verse, pero dijo que olía a bosque, y la frase despertó los recuerdos como si un terremoto hubiera abierto una herida en la tierra de su corazón. No pudo evitar que se le llenaran los ojos de lágrimas, y tampoco que un torrente de reproches y sentimientos le acudiera a la boca como una arcada inesperada.

—No sé si vas o vienes, si me quieres o no, si te crees más importante que yo porque luchas por la libertad. Hace dos años que no te veo. He soñado contigo, he llorado y hasta he rezado por ti. Creí que iba a desmayarme al encontrarte, pero no has dejado de hablar de ti, de confundirme, y no he encontrado nada del chico que hace dos veranos me dijo que era una mujer maravillosa y que no se separaría de mí. No espero demasiado, pero, al menos, creo que me merezco un poco de sinceridad.

Iba a darse la vuelta como había visto hacer a las divas del cine, pero le pareció una estupidez. Había aprendido a leer en los ojos de los enfermos ciertas emociones: alegría, agradecimiento, dolor, miedo... Al mirarlo, eso fue lo que vio.

—Perdóname, Perla. Tienes razón. Llevo semanas en París y no he sido capaz de llamarte. Lo que estoy viviendo me ha cambiado, es verdad, pero tenía miedo de encontrarme contigo porque estoy viviendo con una mujer. Se llama Rosario y está embarazada.

—Pues haber empezado por ahí... —lo dijo con toda la naturalidad que le permitió la sorpresa—. Enhorabuena. —Vio que los músculos de la cara de Tomás se relajaban—. Tengo que irme. Nos veremos otro día.

Esa vez sí se dio la vuelta con rapidez. Las lágrimas acudieron imparables y no quería que la viera llorar. Apenas había caminado unos metros cuando oyó su voz a la espalda.

—¡Perla, espera!

3

El *palazzo* del doctor Giulio

Si no recuerdas la más ligera locura en que el
amor te hizo caer, no has amado.

WILLIAM SHAKESPEARE

Gaston me escolta cuando avanzamos. Vigila el camino para
que no tropiece; es mi centurión. Desde que volvimos de pasar
la Navidad con nuestras familias, mi vientre ha crecido como
un bizcocho que se hincha en el horno, y el bebé empieza a dar
volatines cambiando de postura. Estoy de siete meses. Me he
relajado y sé que es debido a ese secreto inconfesable que compartimos las embarazadas: el temor de que esta primitiva labor
no llegue a término. Mi bebé, aunque pase por la incubadora, ya
puede salir adelante, así que en algún momento de este viaje
maravilloso suspiré y dejé que mi cuerpo engordara con pla-
cidez.

Le miro de reojo. Su mano me trasmite el calor que des-
prende su cuerpo. Paladeo la sensación reconfortante del permiso para dejarme sostener. Las mujeres ya no somos frágiles,
ignorantes o dependientes, y el embarazo es una decisión y no
un destino. La historia empieza a devolvernos el patrimonio de
nuestra vida, pero Darwin viene a mi cabeza de vez en cuando
para recordarme la parte animal de todo este asunto. Gaston
permanece a mi lado, a veces sin saber qué hacer, todo hay que

decirlo, mientras yo, envuelta en hormonas, preparo el abrazo para nuestro cachorro gracias a la bioquímica que me asiste. Tengo suerte, los embarazos no siempre son iguales. A veces resultan difíciles, cansados, temerosos e infelices, pero a mí me ha tocado premio; creo que nunca he caminado tan feliz por esta tierra de nadie. Me bamboleo en medio de un festival hormonal que me traslada de aquí para allá como a una marquesa con chófer. Ando distraída, algo embelesada por dentro y por fuera.

Mis cuadernos se van llenando de datos, frases todavía inconexas, sensaciones. Los hechos se superponen; el pasado explica el presente; vuelvo sobre mis pasos una y otra vez en una tarea infinita. Me salto esas líneas de la realidad que parecen fajas reductoras. Se lo cuento a mi bebé, con el que mantengo una conversación eterna, por si acaso el cordón que nos une no fuera suficiente. Se lo cuento en una confianza que sé que desaparecerá cuando venga al mundo. Ahora somos uno, pero mañana seremos dos, y quizá entonces no pueda decirle que he descubierto en mí lo que siempre he visto en los escritores a los que traduzco: una voluntad todopoderosa y sublime que me ata al texto.

He abierto un documento en el ordenador que aún no tiene más nombre que el que le dio Bill Gates: «Nuevo documento de Microsoft Word». Busco un título para mi novela, pero todavía es pronto.

Soy un hada madrina, quiero comenzar la historia poniendo padres a mis Esperanzas. Padres que les cuenten cuentos a sus hijas al acostarse, como hizo el mío. Padres que les den la mano y las agarren con la fortaleza necesaria para no sentir fragilidad. Padres con voz de promesa, con ojos buenos, con ríos de generosidad. Padres para esta nueva vida de ficción, en la que los personajes enderezarán la vida dichosa que les faltó. Sus amantes no morirán en ninguna guerra ni desaparecerán. Permanecerán junto a ellas, les dirán que son hermosas y construirán sus nidos cómplices para que la adversidad las pille cobijadas.

Pero ellas no tuvieron padres ni amantes con los que desgastar la admiración. Cuando pienso en ello, me acerco a Gaston y le beso. Le digo que ni se le ocurra ir a ninguna guerra, ni que se enrole en aventura alguna, hasta que su hijo pueda pronunciar su nombre o hacerle una casita de palillos en la escuela. Sonríe y acaricia mi vientre sin saber exactamente por qué me ha dado un ataque de ternura. Cuando nos acostamos, lee con su mano izquierda sobre mi abdomen. Creo que también él le habla, porque cuando el bebé se mueve, cierra el libro y pega su oreja a mi panza.

—Las mujeres transportáis un hogar con vosotras. Sois seres mágicos.

—No te pases, mi amor. Es la madre naturaleza, que está perfectamente coordinada.

La consulta de mi ginecólogo romano está situada en un viejo *palazzo* remodelado, en el que te da la sensación de que va a abrirse la puerta y va a entrar la pintora Artemisia Gentileschi, que por lo visto vivió en este edificio y tiene una escultura en el jardín. La póliza sanitaria del despacho de Gaston cubre esta atención única y personalizada, y mi madre, que siempre fue una defensora a ultranza de la sanidad pública, dice que es mejor que vaya al hospital de Navarra. Pero Roma no es Pamplona, así que mantengo mis visitas aquí y allí, por si le da a mi bebé por nacer antes de tener tiempo de coger dos aviones y un taxi.

Un par de enfermeras me pesan, me miden el contorno del abdomen, me toman la tensión, me extraen muestras de sangre y me monitorizan hasta que llega el médico, una suerte de sabio simpático que hace que te olvides de las exploraciones.

—Ustedes no querían saber el sexo... —murmura el doctor mientras va del monitor a mi ficha—, prefieren la sorpresa...

—No, no queremos —me adelanto.

Gaston me mira con gesto implorante.

—Mi marido sí quiere saberlo, pero yo no.

—¿Qué prefiere el papá?

—Yo quisiera que fueran dos, un niño y una niña.

—Pero en este asunto, querido amigo —mira a Gaston con un gesto de rendición—, tenemos muy poco que hacer…

Mientras me visto, ellos van hacia el despacho en plan cómplices que intercambian información.

De vuelta a casa escruto su mirada. Sonríe con malicia. Hace el gesto de tener la boca cerrada. Sé que está feliz, que quizá me ha traicionado el ilustre *dottore* Giulio Montano, y por eso intuyo que mi bebé es un niño. Pero no pregunto. Si mi cuerpo me lo permitiera, me gustaría tener tres o cuatro hijos y una mesa grande de madera de mi valle.

Hoy hace frío, y el cielo se ha vuelto turbio y blanquecino, pero a pesar del clima mantengo la costumbre de salir a la terraza a contemplar los cielos y los sótanos de Roma cuando me despierto. Sila viene tras de mí con un chal y una perorata: «Usted nació con sol. Frío no bueno». No le explico que me crie cerca de unas cumbres hermosas que en invierno cubren su rocoso rostro de blanco como si fueran una tarta interminable de merengue. No le explico que España no es una playa infinita con chiringuitos donde se come paella y se grita mucho, porque eso me llevaría toda la mañana. Quito las malas hierbas y vigilo las matas de albahaca, tan delicadas ellas. Cuando termino de disfrutar de los cielos, me encierro en mi despacho con la calefacción y la imaginación encendidas.

Gaston trabaja bastantes más horas de las que debería; por eso y porque no he aceptado todavía otro libro para traducir, leo y escribo como si no hubiera un mañana. Sé que vendrá el calor, llegará el bebé y el resto de las cosas que hoy son importantes quedarán suspendidas, así que me adentro en mi documento sin nombre y trazo el boceto.

A veces, cuando al caer la tarde él llega a casa, me encuentra con los ojos enrojecidos, o Sila se chiva de que me ha visto llorar sin consuelo. Pero es que algunas fotos me producen una congoja irreprimible causada por la consciencia; empiezo a saber lo que hay detrás de esas imágenes que han llegado hasta mis días. Nunca hubiera imaginado que mis Esperanzas, sobre todo mi abuela, en el fondo del alma guardaran unas penas tan profundas e irreversibles. Eso me mata.

Me causó una gran impresión encontrar facturas del protésico parisino donde le hacían a mi abuela aquella mano de madera que a mí me recordaba a la imagen de la Purísima que había en mi colegio. Estaban entre las páginas de un pequeño panfleto editado por la Agrupación Guerrillera de Navarra que databa de 1945. Ya sabía, a esas alturas, que la bisabuela y Louis Bernier habían revuelto Roma con Santiago para encontrar al mejor protésico de Francia para que le hiciera una extremidad que la ayudara a vivir. En mi profunda ignorancia sobre el asunto, creí que, cuando te ponían una, era para toda la vida. Yo la conocí con su mano, como si hubiera nacido con una de pega tan parecida a la otra mano que la acepté sin sospechas, pero el cuerpo cambia y hay que adaptarlas. Mi abuela había guardado esas facturas. En todas había una anotación con una dirección distinta, aunque el destinatario era siempre el mismo, el doctor Gustave de Fratelle. Las dejé sobre la mesa, en una carpeta en la que guardo todo lo que contiene algún enigma, empezando, como es obvio, por la existencia de mi abuelo.

Sin que yo lo supiera, Gaston había comprado *Le Camp de Gurs, 1939/1945. Un aspect méconnu de l'histoire de Vichy,** de un historiador llamado Claude Laharie. Lo leía a mi lado, y de vez en cuando se detenía, lo cerraba, suspiraba. Se pasaba constantemente la mano por la cabeza, como si quisiera aplastarse el pelo. Es un gesto que hace cuando algo le inquieta o le pone nervioso.

—¿Es muy duro?

—Es increíble… No conozco la historia de mi país. Una pena que no pudiéramos visitarlo.

* «El campo de Gurs, 1939-1945. Un aspecto desconocido de la historia de Vichy».

—Pues bienvenido al club.

—«Tu madre» tiene que conocer esto. Está muy cerca de Mauléon, en la carretera que va hacia Oloron.

—A saber lo que conoce mi madre.

Desde Navidad, y ahora que posee la certeza de que tendrá a un pequeño en sus brazos, la actitud de mi madre ha cambiado. No es para tirar cohetes, pero creo que la distancia ayuda a que hable un poquito más de lo que suele hacerlo. Me concede sus confidencias como si fueran los abrazos que se muere por darme, y cada mañana veo en la pantalla de mi móvil unas palabras preguntándome cómo estoy o qué hago, o recomendándome tomar plátanos porque necesito potasio, vigilar la hinchazón de los tobillos o reforzar los músculos abdominales. Estoy lejos, soy su única hija, estoy embarazada y no me ha dicho tantas veces como yo hubiera querido que me quiere... Un cóctel peligroso para los secretos. Me aprovecho y, mientras le cuento lo que me ha dicho el ginecólogo, le hago una de mis preguntas flecha de Guillermo Tell.

—*Ama*, ¿estás segura de que la abuela nunca te dijo nada de tu padre? Te pedí que lo pensaras...

—¡Ay, cariño! ¡Qué tenacidad! No sé más allá de lo que sabes. Fue un hombre al que quiso mucho y desapareció como por arte de magia.

—¿Y no tienes papeles, algo de lo que pudiéramos tirar?

—Apenas tengo recuerdos de mi infancia, ya lo sabes, menos aún una prueba de paternidad. Déjalo. Completa su vida, pero deja en paz la mía. Todo lo que hay de mi madre es lo que guardó en Mauléon, y las cartas que fueron llegando a su nombre y que te entregué.

Lo sabía, pero seguía intentándolo, porque los padres o los abuelos no desaparecen por arte de magia.

Una vez leí que a veces no podíamos recordar lo vivido debido a que en el misterioso proceder de nuestro comportamiento existía lo que se llama una amnesia traumática. El cerebro oculta algunos recuerdos para protegernos de un peligro. El daño o el trauma sigue estando ahí, oculto, pero continúa haciendo su trabajo de debilitamiento hasta que pasado el tiempo estalla. Eugenia, que lleva psicoanalizándose desde los dieciocho años, me arroja luz sobre el asunto. «No siempre se recuerda. Podés morirte sin saber que un amigo de tu padre te metió la mano bajo la falda cuando tenías seis años. Tu mamá no quiere volver a su infancia. Tenés que respetar eso».

Su férrea determinación a no hablar de su pasado era una alerta roja que no estaba dispuesta a ignorar. Yo tenía mi cuaderno dedicado a ella, a Espe Escaín, nacida en diciembre de 1946 en Burgui e hija de padre desconocido. Eso último estaba escrito en rojo, como para que no me olvidara de que, en realidad, lo que de verdad me interesaba era averiguar el nombre de mi abuelo.

Todos los escritores a los que he traducido reaparecen en mi cabeza cuando me siento al ordenador para teclear una especie de escaleta que será la guía de mi novela. Rememoro lo que me contaron, esas casuísticas de su imaginación o del azar, que los llevaron a arrojar luz sobre los pliegues que el tiempo crea en historias olvidadas, señales que interpretaron para adentrarse en la misteriosa actividad de su oficio.

Siguiendo algunos consejos, he establecido tres partes. La inicial tiene relación con mi bisabuela, la primera golondrina, de la que he llegado a conocer lo necesario. Mi abuela Perla debería haberse llamado Esperanza Elissabide, pero fue una Escaín más. A ella le dedico la segunda parte, la más gruesa, la que nos engloba a mi madre y a mí. ¿Qué apellido debería haber tenido ella? Confieso que, en alguno de esos momentos nostálgicos, calculadora en mano, me he puesto a imaginar si mi abuelo podría haber formado una familia y si mi madre tuviera hermanos, y yo, tíos, primos... Quizá estén cerca, en Pamplona, en Madrid o en París, quién sabe...

La abuela Perla murió a los setenta y seis años. Después de contárselo a Gaston, mis recuerdos estaban más vivos: el viaje precipitado e interminable desde Fuengirola hasta Burgui, cuando recibimos la noticia, los suspiros de mi madre, el olor de la playa todavía en la piel y la textura del sobresalto. Mis padres me dejaron en el pueblo mientras iban a Isaba, donde la sorprendió la muerte. Recuerdo haber paseado por la casa, como si estuviera obligada a ser testigo de sus huellas, todavía recientes. Los muebles de madera maciza, el aparador con los juegos de café traídos de Francia, entronados como un tesoro, su cama cubierta con la colcha de ganchillo en la que había invertido miles de horas, y aquel cajón, el último de su cómoda, en el que guardaba las manos de madera metidas en unas cajas con el molde forrado de terciopelo...

La casa del pueblo tenía una decoración extraña. Era una almoneda generacional, a lo Almodóvar, abastecida por esa costumbre de no tirar nada, de no aceptar la obsolescencia de los objetos, de resistirse al consumo incontrolado. Los hules cubriendo la madera para que no se estropeara, y los vasos todos distintos, unos que venían con la mayonesa, otros con la Nocilla... Me senté a esperar observándolo todo como si fuera la primera vez. De algún modo, intuía que aquel paisaje que le pertenecía solo a ella se vería asolado por las renovaciones constantes de mi madre, como así sucedió. Creo que en ese momento reconocí su muerte y acepté el peso de su desaparición como quien se traga un jarabe infame. Mi consciencia se produjo cuando miraba los objetos que me rodeaban y que misteriosamente no tenían ningún sentido sin su presencia.

A veces, en las investigaciones, el azar te arroja sobre un dato que, al perseguirlo, te desmonta lo que creías que era el núcleo de la verdad. Un pequeño accidente histórico, una confidencia olvidada, un papel perdido... Mi madre, con ese precioso don de la oportunidad que posee, quiso entregarme el mismo día de mi boda una bolsa con cartas de desconocidos dirigidas a la abuela. Las traje aquí y las dejé dormir el sueño de los justos, de un modo inconsciente deseaba hacerlo, y también porque pensaba que, si estaban en la casa y habían llegado con posterioridad a su muerte, no tenían importancia. De alguna manera, seguí el consejo de mi padre: «Conviene dejar la actualidad para cuando conozcas el pasado». No me convenía adelantarme a los acontecimientos y abrir otro melón. Pero hace una semana, Sila, a la que al parecer le molestaban, intervino para despertar mi disciplinada impaciencia.

—Esto —sujetaba la bolsa con el brazo estirado, como si oliera mal— no bonito. Todo ordenado. Casa preciosa. Bolsas mejor esconder en armario.

«Supermercado El Almadiero. Burgui», rezaba la impresión en verde sobre el plástico amarillo. Le sonreí y se la arrebaté de la mano.

—Gracias, Sila, la esconderé.

Es una mujer de decisiones. A veces envidio la claridad que le ha dado su supervivencia. Todo está a un lado u otro de la línea que la conduce por la vida, y por eso me fascina su capacidad para poner orden en mi vida. Ella había dicho «esconder». No «abrir» ni «tirar» ni «liarla parda». «Esconder».

Abrí el nudo que cerraba la dichosa bolsa y saqué el contenido sobre la mesa de mi despacho. Había seis sobres que procedían de Argentina, concretamente de Bariloche y San Martín de los Andes. Todos sin abrir, y los matasellos indicaban que habían sido enviados entre 1995 y 2015. Miré las iniciales de los remitentes, tres letras, «E V R», en el dorso de cada sobre. Lo más extraño era que tras el nombre de mi abuela y entre paréntesis habían escrito «Golondrina».

Barajé las cartas, nerviosa como si lo hiciera para una partida de póquer. Pensé que nadie escribe una carta a una mujer en un pueblo perdido del valle del Roncal y pone ese apelativo entre paréntesis si no hay un motivo concreto. Nadie se toma tantas molestias si lo que contiene la carta no es importante. Sentí rabia de que mi madre las hubiera ignorado. Me limité a seguir las órdenes del buen instinto de mi Sila. Las inspeccioné, miré la fecha del matasellos, los remites, el pulso de la caligrafía, el grosor del contenido y las metí en uno de los cajones de mi mesa. Esconder.

Yo era una adolescente cuando llegaron aquellas cartas, estaba ocupada en meterme en una talla de pantalón que no me correspondía y que mi pelo rizado quedara liso como una tabla. Las conversaciones, casi en susurros, que se desarrollaban a mi espalda me traían sin cuidado. En mi vida solo existía lo inmediato, el presente, y aún desconocía que un volcán amenazaba con entrar en erupción en mi familia; no era extraño que no recordara nada relacionado con ellas.

Llamé a mi madre.

—¿Recuerdas la bolsa que me diste el día de la boda con unas cartas?

—Espera, déjame pensar... ¡Ah! Las cartas.

—Sí. Estaban dirigidas a la abuela. ¿Por qué no las abriste? No lo comprendo. ¿No tenías curiosidad?

—Mira, cariño, yo tuve mi tiempo de curiosidad. Media infancia me la pasé preguntándole sobre mi origen, sobre sus misterios, sobre sus ojos, sobre Francia, sobre España, sobre... —Un silencio retuvo la retahíla. Le temblaba la voz de rabia, o quizá de impotencia. Había pillado a mi madre en uno de aquellos días en que se enfadaba con la vida—. En cuanto llegó la primera carta, me imaginé que se trataba del pasado, del mismo en el que no se me había permitido entrar, así que... Debería haberlas tirado, pero no lo hice.

—Tú has hecho lo mismo, *ama*, tampoco has contestado a mis preguntas.

—¿Las has abierto?

—Todavía no.

Las cartas, ahora lo sé, fueron a parar a un cajón de una cómoda en Burgui que nadie utilizaba. «Tuve bastante con la vida de mi madre, como para que unos desconocidos prolongaran los misterios. Quiero paz y no soporto los secretos», decía con frecuencia mi madre. Pero la historia no es un misterio, ni hay que temerla, a menos que se quiera repetir. Le dije que pensara en quien las hubiera escrito. ¡Lo que habrían debido investigar para buscar la dirección del Pirineo navarro!

—El día de mi boda se presentó aquel escritor, ¿recuerdas? David Wordthing.

—En mala hora...

—*Ama*, llegados a este punto, no puedes seguir engañándome. Tú tienes que saber de qué se trata... —Al otro lado el silencio se extendía como una mancha de aceite—. Te vi hablar con él...

No quería acorralarla, pero a veces mi respeto por su intimidad se desvanece y necesito cruzar las líneas electrificadas que ha impuesto.

—Todo ocurrió antes de que yo naciera, y las Esperanzas hemos sido reservadas con nuestras cosas... Tu abuela, ya lo sabes, se metió en todos los charcos que encontró hasta que nací yo. El campo de refugiados de Gurs está muy cerca de Mauléon, y ella no podía mantenerse ajena a lo que sucedía allí. Trabajó en el hospital de Pau, que está relativamente cerca... Algo he oído. Cuando Francia estaba ocupada, iba al campo con un médico que atendía a los niños. Dicen que ella ayudó a sacar a algunos antes de que los llevaran a Auschwitz.

—¿Y lo de «golondrina»?

—Era su nombre en clave cuando anduvo metida en líos.

—¡La madre que te parió!

—Sí... precisamente.

Al otro lado del teléfono, los suspiros me hicieron imaginarla nerviosa, paseando por el pasillo y tratando de no entrar en harinas.

Me he hartado de ver en los telediarios las reivindicaciones de la memoria histórica, de ese dolor enquistado y casi vergonzante que guardan en el alma tantos españoles a los que la guerra les partió la vida por la mitad porque se quedaron sin padres, sin hermanos, sin memoria de ellos. Confieso que cuando los veía me parecía peligroso levantar las cunetas en un país donde coletea un pasado sin cicatrizar. Ahora, con mis Esperanzas recorriendo mi torrente sanguíneo, ya no me parece lo mismo. Me escuece el silencio de mi madre, y empieza a escocerme el de este país. Somos una generación limpia en el sentido de que el peso de la religión, incluso el de la patria, se ha depositado en manos de la ciencia, la biología y la tecnología; sin embargo, las huellas siguen estando ahí, y las cunetas y los campos de refugiados, también.

Yo nací en Navarra. Aunque hace tiempo que aquí se vive

más o menos en paz, el dolor que ha dejado el terrorismo, lo incompresible de su violencia y la manera de correr un tupido velo sobre sus daños han hecho que mi generación quiera escapar dando un portazo. Cuando la tierra se enferma, hay que emigrar. Tengo recuerdos precisos de silencios estremecedores, de miradas huidizas, de encapuchados y disturbios. Recuerdo la entrada del colegio, al padre de una compañera escoltado siempre por guardaespaldas, las justificaciones que intentaban amortiguar el estruendo de las bombas incompatibles con la vida. Tengo una sensación imprecisa en las tripas, de asco, de dolor, de miedo. Pero en casa me protegieron del odio, me redujeron la memoria, la consciencia, para que pudiera soñar. Mi padre volaba a lomos de la historia, me envolvía en lo inevitable, y ella, mi madre, guardaba silencio y apagaba la televisión.

Pero nadie consigue el olvido de forma gratuita. Cada vez que oigo hablar de ETA o de los etarras, me sube a la boca un regüeldo de extraña desazón. No me gusta que los políticos se arrojen consignas utilizando algo de lo que no se ha hecho la digestión. La historia reciente me espanta y me ha enseñado a recelar del amor a las banderas. Era la historia de mis padres, de mis abuelos, de aquella guerra en la que ellos se metieron, del dictador, de la culpa que heredaron y que de rebote lo hicimos todos. Las contiendas y el dolor, como el agua, no cesan de fluir hasta que encuentran su cauce.

Quizá los muertos que les pertenecen a ellos también son míos, y los míos serán de este hijo que vendrá a un mundo determinado por la historia que yo vivo, con el 11 de septiembre, las islas de plástico del Pacífico, el amor líquido, la virtualidad, el Guggenheim o lo que quiera que marque este año en que él va a nacer, 2019.

Tomo distancia. Me abruma la consciencia y, como suelo hacer, me alejo a esos dominios que controlo. Tengo que comer sano, también alejar a mi bebé de la angustia que a veces viene del brazo de la consciencia, porque sin duda él tendrá su propia herencia.

Un poco porque me tocaba, y otro poco porque me intere-saba, he empezado unas clases de yoga para embarazadas. Te preparan para que el dolor no te lleve por delante y para que los músculos que necesitas en el momento del parto estén en condiciones. Naturalmente el curso me lo ha buscado Eugenia, una experta en Pilates, que habla del templo del poder señalán-dose el abdomen.

—Tenés que ocuparte de tu suelo pélvico. Las madres y las putas dependen de él.

4

Perla Escaín

1937

El hombre sabio querrá estar siempre con
quien sea mejor que él.

PLATÓN

Tras el reencuentro con Tomás, la protectora rutina de Perla
desapareció. Dormía mal y al amanecer una actividad inusual
y agotadora la empujaba a salir de la cama. El calor, más intenso aquel año, la echaba a la calle en cuanto los repartidores
empezaban a dar voces. En el tranvía, en el metro o cuando
recorría los pasillos del hospital, oía la voz del joven susurrando: «Hueles a bosque».

Era sábado, y ese día no trabajaba. La facultad había cerrado por vacaciones, y la mañana se abría prometiendo un calor
que caería aplastando la ciudad antes del mediodía. Ni Josephine ni Sarah estaban en París, y la casa había perdido la protectora rutina de las comidas y las cenas. Esperancita caminaba sin prisa. Entró en uno de los elegantes cafés cercanos al
Louvre y pidió un desayuno. Mientras esperaba, se lanzó sobre
los periódicos que había colgados junto al teléfono del establecimiento y se los llevó a la mesa.

Europa se hallaba sentada sobre un polvorín. Quien más,
quien menos, sospechaba que algo estaba a punto de estallar.
Hitler extendía su poder ante una sociedad que había vivido

una crisis económica devastadora. La guerra en España traía vientos de agravios y venganzas. La actividad en las cancillerías era tibia y tolerantemente diplomática con los despropósitos del Partido Nazi. Perla buscó los artículos que hablaban de su país mientras tomaba el café. El conflicto le unía a él como un vínculo envenenado al que no podía renunciar.

Sabía que el norte de España había caído en manos de los nacionales. Las fuerzas aéreas italianas y alemanas sembraban el pánico, y la ayuda internacional se limitaba a las brigadas de jóvenes entusiastas poco preparados que apoyaban la República. Su madre le había contado que los caminos desde la frontera estaban atestados de familias que huían del miedo y el hambre. Terminó el café imaginando las rutas que atravesaban los Pirineos y que conocía tan bien. No era fácil caminar por aquella geografía accidentada, y la angustió la idea de no poder hacer nada por los que huían de la violencia. El periódico contaba la magnitud de la tragedia que se vivía. En uno de los artículos, el periodista escribía acerca de lo sucedido en un pequeño pueblo aragonés de apenas doscientos habitantes donde, primero los nacionales y después los republicanos, habían arrasado granjas y casas. Se hablaba de represalias y humillaciones, de agricultores ignorantes a los que se les acusaba de colaborar con un bando u otro; las fronteras representaban la salvación, aunque también el exilio.

Las noticias la volvieron frágil e insegura. Se preguntó si las decisiones que tomaba eran las acertadas. «No debí haberme despedido de Tomás de aquella manera, tendría que haberme mostrado más comprensiva». Sarah había intentado tranquilizarla asegurando que hizo lo correcto; sin embargo, Perla no encontraba consuelo a su zozobra. Había adoptado demasiadas responsabilidades y no deseaba que todo lo conseguido se fuera tras la sombra de Tomás. En el fondo de su ser sobrevivía una niña desorientada que anhelaba un mundo seguro, donde estuviera su madre y un destino para vivirlo.

Sarah había regresado a Mauléon de vacaciones. Los días sin ella se le hacían cuesta arriba. Podría haber hecho lo mismo que ella; irse y no esperar al mes de agosto, pero prefirió quedarse trabajando. Estaba inquieta, hacía mucho calor, y le parecía que los tranvías iban demasiado llenos; París le quedaba grande y sufría un ataque de nostalgia. Añoraba la vida sencilla, las charlas con los vecinos, las noches estrelladas, los cariños de Leonora, la atención de Louis, y creía necesitar hasta el rigor y la disciplina de su madre. En realidad, no podía reconocerlo, pero su decisión de quedarse en París tenía que ver con Tomás.

Miró a derecha e izquierda antes de cruzar la calle. Atravesó la place Vendôme contemplándose en las vidrieras de los lujosos establecimientos. Se había puesto sus mejores galas, y nadie habría dicho que no era una de aquellas jóvenes francesas de buena familia que frecuentaban aquel lujoso barrio. Sin embargo, no pudo evitar que su alma provinciana temiera que el portero del Ritz le diera el alto o la mandara a la puerta de servicio.

Al acercarse, suspiró resignada y alejó sus pensamientos. Estaba allí por su madre y tenía que cumplir su encargo; debía entregar personalmente la carta que le había enviado en la recepción del lujoso hotel, cerciorándose de que el destinatario la recibía.

—Pero... ¿de qué se trata? —le había preguntado cuando la llamó desde la fábrica para explicárselo.

—Hace años perdí de vista a un amigo. Lo creía en Madrid, pero me han dicho que estará alojado en ese hotel entre el 7 y el 15 de julio. Quiero dar con él. Necesito que le lleves la carta en persona. Si te dicen que no le conocen, la guardas. Pero si está, trata de verlo. Preséntate como mi hija.

—¿Y qué sucederá?

—Se alegrará de conocerte.

Le pidió que fuera más explícita, pero su madre no era una mujer que satisficiera la curiosidad con facilidad y, además, ella había heredado su discreción.

Dio los buenos días al portero, vestido de librea y galones, que sin decir palabra se lanzó a abrir las puertas de entrada.

A Perla se le escapó un suspiro de alivio. Con frecuencia olvidaba el impacto que ocasionaba su belleza en los demás. Quienes la miraban sucumbían a aquella joven de aire distraído e inocente con cuerpo de diosa. Ese día llevaba los labios pintados con el carmín que le había regalado Josephine, un ansiado rojo de la casa Chanel; su pelo, recién lavado, emitía un brillo dorado.

—*Bonjour, je porte un message pour monsieur Santiago Sanz. Est-ce qu'il est logé ici?**

Dejó el sobre encima de la madera pulida y oscura del mostrador, procurando que no se notara la turbación que le ocasionaba el lujo que se alzaba a su alrededor. Sonrió de aquella manera que había aprendido a hacer cuando quería conseguir algo. El recepcionista abrió el libro de clientes y pasó el dedo índice por un listado de caligrafía pulcra.

—*Je suis désolé, mademoiselle. Monsieur n'est pas logé à notre établissement.***

El joven permaneció mirándola expectante durante unos segundos, y Perla volvió a guardarse la carta en el bolso con aquel proceder de señorita que había aprendido del cine. Sonrió con aire bobalicón y se despidió dando las gracias. Iba a franquear la puerta cuando a su espalda oyó la voz del recepcionista.

—*Mademoiselle!*

Volvió sobre sus pasos, un poco molesta por haber sido requerida a voces en el sanctasanctórum del lujo aristocrático. Junto al recepcionista uniformado, otro empleado con más galones y más canas le indicó que en la cocina trabajaba alguien con el mismo nombre. ¿Una casualidad? «Demasiadas coincidencias», pensó Perla. El hombre cogió un teléfono y, dándole la espalda a medias, mantuvo una pequeña conversación. Unos segundos después, le entregó el auricular.

---

* «Buenos días, traigo un mensaje para el señor Santiago Sanz. ¿Se aloja aquí?».

** «Lo siento mucho, señorita. El señor no se aloja en nuestro establecimiento».

—Al habla Santiago Sanz.

—Tengo una carta de Esperanza Escaín para usted.

—¿Esperanza... de Burgui?

—La misma, soy su hija.

—¿Su hija? —Se oía ruido de platos que entrechocaban—. ¡Dios mío! ¿Puedes acercarte a la puerta de servicio? El señor Anglet te indicará el camino. Te espero.

Siguió al recepcionista hasta un callejón. Allí, un hombre grande que olía a mantequilla la abrazó sin previo aviso y con torpeza. Era moreno, de ojos vivos y sonrisa franca. Se movía como si se envolviera en el aire. En cinco minutos, encendió un cigarrillo y le arrojó, además del humo, una historia que comprendió a medias. Dejó de hablar cuando a su espalda, en el interior, alguien gritó su nombre.

—Vuelve a las cinco, chiquilla. Tienes que contarme muchas cosas de tu madre.

Con la carta en la mano, la abrazó de nuevo y desapareció en las tripas del edificio, dejándola perpleja.

Algo aturdida, deshizo el camino. Un coche negro y lujoso se había parado delante del hotel, y en ese momento el mismo portero de librea abría la portezuela del brillante vehículo. En ambos lados del automóvil, las banderas con el símbolo nazi permanecían inmóviles. Los dos hombres uniformados que descendieron la miraron con lascivia. Sintió un escalofrío. Revestida de algo parecido a la dignidad, pasó entre ellos en dirección hacia la plaza.

Perla no había respondido a las llamadas de Tomás. Su encuentro fallido le había dejado una herida que no acababa de cicatrizar. No podía quitárselo de la cabeza, mientras envolvía su frustración con argumentos; su obligación era ponérselo difícil. Él le había escrito, la había hecho creer que era posible recomenzar donde lo habían dejado y, a pesar de que oliera a bosque, le había ocultado la existencia de otra mujer que esperaba un hijo suyo. Imperdonable.

Se dirigió a la parada del tranvía alegrándose de ir en contra del tropel de turistas que intentaban llegar a la torre Eiffel.

La Exposición Internacional centraba el interés de los parisinos. El pabellón español no había podido inaugurarse en la fecha prevista, pero Perla sabía que lo haría el 12 de julio, porque había recibido la invitación. El tarjetón descansaba sobre su tocador, y a veces, cuando lo miraba, las letras se agrandaban como si la llamaran.

Tomás estaría allí en ese momento, y al pensarlo un dolor sordo que se parecía a la rabia se extendió por su pecho. El amor era extraño, pensó; los hombres la miraban con deseo, pero él evitaba hacerlo. Su comportamiento era el de alguien fiel a su mujer, y eso le resultaba aún más doloroso. El tranvía traqueteaba y hacía chirriar las ruedas por los raíles. Las calles pasaban por sus ojos como si se tratara de un escenario inerte, ideal para escapar a su imaginación. Aun sabiendo que empeñarse en no olvidarlo únicamente la empujaría al desastre, no podía evitarlo. Quedaba solo un día para la fiesta de recepción que hacía la embajada y se había probado los cinco vestidos que tenía.

Al llegar a casa, pidió una conferencia con Mauléon. Las llamadas telefónicas eran siempre cortas. Estaban presididas por el miedo al coste de la factura, y apenas había tiempo para desenredar los malentendidos, o volcar la ansiedad, así que le contó a su madre a toda prisa que había encontrado a Santiago, que era cocinero y no huésped, y que iba a volver a verlo. A través del hilo, oyó que Leonora le mandaba cariños. Su madre le anunció que Louis debía ir a París antes de agosto y que quizá ella le acompañara. Perla no le dijo que estaba sola, que Josephine pasaba unos días en el campo, y que en París, Tomás Vallejo, el hijo del médico, convertido en periodista, le había dicho que esperaba un hijo con una mujer de Madrid. La voz de su madre le despertó ganas de llorar, pero se contuvo. Era una mujer, se había ido del nido para labrarse un futuro, y su madre estaba lejos, no podía acogerla en sus brazos, tranquilizarla o decirle que todo en la vida tenía solución. Tampoco le preguntó cómo estaban Burgui, la abuela, la guerra, España...

Unos minutos antes de las cinco, Perla estaba de nuevo en la puerta de las cocinas del hotel Ritz en la place Vendôme. Santiago la esperaba repeinado e irreconocible con una camisa blanca recién planchada. Volvió a abrazarla, la cogió de la mano con una proximidad desvergonzada y tiró de ella. «Pero qué guapa eres. Debes de parecerte a tu padre». Le ordenó los rizos, recolocó su vestido y habló como un torrente sin esperar respuesta hasta que llegaron al tranvía.

Era divertido, se ponía el mundo por montera, y a Perla le atrajo su franqueza, la espontaneidad, y que conociera a todos los españoles que vivían en París. «Estamos en las cocinas, en los mataderos, en los transportes de carbón y en los jardines de Luxemburgo... ¿Tú no has oído hablar de Caramelo? Pero si me conoce hasta Antonio Molina». Con fervor indisimulado, le contó que su madre le había enseñado sus primeras palabras en francés, cuando recogían tila en los prados altos, donde los pinos negros y rojos formaban un estampado más bonito que el de su vestido. La llevó al barrio de Montmartre para que probara el mejor pastel de chocolate del mundo y le contó que él era el hijo del hojalatero de Burgui, también el sarasa del pueblo, y el que llegaría a ser chef en el Lhardy si los cabrones de los falangistas no lo apedreaban antes.

—Cuando pase la oscuridad, os serviré en el salón japonés un solomillo al vino que no olvidaréis. Trabajé allí, ¿sabes? Pero cuando todo empezó a envenenarse hui. Uno no puede estar luchando eternamente contra la injusticia. También me duele España, pero en los huesos que me han roto los que se comen los santos y predican moral.

Perpleja, y también eclipsada, la joven miraba a su alrededor temerosa de que los parroquianos se escandalizaran con aquellos cuentos.

—Mañana nos vamos tú y yo a la inauguración del pabellón español. ¡Lo que voy a presumir con una chica tan guapa! Me han invitado y puedo llevar a quien quiera. ¿Conoces a Tomás Vallejo? Es un chico de Burgui que ha venido para trabajar con el comisario del pabellón, la mano derecha de Max Aub.

A Perla le dio un vuelco el corazón, pero disimuló su sorpresa intentando que el temblor de su voz no la delatara.

—Le conozco.

—Miel sobre hojuelas.

El día, temido y anhelado, amaneció sofocante. París guardaba el secreto de su insoportable clima. Perla se vistió pensando en si había sido un error aceptar la compañía de Santiago, que sin duda se haría notar en la recepción. Tenía el estómago revuelto, y ganas de quedarse en casa y pasar aquella página que no acababa de pasar. Pero ella siempre cumplía su palabra. Se recogió los rizos en un moño bajo que le permitiera estar más fresca y terminó de vestirse siendo consciente de que iba a ser mirada.

Al llegar a Trocadero, el gentío hacía imposible localizar a nadie. Perla se dirigió hacia un grupo cerca de la entrada, donde alguien vociferaba.

—... No olvidéis que estamos en uno de los momentos más peligrosos de la historia de Europa. Hitler está en Alemania, Mussolini en Italia, y Stalin en la URSS. No os dejéis deslumbrar. Los liberales están sin aire desde el 29, y el totalitarismo promete pan y quita libertad...

Vio a Santiago estirando el cuello y levantó el brazo para dejarse ver. Este llegó hasta ella evitando la multitud, la cogió del brazo y la empujó al interior después de entregar el mismo tarjetón que ella había dejado sobre su tocador.

—Yo no sé si tú conoces a los artistas. Eres demasiado joven y te ha criado una golondrina valiente, pero si no fuera por los artistas este mundo sería muy aburrido.

La majestuosidad de la explanada por la que se adentraron y los pabellones de Alemania y Rusia la sobrecogieron. Santiago la llevaba sujeta del brazo y caminaba decidido hacia el edificio donde ondeaba la bandera tricolor. La certeza de que vería de nuevo a Tomás le encogió el estómago.

—Lo sé todo. —Santiago no dejaba de hablar—. Marcel trabaja en los sindicatos del Frente Nacional. Nada es lo que parece. La política de apaciguamiento no funcionará. El presidente Blum apoya a España, pero no puede decirlo, espera que Gran Bretaña tome la iniciativa. No lo hará. No te separes de mí. Mira a estos nazis... Sé de buena tinta que hay espías por todos lados.

—¿Espías?

—Cientos. No te separes de mí o te comerán.

El bullicio se extendía por las cercanías del pabellón español. Santiago la condujo con decisión y, antes de que pudiera darse cuenta, estaban frente al inmenso cuadro de Picasso. La tela resultaba impactante. La falta de color estremecía. Perla contuvo la respiración recordando el encuentro con el pintor en el café del boulevard Saint-Germain un mes atrás.

Santiago abrazaba a cuantos se cruzaban con él, le presentaba a poetas, empresarios, obreros. Decía que era su sobrina, luego que una médico del hospital Hôtel-Dieu, e incluso se aventuró a decir a un jovencito que Perla era la mano derecha de Coco Chanel... Era verdad que conocía a todo el mundo y que iba a ser difícil concentrarse en lo que sentía.

Dos horas después, y a pesar de que su mirada había recorrido cada rincón en busca de Tomás, no le había encontrado. Estaba agotada y le dolían los pies. Se escapó de la tutela de Santiago y buscó una zona que parecía un jardín. Naranjos y olivos reproducían el ambiente de un patio español y proporcionaban sombra alrededor de una fuente. Se sentó en un banco, se descalzó y durante un momento tuvo la sensación de encontrarse en España. El recorrido por aquel escaparate de naciones enfrentadas la tenía subyugada. Cuando más concentrada estaba en sus pensamientos, alguien que se acercó por su espalda le puso una mano en el hombro.

El rostro de Tomás estaba radiante cuando Perla se giró. Se saludaron con una relajada normalidad, y casi sin darle tiempo a abrir la boca, el joven se lanzó al relato exultante del éxito de la jornada.

—Han venido todos. Está el presidente Largo Caballero, y muchos miembros del Gobierno. ¿Has visto el cuadro de Pablo? Una delegación del Gobierno vasco con Irujo al frente acaba de fotografiarse con él... ¡No tengo tiempo, Perla...! ¡Qué guapa estás! —Miraba alrededor, hacía señas de espera, repetía la jerarquía de las visitas en el pabellón, mientras le murmuraba que se alegraba de volver a verla.

Ella le escuchaba sin prestar atención. Tenía hambre de él y lo miraba sin reparo: el cabello algo desordenado, el traje demasiado ancho, la camisa humedecida por el sudor y unas ojeras que delataban cansancio. De nuevo sintió aquella oleada imprecisa de ternura, unas ganas irrefrenables de echarse a sus brazos, de desaparecer en su pecho y saborear aquel amor indeciso que palpitaba en su cuerpo.

Un hombre se acercó llamándolo por su nombre. Tomás acudió a su encuentro, olvidando a Perla. Ellos se palmearon la espalda, fundidos en un abrazo de los que se dan quienes han compartido algo profundo. La mano ancha en la nuca del otro, desordenando aún más el peinado, la sonrisa franca, la mirada directa...

—Te hacía en Valencia. ¡Me alegro de verte!

—Max me dijo que andabas por aquí. No quería irme sin darte un abrazo.

—¿Vuelves?

—No. María y los niños ya están en México. Me reuniré con ellos en dos días.

Perla miró la escena como si estuviera sucediendo en la pantalla del Cinéma Royal. Sabía que Tomás no le pertenecería nunca. Si no moría en la contienda, emigraría con la mujer de Madrid y el hijo que para entonces habría nacido. Correrían con las maletas y el niño protegido por sus brazos fuertes a un tren que los llevaría a un puerto donde embarcarían hacia algún país lejano e inaccesible. No volvería a verlo. Los caminos se habían separado sin que llegaran a encontrarse del todo, y la sensación le resultó insoportable. Volvió a mirarlo, pero esta vez lo hizo como si ya lo hubiera perdido y en ese momento supo que, tomara el rumbo que tomara su vida, ella se llevaría lo que deseaba.

—Tengo que irme, Perla, pero…

—Llámame mañana —le interrumpió ella, poniendo la mano en la suya—. Estaré sola. Quizá puedas encontrar un rato para que podamos hablar privadamente. Vivo en la rue de Sèvres.

—Lo sé. —Tomás le apretó la mano—. ¿Has olvidado que te escribí? Encontraré un rato para que nos veamos sin tanta gente alrededor. Te lo prometo.

Ella había alargado la palabra «privadamente» mirándolo a los ojos y sabía que Tomás había entendido lo que quería decirle.

—Te llamaré.

Dio un paso adelante, rompió la prudente distancia que los separaba y la besó con suavidad en los labios, como si estuviera sellando una promesa secreta.

Lo vio alejarse hacia la explanada y desaparecer engullido por la muchedumbre. El rumor de la fuente la expulsó de la dulce sensación de haber habitado durante la última media hora una isla desierta. Un bullicio turbador comenzó a invadirlo todo, hasta que la devolvió a lo que era: una simple visitante del pabellón de la República Española que, como los demás, no sabía dónde estaba su patria.

—Me voy a ir —le susurró a Santiago cuando dio con él diez minutos después.

—Pero, niña, si acabamos de llegar y aún no han servido el cóctel.

—Da igual, volveré otro día que haga menos calor y haya menos gente. Me duele la cabeza y creo que tengo fiebre.

Santiago no la retuvo. Estaba demasiado excitado para perder el tiempo con una jovencita con remilgos a la que no conocía demasiado.

Perla caminó a contracorriente. Una riada de gente se acercaba para pasar un día feliz en el recinto. Ella salvaba la distancia con urgencia, como si temiera que aquel barullo le robara la sensación dulce del deseo que había vuelto a despertar Tomás en ella. Cuando por fin se sentó en el metro, cerró los ojos y pensó en la decisión que había tomado.

Faltaban días para que Josephine volviera, un par de semanas para que su madre llegara con Louis. A pesar de sus ancestrales temores, iba a entregarse a Tomás. Terminaría con aquella inocencia inútil y dolorosa que ya no tenía lugar en un mundo sin paz ni sueños, y en el que le había tocado tener dieciocho años y enamorarse de quien no debía.

Tomás no llamó al día siguiente. Perla esperó dos días, como mandaban las buenas costumbres. Había reglas que una joven no podía romper, aun cuando hubiera una guerra, una urgencia, un abismo y deseara a un hombre más que a nada en el mundo. Finalmente, y a través de la embajada, le dejó un recado. Casi de inmediato la llamó. No hubo duda en su respuesta. Naturalmente aceptaba su invitación; podía estar el jueves a las siete y media de la tarde en su casa. Prometió llevar una botella de vino español.

Perla pidió el día libre. Hacía tiempo que no tenía prisa en salir, y la supervisora no quería dejar escapar a aquella chica que trabajaba tanto y tan bien. Arregló la casa. Preparó la mesa, la cena, y hasta se ocupó del aire que iban a respirar. Temblaba, dudaba, tenía certezas y se le amontonaban los suspiros. No sabía cómo se sentirían otras chicas cuando iban a entregar su virtud, pero ella era un manojo de nervios. Trató de evitar los pensamientos que amenazaban con amargarle la cita. Todos convergían en la inutilidad de entregarse a un hombre con el que no iba a poder mantener una relación. No era tonta, y por ello sus razonamientos acababan en un callejón sin salida en el que, resolutiva, se preguntaba cómo iba a aplacar las ganas de él si no era abrazándolo del todo.

Cuando fue aproximándose la hora de la cita, recordó las palabras que su madre le había dicho el día que la dejó en casa de Josephine. Había tratado de prevenirla de los peligros que corría si se entregaba a un hombre y, para reforzar sus palabras, le habló por primera vez de su padre y de que la habían concebido durante un permiso, en medio de una guerra. Le había sorprendido aquella confesión, pero en ese momento cobró sentido. Sonrió. Ella no iba a quedarse embarazada. Conocía el cuerpo humano, su fisiología. Estaba del lado de la ciencia y de las alternativas. Iba a ser médico. Sin embargo, la inquietó descubrir la similitud de su situación. También había una guerra, unos días de tregua, y posiblemente aquel miedo sordo y atávico que invadía a las mujeres cuando iban a entregarse a un hombre por primera vez.

Tomás llegó puntual. Se presentó con una botella de vino y un ramillete de violetas. Desde que dio un paso en el interior de la vivienda, se comportó como el hombre al que recordaba: espontáneo y tierno. Aunque durante un buen rato ambos adolecieron en sus gestos de la torpeza del disimulo, sabían lo que querían obtener de aquel encuentro. No tardó en producirse el primer roce con vocación de caricia. Luego llegaron los besos, tímidos y dulces al inicio, apasionados a medida que se liberaban de sus temores. Ni tan siquiera habían tocado la cena cuando el deseo ocupaba la habitación, y olvidaban el equipaje de dudas y certezas con que se habían acercado el uno al otro. El deseo, un sentimiento que hasta aquel día apenas la había rozado, se abrió paso dejando en la cuneta los miedos. Tomás conocía los pasos que dar, y ella se abandonó confiada. El amor se las arreglaba bien para discurrir por aquella selva desconocida que Perla había habitado sin ser consciente.

Durante los cinco días siguientes, vivieron en la rue de Sèvres como dos enamorados presos de una avidez desconocida. Los cuerpos se revelaron autónomos e insaciables, y las noches estaban llenas de un desvelo vigilante. Cerraban los ojos, pero dejaban una mano palpando al otro, como intentando dormir a medias para que el otro no se escapara. Ella improvisaba el hogar que secretamente anhelaba compartir. Ponía unas margaritas sobre la mesa, buscaba un mantel para cubrirla y movía, persiguiendo una armonía perfecta, la mantequilla, el pan, los cubiertos. Su vida amorosa se prolongaba en los gestos con un miedo no reconocido a que el teléfono o el timbre de la puerta rompiera aquella milagrosa burbuja.

En la fecha fijada, Josephine, descansada y resignada, volvió de sus vacaciones. Ni imaginaba que la joven que la recibió había vivido unos días definitivos para su existencia. Todo estaba en su lugar, y el orden restablecido parecía haber borrado la huella de aquel huracán, pero en su corazón existía algo íntimo, propio y valioso que no estaba dispuesta a perder. Pretextó una invitación al campo, inventando la celebración del compromiso de una compañera, y se fue al apartamento de Tomás con su maleta.

Tenían seis días antes de que él partiera hacia Madrid. Allí le requerían, y el viaje no era sencillo. Para atravesar las zonas de guerra se necesitaba la intervención de muchos compañeros, y una valentía considerable en la que ninguno quería pensar. El amor aplazaba la realidad, la arrumbaba en una esquina, ignorándola. El amor contaba con el azar, con Dios y hasta con la voluntad que nacía entre los besos.

Los enamorados se instalaron en el apartamento del barrio de Saint-Germain que la embajada le había proporcionado para su residencia en París. Allí enlazaron los días y las noches que les quedaban, conscientes de que su tiempo se terminaba. Perla, que siempre buscaba la estabilidad, se perdía en el deseo ardiente e inaplazable del cuerpo de Tomás. Ambos avanzaban en la intimidad como si tuvieran que llenar una maleta a toda prisa. Pasaban la noche amándose, se levantaban al baño, volvían a la cama, iban a la ventana, visitaban la cocina y volvían a amarse casi con desesperación. Ella cumplía con su trabajo y atendía a sus enfermos; él recibía a periodistas e intelectuales en la Exposición; como si ambos tuvieran un doble capaz de hacer sus tareas sin ellos presentes.

Cuando las jornadas concluían, evitaban a los compañeros, a los amigos, sorteaban los compromisos, mentían y corrían al apartamento para amarse. Agotados y felices, se hacían confesiones, se desgarraban y se reconstruían, silenciando la amargura de aquella ola que se precipitaba en el horizonte del tiempo. Perla se despertaba en medio de la noche y lo miraba dormir. Se descubría pasando las yemas de los dedos por su piel, absolutamente concentrada en fabricar un recuerdo que se llevaría al corazón cuando él ya no estuviera. Tomás, como si la intuyera, siempre acababa despertándose. Con los ojos hinchados de sueño, la contemplaba en silencio, incapaz de ocultar el peso de la responsabilidad por lo que le esperaba en Madrid, atesorando, también a su manera, la geografía de la piel de su amor temprano.

La última noche, y con un sueño intermitente que apenas eran capaces de esquivar, un peso extraño se fue asentando en el pecho de la joven. Mientras él dormía, en una de aquellas treguas que se daban, Perla imaginó su ausencia. Escuchó el silencio que dejaría su partida, y sintió la soledad de sus brazos, el frío de sus entrañas y la ausencia de aquellos horizontes secretos a los que él la había invitado. Como si necesitara sentir el puñal hundiéndose en la carne, lo notó respirar y se acercó a él para sentir la milagrosa calidez de su somnolencia. Una larva insana le anidaba en el corazón. Imaginó que Tomás, igual que ella, se había despertado varias veces a lo largo de la noche y la habría observado dormir. Su silueta tan distinta a la de la mujer en Madrid, de la que sabía que era menuda, morena y de ojos vivos.

Por la mañana, cuando abrió los ojos, él no estaba. Desnuda sobre las sábanas revueltas, miró a su alrededor con incredulidad. Había llegado la hora de separarse. Oyó los ruidos al otro lado del tabique; Tomás preparaba el café en la pequeña cocina. Un silencio espeso parecía flotar por la estancia buscando un lugar donde posarse sin producir un estruendo. La joven se fijó en la ropa sobre la silla, en los zapatos abandonados en el rincón, ya iluminado por la luz que se colaba entre los postigos. Se propuso coleccionar cada gesto, cada objeto, cada pequeña cosa que los hubiera acompañado durante aquellos días, con el fin de inmortalizarlo. Clavaba en su cerebro el paso de Tomás por la habitación, sin darse cuenta de que ya estaba impresa en ella su huella. La asustaba olvidar alguna pieza pequeña, algún instante de aquellos casi quince días. Tenía miedo del olvido, de sentirse viuda o, aún peor, una amante abandonada.

El espejo del tocador le devolvió su imagen. En la superficie, permanecían revueltos los papeles que Tomás llevaba del trabajo cada día. No se había detenido en ellos, pero esa mañana, la última de las mañanas de su mundo enamorado, lo miraba todo con interés. Entre el desorden sobresalía la esquina de un sobre de correo por avión que parecía llamarla. Sabiendo que podría arrepentirse de su curiosidad, tiró de él y miró el remite: «Rosario Márquez Martín, calle Barquillo 19, entresuelo, Madrid». Tuvo tiempo de sacar un papel fino y leer unas letras de caligrafía de niña con faltas de ortografía que le heló la sangre. «¡Viva la libertad!», era el encabezamiento, al que seguía un «Querido Tomás».

No continuó. Guardó el papel y puso la carta en su lugar. Se echó una bata sobre el cuerpo con el fin de amparar el frío incontrolable que la invadió. Le castañeteaban los dientes y los ojos se le llenaron de lágrimas.

—¿Qué te sucede? —Tomás se acercó con un par de tazas de humeante café.

—Nada... Es nuestro último día. Abrázame fuerte.

—No llores, Perla. Te lo ruego. Partimos del mismo valle. —Sus manos le sujetaron las mejillas, obligándola a mirarle—. Entonces no sabíamos lo que era pertenecer a una persona o a otra, a un país o a otro. La frontera no nos separaba. Éramos como las ovejas del pastor, no sabíamos de qué lado pastábamos, pero ahora hemos descubierto nuestro país. —Se señalaba el pecho—. Tú estás aquí, y yo debo estar allí.

—No puedo soportarlo... —Perla le miraba sabiendo que aquel instante no se repetiría.

—Sabes que debo volver. Me llevo el corazón roto y no sé lo que nos deparará el futuro, pero sé que no podré olvidarte. No estaré vivo del todo si no siento que tengo por lo que morir, y además espero un hijo.

Perla ocultó la cara entre sus manos. Se había perdido en la inmensidad de aquel amor y sintió una intensa angustia. La vida sin él iba a convertirse en un desierto inhabitable.

—Para mí no hay nada más allá de lo que he descubierto en

tus brazos. Mi cabeza te entiende, pero mi corazón y mis tripas se rebelan. Madrid caerá, y yo me moriré si no sé de ti.

—Prometo escribirte, llamarte...

—¿Y si te matan?

—Entonces mi hermano se pondrá en contacto contigo.

Perla Escaín tenía dieciocho años cuando le dijo a Tomás Vallejo que él era su primer y último amor, y que la frontera llevaba su nombre. Intuía que, después de conocer la intimidad con Tomás, por muchos hombres que la abrazaran no volvería a sentir lo mismo. Hizo su pequeña maleta. Metió en ella unos objetos que misteriosamente habían adquirido la capacidad de hablar de su amor. Guardó en el rincón privilegiado de su alma los días junto a él, y se llevó sin su permiso una camisa con su olor. Volvió al mundo fingiendo que nada extraordinario había sucedido, aunque una parte de ella volvía muerta, y otra, en paz. Muerta por tener que cerrar la puerta del único paraíso que había conocido, y en paz porque había tenido lo que la mayoría de los seres humanos deseaban experimentar: un amor.

Josephine la recibió interesándose por sus vacaciones. Ella mintió, revelando detalles sobre la casa, las flores o los vestidos de los invitados a la fiesta, sintiendo que a medida que despertaba las fantasías sepultaba un poco más a Tomás... Santiago la buscó por todo París. Los pacientes volvieron a pedirle morfina para el dolor o una almohada blanda que les reparara el sueño. Los periódicos continuaron escupiendo noticias.

El nudo en el estómago y las ganas de llorar no desaparecieron cuando Louis y su madre llegaron. Se echó a sus brazos envuelta en lágrimas, pero Esperanza estaba lejos de imaginar los dolores de su niña. El mundo siguió haciendo rodar los días sin darse cuenta de que Perla Escaín ya no era la misma.

Mauléon la cobijó poco después. Los pueblos, en verano, con sus horarios de sol y campo, permanecían medio ajenos al crepitar de las ciudades. La gente paseaba, comía helados o bebía cervezas en las mesas de la calle, y todo estaba presidido por esa pereza que el calor imprime a la vida. Leonora pedía atención, su madre cocinaba para la joven hermosa pero extremadamente delgada que le había devuelto la capital, y ella buscaba cobijo en el mercado de los miércoles, en el caudal del río, en el Cinéma Royal o en los brazos de Sarah.

Si no hubiera sido por su amiga, a la que puso al corriente de sus días y sus noches junto a Tomás, se habría muerto. Ella le ofrecía sombra, complicidad, y su música llenaba los atardeceres, en los que el cielo era violeta oscuro y se enrojecía como si le diera rabia acabar con la poderosa luz de agosto. Ambas volverían a París a mediados de septiembre, si, como decía André Vugman, Europa se mantenía en pie sobre el delicado equilibrio de la política.

—Nadie parece querer detener el fascismo. Hitler no olvida el tratado de Versalles y rumia su venganza. Ya se ha militarizado, ha ocupado territorios y, con los bombardeos de la Legión Cóndor, ha demostrado a España que puede desmantelar un país. Él quiere humillar a Francia, somos su legítimo enemigo, y no se rendirá. Somos judíos y tenemos que vigilar la espalda.

—Pero somos franceses —protestó Sarah.

—Sí. Lo somos, pero también judíos.

—Señor Vugman, ¿es verdad que los judíos deben llevar la estrella de David visible en Alemania?

—Si solo fuera eso...

Las conversaciones en la mesa giraban en torno a la guerra. Descubrió orgullosa que su madre formaba parte de una misteriosa red de mujeres que acogían, acompañaban y daban esperanza a los republicanos que huían. Ellas se encargaban de recoger ropa, mantas y enseres para los que cruzaban la frontera sin más equipaje que el miedo. No estaban agrupadas ni afiliadas a ningún partido. La mayor parte de los que escapaban querían llegar a Burdeos o a Pau, donde el exilio empezaba a ordenarse. La frontera entre Navarra y Francia no era la más transitada debido a que su accidentada geografía no ayudaba; sin embargo, era la que ofrecía mayor discreción.

Matilde, la vieja compañera de la fábrica Cherbero, se presentó después de que hubieran cenado. Les contó que tenía pensado llegarse a Zaragoza y, como quería hacer noche en el valle, le pidió a su amiga que su hermano la acogiera. Sus papeles franceses la protegían. Perla, que las escuchaba interesada, despertó de su letargo y, a pesar de la oposición de su madre, decidió acompañarla. Ella también tenía papeles franceses, y un cuerpo por el que resbalaban los ojos de los gendarmes. Necesitaba volver al pueblo, aunque no supiera exactamente por qué.

—¡Soy una mujer que trabaja! —insistió resaltando aquella categoría que imponía un cierto respeto—. Quiero ver a la abuela. No puedo olvidarme de Burgui. Necesito ir y no sé cuándo podré volver a ver el valle, con esta mierda de guerra que no iba a durar pero que todos dicen que lo hará.

—Pero ¿por qué correr riesgos?

—Tendré cuidado. Burgui no es Madrid y está en manos de los nacionales desde hace tiempo. Dicen que Franco no quiere molestar a los franceses y que no hay soldados en la frontera.

—Pero hay chivatos y meapilas por todas partes...

—Por eso no te preocupes.

Era demasiado íntimo y hubiera resultado incomprensible. Pero lo que de verdad deseaba Perla era pisar la tierra que pisaba Tomás. Le bastaba estar un poco más cerca. Y cuando por fin él se decidiera a escribirla, le podría contar que había estado en Burgui, relatarle lo que allí sucedía, si era verdad que en el horno no repartían pan a las mujeres de los que luchaban por la República o si la tierra había movido de sitio las costumbres, la curiosidad, las chanzas y los amoríos. Quería estar un poco más cerca de aquel entresuelo de la calle Barquillo, donde una mujer llamada Rosario Márquez, con más suerte que ella, lo veía caminar, comer, dormir, bostezar, y lo besaba al amanecer.

—¿Has vuelto a ver al doctor Vallejo?

—No, pero sé que ha abierto una consulta en el centro de Pau y que está bien. ¿Sabes algo de su hijo?

—Está en Madrid.

El viaje fue tenso, aunque menos difícil de lo que habían imaginado. Pese a que encontraron algunas tropas al llegar a Isaba, no las molestaron. Siguiendo el consejo de quienes hacían el trayecto, fueron bien vestidas y con papeles falsos para supuestamente comprar lana para una manufacturera de mantas de Mauléon. Matilde tenía manos y oídos por todos los lugares por los que pasaron, y no dejaron de hablar en francés. Lo más complicado para ellas fue pasearse en medio de aquel silencio habitado como si no fueran conscientes del sufrimiento que se respiraba en el aire.

Después de hacer noche en Burgui, Matilde se despidió antes de que la noticia de su llegada corriera por el pueblo. Perla volvería sola. En la casa, todo estaba igual. Su abuela había ido perdiendo la cabeza, pero la reconoció y la llenó de besos. Su tía había envejecido, y sus primos eran dos cabestros a los que lo único que les preocupaba era el contenido de su maleta, llena de productos que escaseaban en España.

—No nos falta de nada, pero no tenemos estos lujos. —Su tía manoseaba los paquetes de azúcar y de café, y el chocolate—. Estamos con miedo, y ya nada es igual. Te lo habrán advertido. Aquí todo son fingimientos. El cura y el alcalde...

Algunos la reconocieron enseguida. Le preguntaron por su madre, por el hombre del cine, por el otro lado de la frontera y si la vida era tan fácil como decían algunos. Todo eran medias palabras, miradas esquivas... Los divorciados durante aquella República volvían a estar casados, y los niños que no habían sido bautizados caían en la pila bautismal sin remedio. Los chicos no debían mezclarse con las mujeres, y la palabra «recato» metía a todos en sus casas. Como le dijo su tía, el pueblo se cocía en sus propios secretos. Los jóvenes estaban ausentes, y aunque las costumbres seguían siendo las mismas nada era igual. Pero allí, poco o mucho se comía, y si el ejército no requisaba nada los animales daban leche y huevos, y en el bosque había moras, arándanos y tila para el mal dormir.

El joven Miguel Belmonte, amigo de Tomás, había perdido una pierna mientras llevaba la almadía por el Esca y por ello no había podido alistarse. En ese momento ocupaba la secretaría del Ayuntamiento y controlaba el pueblo otorgando o retirando beneficios. Iba vestido con la camisa azul de falangista y apenas dejó que Perla diera un paso sola. La belleza de la joven lo eclipsaba, y el poder le daba mañas de seducción.

—El norte es nuestro. —Ella prestaba atención a su envalentonada manera de hablar—. Bilbao acaba de caer, y Santander también. Asturias no tiene nada que hacer a pesar de los mineros. Ahora iremos a por Zaragoza, en Belchite están resistiendo. Si estos rojos no tuvieran la ayuda internacional...

—¿Sabes algo de Tomás? —se atrevió por fin a preguntar.

—No es buena gente. Su padre escapó antes de que le detuviéramos. Tomás es un comunista y dicen que hasta despacha con Negrín. En cuanto entre el general, lo llevarán al paredón.

Un escalofrío le recorrió la espalda. Se lo había dicho su tía: aquellos no bromeaban ni preguntaban y lo mejor era tenerlos de aliados.

—Pero, Miguel, ¿por qué todo este odio?

—No hay otra, Perlita. Tenemos que acabar con los comunistas. Esos rojos quieren destruir nuestras tradiciones, queman las iglesias y no nos permiten honrar a Dios. Son depravados, y cuando entran en un pueblo, lo queman todo, saquean, roban y violan a las mujeres. Pero no lo conseguirán... Nos acompaña la verdad.

Miguel levantaba la barbilla cuando hablaba. Sus palabras caían incapaces de desviar su trayectoria; eran proyectiles con intención de deslumbrarla. Perla se mordía los labios como le había aconsejado Matilde al despedirse. «Si te topas con algún mandamás, no te encares con él. Uno no sabe a quién puede necesitar».

—Eso no es la solución —murmuró sin poder evitarlo.

—Tú no lo entiendes. Eres una mujer.

Miguel pertenecía a la clase de personas a las que les sobraban las certezas; ella, aunque pisara fuerte, tenía demasiadas dudas, pero no era idiota. Para que el falangista no la molestara, se inventó un novio en Francia, y para que sonara a verdad le habló de Gustave de Fratelle, un médico que se ocupaba de «los nervios», y del anillo que iba a regalarle cuando volviera. En realidad, era parte del ideario. Eso era lo que se esperaba de una mujer; piedad, devoción, pudor… Palabras cuyo significado proyectaba una sombra sobre el destino. Miguel y los suyos querían arrebatar lo poco que habían conseguido. Perla sonrió con inocencia y le prometió que cuando fuera a París le llevaría a Notre Dame. El joven no sabía de lo que le hablaba, pero se sintió agradecido y aflojó su constante atención asegurándole que cuidaría de su familia.

Mientras estuvo en Burgui, consiguió ser respetada y apreciada. Limpió las heridas de un par de paisanos, cosió la cabeza de un niño que se había caído de lo alto del pajar y oyó cosas que hubiera preferido no saber. No había médico en el pueblo desde que el doctor Vallejo lo dejó. Al atardecer se sentaba a la puerta a escuchar el murmullo del Esca. Su rumor tapaba el ruido de la batalla del Ebro, de los tanques, de las bombas y del hambre que avanzaba como una sombra por un país herido de muerte. Los niños jugaban al fútbol con una pelota hecha con trapos, y ella, cogida de la mano de su abuela, miraba al cielo tratando de soñar con los ojos de Tomás.

Y se le partía el corazón.

5

La luz de Barcelona

Lo que sabemos es una gota de agua; lo que
ignoramos es el océano.

Isaac Newton

No sé cómo ha sido, pero ha llegado el día.

Marina cumple cuarenta años el sábado. Elena y yo, sobre
todo ella, hemos decidido prepararle una fiesta sorpresa. Naturalmente, aparte del apoyo virtual, yo soy de las que tiene
que sentir el fragor de la batalla, así que, después de dudar
mucho, mañana me voy a Barcelona.

Gaston, que dice que no concibe nuestro apartamento sin
mí, aprovechará mi ausencia para ir a París. Van a operar a su
padre y quiere acompañarlo. Cuando vuelvo de estimular «mi
templo del poder» en clase de yoga hago la maleta, nerviosa
como una chiquilla. La hago mal, peor que nunca. Eugenia me
ha regalado dos caftanes de seda que trajo de la India. «Estarás
divina a cualquier hora y en cualquier lugar». Mi embarazo es
discreto, y afortunadamente todavía no he alcanzado la categoría de mesa camilla.

Pedimos un taxi. El vuelo de Gaston sale media hora antes
que el mío. Nos despedimos en la terminal internacional como
dos enamorados, prodigándonos consejos, repartiendo ter-
nuras.

Camino hacia la puerta de embarque, y de pronto me siento como si fuera un perro liberado de su correa. Me empapo de ese anonimato que se adueña de mí en los aeropuertos. Me siento a esperar mi vuelo, fabulo sobre los destinos de los que me rodean. Habrá quien vuele por un negocio, un trabajo, y quien lo haga porque está invitado a una boda o a una fiesta. Puede que haya incluso quien vaya a encontrarse con el amor de su vida, hallado en las páginas de internet y a punto de materializarse. Quizá alguno de los que me rodean vaya a ver la Sagrada Familia, a enamorarse, o simplemente le ha tocado el billete en el sorteo de una caja de galletas.

Los recorridos de mis Esperanzas fueron repitiéndose en un radio de ciento cincuenta kilómetros, hasta que la abuela Perla fue a estudiar a París. Viajar por una Europa amenazada debía de ser condenadamente difícil, más siendo mujer, expuesta a perder la vida, a ser robada o violada y, desde luego, a ser cuestionada. Aquellas mujeres preparaban maletas con prendas para hacerse invisibles cuando no llevaban a un hombre a su lado que defendiera su honor y, en la punta de la lengua, tenían siempre el pretexto o el almíbar necesario para exculparse.

Por fin la azafata aparece en la puerta. Me pongo en la cola. La recorre con la mirada y me hace una seña para que pase. Nadie se da cuenta de que estoy embarazada si no me mira de perfil. Me he puesto ropa holgada a propósito, y el anonimato me sienta bien. En el asiento, me acomodo y cierro los ojos, indicando a mi vecino que no tengo interés en conocerle ni en contarle el propósito de mi viaje.

Cuando llego a Barcelona, camino por la terminal, atravieso las tiendas y voy hacia la salida como si fuera una actriz de incógnito, escuchando cómo se deslizan las ruedas de las maletas. Paso por un Caffè di Fiore y me acuerdo del París de mi abuela. Haga lo que haga, estoy habitada por su historia.

No he dicho a las chicas que llego hoy. De hecho, ni tan siquiera les aseguré mi presencia. Durante el trayecto, literalmente paladeo el paisaje pensando en mi visita a la editorial. Me doy cuenta de cuánto amo esta ciudad y en mi cabeza Serrat, con el permiso de mi madre, murmura: «Qué le voy a hacer si yo nací en el Mediterráneo...». Cuando llego a la plaza de España, alzo la vista a Montjuïc. También lo construyeron para una exposición internacional, la de 1929. Y luego la Gran Vía, y la plaza de la Universidad, y dejo atrás el mercado de San Antonio, y recuerdo los domingos buscando libros viejos, el *tallat* en el café donde nos reuníamos...

He reservado un hotel en la calle Caspe, muy cerca de la casa de Marina. Y cuando me bajo del taxi, observo a mi alrededor por si me descubre ella o su marido. Me registro, cojo la llave y subo al séptimo piso. La habitación tiene una terraza desde la que se ve Barcelona. La plaza de Cataluña a mis pies, a mi derecha el Paseo de Gracia, y después, rambla abajo, Colón y el mar. Estoy destinada a vivir en las alturas, me digo a mí misma satisfecha, por eso tiendo a necesitar una vista global y aérea del terreno que piso. De pronto, quizá porque los territorios están marcados no solo por los monumentos sino por las personas a las que amamos o creímos amar, me viene a la cabeza el ático donde viví con Álex, mi exmarido.

En Navidad, como hacía más de un año que no habíamos intercambiado ni un miserable mensaje y aprovechando que la tecnología te exime de la presencia, le envié uno de esos ingeniosos gifs con lucecitas y un texto en el que le deseaba felicidad para el nuevo año. No acababa de entender cómo pudimos compartir tantos años sin que hubiera dejado una huella perenne en mí. Me resultaba terrible aceptarlo. Si pensaba en Álex, cosa que raramente hacía, sentía un dolor sordo, casi inútil e irreversible, que me desagradaba. En realidad, me hubiera gustado conocer la textura de aquella inercia que nos había mantenido unidos. Alojé en mi voluntad la posibilidad de llamarle para mirarle a los ojos.

Lo había hablado con Eugenia. Ella posee un máster en matrimonios y rupturas, y creo que su pareja actual es el cuarto intento.

—Cuando una se mete en una relación, lo hace porque cree enamorarse, porque tiene ganas de sexo, se siente sola o simplemente aburrida. El otro te ofrece la posibilidad de cambiar la rutina, darte alegrías, ir menos huérfana por la vida y, sobre todo y por encima de todo, te ofrece la posibilidad de huir de ti misma. Para mí los matrimonios han sido algo parecido a las treguas. Si las mujeres no hubiesen estado atadas a tantas lealtades, habrían hecho como yo. Me canso de descubrirme y de vez en cuando necesito descubrir a otro.

—Tienes una visión peculiar del matrimonio.

—No soy una boluda. Ya sé que es mucho más complejo el asunto, pero no voy desencaminada.

Me tumbo en la cama con los pies en alto y la terraza abierta. Hace demasiado calor en la habitación, y no sé regular el aire. Repaso mentalmente mis obligaciones durante los cuatro días que tengo por delante. Aunque lo que me pide el cuerpo es llamar a Elena y decirle que ya estoy aquí, lo aplazo. He quedado a las cinco en la editorial para ver a Cristina. Va a entregarme el nuevo encargo, del que me ha advertido que es «un bombón». Deseo ponerla en antecedentes sobre el proyecto que tengo entre manos. Necesito ver su cara cuando le diga que he saltado al otro lado, que voy a escribir una novela y que mis Esperanzas tiran de mi cuadriga como los caballos de la de Ben-Hur. Llamo a recepción para pedir ayuda con la calefacción y deshago la maleta pensando en que necesito unas horas sola en Barcelona; quiero pasearla, sentirla y averiguar si un día volveré a ella.

Un operario viene a informarme del manejo de la ruedita y los dos botones, verde y azul, que regulan la temperatura. Es lo bastante cauto para no llamarme imbécil. El mecanismo es tan sencillo que un niño lo hubiera manejado sin dudar. Vuelvo a la terraza para llamar a Gaston.

—... Imagino que París está precioso, pero no puedes imaginar cómo está Barcelona. Voy a disfrutar mucho, te lo asegu-

ro... —Al otro lado se oye algo parecido a una banda municipal—. ¿Dónde estás?

—Voy hacia el hospital.

—¿Cómo está tu padre?

—Parece que está todo bien y mañana le dan el alta. ¿Qué
vas a hacer?

—Me voy a comer a uno de mis restaurantes favoritos y
después he quedado en la editorial. Me siento feliz de estar
aquí. También quiero pasar por casa... Miraré los balcones
desde la calle, cuando menos.

—¿Estás nostálgica?

—No exactamente. Es que esta ciudad me ha hecho siempre muy feliz. ¿Y tú?

Hablamos unos minutos, los suficientes para sentir que no
está receptivo. Es tan educado que no suele interrumpir para
mandarte a freír espárragos, pero se le nota cuando no tiene
interés en lo que dices, y no le interesa nada mi versión del
embrujo mediterráneo. Imagino que está nervioso, que le urge
llegar para ver a su padre. Le mando un beso y me voy Rambla
Cataluña arriba, hasta la calle Mallorca, junto a la librería La
Central, donde el restaurante Cordelia sigue ofreciendo sus
deliciosos platos.

Desde que he puesto un pie en esta ciudad, he andado estre-
nando emociones. Camino buscando rincones, certificando que
nadie ha movido de lugar las cosas que he amado. Entro en la
galería de arte donde trabajé una temporada cuando aún no
me conocían en el gremio. Me paseo mirando los grabados que
exponen en las paredes, solo por el goce de saborear ese dulzor
de la nostalgia.

Por fin, y a la hora prevista, entro en el despacho de Cristina Palls. Me abraza, me dice que estoy radiante y después, con
esos preámbulos que tanto le agradan, me cuenta que la novela de Bertrand Saint-Denis se publicará por fin en junio. Tendrá un gran apoyo editorial, porque Netflix ha comprado los
derechos. Me habla del nuevo libro, de un escritor francés que
me gusta a rabiar.

—Prometí compensarte y no ha sido fácil. La persona que le traducía se ha jubilado. He acordado con la editorial Odile Jacob una traducción brillante.

Me desliza una carpeta junto al ejemplar. Lo abro, lo ojeo, lo huelo…

—En la carpeta tienes el teléfono del autor por si lo necesitas.

—Le llamaré para presentarme y mostrarle mis respetos. ¿Tenemos fecha de entrega?

—Me he adelantado y les he dicho que nueve meses.

Le hablo de mi proyecto, le cuento de mis Esperanzas, de la ignorada emigración de las alpargateras, de la frontera pirenaica y de los conflictos en los que me hallo sumergida. Me entusiasmo. Sé que hablamos el mismo idioma. Entre quienes sienten amor por los libros sucede lo mismo que cuando se encuentran los que han ido al mismo colegio. Le digo que vivo en otra dimensión, que siento cómo se engrosa mi consciencia de las cosas y que estoy habitada por la historia de mis personajes. Nos quedamos charlando hasta que anochece. La literatura, por mal que esté el negocio, posee la fuerza arrasadora de los sueños, y hablar de ella es como hacer conjuros para que los muros invisibles que nos limitan desaparezcan.

Cuando salgo me topo con ese cielo azul casi marino del anochecer mediterráneo. Llamo a Elena y le digo que voy a coger un taxi para reunirme con ella. Pero antes voy hasta mi casa. No sé por qué lo hago. En realidad he vivido poco tiempo en ella, pero a menudo la recorro en mi imaginación. Me siento en un banco de la calle Enrique Granados y miro hacia los balcones. Por un momento y a toda velocidad, me pasan por la cabeza escenas que creía olvidadas, retazos de los días en que mi vida se desmoronó. Algo me dice que volveré a habitarla. Pongo la mano en mi vientre y suspiro.

Media hora después, estoy en casa de Elena. Me abraza, me toca la barriga, y a estas alturas me parece que debo de tener la tela que la cubre desgastada de tanto sobeteo. Quiere matarme por no haberla avisado. Patalea como una niña. Me dice que soñaba con ir a recogerme al aeropuerto con una pancarta y que incluso había comprado un espray para pintarla, pero ella es en sí misma y a todas horas una bienvenida, un hogar, dulce hogar. En la mesa de madera que tiene en la sala, ha desplegado todo lo relativo a la fiesta. Me muestra el menú, los adornos, la lista de invitados, la cantante de jazz a la que ha contratado...

Luego me descalzo y nos tumbamos en el sofá para abrir esa ventana que da al corazón y a la que solo tienen acceso los amigos con los que uno puede reír o desmayarse.

—Creo que voy a inseminarme —me dice con gesto serio—. Lo he pensado bien, tengo un año más que tú y no quiero ser abuela de mi hijo. Siempre soñé con tener un hijo. No puedo perderme la experiencia de la maternidad... Lo de la pareja no se me da bien.

—Tú estás hecha para el amor, y sabes que te apoyaré en tus decisiones.

Cerramos la ventana de los sueños y volvemos a la realidad, a los planes, los preparativos, los invitados... Elena ha convocado a unas cincuenta personas. Sus contactos con el mundo de la hostelería le han facilitado la tarea y ha montado un fiestón. Me reclama para los pequeños flecos, para lo que ella no es capaz de hacer: escribir un panegírico para Marina donde le decimos que estaríamos perdidas sin su brújula, su sentido común y su *savoir faire*. Eso me lo deja a mí.

Al día siguiente, a las diez de la mañana, me pasa a recoger por el hotel para ir al local. Damos los últimos toques a la decoración, colocamos las sillas, hacemos llamadas. Cuando llego al hotel, a las siete de la tarde, no tengo fuerzas ni para ponerme el pijama, me quedo en la terraza un rato mirando Barcelona iluminada y comiéndome las exquisiteces que cocina Elena. Llamo a Gaston y le cuento toda esa parafernalia de amigas, de emociones, de lazos y detalles, ese mundo en el que él se ahoga y yo nado como un pez. No le interesa. Vuelvo a intuir que se la trae al pairo lo que le digo. Me escucha y responde en modo marido: «*Oui...*», «*C'est bien...*», «*Je comprends...*». Le pregunto si todo va bien y me dice que sí, pero sé que está sucediendo algo.

La fiesta es un éxito. Conseguimos que Marina pierda la compostura, que esté emocionada, desbordada, descuadrada, y que termine la jornada despeinada y sin poder controlar nada; el desorden la asiste por primera vez desde que la conozco. Le he regalado dos noches en el hotel Palace de Roma. Marina se muere por los hoteles lujosos en edificios antiguos y así no le quedará más remedio que venir a verme. Cuando me meto en la cama, son las tres de la mañana, tengo los pies hinchados, el corazón rebosante y un sueño que me muero. Me queda un día y medio. Antes de dormirme, y también de arrepentirme, le mando un mensaje a Álex.

Estoy en Barcelona. Me gustaría verte

Para mi sorpresa, me contesta enseguida.

Dime hora y lugar

Le digo que a las doce en la terraza del hotel Mandarín y me pone un OK. No sé por qué he elegido ese lugar, pienso cuando apago la luz. Quizá sea porque no quiero bajar de las alturas y él solo sabe orientarse si hay cinco estrellas.

Duermo como un bebé hasta que me despierta el sonido de unos nudillos golpeando mi puerta. Casi sin abrir los ojos, oigo el «¡perdón!» de la camarera que venía a limpiar la habitación. Son las once de la mañana. Tengo el tiempo justo para ducharme, vestirme y acudir a la cita con mi ex, de la que ya me estoy arrepintiendo. El móvil rebosa de llamadas perdidas: Marina,

Elena, Gaston, mi madre y algunos amigos con los que me reencontré durante la fiesta. Media hora después, enfilo el Paseo de Gracia nerviosa, pensando en el desayuno que voy a tomarme en cuanto llegue a la terraza.

Me he puesto un vestido de seda, sin advertir que se ciñe peligrosamente alrededor de mi barriga. En el ascensor que me lleva a la terraza del hotel, caigo en la cuenta de que Álex no sabrá que espero un hijo. Todavía no hace un año que he conocido a Gaston y ahí estaba, embarazada de siete meses y feliz. Trato de imaginar los pensamientos que le asaltarán en cuanto me vea. La ciencia no acostumbra a fallar. Durante nuestra vida matrimonial nos sometimos a revisiones porque los hijos no llegaban; él tenía todo en orden y mi aparato reproductor estaba perfecto, pero no pudimos concebir. Estaba claro que la naturaleza se reservaba sus secretos...

Después de mirar a los escasos clientes que disfrutan del privilegiado enclave, me siento y pido lo más parecido a un desayuno. Si no ha cambiado, Álex llegará quince minutos tarde, se disculpará por su retraso con el pretexto de la llamada de un cliente a última hora, y me dirá «Se te ve bien» mientras hace un gesto al camarero para que le sirva un agua Perrier. Después se mantendrá sonriente y silencioso esperando que yo inicie la conversación. Siempre era así. Álex hizo durante nuestro matrimonio cursos de oratoria y presentación, y tenía un coach que le asesoraba para que no perdiera autoestima y empoderamiento.

Las tostadas con aceite y jamón me dan la energía suficiente para volver a sentirme persona, y cuando llega casi había terminado el desayuno. Álex cumple mis expectativas, salvo que cuando le sirven la botella de Perrier se queda en silencio y no sonríe. Mira mi tripa como esos hombres que no pueden evitar mirar los pechos de la mujer con la que conversan.

—Ya ves... Nacerá a mediados de abril.

—No lo sabía. Me alegro por ti.

—Fue una sorpresa. ¿Cómo estás, Álex?

Tengo que escuchar sus éxitos económicos, sus conquistas

y adquisiciones mientras me pregunto cómo es posible que estuviera diez años con este triunfador. ¿Fue por el sexo? Quizá durante los primeros años. Era un amante concienzudo, experimentado y siempre dispuesto. ¿Su posición económica? Los viajes, los hoteles de lujo y aquella avidez de objetos inalcanzables para una filóloga autónoma pudieron sin duda influir, sobre todo al inicio, pero, después, ¿qué me unió a este hombre?

Me intereso por su vida. Sus negocios van viento en popa. Se ha comprado una casa en Menorca. Su hermano se ha casado, y su padre ha recibido una oferta por la masía de Olot. No, no tiene pareja... Él no me pregunta dónde vivo, por mi trabajo, mis padres, a los que parecía tener cariño. Diez minutos después, sé que Álex no quiere saber nada acerca de mi vida sin él. Y entonces entiendo que en él tuve un amante, un generoso proveedor de ocio y lujo, pero nunca al compañero. Añoro, casi con dolor, los momentos que compartimos Gaston y yo al finalizar el día, la manera en que me escucha hablar de mis Esperanzas, su forma de hacer simples las dudas para que yo extraiga la brújula del sentido común, los paseos cómplices hasta los jardines de Villa Agripina al atardecer... Barcelona sigue hermosa, bulliciosa, iluminada por esa luz prodigiosa... «Qué le voy a hacer si yo nací en el Mediterráneo...».

Nos despedimos educadamente, él tiene el coche en el aparcamiento y yo voy a ir caminando hasta el despacho de Marina. Cuando le doy la espalda es como si fuera escuchando un misterioso ruido de puertas que se cierran.

Disfruto de las chicas tanto como puedo. La última noche nos reunimos en casa de Marina. Nos ha preparado una mesa con mantel de hilo y una cristalería que parece estrenar.

—No comprendo cómo lo haces. —Elena mira la mesa, el salón perfectamente iluminado, los cojines ahuecados y a sus hijos en la cama.

Les cuento las sensaciones que vivo, les hablo de Eugenia,

de Sila, del mercado de los domingos en Porta Portese, y les digo cuánto las echo de menos. Finalmente les hablo de mis Esperanzas y les explico cómo están las paredes de mi despacho en Roma.

—Siempre supe que acabarías escribiendo. —Marina me sonríe—. Y publicarás esa novela.

—Tengo muchos enigmas que no creo que alcance a resolver.

—Eso es lo de menos. —Siempre resolutiva, se levanta para que la escuchemos—. Tú pretendes escribir una novela, no vas a hacer un ensayo histórico, y la ficción es la ficción, todo vale... Tu abuela sigue siendo tu abuela, y tu madre, no digamos, pero déjales espacio, son personajes, mujeres que nos enseñan lo valientes y jodidas que fueron sus vidas. Qué importa cómo se llamara tu abuelo. No estuvo allí. Ponle un motivo, perdónale o conviértelo en un villano.

—¿Os acordáis de cuando fui en busca de mi Elissabide?

—¡Como para olvidarlo!

—A mí dame un cameo... —Elena sonríe también—. Ponme feliz, delgada y con un par de hijos... Si la ficción todo lo permite, hasta puedes buscarme una novia que me quiera como soy.

Las amo. Me sostienen, me hacen reír. Me preocupan. Me perdonan. Me revuelven. Me apiadan. Me enfadan...

Cuando llego a Roma, soy una piltrafa. He echado por la borda mis rutinas de descanso y alimentación, y mi centro de poder se ha desplazado a las Galápagos. Ver a Gaston esperándome a la salida de la terminal me parece como si amaneciera en mi corazón. Lo abrazo de esa manera en que una se cuelga y se resiste a salir de ese microhogar, renovando la felicidad de tenerle en mi vida.

—¿Cómo está tu padre?

Debajo de mi ansiedad barcelonesa sobrevive la extraña sensación de que me oculta algo. Las llamadas han sido cortas, sin su generosidad acostumbrada, y lo percibía tan lejano que se me pasó por la cabeza que estuviera sucediendo algo que necesitaba ocultarme. Él quiere saber de Barcelona, y acepto contarle lo que ya le he contado. Hablo como una cotorra, poniéndole al corriente de los pormenores: la entrada de Marina con los ojos vendados, el silencio de todos hasta que sonó la música, su cara inenarrable, los abrazos. Gaston sonríe y yo prosigo describiendo las delicias del catering de Elena. Naturalmente nada digo de mi encuentro con Álex. Es irrelevante. Cuando, ya agotada, cierro la boca, me toma la mano.

—¿Y en la editorial?

—Pues, como te dije, tengo un encargo maravilloso con el que probablemente disfrutaré. Quizá se me complique un poco la rutina en la que me han sumergido mis golondrinas, pero así son las cosas.

Sila ha dejado mi risotto favorito sobre la mesa de la cocina. Dejo la maleta, voy hasta el despacho y miro los papeles, el tablón con las fotografías, mi ordenador... De nuevo el pellizco.

Gaston me llama desde la terraza.

—Cariño, quiero contarte algo.

Me siento y me envuelvo en la manta que dejo allí para contemplar las escasas estrellas romanas. Miro su rostro tratando de averiguar si lo que tiene que decirme va a alegrarme o a preocuparme. A estas alturas, nuestros rostros son como semáforos que proyectan las luces desde el interior: rojo, ámbar, verde...

—Te estaba dando tiempo. Has estado muy lacónico. Cuando hablaba contigo estos días pensaba que me ocultabas algo, pero...

—Me tienes calado.—Una sonrisa atraviesa sus ojos. Verde—. Verás, cuando llegué a París, mi padre estaba perfecto. Prácticamente lo mandaron a casa al día siguiente. Ya sabes, hoy en día los quirófanos son como talleres mecánicos, te cambian la pieza y a rodar. Así que, después de día y medio y mucha conversación, se me ocurrió hacer algo que tenía en la cabeza desde hace semanas… Cogí un tren y me planté en Oloron-Sainte-Marie.

Abro los ojos, mirándole incrédula.

—¿Fuiste a Mauléon?

—No, *mon amour*, fui a Gurs y visité el campo de refugiados. El libro que leí me dejó un amargo sabor de boca, y por otro lado estabas tú… Quizá nuestro hijo no te permita ir allí en mucho tiempo, así que me adelanté. Tengo un montón de información para ti, y un testigo: yo.

Lo abrazo emocionada. Ahí está la frontera que Álex y yo nunca cruzamos. Es mi compañero de vida, y lo será siempre. Hemos entrado en nosotros mismos por una puerta que no necesita llave y que conduce a nuestro hogar. Le cubro de besos, pensando en la cantidad de caras que posee el diamante, tan semejante a una relación.

Pero él está empeñado en hablarme de su experiencia, en ubicarme el campo en la carretera que une Oloron con Bayona, a la altura del desvío hacia el hospital Saint-Blaise y Mauléon.

—¿Recuerdas la carretera que cogimos cuando salimos de Oloron para regresar a casa? Paramos a comprar chocolates en la fábrica de Lindt y luego unos kilómetros después tomamos un desvío…

—Pero, Gaston, ¡esos días yo no te veía más que a ti! Y sabes que situarme en carreteras no es lo mío.

Los diamantes, si se giran hacia la luz, producen unos destellos deslumbrantes. También la ternura. Gaston hace caso omiso de mi declaración de amor y sigue adelante.

—Bueno, pues está en esa carretera y podría decirse que en medio de ninguna parte. Los rastros del horror han sido borrados. Un panel de madera anunciaba que allí se había erigido en 1979 un memorial. El cartel, según supe después por un hombre que se acercó, decía: «*Ici se trouvait l'ancien camp de concentration français de Gurs*»,* pero esas palabras habían sido

---

* «Aquí se encontraba el antiguo campo de concentración francés de Gurs».

eliminadas. Me fijé en los paneles con fotos que informaban de lo que más o menos hubo allí. No daban ganas de entrar, no quedaba rastro de los pabellones, de las calles que los separaban, de la barraca del hospital o las casas de los guardianes. Un bosque húmedo lo ocupaba todo y solo entran allí los cazadores o los buscadores de champiñones. Afortunadamente un hombre se acercó e hizo de guía para mí y para una pareja que vagaba por los alrededores. Su padre había sido comunista y le indignaba que se desconociera aquella vergüenza. Me contó que todas las poblaciones de los alrededores habían estado en pie de guerra. Ninguna quería el campo en sus tierras, pero que lo hicieron sobre todo pensando en los navarros y los vascos. Fue construido en cuarenta y dos días, del 15 de marzo al 25 de abril de 1939. Lo hicieron con materiales frágiles, pues todos pensaban que era algo transitorio, para unos meses, hasta que los españoles dejaran de huir de la dictadura militar. Nadie pudo imaginar el éxodo posterior, y tampoco cuánto tiempo albergarían a los republicanos ni en qué condiciones, porque llegó el otoño y estalló la Segunda Guerra Mundial.

—Pero lo visitaste, ¿no?

—Sí. Y aún me duran el horror, la vergüenza, la indignación... Allí hay un cementerio que reconstruyó en 1962 un consistorio israelita de la región de Baden. También unas placas del Gobierno vasco en conmemoración de los vascos internados y fallecidos, memoriales e iniciativas para que no muera el recuerdo, pero la verdad es que no queda nada. Apenas hay restos de una barraca que albergó a trescientos ochenta y dos. Y un trozo de vía por la que circulaban las vagonetas que recorrían el perímetro del campo, el *train de la merde*, vaciando las letrinas. Tifus, tuberculosis, piojos y olvido... Eso dijo el guía, y me quedé reflexionando sobre lo perversa que puede ser la ignorancia.

Gaston está afectado. Piensa en Francia.

—Me quedé durante un tiempo allí, en el aparcamiento. Mirando las casas unifamiliares construidas alrededor. Parecía una zona residencial, y se oía el ruido de alguien podando un árbol, o lavando los platos... Tras los republicanos españoles, vinieron los judíos... La mayoría eran gente que había huido de Alemania, Polonia... No fueron detenidos por los alemanes, Esperanza... —Me miró con los ojos brillantes—. Los detuvieron los franceses... ¿Has oído hablar de la redada del velódromo de invierno y el campo de Drancy?

—Creo que no.

—Allí, mirando a mi alrededor, tuve la misma sensación que cuando fui a ver el campo de concentración de Sachsenhausen. Yo no quería visitarlo. Luego cambié de opinión cuando supe que había sido construido en 1936 por presos políticos, homosexuales, gitanos... Tres años antes de que estallara la Segunda Guerra Mundial.

—«Las campanas repican mucho antes del incendio», eso solía decir mi abuela Perla.

—Cuando iba a buscarte —Gaston se arrodilla y me abraza las piernas—, pensé que a nosotros nos fue a buscar el olvido, y quizá nos mantenga el hecho de desvelarlo. Vas a tener que hablar de ese campo, Esperanza...

—¿Te das cuenta de que dentro de nada tendremos un hijo?

6

Perla Escaín

1939

La libertad, Sancho, es uno de los más preciosos dones que a los hombres dieron los cielos;
con ella no pueden igualarse los tesoros que
encierran la tierra y el mar: por la libertad, así
como por la honra, se puede y debe aventurar
la vida.

Miguel de Cervantes

Sentada en la terraza de la *brasserie* Balzar de la rue des Écoles, Perla buscaba en el aire de aquella ciudad el entusiasmo y
la alegría que había perdido. La noche anterior, una tormenta
había volcado sobre París litros y litros de agua, y ahora todo
parecía recién lavado. Un perfume de humedad y ozono había
quedado suspendido en el aire limpio. Dio un sorbo al café
amargo para entrar en calor. Se volvió hacia la mesa que había ocupado con Tomás dos años atrás. Una pareja embelesada jugueteaba con las manos, ofreciéndose la boca y buscando el roce de sus cuerpos bajo los abrigos como dos animalillos
que se cortejaran. Ya era febrero de 1939, y el tiempo transcurrido se deslizaba ausente y amenazado, llenando de plomo
sus huesos.

Él no la había llamado, ni siquiera había enviado un telegrama, una postal, un recado mediante los compañeros que

iban y venían de un lado a otro de la frontera; y la España republicana estaba prácticamente vencida. Se le hacía insoportable pensar en él, en el espeso silencio que la empujaba a dudar de los días que habían pasado juntos. Habían sido verdad, de eso estaba segura. Por eso precisamente, el vacío de su pecho se ensanchaba apoderándose de su vida y robándole el alma. Tomás le habló de Manuel Azaña, a quien admiraba, y lo último que se comentaba por la embajada era que se había convertido en un colaborador cercano a él. Eso la inquietaba. Los rumores acerca de los políticos que abandonaban España iban y venían barajando nombres a diario. Francia acababa de abrir las fronteras, y la situación en ellas era insostenible. De qué le servía saberlo vivo un día, si podía morir al siguiente.

Esperanza guardó su secreto, pero no pudo evitar anhelarle. Al anochecer, cuando se acostaba, antes de que el sueño la dejara inconsciente, se envolvía de nuevo en sus brazos, encontraba aquel nido inolvidable. Incapaz de resistirse a sus fantasías, se abandonaba a ellas. Lo veía moverse, sonreír, mirarla, hasta que la nostalgia la dejaba sin respiración. Entonces recogía las palabras antiguas de su infancia, aquellas explicaciones inauditas de los sacerdotes, milagros que hacían retroceder el tiempo, la enfermedad, transportaciones y apariciones que anunciaban el triunfo del amor, y deseaba con todas sus fuerzas que se produjera uno de aquellos fenómenos. El amor era poderoso, decían los expertos en homilías. Cambiaba a las personas. Quizá Dios, los santos o alguna Virgen compasiva se apiadara de ella y le concediera el milagro de una aparición al doblar la esquina, y si eso no era posible, se conformaba con una llamada; y si eso tampoco podía suceder, le bastaba con una carta o un simple recado.

Aspiraba el olor de su camisa. La intensidad de su deseo era tal que hablaba con él como si estuviera a su lado. Le contaba que ya solo vivía a medias, que había dejado la facultad y que no quería ser cirujana. Que seguía trabajando en el hospital Hôtel-Dieu y se sentía bien cuando cosía heridas, calmaba llantos o vigilaba infecciones. Había averiguado que lo que de verdad le gustaba era proporcionar alivio a los enfermos y consuelo a los desesperanzados. Sonreía para sus adentros imaginando la sorpresa que se habría llevado si Tomás hubiera sabido que trabajaba en un comité de salud creado por los compañeros comunistas, y que esa misma mañana había vacunado contra el tifus a más de diez familias de los suburbios. Y, sobre todo, le repetía una y otra vez que no sabía cómo iba a sobrevivir sin él, y con él agarrado a su corazón como una garrapata.

Los monólogos duraban hasta que el sueño acudía a rescatarla. Por la mañana, amanecía desorientada. Palpaba la cama, buscaba su olor, casi dudando de que él no hubiera ido a verla durante la noche, y se vestía para vivir con docilidad su derrota.

El camarero fue a retirarle la taza y le sonrió ofreciéndole algo más. Ella negó con un gesto. Agradeció para sus adentros la terca realidad de la vida cotidiana que le impedía volverse loca. Echó una ojeada al reloj y después a la calle por la que esperaba ver aparecer a Santiago. El hombre no confiaba demasiado en sus entendederas para la farragosa burocracia y se apoyaba en Perla para los trámites. Esta iba a acompañarle primero a la embajada argentina y después a la española, pero, como de costumbre, llegaba tarde. Perla cerró los ojos y dejó que el tibio sol de febrero le calentara el rostro.

Echaba de menos a Sarah. Había abandonado los estudios en diciembre. Se sentía desprotegida en París desde que la comunidad judía había iniciado su éxodo y quería volver a Mauléon. Por fin iba a dedicarse por entero a la música, su verdadera pasión, y su madre, Odile, había buscado un profesor a unos kilómetros de allí para que prosiguiera sus estudios. La echaba de menos. Le hacían falta sus consejos, la manera de escucharla sin juzgarla, aquel sentido común que su amiga poseía. No podía contarle por carta cuanto sucedía en su corazón y tenía unas ganas inmensas de volver a casa, como si allí no pudiera sentir el viento helado que la hacía estar encogida, empujándola lejos de París.

El año 1939 empezaba siendo decisivo para Europa. Alemania tenía un líder irrefrenable que había prometido a sus compatriotas devolverles la dignidad perdida tras la Primera Guerra Mundial. En el mes de marzo de 1938, había invadido Austria mientras la diplomacia de Francia e Inglaterra intentaba contener al Führer con tímidos encuentros disuasorios que no hacían sino envalentonarle. Nadie parecía querer afrontar las consecuencias de lo que era evidente. Hitler quería apoderarse de los Sudetes checoslovacos y lo hizo. Un ambiente prebélico se colaba en los hogares sin que nadie pudiera evitarlo.

Pero a ella Centroeuropa le quedaba lejos. Lo que le quitaba el sueño era la guerra en España, ese país al que se accedía a través de las montañas y que guardaba sus mejores recuerdos. Los nacionales, al mando del general Franco, contaban con la ayuda de italianos, con su artillería, aviación y carros de combate. Cataluña había caído, y las fronteras, casi desde el verano del 38, en que se ocupó Lérida, se llenaban de republicanos que huían por un paso que les resultaba natural. Madrid soportaba el avance imparable del ejército nacional y el mundo entero hablaba del conflicto. Las fotografías de la miseria y el miedo ocupaban la portada de los periódicos. La Primera Guerra Mundial había sido una guerra de ejércitos y trincheras. La población civil no fue la protagonista. Pero en España se bombardeaban los pueblos, los caminos y los puentes con una ferocidad que no discriminaba.

En París se percibía excitación entre los jóvenes. El ocio y el disfrute convivían con la solidaridad y la agitación política. Los intelectuales llenaban los periódicos, y las publicaciones estaban repletas de testimonios. Había quien insistía en resistir a las fuerzas fascistas, que representaban una prolongación de lo que sucedía en Italia y Alemania, y quien intervenía para frenar los desmanes de la izquierda, envalentonada por lo que sucedía en Rusia. Desde la declaración de la guerra en 1936, se había movilizado a voluntarios de muchos países que acudían a apoyar al Gobierno republicano y que entonces, tres años más tarde, tenían que regresar donde ya no les esperaban.

—Pero... ¿quiénes son los buenos?

—No existen buenos o malos por mucha propaganda que trate de convencernos de lo contrario. Están los elegidos en las urnas y los sublevados... Salvo Hitler, que ha sido votado por los alemanes y quiere quedarse con Europa.

Gustave de Fratelle seguía a su lado, tenaz y esperanzado. Hermosa, esquiva y determinada, Perla se mostraba impermeable a la obsequiosa admiración de sus compañeros. No explotaba su belleza ni prodigaba los gestos que le aconsejaban algunas compañeras. No tenía ganas de enamorarse porque ya lo estaba. Y era aquel inexplicable y misterioso desdén el que atraía a los galanes más experimentados. Nunca le faltaban invitaciones de los jóvenes médicos, ni obsequios de sus agradecidos pacientes; sin embargo, Perla prefería la educada paciencia de Gustave, menos amenazante, más respetuosa con la ternura estancada en su corazón. Él era un hombre discreto, amante de su profesión y con una pasión controlada. Con él se encontraba de vez en cuando en hoteles donde hacían el amor; él con dedicación, ella buscando un placer preciso que tenía en su memoria. El joven doctor se mostraba generoso, y estaba lejos de imaginar que, en la cabeza de Perla, el cuerpo que abrazaba no era el de él, sino el de Tomás.

El joven psiquiatra le hablaba de Sigmund Freud, de la visita que le había hecho en su exilio londinense. Era un rendido admirador de sus publicaciones y trataba de aplicar sus teorías en el departamento de neurología del hospital de la Salpêtrière.

—¿Puede curarse la melancolía? —preguntaba ella, pensando en sus fantasías y en el leve rastro de locura que creía advertir en su propio comportamiento.

—La melancolía está relacionada con el duelo. Es el dolor por haber perdido algo que queríamos; resulta natural sentirla, pero es pernicioso vivir permanentemente en ella.

Gustave le hablaba de confianza, de la necesidad de desmenuzar los secretos. Ella callaba impotente, sintiendo el anhelo irremediable de lo que había tenido y perdido.

Juntos acudían a conferencias de intelectuales en el círculo médico, y Perla se dejaba conducir enlazada a su brazo; su ternura era un bálsamo; su sabiduría, una necesidad. Esperancita aprendía a confortarse en la rutina, en las costumbres, en aquel deslizarse por la vida que tanto había criticado. Gustave acababa de abrir su consulta en un precioso piso en el boulevard Malesherbes y le propuso matrimonio.

—Tenemos lo más importante: unos intereses comunes, amistad, respeto. Estando casados podríamos viajar, conocer mundo y quizá un día formar una familia.

—Cariño, el mundo se desmorona, ¿adónde vamos a ir?

Mientras su considerado doctor dibujaba para ella una vida que cualquier mujer hubiera aceptado, Perla pensaba en el cuerpo de Tomás, en la avidez de sus manos, en la sabiduría del deseo que había experimentado con él tratando de evitar el aguijón del miedo a que hubiera muerto. Vivía entre dos mundos sin atreverse a mirar de frente a ninguno de ellos. Su lado práctico le decía que Gustave llegaría a ser un buen remedio para su envenenada nostalgia; el otro, el soñador, y donde todo estaba enredado, le prometía una azarosa felicidad. Europa se retorcía, su país se mataba y ella no osaba ser libre. A su manera lo amaba, precisamente por eso se merecía honestidad.

Le habló de Tomás. Le explicó que él había sido su primer amor, que en su persona se encerraban muchos trozos de ella que él desconocía: el valle, el pueblo, el pertenecer a medias a Francia, a medias a España. Era demasiado para poder prometerle que su corazón sería suyo algún día. Naturalmente, no le informó de que la pasión que mostraba cuando se acostaban se veía estimulada por su imaginación, ni que él suponía un alivio para su desesperación. Se hubiera avergonzado al admitirlo, al pronunciar en voz alta su condena.

Gustave la abrazó. Ni rastro de miradas inquisitivas ni de rabia. La joven no acertó a saber si el psiquiatra se sintió herido, pero ella se había liberado. Hasta ese momento, apenas habían hablado de sentimientos. Sus conversaciones, con la vida y los sueños como puentes entre sus almas, no habían alcanzado nunca el corazón. Eran dos islas a las que únicamente les unía la marea que subía y bajaba puntual. Pasados unos minutos, el psiquiatra admitió que no tenía prisa en que aceptara el compromiso y que todo seguiría igual. El tiempo diría la última palabra. Pero, en realidad, algo cambió aquel día.

Madrid era un campo de batalla. Santiago había conseguido hablar con una amiga que trabajaba en el consulado británico. Le informó de que el hotel Ritz se había convertido en un hospital, y aunque Fred Astaire y Ginger Rogers volaran como pajarillos en las pantallas, los bombardeos interrumpían la sesión para que los ciudadanos corrieran a refugiarse en los sótanos y los túneles del metro. Los mercados estaban desabastecidos, y las ratas ya no corrían por las calles porque se las comían. Estrellita Castro, con su *Morena clara*, seguía entreteniendo la angustia de las mujeres, que, sin hombres, maridos o padres, alimentaban a los niños en los comedores sociales. Las fauces de la guerra se abrían hambrientas y devoraban al pueblo español.

—¡Esperancita!

La voz de Santiago precedía a su cuerpo grande.

—No te enfades. Ha habido mucho trabajo en el hotel, y el camarada Stalin no va a pagarme el billete. —Se dejó caer en la silla y se sirvió un vaso de agua.

Una vez cada quince días, los compatriotas se reunían en un café de Saint-Germain. Los miembros del Partido Comunista francés repartían el correo llegado a través de valijas diplomáticas, mientras manoseaban consignas y soflamas hasta la extenuación. Ella seguía acudiendo, por si en algún momento su nombre estaba entre los elegidos para recibir noticias de la zona ocupada. Nunca las había, pero los compañeros le pedían ayuda: que atendiera a su hijo en el hospital, que le pusiera a su madre una inyección, que la pústula no se curaba...

Por casi idénticos motivos había estado acudiendo a los encuentros que organizaba la embajada española. Esa tarde, tras dejar la embajada argentina, se dirigieron hacia allí. Santiago llevaba meses tramitando permisos y pasaportes. Una compañía de teatro le había invitado a una gira por América.

El cocinero valía para todo, lo mismo se arrancaba con el repertorio de la Piquer que declamaba a Lorca. En los últimos meses, algo en él había cambiado. Se sentía decepcionado, ya no tenía la alegría de siempre. Había decidido marcharse. La compañía le esperaba en Argentina. Como nadie se iba del todo si en su destino no existía un rinconcito donde caerse muerto, la madre de Perla le había escrito a su amiga Pilar para que lo cuidara hasta que echara a volar.

—Creo que ya solo queda la firma del embajador, pero como lo cambian cada poco tiempo... Si cae Madrid, Mariela me ha prometido que esta semana estará todo en regla. ¡No puedo más! Ni aquí ni allí ni allá, me ha contado que hay tantas peticiones de pasaportes que no dan abasto.

—¿Y el hotel? ¿Ya les has dicho que te vas?

—Me han hecho una carta de recomendación. Me echarán de menos. En la cocina se trabajaba bien gracias a mis coplas; ahora, pobrecitos míos, se aburrirán.

—Yo también te echaré de menos.

—Ay, niña... Qué pena más grande. Tú y yo por estas calles, cuando teníamos que estar bailando pasodobles con Concha Piquer y Miguel de Molina. Menos mal que cuando te cases con tu médico podrás venir a verme. Él ganará mucho dinero arreglando las cabezas, y tú harás lo que quieras.

—Me siento perdida, Santiago. No puedo quedarme de brazos cruzados con lo que está pasando. Gustave me permite usar el teléfono para llamar a casa. La frontera es un hervidero de desesperados.

—Lo que estás es muy triste, niña mía. Tienes veinte años. Olvida lo que sea que te apaga de esta manera. Que te lleve este verano a Niza tu francés. Si os alojáis en el hotel Negresco, yo le aviso a mi amigo Manuel, que trabaja allí. Vive y no mires atrás.

—No veo la hora de ir a casa. París empieza a pesarme...

—Uno no sabe nunca dónde acabará.

Atravesaron la entrada del palacete donde estaba situada la embajada. El ambiente era caótico. Perla buscaba en cada ocasión a los recién llegados, a los periodistas o los intelectuales que acudían buscando compañía y refugio. Algunas estancias estaban habilitadas para acogerlos, y la actividad de los funcionarios, que cambiaban semana tras semana, era frenética. Los que acababan de venir llegaban con las heridas abiertas. Habían pasado tres años bajo la presión de la guerra, a veces en un bando, a veces en otro. Tenían datos recientes y valiosos de carreteras accesibles, de puentes volados, de pueblos abandonados u ocupados por las tropas. Nadie estaba seguro en ningún lugar. Había ojos que espiaban, desertores y venganzas mezquinas por todas partes. Un vecino podía denunciarte, y otro salvarte. Se libraba un combate perdido de antemano.

Se fijó en una mujer que hablaba en un corrillo. Procedía de la capital, era maestra y decía que era cuestión de días que cayera Madrid. Muchos madrileños esperaban que entraran los nacionales como único remedio a la extenuación, y otros mandaban a sus hijos a Rusia o a América para que no cayeran en manos de ellos. También dijo que Azaña y sus colaboradores estaban ya en París. Le pareció que la mujer tenía los ojos vacíos, como si le hubieran arrebatado la mirada. Se acercó a ella y, después de presentarse, le habló.

—¿No sabrá usted de un joven periodista, Tomás Vallejo? Es el hijo de un médico de mi pueblo, en el valle del Roncal, y no sé de él... Trabajaba cercano a Azaña.

Advirtió el cambio en su rostro, y la manera en que ella la apartó a un lado para decirle:

—Desconozco la relación que le une a ese hombre, pero mi marido es periodista, republicano y un hombre de bien. Su amigo no cuenta la verdad ni la ha contado nunca. ¿No lo ha escuchado en la radio?

Perla no se detuvo en la advertencia, tan solo le pareció que en el negro horizonte se abría la luz.

Por ella supo que Tomás colaboraba en un programa de Unión Radio sobre las doce y cuarto de la noche, hora a la que se emitía el parte de guerra. Todos los días intervenían políticos para levantar la moral de los combatientes y estimular la fe en una victoria cada vez menos real. La posibilidad de oír su voz le produjo un estremecimiento.

Aunque lo intentó por todos los medios, una semana después no había conseguido conectar con la emisora.

Gustave no era ajeno a lo que sucedía en la cabeza de Perla. Desde que ella le abriera su corazón se habían ido desatando muchos nudos, y la relación había cambiado. Más sinceros el uno con el otro, se intensificaban la confidencia, la confianza, la amistad. Gustave le aconsejó que se centrara en su trabajo.

—Tengo algunos amigos en el hospital y te ayudaré. Si puedes conseguir que te contraten como supervisora o en quirófanos, tendrás más oportunidades. Hay muchos neurólogos, un campo que desconoces y muy demandado actualmente. Prepárate, estudia, elige un campo, sé la mejor... Tus dos años de Medicina te ayudarán. Sabes perfectamente que puedes llegar a donde quieras.

—No es tan sencillo. Las mujeres hemos de pagar algún precio, y ya me conoces. No me gusta perder.

—Ganarás. Te recomendaré en el hospital. Tendrás que cambiar de barrio, pero resultará interesante, y además yo estaré allí.

El primero de marzo, Perla comenzó a trabajar como ayudante de quirófano en el gran hospital de la Pitié. No le costó demasiado desenvolverse con soltura. Había soñado con ser cirujana. Conocía los nombres del instrumental y casi podía adelantarse a los deseos de los cirujanos. Aquello era lo más cercano a su sueño. Apasionada, se volcó en su objetivo, dejando atrás su antigua vida. Se despidió de la calidez del hogar de Josephine y alquiló un apartamento cerca del hospital. Pertenecía a uno de los doctores, que lo utilizaba cuando las jornadas se alargaban, pero se había casado y se había trasladado a una casa a las afueras. No era gran cosa: una habitación grande, otra más pequeña, la cocina y un baño decente. Había agua caliente, una chimenea que caldeaba todo el piso, y además por la mañana el sol entraba hasta la cama. El propietario le dejó los muebles que tenía, y Gustave llevó cajas enteras con ropa de cama y vajillas que permanecían olvidadas en la casa de campo de la familia. Ella solo compró unos bulbos de jacintos para poner en el alféizar de las ventanas y una radio para escuchar las inquietantes noticias sobre Europa.

Nunca había vivido sola, pero los temores a sentirse triste desaparecieron en cuanto se adueñó de su nido. Se sentía feliz colocando un cuadro, extendiendo las mantas, encendiendo la chimenea y sentándose en la alfombra turca a mirar el fuego. Era su primer hogar, el escenario de su juventud, y lo único que le arañaba el alma era que Tomás no sabría que vivía en la rue Vanelleu, 21, *troisième étage*, ni lo disfrutaría con ella. Suspiró, tratando de escapar de aquellos pensamientos recurrentes. Decidió dejar a un lado la decepción, la dignidad y aquel honor de mujer que no servía para nada y le escribió una larga carta a la dirección que mantenía en su memoria. España se desmoronaba, y el mundo también. Mientras le suplicaba que le escribiera a esa dirección, a la de Josephine, a Mauléon o a Burgui, su pecho se ensanchaba con la esperanza de que él la comprendiera y lo hiciera. Luego cerró el sobre y pasó la lengua por el pegamento como si lo besara, sin poder evitar pensar que quizá, a causa de la guerra, no llegara a sus manos. En Madrid la lucha se libraba casi por barrios, y a un lado y otro del Puente de los Franceses se asentaban las tropas enemigas y hermanas.

Desde su ventana, se veían los edificios y los jardines del hospital. Allí lo tenía casi todo. Suturaba arterias, detenía hemorragias o vigilaba la evolución de las amputaciones. Los médicos la valoraban, y la vida profesional le proporcionaba estabilidad. Gustave iba a su casa, cada vez con más frecuencia. Ella guisaba y él llevaba el vino. Hacían el amor, hablaban de medicina, iban al cine. Escuchaban la radio o leían. Hacían la vida de cualquier matrimonio, pero ni tan siquiera el espejismo de aquella unión la hizo olvidar que no era feliz.

Finalmente Alemania había invadido Checoslovaquia, ane-xionándose no solo los Sudetes, sino toda la nación. Las demo-cracias occidentales practicaban una política de apaciguamien-to inservible, y en España, Negrín esperaba que el conflicto europeo estallara para poner punto final a la situación política. Los judíos huían despavoridos. A finales de julio del 38, el pre-sidente Roosevelt había convocado una conferencia para inten-tar solucionar el problema de los refugiados. Treinta y dos países se reunieron en la ciudad francesa de Évian. Todos declara-ron su indignación, pero manifestaron su imposibilidad de aco-gerlos.

Las pisadas del gigante resonaban por los pasillos de Euro-pa, y de nada servía taparse los oídos. En el mes de agosto de ese mismo año, las autoridades alemanas habían cancelado los permisos de residencia de extranjeros, así como el de los ju-díos nacidos en Alemania. Más de dieciséis mil judíos alemanes de origen polaco fueron conminados a abandonar Alemania en una sola noche y con una maleta; el resto de sus posesiones se confiscaron por las autoridades nazis o sus vecinos. Cuando llegaron a la frontera polaca no se les admitió. Solo unos pocos consiguieron refugio; al resto los enviaron a campos de con-centración.

Artistas centroeuropeos huían llevando consigo las corrien-tes creadoras que Hitler reprimía y castigaba. La gran sinagoga de París, en la rue de la Victoire, acogía a los refugiados que habían logrado huir expoliados y amenazados. Nadie queda-ba al margen de los rumores del clima de terror que creaban las SS. Las normas exigidas a la comunidad judía eran inhuma-nas y culminaron durante la noche del 9 al 10 de noviembre, cuando la población civil alemana, bajo la supervisión de las tropas de asalto SA, se lanzó sobre sus conciudadanos y sus propiedades. Las calles quedaron llenas de cristales de los esca-parates de los comercios judíos. Hubo numerosos muertos y treinta mil detenidos a los que se rumoreaba que habían depor-tado o internado en campos. Europa simplemente esperaba lo irremediable.

Una docena de amigos se reunieron en un pequeño restaurante para despedir a Santiago, que por fin había conseguido los papeles necesarios. Se iba a Burdeos, donde embarcaría rumbo a Argentina. Se llevaba un baúl repleto de discos de Estrellita Castro, Angelillo e Imperio Argentina. Comieron, bebieron y brindaron con una alegría prestada. Las lágrimas y los cantes fueron copiosos. Santiago tenía más de cuarenta años y sabía que muy bien tenían que irle las cosas para poder volver un día a España. Como si estuviera al tanto de sus pesquisas, al despedirse de ella, la abrazó durante mucho tiempo, le acarició el pelo y, con voz temblorosa, le deseó paz y felicidad; dos cosas que ninguno de los dos poseían.

—Niña, en esta vida no se puede tener todo. Olvídale. Si naciste *pa* martillo, del cielo caerán tus clavos.

—Pero...

—¿Tú crees que algo se le escapa a este Caramelo? —Santiago se señaló mirándola con una inmensa ternura—. Él tiene más cadenas que los condenados. De cualquier manera, si vas a Burgui no tendrás problemas para escuchar Unión Radio, si es que existe en unas semanas.

—¿Desde cuándo lo sabes?

—Niña, eres un libro abierto. Podías ser mi hija, y has nacido en el valle.

—No sé si volveré al pueblo.

—Me dice el corazón que lo harás, que acabarás bañándote en el río y contemplando las montañas, cerca de tu valle.

Apenas unos días después, las tropas del general Franco entraban en Madrid. El 2 de abril de 1939, todas las emisoras del mundo se hacían eco del último parte de guerra, emitido desde la emisora de Radio Nacional en Burgos, donde se hallaba el cuartel general de las tropas victoriosas. Esperancita escuchó con el corazón encogido las palabras que resultarían inolvidables: «En el día de hoy, cautivo y desarmado el Ejército Rojo, han alcanzado las tropas nacionales sus últimos objetivos militares. La guerra ha terminado. El Generalísimo Franco. Burgos, primero de abril de 1939».

Volvió Tomás a su memoria. Ya no tendría que buscar emisora alguna. Imaginó que su suerte estaba echada. Quizá lo hubieran detenido y aguardaba en la prisión de Las Ventas para ser fusilado un próximo amanecer, o quizá hubiera muerto antes de que Madrid cayera. La carta que le escribió fue devuelta sin abrir. ¿Y si hubiera huido? Si lo había hecho, viviría en París. Allí tenía amigos, y medio Gobierno republicano estaba en Francia. Pero si él no quería verla, nada podía hacer.

En su corazón, algo empezó a desmoronarse. Como si también ella necesitara emprender una huida, buscó información entre los amigos con los que se encontraba en los cafés. Supo que había cientos de miles de españoles atravesando las fronteras, y que en Toulouse y Burdeos estaban los centros de reagrupamiento.

—Machado ha muerto en Colliure. Los dirigentes siempre encuentran un lugar donde cobijarse. No temas.

Sintió que pertenecía a España, que quería volver, al menos a la frontera, al menos cerca. Todo a su alrededor le recordaba que allí había una derrota que la involucraba.

—Es mejor que te hagas con un pasaporte francés. Las cosas van a ponerse muy difíciles, Perla.

—¿Tú podrías averiguar el paradero de alguien? —preguntó a Marcel, un militante del Partido Comunista al que conocía.

—Tengo mis contactos, pero en este momento es prácticamente imposible saber dónde paran los camaradas. Desde Perpiñán hasta Marsella, las playas están llenas de excombatientes con sus familias que no saben adónde ir. Aún no los han registrado, pero irán a los campos de refugiados si no tienen quien les acoja en Francia. Por el norte, Irún es un infierno, y la zona de Navarra tú la conoces... Se necesitan voluntarios. ¿Podríamos contar contigo?

—Naturalmente, sabes que siempre habéis podido hacerlo.

—Lo sé. Pero no me refiero a tus servicios como enfermera... ¿Por qué no te haces miembro y nos ayudas a instaurar un poco de justicia social?

—Prefiero no hacerlo.

Le habló de que necesitaban enlaces, gentes en las que poder confiar y organizar un gobierno en el exilio. Las fronteras se llenaban de refugiados, y los franceses levantaban campos a toda prisa para contener lo que se les venía encima. Alemania seguía anexionándose territorios, y el clima se volvía insoportable. Escuchó las propuestas, pero no respondió. Su amigo le entregó un papel con un número de teléfono.

—Si al final vas por allí... Llámale. Su nombre es Adrien. Él sabe todo lo que sucede en los Bajos Pirineos.

Para entonces los cirujanos de la Salpêtrière se disputaban los servicios de la eficiente y hermosa Perla, a la que imaginaban como la señora del doctor Gustave de Fratelle. El doctor Brissau y su equipo le regalaron, por su cumpleaños, un maletín digno del mejor cirujano, animándola a que volviera a la facultad, pero ella hacía tiempo que había desterrado la idea, más que nada porque otra iba conformándose en su cabeza.

El día 3 de septiembre de 1939, Perla y Gustave acudieron a una fiesta que organizaba uno de los psiquiatras más reconocidos de Francia. Dos días antes, habían llamado a filas a todos los hombres de edad comprendida entre los dieciocho y los treinta y cinco años. Como precaución contra los bombardeos, París se quedaba a oscuras durante la noche; no obstante, les recibió el cálido ambiente de un salón burgués donde más de veinte personas brindaron con tristeza por la guerra que los arrastraría al caos o, lo que era peor, al nazismo. Francia e Inglaterra acababan de declarar la guerra a Alemania. Hitler había invadido Polonia y aplicó una ferocidad racial y destructiva inimaginable mientras las potencias aliadas, engañadas y temerosas, no hicieron gran cosa. Algunos de los que se encontraban en el salón habían escapado de las garras de la Gestapo.

Tenían la mirada empañada por la adversidad y pocas esperanzas de recuperar su vida. El pueblo alemán se había convertido en un pelele fanatizado y arrogante. Las historias que se contaron en la sobremesa espeluznaron a los convidados. Franz Viertel, pianista en la Ópera de Berlín, era uno de ellos. Después del brindis, se sentó a tocar un vals que Perla bailó en los brazos del hombre al que había aprendido a querer.

—¿Estás preparada para acompañarme en la vida? Con esto sobre nosotros, es mejor que nos casemos...

—He decidido volver a casa.

Fue el único día que Perla vio los bellos ojos de Gustave llenos de lágrimas.

7

La ternura de una sorpresa

No vivimos nunca: esperamos la vida.

JEAN DE LA FONTAINE

A Eugenia le han regalado una de esas aspiradoras que se pasea por el apartamento dejando los rincones impolutos. Dice que es una mascota esclavizada, que hasta va solita al enchufe donde se alimenta.

—No me resulta, la verdad... —me dice con ella en la mano—. ¿Vos me entendés? —Hago un gesto afirmativo—. Es como una espía que anda por mis alfombras buscando qué sé yo. Y como en mi casa hay tanta alfombra, el bicho se detiene, parpadea y estoy pendiente de adónde va y qué hace. No me resulta. —La pone en el suelo—. Seguro que vos le das más uso. No tenés alfombras, solo esos vinilos divinos y tan higiénicos. Ideal para la robotita indiscreta.

No hay manera de llevarle la contraria a Eugenia, so pena de iniciar un conflicto que al final perderás. Me llevo a casa el aparato y al llegar, para constatar lo que me ha dicho, lo pongo en funcionamiento. Me parece un invento fantástico, pero a los cuatro días, Sila, con los brazos en jarras, me da un ultimátum muy ucraniano: «O ella o yo». Me cuesta convencerla de que el artilugio no es su enemigo, que lo que hace es regalarle tiempo para que pueda cocinar sus sublimes arroces. Hablo de la aspiradora con el suficiente desprecio para que disminuya el agravio. Sila se va rezongando en su idioma, y yo vuelvo a mis papeles y a bucear en las tripas de esta conmovedora historia.

En la revisión rutinaria, me dijeron que el bebé pesaba poco. La noticia me produjo una sensación difícil de describir... Antes de que pudiera reaccionar, una sacudida de adrenalina me dejó sumergida en ese veneno que es el miedo. Nunca imaginé que no estuviera dando al bebé todo aquello que necesitara. Naturalmente, pensé en eso que no se debe ni se quiere pensar: pulmones inmaduros, cerebro sin rematar... Damos por hecho que todo seguirá el curso natural, que nada se interpondrá en nuestro camino. ¿No es el embarazo algo natural y atávico? Pues a veces hay sorpresas. Si pensáramos que la muerte o la desgracia nos aguarda a la vuelta de una esquina, nos paralizaríamos. Pero de pronto ese azar con el que no contamos se materializa y nos produce un cataclismo.

Con la voz quebrada, le pregunté a mi sabio italiano, el *dottore* Giulio Montano, si había alguna posibilidad de que perdiera al bebé o de que este naciera con alguna deficiencia. Creo que supo lo que me ocurría, porque salió de detrás de su sillón ergonómico y, con ese humor meridional que tiene, me abrazó.

—*Non ti preoccupare, dovrai solamente riposare un po di più. Tuo marito giustamente oggi non é venuto! Uomini!**

Sí. No hablo italiano, pero lo entiendo. Tenía que reposar un poco más. Mi marido aquel día no me había acompañado, pero fue porque yo había insistido en ir sola. Él quería, pero se me cruzaron los cables y mi Pepito Grillo me dijo que cuando naciera el bebé no iba a saber ni decir mi nombre, así que me fui al *palazzo* donde se ubicaba la clínica sin esperar malas noticias.

* «No te preocupes, solo deberás hacer un poquito de reposo. ¡Justamente hoy tu marido no ha venido! ¡Hombres!».

Me recomendaba descanso; una paradoja si tenía en cuenta que últimamente no hacía nada, salvo pasear comiendo helados y escuchando a Eugenia, y sentarme en el ordenador a buscar el horror olvidado de Europa. Mi abuela solía decir que los bebés tenían que engordar en costilla y no en mantilla. Y desde ese momento me volví un poco momia.

Al salir del gineceo maternal de primera clase, cogí un taxi y, como estaba medio ida, me dirigí al conductor en español. El hombre había pasado unos días en Ibiza y todavía le duraba el colocón. Yo me sujetaba el vientre y me encogía cuando pasábamos un badén. Temía que en algún descuido mi niño se deslizara al mundo sin mi permiso. Ahora voy a todos los lugares en taxi, pero les pido que no den acelerones y les atemorizo diciendo: «*In qualsiasi momento posso partorire*», que más o menos quiere decir que me puedo poner de parto si me llevan cabalgando. Camino como una geisha de la cama al baño o a la terraza, y solo levanto los brazos si es verdaderamente necesario. Me aterra no poder abrazar a mi hijo y que lo primero que vea mi criatura sea una incubadora.

Se acabaron los paseos largos con Eugenia por las orillas del Tíber, o pararnos en uno de los cafés del barrio judío, después de atravesar sus callejuelas para acabar en el Pórtico de Octavia. Ya no nos sentaremos en la fuente de las Tortugas a buscar italianos que se parezcan a Mastroiani. Ella, que siempre ha estado centrada en que su culo no sucumbiera al desafío de la gravedad, tenía que buscarse otra compañera que no temiera las distancias de sus caprichos.

En cuanto la noticia llegó a oídos de mi madre, me llamó para recitarme refranes y darme su realidad incontestable: «Tú apenas llegabas a los tres kilos y, ya ves, tienes una salud de hierro».

Desde ese día, quizá porque se siente culpable, Eugenia viene andando desde su casa en el centro. Cuando llega, se bebe medio litro de agua y se tumba junto a mí. Abre su bolso y saca esa serie de objetos insospechados que ha ido encontrando a lo largo del paseo y que solo ella es capaz de codiciar: unas gafas de sol que le han dicho que pertenecieron a su adorado Marcello Mastroiani, una pinza especial para colocar lentejuelas o la raíz de una planta que con solo olerla duermes ocho horas. Su peculiaridad en cuanto al trato con el azar me hace feliz. No sé qué hubiera sido de mí en Roma sin esta mujer. Tenerla cerca es como ordenar tu casa con la armonía del feng shui. Me acaricia la tripa.

—Es una niña —me dice, y me tiende un libro de François Cheng que habla del alma—. Estoy segura de que es una pequeña y divina Esperanza. Te envidio. A mí me gustan mucho los hombres, pero necesito a las mujeres. Vos me entendés. Ellos no saben acercarse a las paredes de nuestras almas.

No tengo la menor idea de la edad que tiene. Es un secreto que guarda celosamente y que sus tratamientos estéticos han logrado desafiar, pero calculo que debe de andar por los cincuenta. A veces la delatan sus testimonios. Yo hago como que no me doy cuenta. Es una mujer muy fuerte con una fragilidad oculta. Si no ve en ti a un enemigo, puede ser la mejor compañía del mundo. He aprendido a quererla, aunque tengamos una relación distinta con el tiempo. Me relaja su presencia, y he conseguido no ser tan quisquillosa… Como decía mi abuela, debajo de lo que nos asusta está lo que nos conforta.

En mi trabajo, es decir, en los libros, el tiempo es como un personaje más: habla, sostiene, silencia, olvida o hace renacer. Yo estoy enredada en él, como si fuera un abrigo que me cobija. Mi tiempo de embarazo, mi tiempo de traducción, mi tiempo buscando el rastro de mi abuela…

Por eso, porque el tiempo se me echaba encima, me atreví por fin a llamar a David Wordthing hace tres días. Tenía su número personal, pero saltó el contestador. Dejé un recado con la esperanza de que se ponga en contacto conmigo.

Justo cuando terminó la guerra española, la abuela volvió con su madre y buscó un empleo en el hospital de Pau. Hay varias fotos de ella vestida de enfermera y acompañada de un hombre elegante, el doctor Thibault, con el que por lo visto mantuvo una relación. Se ve que le gustaban los médicos y hacerse fotos con ellos delante de los hospitales.

He averiguado muchas cosas de Sarah Vugman y de un violinista con el que estuvo a punto de casarse, pero espero la llamada del periodista para corroborar la vida agitada y secreta de mi abuela Perla.

Eugenia ha ido implicándose en mi proyecto un poco más cada día. Se ha adueñado de la tarea de saber quién es quién, y tiene una lista con nombres franceses y españoles que va tachando a medida que averigua el papel de cada uno. Llama a los ayuntamientos, a las bibliotecas, a las cátedras de Historia… Dice que es investigadora, periodista o que está buscando a su tía abuela, con un desparpajo que me deja boquiabierta.

Le pedí que investigara a la familia Vugman.

—Eran judíos, ¿no?

—Sí.

—Si esa chica no volvió a aparecer en la vida de tu abuela, es que no sobrevivió a esta devoradora Europa. ¿Emigrarían?

Mi padre es historiador. Ha vivido en Burdeos y, aunque lo suyo es la Edad Media, conoce a muchos colegas que han investigado los aciagos años que transcurrieron entre el 38 y el 45. Burdeos fue muy golpeada en la época de la Ocupación. Allí se habían refugiado muchos españoles que pasaron a la Resistencia. Pero no le pido ayuda. También él maneja su propio silencio. Cuando estuvimos en Navidad y les comentamos que pensábamos visitar Gurs, vi en ellos esos gestos sutiles de temor que los progenitores acostumbran a guardarse.

No obstante, me advirtió que ese periodo, tanto en Francia como en España, era un lodazal. Habían desaparecido documentos que con toda seguridad implicaban a familias o empresarios conocidos. Se cercenó la historia, y solo los herederos de aquellas tragedias habían ido recogiendo la información de los supervivientes para redactar tesis o artículos periodísticos. Me dijo que había asociaciones que se rebelaban contra el olvido y me aconsejó que buscara en ellas.

En realidad, mi padre intentó prevenirme, pero yo, para entonces, veía venir la ola gigante que iba a engullirme. La idea de buscar los rastros de mis antepasadas me había lanzado a un mundo que nunca quise despertar. Pero aquí estamos Eugenia y yo, haciendo listas, descubriendo que hubo varias mujeres que se empeñaron en dar por saco a las autoridades del campo de Gurs. La enfermera Elsbeth Kasser, al frente de la organización Secours Suisse, se instaló en una de las barracas del campo con otras tres mujeres y salvaron la vida de cientos de judíos. Una tal Ruth Lambert y Aurélie Charlier también consiguieron, a base de poner de los nervios a las autoridades, entrar en el campo para ocuparse de los niños y de paso, instaladas en una granja cercana, anotar todos los nombres de los que morían o eran deportados.

Los resultados del rastro de Sarah llegan de la mano de una asociación que intentaba controlar los internamientos de la población judía. Los Vugman de Mauléon eran una familia respetada y conocida por todos. Eran franceses, y el padre dirigía uno de los despachos de abogados más prestigiosos de la ciudad. En 1943 los alemanes fueron a buscarlos después de que alguien los denunciara. Mandaron a padre e hija a Auschwitz. La madre, que no era judía, hizo cuanto pudo por liberarlos, hasta que se refugió en París con su hermana. Sarah sobrevivió y, tras la liberación, enferma y traumatizada, murió en 1946.

Cuando lo descubrimos, pasamos por un pequeño duelo. Mis personajes son de carne y hueso. Duelen. Devuelven impotencia, desamparo... Eugenia abre una botella de chianti, y yo me entrego al helado de avellana y chocolate. Estamos compungidas. Hablamos de las pasiones y los instintos del ser humano intentando reconciliarnos.

Cuando Eugenia sale por la puerta, atiendo a mi pellizco. Me siento al ordenador con el permiso del bebé y escribo. Imagino la tierra que pisan, el miedo que sienten, el amor del que disfrutan, y entonces, como por arte de magia, ese pellizco desaparece. Sé que son personajes, que lo que escribo es una ficción que camina por la alfombra de la realidad, pero ¡hay que ver!... Ellas se apoderan un poco de mí, y yo, que tengo el poder de manejar el tiempo y el espacio, quiero salvarlas, ir hacia atrás, confundir a los alemanes, hacer que se arrepientan los denunciantes. No puedo hacerlo. En el lugar de la lista donde había escrito «Sarah», Eugenia ha puesto una crucecita, y yo, a su lado, el nombre de Wordthing.

Esta semana nos estamos ocupando de Tomás Vallejo. Eugenia dice que es el personaje que más le interesa. Con la copa de vino en la mano, toma la foto en la que está con mi abuela en la Exposición Internacional de París del 37 e interpreta a una adivina... «Hablame... ¿La amabas? ¿Dónde te escondiste?».

—Esa carta devuelta... Me la leí un montón de veces hasta entender lo que decía entre líneas. Era el amor de su vida, nena, te lo aseguro. «Cuando te fuiste me di cuenta de todo lo que no había podido decirte. Se me agolpaban en el cielo de la boca tantas palabras... No las dije porque estaba ocupada besándote, y ahora estoy atada al sufrimiento de tu silencio y tratando de averiguar si tendré una vida contigo o sin ti».

—Fue su primer amor.

—A mí me parece que el primer amor está mitificado... Mirá, andás como una lela bebiendo los vientos por un muchacho que no sabe qué hacer con vos... El último amor, ese es el que vale, el que se elige. Si alguien me dice: «Vos serás mi último amor»... —Eugenia entorna los ojos.

—Mira, ahí te doy la razón.

—¿Y el médico del hospital de Pau? ¿Cómo se llamaba?

—Adrien Thibault.

—A ese también hay que revisarlo... ¿Te imaginás que sea tu abuelo?

—¿Para qué hacemos esto, Eugenia? ¿Merece la pena?

Hace días que siento correr por mis venas un frío extraño. La pregunta tiene que ver con él.

—Vos lo iniciaste. Primero quisiste saber quién era tu bisabuelo. En realidad, querías saber quiénes eran los hombres que habían propiciado tu nacimiento, querida. Diste con un Elissabide y en el lote vino Gaston. No está mal, y luego ya tu inconsciente te lanzó a la escritura de tu saga. Un camino que se emprende ha de seguirse. Los deseos no tienen mapas, ni se te ocurra abandonar.

—Eugenia, deberías haber sido psiquiatra.

—Nunca se lo he contado a nadie, pero igual que hay quien necesita tomar chocolate o el alcohólico se muere por tomarse una copa, a mí me dan ataques de necesidad de creer en algo... Y creo en tus golondrinas.

Excesiva, incomprensible, tierna y arisca, hermosa, esquiva, generosa como un día de sol; esa es Eugenia, lista como ella sola.

Tengo en mi poder papeles de herencias y muchos recortes de periódicos que mi abuela guardó y cuyo significado interpretamos ambas como esas pitonisas que anuncian hombres morenos. Mi abuela desconocía que vendría internet y que, con un clic, el mundo estaría a sus pies, así que rasgaba los periódicos para cuando su memoria fuera frágil. Pasamos horas pensando en la importancia de esos recortes, de las fechas en que se publicaron, de si era prensa española o francesa. Las cotejamos con la historia, como si fueran fragmentos de un jarrón chino hecho añicos que debemos recomponer mientras mi hijo nada en mi vientre y yo engordo.

—Me inquieta que recortara anuncios de baúles. ¿Vos creés que quería huir? ¿Y si los compraba para esconder a republicanos? Te aseguro que yo —afirmaba Eugenia moviendo la melena—, en esa época, hubiera estado en el MI5, salvando paracaidistas como en una película que vi. Tiene que ser horrible haber vivido esas cosas para acabar en un pueblo recóndito y sin poder contarlo.

—Bueno, acuérdate de que perdió la mano derecha. Eso es bastante decisivo como para refugiarte en Burgui.

—No la perdió. Se la amputaron, querida.

—Mi madre me dijo que había recibido un disparo, pero a saber... Es radicalmente distinto.

A veces miro a Eugenia y creo que podría haber sido incluso una agente doble. En ocasiones llama a uno de esos nombres que apunta en sus listas y dice que forma parte de una comisión que se inventa sobre la marcha. La gente, muy generosa y dispuesta a colaborar, le da palique y también datos.

«¿Dónde te detendrás?». La pregunta, que me hizo el otro día, me dejó muda. Me quedé mirándola con los ojos muy abiertos. ¿Dónde me detendré? No lo había pensado, aunque tiene razón. Puedo seguir investigando hasta el fin de mis días, pero tendré que detenerme o lo hará el nacimiento de mi hijo.

Por las mañanas, después de que Sila intente atiborrarme de calorías, me refugio en el despacho y trabajo en la traducción. He luchado mucho para poder vivir de mi trabajo y ahora siento que ya no disfruto igual. Los hilos que antes se descolgaban de una palabra y me arrastraban para encontrarla en medio de un primoroso tejido me cubren ahora a mí. En medio de una frase, siento ganas de escapar de la mano del autor para acudir a esa cita, casi pasional, que tengo con mi historia. Quiero escribir. Cuando lo hago, la ansiedad de mi pecho desaparece.

Cuando los españoles comenzaron a huir en 1938, presidía Francia Édouard Daladier, un radical que, aunque en un principio mostró su apoyo a la República, no puso demasiado celo en acoger a los vencidos. Él era partidario de la política de apaciguamiento y no intervención. Italia y Alemania abrían sus fauces, y los republicanos españoles (una amalgama de socialistas, nacionalistas, comunistas y anarquistas) suponían un peligro ideológico y social. Francia se vio desbordada por los que huían tras la caída de Cataluña a finales de enero de 1939. Los Pirineos se tornaron una serpentina de desesperanza, y el país vecino improvisó campos de refugiados y cerró las fronteras para los exiliados; era un trauma verse en campos de internamiento después de haber perdido la guerra y el hogar. El 27 de febrero, Francia reconoció el Gobierno de Burgos. En Irún las fuerzas franquistas controlaban la frontera.

Mientras recopilaba información, casi podía verlos aislados, abrumados por la inmensidad de esos picos y montañas que no juegan al senderismo. Estaba segura de que algunos habrían elegido la ruta del Pirineo navarro para escapar a pesar del riesgo que suponía hacerlo en invierno. Soy una pescadora en internet, ocasionalmente su amplio mercado me regalaba la carta de un sobreviviente, el testimonio de un amigo en un blog o una fotografía. Hallé documentación sobre una red que pasaba a aviadores aliados por los Pirineos en plena Segunda Guerra Mundial y que tenía su base en Hendaya y San Juan de Luz, la red Comète, pero la dejé a un lado. De Navarra encontré pocos datos, y los que había mencionaban sucesos de la primavera y el verano. Como las golondrinas, todo el mundo sabía que el invierno era inexpugnable. En mi cabeza hay fragmentos de películas sobre aquella época, heroica y sorprendente. Las veía bajo la manta mientras afuera llovía. Busqué una de mis preferidas, *Suite francesa*, y aunque la había visto muchas veces, los personajes se volvieron reales.

La pregunta de dónde me detendría se me había enredado en el cerebro y aparecía de vez en cuando para inquietarme. Uno de aquellos días, con un tibio sol inundando mi cama, recordé las palabras de Eugenia: «Un camino que se emprende ha de seguirse». Pero ¿adónde quería llegar? ¿Cuál era mi destino?

Si miraba atrás, el recorrido era largo. El primer paso que di estaba destinado a encontrar al padre de mi abuela. Desanduve mis pasos y encontré al padre de mi hijo. Ahora me hallaba rastreando la vida de mi abuela para buscar al padre de mi madre. Quizá lo que verdaderamente deseaba era que mis golondrinas, a las que la frontera les robó el abrigo de un abrazo paternal, tuvieran uno.

Aquí estoy cavando.

La historia, como el firmamento, tiene agujeros negros. Los españoles vencidos callaron su dolor y su vergüenza para de algún modo proteger la convivencia de los que vinieron después. Los vencedores no iban a arriesgarse a desvelar lo sucedido teniendo una verdad acuñada durante la dictadura. Todos tenían las manos manchadas. Todos fueron ilegales, en un momento u otro, y nadie quiere asumir la paternidad de su vergüenza.

Llamé a mi padre.

Escuché su voz.

La ternura de sus consejos.

Añoré los pilares de sus abrazos.

Adoro sentir la fortaleza que me dio mi padre.

8

Perla Escaín

1939

Claritas aguas del Ebro,
rojillas van a Aragón;
el llorar de los prisioneros
las tiñe de ese color.

Jota popular

Los años habían suavizado la geografía herida de su piel cuando, en octubre de 1939, el Celtaquatre de Louis Bernier aparcó frente al número 21 de la rue Vanelleu de París. Siempre tras los cristales de las gafas, miró las calles de la que había sido su ciudad, sin otro ánimo que arrebatarle a la que consideraba su hija, para llevarla de vuelta a Mauléon. En las paredes de las calles, los carteles llamaban a la movilización, al registro de armas y a la recogida de máscaras de gas. Los movimientos le recordaban el horror todavía inolvidable de la guerra de 1914. Él había sido declarado, gracias a Dios, inservible.

Esperanza Escaín, su esposa, llevaba un mes llorando en su pecho, temiendo que algo le sucediera a su niña.

—Volved sanos y salvos. No pasaré otra guerra lejos de los que amo.

Francia e Inglaterra habían declarado la guerra a Alemania el 3 de septiembre. Dos días antes, Hitler había traspasado la línea roja con la invasión de Polonia. Australia, Nueva Zelanda, Sudáfrica y Canadá se unieron los días siguientes. El conflicto empezaba a desperezarse hacia una Segunda Guerra Mundial. El general Pétain estaba de embajador en España.

De las estaciones partían trenes que atravesaban Francia hacia la frontera con Bélgica, ante un paisaje que parecía ignorar el temor de los hombres que ocupaban los convoyes. Ciudades como Estrasburgo se vaciaban de civiles, que buscaban cobijo más allá de la línea de fuego. La mayoría de los franceses aceptaban la guerra, pues era preciso parar a Hitler. Sobre el papel, los países aliados eran imparables. La primera ofensiva francesa fue en el Sarre y se adentró unos kilómetros en territorio alemán; lo importante era mostrar superioridad y, tras algunas infortunadas refriegas, de pronto todo se detuvo.

Los planes diplomáticos se impusieron, Hitler había firmado un pacto de no agresión con la URSS pero se instaló en Varsovia. Una tensa calma se extendía por Europa mientras en las fronteras los ejércitos alemanes, inmóviles, parecían reírse de las ofertas de paz. Los periódicos comenzaron a hablar de la *drôle de guerre*.

Louis subió hasta el apartamento. Abrazó a Perla, más hermosa que nunca, atareada en la mudanza y con el rostro atravesado por una sombra nueva. Determinada como lo había sido siempre, fue colocando sus pertenencias en el interior del coche y solo detuvo su urgencia la llegada de Gustave.

La pareja, con los ojos llenos de lágrimas, alargó la despedida con palabras que intentaban reconfortar su profunda pena. Se tocaban, desviaban la mirada, volvían a abrazarse, reían.

—Te lo ruego, escríbeme. Sabes que puedes llamarme a cobro revertido, y conoces las horas que estoy en la consulta.

—Prometo que lo haré.

—Lo he pensado bien. —Gustave se sacó del bolsillo una cajita de terciopelo con el anagrama de Cartier—. Lo compré para ti y quiero que lo lleves. Será una manera de que no olvides que siempre te esperará mi abrazo.

—Eres el hombre más maravilloso que conozco. Perdóname.

Cuando por fin se separaron y Perla se metió en el coche, el médico se quedó inmóvil en la acera esperando que el vehículo desapareciera por la avenida. Ella en silencio bajó el cristal de la ventanilla y dejó que el aire le alborotara el pelo. Contemplaba la ciudad, con la cabeza vuelta hacia la derecha y aquella cajita en las manos. A Louis le pareció que algo le agitaba el pecho, pero respetó su mutismo hasta que la carretera dejó atrás los últimos barrios de París. Solo entonces, con su voz dulce, como lo hacía con su madre, fue poniéndole al corriente de todo lo que había sucedido en los últimos meses y que por prudencia no habían querido contarle.

Leonora había sufrido un par de accidentes cerebrales que la habían dejado con medio cuerpo renqueante y perezoso. Se movía con dificultad, así que habían hecho reformas en la casa para acomodar una habitación en la planta baja con el fin de no someterla a la difícil tarea de subir las escaleras. A él los negocios le iban bien. Se había asociado con unas distribuidoras y controlaba aquel mercado al alza por todo Béarn, la Soule, hasta Burdeos. Había echado el ojo a una granja a unos kilómetros de Mauléon, pero su madre no quería saber nada de abandonar la Haute Ville.

Habían ido en un par de ocasiones a Burgui con el coche cargado; al otro lado no pasaban hambre, pues tenían cuatro gallinas y media docena de ovejas, pero sí mucha escasez. En el pueblo, al estar cerca de la frontera, el contrabando la mitigaba, pero ningún almadiero o labrador podía pagar los precios del oportuno negocio. Su tío había regresado con su familia a Pamplona, y su abuela había rechazado la invitación de vivir con ellos. A pesar de las tropas y de la vigilancia constante, Esperanza y él habían seguido yendo al pueblo, llevando libros y noticias a sus atormentados vecinos.

—Miguel Belmonte, el alcalde, te envía saludos. Parecía interesado en saber cuándo ibas a casarte.

—¡Oh, Dios mío! Ese patán…

—No te preocupes, tu madre tiene una diplomacia exquisita cuando de ti se trata. Le dijo que con la situación no habías puesto fecha. Ese mequetrefe tiene mucho poder y mala leche.

—Le dije que me iba a casar con Gustave para que me dejara en paz.

—Y no lo vas a hacer...

—No.

—Tu tía Margarita no veía el momento de salir del pueblo. Decía que sus hijos se habían vuelto unos brutos. —Louis volvió a hablar de lo cotidiano, respetando la intimidad de Perla—. Reabrían el taller de Alfonso, y volvieron. Además, hay tifus, racionamiento, y muchas veces las tropas situadas a escasos kilómetros requisan lo que necesitan.

—¿Tropas?

—Sí, han venido por los maquis. Algunos hombres han huido al monte, otros están de este lado de los Pirineos, van y vienen de noche, son excombatientes que no se conforman con la derrota. De noche cruzan la frontera para encontrarse con sus mujeres e hijos, pero si los cogen los fusilan. Los soldados controlan el valle, o al menos los caminos hacia Aragón y Pamplona.

—¿Sabéis algo de Agustín?

—Desgraciadamente no tenemos noticias. Uno del pueblo que le conoce le dijo a Alfonso que su hermano se había trasladado a Durango. Tu tío tenía un cargo en la CNT, así que esperamos lo peor.

—¿Qué dice mi madre?

—Tu madre no dice mucho. Apenas vivió con él, y la verdad es que no ha sido nunca de dar noticias... A tu madre le preocupa la abuela, pero se encarga de que nada le falte.

Atravesaban carreteras cruzándose con carros y coches cargados. Muchos franceses recordaban lo sucedido en la guerra del 14. Durante los años treinta, se había construido la línea Maginot, una frontera levantada para evitar una posible invasión alemana. Todos hablaban de ella y de que eso les contendría, pero la superioridad alemana, tanto de tropas como armamentística, atemorizaba. También lo hacía aquel pequeño general que levantaba pasiones entre sus seguidores, sin admitir razones cuando de invadir un país se trataba.

Las familias que podían se desplazaban a los pueblos. En

las zonas rurales, el abastecimiento estaba asegurado. Los campos y los bosques daban la sensación de que nada malo, más allá del aburrimiento, podía pasar.

Louis condujo hasta la mitad del camino. Luego se detuvieron para comer algo en un restaurante.

—Aprovechemos para reponer fuerzas. El camino es largo.

Mientras él se ocupaba de revisar el aceite, Perla abrió por fin el regalo de Gustave. Era un anillo precioso, muy valioso. Dos gruesos brillantes escoltaban un rubí que resplandecía. Ahogó un suspiro y se lo puso en el dedo. Un anillo de compromiso le parecía muy adecuado para alejar a los hombres de ella.

Louis había envejecido. Tenía el pelo totalmente blanco, pero sus siempre exquisitos ademanes hacían imposible detenerse en su rostro. Perla lo observó en silencio. Louis no se quejaba, tampoco se entristecía por las expresiones de horror o sobresalto cuando le miraban los desconocidos. Había apostado por la vida y era feliz con su mujer y el cine. Pero, por primera vez, Perla pensó en lo que había aprendido sobre los traumas y el rechazo, e imaginó el inmenso territorio asolado que aquel hombre guardaría en su corazón. Gustave le había enseñado a ir al interior de las personas: el sufrimiento, la decepción y, a veces, también el amor teñía de belleza a los hombres. Perla había querido a Louis desde el día que llegó a su casa de Mauléon. No veía en él un rostro medio desfigurado, lo que veía era su dulzura, su corrección, su respeto. Él siempre estaba ahí. Durante unos instantes, una ola de agradecimiento la inundó.

—Se me olvida que has vivido una guerra, Louis... —dijo poniendo una mano sobre la suya—. ¿Tú crees que Hitler se atreverá a llegar a Francia?

—Ese hombre es peligroso e imprevisible. La guerra no solo destruye las casas, los campos, sino que te mata por dentro. No se olvida. Las pesadillas vuelven una y otra vez. La guerra española y nuestra cercanía con la frontera me han puesto en guardia, lo confieso. No duermo, me despierto sobresaltado y rezo. Todo puede cambiar de un día para otro. Tu madre y yo pensamos en ti; por eso, cuando nos anunciaste que volvías, nos hiciste felices. ¿Cómo estás tú?

—Estoy bien. He aprendido mucho, pero quería volver a casa.

—¿Y Gustave?

—No lo sé. ¿Quién puede tomar decisiones en estos momentos? Es un hombre maravilloso, pero no le amo tanto como para quedarme a su lado.

—Para eso hay que amar mucho...

Con un gesto espontáneo, la mano de Perla rozó la mejilla de Louis.

—Ella no te lo ha contado, pero, como te digo, hemos ido varias veces al pueblo. El asunto del cine nos permitía algunas licencias, aunque no estaban las cosas para alegrías. Tu madre llevaba medicinas y alpargatas; ha vuelto al cáñamo y al bordado. Vuelve a ser una golondrina. —Louis pareció tragarse un suspiro—. Lo único que te pido —hizo una pausa para coger aire—, que te ruego, es que no aceptes un puesto de enfermera en el frente. Tu madre se moriría, y yo también.

—Tranquilo, Louis. No pensaba hacerlo.

—Los hospitales no dan abasto. Los refugiados se cuentan por centenares... Primero entraron por Perpiñán, y allí se han construido campos de refugiados en Argelès, Colliure, Saint-Cyprien... Se amontonan en la Cerdaña y en las playas del Rosellón, y no hay pueblo que no albergue la miseria y la vergüenza del exilio. Es inevitable. Traen hambre, desnutrición y enfermedades. En los últimos meses, desde Bayona a Sainte-Marie de Oloron, los alcaldes tratan de organizarse. La Soule no puede dejar abandonados a sus hermanos vascos y aragoneses, con los que siempre han tenido una relación estrecha. Nadie quiere los campos de refugiados al lado de su casa, pero después de mucha bronca se ha construido un campo en Gurs.

—Lo sé. He seguido de cerca las noticias.

—Además, aunque no se sienta, estamos en guerra. Los jóvenes están movilizados, y en cualquier momento...

—¿Conoces el campo?

—Estuve en junio. Me ofrecí para llevar un par de películas. Tenían dieciocho mil internos entre mujeres, niños, viejos y excombatientes. Estaban aliviados. La mayoría son vascos que venían del campo de Argelès, también brigadistas y aviadores. Ahora llegan civiles. El Frente Popular francés y los socialistas no han podido hacer mucho. El presidente Daladier se cubre las espaldas.

—¿Qué quieres decir?

—Los franceses de los Bajos Pirineos están con ellos, pero aquello se parece mucho a una prisión. Muchos podrán marcharse. Se están organizando en Pau, Burdeos, Toulouse. Pero otros se quedarán, y ya se ha comprobado que el campo con la lluvia es un barrizal, y cuando llegue el frío no sé qué pasará. La gente de los alrededores tiene miedo. La solidaridad termina cuando empiezan los problemas, y están empezando.

Perla escuchaba. Ardía en deseos de entrar en el campo y preguntar por Tomás. El paisaje de derrota que dibujaba Louis era espantoso, pero le daba esperanzas.

—¿Sabes si hay alguien del valle internado en ese campo?

—No sabría decirte. Sé que hay muchos vascos, y también extranjeros. Conozco a uno de los guardianes, pero en el campo, pese a las difíciles condiciones, se han organizado. Hace un par de meses fue peor. Tu madre puede que lo sepa.

—Tengo trabajo en el hospital de Pau. Los médicos con los que trabajaba en París me recomendaron para ayudante de quirófano. Me pagarán bien y estaré cerca de vosotros. Me incorporaré el mes que viene.

—Entonces tendrás que aprender a conducir.

—Me compraré una motocicleta. Y buscaré un lugar donde vivir.

—Tu madre te espera. Hay un tren que tarda una hora y media. No sé, quizá al principio...

Mauléon, su hogar, la recibió con los abrazos acostumbrados. La gente caminaba por las calles, se detenía a saludar, y los coches, mucho menos numerosos que en París, casi pedían permiso. Mientras atravesaban la ciudad, Perla vio nuevos establecimientos, cafés, *boulangeries* y pequeñas tiendas. También observó a personas con aspecto desarrapado que caminaban sin rumbo fijo arrastrando petates. Eran como fantasmas que surgían en la oscuridad, buscando un lugar en las plazas o en los recodos de las calles.

—Son los españoles que buscan un destino. Van a la estación para coger un tren a Burdeos o a Toulouse, pero imagino que ahora está cerrada. Muchos buscan a su familia. No creas que les hemos cerrado las puertas, es que son demasiados y no hay albergue para todos.

—No me imaginaba...

Estaba de vuelta. El mundo seguía retorciéndose ante ella.

Louis, un hombre que jamás dejaría a alguien solo a la intemperie, relataba acostumbrado la evolución de los últimos meses, las agrupaciones religiosas y ciudadanas que surgían, también las rencillas y los enfrentamientos entre los que creían que el cobijo solo traería desgracias. Miraba hacia delante y conducía con cautela hacia la Haute Ville. El castillo proyectaba sombras sobre el barrio de su niñez, que, a diferencia del resto de la ciudad, permanecía en vigilia. Abrió los ojos a la plaza, la iglesia, la escuela. En lo alto de la calle, Leonora y Esperanza agitaban las manos para hacerse ver. Sintió alivio y se lo dijo a aquel que ocupaba su corazón: «He llegado a casa, Tomás». Saltó del coche y abrazó a las mujeres; en las casas vecinas se oían coplas, risas y gritos.

Lo primero que hizo después de dormir diez horas, fue ir en busca de su amiga Sarah. La encontró cambiada. No dejaba de sonreír, de apretarle la mano. Las metamorfosis de las jóvenes eran rápidas, y casi todas provenían del amor. No tardó en saber la causa de que le brillaran tanto los ojos. Se trataba de su profesor de violín, un berlinés amable y guapo que había escapado de Alemania en el momento en que prohibieron una vida digna a los judíos. Sarah no paró de hablar de él, de su belleza, de su ternura, de sus planes, mientras paseaban por

Mauléon agarradas del brazo. El violinista y ella soñaban con ir a Nueva York, donde Oscar tenía unos primos que le esperaban.

—Tenemos miedo de que ahora, con Francia en guerra, vengan a perseguirnos.

—Eso es imposible. Francia no lo consentiría.

De camino al despacho de su padre, Perla no dejaba de mirar a los españoles, asombrada del aspecto tan diferente que tenían si los comparaba con los que había visto en la embajada en París. Eran campesinos con ropa raída y maletas de cartón, casi mendigos. No había nada tan desolador como la escandalosa orfandad que exhalaban aquellos niños, de ojos asustados y llenos de mocos.

—Me destroza ver a esta gente. ¿Has visto a esa mujer? —No podía dejar de mirar a una chica de su edad con el pelo cortado como a mordiscos.

—Me lo ha contado una amiga. Cuando los nacionales entran en los pueblos, a los hombres los fusilan y a las mujeres republicanas les cortan el pelo. Oscar dice que imitan a los nazis.

—Pero… yo he visto muchos refugiados en París y no tenían este aspecto.

—Los que tienen una posición social no cruzan las fronteras a pie, Perla.

El violinista, Oscar Weil, había encontrado alojamiento en una granja a las afueras de Lahourcade, un pueblecito cerca de Pau. Hablaba un poco de francés y sobrevivía con sus clases. La granja estaba a treinta y cinco kilómetros de Mauléon. Odile, la madre de Sarah, había tenido conocimiento de su virtuosismo. Una vez a la semana, la llevaba para que recibiera tres horas de clase. Oscar necesitaba reunir dinero para sacar a sus dos hermanos de Berlín.

—Me he dado cuenta de cómo miras a los españoles. No busques. Y además, ese anillo…

—Es de Gustave. Pero tú sabes de quién es mi corazón.

—Si Tomás no se ha puesto en contacto contigo es que ha decidido seguir su camino sin ti. Todo el mundo lo hace. Tarde o temprano llegan noticias de Polonia, Múnich o Austria. Créeme, llegarán de Madrid.

—Yo solo necesito saber si está bien.

—Tengo entendido que su padre es médico en Pau. Conociéndote, creo que has venido a buscarle.

—Lo pensé, no voy a engañarte, pero he venido porque mi corazón estaba aquí. No tenía sentido seguir en París o al lado de Gustave. No voy a hacer lo que se considera que tengo que hacer, sino lo que me piden las tripas, Sarah.

—¿Y cuándo no has hecho tu voluntad?

Esperanza recobró la alegría. Cocinaba, cantaba, se desvivía por su hija, de la que procuraba no separarse. No hablaban del futuro ni se abrían el corazón. Solo se rozaban, se prodigaban cuidados de la manera acostumbrada, moviéndose en un silencio que ambas respetaban y esperando que en algún momento sonara la campana y llegaran las confidencias. Perla recuperó el entusiasmo imponiendo una hora de rehabilitación para Leonora y aprovechando los últimos días cálidos del otoño; la hizo caminar, hablar y hasta sonreír.

Louis, empeñado en recuperar la huerta, pasaba las horas que no estaba en el cine con el azadón, revolviendo el pequeño trozo de tierra situado en la parte de atrás. Su madre volvía a coser alpargatas cuando caía la tarde en el minúsculo porche de la casa, con Leonora a su lado dejando que la vida discurriera por los cauces del cariño.

—En Burgui… ¿También cortan el pelo a las republicanas? —preguntó Perla un día mientras se desenredaba la melena.

—Que yo sepa, solo lo hicieron con Merche, la hija pequeña de los Aguirre. Ese bicho de Beltrán es malo como la quina. La guerra ha vaciado el pueblo. —Manejaba la aguja con agilidad, y Perla tenía la sensación de que sus gestos la devolvían a la niñez—. Muchos se han ido. Solo por estar en la UGT, o por pertenecer a algún partido o sindicato. Cada vez que íbamos, tenía que hacer de tripas corazón, pero sabes que Louis hace lo que sea por complacerme. Era difícil mantener la cordura. Las ventanas cerradas, las farolas apagadas, el miedo recorriendo las calles. Los que vivimos lejos de casa nunca creemos que pueda pasar algo tan terrible. Y luego un chico que muere en la batalla del Ebro, y otro al que fusilan en Bilbao, y esa pobre niña a la que violaron unos soldados...

—Cuéntale a tu hija lo del médico.

—Sí, es verdad. —A Perla no se le escapó su gesto de vacilación—. El doctor Vallejo, que tiene una consulta en Pau, ya lo sabes, de vez en cuando se da una vuelta por aquí, visita el campo de Gurs con la misión protestante. Vino hace un par de semanas. Es muy amable y visita a Leonora.

—¿Qué sabe de sus hijos?

—Pues eso —interrumpió Leonora—, estaba destrozado porque su hijo había sido fusilado en Madrid.

De pronto le faltó el aire. Todo a su alrededor comenzó a desdibujarse, y el cepillo con el que se desenredaba el pelo cayó de sus manos. Iba a desmayarse cuando los brazos de su madre la agarraron.

—¡Perla! ¡Perla! No se trata de Tomás. ¡Es su hermano mayor...! ¡Cariño! —Esperanza le palmeaba las mejillas, la zarandeaba y la abrazaba hablándole en susurros.

A lo lejos, Leonora gimoteaba disculpas.

Poco a poco el aire volvió a sus pulmones, y el calor, a sus venas. Solo entonces rompió a llorar desconsoladamente, por fin podía mostrar la fragilidad y el dolor que guardaba.

—¡Ay, mi niña!

Louis acudió al porche. Sin decir palabra, ayudó a Esperanza a acostar a Leonora y, cuando estuvieron solos, Perla sintió su mano apoyada en el hombro.

—Si queréis, pasado mañana puedo llevaros a Pau. Veréis al doctor Vallejo y hablaréis con él con tranquilidad. Este no es sitio para confidencias de esa clase. Tenéis que empezar a tener cuidado con lo que decís. No todos quieren que la frontera permanezca abierta. Podrás visitar el hospital y buscar un alojamiento. Tu madre y yo hemos hablado al respecto. —Louis tomó la mano de Esperanza—. Yo te llevaré e iré a recogerte hasta que te sientas segura o encuentres un lugar apropiado. Tú eres, después de tu madre, lo más importante que tengo. Las cosas me han ido bien… Busca un sitio bonito. Tu madre es tan austera que no sé qué hacer con mis ahorros.

—Está empeñado en comprar una casa más grande, pero no la necesitamos…·

—Gracias, Louis. Me pagan lo suficiente para vivir, pero agradezco tu generosidad. En cuanto a ir a visitar al doctor, necesito un par de días. De cualquier manera, llámale, mamá, dile que iremos a verle.

—Estoy segura de que se alegrará de tenerte cerca. Le llamaré y le preguntaré por Tomás.

La producción de alpargatas había descendido considerablemente, y algunos talleres de la rue Victor Hugo habían echado el cierre. La guerra había detenido la emigración estacional de las mujeres de los valles pirenaicos. Las que residían en los alrededores, y no estaban casadas con franceses, regresaban a su país con la esperanza de que la reconstrucción necesitase mano de obra. Los muertos en la guerra habían esquilmado a la juventud, y las noticias procedentes de España no podían ser peores. Las órdenes de los vencedores exigían encarcelar o fusilar a los que habían tenido un papel relevante en la guerra. Los tribunales militares eran expeditivos, y las cárceles estaban llenas.

—El doctor Vallejo no sabe nada de su hijo pequeño —anunció Esperanza al volver del trabajo—. He hablado con él. Me ha contado que la mujer de Tomás y su hijo llegaron hace un par de semanas a Pau y están con él. —Guardó silencio y miró a su hija con complicidad—. Puede que esté escondido, esperando el momento de reunirse con ellos. Dicen que hay mucha gente haciéndolo. Quiere que vayas a verle en cuanto te incorpores. Le ha hecho mucha ilusión saber de ti.

A Perla se le hizo un nudo en la garganta y ni tan siquiera se detuvo en sus quehaceres. Preparaba la ensalada y en ese momento cortaba los tomates finos, como le gustaba a Louis. Pensó que finalmente iba a conocer a Rosario y a su hijo... No sabía si aquello la consolaba o le parecía una muestra de la crueldad que a veces deparaba el destino. Sabía que su madre no esperaba una respuesta, por eso se volvió para mirarla. La interrogaba con los ojos, y ella intentó trasmitirle que él no la había engañado, pero que el amor les había vencido.

Buscó el papel que le había entregado el camarada de París cuando se interesó por el paradero de Tomás. Lo había guardado y recordaba nítidamente las palabras de su compañero: «Su nombre es Adrien. Él sabe todo lo que acontece en los Bajos Pirineos». Cuando pudo estar a solas, lo llamó. Apenas intercambiaron unas palabras. Esa misma tarde la esperaba en el café du Commerce, en la plaza.

Mauléon, a finales de aquel mes de octubre de 1939, permanecía acunado por el otoño. En los alrededores y encima del castillo, el arbolado se teñía de rojos, ocres y amarillos, y resplandecía bajo el sol matutino como si de un trozo de ámbar se tratara. Era la estación preferida de Perla, la que siempre le devolvía los recuerdos de Burgui, las escaladas hacia el pico de Ori con los pastores. Estaba inquieta. No sabía el aspecto que tendría su interlocutor y temía las noticias que pudiera darle. Pero cuando llegó a la plaza, no le resultó difícil identificarlo. Adrien Thibault era la única persona que estaba sentada en el velador, leyendo un periódico.

Antes de llegar, él se estaba levantando para recibirla con una sonrisa.

—No te lo he dicho cuando has telefoneado, pero hace días que te esperamos.

—¿A mí? —Se mostró sorprendida—. ¿Esperamos?

—Marcel llamó hará un mes. Me dijo que su amiga enfermera iba a ponerse en contacto conmigo. Me dio tu nombre, Perla, y tu descripción. A su vez, en una reunión de trabajo se habló de la nueva enfermera de quirófano que iba a incorporarse, una tal Perla, procedente del hospital de la Salpêtrière. —Ella lo miraba con incredulidad—. No hay muchas Perlas por aquí con tu aspecto. Discúlpame, no me he presentado: soy Adrien Thibault, pediatra en el hospital de Pau.

Había imaginado a un hombre distinto. Un trabajador afiliado al Partido Comunista como Marcel que se presentara con una chaqueta mal planchada. Pero Adrien era un hombre que rondaba los cuarenta años, elegante, educado, y desde luego no tenía el aspecto de repartir octavillas en calles oscuras. La inquietud desapareció en cuanto percibió que era él quien iba a llevar el peso de la conversación. La trató como a una compañera de trabajo, introduciéndola en los pequeños secretos que iba a encontrar en el hospital: las jerarquías y las normas.

—¿Trabajaste en neurología?

—Sí, con el doctor Lublin, que como sabes sigue los estudios del doctor Charcot. Es imposible no acabar sabiendo algo de las teorías de Freud o Charcot en la Salpêtrière.

—Será estupendo que nos pongas al día. Tenemos un buen hospital, pero aquí no vienen los grandes maestros.

—Bueno, yo suturo, cierro, coso y desinfecto…

Parecía relajado. Sonreía constantemente, achicando unos ojos oscuros y penetrantes, lo que hizo que la confianza entre ellos fluyera como un viento suave.

—Me dijo Marcel que conocías todo lo que pasaba en los Pirineos.

El médico sonrió mostrando sus dientes perfectos y mirando fijamente el valioso anillo que la joven llevaba en el dedo.

—Me gusta la montaña… Tengo entendido que estás buscando a alguien —añadió.

—Sí.

Perla le dio todos los datos de los que disponía sin decir el nombre de Tomás.

—Te explicaré algo. Hasta ahora en Béarn hemos vivido muy bien. Ya conoces esto, la vida tiene un ritmo aceptable, algo aburrido, pero eso también proporciona estabilidad. Sin embargo, las cosas han ido mutando con los cambios políticos y el conflicto español. Soy un hombre comprometido, pero no estoy en ninguna formación política. Hago lo que creo que es justo. La guerra ha proyectado la sombra sobre esta tierra. La frontera está ahí, esa cadena de montañas nos separa y nos une; si no fuera por las señalizaciones, nadie sabría dónde termina España y empieza Francia. Estamos indefectiblemente unidos. Yo no puedo quedarme al margen.

—He visto a mucha gente caminando extraviada por Mauléon.

—El mes pasado, la embajada distribuyó un cartel que fijó en todos los campos de refugiados. Se animaba a que la gente volviera. El embajador español en París, José Félix de Lequerica, del que oirás hablar, además de asediar a la clase política republicana, dice que ya nadie puede creerse la represión de Franco, para él un hombre benevolente. —Adrien torció la boca en un gesto de asco—. Muchos civiles han vuelto. El exilio es demasiado sufrimiento, pero los excombatientes se han quedado. El vicecónsul en Mauléon inspecciona las salidas. Yo no digo que la República lo hiciera todo bien, pero esta posguerra es una agonía aplazada. Dos veces a la semana, voy al campo de Gurs, donde siguen ingresando cada día decenas de españoles que han cruzado la frontera por esas montañas que tú y yo conocemos. Vienen agotados y enfermos, pero no tienen los rasgos del hombre que tú buscas. Si estuvo en Madrid hasta el final, y su familia está a salvo, es muy posible que lo hayan detenido en el mejor de los casos. En Miranda de Ebro hay un campo con cerca de cincuenta mil hombres de cincuenta y seis nacionalidades distintas. Algunos oficiales y miembros del Gobierno han conseguido ocultar su identidad, pero si tenía unas funciones como las que me describes... ¿Cuál es su nombre?

—Tomás Vallejo.

Adrien la miró fijamente y tamborileó en la mesa con los dedos.

—¿Se trata del hijo del doctor Vallejo?

—Efectivamente.

Enarcó las cejas y asintió con la cabeza, como si acabase de caer en la cuenta de algo que hubiera pasado inadvertido.

—Para todo en esta vida se necesita honestidad... ¿Puedo preguntarte qué te une a él?

Esta vez Perla sintió su mirada clavada en sus manos y pensó que quizá no fuera una buena idea llevar aquella joya.

—Somos amigos —contestó Perla, inquieta por la referencia a la honestidad—. Estuvo en París en el 37. Entonces se ocupaba de las relaciones internacionales...

La joven se esforzó por controlar su expresión. No quería que se le notara que el corazón le saltaba en el pecho como un caballo salvaje. Un silencio incómodo se prolongó entre ellos. El hombre no dejaba de observarla como si se tratara de un desafío que debía superar. Perla encontró en su obstinación un estímulo.

—Se me hace tarde. —Se levantó, dejó sobre la mesa el importe de la consumición y le tendió la mano—. Ha sido un placer, Perla. Nos veremos en el hospital. ¿Cuándo comienzas?

—Pasado mañana.

Permaneció sentada, algo perpleja por cómo había dado por terminada la entrevista. Los hombres que estaban comprometidos políticamente hacían cosas extrañas, como si alguien les advirtiera de pronto que el tiempo de relacionarse había expirado. Lo vio alejarse hacia un automóvil aparcado en la plaza. Cojeaba.

Como estaba previsto, Louis acompañó a Perla a Pau, la capital de la región de Béarn. Pretextando unas visitas comerciales por los alrededores, se empeñó en esperarla hasta que terminara su jornada. Pau era una gran ciudad respecto a Mauléon y una pequeña ciudad si se comparaba con París. Perla había estado un par de veces, pero ese día le pareció que tenía un tamaño perfecto para vivir una vida independiente y tranquila. En el hospital, situado en la rue de la Préfecture, la recibieron con entusiasmo. Todos se conocían y parecían formar una gran familia. Por las preguntas que le hicieron, se veía que esperaban de ella profesionalidad y nuevas técnicas. Pronto supo que parte del equipo se había desplazado con las tropas y necesitaban refuerzos. Se incorporó al departamento de traumatología. Los rumores de aquella *drôle de guerre* que no acababa de estallar mantenían a la profesión médica en una espera atenta, llena de inquietud. Todo lo que se sabía de lo que sucedía en Alemania era sombrío y amenazador a pesar de que el Gobierno confiara en su poder diplomático.

La supervisora de las enfermeras le dio un paseo por el hospital para que conociera las instalaciones.

—Desde el mes de enero, nos faltan camas; es por los españoles. Los traen desde Gurs, y hay que aislarlos por la tuberculosis y el tifus. Algunos sabemos palabras en español, pero sin duda te convertirás en la favorita en cuanto les respondas en su lengua. No tienes rasgos españoles.

—Mi padre era francés.

Iba a preguntarle por el doctor Thibault cuando apareció en el pabellón de maternidad.

—*Bonjour*, Perla.

—Doctor Thibault, ya me he incorporado.

Con mucha educación, advirtió a la supervisora que se conocían y que él se encargaría de rematar la visita.

—Venga a mi despacho. Tengo algo para usted.

Echó a andar sin esperarla. Parecía caminar sin ser consciente de que ella iba a su lado. Se paró frente a una puerta, la abrió con llave y, tras cerrarla, le hizo un gesto para que se sentara.

—Verás... —Paseaba dando pasitos cortos desde la puerta hasta la ventana—. El día que nos conocimos fui algo brusco y quiero disculparme. El doctor Vallejo, el padre de Tomás, es un hombre al que respeto y conozco bien. No podía darte información, o comprometerme, sin antes advertirle de tu presencia. —Se acercó a Perla—. Ya estábamos buscando a Tomás y sabemos dónde está. —La joven sintió un zumbido en los oídos. La voz del doctor Thibault se oía amortiguada y lejana—. Ayer estuve con el doctor. Cuento con su aprobación para informarte, pues al parecer te tiene en gran estima. Sé que gracias a la ayuda de tu madre está hoy aquí. Espero que te parezcas a ella en ese aspecto.

—Yo...

—Tomás fue detenido en febrero en Madrid. Afortunadamente pudo poner a su mujer y a su hijo a buen recaudo, pero a él lo trasladaron e internaron en el campo de concentración de San Marcos, en León, lo cual no es tan malo como parece. Se sabe que están obligando a los que han desarrollado cargos en el Gobierno a cavar las fosas de sus compañeros fusilados y también que hay tifus. Pero él es fuerte. ¿Te encuentras bien?

La piel de Perla se iba tornando blanca, y un frío interior la iba invadiendo. Cerró los ojos y tomó aire. No acostumbraba a perder la compostura, pero, tratándose de Tomás, el control no existía. El médico le tomó el pulso, le levantó las piernas y se las sujetó con las manos en los talones.

—Tranquilízate. Respira. Hay muchas personas que esperan noticias. ¿Te encuentras mejor?

Cuando sintió que la vida volvía a circular por sus venas, bajó las piernas, se recompuso, notando cómo el rubor regresaba a sus mejillas, y le dio las gracias.

—Lo siento, no sé lo que me ha pasado... Todo lo relacionado con España me descompone —murmuró avergonzada—. Con todos los cambios, apenas como ni duermo.

—No tiene importancia. La crueldad nos afecta... Ve a hablar con el doctor Vallejo. Tiene ganas de verte.

Le tendió un papel con la dirección anotada y abrió la puerta de su despacho para indicarle que el encuentro había terminado. Definitivamente era un hombre expeditivo.

Cuando la jornada llegaba a su fin, la supervisora le entregó los horarios; quince días de noche, quince de día. Iba a ser imposible seguir con su vida en Mauléon.

Louis parecía feliz cuando le abrió la puerta del automóvil y le tendió un bocadillo y una manzana. Condujo sin dejar de hablar. Perla agradeció la cháchara. Su generoso Louis había encontrado un apartamento perfecto para ella. Pertenecía a un hombre relacionado con la sala de cine Aragon y estaba situado en el boulevard des Pyrénées.

—Verás los Pirineos por la ventana. Así te parecerá que estás en casa. Las vistas son magníficas, y tiene todo lo necesario para que vivas con dignidad. Sé que te hará feliz. No puedes ir y venir, es mucha distancia y acabas cansada. Tiene dos habitaciones, así que tendrás que acoger a tu madre cuando tenga nostalgia de ti.

—Gracias, Louis. No voy a poner pegas. Esta semana trabajo durante el día, pero la semana que viene lo haré de noche. Ya me han dado los horarios. Es un hospital muchísimo más pequeño que el de París, pero tiene mucha actividad. No me costará adaptarme.

Las primeras nieves aparecieron y cubrieron las montañas que rodeaban la ciudad. Desde su habitación se veía la cadena de cumbres blancas recortadas sobre el azul del cielo. Esperanza y Louis se apresuraron a ocuparse del traslado de las cosas de Perla a Pau. Su madre adecentó el apartamento, limpió cristales, puso cortinas, compró flores, llenó la despensa y colocó la vieja radio que había llevado de París sobre un aparador. No paró hasta convertir la vivienda en un hogar.

Perla apenas tenía tiempo. Trabajaba muchas horas en el hospital. Aunque deseara regresar a su apartamento, era imposible respetar los horarios. En más de una ocasión se vio obligada a doblar un turno; el personal escaseaba y los enfermos no podían quedarse sin atender. Cuando volvía a su nuevo hogar, encontraba las huellas del cariño: notas sobre la mesa del comedor en las que su madre le decía que la esperaban el domingo; sábanas bordadas con sus iniciales, «E. E.», en la cama, o un guiso en la fresquera de la ventana de la cocina, además de un trozo de queso del Roncal. Agotada, apenas tenía fuerzas para mover a su gusto los muebles. Lo único que hacía era dejar las cortinas abiertas para dormirse viendo el reflejo de la nieve sobre sus Pirineos.

La supervisora le advirtió varias veces del desgaste que suponía pasar tanto tiempo con los españoles, pero no podía evitar acompañarlos. Cumplía con sus turnos y cuando terminaba se sentaba junto a sus camas y les ayudaba a escribir una carta o redactar una petición a la embajada. Ella preguntaba, buscaba las huellas de Tomás. En una ocasión, una mujer le contó que escuchaba Unión Radio y que había oído a los socialistas animar al pueblo a no rendirse.

Apesadumbrada por no haber visitado al doctor Vallejo, ni siquiera en Navidad, buscó el papel con su dirección. Pensativa, se percató de que no había coincidido con el doctor Thibault desde hacía tiempo. No era extraño. Apenas tenía tiempo para contestar las cartas de Gustave o escuchar las noticias mientras se calentaba un poco de sopa o se montaba en el coche de Louis para pasar un par de días con su madre.

Había días en los que echaba de menos a Gustave. Sus cartas la ponían al corriente de la vida de París y de la suya propia. Enamorado de su trabajo, le hablaba de la resolución de algún caso difícil con el entusiasmo que le caracterizaba. Le faltaban sus cuidados, su amor incondicional, pero cuando le escribía tenía mucho cuidado con las palabras. No quería que él albergara esperanzas.

Habían pasado un par de meses cuando el director la llamó para felicitarla; los médicos se la disputaban a la hora de operar. Adrien entró en el despacho y la saludó con un apretón de manos.

—Buenas tardes, enfermera. He pedido permiso a su supervisora para acompañarla a comer. Está usted perdiendo peso y ganando amigos. Le enseñaré el mejor restaurante de Pau; en Chez Nadine se toca el cielo con sus guisos.

—Algún día espero que me lleves a mí —dijo el director sonriendo—, aunque comprendo que prefieras a madeimoselle Escaín, una enfermera excelente que deseo que se quede con nosotros.

Perla aceptó los halagos; los necesitaba. Se dejó llevar por Adrien. Desde el momento en que lo conoció, su presencia la descolocaba; nunca sabía a qué atenerse o cómo interpretar sus movimientos. Le permitía llevar la iniciativa manteniéndose a la espera de un gesto, una emoción o una posible orden. Ignoraba el papel que tenía el doctor Thibault, más allá de su cargo de jefe del departamento de medicina infantil. Desconocía la relación que poseía con las organizaciones que se ocupaban de los refugiados, si prestaba ayuda a los que pasaban la frontera o simplemente se limitaba a atender a quien lo necesitara. Lo único que sabía era que todo el hospital le respetaba.

A menudo eran las enfermeras quienes conocían mejor a los médicos, pero Perla todavía no había establecido relaciones de complicidad con sus compañeras y detestaba los chismes. Lo que sabía de él era que no estaba casado, aunque corría el rumor de que estaba unido a una mujer de París que pertenecía a la alta burguesía. Como le había dicho él mismo, no era militante de partido alguno, pero se relacionaba con todas las prefecturas y tenía acceso al campo de Gurs, cosa harto complicada.

Había algo en él que le imponía, una especie de autoridad indiscutible que la predisponía a la obediencia. Cohibida, cuando él le abrió la portezuela del automóvil, se miró los zapatos. Todavía no había desembalado la ropa de invierno, y una lluvia fina y pertinaz se empeñaba en embarrarlo todo. Afortunadamente aquella mañana se había puesto el abrigo que Gustave le había regalado: de paño grueso, suave, corte elegante, que le recordaba la calidez de otros tiempos, pero había olvidado los guantes.

Adrien condujo entre callejuelas parloteando acerca del tiempo y de los extraordinarios vinos que daba la región, como si retomara una conversación abandonada el día anterior. A Perla le dio la impresión de que pasaban varias veces por la misma calle y pensó que se había perdido o que no encontraba el restaurante. Tomó una carretera estrecha flanqueada de árboles, para más tarde deslizarse por un camino embarrado hasta una granja. Asustada, se mantuvo a la espera. No quería pensar que el inexpugnable doctor resultara ser un sátiro o un violador, pero la idea se le pasó por la cabeza. Se apretó el bolso contra el pecho buscando algo con lo que defenderse.

Él apagó el motor del coche, esperó unos segundos, suspiró y volvió el rostro hacia ella.

—Tienes que disculparme. —Hizo un gesto con la mano, abarcando lo que veían a través del cristal—. Naturalmente, no estamos en Chez Nadine. El doctor Vallejo te necesita para que le ayudes en una intervención.

Primero sintió alivio. Luego la necesidad de ordenar sus pensamientos. Una luz apareció en la línea del horizonte, iluminando sus ideas. Asintió y bajó del coche. Los pocos metros que les separaban de la casa acabaron de arruinar sus elegantes zapatos: se hundían en el barro como si pisara mantequilla.

Dos hombres con aspecto de granjeros les saludaron con un gesto de bienvenida. Hablaban en euskera. El interior de la casa olía a leña y a desinfectante. El doctor Vallejo se hizo visible entre las sombras y caminó hacia Perla con los brazos abiertos.

Tuvo tiempo de reconocerlo, de ver en su rostro las huellas de la genética que había heredado su hijo, de sentir el cobijo del hombre que le había puesto su primera vacuna y, quizá de un modo infantil, se echó en sus brazos con los ojos llenos de lágrimas.

—Mi querida Perla, siempre tan preciosa y dispuesta. Déjame verte. —Se echó hacia atrás para mirarla—. Mi niña rebelde. Sé que dejaste Medicina. Mejor. Vamos a necesitar buenas enfermeras.

—No sabe las veces que he pensado en ir a verle, pero…

—Hablaremos, tranquila. No sabía a quién acudir, pero el doctor Thibault me ha dicho que eres una excelente profesional. —La cogió de la mano y con suavidad la arrastró hacia el interior—. Tenemos a un hombre en muy mal estado. Es preciso hacer una amputación transfemoral.

Por alguna misteriosa razón, no le sorprendió. Tampoco la presencia de Adrien, que llevaba batas y guantes para ellos.

—¿Disponemos del material necesario? —preguntó ella.

—Muy básico. Y además esto está sucediendo fuera de los cauces legales, así que debemos arreglarnos con lo que tenemos.

En lo que parecía la cocina, habían improvisado algo similar a un quirófano. Desde el momento en que se puso la bata y los guantes, Perla se despojó de su identidad, olvidó dónde se encontraba y se convirtió en enfermera. Sobre una mesa de madera, un hombre gemía. Se acercó, le tomó la mano y, mientras le decía que todo iba a ir bien, inspeccionó su extremidad. Tenía la pierna destrozada, como si algo hubiera explotado a su paso. Le habían hecho un torniquete para impedir que se desangrara, pero había algunas venas cercenadas, aunque la femoral seguía en su sitio. A su espalda, oyó que alguien cerraba los postigos y encendía unas lámparas alrededor de la mesa. Uno de los hombres obedecía órdenes llenando un recipiente con agua caliente que olía a cloruro.

Adrien la miró a los ojos.

—¿Podrás ocuparte del paquete vascular?

—Sí. Lo he visto hacer muchas veces.

El doctor inyectaba en ese momento la novocaína. Y Perla comenzó a limpiar la zona por donde Adrien se disponía a amputar.

Amaba su trabajo. Desde que cosió su primera herida, supo que tenía instinto para ello. Sus delicadas y complejas suturas en los quirófanos de la Salpêtrière tenían una gran demanda. Ponía un extremado celo para que no se produjeran hemorragias, controlaba y pinzaba hábilmente venas y arterias. Se ocupaba de la herida, evaluaba el riesgo de infección y adiestraba a los pacientes en la movilidad postoperatoria. Perla no pasaba desapercibida. Su aspecto deslumbrante y algo perturbador llenaba los pasillos cuando caminaba, pero al trabajar los doctores veían en ella a una excelente enfermera. Había apartado a un lado la seducción de un modo involuntario. Tomás había ocupado su corazón desde que era una adolescente y ya le resultaba imposible desalojarlo a pesar de saber que era muy difícil que un día compartiera la vida con él. Los hombres lo percibían y no insistían en conquistar su corazón.

Durante tres horas, trabajaron concentrados, apremiados por la gravedad de la intervención, intercambiando las palabras imprescindibles y sin levantar la vista del paciente. Cuando dieron por concluido el trabajo, ella realizó las últimas suturas mientras los hombres se encargaban de limpiarlo todo.

Los doctores se quedaron con el paciente. Perla se desprendió del delantal y recuperó su ropa. Cuando estuvo dispuesta, el herido había sido trasladado a una de las habitaciones y ellos la esperaban en la cocina.

—Me has sorprendido gratamente. —Adrien llevaba los zapatos de Perla, prácticamente inservibles, en las manos—. Había oído hablar de tu profesionalidad, pero no te había visto trabajar. Te quiero en mi quirófano.

—De momento esta señorita y yo tenemos mucho que hablar —intervino el viejo doctor—. Venid a mi casa. Estoy muerto de hambre y me imagino que vosotros también.

El doctor Vallejo la enlazó por el brazo y en voz baja le expresó su satisfacción por tenerla allí. Antes de entrar en el automóvil, le susurró al oído:

—Tomás está bien. Resistirá. Tiene por lo que vivir.

Perla temblaba. Su elegante abrigo era insuficiente para cubrir el desamparo que le sobrevino en cuanto terminó la intervención y salieron de la granja; había estado a punto de desfallecer, pero contuvo el torrente de emociones que amenazaba con ahogarla. Cerró los ojos, Adrien conducía en silencio. Sabía que la dejaría caminar a tientas, que no le indicaría el camino, no al menos hasta que la juzgara honesta.

La casa del doctor Vallejo era una vieja construcción de dos pisos y postigos azules, algo desvencijada, que estaba en el centro de Pau, junto a la iglesia de Saint-Martin. En la parte baja estaba el consultorio, cerrado cuando llegaron, y atravesando un largo pasillo, una cocina amplia daba la bienvenida con un comedor desde el que se veía un pequeño jardín. Una mujer les saludó, se ocupó de los abrigos y los invitó a sentarse frente a una mesa preparada. Cerca, muy cerca, se oyeron las campanadas recordándole que aquel día se le había deshecho entre las manos, y ni sabía qué hora era. Instintivamente buscó rastros de voces en la casa. No percibió nada. Su cuerpo se movía por la costumbre, su boca reproducía las normas de cortesía, pero la ansiedad corría el riesgo de paralizarla. El primer trago de vino aflojó la tensión.

—La noche que Perla nació —el doctor se dirigió a Adrien—, yo estaba en Pamplona. Lo recuerdo bien. Había caído una enorme nevada y no iba a poder regresar a Burgui en días. La comadrona me llamó para avisarme. Su madre, una golondrina de la que ya te he hablado, la había gestado bajo una gran presión. Su padre había muerto en Reims en 1918. Cuando volví, una semana después, la pequeña Esperanza me pareció un milagro. Era preciosa, viva, sana. —Se paró y tomó la mano de Perla—. Hoy, mientras suturabas las heridas, he recordado aquel momento. Brindemos por tu mayoría de edad, que te ha traído a mí, joven y hermosa.

El doctor estaba hablador, y Adrien mostró interés por la vida de la joven. Ella, como si fuera el único camino posible para desatar los nudos de su corazón, y algo achispada por el vino, les habló de sus años en París, de cuando quería ser doctora, de cuando no sabía que alejarse de lo que se amaba conformaba el destino, y de cuando se bebía café de verdad. No mencionó Burgui. Pero sí a Tomás, un viejo amigo, un idealista, un luchador... En ese momento veía los Pirineos desde su apartamento y a veces se sentía feliz. Aprovechó también para interesarse por el trabajo de Adrien fuera del hospital.

—Desde que empezaron a llegar refugiados, en abril del año pasado, nos hemos ocupado de ellos —prosiguió el viejo doctor—. Íbamos a buscarlos a la estación de Oloron y los acompañábamos a Gurs. Para el mes de diciembre, más de vein-

ticinco mil personas han pasado por allí. Nadie quiere quedarse. En cuanto pueden, abandonan el campo. Muchos están desperdigados por Francia, algunos se han ido a Argentina, México, Chile, Venezuela, Colombia… y otros han vuelto bajo la promesa de que nada les sucederá. España necesita reconstruir sus infraestructuras, y los excombatientes trabajan para construir carreteras y puentes, y así evitan la cárcel. Pero algunos no se conforman. El hombre al que hemos operado es uno de los que trata de organizar algo parecido a una oposición. Yo soy poco optimista al respecto. Con este país aliado con Inglaterra y en guerra con Alemania, con España destrozada, nadie apoyará iniciativa alguna. La guerra europea nos está desgastando moralmente. Muchas amenazas, racionamientos, discursos, pero… Como sabes, a mi hijo Ramón lo fusilaron y Tomás ha sido trasladado del campo de San Marcos al de Miranda de Ebro. De momento está a salvo bajo un nombre falso. Tratamos de traerlo. Su mujer y su hijo salieron hace una semana de Burdeos en un barco rumbo a Buenos Aires. Al menos ellos…
—La voz había ido extinguiéndose poco a poco, como si el relato le hubiera debilitado—. ¿Cómo lo viste en París?

—Bien, entusiasmado con su trabajo, muy relacionado. Ya sabe cómo es Tomás… Prometió escribirme, pero no tuve noticias de él.

Perla escogió palabras sin mancha, informaciones precisas, para aplacar la urgencia de un padre que temía por su único hijo vivo. Sin embargo, en su interior una voz reclamaba ser escuchada. «Tomás y yo nos amamos hasta ser solo uno. Residimos en ese mundo reservado a los amantes, y después nos desgarramos al separarnos. Aún me duele la parte que estuvo unida a él. Si no vuelvo a verlo, viviré habitada por su recuerdo. Y por más que lo intento, no puedo olvidarle».

9

Una niña

Roma es como un libro de fábulas, en cada
página te encuentras con un prodigio.

HANS CHRISTIAN ANDERSEN

En la terraza, el sol se acuesta bañando la ciudad en unos dorados extraordinarios. La belleza me retiene, me engulle entera, con bebé incluido. Roma vuelve a mostrarse rebosante, ahíta de piedras, de edificios construidos hace cientos de años, de frescos, de jardines que se extienden como tentáculos hasta mi terraza en el Trastevere. Suenan campanas, se oyen gritos de niños que juegan y las bocinas de los impertinentes vehículos que profanan el empedrado romano. Hace meses que me abraza su historia, que siento su aliento, a veces cálido, otras helador.

Es primavera, me repito. Es primavera... Los huevos en los nidos están a punto de abrirse.

Mi *dottore*, el sabio, desde que me dijo que mi bebé no pesaba lo suficiente, ha cogido la costumbre de telefonearme cada tres días. Si estuviera en España, la enfermera me llamaría por mi nombre, Esperanza Ayerra, pero en esta clínica superstar de madres que están a punto de dar a luz y parece que se han tragado un hueso de aceituna, y que huele a Chanel que apesta, en cuanto tienes marido te cargan el apellido como una mochila.

—*E lei la signora Elissabide?*

—Sí. Soy yo.

—*Gli passo il dottore.*

—*Come stanno i miei cari pazienti?* —escucho la voz del doctor Giulio.

Le digo que bien, y él me pregunta si estoy tranquila, si duermo bien, si estoy contenta. Le digo a todo que sí y nos despedimos. Dos días después, vuelve a llamarme y la conversación se desarrolla en plan día de la marmota. Ha conseguido inquietarme. Me da por pensar que ocurre algo que no me ha contado. Mi cabeza ha empezado a generar un cierto mal rollo, y camino a lo largo de la casa como si estuviera confinada en un lugar reducido y no me permitieran salir. Madame Nostalgia, mi Sila, aparece y desaparece por los quicios de las puertas.

—¿Doler piernas?

—Estoy inquieta, pero no me duele nada.

—Busque nombre para bebé.

Necesitábamos hacerlo. Gaston me pidió que le hiciera una lista, así que me puse a ello. Acostumbrada a buscar hechos históricos, he ido anotando nombres de reyes, pues sigo pensando que espero un varón. Tras un par de llamadas del *dottore*, reduje la lista a dos: Rodrigo y Borja.

Le hice la consulta. El amor te hace olvidar el suelo que pisas, las circunstancias que tienes y hasta el lugar de donde procedes. Curiosamente había elegido dos nombres que mi marido francés era incapaz de pronunciar sin que pareciera que se le había atascado algo en la garganta.

En la cama, con los pies sobre dos cojines y la barriga prominente, parezco el dibujo de *El Principito* en el que una boa digería un elefante; el ataque de risa que me produjo mi lapsus hizo que mi *skyline* se desbaratara.

—Busca nombres de mujer —me dijo sonriendo.

En ese momento, olvidé las llamadas del *dottore* y me sentí feliz.

—¿Es una niña, cariño? ¿Te dijo él que era una niña?

—Podría ser.

—Entonces le pondré Blanca, como Blanca de Navarra...

—Blanche...

—*Pas Blanche*; Blanca, *mon amour...* Ahora resulta que nos van a salir las puñetas...

—No conozco «puñetas».

Es lo que tiene casarse con otra lengua. Hay que redoblar los ingredientes de la receta. Sello el desconocimiento con un beso y miro la torre de libros que descansan en mi mesilla.

Leí el libro de Claude Laharie sobre el campo de refugiados de Gurs que había leído Gaston. Al terminarlo tuve constancia de mi inmensa ignorancia. A pesar de que me encantan las películas de los años cuarenta, desconocía que, durante toda aquella década, con un goteo incesante, los judíos habían ido huyendo de Alemania, pero también de Europa Central, hacia Francia. Hitler dejó muy claras sus obsesiones bastante antes de que existieran campos de concentración y cámaras de gas. Francia era el país libre por antonomasia, y España tenía un carajal importante durante la República, que, como bien se sabe, acabó en guerra.

Durante el tiempo que viví en París, me llamó la atención la obsesión que tenían por la Ocupación. La cartelera estaba llena de películas de aquel periodo, las novedades literarias escarbaban una y otra vez en los rincones oscuros de los años cuarenta. Incluso la prensa dominical levantaba las alfombras del pasado de los políticos. Ahora lo veo claro. Todos los países tienen páginas negras, y el Gobierno de Vichy y la indispensable colaboración que tuvieron los alemanes para llevar a cabo sus tropelías son páginas semiocultas. No toda Francia era de la Resistencia, ni todos colaboraron para acabar con la Ocupación. Cada cierto tiempo, un historiador o un periodista se daba de bruces con la realidad: la documentación estaba clasificada o no existía.

En España, según me contó mi padre, también había agujeros negros de la Segunda República y la Guerra Civil. Todos los dirigentes que se preciaran habían sido de izquierdas en tiempos de Franco. Nadie parece querer hacerse cargo de la vergüenza.

El Gobierno de Vichy, a instancias de los alemanes, detuvo a todos los judíos europeos que encontró. Los metieron en los campos de refugiados que previamente habían estado y seguían estando ocupados por republicanos españoles y miembros de las Brigadas Internacionales. Gurs, en realidad, se convirtió en un tránsito hacia las cámaras de gas, aunque allí no había franceses, pues se les desviaba hacia otros destinos. Los que no morían eran deportados a Auschwitz. Lo más increíble es que en 1945 internaron en Gurs a los alemanes que pudieron detener junto a los que Francia llamó «colaboradores». Me quedé perpleja al saber que también había republicanos españoles en el campo en 1945. Gaston dice que las democracias deberían reconocer algunos hechos, para al menos enderezar la historia oficial. Dice que son gestos necesarios, pero yo no lo veo tan claro. A fin de cuentas, en Etiopía, Palestina, Yemen o Venezuela la gente sigue escapando para refugiarse en campos subvencionados por los que nos creemos ricos.

Aquellos eran tiempos de una crueldad incomprensible. Todavía no se había evaluado el rastro indeleble que deja el dolor en nuestro cerebro, y aunque el psicoanálisis existía para los burgueses, el dolor se consideraba parte de la vida. No había antidepresivos ni ansiolíticos. Vivían a pelo y encima les tocó en la lotería la Gestapo. Los nazis, desprovistos de cualquier resto de humanidad, ejecutaban con el protocolo de quien va a la oficina. Lo hacían con un horario y tiempo para comer. Volvían a sus casas, abrazaban a sus hijos o lloraban si se les moría el gato. Los franceses consintieron, miraron para otro lado, atemorizados, y cuando no, colaboraron gentilmente con ellos. A él se le atraganta el comportamiento de su país, pero yo le digo que en medio de semejante oscuridad afortunadamente hubo bondad: seres luminosos que escondieron, cobijaron y proporcionaron auxilio a los perseguidos.

Todo lo que leo está salpicado de testimonios de sobrevivientes cuyas historias no han podido representarse en toda su crudeza ni en los libros ni en las películas. No sé si seré capaz de contar lo que voy averiguando. La Resistencia. Los maquis.

Les *passeurs*... Los seres individuales que nunca dijeron lo que hacían porque necesitaban reafirmarse en la idea de la piedad y de que nadie tiene derecho a arrebatar la vida a nadie. Me alegra comprobar que esos sentimientos están siempre presentes y que el instinto de compasión funciona.

Mi abuela Perla era una de esas mujeres a las que les funcionaban las tripas. Por eso era enfermera y por eso volvió a Mauléon cuando terminó la guerra española. Tenía necesidad de estar cerca de su tierra, de aquel dolor desgarrador del exilio del que hablaban sus compañeros. Lo que no tengo claro es por qué renunció a su doctor Gustave. Gracias a lo minuciosa que he sido con los documentos, sabemos que las facturas de las prótesis de su mano las había pagado él. Eso quiere decir que la abuela fue en varias ocasiones a París para ajustar su mano y siguió en contacto con el psiquiatra hasta casi 1960, cuando por lo visto Gustave murió. Encontré una carta de su esposa agradeciéndole el pésame en nombre de ella y de sus hijos.

Cierro los ojos y la veo caminando por París con su paso resuelto. La imaginación me permite acompañarla. La veo mirando las vidrieras por la rue Liancourt, atravesar la rue Gassendi y llegar hasta la rue Maine, ese barrio tan parisino donde tenía el local el protésico. Quiero ver sus ojos, su sonrisa. Deseo saber si va al encuentro de su amor o de un amigo. ¿Sería mi abuelo el generoso Gustave de Fratelle?

Tengo deseos de hablar con el señor Wordthing. He colgado su llave en mi despacho y, cuando levanto los ojos hacia ese objeto, lo veo a él en mi boda. Quiero que me hable, no de la memoria institucional, esa que nos han entregado para que vayamos más o menos equipados por la vida; quiero saber de la otra memoria, la que está hecha a base de pequeñas huellas. Empiezo a sentir la textura del silencio de mi madre. Creo que ella estuvo muy sola y tuvo mucho miedo. Pobrecita mía. Si a veces yo, que he sido educada con amor, me siento perdida, no quiero ni imaginar cómo debió de sentirse ella, en un internado de monjas, yendo a Burgui un fin de semana cada quince días, sin hermanos, sin primos, sin familia.

10

Perla Escaín

1940

Uno a uno, todos somos mortales. Juntos, somos eternos.

Lucio Apuleyo

La joven Esperanza Escaín, Perla, se hizo con las rutinas y los horarios de trabajo como si llevara allí toda la vida. Pau le parecía un pañuelo al lado de las dimensiones parisinas. Le gustaba caminar por las calles, mirar las tiendas, saludar y reconocer a los pacientes. Enseñaba a sus compañeras lo que desconocían y aprendía de ellas. De vez en cuando compartían un almuerzo o una cerveza, o acudían al cine. Escribía a Gustave, y a Santiago, que a través de Pilar le había enviado una carta a casa de su madre. Todo fluía de un modo protector, salvo los imprevistos reclamos de sus servicios.

Cuando la necesitaban, el doctor Thibault aguardaba a que saliera en el mismo hospital. Luego se trasladaban a una granja, al consultorio del doctor Vallejo o a la trastienda de un almacén. Durante el trayecto, hablaban de libros, de cine o de publicaciones médicas. Ninguna mención a sus vidas o a sus sueños. Al llegar al destino, asistía a las cirugías, entablillaba piernas, cosía heridas y confortaba almas. Era una isla que daba cobijo hasta que volvía a quedarse sola.

Los heridos eran combatientes republicanos que cruzaban

la frontera llevando información o pertenecían a grupos de resistencia que asaltaban cárceles para liberar a los suyos. Hablaban de asociación de guerrilleros republicanos, de movimiento libertario en el exilio o de alianza democrática española. A veces, entre los restos de vendas manchadas de sangre quedaban panfletos donde animaban al pueblo español a recuperar la libertad. Pero, en voz más baja y dolorida, se oía que el hambre, la sarna, la tuberculosis y el tifus, además del miedo, se paseaban sin permiso por las calles de las ciudades demolidas. Ellos iban y volvían. Mantenían encendida una pequeña esperanza, pero el doctor Vallejo chasqueaba la lengua.

En sus visitas a Mauléon, se volvía niña. Se dejaba mimar por su madre, comía sin detenerse a pensar en los racionamientos y masajeaba los músculos doloridos de Leonora como en el pasado. El doctor Thibault, que tenía una casa en Saint-Blaise, la llevaba en su coche; a veces iba a buscarla Louis y, cuando el tiempo empezó a caldear, utilizó una motocicleta. Pero a pesar de aquella aparente normalidad, ella sentía en el pecho que seguía siendo una isla. Cuando estaba a solas bajaba los peldaños de su realidad y se sentaba frente a la puerta de su alma para hablar con Tomás, al que pedía, apretando fuertemente los párpados, que resistiera y volviera con ella.

Las noticias eran desesperadamente escasas. Seguía en el campo de Miranda de Ebro y formaba parte de un batallón disciplinario de trabajo.

—Nunca se sabe si llegan las cartas, ni cuándo, pero la última se la entregaron —le dijo un día el doctor.

—Dígale, si le escribe, que le recuerdo con cariño —añadió Perla con el pulso alterado—. Que me escriba si lo desea.

Al inicio del mes de abril de 1940, la vida de los franceses se vio claramente comprometida. Los hombres eran movilizados; los alimentos comenzaban a escasear; nadie sabía si esperar o alejarse de donde se preveía la invasión. El ejército alemán avanzaba sin tregua, y con su disciplinada estrategia invadieron

Dinamarca y Noruega. Los periódicos se preguntaban por la pasividad aliada, por aquella política que contemplaba al enemigo alemán con los mismos ojos que en la guerra del 14. Antes de que se dieran cuenta, las tropas alemanas se habían lanzado hacia las Ardenas. El ejército francés, dirigido por los viejos mandos, había imaginado que, en un terreno boscoso, casi inexpugnable, difícil para los vehículos pesados y que los reservistas vigilaban confiados, el enemigo no iba a atreverse a lanzar una ofensiva. Pero lo hicieron y siguieron hacia el oeste, sin apenas detenerse, dividiendo a las tropas aliadas.

En las calles no se hablaba de otra cosa; los franceses hacían acopio de comida o huían hacia el sur. Los bombardeos asolaban las carreteras francesas por las que los civiles, desprotegidos, morían en los campos. Las zonas fronterizas se volvieron un territorio codiciado, y en el hospital apenas podían hacer frente a los heridos. Las familias se reunían en sus casas, con los postigos cerrados, a escuchar la radio para saber qué iba a pasar con Francia y si había una estrategia para combatir aquella pesadilla.

En el mes de mayo, Pétain había sido invitado a formar parte del Gobierno. Como mandatario francés, había intentado firmar la paz con Hitler, pero el Führer no tenía más intención que humillar al pueblo francés como este lo había hecho con Alemania en 1918.

El doctor Vallejo propuso a Perla que se trasladara a vivir a su casa.

—Estamos al lado de una iglesia, y además uno de mis pacientes ha hecho del jardín una huerta. La mujer que me ayudaba con las tareas se ha despedido. Tus brazos jóvenes me vendrán bien. Estoy seguro de que tu madre se quedará más tranquila si sabe que estás acompañada. La soledad no es buena cuando hay amenazas.

Era una tentación gozar de su compañía, estar entre muebles donde reposaban fotos de su amado y cuyo nombre podía pronunciarse sin excusa alguna, pero rechazó la oferta. A cambio pidió unos días libres para ir a Mauléon a tranquilizar a su madre. Iba a llamar a Louis cuando el doctor Thibault se presentó en la sala donde revisaba el instrumental.

—Buenos días, enfermera, ¿estaría disponible esta tarde para cenar conmigo?

—Mi turno termina a las cinco.

Los rumores de una relación entre ellos ya se habían consolidado. Al otro lado de la mesa, una de sus compañeras la observaba con un gesto malicioso.

—Es algo mayor para ti, y un poco serio, pero un hombre elegante y educado. Estoy segura de que le interesas, de otro modo no vendría en tu busca con tanta frecuencia. Además, a él no le movilizarán. Dicen que le falta una pierna y que por eso cojea.

Perla sonrió sin añadir una palabra. El chisme la protegía de sus actividades clandestinas.

El doctor Thibault la tomó por el brazo. Tenía un talento especial para hacer parecer espontáneos sus movimientos. Sonreía, gesticulaba y, al acercarse, murmuró:

—Nos esperan en Saint-Blaise. Está todo arreglado.

—¿En Saint-Blaise?

—Sí, esta vez utilizaremos mi casa.

—¿Podríamos pasar a recoger algunas cosas? Tenía previsto ir a Mauléon mañana.

—Naturalmente.

A pesar de que le había ensalzado la hermosa imagen de los Pirineos que se veía desde los ventanales de su apartamento, Adrien prefirió esperarla en la calle. Perla recogió su ropa en una pequeña bolsa de viaje, preguntándose si eran sus modos caballerosos o la cojera lo que le impedía subir los tres pisos. Metió en una cesta patatas, leche, algunos huevos y un enorme pan de centeno y mantequilla que le había regalado una paciente por atender a un sobrino al que no preguntó su nombre. Solo iban a ser cuatro días, pero no se podía jugar con la comida, y probablemente en la casa de Saint-Blaise no habría nada en la despensa. A última hora, cogió el bote de cacao que le había llevado Louis.

El racionamiento de muchos productos había cambiado la alimentación de los franceses, pero aquella zona rural era rica en cultivos y pequeñas explotaciones agrícolas, y los campesinos cuidaban sus huertas.

—Comida —murmuró Adrien al ver la cesta—. Tenía que haber pensado en ello. Gracias.

En ese momento, Perla vio que el doctor tenía un aspecto algo desaliñado, no parecía haberse afeitado y su camisa estaba arrugada.

—Creo que ha quedado demostrada la honestidad que me pediste el día que nos conocimos. Sé que te ocurre algo. Puedes confiar en mí.

—Hitler marcha imparable hacia París, y nuestro Gobierno no parece saber cómo detenerlo. Están evacuando hacia Inglaterra a las tropas francesas por Calais para que al menos no sean hechas prisioneras, mientras se sacrifican algunas divisiones. Es la Blitzkrieg, la «guerra relámpago». Ya tienen Polonia, Dinamarca, Noruega, Bélgica, Luxemburgo, los Países Bajos y ahora Francia.

—¿Hablas alemán? —Le había llamado la atención su exquisita pronunciación.

—Hice la especialidad de Pediatría en Múnich. Mi madre es de allí. Hablo alemán y creo que, efectivamente, ha llegado el momento de que confíe en ti. Soy judío, conozco muy bien al Partido Nazi. Se lo que está haciendo y hará, y créeme que ha creado toda una infraestructura para matar y aniquilar. La Gestapo no conoce la piedad. Están exterminando a los judíos de Europa y vendrán a por los franceses. El general De Gaulle está en Inglaterra, él no quiere rendirse. De nuevo los políticos nos llevan a una guerra. —Adrien golpeó el volante—. En estos momentos, en mi casa de Saint-Blaise hay dos familias que huyeron de Alemania hace un par de años y ahora lo han hecho de París. Una de las niñas está enferma, y me temo que sea apendicitis. Espero que lleguemos a tiempo de evitar una septicemia.

—¿Cómo van a entrar en París los alemanes?

—Me temo que no va a poder evitarse. Están muy cerca, y nadie va a detenerlos. El Gobierno anda reuniéndose en el Loira, evitando la capital. ¿Dónde está tu anillo?

—¿Qué anillo?

—Cuando te conocí llevabas un anillo de prometida.

—Es una vieja historia. En realidad nunca estuve prometida. Tenía un novio en París, un hombre maravilloso, pero nunca sentí el deseo de casarme con él. Soy demasiado joven y no quiero dejar mi trabajo.

—¿Ha sido tu único amor?

No le gustaba mentir, y él había dicho «amor». Tardó unos segundos en mentirle.

—Sí, pero dime, confesión por confesión, ¿qué hay de tu vida sentimental?

—Es inexistente. No tengo vida sentimental. Desde hace unos años, vivo exclusivamente para mi trabajo y para aportar un grano de arena a la lucha contra la estupidez humana.

—¿Puedo preguntarte por tu pierna?

—Nada interesante; la polio.

Entonces lo vio. La poderosa mandíbula, las arrugas que le rodeaban los ojos, el pelo rizado aplastado por el fijador y aquel horizonte de ternura al fondo de sus ojos cansados. Hablaba salpicando palabras desacostumbradas. Se mostraba pesimista, defraudado por la respuesta de su Gobierno. No era el hombre escueto, frío y determinado al que había que pedir permiso para respirar, sus defensas habían caído igual que el norte del país.

El viaje resultó uno de los más cortos que recordaba haber hecho. Entraron en Saint-Blaise, una pequeña localidad cercana a Mauléon, donde Perla pudo ver que alrededor de una iglesia se repartían unas pocas casas y alguna granja.

—Este camino es el de Marieca. Recuérdalo. Y también quiero que sepas que hay una llave escondida a la izquierda de la cancela, bajo una piedra gris.

Se desvió hacia la izquierda para atravesar un bosquecillo de castaños. Aproximadamente un kilómetro más adelante surgió de la nada un portalón de hierro forjado cerrado con una cadena. Detuvo el coche, se bajó, abrió el candado y adelantó el vehículo unos metros. Luego volvió sobre sus pasos para cerrarla.

—La casa era de mi abuela paterna. Aquí veníamos en verano. Cuando Alemania se volvió insoportable, mi madre, que ya era viuda, dejó Múnich y se instaló aquí con ella. Ahora están en Nueva York. Este será un lugar de refugio. Soy un hombre respetado en Mauléon, nadie vendrá a molestar.

La casa, una especie de pequeño palacete rural, parecía deshabitada. Los postigos estaban cerrados, y el jardín, visiblemente abandonado. No había ni rastro de actividad o humo en las chimeneas. Adrien abrió con llave la enorme puerta de madera y entró en la casa.

Algo impactada por las concesiones de intimidad que Adrien le había hecho durante todo el camino, Perla se quedó prendada del silencio y la paz que reinaban. Dio unos pasos hacia una parra sedienta que, en otros tiempos, debía de haber proporcionado una buena sombra y se adentró en un bosquecillo de nogales y manzanos. Estaba mirando los frutos cuando oyó voces a su espalda. En ese momento vio a Adrien dirigirse hacia el automóvil acompañado de dos hombres, que le hicieron una leve inclinación de cabeza.

—Hans Uhrbach y Simon Blumer. —Los hombres le tendieron la mano—. *She is* mademoiselle Golondrina.

—¿Mademoiselle Golondrina? —se sorprendió ella.

—Sí. —Adrien sonrió por primera vez aquel día—. Necesitas un nombre de guerra. Vamos a vaciar el coche. La cocina está a la izquierda; abre las ventanas, por favor. Tenemos una paciente a la que atender.

Le gustó su nombre de guerra. Le gustó mucho. Le recordaba a su madre, a sus orígenes, a su vida de verdad.

Cuatro niños y una mujer aparecieron en la cocina con cara de pánico. Adrien les habló en alemán, con un tono casi cariñoso. La mujer miró a Perla algo más confiada y la abrazó. Ella puso el contenido de la cesta sobre la mesa de madera; los ojos de los niños se clavaron en el pan.

En la planta superior, en una de las habitaciones, una niña gimoteaba delirando de fiebre. A su lado, su madre le pasaba un trapo húmedo por la frente y murmuraba palabras que Perla imaginó de consuelo. Adrien no se había equivocado en el diagnóstico. Tenía apendicitis, y había que operarla inmediatamente.

Las familias habían llegado a Francia desde Múnich un año atrás. Habían conseguido sobrevivir gracias a la solidaridad de algunos parientes, pero huyeron cuando se acercaban las tropas alemanas. Querían llegar a Burdeos, donde pensaban embarcar. Perla se acordó de Sarah y su violinista. Hacía unas semanas que lo había conocido en Pau. Era un chico amable y educado que miraba a su amiga como si saboreara un caramelo muy dulce. Sus ojos reflejaban la misma prisa por abandonar el territorio francés que los de los padres de los niños.

Se ocuparon de la enferma, a la que extirparon el apéndice. Luego todos cenaron una sopa de patata, y los niños se fueron a dormir. En el salón, polvoriento pero elegante, se reunieron los adultos para charlar y escuchar la radio. Pétain había asumido el Gobierno y el general De Gaulle, desde Londres, llamaba a la resistencia.

—Estamos construyendo un escondite —le aclaró Adrien—. Hemos levantado unas paredes, dejando hueco suficiente para que una familia pueda permanecer sin ser vista, incluso si hubiera alguien en la casa. Este es un sitio pequeño, y los curiosos abundan. Nadie debe saber que existe salvo tú y yo. Ellos no conocen nuestros verdaderos nombres y tampoco exactamente dónde están. Así debe ser. En cuanto la niña pueda caminar, se irán y vendrán otros.

—Pero tú no puedes ocuparte... ¿Qué hacen ellos cuando tú no estás?

—Tienen órdenes de permanecer lo más ocultos posible. En la cochera hay dos bicicletas.

—¿Y la comida?

—Vengo cada tres días a ocuparme de los refugiados de Gurs y traigo lo que necesitan. Hoy ha sido por la pequeña Raquel... Se irán en una semana.

—Yo podría hablar con Louis, el marido de mi madre, o con ella misma. No dirán nada.

—Prefiero que nadie sepa de este lugar.

Compartieron una cama grande en la que ninguno de los dos se quitó la ropa ni durmió lo suficiente. En algún momento de la noche, ella sintió ganas de abrazarlo. No se trataba de atracción. Quizá era solamente el anhelo de proporcionarse un poco de ternura. Ninguno de los dos cruzó los límites. Por la mañana, cuando Perla se despertó, él ya no estaba. El ruido del agua la hizo mirar al jardín; Adrien regaba los frutales vestido como un campesino, y la casa parecía vacía.

Como no la esperaban en Mauléon, la alegría se multiplicó en la rue du Saison cuando Perla apareció en su casa. Todo fueron preguntas: ¿cómo estaba la carretera?, ¿qué pasaba en París? La temperatura era más propicia para buscar el frescor en el río que para andar cuchicheando en las colas de los puestos del mercado, pero la población difundía los sucesos que llegaban desde las cuatro esquinas de Francia, que, herida en su honor, buscaba la sombra de las iglesias para rezar por sus hombres. En el barrio de la Haute Ville las noticias de España no eran mejores. Las cárceles seguían llenas, y los fusilamientos no cesaban. Los campos yermos durante tres años esperaban la mano de obra que sembrara el grano necesario para saciar el hambre.

Louis, protegido por su sombrero de paja y sus gafas, parecía volver a esconderse de todos. Solo al atardecer, se pegaba a su esposa Esperanza y miraba al horizonte mientras ella sacaba y metía la aguja en la lona de la alpargata, como si la persiguiera un animal salvaje. Leonora, apoyada en su bastón, revolvía las mermeladas y embotaba frutas y albaricoques rezando avemarías y santiguándose cada vez que tenía un mal pensamiento.

Acudió a ver a Sarah y a su familia. El señor Vugman había desmejorado, y ella se empeñó en tomarle la tensión y hacerle unas preguntas sobre su salud.

—No estoy enfermo. Solo me preocupa qué pueda ser de nosotros y de este país en manos de los alemanes.

Se sintió tentada de hablarle de Adrien, de su condición de judío y de las familias que había en la casa del camino de Marieca, pero no lo hizo. No podía romper el secreto. Sin embargo, le habló del hospital y de las relaciones que ella tenía allí.

—Si en algún momento se encuentra mal, no dude en venir, señor Vugman, usted o quien necesite mis servicios —añadió deliberadamente.

Su madre y Louis la llevaron de vuelta cuando terminaron sus días libres. Se despidieron entre sollozos, dejándola exhausta en su apartamento con varias cestas repletas de alimentos, vino y conservas, que Perla aceptó sin rechistar. Desconocía si Adrien seguía en Saint-Blaise, si estaba en el campo de refugiados o en Pau. Quizá la niña estuviera ya bien, pero necesitaría un poco más de tiempo para caminar sin que los puntos se abrieran.

Llevaba tres días trabajando sin señales de Adrien, cuando se acercó hasta el departamento de pediatría, alejado de la zona de quirófanos, y preguntó a una de las enfermeras.

—El doctor Thibault tiene muchos trabajos, es imposible saber dónde estará.

Se había sorprendido a sí misma pensando en él y en que no sabía ni dónde se alojaba en la ciudad. Antes de que se cerraran los postigos y se apagaran las farolas, cogió la bicicleta y se encaminó hasta el centro para llevar al doctor Vallejo unas conservas que le enviaba su madre, y de paso averiguar si Adrien se encontraba bien. La tarde todavía ardía. Un calor pegajoso presagiaba el verano que se iniciaría en unos días. Perla accionó la campanita de la casa de piedra y esperó.

—¡Qué sorpresa, Perla!

—Mi madre le manda unas conservas, doctor.

—¡Esperanza! ¡Qué fortaleza la suya! Por favor, llámame Julio; este tratamiento de doctor ya no conviene.

La joven le siguió hasta el jardín. En una mesa había una botella de vino y dos copas.

—¿Me acompañas?

—Sí, gracias.

A la luz del atardecer, el rostro del médico mostraba una piel cenicienta y cansada. En un par de ocasiones, se frotó las manos como si tuviera frío o estuviera nervioso y le costaba respirar.

—¿Se encuentra bien?

—Creo que me he enfriado.

Cada vez que lo veía a solas, sentía el impulso irrefrenable de hablarle de Tomás. Intuía que él no la juzgaría y entendería que la culpa la habían tenido la maldita guerra, la distancia y, por qué no, también las ideas que envenenaban la vida. Pero el cariño que sentía por el doctor hizo que le hablara de lo que sabía de Burgui. Los Sagardoy habían vuelto, y la casa Avizanda no tenía el surtido de material de antaño. Los contrabandistas bajaban por docenas por la peña de los Buitres y la falda de Lakartxela. Había un mercado de estraperlo que iba desde el valle hasta la Ribera y que los pastores comandaban. La posada y la taberna de la casa Lampérez seguían funcionando, y la línea de autobús La Roncalesa, que atravesaba el valle, se había restablecido. Abundaban las viudas y las mujeres de cuyos maridos no se sabía nada. Algunos estaban muertos o habían desaparecido. Ya no se concedían los permisos de cultivo de las parcelas comunes por sorteo, había pasado a hacerse a dedo. En la escuela también había cambios, y ya no se juntaba a los niños con las niñas. Cuando le dijo que no había médico en el pueblo, él asintió cabeceando y los años se le vinieron encima de pronto.

—Van a amarrar hasta el aire... Ya me lo dicen los que pasan por aquí camino de una vida libre, que no nos fiemos, que todo el mundo ha salido por donde ha podido y que no se rearmará nadie porque en Europa hay ruido de tanques y porque se hicieron las cosas mal antes y después. No sé cómo se escribirá esta página de nuestra historia, con sangre desde luego, pero no sé si con honestidad. —Hizo amago de levantarse, pero permaneció sentado—. No se lo digas a los guerrilleros o dejarán de enviarme noticias de mi hijo... Van a juzgar a Tomás por traición.

—¿Ha tenido noticias?

—Sí. Tengo a alguien en Burgos que me informa. Dice que con suerte lo mandarán a la cárcel. Eso sería lo menos malo, de ahí se puede salir... Ya no mantengo esperanzas. He perdido todo lo que poseía y estoy cansado, Perla.

—No diga eso... Tomás tiene que volver. Conoce a mucha gente, no tiene delitos de sangre. Y luego está su nieto.

—Sí. No creas que no me repito yo la misma cantinela de la espera, la lucha y la esperanza, pero no suele ser suficiente. Si sale de allí, mi hijo se reunirá con su mujer y el niño en Argentina, y si España recupera la libertad volverá, pero ya no estaré aquí. He hablado con Adrien. Está en París. El ejército alemán se pasea por el Arco de Triunfo, y la esvástica cuelga de los edificios principales.

Las sombras apagaban la luz brillante aquel 20 de junio y una espesa tristeza avanzaba por el jardín sumiéndolo en penumbra. Perla miró el reloj. Tenía que volver a casa.

—Vendré pasado mañana a verle. Es tarde. Le traeré algo de comer; por favor, cuídese.

Mientras pedaleaba hacia su casa, las lágrimas borraban el brillo del empedrado. Los hombres de su vida se jugaban la vida ignorando que ella los amaba. En realidad su dolor lo provocaba la certeza de que el doctor tenía razón. Si su hijo quedaba libre, volvería con su mujer y su hijo, no se arriesgaría a perderlos por ella. Aunque una voz en su interior quería equivocarse.

El 22 de junio de 1940, tras apenas seis semanas de combates y con los alemanes instalándose en la capital, Francia firmó el armisticio en el mismo lugar y en el mismo vagón donde se había firmado el tratado de Versalles, en Compiègne. Hitler no pronunció ni una sola palabra y apenas se quedó dos minutos. La humillación había sido devuelta. Francia se dividió en dos zonas, la ocupada y, tras la línea de demarcación, la no ocupada, donde residiría el Gobierno de Vichy con el mariscal Pétain a la cabeza.

El Gobierno francés controló, bajo las directrices alemanas, desde el Loira hasta los Pirineos exceptuando la zona atlántica, que incluía la frontera de Irún y Burdeos. Una de las cláusulas que firmó Francia fue que se comprometía a devolver a Alemania a todos los judíos y enemigos del Reich que habían buscado refugio en Francia desde 1930; rondaban los trescientos cincuenta mil.

Todo el personal del hospital de Pau fue informado por la Prefectura. Pau quedaba dentro de la zona no ocupada, pero se esperaba a miles de franceses que buscarían refugio en la región. Perla pensó de inmediato en Adrien. Le iba a resultar difícil volver. Para cruzar la línea de demarcación, entrar o salir de París, se necesitaba una tarjeta *Ausweis*, un pase que solo otorgaban los alemanes. Nadie podía estar en la calle a partir de las once de la noche, y se había requisado la gasolina; las carreteras estaban colapsadas. El corazón se le encogió, y durante un instante recordó lo que Adrien le había dicho sobre el camino de Marieca y la llave escondida bajo una piedra. Le resultó abrumador constatar que estaba en su mano la responsabilidad de quien estuviera en Saint-Blaise.

Esa misma tarde, se acercó hasta la casa del doctor Vallejo. El hombre aceptó de buen grado el trozo de pan, los huevos y el guiso de conejo que su madre le había dado. Su aspecto no era bueno.

—¿Tiene noticias de Adrien?

—Ninguna. No es seguro, pero él sabe cómo localizarme si me necesita. Llamará por teléfono. Puedes utilizarlo cuando quieras.

Aceptó el ofrecimiento. Ella le llevaría comida a cambio. Hacía semanas que no tenía noticias de Gustave, y si París estaba comandado por los alemanes no sabía qué suerte habría corrido. Los miércoles permanecía en su consulta hasta muy tarde. Lo llamaría.

Perla marcó el número, que recordaba perfectamente. Al otro lado, la voz de su amigo sonó inquieta.

—¡Gustave! Soy Perla. Necesitaba escuchar tu voz. ¿Estás bien?

—¿Dónde estás?

—En Pau.

—No te muevas de ahí. Tienes suerte. París está lleno de esvásticas. Me quedaré en la consulta. Este barrio no les interesa. La casa de mi familia está llena de alemanes. Mis padres tratan de llegar a Biarritz. Prométeme, Perla, que me tendrás al corriente de tus pasos. —Al otro lado, la joven oyó la voz de una mujer—. ¿Me lo prometes?

—Naturalmente. Intentaré llamarte cada veinte días... Gustave... ¿Hay una mujer?

—La hay.

—Me alegro mucho. Te mereces ser feliz.

—Tú siempre tendrás lugar en mi corazón.

—Cuídate. Te llamaré.

La conversación le apaciguó el corazón. Por fin Gustave podía librarse de ella. Era un hombre maravilloso y tenía derecho a ser feliz. No conocía a aquella mujer, pero estaba segura de que le amaría como él deseaba que le amara ella.

—Perla, ¿te encuentras bien? —le preguntó el doctor Vallejo.

Perla se secó con rapidez el rostro y volvió a pensar en Adrien. Se sentía atrapada por sus promesas; si las familias alemanas seguían en Saint-Blaise, tendría que ir hasta allí en bicicleta. Podía llevarle dos horas.

—Julio, sé que no debería, pero me encuentro atrapada... y confío en usted. Temo por unas personas... —Perla buscaba cuidadosamente las palabras—. ¿Está usted al corriente de lo que hace el doctor Thibault fuera de su horario de trabajo?

—Ven aquí, preciosa. —La mano del doctor palmeaba un lugar a su lado, y Perla obedeció como una niña—. Hay una enorme red invisible que ayuda en lo posible a las víctimas de los errores que cometemos los hombres. Hay quien se las apaña, pero también quienes no pueden sobrevivir sin que alguien les eche una mano. De estos últimos nos ocupamos unos cuantos, tú incluida, pero Adrien... Él es muy necesario e importante. Quédate tranquila. Espera sus órdenes. Tú dependes única y exclusivamente de él.

Dos días después, el hombre importante la esperaba a la salida del hospital. Sin poder evitar el impulso, Perla se lanzó a abrazarle y permaneció unos segundos colgada de él.

—He temido por tu suerte... No vuelvas a irte sin decírmelo —le susurró al oído.

Descolocado, el médico sonrió y le pidió que dejara la bicicleta en el hospital y se metiera en el coche. Le hizo bien obedecer sus órdenes, no preguntar, ser su fiel servidora. Su ausencia le había demostrado que aquel hombre ocupaba mucho espacio en su vida, aunque fuese un extraño, y que el temor a perderle le levantaba la piel de aquellas heridas que no cicatrizaban nunca.

Por fin Adrien conoció el apartamento de Perla. Vio la cadena montañosa de sus Pirineos, ya oscurecidos por el contraste de luz del horizonte. Abrieron una botella de vino y comieron mientras el médico le contaba que los alemanes ocupaban París como si llevaran la guía Michelin bajo el brazo. Con la voz grave y atenazada, la informó de que la ciudad estaba semidesierta; el ejército alemán no había encontrado resistencia. El Ritz y los apartamentos lujosos de la rue de Rivoli y la avenue Foch habían sido ocupados por los primeros mandatarios. El mismo Goering tenía una suite reservada. El hotel Lutetia, en el boulevard Raspail, había sido escogido para ser la sede de los servicios secretos alemanes. Los altos mandos militares ocupaban el hotel Majestic.

—El hotel Crillon está en manos del Gobierno militar, y la Gestapo está repartida por los edificios que poseen las mejores instalaciones eléctricas y telefónicas en la avenue Foch, la rue

Lauriston, la rue de la Pompe o el boulevard Lannes... Se rumorea que pronto ocuparán los apartamentos de la población judía, que no tiene derecho a propiedad y que huye despavorida tras malvender lo que posee. También, y esto te afecta, se han adueñado de dos hospitales, entre ellos el de la Salpêtrière, para atender únicamente a sus tropas.

—¡Dios mío! Gustave no me ha dicho nada.

—¿Has hablado con tu prometido?

—Mi amigo, he hablado con él. Está viviendo en su consulta... Con su novia.

Las lágrimas corrían por las mejillas de Perla mientras Adrien seguía describiendo el nuevo paisaje de la Ciudad de la Luz. Se abrazaron como quien pide la mano ante un paso peligroso, consciente de que su destino está en no caer al vacío. Primero para consolarse, después porque Perla sabía que cuando la vida estaba amenazada no había mayor consuelo que el calor de un abrazo.

11
Las guerras que heredamos

> Yo les daré en mi Casa y dentro de mis muros
> un monumento (Yad) y un nombre (Shem)
> más valioso que los hijos y las hijas: les daré
> un nombre perpetuo, que no se borrará.
>
> ISAÍAS, 56:5

El mes de abril ha llegado y el perímetro de mi cintura es ya un desafío. Todo está preparado para mi niño: su habitación, las ropitas multicolores, los peluches y esos cientos de objetos que los adultos nos empeñamos en que los bebés necesitan. Quedan apenas un par de semanas para que salga de cuentas.

Mi bebé, o mi niña, según los indicios, ha ganado peso. Mi *dottore* ya no me llama, pero definitivamente no me aconseja viajar. Noto la gravidez de mi cuerpo, la bioquímica que me aplica el rigor de una agenda de princesa. Mi hijo o hija será romano, como Alberto Moravia, Sofia Loren y el mismísimo Apollinaire. «*Non importa che il bambino apra gli occhi a Roma o in Spagna. La cosa piu importante é che conosca il mondo*»* —concluyó el doctor Giulio.

---

* «Que el niño abra los ojos en Roma o en España no es importante. Lo que de verdad importa es que conozca el mundo».

454

Sila, mi Nostalgia ucraniana, viene ahora todos los días. Gaston y ella se entienden y cuchichean como comadres. Ella tiene esa manera rotunda de supervisar como si fuera un general retirado. De vez en cuando, se me acerca con una decisión en la mirada que casi me paraliza. Me pone sus manos grandes sobre el abdomen y lo toquetea como si tuviera en las palmas un ecógrafo instintivo. Dependiendo de lo que ella sienta, me da una orden.

—Puede caminar. Necesito tomates frescos.

Probablemente no haya ciencia en sus predestinaciones, pero todo lo que dice lleva implícita tanta seguridad que me visto y voy hasta Porta Portese, donde paseo por las calles pendiente de mi suelo pélvico, absorbiendo la energía que suda esta ciudad y atendiendo la llamada de Espe.

Mi madre, que había preparado todo para que su nieta (ella también dice que será niña) naciera en Pamplona y acudiera todos los 7 de julio a la procesión de San Fermín, a cantar jotas al santo con timbaleros, maceros y clarinetistas, tiene que hacer la maleta y venir con mi padre. En este momento, me ama con un acoso que no se parece a la juiciosa tutela maternal. Me abruma, pero también me llena de ternura. Llama unas tres veces al día para repreguntarme si trae la chaqueta de lana o le bastará con la de paño. Se queja de que mi padre nunca está cuando le necesita y de que en Pamplona hace mucho calor, pero yo sé que solo quiere presentirme. La necesito. Me lo dice todo el mundo, que una madre enfermera en el primer parto puede ser un regalo del cielo, pero ahora no lo sé. Gaston y yo formamos un círculo muy especial, y me da miedo que entre y luego no encuentre la salida. Les hemos reservado habitación para cuatro días en el hotel Santa Maria, que está en Vicolo del Piede, muy cerca de nuestra casa, y que tiene un patio precioso donde te sirven el desayuno. Luego veremos si se quedan con nosotros o si nos vamos a España unos días con el bebé.

Cuando vuelvo a casa, Sila me observa cerciorándose de que tengo todo en mi sitio. Entonces entro en el despacho y cierro la puerta. Ella y yo tenemos códigos para decirnos si estamos por la labor de relacionarnos o no. Gracias a la bioquímica de este momento, yo soy un convoy repleto de oxitocina y me la trae al pairo casi todo lo que antes de embarazarme me ponía de los nervios.

Nunca había leído tanto sobre la guerra de España y sus consecuencias. El desconocimiento me deja perpleja y sin palabras. Eugenia ha mandado mails en mi nombre a todas las asociaciones, estudiosos o curiosos que tuvieran relación con esos años siniestros, que en realidad empiezan con el berenjenal que supusieron la República, el alzamiento de los rebeldes y los años negros del principio del franquismo. Yo no soy una experta geopolítica, Dios me libre, pero cuando leo que más de medio millón de españoles miraron al mar desesperados por buscar un destino, se me ponen los pelos de punta y pienso en las pateras que arañan las costas de Europa.

La Asociación de Hijos y Nietos del Exilio Republicano ha recogido 268 barcos, 168 listas de pasajeros y varios continentes a los que fueron las historias de las vidas de gentes como mi abuela o Tomás Vallejo. Barcos que se llamaban Orbita, Reina del Pacífico, Winnipeg, Santa Lucía, Mexique, Orinoco, Ipanema, Marqués de Comillas o los aciagos Felix Dzerzhisky y Mayra Ulianova. Reconozco que en un momento dado estaba hasta el moño de leer historias de nuestra guerra, pero ahora me parecen pocas.

Por fin recibí la llamada de David Wordthing.

Cuando vi su nombre en la pantalla del móvil, se me aceleró el corazón, pero él se mostró entusiasmado al saber que no le había olvidado. Tumbada en mi cama, con la perspectiva de mi considerable barriga y con tiempo suficiente para invertirlo en una larga conversación con él, no quise andarme por las ramas.

Directamente le pregunté lo que necesitaba saber. Cómo había llegado el día de mi boda a Burgui, buscando a mi madre para hablarle de mi abuela y, sobre todo, de qué conocía a Sarah Vugman.

Se mantuvo unos segundos en silencio. Lo imaginé moviendo el cuello como un tentetieso y mesándose los pelos de la barba. Después, como si no supiera por dónde empezar, me soltó una introducción elegante; prefería no hablarlo por teléfono y estaba dispuesto a acudir donde a mí me viniera bien.

—¿Podríamos vernos? —concluyó.

—Lo siento. Estoy a punto de salir de cuentas, y mi médico me ha aconsejado reposo. Vivo en Roma. Pero antes de que me proponga coger un avión y presentarse aquí, le diré que no tengo intención de recibir visitas.

—¿Y hacer un Skype? —insistió.

—Eso me parece bien.

Nos pusimos de acuerdo en el día y la hora.

El día señalado para la conexión me pasé la mañana buscando o, más bien, refrescando la información sobre mi interlocutor que había en la red. Era periodista, había trabajado en la BBC, estaba jubilado y aparecía con frecuencia en reportajes relacionados con el Memorial Yad Vashem, una institución creada para honrar a las víctimas y los héroes del Holocausto.

Eugenia estaba en esos momentos pasando unos días en el lago Como, pero me había dejado un dosier sobre lo que sabíamos de Sarah Vugman y varios mensajes impacientes.

Hasta su muerte, Sarah había estado en contacto con mi abuela. Tenía una foto bastante inquietante de ellas dos; en el dorso, una letra vacilante había casi dibujado con trazos imprecisos: «1946. París. Sarah y yo». Las dos están sentadas en la terraza de un café. Estaban irreconocibles: Sarah extremadamente delgada y mi abuela Perla casi oculta por un voluminoso abrigo. En el cristal del establecimiento había un cartel que aludía a la inauguración de una casa de modas.

En 1943 Sarah vivía en Mauléon, tenía aquel novio violinista, Oscar Weill, y su intención era viajar a Estados Unidos para huir del inhumano acoso a los judíos. No tuvieron tiempo. Les denunciaron. Detuvieron a su padre y a ella, y les encerraron en el campo de refugiados de Gurs, una extrañeza teniendo en cuenta que no era el proceso habitual para los ciudadanos franceses. Pocos días después, internaron al violinista. Es muy curioso, pero en muchas ciudades de Francia los informes de la Prefectura del periodo de la Ocupación han desaparecido. En ellos deberían constar las denuncias, las calles, los nombres y el relato de los hechos. Mauléon en teoría estaba en la Francia Libre, pero ya al final de ese año los alemanes empezaron a ocuparla por entero. Exigían lo que estaba firmado en el armisticio: Francia debía entregar a Alemania a todos los judíos que no fueran franceses, así como a los enemigos del nazismo.

No nos fue difícil averiguar información acerca de Sarah Vugman. Teníamos datos sobre Josephine, su tía. Eugenia se puso a investigar y encontró a una sobrina con buena memoria. Le contó que el padre de Sarah había muerto en Auschwitz y que ella sobrevivió y volvió a París, donde se reunió con su madre. Murió en 1946, quizá poco después de que se hicieran aquella foto. Teniendo en cuenta que mi madre nació en diciembre de 1946, probablemente en esa foto mi abuela Perla estaría embarazada y quizá ya no tenía la mano derecha.

Para que no todo fuera terrible, Eugenia me había dejado sobre la mesa un listado de nombres de «ángeles», seres luminosos que construyeron túneles hacia la vida en medio de aquella pesadilla. Granjeros, pastores con apellidos vascos que me sonaban familiares, sacerdotes, monjas… Ella dice que los integrantes de las fuerzas del mal están perfectamente identificados, pero quiere recuperar los nombres de las fuerzas del bien.

Cuando el señor Wordthing apareció en la pantalla, seguía pareciéndose a las carátulas de los vinilos que guardaba mi madre del cantante Georges Moustaki. Tenía un rostro afable, con el pelo alborotado, que guardaba hebras oscuras. Sus ojos azules miraban con esa bondad inteligente que poseen algunos hombres maduros. Para que la entrevista tuviera la cordialidad suficiente, antes de entrar en materia, se interesó por mi salud, mi trabajo y el bebé que esperaba. Dijo que tenía tres hijos ya adultos y bajando levemente la vista, en un gesto casi de recogimiento, confesó que se había quedado viudo hacía seis años. Sentí que aún le dolía la ausencia de su esposa.

A su espalda, se veía una habitación grande con estanterías repletas de libros y un desorden cotidiano propio de un escritor que consulta su biblioteca.

—Bueno, David, voy a tutearte, y ahora que ya nos conocemos un poco más vayamos al grano. Te confieso que tengo muchas expectativas.

Le hablé de nuestras averiguaciones, del interés por la época de la Ocupación, y le desvelé la curiosidad que me despertaba su papel en la vida de mi abuela. Él sonrió, mostrando una dentadura perfectamente restaurada.

—Verá...

—Por favor, tutéame.

—De acuerdo. Soy periodista y durante toda mi vida profesional he estado conviviendo con el recuerdo del Holocausto. Mis suegros eran judíos. La madre de mi esposa estuvo internada en Mauthausen y sobrevivió al horror. El pájaro de mal agüero voló siempre sobre nuestras vidas. Nadie se cura de una experiencia de ese calibre. Mi esposa decidió que había que rescatar lo que hubiera, por poco que fuera, para entregárselo a ella y, de ese modo, abrir un boquete para que se colara el aire de la esperanza en lo bueno del ser humano. Quería encontrar a quienes la ayudaron a sobrevivir. —Se pasó la mano por el cabello, aplastando el desorden, y suspiró—. Ella decidió investigar, casi habitar, el silencio de su madre.

—No puedes imaginar cómo entiendo a tu esposa —murmuré conmovida pensando en Espe.

—Esthela, que así se llamaba mi suegra, realizó en 1939 el maldito recorrido que Hitler impuso a los alemanes judíos. Salieron de Berlín, se refugiaron en París, luego fueron detenidos e internados en Drancy, trasladados a Gurs y finalmente deportados a Auschwitz, Mauthausen... Para que no te pierdas en datos, te diré que mi suegra Esthela conoció a Oscar Weill y a Sarah Vugman en Gurs. A todos les unían dos cosas esenciales: eran judíos y amaban la música.

De manera automática, cogí el dosier de la amiga de mi abuela y saqué la fotografía de ellas dos; me conmovía. El poder evocador de lo que me contaba David Wordthing y aquellas jóvenes sentadas en aquel café ponían escenario a sus palabras.

—El campo había conocido, dentro de su estatus, tiempos mejores. Cuando albergaba a republicanos españoles, la dinámica era distinta y más relajada. No digo que estuvieran en buenas condiciones, pero huían de una guerra, y el campo significaba un refugio, una esperanza. Las gentes compartían lo que tenían… Pero en 1943 el campo de internamiento significaba la muerte, la condena de una sociedad a una raza. Además, estaba comandado por un hombre indeseable y ya bajo la tutela de los alemanes. Las muertes aumentaron, en parte debido a que los internos tenían más edad, la vigilancia se volvió extrema y era muy difícil escapar. Sarah estaba convencida de que podría salir del campo; era francesa y además tenía allí una amiga enfermera que colaboraba con el Secours Suisse. Creo que sabes ya de quién estoy hablando.

—Mi abuela.

—Efectivamente. Tu abuela, junto a un médico, un tal Adrien Thibault, y una cadena de mujeres y hombres compasivos, hizo todo lo posible por sacar de aquel horror a los que les fue posible. Su principal objetivo fue la familia Vugman. Pero las deportaciones empezaron a incrementarse, y a Sarah le preocupaba Oscar, así que pidió a su amiga que tratara de liberarlo a él primero. Sarah estaba confiada; jamás había expresado opiniones políticas y formaba parte de la comunidad; de hecho, había nacido a escasos kilómetros del campo. —David Wordthing se detuvo al ver las lágrimas que rodaban por mi rostro—. Discúlpame… Quizá necesitas un descanso.

—No, tranquilo. Las hormonas me facilitan la salida de las penas… Adelante… Pero me estaba preguntando cómo es posible que conozcas los pensamientos de Sarah.

—Un momento, lo entenderás muy pronto. No se podía salir de allí. Tu abuela ingresó a Sarah y a otras mujeres, entre las que estaba Esthela, en la enfermería, con el fin de que permanecieran a salvo.

—Comprendo.

—Los camiones con la comida o los materiales, donde antes era fácil esconder a alguien, en ese momento se revisaban con minuciosidad. Pero en el campo había unas vías por las que se deslizaban unas vagonetas donde se vaciaban los detritus del campo. Los internos lo llamaban el *train de la merde*. Hasta ese momento, todos los que formaban parte de la red de ayuda habían conseguido salvar sobre a todo a niños, a quienes los padres renunciaban para que no sufrieran el destino que suponían les correspondía. A Oscar Weill le sacaron del campo en una de aquellas vagonetas. Tu abuela se ocupó de pasarlo a través de las montañas a España y desde allí alcanzó la costa inglesa en un pesquero.

—Eso lo desconocía.

—Tanto Sarah como Esthela se salvaron del tifus, de la sarna, de la tuberculosis y muy posiblemente fue su condición física lo que les hizo sobrevivir posteriormente. Pero tu abuela no pudo evitar la deportación de ambas.

Mi cabeza iba atando cabos.

—¿Comprendes ahora mi celo por encontrar a los herederos de Esperanza Escaín? Mi esposa era mi esposa porque existió tu abuela. —Hice amago de intervenir—. No, espera, aún no sabes el final de esta historia. Unos años después, paseando por Berlín, Esthela se topó con Oscar Weill. Otro milagro. Él le contó que Perla, tu abuela, formaba parte de una red, no sé si era de la Resistencia o de otro tipo. No se comunicaban entre ellos por seguridad. Lo cierto es que ella misma había atravesado los Pirineos y lo había depositado en manos de otros maquis que lo condujeron a Inglaterra. Esthela y él se casaron unos meses después de reencontrarse y recuperaron su vida musical con una hija a la que pusieron por nombre Esperanza.

—¿El padre de tu mujer era el violinista de Sarah?

—Sí. Y mi mujer se llamaba como tú. Tuvo que deletrear vuestro nombre durante toda su vida, vivíamos en Londres y la fonética... Casi había llegado a ti cuando enfermó. La dejé marchar tranquila. Le dije que yo buscaría a Esperanza, Perla o Golondrina, aunque temíamos que por los años pasados hubiera muerto. Quería darle las gracias, y en tu boda descubrí la dimensión infinita de este nombre de mujer.

—Golondrina... —Me quedé pensativa—. No sé qué decir. Estoy emocionada... ¿Se lo contaste a mi madre?

—Lo intenté, pero no quiso escucharme. Aun así puede darle las gracias.

Conmovidos, y de un modo involuntario, alargué mi mano hacia la suya. Él hizo lo mismo. Estábamos atrapados por la tecnología, y el contacto era imposible, pero la necesidad de un abrazo era inmensa. Como si me desembarazara de un peso que no supiera dónde depositar, le conté con entusiasmo y bastante desorden mi propia búsqueda y en qué punto me encontraba. Le hablé del proyecto que tenía entre manos, de aquellos veinte folios que ya había redactado.

—A mi abuela le faltaba la mano derecha. ¿Sabes algo de eso?

—No. Debió de ser posterior.

Siguió dándome detalles. Amueblaba mi imaginación, me ayudaba. Él también quería saber. Le conté muchas cosas de ella. Me guardé los milagros. Era imposible trascender la pantalla para que entendiera que yo me hallaba en el mismo proceso de agradecimiento. Mis Esperanzas me habían puesto en el camino para que conociera a Gaston, para que le amara, para que engendrara un hijo, para que entendiera a mi madre, la historia mal contada y esas fronteras que enlazan y separan sin permiso de los que las habitan. El mundo parece un estercolero egoísta, pero el tejido que une subterráneamente a los seres humanos es de una belleza sobrenatural.

—Cuando nos encontramos en mi boda, yo no tenía idea de la vida de las mujeres de mi familia. Tú me preguntaste por Sarah Vugman, y yo solo conservaba el eco de su nombre pronunciado como el recuerdo de una amistad de la infancia de mi abuela. Hemos abierto las puertas del cielo y del infierno.

—Abrir puertas para dar las gracias.

Gaston me encontró esa tarde en estado de shock. Le puse en antecedentes y me di cuenta de que hablarle me producía el mismo efecto que cuando iba a la psicóloga. Todo aparecía en mi imaginación nítido y perfecto. Los sentimientos emergían, los datos coincidían y el camino me acercaba a mi destino. Sabía lo que había hecho mi abuela hasta 1944, quizá 1945: vivir entre Pau y Mauléon, trabajar en el hospital, pasar a gente a través de la frontera, rescatar a niños judíos con su doctor, que sin duda era Adrien Thibault. Sabía lo suficiente para escribir una buena novela. Pero me faltaba el final.

De pronto, un escalofrío me recorrió la espina dorsal. Me vi a mí misma a punto de salir de casa en Burgui, vestida de novia, y a mi madre sosteniendo una bolsa amarilla, recriminándome que me hubiera empeñado en conocer la historia de la familia... Vi la bolsa, aquí en mi casa, con las letras verdes de El Almadiero, pendiendo de la mano de Sila, que me apuraba para que la escondiera. Las cartas. ¿Por qué no las abrió mi madre? ¿Por qué no lo hice yo?

Cerré los ojos, inspiré, repartí el aire por mi cuerpo, lo llevé a cada uno de mis órganos y luego lo solté despacio. Volví a coger aire, atravesé las paredes del apartamento biológico de mi hijo y le pedí a mi niño amado que me diera una semana. Le dije que necesitaba algo más de tiempo y que después le recompensaría con mi vida entera.

Gaston se acercó un poco más. Puso sus manos en mi vientre como si supiera lo que estaba haciendo.

—*Espegansa*, cuida de nuestro hijo hasta que abra los ojos; luego los dos cuidaremos de él.

Mi madre, pensé mucho en mi madre y en que David Wordthing había dicho «Esperanza, Perla o Golondrina».

Tenía que abrir las cartas que iban dirigidas a mi abuela. Entre paréntesis ponía «Golondrina». ¿Dónde había escondido la bolsa amarilla del supermercado El Almadiero?

12

Esperanza Escaín

1942-1944

Dondequiera que estés,
te gustará saber
que pude olvidarte y no he querido,
y por fría que fuera mi noche triste,
no eché al fuego ni uno solo
de los besos que me diste.

JOAN MANUEL SERRAT

Cerró la puerta de su apartamento dando dos vueltas a la llave y dejó bajo el ficus colocado en una esquina del portal un papel con su horario. Hacía tres días que Perla no veía a Adrien, pero la noche anterior, durante la guardia, había recibido un mensaje para reunirse con él en casa del doctor Vallejo. En ese tiempo había aprendido a orientarse en la oscuridad, a olfatear el aire, a reconocer la diferencia entre la silueta de un gendarme y la de un oficial alemán. Sabía cómo debía mirar a los hombres de la Gestapo y cuándo tenían hambre los buitres vigilantes del campo de Gurs. Conocía la manera de ser otra, de amarle a solas, y también de cómo ignorarle cuando se cruzaban en la calle. Lo había aprendido casi todo de aquel peculiar y generoso hombre que daba sentido a su vida ofreciéndosela a los demás.

Pedaleó con empeño, con la boina calada y las gafas oscuras. «Si alguien te ve, que no sepa el color de tu pelo o de tus ojos». Tenía el día libre, y la neumonía del doctor Vallejo se había agravado; Adrien quería que estuviera junto a él hasta que llegara. Dominique, la mujer que le cuidaba, debía trasladarse a Burdeos y tenía miedo de dejarle solo.

Al adentrarse en la plaza, se fijó en que los postigos de la casa estaban entornados; probablemente el doctor dormía. Dio la vuelta hacia el callejón trasero y entró por la verja del jardín justo cuando las campanas de la iglesia daban las ocho. Dominique salió de la cocina secándose las manos y se reunió con ella en el jardín.

—Buenas tardes, mademoiselle Perla. —La mujer la trataba con gran respeto—. El doctor duerme, pero no está bien. Ha tenido fiebre todo el día. ¿Ha traído su medicina?

—Sí, Dominique, puede irse. Yo me quedo.

—Se lo agradezco, los viajes con esta situación me ponen nerviosa. Le he preparado la cama en la habitación de arriba. —Se puso una chaqueta de lana—. Madrugaré para llegar a Burdeos. Estaré tres días con mi hermana. Monsieur Thibault sabe cómo localizarme. ¡Ah! Hay un poco de sopa y unos guisantes para la cena. ¡A ver si con usted come algo más!

—Tranquila.

—Bueno, pues voy a irme. Ya sabe usted dónde está todo.

Después de cerciorarse de que Dominique atravesaba la plaza con paso ligero, subió su bolsa a la habitación y se dirigió a ver al doctor. La casa estaba en silencio, tan solo se oía el sonido del viejo reloj de pared.

Se acercó a la cama. La mujer, como ella misma le había aconsejado, le había colocado tantos cojines que dormía prácticamente sentado. Puso atención a su respiración entrecortada; tenía los pulmones encharcados y probablemente algo de fiebre; sin embargo, el pulso era regular. Julio Vallejo era un hombre fuerte, pero Perla se preguntó si en aquel estado aguantaría mucho tiempo; su corazón trabajaba demasiado y no quería saber nada de ir al hospital. En la mesilla estaban sus gafas y un libro de Balzac, entre cuyas páginas asomaba la punta de un sobre de correo por avión. Con el corazón acelerado, deslizó la mano y tiró de él. Reconoció de inmediato la letra de Tomás.

Las últimas noticias que tenían de él era que había sido juzgado por un tribunal de guerra en marzo de 1941 en Burgos. Gracias a la intervención de un capitán médico a quien el doctor había tutelado durante sus prácticas, le conmutaron la pena de muerte, condenándole a trabajos forzados en un batallón disciplinario de trabajo. El trabajo forzado se utilizaba como una forma de castigo, exclusión social y reeducación política para los vencidos o los desafectos al régimen franquista.

Por las cartas, que llegaban con cuentagotas, y gracias a las redes clandestinas que unían España y Francia, sabían de los cambios surgidos a partir de la Ocupación alemana. Antiguos brigadistas volvieron buscando refugio en España, donde imaginaron que la ferocidad del ejército español tenía los dientes algo más finos. Con un país vuelto del revés y destruido, a las tropas franquistas les bastaba con sus republicanos. Prácticamente todos aquellos que no poseían papeles eran llevados al campo de concentración de Miranda de Ebro, de tal suerte que allí convivían polacos, belgas, franceses, canadienses, ingleses y franceses judíos que huían de la violencia nazi y aspiraban a cruzar España para llegar a Inglaterra o a África.

Las noticias iban y venían por las rutas más peregrinas. Las redes de apoyo e información eran muchas. Por sus contactos, supieron de las infames condiciones de vida de los reclusos: humillaciones, falta de higiene, hambre, enfermedades y jornadas de trabajo extenuantes bajo el frío o el calor, sin ropa suficiente, ni calzado, construyendo accesos y carreteras más de diez horas al día. El índice de mortalidad en esos batallones era altísimo.

Pero Tomás resistía.

Durante el invierno, Perla había acariciado la posibilidad de volver a verle, pues alguien había puesto sobre aviso al doctor de que habían destinado a su hijo a Navarra. Franco había decidido proteger los Pirineos, necesitaba abrir al menos cuatro carreteras que formaban parte del Plan de Defensa de los Pirineos. El dictador no se fiaba de Hitler, quería defender aquella parte de la frontera que resultaba más frágil creando accesos a los búnkeres. Los presos acampaban en los alrededores de Vidangoz y el Roncal.

Cuando Perla supo de su ubicación, no lo dudó. Fue a verle.

Louis, que parecía intuir la importancia de sus decisiones, se prestó a ayudarla. Con unas cuantas bovinas de cine y vestidos como si fueran a inaugurar una sala al otro lado, pasaron la frontera sin demasiados problemas hasta llegar a Burgui. Allí Perla sabía a quién mentir y a quién preguntar.

El abrazo de su abuela la llenó de ternura. Amaba a aquella mujer silenciosa dotada siempre de una inconsistente presencia. Vivía sola en aquella casa que poco a poco se había convertido en un laberinto. Perla abrió su maleta y le mostró los tesoros rescatados en el mercado negro: un paquete de café, dos tarros de mermelada hecha por Leonora, un paquete de agujas para coser y dos pastillas de chocolate de una marca alemana que alguien le había obsequiado.

—Mamá te manda muchos abrazos.

—¿Estás bien?

—Todos muy bien.

—Sé que me mientes, Perlita. Yo también le digo lo mismo a tu madre, pero lo cierto es que si necesito algo se lo pido al alcalde. Todos dicen que es un mal bicho y, esto no lo repitas, pero le llaman el «Lisiado». Yo en cuanto te nombro tengo lo que quiero, que no quiero nada, porque tengo a mis gallinas. Cambio huevos por leche y mantequilla que me trae Petra. Sigo recogiendo tila, y tengo un trozo de huerta cerca del molino… Yo solo quiero paz y que estéis todos bien.

—Me alegro, abuela, ahora voy a verle.

—Salúdale de mi parte.

En el ayuntamiento, Miguel Belmonte, el alcalde, se alegró de verla. Luego se sentaron en la taberna Lampérez, y le puso delante una botella de vino y aceitunas.

—Come... Sé que te gustan. Allí ahora las estáis pasando putas... ¿No? —Perla se esforzó por sonreír—. Los alemanes tienen cojones... como Franco. Aunque yo no apruebo que se mate a los judíos. Eso no. Jesucristo, sin ir más lejos, era judío... A los comunistas, sí, pero... También te digo que a lo mejor es mentira... Y dime —Miguel no perdía de vista el anillo en el dedo de Perla—, ¿te has casado con el médico?

—No. —Bajó la mirada y pasó los dedos por la talla de las piedras fingiendo tristeza—. Estoy pensando en romper. Él está en París, y yo en Pau. Cuando termine la guerra iré a verle.

—Joder, Perla, si tú quisieras podrías venir aquí. Yo te monto un dispensario. En Isaba hay un médico que no alcanza a atender a todo el valle. Hay que ir a Pamplona para ponerse una vacuna. Si estuvieras aquí... No me importa que seas enfermera, es más, mejor que médico. A ti el pueblo siempre te ha gustado y te quieren. Deja Francia y ven.

—Eso es verdad. —La joven pensó que lo tenía donde quería—. El pueblo me gusta. Pero ahora no es el momento de cambiar de lugar. Mejor me quedo con mi madre... —Bajó la voz y le rozó la mano distraídamente—. Quiero pedirte un favor, Miguel.

—Lo que tú quieras.

—Quiero ir al campamento de los cautivos que trabajan en la carretera que va a las montañas. Una amiga quiere saber si su novio está allí. Es una buena amiga, Miguel, aunque el chico se dejó llevar por el sindicato... Te estaría muy agradecida. Hasta me ha dado unas alpargatas para él.

—Allí no hay más que comunistas. ¿Cómo se llama? Preguntaré.

—¿No podrías llevarme? —No quiso darle nombre alguno—. Quiero verlo, y así le digo el aspecto que tiene.

Al final cayeron dos botellas de vino y un bocadillo de chorizo. Perla se dejó manosear y lo miró con ojos tiernos, pero, a pesar de su actitud, no consiguió nada. La Guardia Civil custodiaba con celo a los prisioneros, y Miguel no quería intervenir por una amiga suya a la que ni conocía.

Perla no insistió. Sabía lo cabezota que era. Pero alguien en el pueblo le dijo cómo dar con ellos.

Transcurrieron dos días y Louis y ella volvieron pasando por Vidangoz, donde debían encontrar algunas de las cuadrillas del batallón de trabajo. Él ya no estaba allí. Después de aquel destino, Tomás había sido trasladado a otro batallón disciplinario que trabajaba construyendo un aeropuerto en Lavacolla, Galicia.

Perla cogió la carta y salió de puntillas de la habitación del doctor Vallejo. En la cocina, se sentó a la mesa de madera, desde la que se veía el jardín, y la sacó del sobre sintiéndose culpable.

Miranda, marzo de 1943

Querido padre:

Recibí la carta en la que me contabas que Rosario y mi hijo viven ahora en el sur de Argentina. Estaba fechada hace diez meses. Yo aún no he tenido noticias, pero no es de extrañar. Me trasladan continuamente, sin explicación alguna, para realizar trabajos en otras regiones. Ahora parece que nos quedaremos en Miranda. Estoy bien de salud, aunque algo cansado. Tengo buenos compañeros, hay gentes de todas las nacionalidades que reciben noticias desde sus delegaciones diplomáticas y nos informan de cómo está la situación. Se encargan de ellos y de esta carta que te envío. José Fuentes, el marino, está conmigo. Es el único que conoce las estrellas, así que a través de ellas pasamos noches trazando caminos para salir de aquí. Es un rumor, pero puede que pronto me trasladen otra vez. (Aprovecharé la ocasión).

Cuídate mucho. Espérame. Saluda al Capitán y a Perla, y para ti mis mejores abrazos.

TOMÁS

Pasó el índice por encima de la línea donde él había escrito su nombre y se le llenaron los ojos de lágrimas. Buscó entre las cinco letras un inexistente e íntimo mensaje. Le pareció que la «P» era más profunda que las demás, como si, al iniciar el trazado de su nombre, Tomás hubiera experimentado una emoción desbordante. Deseaba creer que él la recordaba de la misma manera que ella: intensa e inevitablemente. No era fácil mantener la luz encendida en el fondo de su corazón sin un gesto por su parte. Adrien ocupaba su cama, poseía su cuerpo, pero nunca era igual a como lo había hecho con Tomás. Una angustia le subió por el estómago hasta provocarle una náusea.

Respiró para recuperar la cordura y volvió sobre sus pasos para colocar el sobre en su lugar. Puso agua a hervir y dejó las agujas y las jeringas un rato para que se desinfectaran. Hacia las doce, debía ponerle al doctor una dosis de penicilina. Calentó un poco de sopa y se la tomó con lentitud.

No había visto a Adrien desde hacía tres días. Se comunicaban mediante notas ocultas en sitios previamente pactados. Él aparecía, desaparecía, y su intermitente presencia estimulaba el deseo en Perla. Le gustaba hacer el amor liberándose de las tensiones, pertenecer durante una noche a alguien, dormir pegada a su cuerpo, escuchar sus cuentos susurrados al oído con aquella delicadeza que él sabía imprimir a la intimidad. La última vez, se habían despedido en el camino de Marieca en Saint-Blaise, desde donde ella pedaleó hasta el campo de Gurs. Nunca salían juntos, y tampoco al mismo tiempo.

El Capitán, como todos sus contactos le llamaban, tenía una vida complicada de la que ella, su golondrina, apenas sabía nada. Fue la condición impuesta al inicio de la relación: «No debes preguntarme por mis movimientos o los de la gente con la que me cruzo, no debes fijarte en mí ni demostrar tus afectos en público, porque entonces te pondré en peligro y tendré que separarme de ti». Y ella no preguntaba.

Perla esperaba que durante el transcurso de la noche Adrien apareciera y se deslizara en su cama como tantas otras veces. Limpió su plato y leyó durante un rato, hasta que dieron las doce. Le puso la inyección al doctor, que apenas la reconoció, adormilado. Le dio de beber, le pidió que descansara y subió a la habitación. En la cocina, dejó una pequeña lámpara encendida y sobre la mesa un papel que decía: «Estoy en la habitación de arriba. Todo en orden».

Perla sonrió a Michael Gailac, uno de los vigilantes de Gurs a quien conocía de Mauléon, y le deslizó un paquete de cigarrillos para que no mirara su zurrón, evitando al soldado alemán que, a unos metros, parecía entretenido en algo.

—Gracias, enfermera Escaín.

—¿Ha llegado el doctor?

—Hace unos minutos.

Perla lo sabía bien. Habían ido juntos en coche desde Pau; ella y su bicicleta se habían bajado un par de kilómetros antes. El guardia levantó la barrera y dejó que la joven se adentrara en el barrizal del campo. En el mes de enero de aquel aciago 1943, Adrien había conseguido para ella un pase de acceso que decía que pertenecía a la delegación del Secours Suisse.

Los alemanes ya estaban por todas partes. La Francia Libre había dejado de existir, y las garantías para sus ciudadanos habían desaparecido. La policía francesa colaboraba con el ejército alemán sin manifestar resistencia alguna, y los deberes de los habitantes para con el enemigo eran de tal magnitud que muchas veces incluían alojarlos en sus casas, lavar y plancharles la ropa y aguantar la humillación. La población fingía acatar las órdenes, pero en el fondo de sus corazones esperaban una solución por parte del Gobierno. Como no la hubo, una resistencia silenciosa fue creciendo entre la población. Los alemanes, del mismo modo que habían hecho en su país, vigilaban, controlaban, atropellaban y detenían a los ciudadanos judíos. Las organizaciones filantrópicas trataban con desesperación de redirigir a los cientos de judíos que habían sido internados en Gurs, con el beneplácito del Gobierno de Vichy, hacia colegios religiosos o hacia la frontera española. Pasar por el

Pirineo navarro era muy difícil. Por Irún la frontera resultaba mucho más accesible, pero había un gran despliegue de tropas. Los pastores de los valles y algunos granjeros de gran corazón los escondían para posteriormente conducirlos a España atravesando unas montañas cuya geografía no era fácil de salvar.

Hacía unas semanas que Sarah, su padre y su novio el violinista habían sido internados en el campo. Una denuncia anónima estaba tras la detención del abogado y su familia. La reacción de Perla no se hizo esperar. Estaba furiosa e indignada. ¿Por qué ellos? Eran franceses, personas buenas y trabajadoras integradas en la comunidad… Adrien, con gesto serio, le hizo ver que todos los detenidos lo eran, que no buscara razones, que en el campo había abogados, médicos, escritores e ingenieros, mujeres que tan solo eran culpables de formar una familia y niños que representaban un futuro que Hitler quería anular. La madre de Sarah, Marie, no había sido detenida. Desesperada, buscaba entre sus amigos a alguien que pudiera ayudarlos, pero nadie quería comprometerse.

Perla sacó las ruedas del barrizal y se dirigió a la enfermería. Durante los últimos meses, el personal sanitario no tenía derecho a acceder a las barracas del campo. Al entrar en el barracón, saludó con un gesto de cabeza a Adrien, que en ese momento revisaba los pies de un niño sin zapatos. Miró su bata manchada. Tras un biombo, seis mujeres con el terror pintado en la mirada ocupaban otras tantas camillas. Elsbeth Kasser charlaba en inglés con una de ellas. Su voz resonaba en el espacio insuflando su natural fortaleza. Unos cuantos niños esperaban en una fila, mientras una religiosa del Sacré-Coeur de Jésus trataba de convencer a los padres de otro niño para que lo dejaran con ella.

La enfermera española, como la llamaban en el campo, había conseguido internar a Sarah junto a otras jóvenes en aquel recinto, un poco menos deprimente que los barracones, con el pretexto de una amenaza de aborto; no podría retenerla mucho tiempo, pero los días se apuntalaban con apuro, con riesgo. A pesar del horror que la rodeaba, su amiga creía firmemente que estaban allí por error y se aferraba al convencimiento de que, más temprano que tarde, su madre o ella los sacarían de aquel infierno y volverían a su vida sin ánimo de recordar aquella pesadilla.

Pero los alemanes se mostraban expeditivos, y sus estrategias no tenían fisuras. Era dificilísimo sacar del campo a alguien, aunque, si estaba muy enfermo, consentían trasladarlo al hospital de Pau, pero no era frecuente. Todos estaban indocumentados y habían sido desposeídos de sus pertenencias. Los alemanes habían establecido un clima de tensión y miedo imposible de ignorar. Presionaban a los franceses y perseguían a la población para que no colaborara con los refugiados o con aquellos que los boicoteaban repartiendo pasquines en nombre de la Resistencia. Obedecían órdenes sin cuestionárselas, solo apurados por ultimar el exterminio.

Durante la primera semana de abril, habían salido de Gurs miles de judíos para ser embarcados en trenes de transporte de ganado con dirección a Auschwitz. Perla sabía que el Capitán estaba ocupado en rescatar de su destino a cuantos pudiera. Lo veía atribulado, nervioso y desesperado por lo que ocurría. Meses atrás, antes de que los alemanes ocuparan Bearn, los puestos fronterizos estaban en manos de los gendarmes, y Adrien, con destreza, gente valiente y sobornos, había logrado salvar a muchos refugiados. Una cadena de desconocidos ayudaba proporcionándoles papeles, transporte y una estrategia de escape. Desde principios de 1943, las tropas alemanas se habían instalado en todas las zonas sensibles de Francia, especialmente en las fronteras.

Franco temía que Alemania olvidara los pactos e invadiera también su país, así que concentró fuerzas a lo largo del valle del Roncal y construyó búnkeres, lo que dificultaba el paso. Ni los refugiados, ni los excombatientes ni los que huían por el motivo que fuere tenían papeles. Normalmente los detenían y los internaban en campos, donde con suerte alguna delegación diplomática u organización de ayuda les echaría una mano. Algunos lo preferían, al menos no los mataban. A Franco no le interesaban los judíos. Su preocupación eran los comunistas, los pervertidos y los desafectos al régimen, como se llamaba a los que habían ocupado algún cargo político durante la República.

—Guarda esto. —Perla deslizó un par de trozos de pan y queso en las manos de su amiga—. Debes comer. No podrás cruzar las montañas si no estás en buena forma.

—Tienes que sacar a Oscar. Te lo ruego, Perla. Tienes que llevarlo a España.

—Te prometo que lo intentaré.

—El *train de la merde*. Es lo único que no revisan los alemanes. Ayer sacaron a un niño bajo la vagoneta. Tiene que ser un miércoles, cuando monsieur Ricard lo conduce. Por favor, Perla, habla con él; aceptará dinero. Primero Oscar y luego mi padre. Llévalos tú, conoces las montañas. Por favor.

—Pero Oscar es un hombre grande. No puede esconderse en esa vagoneta.

—Si está sumergido en los desechos, sí.

—Eso es muy peligroso. Los propios gases lo matarían.

No pudo escabullirse de la mirada suplicante de Sarah. Cuatro días después, Oscar pasaba por el barracón hospitalario para despedirse de su novia y ponerse una vacuna antitetánica. Adrien fue sincero con ellos. No había garantías de lograrlo, ni tiempo para hacerse con papeles, y la improvisación no era lo más aconsejable. El chico aceptó pensando que podría ayudar más a la familia Vugman desde fuera.

Sin apenas tiempo para conseguirle una documentación que le permitiera caminar a la luz del día y con el toque de queda adelantado, no tenía otro remedio que hacerlo arriesgando la vida. La noche elegida para la huida, Perla debía esperar en el bosquecillo de olmos que había a unos kilómetros del campo; allí se vaciaban las vagonetas al anochecer, junto a un río que arrastraba los detritus hacia el valle de Gurs. La joven debía tener preparada ropa limpia y un par de baldes de agua para volcarlos sobre Oscar, pues el olor los delataría. Un hombre con sombrero y traje los esperaría en un coche un kilómetro más abajo y los llevaría hasta La Caserne.

Más nerviosa que de costumbre, escogió su mejor vestido. Adrien la miró moverse, dudar a la hora de elegir su ropa. Observó cómo se pintaba la costura de las medias en la piel, mientras él fumaba un cigarrillo achicando los ojos, sin decir una palabra. Perla se pasó el cepillo por el precioso cabello rubio y se lo recogió en un pañuelo, luego se aplicó el poco carmín que le quedaba en los labios y echó un vistazo hacia la ventana. La luna iluminaba sus montañas, las recortaba imponentes como el decorado de una película. Metió unos pantalones y un jersey junto a las botas en una bolsa y se volvió hacia el hombre, que seguía observándola.

—Estás preciosa. Ningún gendarme dudará de que vas a encontrarte con tu amor español...

La frase enderezó la espalda de la joven. Era imposible que Adrien tuviera conocimiento de su relación con Tomás.

—¿Es eso lo que debo decir cuando llegue a la frontera?

—Di lo que quieras. Solo tendrán ojos para ti.

El médico la retuvo en un abrazo, le besó el cuello con delicadeza, le susurró que era una mujer maravillosa y no le dijo que la quería. No hacía falta. Acostumbraban a hacerlo de aquella manera. Se despedían como si pensaran que no iban a volver a verse.

Nunca sabían lo que iban a encontrar. A veces era una familia; otras, unas mujeres con los ojos empapados en pánico; en ocasiones adultos y niños que miraban extraviados un mundo cruel y desconocido. Perla sentía que su corazón iba endureciéndose, como si, cada vez que intervenía en la salvación de un refugiado del que ni sabía su nombre, la envolviera una capa de rabia. No le gustaba la dirección que llevaba la vida, y trataba de contener el espanto que no había manera de ignorar.

Oscar Weill sobrevivió a la pesadilla de permanecer en la vagoneta entre la mierda. Surgió de la oscuridad precedido de una fetidez insoportable que el agua solo mitigó en parte. Se desnudó, se metió en el río, se puso la ropa limpia; además del contenido de un frasco de loción de afeitar que Perla había tenido buen cuidado de llevar. No intercambiaron ni una palabra y caminaron hasta donde les esperaba el coche, que conducía el hombre del sombrero.

—¿Golondrina?

—A volar —contestó al abrir el portamaletas, y lo cerró después de que Oscar entrara en él.

El conductor parecía confiado. Perla apenas se fijó en su cara, solo vio el reflejo de sus mandíbulas tensándose una y otra vez, la mueca que parecía una sonrisa al mirarla. Un hombre bueno, uno más. Era mejor no saber nada más de él que la precisión de sus movimientos. Condujo tranquilo durante los kilómetros que les separaban de la zona fronteriza. Apenas había movimiento. Y si les daban el alto ambos sabían lo que debían hacer. Afortunadamente, ese día en Sainte-Engrâce un joven gendarme francés que no tenía ganas de alboroto les dejó pasar después de mostrar sus papeles. Pasados unos minutos, el coche torció hacia un camino arbolado y al fin se detuvo.

—Buena suerte. Hasta el jueves.

La noche esculpía el hermoso perfil del pico de Ori. Perla caminaba delante. «Un paso tras otro, no mirar hacia abajo», como le había enseñado su madre a los siete años, la primera vez que cruzó los Pirineos de su mano como una golondrina más. Lo había hecho en muchas ocasiones y no temía la oscuridad, la luna, el viento, los collados que se cerraban a su espalda, los balidos de los rebaños... El joven violinista resoplaba a su espalda. El camino era escarpado hasta Belagua, después de la Pierre de Saint-Martin habrían hecho lo más duro. Todavía quedaban unas horas antes de que amaneciera y llegaran al llano de Eraiz. Allí dejaría al muchacho en manos de otro hombre valiente, un pastor que meses atrás había pasado la frontera con cuatro niños entre las ovejas. Ella misma les había enseñado, como si fuera un juego, a agarrarse con piernas y manos a la panza de las *latxas*, y luego se había quedado mirando cómo el rebaño los engullía y los pasaba al otro lado, camino de un futuro impreciso, amenazado por un demente de raza aria. Cuatro niños que con suerte llegarían hasta Santander y allí embarcarían hacia Estados Unidos. Cuatro niños que crecerían y se convertirían en hombres.

Perla volvió sobre sus pasos dos días después. Durmió unas horas en una borda, acunada por los gritos de las aves y los mugidos de las vacas, y se dejó abrazar por la primavera de su valle. Se sentía muy cansada, pero también satisfecha. Cada una de las veces que creía haber enderezado un mal destino, un hondo bienestar se hacía hueco en su pecho. Sarah y su padre podrían seguir el mismo camino para reencontrarse un día con Oscar.

Cuando se deslizó desde el último tramo del monte hacia la carretera de Sainte-Engrâce, divisó el coche del hombre del sombrero. Se cambió de ropa y caminó con el vestido arrugado y sin carmín hacia él.

Cerró los ojos durante todo el trayecto hasta que llegaron a Saint-Blaise. Esa misma noche iría hasta Gurs para decirle a Sarah que su amor estaba en España. Ella sabía lo importante que era conocer el sitio exacto donde vivía tu amor.

Adrien tenía el rostro ensombrecido cuando Perla atravesó la puerta de la casa de Saint-Blaise. Volvía agotada, pero satisfecha y feliz. Le abrazó como lo hacía siempre, hundiendo las palmas de las manos en su espalda, buscando el refugio que necesitaba. En la cocina, una mujer y tres niños la miraban con aspecto suplicante.

—Está a salvo. En un par de días estará rumbo a Inglaterra. Quiero decírselo a Sarah.

—Lo siento. No podemos decírselo. —Adrien evitó su mirada durante unos instantes—. Ayer deportaron a Sarah y a su padre. —A Perla se le doblaron las rodillas—. Por la tarde salió un convoy con cuatrocientas personas del campo. No he podido hacer nada.

Perla se había deslizado hacia el suelo y lloraba cubriéndose la cara con las manos. La rabia y la impotencia le hacían maldecir y gritar. Nadie la consoló. Todos los moradores de aquella casa tenían ya el corazón helado.

—Tengo que ir a ver al doctor. Ven conmigo.

Prácticamente la arrancó de allí. Adrien no quería que los demás la vieran desmoronarse. En el coche lloró desgarrándose durante algunos kilómetros hasta que quedamente, como si el dolor hubiera encontrado un camino, cesó el llanto. Él condujo despacio y en silencio. De vez en cuando, posaba la mano sobre el muslo de ella, presionándolo para recordarle que estaba a su lado. Perla viajaba con la mirada perdida tratando de evitar sus malos pensamientos. Cerca de Pau, los alemanes les dieron el alto.

—Buenas tardes —dijo Adrien en alemán—. Soy el doctor Thibault y llevo a esta señorita al hospital.

La joven abrió apenas sus ojos hinchados y vio a un joven de ojos azules que la miraba buscando en ella alguna razón para detenerla. Adrien le entregó los papeles y, con autoridad, añadió que tenía prisa. Los dejaron marchar. Por un momento la situación le recordó a su madre, cuando de niña le decía que todos los seres humanos eran iguales a los ojos de Dios. ¿Qué clase de Dios vigilaba aquel mundo?

—Ahora debes esconder tu pena. Lávate la cara. Sonríe. Y piensa que estamos vivos. —Tomó su mano y la besó—. Esta noche lloraremos juntos.

Un lecho de hojas amortiguaba el camino en la Forêt de Bastard. Los robles se elevaban al cielo como si tuvieran más oportunidad que los hombres de elegir su destino, pero se equivocaban; días atrás una bomba había destrozado un buen trozo de bosque y la naturaleza parecía sentir el abismo que habían elegido los hombres.

Habían pasado unas semanas en las que Adrien apenas se había separado de ella. Muy temprano, habían salido a recoger leña para la chimenea. Estaban a finales de otoño, la estación favorita de ambos, y la naturaleza se revolvía pintándose de ocres, amarillos y rojos. Perla recogió unas nueces y las metió en la bolsa de tela que se había acostumbrado a llevar siempre consigo.

—¡Cómo me gusta verte sonreír! —exclamó Adrien atrayéndola hacia sí.

—Ya no sé sonreír, son muecas aprendidas. Solo estoy concentrada en convocar el olvido.

—No dejes que muera lo mejor de ti.

—Te confieso que en el 39 pensé que esto no iba a pasar nunca, al menos no a mí.

—Perla —Adrien la tomó de ambos brazos y la obligó a mirarle—, eres joven, tienes la vida por delante, te enamorarás, tendrás hijos, una casa, un jardín y recuerdos de estos años. Recordarás que salvaste a mucha gente, que eres una enfermera excelente y que crees en el futuro. Los buenos recuerdos son un equipaje imprescindible. Los aliados están bombardeando Alemania; Hitler deja en Rusia su podrida alma... Estamos cerca...

Poco a poco, Perla iba volviendo a ser ella. Tenía muy aprendido el camino de la voluntad, y las palabras de Adrien estaban cargadas de razón. La vida la esperaba detrás de la pesadilla. Cuando, meses atrás, deportaron a los Vugman, algo en su interior se había hecho añicos. Dejó de comer, de asearse y de mirar desde su ventana cómo se teñían de nieve las cumbres. Sentía que el mundo la expulsaba con su infinita violencia. No podía escuchar un violín sin ponerse a llorar y ni tan siquiera quería ver el baúl que la madre de Sarah había dejado para ella antes de irse a París.

Adrien la llevó a Mauléon. Él no podía ocuparse de una joven abatida. Louis y Esperanza la recogieron, y durante semanas se empeñaron en reconstruirla con su cariño. Louis seguía abriendo el Cinéma Royal. Muchas veces para los alemanes, que, agradecidos, le pagaban con tabaco y chocolate, y no le molestaban.

—¿Por qué les ofreces sesiones de cine?

—Mientras están en la sala no están fuera. Créeme, sé lo que hago, cariño.

Todos tenían secretos.

Diciembre asomaba la nariz, y Perla estaba a punto de cumplir veinticinco años. Francia seguía envuelta en la siniestra sombra de las tropas alemanas, y la Gestapo controlaba la vida de casi todos los franceses. Una red de resistencia escondía las radios que no habían entregado a las fuerzas ocupantes, y en los sótanos se escuchaba quedamente la BBC, que mandaba mensajes de aliento a la población. La gente en la calle intercambiaba miradas, gestos que sus vecinos interpretaban. En cada hogar, faltaba uno o más de sus miembros. Se los habían llevado la guerra, la distancia o el hastío, cuando no la Gestapo.

En España, Franco se consolidaba y lidiaba con su supuesta neutralidad en un enfrentamiento claro con los aliados. El embajador británico en España, Samuel Lohare, se reunió en el Pazo de Meirás con el general para negociar. La embajada era muy activa con los presos y con frecuencia mandaba delegaciones diplomáticas a los campos y las cárceles. La Real Fuerza Aérea británica había bombardeado Colonia, y los alemanes se rindieron en Stalingrado en 1943. Según se rumoreaba, los aliados contemplaban la posibilidad de invadir España, pero les preocupaba que no hubiera un reemplazo político organizado. Los políticos republicanos se habían dispersado por el mundo y, salvo algunos grupos de excombatientes que colaboraban con la Resistencia francesa, nadie parecía con fuerzas de organizar una oposición.

Finalmente, ante las gestiones del servicio de inteligencia británico y viendo que las fuerzas del Eje ganaban posiciones, Franco, temeroso y astuto, aflojó en algunas de las demandas y dejó que prisioneros extranjeros pasaran a manos de la diplomacia. A comienzos del mes de septiembre, los aliados habían cruzado el estrecho de Mesina, iniciando la liberación de Italia, que capituló sin resistencia. El invierno siberiano menguaba las tropas de Hitler, y el aire empezaba a oler a esperanza.

El 20 de marzo de 1944, Perla caminaba hacia la casa del doctor Vallejo. Había conseguido un buen trozo de carne y quería preparar un estofado. El doctor estaba de nuevo aquejado de fiebre. Adrien había diagnosticado que había una bacteria alojada en alguna parte de sus pulmones y que las sulfamidas que le administraban no eran capaces de aniquilar. Apenas comía. Estaba sumido en un duermevela la mayor parte del tiempo, y Perla creía firmemente en los poderes curativos de un buen plato cocinado a fuego lento y con amor.

Un sol tibio de invierno distraía el frío intenso. Los Pirineos parecían guardar la ciudad con su blanca empalizada. Al llegar al barrio de la iglesia, se dio cuenta de que apenas había gente y los postigos de las casas estaban cerrados. Pedaleó con intensidad. Estaba acostumbrada a intuir los momentos en que el peligro se acercaba. En la plaza, un par de camiones del ejército alemán acababan de hacer su entrada y se dirigían a la explanada junto a la iglesia.

Reconoció, tras ellos, el coche negro de Ulrich, uno de los hombres más temidos en la región, y aceleró hasta conseguir franquear el callejón trasero de la casa. Perla no miró hacia atrás. A menudo, en los últimos días, disparaban a la población tan solo porque les incomodaba su presencia. Los alemanes estaban nerviosos. Sus días estaban contados y los resistentes boicoteaban sus movimientos. El corazón le latía tan deprisa que le levantaba la solapa del abrigo cuando empujó la puerta del jardín. En el interior, una sombra se movió con rapidez en la cocina. ¿Quién estaba con el doctor? Dominique habría salido a recibirla… Se cercioró de que la puerta quedaba cerrada, arrumbó su bicicleta junto al seto y se encaminó a la casa.

Un joven desconocido apareció tras los cristales. Hacía señas con las manos para que se fuera, pero ella insistió en entrar aferrándose al pomo. El hombre, visiblemente contrariado, abrió la puerta.

—Soy Perla, amiga del doctor, vengo a hacer la comida. ¿Quién es usted? ¿Qué sucede?

—Silencio. —El hombre susurraba poniéndose el índice sobre los labios—. ¿No ha visto a los alemanes en la plaza?

—Naturalmente que los he visto. Déjeme correr las cortinas.

Cerró la puerta que daba al jardín con autoridad y echó las cortinas, con lo que sumió la estancia en la oscuridad. Perla no necesitaba respuestas a sus preguntas. De vez en cuando, la Gestapo recibía una denuncia y buscaba en las casas a judíos o a supuestos miembros de la Resistencia. Si los encontraba, disparaba sobre ellos y sobre los que los habían escondido.

Pero la casa del doctor estaba deliberadamente limpia. Así la necesitaba el Capitán. Nunca acogían a nadie allí, y eran contadas las personas que entraban y salían. Perla tomó la iniciativa y, temiendo lo peor, fue hasta la habitación del enfermo. En la penumbra, adivinó el contorno de un hombre que, pegado a la ventana, vigilaba por las rendijas de los postigos. Cuando oyó los pasos, se giró. Las dudas de Perla se esfumaron en apenas unos instantes.

Tomás se quedó inmóvil.

—Perla…

Estaba muy delgado, tenía el pelo prácticamente rapado y sus ojos parecían más grandes. Lo abrazó, y ambos permanecieron enlazados durante unos segundos. Perla lloraba en silencio. Al otro lado de la ventana, las botas militares corrían.

—¿Dónde está Dominique?

—Le he pedido que se fuera. No quería comprometerla. Nos buscan. Hace dos semanas que escapamos aprovechando la liberación de unos pilotos ingleses. Entramos por Canfranc. Los compañeros nos han traído hasta aquí. El Capitán debía esperarnos.

Entre susurro y susurro, deslizaban besos urgentes, caricias que sus manos incrédulas no acertaban a completar. Perla dijo

482

un «te quiero» intentando consolidar un sentimiento eternamente amenazado por la ausencia. Necesitaba que él supiera que en su corazón todo permanecía intacto, como la mañana que se despidieron en el apartamento de Saint-Germain hacía años.

En el exterior, los gritos de los soldados alemanes y las carreras por la plaza con sus potentes botas resonaban como un gong que avisara de un incendio. Alertados, miraron alrededor.

Los pensamientos de Perla iban desbocados y casi apagaban las órdenes del exterior. Se separó de él. Con rapidez se deshizo del abrigo y se alborotó el pelo. Conocía el proceso; iban a entrar quisiera o no. Si no abría la puerta, la derribarían. A los nazis les precedía su fama, especialmente a Ulrich. Perla le había visto en Gurs y en la sala de cine con las tropas alemanas. Sabía que le gustaba disparar sobre blancos en movimiento y también que tenía una cierta relación con Louis.

—Tenéis que esconderos en la leñera. —Lo cogió de la mano y lo llevó a la cocina—. Ayúdame.

Entre los tres movieron la mesa y levantaron la alfombra. En el centro de la cocina quedó al descubierto una anilla de la que tirando se abría la trampilla de una leñera en la que apenas había sitio para dos hombres. Perla jadeaba de ansiedad, pero antes de cerrar la trampilla miró intensamente a los ojos de Tomás.

—No se os ocurra salir de aquí hasta que yo venga a buscaros. Esta vez no te irás sin mí.

Lo último que vio fue una sonrisa, y en lo último en que pensó fue que Tomás no la miraba de la misma manera. Sus ojos eran opacos, como si un barniz sin brillo le hubiera desnudado de alegría.

Colocó de nuevo la alfombra y la mesa, y volvió al lado del enfermo. Le temblaba todo el cuerpo, y la adrenalina apenas la dejaba pensar, pero una fuerza ancestral iba invadiéndola. Se acercó al doctor, lo besó en la frente y en susurros le advirtió de que su hijo se escondía en la leñera y los alemanes estaban a punto de entrar, que no abriera los ojos hasta que los soldados se hubieran ido. Al otro lado, alguien aporreaba la puerta.

Se humedeció los labios, sonrió y abrió la puerta.

Dos soldados la empujaron abriendo el camino a Ulrich.

—Buenos días —dijo Perla con la mejor de sus sonrisas—, les ruego no hagan ruido. Hay un enfermo muy grave al que estoy cuidando. Herr Ulrich, ¿me recuerda? Soy la hija de Louis Bernier, del Cinéma Royal de Mauléon.

Ulrich le dedicó una mirada confusa. Perla recuperó su dignidad recordando los consejos de Adrien: «Compórtate como si fueran tus invitados. Tú eres la que tiene que controlar la situación el mayor tiempo posible».

—El doctor se encuentra muy mal y he venido a cuidar de él. Es un viejo amigo de mi madre... Perdóneme, ¡qué descortesía la mía! ¿Puedo ofrecerle algo? Creo que tenemos un poco de achicoria. Me disponía a cocinar un caldo para el enfermo.

—¿Dónde está? —Ulrich hizo un gesto a los soldados para que lo esperaran en la puerta.

—Pase, pero le agradecería que no le despertara.

Le condujo a la habitación. Afortunadamente, desde que comenzara a tener constantes recaídas, Dominique había vaciado el consultorio e instalado allí la cama del doctor. Estaba cerca de la cocina y la estancia se caldeaba fácilmente. El hombre de la Gestapo miró la cama en la que yacía el anciano y observó lo que le rodeaba: la butaca donde se sentaban a acompañarle, el galán de noche con la bata del enfermo y la mesa de nogal donde se amontonaban los remedios. Apenas había luz y Perla se acercó a una lámpara y la encendió. En la penumbra, el rostro ceniciento del doctor no presagiaba nada bueno. Respiraba tan dificultosamente que bien podía haberse dicho que se trataba de estertores.

El rostro del miembro de la Gestapo parecía relajado cuando Perla se adelantó hacia la entrada. Trató de disimular la urgencia por desembarazarse de aquel hombre y prácticamente lo acompañó al recibidor envolviéndolo en una cháchara convencional. La puerta de la entrada estaba abierta y dos soldados la flanqueaban. A lo lejos, en la plaza, Perla tuvo tiempo de detectar un movimiento imprevisto. Adrien Thibault corría hacia ella desafiando a los soldados, que miraban a Ulrich en busca de órdenes; detrás iba Dominique, aterrorizada.

En apenas unos instantes, Adrien estaba en el recibidor. En un perfecto alemán, jadeando y con gesto de enfado, se dirigió a Ulrich. Ella nunca lo había visto así. Furioso, levantaba la voz igual que lo hacían ellos, al tiempo que señalaba la habitación del enfermo y a ella alternativamente. La joven trató de interrumpirle, de decirle con la mirada que todo estaba bien, pero no lo consiguió. Sin que hubiera podido presentirlo vio que Ulrich sacaba su pistola y encañonaba a Adrien. Obedeciendo a un instinto, levantó los brazos interponiéndose entre los dos hombres. No fue consciente de lo que sucedía hasta que oyó unas detonaciones y un dolor intenso en la mano la hizo perder el sentido.

13

No hay océano que pueda con el olvido

> Trata de mantener siempre un trozo de cielo
> azul encima de la cabeza.
>
> MARCEL PROUST

Cuando llegué a Roma, hace siete meses, pensé que en algún momento iba a sentirme sola. No tenía amigas o familia, y ni tan siquiera conocía la ciudad lo suficiente. Los dos primeros meses me bastaba con amar a Gaston, hacer de esta casa un hogar y terminar la traducción del bodrio de Bertrand Saint-Denis. Cumplí mis propósitos. Luego aparecieron Eugenia, mi Sila y ese tren interminable en el que viajaban mis Esperanzas. Hoy compruebo lo difícil que me resulta estar tres horas sola, y cuánto lo necesito.

Mañana mi madre surcará los cielos mediterráneos y permanecerá aquí montando guardia hasta que me ponga de parto. Eugenia, que se pasa el día entrando y saliendo de la habitación del bebé, es otra de mis tareas. Dice que piensa mejor rodeada de la primorosa cuna, del empapelado azul con nubecillas blancas, del mueble repleto de pijamitas para un ejército y hasta de la butaca que me ha regalado, donde pienso sentarme a darle de mamar.

Cada vez que hago un gesto extraño, quienquiera que esté a mi lado corre teléfono en mano y me mira fijamente para cerciorarse de que estoy de parto. Ya sé que soy una madre añosa. Esa es la palabra que emplean para las mujeres que van a tener su primer hijo después de los treinta y cinco años, y que no deben tardar en acudir a la clínica cuando sientan las primeras contracciones.

Así que he llamado a mi argentina preferida y le he dicho que no venga, que necesito recogimiento antes de que llegue Espe. Lo ha entendido. También le he dado la tarde libre a Sila añadiendo que estaré rodeada de ángeles.

He salido a dar un paseo y a comprar flores frescas. De vuelta he invertido toda la mañana en tirar papeles, ordenar el despacho y, en definitiva, borrar las huellas de este alboroto de búsquedas y encuentros paralelos a mi espera. Ya sé que no voy a morirme y que no estoy dejando esto limpio de pruebas de enajenación mental, pero voy a parir y es como si una parte de mí quedara inutilizada para mis planes. Quiero darle a mi bebé todo mi tiempo, al menos unos meses, hasta que note que estoy perdiendo la cordura y decida coeducarle con guarderías y abuelas.

Después de hablar con David Wordthing, una especie de paz me invadió al comprender que ya no había tantos misterios pendientes de resolver. La línea de la vida de mis golondrinas está en el cielo de mi vida. Sé casi todo lo que debo saber, porque el resto les pertenece a ellas o está en las cartas que me disponía a abrir.

Me dirigí al último cajón de mi escritorio y saqué primero la bolsa y después las cartas. No puedo ni describir mis sentimientos cuando, con un abrecartas, rasgué cuidadosamente el papel casi quebradizo del primer sobre. Lo hice con parsimonia y teniendo en cuenta la fecha. Las iniciales «E. V. R.» pertenecían a Enrique Vallejo, el hijo de Tomás Vallejo y de Rosario Ruiz.

Bariloche, diciembre de 1995

Esperanza Escaín:

Espero que al recibo de la presente se encuentre en buen estado de salud. Mi nombre es Enrique Vallejo, tengo cincuenta y ocho años y soy hijo de su amigo Tomás. Digo «amigo» y quizá debería utilizar otra palabra, pero elijo esta, a sabiendas de que entre mi padre y usted hubo un sentimiento profundo que no he querido describir de otro modo.

Habrá advertido que conjugo el verbo en pasado, y esto se debe a que siento comunicarle que mi padre falleció hace tres meses. Su enfermedad fue corta, pero no tanto para no darle tiempo a hablarme de su «golondrina» y de anunciarme que en España tengo una hermana ocho o nueve años menor que yo, llamada Esperanza. Tengo que decirle que, durante el último mes de su vida, mi padre me hizo quererla, admirarla y desear encontrarme con usted y con mi hermana.

Vivió muy modestamente en San Martín de los Andes, un lugar lindísimo a los pies de la cordillera que le hacía recordar a su Burgui querido. Trabajó como maestro y escribió varios libros de poemas, muchos dedicados a usted, que le haré llegar en cuanto lo demande. Mi querido padre siempre fue un idealista y, como le he dicho, no se permitió muchos lujos, pero dejó una cantidad de dinero para que mis hijos, mi esposa y yo pudiéramos visitar la patria donde nació y encontrarnos con lo que él llamaba «mi otra vida». Toda la familia reunida acordamos que no lo haremos hasta que usted nos pueda recibir. Así, como deben hacerse las cosas, de viva voz le hablaré de las estrellas que brillaban en sus ojos cuando la recordaba.

Lamento en parte darle esta luctuosa noticia, pero me alegra poder cumplir los deseos de mi amado padre. Abrazarla.

En espera de sus noticias, muy afectuosamente,

ENRIQUE VALLEJO

Profundamente conmovida, volví a leerla pensando en lo incomprensible que me resultaba que mi madre no hubiera abierto aquellas cartas. Pero luego, con esa misteriosa lucidez que raramente me asiste, me dije que si ella lo hubiera hecho yo no estaría en Roma, no habría conocido a Gaston ni estaría a punto de parir a mi bebé; el pasado aplazado me había regalado el futuro.

De la misma manera en que tantas veces en mi vida había interpretado aquello que me ocurría como señales, avisos, huellas de lo que anhelaba vivir, también me dije que las cartas habían sido abiertas en el momento preciso. De nuevo la releí. Tenía una necesidad imperiosa de meterme entre las líneas, de participar en aquella vida a la que mi bebé y yo llegábamos a tiempo.

La carta había sido escrita en 1995, curiosamente el mismo año de la muerte de la abuela Perla. Ella no llegó a saber que su amor eterno había muerto. Sus fantasías, sus recuerdos, la habían alcanzado hasta su lecho de muerte y, en lugar de sentir tristeza por ello, entendí a mi abuela. Se fue amándolo como siempre lo había hecho, ignorando todo de él salvo que seguía vivo en algún lugar del mundo. La realidad, la rutina, el tedio o la costumbre no lo había preservado como amante eterno, pero la distancia le permitió amarlo como ella quiso.

La segunda carta estaba fechada tres años después. Se me encogió el corazón pensando en aquel hombre que era mi tío y que tenía hijos, es decir, yo tenía primos, guardando la herencia para comprar un billete a España…

San Martín de los Andes, diciembre 1998

Estimada Esperanza:

Espero que recuerde mi nombre y quién soy. Hace tiempo le escribí, pero desgraciadamente hasta la fecha no he recibido respuesta. Me temo que cometí el error de no incluir mi número de teléfono. A saber si su silencio se debe a las condiciones en que se encuentra o bien es porque ha decidido echarse al olvido. Cualquier cosa explicaría su silencio.

Mi esposa y yo hemos dejado Bariloche para pasar las fiestas con nuestros hijos, Tomás, Mercedes y Sofía, aquí donde viven. Estamos en pleno verano, pero tenemos lagos preciosos para ir a pasar el día.

Mercedes, la mayor, que maneja bien el ordenador, ha buscado el pueblo de su abuelo, su casa, el precioso valle del Roncal, así que ya nos hemos dado una vuelta virtual por esos bellos parajes imaginándolos. Pero yo quiero verla a usted, no quiero que nos pille el deterioro y me arrugue el miedo a viajar tan lejos. Quiero conocer a mi hermana, de la que tan solo disponemos de una foto de bebé que alguien le hizo llegar a mi padre; contarle todo lo que él me rogó que le contara. Me urge hacerlo. Mi querida Esperanza, usted sabrá como yo que el olvido nos anda rondando a medida que caminamos. Y mi padre quería que supiera que cometió un error y quería pedirle perdón. ¿Cómo quedarme con sus súplicas?

No me devolvieron la carta, así que imaginé que usted la recibió. Hágame el favor y llame usted si puede al teléfono que abajo le indico.

Me he permitido esta vez enviarle uno de los poemas que le pertenecen.

Suyo,

Enrique

Digo tu nombre, el que habita mi silencio,
lo murmuro con la esperanza de que su eco me traiga tu
*   olor.*
Digo tu nombre sin cobardía,
como si pudiera retomar el instante donde se detuvo el
*   tiempo.*
El océano de tu mirada ya no acude a recibirme.
La vida se volvió opaca.

Eras la tierra de la que hui, el aire que no me permití
respirar.
No podía pensar en vivir una larga vida sin volver a tu
piel.
Y sin embargo aquí estoy,
murmurando al viento tu nombre.

Una leyenda india dice que solo va a la cárcel el cuerpo, que el alma siempre puede escaparse a donde quiera. Eso fue lo que me vino a la cabeza después de leer el poema. He sido ingenua al creer que podía llegar a imaginar la vida de mi abuela o de cualquier persona que habitara este mundo en otro momento de la historia. Yo no comprendo bien la renuncia de dos seres que se aman, que levantan fronteras difíciles de franquear para que sea posible su milagro. Pero a mí no me había roto el corazón y la vida una guerra, así que no puedo ponerme en sus zapatos. Tanto él como ella volaron sobre negados abrazos durante toda una vida. ¿Por qué no volvió Tomás?

Cuando conocí a mi amiga Elena, ella era profundamente desgraciada. Estaba enamorada de una chica que al parecer poseía todos los requisitos para compartir la vida, pero tenía un gato. Elena tenía un perro, Momo, un labrador maravilloso que la miraba como si el mundo terminara en sus ojos. Elena tenía alergia al pelo de gato, y su enamorada, al de Momo. Tenían que ir a hoteles para hacer el amor y a ambas les perseguía la desesperanza hasta que decidieron poner punto final al romance.

Los caminos del amor son inescrutables.

Leí las seis maravillosas, dulces e impotentes cartas que había en aquella bolsa casi sin respiración. Las palabras escogidas con cautela, con impotencia o rabia algunas, terminaron de habitar mi mundo y fue como si viera por fin la nieve encerrada en esas bolas de cristal navideñas que tanto me gustan. Leí que Rosario, la mujer española de Tomás, había vivido ingresada casi toda su vida en una institución, de la que entró y salió de manera intermitente hasta su muerte. Enrique le contaba a mi abuela que su padre le confesó que había cometido un error y que su cobardía no le permitió volver.

Mi tío Enrique, me apetece decir su nombre, tenía una tiendecita en la calle Mitre de Bariloche, bajo una arcada de piedra que la protegía del frío y la nieve. Era relojero, y quizá por ello hablaba mucho del tiempo. Del tiempo que pasaba, del tiempo que tardaban las cartas, del tiempo perdido, del tiempo de espera y del tiempo detenido que su padre acumuló en el corazón.

En la última había incluido una foto familiar. Casi me pongo de parto cuando vi el parecido de su hija Mercedes con mi madre. Al dorso había una dirección de correo electrónico.

Sin pensármelo dos veces, le escribí para decirle que detuviera el reloj tan solo unos días, que era cuestión de tiempo que diera a luz a mi hijo y que durante toda mi vida había soñado con su familia.

«Sueño con darte un abrazo, Tomás», escribí al finalizar mi correo, y cuando lo hice me di cuenta de que esa frase me la dictaba mi abuela.

14

Perla Escaín

1944-1945

Regresad vivos, regresad como amigos, llegad
a la cumbre. Por este orden.

Roger Baxter-Jones

Tras la operación, Perla volvió a una consciencia intermitente
en la que le dolía terriblemente el brazo. Los párpados le pesaban, y no era capaz de orientarse. A lo lejos, creyó oír la voz de
su madre tranquilizándola. Trató de abrirse paso hacia la realidad. Quería responderle, pero el dolor era tan intenso que no
le permitía articular palabra. Al fondo de un túnel lleno de
bruma veía a Tomás, muy delgado, muy cerca, y entonces...
—Tranquila, tranquila.
Sus propios gritos la despertaron del todo. Su madre la miraba con los ojos llenos de lágrimas. Louis, tras ella, pedía a
alguien que llevaran morfina. Todo le resultaba familiar.
—¿Dónde estoy? —Levantó levemente la cabeza—. ¿Qué
me ha pasado?
Louis se acercó y con su melodiosa voz comenzó contándole que estaba en el hospital y que la habían operado. Luego,
como si fuera subiendo escalones hacia un lugar importante, le
dijo que la Gestapo había acudido a casa del doctor Vallejo
buscando a unos miembros de la Resistencia que se ocultaban
en la zona.

—¿Lo recuerdas?

Sí. Lo recordaba. Las imágenes le llegaban a retazos. Veía en su cabeza a Ulrich empuñando la Luger, al doctor Vallejo en la cama, a Dominique en la plaza... En voz baja y muy cerca del oído, Louis le dijo que se había producido un incidente entre Ulrich y el doctor Thibault. Había resultado herida en la mano derecha. Con las palabras alejándose de su consciencia, llegó a entender que Adrien también estaba herido.

Cerró los ojos. Vio con nitidez a Ulrich apuntando a Adrien. Cuando volvió a abrirlos, su madre le estaba mojando los labios con un paño húmedo.

—¿Está herido Adrien?

—Quiero que sepas que has tenido mucha suerte, y él también. —Le temblaba la voz—. Tú detuviste dos balas con la mano; cuando llegaron a él, no le hicieron demasiado daño. Lo han detenido, pero Louis se está encargando. Cariño, tu mano estaba destrozada. —Su madre no pudo seguir hablando.

—No ha resultado posible reconstruirte los huesos de la mano, Perla —prosiguió Louis, como si tomara el relevo—. El cirujano ha considerado que lo mejor era amputarla.

—Louis, ¿qué pasará con Adrien?

—Yo me ocuparé. Conozco a muchos oficiales alemanes...

En ese momento el doctor Guérin apareció junto a su cama y se sentó para comprobar sus pulsaciones.

—*Bonjour, ma belle.* ¿Tienes mucho dolor?

—¿Me ha operado usted?

—Te pondremos morfina, pero antes quiero que sepas lo que ha sucedido.

Perla escuchó las explicaciones pormenorizadas sobre falanges, huesos carpianos y metacarpianos. El cirujano se volvió hacia su madre para explicar en un lenguaje mucho más simple que el disparo le había destrozado los huesos de la mano y que había sido imposible recomponerlos. Al parecer alguien le había dicho que la bala no era común, y el destrozo tampoco. No se arrepentía de su decisión.

—Quería salvarte la vida. La pólvora y el desastre aseguraban una infección, y eso hubiera sido peor —añadió el médico tratando de confortarla.

La joven siguió sus explicaciones sin dificultad. A pesar de la importancia que iba a tener en su vida la decisión del cirujano, en ese momento no pudo detenerse a pensar en ello. Las imágenes de Tomás empezaban a colonizar su cabeza. Lo veía con claridad. Recordaba sus besos, escuchaba su voz. Era su amor. Lo sabía y no estaba dispuesta a perderlo de nuevo.

El cirujano le habló con dulzura sobre los avances en el mercado de las prótesis, pero ella quiso permanecer viendo a Tomás; él le quitaba el dolor. Volvió a cerrar los ojos fingiendo un desvanecimiento. No quería estar allí. Deseaba que la dejaran pensar en él. Si Adrien estaba detenido y le torturaban, cabía la posibilidad de que hablara, y entonces...

Oyó que la puerta de la habitación se cerraba. El silencio reinaba de nuevo. Unos murmullos quedos de pasos resonaban a su alrededor mientras alguien le pinchaba el brazo. Luego la calma, el cosquilleo recorriéndole las venas, el bienestar y la nada.

Unas horas después, volvió a despertar y encontró la mirada de su madre.

—Mamá, ¿cuánto tiempo ha pasado desde el disparo?

—Fue ayer, cariño. Ha pasado un día.

—¿Louis?

—Estoy aquí.

—Esto que voy a deciros no debe saberlo nadie. Cuando Ulrich llegó, yo sabía a quién buscaban. Tomás Vallejo, el hijo del doctor, logró escapar de un campo de trabajo y vino con uno de sus compañeros desde España. Estaba allí... en la casa.

—No te preocupes... —La voz de Louis sonaba segura.

—Cuando golpearon la puerta, mi instinto fue esconderlos. Bajo la mesa de la cocina hay una trampilla que da a una leñera, el doctor me la había mostrado en una ocasión. Apenas caben dos personas sentadas, pero se introdujeron sin dificultad. Alguno de vosotros debe ir a comprobar cómo se encuentran. Puede que necesiten ayuda, y Adrien no está.

Esperanza Escaín se llevó las manos a la cabeza y le hizo

tantas preguntas a su hija que acabó agotándola. Louis la mandó callar y tranquilizó a Perla:

—Está todo controlado. Tomás y su compañero están a salvo. Ahora duerme.

En ese momento, la joven comprendió que Louis, el que había sido su padre, era uno de los muchos ángeles anónimos que daba Francia. Lo que se contaba de él, los rumores maliciosos sobre su colaboración con los alemanes, los pases especiales en el Royal para los oficiales, tenían un propósito. Volvió a cerrar los ojos invadida por una inmensa ternura por su particular ángel de la guarda, y se sumió en el sueño.

Días más tarde, Perla sabría que Louis había estado en la casa del doctor aquella noche, algunas horas después de que todo sucediera. Ulrich le había mandado a un soldado para avisarle de lo ocurrido y comunicarle que su hija había ingresado en el hospital de Pau con dos disparos en la mano. Tras dejar a Esperanza, y sin importarle el toque de queda, se ocupó del doctor, de su hijo y del compañero, un militante del Partido Comunista francés.

El hombre del cine elevó reiteradas protestas, no solo a las altas instancias de Vichy, sino también a la Kommandantur de Burdeos y al general Blaskowitz; su única hija había perdido la mano derecha por la incompetencia de herr Ulrich. La Gestapo no volvió a molestarlos ni tan siquiera cuando se celebró el funeral del doctor Julio Vallejo, dos semanas después. La iglesia se convirtió en un refugio para todos aquellos que guardaban silencio. Disfrazado de granjero, Tomás Vallejo dio sepultura a su padre.

Perla abandonó el hospital unas semanas después sin su mano derecha, pero sabiendo que Tomás estaba a salvo y que la Europa oprimida por las fuerzas de Hitler comenzaba su descomposición. Ella ya no podría trabajar como enfermera. Debía aprender a hacer todos sus movimientos cotidianos —comer, peinarse, atarse los cordones de los zapatos o levantar el teléfono— con la mano izquierda. Vivir se volvía un acto reflexivo y condenadamente difícil; sin embargo, nadie advirtió en su rostro ni un atisbo de desesperación. Nadie sabía que estaba muy ocupada en desenterrar sus recuerdos y dejar que tomaran la delantera. Su madre y Louis, más conscientes de la tragedia, se encargaron de sus pertenencias y cerraron la ventana desde la que se veían los Pirineos. Volvían a Mauléon.

Muy cerca, sobre la loma de Hortez, y dominando la visión de la ciudad, Louis Bernier había adquirido meses atrás una casa con un establo y un par de hectáreas de bajo bosque. Era su sueño, vivir en el campo con Esperanza, pero antes de que ocurriera, la casa, alejada de la ciudad, sirvió para esconder a Tomás y a aquellos que esperaban el fin de la Ocupación. Perla se instaló con ellos a primeros de mayo. Era un lugar magnífico para construir un hogar.

Fue a su lado, en las largas noches en las que ambos se contemplaban, casi con miedo a dormirse, cuando Perla tuvo tiempo para reflexionar. Tomás se sentía perdido, y algo dentro de él se había roto en los años de cautiverio. Le habló durante días del intenso sufrimiento de la cárcel, la desesperación de los campos de trabajo, el frío, la soledad y la desesperanza. Se sentía decepcionado y le parecía que todas las decisiones que había tomado a lo largo de su vida habían sido erróneas.

—No queda nada. Lo he perdido todo.

—Nos amamos, Tomás. Es más de lo que tiene la mayoría de las personas que nos rodean. Se rumorea que los alemanes han perdido la guerra; Louis dice que es cuestión de semanas. Tenemos toda la vida por delante. Hemos sido protagonistas de nuestras guerras, una generación digna de piedad, pero volveremos a soñar.

Volver a disfrutar resultó una tarea compleja.

Al principio parecían fantasmas tratando de recuperar el cuerpo que habían amado años atrás, pero día a día, noche a noche, la pasión recuperó su urgencia, y el alma empezó a habitar la intimidad de su encuentro. Lo único que les faltaba era conocerse de verdad, saber qué tenía en la cabeza aquel hombre soterrado que emergía para amarla.

La vida les exigió una mirada en común. No podían vivir eternamente en aquel impaciente deseo. Tenían una vida. Había que cortar leña, atender la huerta, pensar en el futuro. Perla apenas tenía tiempo para echar de menos su mano derecha, porque los días se le iban en consolar a su amado, mientras aprendía a sostenerse en la bicicleta. Tenía miedo de que Tomás no encontrara su sitio; el de ella estaría siempre a su lado.

Estaba terminando el mes cuando Louis llevó el correo, entre el que se hallaba una carta de Gustave. Esperanza le había escrito para ponerle al corriente de su vida, y él, siempre atento a sus necesidades, sin dejar de amarla, le pedía que fuera a París en cuanto le fuera posible; había buscado a un protésico que la ayudaría.

El 6 de junio de 1944, ciento cincuenta mil soldados aliados desembarcaron en las playas de Normandía. Después, día tras día, los periódicos retomaban un discurso por fin triunfalista. Todas las piezas que habían puesto el mundo patas arriba fueron cayendo. Perdido el miedo, los habitantes de las ciudades fueron saliendo con cautela de sus madrigueras. Tomás recibió la visita de algunos compañeros republicanos internados en Gurs. Querían vivir, hablaban de lo que habían dejado atrás y soñaban con construir un futuro lejos de la desesperanza. La granja se convirtió en refugio de comités guerrilleros para liberar a los compañeros de las cárceles franquistas. Especulaban, planeaban, pero las naciones estaban atareadas en cerrar las profundas heridas del conflicto mundial, y el momento de los triunfos estaba lejos.

Perla se sintió feliz al recuperar a Adrien.

—Mi niña preciosa, debiste dejar que la bala siguiera su trayecto.

Le besaba la mano, o la ausencia de ella. Una cicatriz aún tierna que Perla escondía en los bolsillos de sus vestidos.

—Me mentiste —dijo mirándola a los ojos.

—¿A qué te refieres?

—Tomás era tu amor.

—No tenía derecho a él, así que tampoco podía contártelo.

—¿Qué harás, Perla?

—No lo hemos decidido.

—La pregunta era solamente para ti.

—Quiero estar junto a él. Es el amor de mi vida, Adrien. No renunciaré. Ha sido mi corazón el que ha elegido.

Para el 22 de agosto, el Béarn francés había sido liberado. Los alemanes huyeron, dejando unos cientos de hombres para vigilar la zona fronteriza. Pronto los detuvieron y los llevaron al campo de Gurs, junto a los franceses acusados de colaboración con la Gestapo y las fuerzas de Ocupación. También por aquel entonces prendieron a un grupo de españoles en la frontera que fue a parar a Gurs.

Perla sabía muy bien que, en la cabeza de su amado, a pesar de los cambios que sufría Francia, la perdida República Española era su verdadera esposa. Se hallaba unido a ella por encima de la tiranía, de los malos hábitos y de las utopías imposibles. Juan Negrín estaba en Londres junto a Casares; Largo Caballero, en un campo de concentración alemán; Azaña había muerto en Montauban en 1940, y el resto de las figuras importantes se habían dispersado. La invasión alemana había impedido la reorganización de la clase política, pero cuando terminara…

Durante aquellos intensos días, Perla intentaba concentrarse en sí misma, pero por las noches, cuando se quedaban solos, además de amarse, se obligaba a trazar las líneas de su futuro. Hablaban de lo que él no quería nombrar: Argentina, Rosario, el pequeño Tomás, y del lazo indisoluble de responsabilidad hacia ellos.

—No le he dicho que mi padre ha muerto. De hecho, no le he escrito ni una carta desde hace meses. Soy injusto con ella y contigo. Pero no puedo contarle la verdad. Rosario es frágil; tú eres fuerte. Cuando todo termine, le pediré que vuelva. Dejaré que viva en la casa de mi padre y nosotros viviremos aquí, o en Mauléon, y podremos ver al pequeño Tomás, y que juegue con nuestros hijos.

—Me gustaría volver a Burgui. Ya no puedo ser enfermera. Gustave me ha escrito diciéndome que ha encontrado a un protésico que puede ayudarme. Tengo que pensar en qué haré de ahora en adelante.

—Yo no puedo volver a España.

El 24 de agosto de 1944, entraron los primeros tanques en París. Llevaban pintados los nombres de batallas como Madrid, Brunete, Guadalajara, Ebro, Guernica. Todos los hombres portaban una bandera roja, amarilla y violeta cosida al uniforme. Los parisinos creyeron que eran los americanos, pero en realidad eran los miembros de la Nueve, la brigada formada por combatientes republicanos españoles que se alistaron en la Francia Libre.

Para el 26, París estaba prácticamente limpia de nazis, y Charles de Gaulle recorrió a pie las calles desde el Arco de Triunfo hasta Notre Dame. El general había elegido para abrir el desfile a cuatro blindados de la Nueve comandados por los españoles que habían salido de su país con veinte años para convertirse en héroes bajo la bandera francesa. Perla guardó celosamente las fotos de aquel día. También recortó las portadas de los periódicos. Empezaba a manejar las tijeras con la mano izquierda, sostener a Leonora y hasta llevar objetos de un lado a otro sin que se cayeran.

Tomás y ella fueron caminando de la mano hasta la cercana casa de Saint-Blaise para cenar con Adrien y otros compañeros. Ella iba feliz con su amado, y la vida parecía querer abrir los brazos al futuro. La reja estaba abierta, y los doscientos metros de bosque que separaban la casa del camino de Marieca le sirvieron para recordar la gratitud que sentía hacia aquel hombre. La cárcel y los interrogatorios habían dejado huella en su rostro y hecho patente que le doblaba la edad.

—Lo conseguirás —le dijo Adrien mientras le revisaba la cicatriz de la mano—. Todos lo haremos tarde o temprano. Podremos ocuparnos de la vida de verdad. Tú por fin diste con Tomás Vallejo.

Bromeando le contaron a Tomás su primer encuentro, cuando ella le dijo que necesitaba localizar a un hombre.

—No me dijo cuánto te amaba. Eso no se lo dijo a nadie.

Todos los ciudadanos de Europa abrieron las ventanas, rehicieron sus papeles, volvieron a sus trabajos y cerraron sus escondites. Todos tenían ganas de libertad, pero el olvido era un tejido muy frágil, tanto como la culpa, la venganza, que discurría también por las calles. Perla pensaba en Sarah constantemente. Leía los periódicos, preguntaba en Mauléon.

Tomás rehacía su vida mirando a la frontera. La agrupación guerrillera de Burdeos trataba de recoger documentos sobre la dispersión de los republicanos, y él hacía listados con nombres a los que les faltaba el apellido, o la vida. El amor iba y venía, con la incredulidad que le había dejado el sufrimiento. Ella se rendía, conformándose con contemplarlo cuando estaba cerca, cuando los movimientos giraban en torno a su vida, cuando la buscaba para besarla y le decía que ella era su milagro. Entonces Tomás se tornaba el eje sobre el que giraba su vida, era su presente y desde luego su futuro.

A finales de enero de 1945, una tarde, mientras alimentaba la chimenea, Perla escuchó en la radio que se había liberado el campo de Auschwitz y que lo que habían encontrado allí era inimaginable. Se pegó al aparato con el corazón acelerado. Adrien le había dicho que Sarah y su padre estaban en Auschwitz. Lo recordaba con precisión. Aquel lugar era un cuchillo clavado en su corazón. El locutor describía lo que habían encontrado las tropas soviéticas, y decía que en la entrada había un cartel con el lema «*Arbeit macht frei*», «El trabajo libera». Añadió en voz baja que el delirio ario había sacrificado a miles de judíos. Perla rebuscó una oración de su infancia, cerró los ojos y pidió a aquel Cristo de Burgui, del que solo se acordaba en contadas ocasiones, que Sarah no fuera uno de aquellos muertos.

Iba a empezar el mes de marzo de 1946 cuando Marie llamó a Esperanza para comunicarle que habían encontrado a Sarah. Estaba viva y alguien la había recogido cuando vagaba por Cracovia en muy mal estado. La Cruz Roja la había repatriado a París. Sin embargo, el señor Vugman no había corrido la misma suerte y había sido gaseado. Perla escuchó emocionada la voz de Marie mientras su corazón se estremecía: Sarah estaba viva.

Cuando Tomás consiguió tener papeles, la pareja se había trasladado a la casa del doctor Vallejo en Pau, cerca de la plaza de la iglesia. Perla disfrutaba cada uno de los instantes en que ambos se hallaban en el interior de aquel hogar, si bien nunca sabía cómo iba a encontrar a Tomás. Sus cambios de humor, las repentinas tristezas o los desmedidos entusiasmos la mantenían en una alerta constante. Aquel día Tomás parecía abatido. Lo vio sentado en la cocina con la cara entre las manos, en una postura de derrota que ella conocía. Perla aplazó su alegría como tantas otras veces y lo abrazó con ternura.

—¿Qué sucede?

—Tengo que ir… —Le tendió dos cuartillas de papel.

Reconoció la letra de Rosario en cuanto la vio. Estaba grabada a fuego en su memoria desde el momento en que descubrió la carta en el apartamento de París. Tenía un trazado torpe, propio de los que carecen de la costumbre de escribir. Algunos tachones y garabatos salpicaban las líneas. En ellas le comunicaba que estaba enferma y que no podía ocuparse del niño. Una vecina se encargaba de cuidarlo cuándo ella era incapaz. Añadía que sabía, por un español que le conocía, que había escapado, y le preguntaba cuánto tardaría en llegar. Terminaba la carta diciéndole que no tenía dinero y necesitaba saber de él. «Envía telegrama».

Un aire extraño se había colado en la habitación. Si Tomás cogía un barco, era muy probable que no volviera a verlo. Sabía de su lealtad, de la fortaleza de las decisiones que tomaba y de la fragilidad emocional que le había quedado tras los años de internamiento. Ya lo conocía bien. Él la amaba, pero no con la misma intensidad con que lo hacía ella. Para él, la unión que sentían no era un derecho, sino un regalo; un derecho era la libertad, la solidaridad, la igualdad de los hombres. El amor no le hacía despertar, vivir fuera de la realidad, empujar la sangre por las venas.

Lo apretó contra su vientre.

—Debes traer al pequeño Tomás, pero no vayas. —Perla hablaba con dulzura aunque también con seguridad—. Te lo ruego, Tomás. No vayas. Seremos una familia. ¿Quién sabe si algún día podremos volver a Madrid o a Burgui?

—No lo entiendes. Tengo que ir.

—Sarah ha aparecido en Cracovia... Es como uno de los milagros que predicaba el padre Damián desde el púlpito de la iglesia de nuestra niñez. —Se quitó el anillo que llevaba en el dedo y pensó en Gustave—. Pediré dinero a mi madre, y este anillo pagará de sobra el pasaje de los dos; envía el telegrama con instrucciones. Diles que los esperas. Comprendo que no quieras dejar a Rosario allí. Lo entiendo, pero, Tomás, yo te amo y te quiero para mí.

—Se lo debo.

—No vayas, no te lo repetiré. También yo te necesito.

—La he despojado de todo cuanto tenía... Iré.

Por mucho que ella quisiera enderezar el destino, Perla sabía que no podía hacerlo. Tomás daría la vida por lo que él consideraba la libertad, pero no por el amor que ella sentía, poderoso y definitivo. Lo dejó que hablara, lo amó, lo besó diciéndole que le esperaría durante tres meses.

—Después, entenderé que tú eres mi amor, pero que yo no he sabido ocupar tu corazón.

Las calles de París habían recuperado su júbilo cuando Perla llegó. Caminaba hacia la rue de Sèvres atemorizada por lo que iba a encontrar. Subió las escaleras temblando, y cuando Sarah, con apenas treinta y seis kilos, le abrió la puerta estuvo a punto de desmayarse. La abrazó con miedo de romperla.

—Estoy bien, amiga.

—No pude despedirme —sollozó—. No pude decirte que Oscar llegó a Inglaterra, que está vivo en algún lugar.

—Le esperaré. Tocaremos juntos «Lieberleid».

Durante tres días, Perla le fue contando todo lo que había sucedido desde su deportación. Ella no quiso hablar de nada. Apenas tuvo fuerzas para llegar al café de la Paix, donde Marie les hizo la última foto. Cuando se despidió, supo que no iba a volver a verla.

Gustave la consoló y la abrazó durante los dos días siguientes. Seguía comportándose con la misma ternura de siempre, aunque Perla se alegró de que hubiera una mujer importante en su vida. Visitaron a un protésico que tomó unos moldes de su mano.

—Tendrá que venir a verme cada tres meses al principio, y después cada dos años...

—Yo me ocuparé de que mademoiselle Perla venga a París —intervino Gustave.

Unos días después Perla llegó a Pau. En la entrada de la casa había un baúl preparado. El barco con destino a Buenos Aires salía de Burdeos dos días después. Perla le pidió que se quedara con ella hasta el día de la partida. De alguna manera, necesitaba un tiempo para aceptar lo inevitable.

—Te esperaré en Mauléon.

—Volveré, mi amor.

Ella le puso un dedo sobre los labios.

Tomás salió de Burdeos en agosto de 1946. Perla no le dijo que esperaba un hijo.

15

Y llegaste sana, mujer, deseada

La esperanza es el sueño del hombre despierto.

ARISTÓTELES

Mis padres ya están en Roma. Ayer fuimos a recogerlos al aeropuerto de Fiumicino y yo he traté de parecer la de siempre, pero no hacía otra cosa que pensar que cualquiera que pasara a mi lado podía leerme el pensamiento y ver que transportaba un pesado equipaje. Si me hubieran dicho que llevaba un letrero luminoso en la frente que decía TENGO UN INMENSO SECRETO, lo hubiera creído.

Después los dejamos en el hotel. De vez en cuando a los hijos nos conviene experimentar la sensación de que hacemos algo por nuestros padres. Mi madre estaba emocionada con los pequeños lujos que habíamos preparado para ellos y nos abrazaba nerviosa y sin dejar de hablar.

Esta noche apenas he dormido. Mi vientre se ha puesto duro y pesado como si fuera a vencerme el peso y fuera a caer de bruces. Para cuando por fin he conseguido dormir, ya era de día, y mi madre había encontrado la manera de llegar sin avisarnos.

Esta mañana, con el pretexto de visitar un archivo histórico, mi padre y Gaston se han quitado de en medio. Espe, que está aquí desde las nueve, ha cambiado de sitio cuatro o cinco objetos y ha puesto sus manos sobre mi vientre mientras me tomaba el té. Me mira como si supiera algo que yo no sé, y yo no me atrevo a mirarla por la misma razón. Tengo que hablar con ella, pero no encuentro el momento.

Estaba en mi habitación mostrándole lo que llevaré al hospital y he comenzado con un «Ama, quiero hablar contigo...». Ella ha abierto los ojos y la boca como sorprendida y entonces ha posado su dedo índice en mis labios impidiéndome hablar. Creo que sabe que tengo que contarle mi secreto.

—Cariño, mi nieta (para ella es una niña) va a llegar esta noche. Hay que prepararlo todo.

Luego ha dado dos saltitos y se ha ido a la cocina. Sé por sus bruscos movimientos que está nerviosa. Cuando ha llegado Sila, la ha mirado con desconfianza, pero ahora mantienen una conversación en un idioma desconocido lleno de gestos exagerados en la habitación del bebé.

Tengo que hablar con ella y no sé si debo hacerlo antes o después de que nazca mi hijo. Necesito decirle el nombre de su padre o se me caerá de la boca en cualquier momento. Pero me resulta difícil romper el muro de hormigón armado que ella ha construido durante toda su vida. Si nunca estuvo preparada, quizá hoy lo está mucho menos.

Anoche escribí un mail a Enrique Vallejo, y esta mañana me ha contestado. Hay en sus palabras tanto amor, tanta redención, que es imposible no quererlo. Veo a mi madre en el pasillo y me repito que tengo que decirle que sé el nombre de su padre, y que tiene un hermano y doce familiares más entre sobrinos y sobrinos nietos al otro lado del charco. Necesito que sepa que nos esperan cosas preciosas, que este año va a ser maravilloso, y que por fin vamos a ser una familia grande con muchas noticias. Pero no se lo digo. Espero.

Está tarde iremos al *palazzo* y el doctor Giulio me hará lo que él llama la última exploración *prima di vederlo dal vivo*, antes de verlo en vivo.

—¿Has hablado con tu madre? —pregunta Gaston cuando vuelve con mi padre.

—No he podido. Está muy nerviosa. Les he dicho que vayan a descansar al hotel y que pasaremos a recogerlos a las cuatro y media.

—¿Cómo estás?

—Voy a llevar la maleta esta tarde. Siento como si algo estuviera aplastándome los riñones, y mi madre dice que nacerá esta noche.

—Mi dulce *Espegansa*...

Anoto en mi libreta:

¿Qué se hace con lo que no se puede hacer nada? ¿Cómo se mantiene y se aleja al mismo tiempo lo que te sostiene y te destroza la vida? Pues se entierra en las entrañas, se sepulta en el alma, y pasan sobre la tumba que albergas los años, los inviernos y los veranos, las lunas y los soles. Eso hizo la abuela con su amor por Tomás Vallejo. Era más grande que ella, y lo dejó marchar. Por eso, si en alguna ocasión a lo largo de su vida el viento o la insoportable rutina levantó la sepultura de su amor, se arrancó el corazón, se quedó con el amor por su hija y echó sal sobre el destino.

Mi abuela tapó el lecho donde descansaba el recuerdo de Tomás. Ya no le cabía más renuncia en el cuerpo. Se guardó para ella las noches de luna en la montaña, el aullido de las aves sobrevolando sus cuerpos desnudos, y lo dejó marchar, porque quizá intuyó que la realidad se lo robaría.

Poco antes de las cuatro un dolor me atraviesa las entrañas.

—¡Gaston!

No sé cómo llegamos, ni cómo tenemos tiempo de avisar a mis padres, a Eugenia, pero recuerdo que he visto la estatua de Artemisa Gentileschi en el jardín de la clínica y me ha parecido que me sonreía mientras mis entrañas me partían por la mitad.

La niña ha nacido a las 17.46 del 23 de abril de 2019. Cuando le he visto la carita, he sabido que se llamaría Esperanza Elissabide, como debería haberse llamado ella, mi abuela, la mujer que nunca dijo a nadie que la frontera llevaba su nombre.

Agradecimientos

A Alicia G. Sterling, mi agente literaria, y a Cristina Castro, mi editora, cuyo entusiasmo mientras escribía esta novela deslizó mis dedos sobre el teclado.

A mis amigos. A Gianni por sus traducciones, a Karmele por su diligencia, y a todos mis alumnos del taller de escritura y de novela cuya inspiración es insustituible.

El azar me llevó a que Fernando Hualde, nieto de golondrina, me hablara de sus recuerdos. Mi agradecimiento a la asociación Ikerzaleak por su esfuerzo en conservar la memoria; a Iñaki Ayerra, generoso donde los haya, hacedor de La Kukula y amante de Burgui. Él me llevo hasta los herederos de Félix Sanz Zabalza, cuyo libro *Burgui, un pueblo con historia* aportó luz, pero sobre todo le estoy agradecida a él, por prestarme el apellido y a su abuelo almadiero.

A mi bibliotecaria de cabecera, Anabel Regalado, por proveerme de soporte editorial. A Fernando, que al frente de la librería Denetariko cuida mis obras. Al alcalde de Mauléon y a su hermana, Nanou. A Claude Laharie por sus libros sobre Gurs. A Mixel Esteban por su cálida acogida y por desvelarme algunos errores geográficos. A todos los que olvido y a los que están entre mis líneas, como mi Serrat, ese amor eterno que le he cedido a mi personaje pero que siempre será mío. Y a François Brunel, que probablemente nunca sepa cuánto me ayuda nuestro compartido amor por las buenas historias.

Y por último, a los que me sostienen: a mis hermanas, Marian y Maku, cada día más cerca; a mi hermano Gonzalo, cada día más patriarca; a Chefi y a Antonio; a mis sobrinos Iñigo, Claudia, Laura e Inés; a mis hijos, Alejandro y Rocío, pilares de mi vida, y a Pablo, el horizonte de mis días.

Escribir es un acto solitario en el que es imprescindible la compañía de los seres queridos.